BASTEI
LÜBBE

Von Marion Nikola ist bislang bei Bastei Lübbe Taschenbücher erschienen:

12993 Das entführte Herz

Über die Autorin:

Marion Nikola schrieb Hörspiele und Drehbücher für Radio und Fernsehen. Sie hat drei erwachsene Töchter und lebt mit ihrem Mann in der Nähe von Bonn.

MARION NIKOLA

Sternenhimmel über Malaysia

ROMAN

BASTEI LÜBBE

BASTEI LÜBBE TASCHENBUCH
Band 26378

Vollständige Taschenbuchausgabe

Bastei Lübbe Taschenbücher ist ein Imprint
der Verlagsgruppe Lübbe

Die Originalausgabe erschien 1999 im Schneekluth Verlag GmbH, München
Lizenzausgabe: Verlagsgruppe Lübbe GmbH & Co. KG,
Bergisch Gladbach
Titelbild: © getty-images/Pete Turner
Umschlaggestaltung: HildenDesign, München/Andrea Barth
Satz: hanseatenSatz-bremen, Bremen
Druck und Verarbeitung: Ebner & Spiegel, Ulm
Printed in Germany
ISBN 3-404-26378-2

Sie finden uns im Internet unter
www.luebbe.de

Der Preis dieses Bandes versteht sich einschließlich
der gesetzlichen Mehrwertsteuer.

Ich danke meinem Mann Reinhard,
der mich stets ermutigte
und meine Arbeit unterstützte

1. KAPITEL

Wales, im Sommer des Jahres 1899

Ungewöhnlich mild war es an diesem beschaulichen Nachmittag über dem sonst von Regen heimgesuchten Landstrich im Norden von Wales. Die Sonne verwandelte die brachliegenden Felder rings um das düstere Herrenhaus in ein buntes Meer von Klettrosen, Mohn und Kornraden. Aus den dichten Kronen des nahe gelegenen Forstes zirpten und zwitscherten die Vögel in überschäumender Lebensfreude. Ebenso musste es im Inneren der zarten Person aussehen, die, wie eine Amazone an die Mähne eines mächtigen schwarzen Hengstes geklammert, querfeldein im Galopp über die Felder preschte, dass die feuchte Erde nur so um die Hufe spritzte. Ihre weizenblonden Locken wehten wie eine Standarte hinterher. Das Hütchen mit der Fasanenfeder rutschte fast über die leuchtend blauen Augen, als sie mit gewaltigem Ansatz über eine der Ligusterhecken setzte. Pferd und Reiterin schienen sekundenlang in der Luft zu schweben. Der dunkle weite Rock des Reitkostüms bauschte sich und gab für einen Moment den Blick auf wohlgeformte Fesseln in zierlichen Schnürstiefelchen frei. Beim Aufsetzen schleuderte das Mädchen fast über den Hals des Pferdes, was es jedoch mit einem begeisterten Jauchzer quittierte.

Da durchpeitschte ein Schuss die Idylle!

Totenstille herrschte mit einem Mal.

Nicht das kleinste Rascheln oder Zwitschern drang aus den Wipfeln der uralten Eichen, die um das Herrenhaus von Rorys Hall standen, obwohl dort Hunderte von Vogelpaaren Jahr für

Jahr ihre Brut aufzogen. Selbst die Sonne verzog sich erschrocken hinter einer Wolke.

Das zarte Gesicht der sechzehnjährigen Juliana Sinclair erblasste unter der Sonnenbräune. Ihre roten, geschwungenen Lippen waren leicht geöffnet unter der Anspannung, den Hengst im Zaum zu halten. In den Augen spiegelte sich eine grauenvolle Vermutung, und die Flügel ihrer Nase bebten, als könne sie spüren, dass etwas Furchtbares geschehen war.

Noch vor wenigen Jahren wäre ein Gewehrschuss zu dieser Jahreszeit nichts Ungewöhnliches gewesen. Damals stand das Gut noch in voller Blüte, und auf den Feldern wogte dicht der Weizen. Fröhliche und ausgelassene Jagdgesellschaften versammelten sich hier und wurden festlich empfangen und bewirtet.

Jana, so wurde Juliana zärtlich genannt, erinnerte sich noch sehr gut an diese Zeiten, in denen sie schon als Elfjährige von eleganten jungen Männern hofiert wurde, was ihr ungemein schmeichelte. Mehr als einmal musste die Mutter, Lady Julia Sinclair, einen allzu kecken Bewerber mit dem Hinweis in die Schranken weisen, die Tochter sei noch zu jung, um an eine ernsthafte Verbindung zu denken. Und ebenso oft schmollte Jana ihr dafür, sie vor den jungen Herren als unreifes Kind darzustellen. Doch Lady Julia wusste genau, dass die Schwärmereien der Söhne des Landadels in erster Linie der zu erwartenden Mitgift und dem höheren Adelstitel der Familie galten.

Janas Vater, Thomas Sinclair, kümmerten derlei Angelegenheiten wenig. Er blieb ein Träumer, der seine schöne Frau und die einzige Tochter vergötterte und in den Tag hineinlebte. Lady Julia war es, die, ungeachtet ihres Sanftmutes und der Zartheit ihrer Gestalt, das Gut mit strenger Hand führte. Trotz der Warnung der Ärzte hielt sie es für ihre Pflicht, Rorys Hall einen Erben zu schenken. Man begrub sie und die tot geborene Tochter in aller Stille. Thomas duldete von diesem Tag an keinen Menschen mehr um sich, mit Ausnahme von Juliana und zwei alten

Dienstboten. Innerhalb eines einzigen Monats wurde sein leuchtend blondes Haar silbern. Wochenlang vergrub er sich in seinem Arbeitszimmer, starrte das Porträt Julias an und kümmerte sich um nichts mehr. Er ließ das Gut verkommen. Dann, eines Tages, begannen seine Reisen nach London. Oftmals blieb er über einen Monat fort, um sich dann für wenige Tage, bleich und abgezehrt, wieder einzufinden. Niemand wusste, was er dort tat. So wuchs Jana frei von allen Zwängen und ungebunden auf. Die einzigen Menschen, die noch auf dem Gut lebten, waren der alte Diener Joshua und die nun greise Amme Amalie, die schon vor Janas Geburt Lady Julia diente.

Jana erinnerte sich immer an die Erziehung, die ihre Mutter ihr angedeihen ließ, und erlaubte sich solche wilden Ausritte wie an dem heutigen Tag nur, wenn sie sich unbeobachtet wusste. Aber das war sie eigentlich fast immer.

»Aramis, lauf, lauf zu!«, kam es gepresst über ihre blutleeren Lippen. Sie stieß dem Hengst sanft in die weichen Flanken und ließ die Zügel wieder locker. Schnaubend setzte das Tier seinen Galopp fort, direkt auf Rorys Hall zu.

Keine Menschenseele war zu sehen, denn es gab auch kein Gesinde mehr. Kein Wiehern, Gackern oder Blöken war zu hören. Das Vieh und die herrlichen Zuchtpferde waren längst aus den Stallungen verschwunden. Dumpfe Stille herrschte. Abweisend zeigte sich das Herrenhaus mit seinen blinden Fensterscheiben. Mit schweißbedecktem Fell kam Aramis genau vor dem Eichenportal des Hauses zu stehen, was Jana jedoch nicht abwartete. Sie sprang noch fast im Galopp aus dem Sattel und stürzte die Stufen hinauf. Sie stieß derart heftig die Tür auf, dass einer der beiden Flügel krachend gegen die Wand flog. Einen Moment mussten sich ihre Augen erst an das Dämmerlicht in der Halle gewöhnen. Die Halle wirkte durch die Holzvertäfelungen sehr düster. Daran änderte auch die silberdurchwirkte Seidentapete an den Wänden, die nun verblichen war, nichts.

Helle Stellen zeugten, dass hier einst Bilder hingen. Schmucklos und bedrückend war das Entree des alten Gemäuers. Seit langem waren die wunderschönen Schnitzereien an den Türen, an der breiten Treppe und die Bohlen des Fußbodens nicht mehr mit Walnussöl behandelt und poliert worden.

Janas Blicke durchforschten die Halle, blieben an der Tür zum Arbeitszimmer des Vaters hängen. Erst vor wenigen Tagen war dieser, nach einem ungewöhnlich langen Aufenthalt in London, zurückgekehrt und hatte sich nach einer flüchtigen Begrüßung und einem abwesenden Kuss auf Janas Wange zurückgezogen. Das Essen, welches der alte Josh ihm besorgt vor die Tür stellte, ließ er unberührt.

Ihre Augen weiteten sich vor Entsetzen, als sie Amalie bemerkte, die zusammengesunken auf dem Boden vor der Tür hockte, das Kinn auf den mächtigen Busen gesenkt. Janas erster Gedanke war, dem Vater wären nun endgültig alle Sinne abhanden gekommen und der Schuss hätte Amalie gegolten! Sie stürzte dorthin und sank neben der Alten auf die Knie.

»Amalie! Mein Gott, was ist geschehen? Hat Vater etwa ...?!«

Nur einen Herzschlag lang dauerte die Erleichterung, die Alte unversehrt zu sehen. Denn Amalie hob langsam den schweren Kopf und sah sie mit seltsam geistesabwesenden Augen an.

»Was ist geschehen?«, drängte Jana noch einmal, schwach vor Angst. »Wo ... wo ist Vater ...?«

Amalie sah quälend langsam, die Tür entlang, nach oben.

Jana folgte diesem Blick.

»Vater!«

Die schreckliche Ahnung von vorhin war also wahr geworden. Von Panik geschüttelt, schnellte sie in die Höhe und wollte in das Arbeitszimmer stürzen.

Doch mit einer plötzlichen Behändigkeit, welche man der alten Amme keineswegs zutraute, packte diese Jana am Rock und zog sie energisch wieder herunter. »Nicht –«, wisperte sie dabei verstört, »Josh ist drin ..., der Herr ... hat sich erschossen ..., mit dem Gewehr ...« Sie strich mit einer Hand über Janas zerzauste Locken. »Dein guter Vater ist ... tot!«

Ungläubig, keines Wortes mehr fähig, starrte Jana abwechselnd Amalie und die Tür an, hinter der sich die Katastrophe ereignet hatte. In ihren Gedanken herrschte ein unbeschreibliches Chaos! Ihr geliebter Vater sollte tot sein? Amalie ließ die Hand sinken und zog aus ihrer Rocktasche einen versiegelten Umschlag hervor. »Hier –«, sie schob den Brief vorsichtig in Janas eiskalte Hand, die wie ein lebloses Vögelchen auf deren Schoß lag, »hier, das soll ich dir geben ..., von deinem Vater ...«

Mechanisch nahm Jana den Umschlag und starrte Amalie weiterhin mit aufgerissenen Augen an.

»Siebzig Pfund!«

»Fünfundsiebzig!«

»Neunzig! Das ist mein letztes Gebot!«, scholl es über den Vorplatz von Rorys Hall.

Zahlreiche Händler, Diener und Schaulustige hatten sich eingefunden, um der Versteigerung des ehedem wohlhabenden Herrensitzes beizuwohnen!

Amalie und Josh standen neben den weit geöffneten Flügeln des Portals und beobachteten, wie immer mehr Möbelstücke, Kisten und Truhen aus dem Haus geschafft wurden. Ein kleiner drahtiger Mann mit wachen Augen stand auf der anderen Seite und trug jeden einzelnen der Gegenstände, die hinausgetragen wurden, in eine Liste ein. Es handelte sich um den Advokaten, welcher zur Versteigerung bestellt worden war.

Ohne den Kopf zu heben, zischelte Amalie zornig: »Was für ein Pack! Der Herr ist noch nicht einmal einen Tag unter der Erde, und das Kind muss das Haus verlassen. Kommt nicht aus dem Zimmer ..., isst nichts ..., weint nicht ..., ist auch wie tot!«

Der Advokat räusperte sich, ließ die Schriftstücke sinken und blickte über den Rand der Augengläser zu den beiden hinüber. Dann machte er einen Schritt auf sie zu und räusperte sich noch einmal. Seine Stimme klang rein geschäftsmäßig, und es hörte sich an, als ob er die folgende Rede von einem unsichtbaren Blatt ablesen würde:

»Da niemand anwesend ist, der mit Miss Juliana Roxan Benice Sinclair verwandt oder verschwägert ist, beauftrage ich hiermit Sie beide, zu veranlassen, dass die genannte Person das Anwesen binnen sechs Tagen, vom heutigen Datum gerechnet, zu räumen hat. Es wird ihr gestattet, ihre persönliche Habe mitzuführen. Selbstverständlich nach Ansicht der Gegenstände meinerseits.«

Amalie und Joshua warfen sich einen kurzen Blick zu und nickten dann ergeben. Der Advokat wollte sich gerade abwenden, da fiel ihm noch etwas ein. Seine Stimme klang wie vorher, obwohl es den Anschein erweckte, als schwänge eine Spur von Mitgefühl darin: »Ehe ich es vergesse, die Gläubiger sind übereingekommen, die Kinderfrau der Schuldnerin zur persönlichen Verfügung Lady Sinclairs zu belassen. Und ich ...«, er zögerte tatsächlich ein wenig, »... ich würde anraten, nach London überzusiedeln. Es gibt dort ..., ich kenne da ein Institut, das einen untadeligen Ruf besitzt, dort wäre Miss Sinclair gut aufgehoben. Ich wäre als ihr Vormund bereit, die Kosten als Darlehen zu übernehmen, bis ich für sie einen passenden Ehegatten gefunden habe.«

Da die beiden nicht antworteten, wandte er sich achselzuckend ab.

Jana stand bleich am Fenster ihres Zimmers im ersten Stock. In dem schwarzen Trauerkleid wirkte sie noch zerbrechlicher. Jedes Gefühl in ihr schien abgestorben. Sie wusste sehr wohl, dass sie Rorys Hall verlassen musste. Und sie ahnte, dass ihr künftiges Geschick von wildfremden Menschen abhängen würde.

Hättest du mich doch mit dir genommen, Vater, dachte sie bitter, dann wäre mir dieses alles hier erspart geblieben. Wie konntest du mir das antun? Wie konntest du dich nur so davonschleichen? So völlig ohne Ehre!

Keine Träne hatte sie bisher vergießen können, was ihr verwunderte Blicke von den ihr fremden Menschen eintrug. Nur wenige umstanden das Grab, als Sir Thomas auf dem kleinen Friedhof zur letzten Ruhe gebettet wurde. Selbst der Pfarrer blieb fern. Angeblich, um für das Seelenheil des Gutsherrn zu beten und Gott um dessen Vergebung zu bitten. Jana hätte fast aufgelacht, als er ihr dies in getragenen Sätzen verkündete. Sie war schließlich nicht dumm. Früher war dieser Pfarrer oft bei ihnen gewesen. Lady Julia hatte großzügig für seine Kirche gespendet. Nach ihrem Tod versiegte diese Geldquelle. Thomas dachte gar nicht daran, dem fetten Pfaffen, wie er ihn abfällig nannte, noch mehr in das große Maul zu stopfen.

Jana behielt mühsam die Fassung, doch sie schwankte und fasste haltsuchend nach dem Fenstergriff, als nun unten auf dem Hof, zwischen lauten Männerstimmen und bewundernden Pfiffen, Hufgeklapper zu hören war.

»Aramis –«, flüsterte sie erstickt und presste die Handflächen und die Stirn an die kalte Scheibe.

Der Hengst wehrte sich aufgebracht gegen die ungewohnte Kandare, die man ihm angelegt hatte! Zwei Männer waren erforderlich, um das nervöse Tier festzuhalten, welches nur an seine Besitzerin gewöhnt war.

Sie beobachtete, wie ihr Liebling gegen das Gebot von einhundert Pfund einem aufgeputzten Gentleman zugesprochen wurde, der sich eitel sofort auf Aramis' Rücken schwang. Wütend ging der Hengst mit der Vorderhand hoch! Beinahe hätte sie aufgeschrien – als er das edle Tier mit der Reitgerte bearbeitete und unter dem Gejohle seiner Freunde vom Hof sprengte.

»Gentlemen! Ich wette, dass Gillian sich keine drei Minuten

auf diesem Biest halten kann!«, schrie einer und blickte sich herausfordernd um.

Gelächter war die Folge, und der Vorfall lenkte die Männer einen Augenblick von der Auktion ab. Wetten war ihre Leidenschaft, egal wie unsinnig der Anlass sein mochte – es konnte sich um die Anzahl der Flöhe auf einem streunenden Köter oder auf die zu erwartende Menge von Ferkeln einer trächtigen Sau handeln –, ständig wechselten ein paar Pfundnoten ihren Besitzer. Deshalb wurde die Aufforderung auch jetzt begeistert aufgenommen.

»Ich wette dagegen, dass er sich lediglich bepisst hat, bevor er die nächste Biegung nimmt! Ich setze drei Pfund!«

»Abgemacht! Drei Pfund! Ich werde gleich in der Frühe seinen Diener aushorchen lassen, in welchem Zustand sich seine Kleidung bei der Heimkehr befand!«

Abrupt wandte Jana sich vom Fenster ab und ging langsam, die Lippen in stummer Qual zusammengepresst, durch den von einer einzigen Kerze erhellten Raum. Unentschlossen blieb sie vor einem kleinen Sekretär aus Rosenholz stehen. Sie legte ihre Hand auf den Knopf einer bestimmten Schublade. Sie zögerte. Sie wusste, es wäre falsch, diesen Augenblick länger hinauszuzögern. Unversehens wandelte sich ihre Stimmung für einen Moment in wilde, ohnmächtige Wut! Sie riss heftig an dem Knopf und hätte beinahe den gesamten Inhalt, die Schreibutensilien, Hefte und Federhalter im ganzen Raum verstreut. Empört starrte sie auf den ungeöffneten Umschlag, der die steile, linksgerichtete und fast unleserliche Handschrift ihres Vaters trug. Ich will nicht!, dachte sie trotzig. Ich will nicht wissen, was du mir noch sagen wolltest! – während ihre Finger bereits das Siegel brachen. Schwankend zwischen Zorn, Angst und Trauer drehte sie sich um, trat zu dem runden Tisch mitten im Zimmer, nahm die Kerze und ging zurück zum Sekretär.

Sie zog einen Stuhl heran und ließ sich nieder. Mit fahrigen

Bewegungen faltete sie das Blatt auseinander. Ihr Herz verkrampfte sich angesichts der eng beschriebenen Seite. Wie unter Zwang begann sie zu lesen:

Mein kleiner Liebling!

Ich darf mir niemals deine Vergebung erhoffen, nachdem ich uns – dir – das angetan habe! Ich wagte es nicht, dir die bittere Wahrheit ins Gesicht zu sagen: Rorys Hall ist verloren! Es gehört uns bereits seit Monaten nicht mehr! Allein durch meine Schuld und Gleichgültigkeit! Der Schmerz über den Verlust deiner Mutter, meiner geliebten Julia, trübte mir den Verstand! So suchte ich Zerstreuung an den Spieltischen im Covent Garden. Es waren also keine Geschäftsreisen, die mich wochenlang nach London führten. Das Gut, welches deine Mutter mit geschickter Hand zu führen wusste, interessierte mich nicht mehr. Ja, ich hasste es! Alles erinnerte mich an sie. Auch du, mein Kind. Denn du wirst ihr von Tag zu Tag ähnlicher. Als es mir endlich gelang, mich aus meinem Rausch zu befreien, war es bereits zu spät. Ich setzte alles auf eine Karte und verpfändete das Haus mitsamt den Ländereien auf Anteile einer vielversprechenden Kompanie in Indien, die mit malaiischen Gütern handelt – und verlor das Spiel. Mir blieb jedoch immer noch der Funken von Verstand, niemals den Familienschmuck deiner Mutter anzurühren und auch niemandem etwas von dessen Existenz zu verraten. Der Wert beläuft sich auf etwa sechzehntausend Pfund. Zu wenig, um Rorys Hall zu retten, genug, um dir eine stattliche Mitgift zu garantieren. Diese Sicherheiten dürfen jedoch keinesfalls bei meinen Gläubigern bekannt werden oder jemals in England auftauchen! Aus diesem Grunde beschloss ich, dich meiner Schwester anzuvertrauen. Ich sehe deutlich dein erstauntes Gesicht vor mir, denn wir haben Esther dir gegenüber nie erwähnt. Die Wahrheit ist, dass wir uns niemals sehr nahe standen. Möge der Allmächtige verhüten, dass sie dich die Unstimmigkeiten, die zwischen ihr und mir herrschten, vergelten lässt, doch die Umstände lassen keine andere Lösung zu.

An dieser Stelle begann die Schrift vor Janas Augen zu verschwimmen ... Ein herzzerreißendes Schluchzen drängte sich mit aller Macht tief aus ihrer Brust. Der Felsen, welcher seit Tagen auf ihrer Seele lastete, löste sich. Und endlich flossen die so lange verborgen gehaltenen Tränen. Heiß tropfte es auf den Brief, und die Buchstaben darauf flossen fast bis zur Unkenntlichkeit ineinander. Das Blatt entglitt ihrer bebenden Hand. Stöhnend vergrub sie das Gesicht in den Händen.

Lange saß sie so da, in Tränen aufgelöst, zitternd am ganzen Leib.

Allmählich wurden die Stimmen vom Hof her leiser. Die Auktion neigte sich dem Ende zu. Das Geräusch sich entfernender Wagen und des Pferdegetrappels wurde seltener, bis es schließlich ganz verstummte. Stille senkte sich über das Herrenhaus.

Vollkommen erschöpft und innerlich wie erfroren, ließ Jana die Hände sinken. Ihre Augen waren verquollen und gerötet. Sie fühlte sich leer und ausgebrannt, trotzdem beugte sie sich hinab, hob den Brief auf und zwang sich, auch das Ende zu lesen. Beharrlich studierte sie Wort für Wort die nahezu unleserlich gewordene Schrift:

Und musst du deine besondere Stärke, die ich immer an dir bewundert habe, einsetzen: Esther lebt nicht in England, sondern auf den malaiischen Inseln. Sie ist die Ehefrau eines mächtigen Mannes auf Sarawak, Edmond McCleary. Sie haben zwei Töchter, etwa in deinem Alter. Für deine Schiffspassage ist bereits alles in die Wege geleitet. Ich bete, dass man dir gestatten wird, Josh und Amalie mitzunehmen.

Nein, ich rechne fest damit, denn sie sind beide zu alt, um noch jemandem von Nutzen zu sein. Bitte, habe Verständnis, ich kann es nicht ertragen, euch zu begleiten, um dann als Bittsteller vor McCleary zu stehen. Es gibt nichts mehr zu sagen. Ich tue nun, was ein Rest von Ehre mir gebietet und hoffe, neben meiner geliebten Frau zur letzten Ruhe gebettet zu werden.

Zum Schluss flehe ich dich noch einmal an, mich nicht zu verachten. Lebe wohl, mein kleines Mädchen.

Dein Vater

»Ehre ...!«, rutschte es verächtlich über Janas Lippen. Sogleich schlug sie, entsetzt über sich selbst, die Hand vor den Mund!

Die schmalen Häuser des Hafenviertels klebten windschief in einer Reihe aneinander. Dazwischen klafften düstere, fast unheimliche Gassen, in die auch an schönen Tagen kein einziger Sonnenstrahl fiel. Zweifelhafte Gestalten lungerten dort herum, sich verbergend vor den Gendarmen oder der Mordbrut aus den eigenen Reihen. Aus den Kneipen drang Gebrüll und schrilles Gelächter. Es roch nach Unrat, ungewaschenen Körpern, verfaultem Fisch und nach salziger See. Trotz Nieselregens herrschte lebhaftes Treiben auf dem Pier. Hier wurde fest vertäutes Frachtgut auf- oder abgeladen; dort torkelte eine Gruppe Matrosen grölend auf eine schnittige holländische Korvette zu, die zum Ankerlichten bereit schien. Etwas weiter unten amüsierten sich einige junge Gentlemen – in teuren, nach letztem Pariser Modeschick taillierten Anzügen – über die Reihe verurteilter Gefangener, die an den Fußknöcheln angekettet, mit gesenkten Köpfen vorbeischlurften. Zwei grell geschminkte Huren versuchten mit wiegenden Hüften und lockendem Lächeln die Aufmerksamkeit der jungen Männer zu gewinnen. Sie schürzten vulgär die Röcke bis zu den prallen Schenkeln hinauf, bis gekräuselte Schamhaare und entblößte Hintern aufblitzten. Und wo man hinsah, wimmelte es von verwahrlosten, bettelnden Kindern. Die meisten der kleinen Gesichter zeigten bereits den niederträchtigen Ausdruck von Erwachsenen, die schon zu viel Elend gesehen hatten und um die nackte Existenz kämpften.

In graue, wetterfeste Plaids gehüllt, standen Jana und Amalie mit Josh vor dem Steg des auslaufbereiten Passagierschiffes.

Jana fühlte sich elend und dem Weinen nahe. Unwillkürlich raffte sie die Kapuze enger um ihren Kopf. Krampfhaft bemühte sie sich, den Kloß hinunterzuschlucken, der ihr hartnäckig die Kehle heraufsteigen wollte, sobald ihr Blick auf Josh fiel. Sie sah nicht den Diener, sondern einen alten Mann mit fröstelnd hochgeschobenen Schultern und grauen Haaren, nass vom Nieselregen. Sie sah den Freund ihrer Kindheit, der jetzt alt, ausgezehrt und sie trotzdem noch immer voller Güte anblickte, als könne er sie auch weiterhin vor allen Widrigkeiten beschützen. Jetzt griff er in die Tasche seines fadenscheinigen grauen Anzugs und zog einen Beutel aus grobem Segeltuch hervor. Er hielt ihn Jana mit zitternden Händen hin. »Das soll ich Ihnen bei der Abreise geben, Miss Jana. Es sind die Juwelen Ihrer armen Mutter. Keiner wird sie darin vermuten.«

»Ach, Josh ...«

Die Stimme des Mädchens versagte. Sie griff nach dem Beutel.

»Pst! Du alter Narr!«

Amalie blickte nervös und ängstlich um sich. »Soll alles Pack wissen, was da drin ist in dem Beutel? Wenn das einer hört!« Sie sah aschfahl und unwohl aus. Amalie hatte eine panische Angst vor dem Meer, aber um nichts in der Welt würde sie ihr Goldkind verlassen, das ihr von Lady Julia am Sterbetag ans Herz gelegt worden war!

Hoch oben an der Reling des Schiffes erschien der Kapitän, ein stattlicher Mann mittleren Alters, in tadelloser Uniform. Er beugte sich über das Geländer, formte die Hände zu einem

Trichter und rief freundlich herunter: »Miss! Sie müssen jetzt an Bord kommen! Wir legen gleich ab!«

Jana musterte Josh, als müsse sie sich seinen Anblick für den Rest ihres Lebens einprägen, was ja auch der Wahrheit entsprach. Sie würden sich niemals wiedersehen. Sie spürte, wie ihr die Tränen in die Augen stiegen, und drehte sich hastig um. Sie machte einige Schritte auf den Steg zu, setzte den ersten Fuß darauf – und stockte wie vor einer unsichtbaren Wand. Mit einem leisen, verzweifelten Aufschrei drehte sie sich herum und warf sich schluchzend in die Arme von Josh. Hilflos streichelte der alte Mann ihren Rücken, während ihm selbst helle Tränen über das zerfurchte Gesicht rannen.

Es gab keine Worte.

Endlich riss Jana sich los und rannte über den Steg auf das Schiff, ohne sich noch einmal umzusehen.

»Ihre Mutter im Himmel beschütze Sie, meine Kleine«, flüsterte Josh und sah ihr mit tränenblinden Augen nach.

Nun standen sich nur noch die beiden alten Menschen gegenüber. Amalie zog ein riesiges Taschentuch hervor und schnäuzte sich geräuschvoll, um ihren Abschiedsschmerz zu verbergen. Sie nickten einander zu, und sie stapfte energisch hinter Jana her, wobei der schmale Steg in der Mitte gefährlich schwankte. Die Segel blähten sich bereits in der frischen Brise von der See her, und der Steuermann gab brüllend den Befehl des Kapitäns zum Ablegen an die wartenden Matrosen weiter.

Das Schiff begann sich langsam und behäbig gegen den Wind zu drehen. An Bord befanden sich noch etwa zwanzig weitere Passagiere. Männer, Frauen, Kinder, die mit ernsten Gesichtern an der Reling standen und der Heimat einen stummen Abschiedsgruß zuwarfen.

Schon bald verschwand die inmitten des Getümmels einsam wirkende Gestalt Joshs.

Am zwölften Tag der Reise starb Amalie.

Der Dreimaster wurde von Stürmen und meterhohen Wellen durch die Naturgewalten getrieben, sodass keine Zeit zu einer längeren, zeremoniellen Seebestattung blieb. Trotzdem stand der Kapitän mit der aufgeschlagenen Bibel wie ein Fels in der Brandung vor der Planke, auf die der in Segeltuch gehüllte Körper Amalies gebahrt war. Der Sturm riss ihm die Worte von den Lippen, aber seine erprobte Stimme erreichte dennoch die wenigen Passagiere, die sich, bis zur Nasenspitze verhüllt und an Masten und Reling klammernd, eingefunden hatten. »Hiermit übergebe ich diese sterbliche Hülle der See. Möge Gott ihrer Seele gnädig sein!«, brüllte er gegen den Orkan an. Dann gab er den vier Matrosen ein Zeichen, die Planke über die Reling zu schieben.

Jana, die daneben stand, sah zu, wie der Körper in Sekundenbruchteilen von der brodelnden See verschlungen wurde ...

Selbst, als längst nichts mehr zu sehen war, der Kapitän die Bibel seinem ersten Offizier übergab und die anderen Passagiere hastig wieder unter Deck eilten, stand Jana noch immer an gleicher Stelle und starrte hinunter.

»Sie war alt, Miss. Sie hätte diese Reise niemals antreten dürfen.«

Unbemerkt war der Kapitän neben sie getreten.

Wie erwachend, blickte Jana auf. Sie sah den Kapitän an. »Ich danke Ihnen«, sagte sie so leise, dass der Kapitän ihre Worte nur erahnen konnte und verständnisvoll nickte.

»Kommen Sie«, forderte er sie besorgt auf, »gehen Sie nun unter Deck. Ihre Freundin wird nicht wieder lebendig, wenn Sie sich auch noch den Tod holen.«

Jana nahm den dargereichten Arm des Kapitäns und ließ sich von ihm sicher über die feuchten, glitschigen Planken zu dem niedrigen Eingang geleiten, der in die Kabinen unter Deck führte.

2. KAPITEL

Die hoch gewachsene Gestalt Esther McClearys überragte die meisten Einwohner Malaysias, welche sich aus unzähligen Rassen zusammensetzten: Malaien, Chinesen, Siamesen, Khmer, Inder und vielen anderen, die von den vielen Inseln des Malaienstaates unter der Herrschaft Königin Viktorias und des noch freien Malaysias stammten. Nur die stolzen Dajaken aus Borneo erreichten die Größe der Europäerin. Esther stand am Pier des kleinen Hafens von Sarawak, einer kleinen Stadt, die den gleichen Namen trug wie die Insel selbst. Ein breitkrempiger Strohhut beschattete ihr hochmütiges Gesicht mit den hellen Augen und der geraden schmalen Nase. Ihre Haut schimmerte makellos hell. Esther McCleary war eine spröde Schönheit. Ihre Haltung wies sie von Kopf bis Fuß als unnahbare, vornehme Lady aus. Sie trug trotz der flirrenden Mittagshitze ein hochgeschlossenes, dunkelblaues Kleid, dessen eng anliegendes Oberteil ihre wohlgeformte Figur vorteilhaft unterstrich. Nur an den verkniffenen Lippen und den in leichtem Ärger zusammengezogenen, feingestrichelten Brauen erkannte man die Unbeherrschtheit ihres Wesens. Abwechselnd blickte sie jetzt den Fluss hinunter und dann wieder über das hektische Treiben des Hafens.

Hier ging es nicht anders zu als in jedem anderen Hafen der Welt auch. Nur war alles etwas sauberer, strahlte eine fast anheimelnde Gemütlichkeit aus. Die Häuser mit den rundbogigen Fenstern und Türen waren weiß gekalkt, der gesamte Pier von jeglichem Unrat befreit. Dafür sorgten vom Gouverneur der Insel entlohnte Malaien, die den ganzen Tag über nichts anderes taten, als die Straßen von Sarawak sauber zu halten. Holländer, Portugiesen, Engländer und Schwarze vermischten sich mit den Einheimischen zu einem fröhlichen Anblick. Englische Ladys flanierten in tief dekolletierten Kleidern, sorgsam die gepflegte weiße Haut mit zierlichen Schirmen vor der sengenden Sonne schützend und begleitet von einheimischen Dienern, die ihnen in wohlgemessenem Abstand die Einkäufe trugen. Chinesische Straßenhändler verkauften handbemalte Fächer in leuchtenden Farben, wobei sie mit schrillem Singsang ihre Ware anpriesen. Gentlemen in feinen hellen Anzügen und modischen Bindern überwachten das Abladen bestellter Waren von den Schiffen. Und Inder, mit nichts als Dhotis, aus einem Tuch gewickelten Beinkleidern, am asketisch schlanken Leib, gaben dem exotischen Panorama einen weiteren Anstrich. Die Stadt mit ihren Holzhäusern war in den letzten Jahren erheblich gewachsen. Sie lag eingebettet zwischen Pisanghainen mit ihren leuchtend goldenen Früchten und riesigen Blättern, Mahagoniwäldern, Sagopalmen und Kampferbäumen. Dazwischen schimmerten die lackierten, geschwungenen Dächer des Chinesenviertels. Daneben drängten sich dicht an dicht die auf Stelzen errichteten Hütten des Dajakenviertels. Ausgerechnet dort erhob sich der Glockenturm einer Kirche, die man errichtet hatte, um die unabhängigen Dajaken in die Schranken zu weisen. Darüber hinweg sah man auf einem Hügel das Gefängnis von Sarawak. Es war ein lang gestrecktes Gebäude aus Bambusholz und wirkte in seiner Schmucklosigkeit fast deplatziert. Hoch über der Stadt und dem unzugänglichen Busch erhob sich in der Ferne majestätisch der Monte Matang mit seiner Spitze aus Eis.

Esther konnte ein leises Seufzen nicht unterdrücken. Sie erwartete die höchst unwillkommene Ankunft ihrer Nichte Juliana. Wahrscheinlich würde diese in Begleitung zweier alter Dienstboten eintreffen, wie es in der überraschenden Depesche ihres Bruders Thomas geheißen hatte. Esther verbot sich jegliches Gefühl von Trauer, wenn sie an den Bruder dachte, der knapp in dem Schreiben erklärte, dass das alte ehrwürdige Rorys Hall zur Versteigerung anstand und ihm nun die Ehre gebiete, den Freitod zu wählen. Lieber nährte sie ihren Ärger über die Feigheit ihres Bruders Thomas, welcher Esther von jeher zuwider gewesen war, und die nun den unumstößlichen Ruin des Familienbesitzes besiegelt hatte!

Als starke Persönlichkeit, doch leider mit dem falschen Geschlecht auf die Welt gekommen, musste sie ohnmächtig akzeptieren, dass das Gut an den männlichen Nachkommen, den jüngeren Bruder überging! Grollend und zähneknirschend zog sie sich, nachdem sie den Kinderschuhen entwachsen war, in das Stadthaus nach London zurück. Bei einem Opernbesuch lernte sie Edmond McCleary kennen und glaubte eine Verwandtschaft in ihrer Wesensart zu erkennen. Sie war fasziniert von seiner Ausstrahlung, seinem gewinnenden Lächeln, bei dem sich auf seinen Wangen zwei hübsche Vertiefungen bildeten. Sein Aufenthalt in der Stadt sollte nur kurz sein. Ohne lange zu überlegen, willigte Esther ein, ihm auf die malaiischen Inseln zu folgen, wo er ein mächtiger Mann zu sein schien. Sie verabschiedete sich nicht von der Familie, hinterließ lediglich eine knappe Nachricht, die anzeigte, dass sie einen gewissen Edmond McCleary (ohne Titel!) heiraten und fortan England den Rücken kehren würde. Damit war der endgültige Bruch mit der Heimat vollzogen. Es gab kein Zurück mehr für die damals achtzehnjährige Esther. Auch nicht, als Edmond sie gewaltsam nahm, noch bevor sie die englischen Gewässer hinter sich gelassen hatten. Nach dem ersten Schock begann sie seine animalische Art sogar zu genießen, und die stets unterdrückte Leidenschaftlichkeit ihres Wesens kam zum Vorschein. Erst viel später erkannte sie das wahre Gesicht ihres Gatten, seine Zügellosigkeit, seine grausame Gefühllosigkeit und den abartigen Geschlechtstrieb. Doch da war es längst zu spät. Sie begrub den Schmerz tief in ihrem Inneren unter einer Maske der kühlen Unnahbarkeit, die jedoch Edmond umso mehr reizte.

Diese Beherrschtheit half ihr in diesem Moment auch, die Freude zu unterdrücken, die sich vorsichtig in ihr Herz schlich, als sie in der glühenden Sonne stand und auf das Schiff wartete. Ihre Gedanken schweiften nämlich zu dem alten Diener Josh. Sollte es mir tatsächlich noch einmal vergönnt sein, ihn zu sehen? Ihn, den alten Freund, der sie als kleines Mädchen tröstete und auf den Knien schaukelte, wenn sie weinend mit ihrem Schicksal haderte, kein Junge zu sein? Eilig verwarf sie diese Anwandlung und straffte sich. Was sollte sie wohl auf Cleary mit zwei alten Dienern anfangen? Und diese Amalie? Vage erinnerte sie sich an eine dicke Person, die Julia begleitete, als diese auf Rorys Hall einzog. Na, man würde sehen ...

Das Passagierschiff näherte sich unter einem tiefblauen Himmel den Romaden und umsegelte Kap Sirik, das von felsigen Inseln umgeben war und die weite Bucht von Sarawak gegen Norden hin abschirmte.

Die Passagiere hatten sich allesamt an Deck eingefunden, um den Horizont zu beobachten. Sie standen in Gruppen oder Familien aufgeteilt umher und berauschten sich an dem bezaubernden Duft fremdartiger Gewächse und Blüten, der von der Küste zu ihnen herüberwehte. Ausnahmslos herrschte gelöste Stimmung und Freude darüber, der muffigen Enge unter Deck entkommen zu sein. Kreischend umflatterten bereits die Möwen das Schiff.

In der Ferne tauchten schon die ersten bunten, dreieckigen Segel der Prahos auf, die leichten wendigen Boote, von denen die Fischer an der Küste entlang ihre Netze auswarfen.

Auch Jana, in ihrem Trauerkleid, stand gefasst an der Reling und blickte zur Küste hin. Dort wartet nun ein neues Leben auf mich, dachte sie ängstlich und wieder aufgebracht: Wie konntest du mir das antun, Vater!

Neben ihr mühte sich Baronin Isolde von Steinmark, eine gutmütige und humorvolle Mittfünfzigerin, mit den breiten Bändern ihrer altmodischen Kapotte ab, die ihr der frische Fahrtwind immer wieder von den grauen Löckchen reißen wollte.

»Haach! Verflixtes Ding!«, schimpfte sie ganz undamenhaft und verhedderte die Finger in dem bunten Gewirr.

»Warten Sie, ich helfe Ihnen.«

Lächelnd wandte Jana sich ihr zu und griff unter das Kinn der Lady. Aufatmend und zustimmend ließ Lady Isolde die Hände sinken.

»Ich danke Ihnen, mein Kind.«

Schnell und geschickt band Jana die Bänder zu einer großen Schleife und trat einen Schritt zurück, um ihr Werk kritisch zu begutachten.

Beide Damen drehten sich gleichzeitig zu einer Gruppe von Passagieren um, als die aufgeregte Stimme eines halbwüchsigen Jungen erklang, der lachend auf die Vögel deutete, die hoch über ihren Köpfen kreisten.

»Seht nur!«, schrie er. »Verdammt sei der Schiffsfraß! Lasst uns doch ein paar von diesen Täubchen herunterholen und sie rösten!«

»Genau! Und den Smutje rösten wir gleich hinterher!«, kam die Antwort unter Gelächter aus einer anderen Gruppe.

Auch Jana und Lady Isolde lachten. Lady Isolde neigte den Kopf ein wenig zur Seite und betrachtete Jana wohlwollend. »So ist es recht, mein Kind. Lachen Sie. Freuen Sie sich jetzt schon auf das neue Leben, das Sie erwartet.« Sie deutete zur Küste hin und rief aufgeregt: »Sehen Sie nur! Wir haben das Kap beinahe hinter uns gelassen und segeln bereits in die Bucht von

Sarawak ein. Dann sind es nur noch vierzehn Meilen den Fluss hinauf, und wir sind am Ziel.«

Jana stützte sich auf das Geländer und schaute interessiert hinüber. Für wenige Sekunden schloss sie die Augen und atmete tief ein. Dann wandte sie sich mit einem dankbaren Lächeln wieder an Lady Isolde: »Sie haben vollkommen recht, Baronin. Ich kann das neue Leben förmlich riechen. Den Duft nach exotischen Blumen, den Dschungel, die geheimnisvollen Rituale, von denen Sie mir erzählt haben.« Sie ergriff spontan die Hände der Älteren. »Und das habe ich alles nur Ihnen zu verdanken! Wenn Sie nicht gewesen wären in den letzten Wochen ..., ich war so allein ..., so verzweifelt. Nun kommt mir alles nur noch wie ein Albtraum vor.«

Lady Isolde lachte herzlich auf. »Aber Kindchen! Ich müsste Ihnen danken. Ohne Sie wäre die Überfahrt sicher sterbenslangweilig geworden! Schließlich mussten Sie sich ja stundenlang das Geschwätz einer alten Frau von vergangenen Abenteuern ...«

»... und Amouren«, warf Jana neckend ein.

»Ja – und Amouren – anhören«, nickte die Baronin schmunzelnd. »Oh, ich war nicht viel älter als Sie – damals, als ich das erste Mal malaiischen Boden betrat. Die Inseln, die verschiedenartigen Menschen, die geheimnisvollen Dinge ... Alles das zog mich sofort in seinen Bann. Und wenn man einmal in Malaysia gelebt hat, lässt es einen nie wieder los. Es ist wie ...«, sie suchte nach Worten, und ihr Blick wurde verträumt, »... wie eine Melodie, die sich im Kopf festgesetzt hat!«

Ein Schwanken und Stampfen ging durch den Schiffsleib und ließ ihn erbeben, als der Dreimaster die Meeresströmung verließ und dagegenkreuzte, um in die breite Flussmündung einzufahren. Die Passagiere klammerten sich unter Gelächter aneinander. Nun ging es gemächlich stromaufwärts.

Nachdem die Unruhe sich gelegt hatte, setzte Jana die Unterhaltung fort, indem sie schüchtern fragte:

»Lady Isolde, Sie haben mir nie erzählt, warum Sie Malaysia verlassen haben.«

Diese seufzte übertrieben auf, lächelte aber verschmitzt. »Die Liebe, Kindchen, die Liebe! Auf einem Ball bei James Brooke – ein charmanter Mann übrigens, Gott hab ihn selig, habe ich Ihnen von ihm erzählt? Ach ja! Also auf diesem Ball lernte ich einen Offizier kennen. Es war Liebe auf den ersten Blick. Nach nur drei Wochen – sehr ungehörig damals –«, sie kicherte leise, »hielt er bereits um meine Hand an. Meine Eltern hatten jedoch keine Einwände gegen die Verbindung, und nach einem Jahr wurde der Hochzeitstermin festgesetzt ...« Nun wurde sie ernst, und ihr Blick verlor sich. »Eine Woche, bevor ich seine Frau werden sollte, wurde seine Einheit im Chinesischen Meer in ein Scharmützel mit Piraten verwickelt. Er und sechzehn andere gute Männer haben es nicht überlebt. Von diesem Tage an konnte ich die Schönheit Malaysias nicht mehr ertragen. Alles erinnerte mich an Gerald ...«

Lady Isolde verstummte.

Auch Jana schwieg einen Moment bestürzt, um sich dann kleinlaut zu entschuldigen: »Verzeihen Sie mir bitte. Ich ... ich hätte an diesen Punkt nicht rühren dürfen. Es tut mir Leid.«

Doch die Lady winkte ab und sprach in heiterem Plauderton weiter: »Nicht doch, meine Liebe! Das Ganze liegt mehr als dreißig Jahre zurück. Es ist eine bitter-süße Erinnerung, mehr nicht. Aber um auf ihre Frage zurückzukommen – jedenfalls bat ich meine Eltern inständig, nach Europa zurückkehren zu dürfen, und sie willigten schließlich schweren Herzens ein. So verbrachte ich die nächsten Jahre in Deutschland. In einem Stift für junge Mädchen. Lange Briefe kreuzten die Meere. Und mit jedem Schreiben, das ich in Händen hielt, wurde meine Sehnsucht, nach Malaysia zurückzukehren, größer. Als ich dann endlich dazu bereit war, trat wie ein Blitz aus heiterem Himmel Heinrich von Steinmark in mein Leben. Wir führten dreizehn

Jahre lang eine ruhige, unkomplizierte Ehe, obwohl er meine geheime Sehnsucht nie wirklich verstehen konnte.«

Jana lauschte teilnahmsvoll der Erzählung, die Augen fest auf Lady Isoldes nahezu faltenloses Gesicht gerichtet.

»So kam er also auch ums Leben?«

»Heinrich liebte die Jagd, und das wurde ihm zum Verhängnis. Irgendein Tölpel hat ihn mit einem Eber verwechselt. Es war ein glatter Blattschuss!«, schloss Lady Isolde mit trockenem Humor. Während Jana sie entgeistert anstarrte, fuchtelte sie aufgeregt mit dem Arm und deutete sie mit ausgestrecktem Finger den Fluss hinauf.

»Oh, sehen Sie nur, Jana – bald sind wir dort!«

Diese wandte den Kopf überrascht in Bugrichtung. Ihr Herz klopfte bis zum Hals.

Auch die anderen Passagiere wurden aufmerksam und drängten sich an der Reling.

Sich behäbig längsseits drehend, lief das Schiff in den kleinen Hafen ein und schob sich zwischen ein spanisches Kanonenboot und eine schwere, chinesische Dschunke. Mit einem leichten Ruck legte es an. Sogleich sprangen zwei Jungen über den Pier heran, welche die von den Matrosen herübergeworfenen Seile auffingen und die Enden an den Pollern geschickt vertäuten. Der erste Offizier würde ihnen nachher einige Pennys dafür in die Hände drücken. Jetzt öffneten die beiden Seemänner eine Seite der Reling, schoben den Steg aufs Festland und gingen voran, um dann die ungeduldigen Passagiere in Empfang zu nehmen. Diese Umsichtigkeit hatte einen guten Grund, wie bereits die ersten Ankömmlinge, die das Schiff verließen, sogleich feststellten: Kaum betraten sie den gepflasterten Pier, gaben die Beine unter ihnen nach, und die beiden Matrosen stützten sie, bis sie sich an den Unterschied vom schwankenden Schiff und festem Boden gewöhnt hatten.

»Oh, Mann!«, staunte ein kleiner Junge in kurzen Hosen, der verblüfft in den Armen eines grinsenden Matrosen hing. »Ich hätte mir beinahe in die Hosen ...!«

»Hiram!«, schimpfte dessen Mutter pikiert, die sich selbst an den Arm des anderen Seemanns klammerte. »Wo sind deine Manieren geblieben?!«

Dafür erntete sie einen spitzbübischen Blick des Sprösslings, mitsamt der respektlosen Antwort:

»Auf dem Schiff vielleicht? Mutter, du musst sie sofort holen, ich habe sie unter Deck vergessen!«

Alle Umstehenden, die das Intermezzo verfolgten, brachen in schallendes Gelächter über die Schlagfertigkeit des Knirpses aus.

Selbst die Mutter zuckte resigniert die Schultern und gab ihm einem scherzhaften Klaps. »Ich kann nichts dafür. Diesen Vorwitz hat er von seinem Vater!«

Jana bekam von alledem nichts mit. Hatte sie sich zuerst noch mit leuchtenden Augen umgeschaut, so stand ihr nun die blanke Furcht ins Gesicht geschrieben! Was, wenn niemand erschien, sie abzuholen? Wenn die Depesche des Vaters nicht angekommen war? Tausend angstvolle Fragen rasten ihr durch den Kopf, während sie über die Reling hinweg auf den turbulenten, kunterbunten Hafen blickte.

Auch Lady Isolde wartete in aller Gemütsruhe ab, bis die letzten Passagiere von Bord gestiegen waren. Nun wandte sie sich bedauernd Jana zu und seufzte: »Jetzt heißt es wohl Abschied nehmen, mein liebes Kind.« Sie sah ebenfalls über den Pier. »Sehen Sie jemanden, der Sie erwartet?«

»Nein ..., ich weiß nicht ...« Verstört schüttelte Jana den Kopf. »Ich kenne doch niemanden aus der Familie. Bis zu Vaters Tod ahnte ich ja noch nicht einmal etwas von ihrer Existenz.«

Erst jetzt, aufgeschreckt durch die heisere Stimme des Mädchens, erkannte Lady Isolde Janas Zustand. Sie war so begeistert, endlich die heimatlichen Gefilde wiederzusehen, dass sie Janas Veränderung gar nicht zur Kenntnis genommen hatte. Rasch legte sie mütterlich besorgt die Arme um die Schultern des hübschen Mädchens, dessen Haut von der Sonne auf hoher See zart gebräunt war, und drückte es beruhigend an sich.

»Machen Sie sich keine Sorgen, Kind. Falls niemand Sie abholt, was ich im Übrigen nicht glauben kann, kommen Sie einfach mit nach Brunei. Sie wären mir herzlich willkommen dort.«

Jana konnte nur nicken. Sie fühlte einen würgenden Kloß in ihrer Kehle. Ihre feuchten Hände schienen am Geländer zu kleben.

Der letzte Passagier hatte mittlerweile das Schiff verlassen. Es gab keine Veranlassung, noch länger zu verweilen.

»Kommen Sie!« Resolut betrat Lady Isolde den schwankenden Steg und wehrte die hilfreich ausgestreckten Hände der Matrosen energisch ab. Mit eiserner Beherrschung stampfte sie breitbeinig auf einen offenen Zweisitzer zu, vor dem ein junger Malaie sie erwartete. Lebhaft sprach sie auf den offensichtlich erfreuten jungen Mann ein und deutete dabei zum Schiff hinüber.

Jana war ihr zögernd gefolgt. Mitten auf dem Steg verharrte sie und sah sich noch einmal unsicher um, ehe sie achtsam weiterging. Aber kaum setzte sie den ersten Schritt von der Planke an Land, da stolperte sie gegen die breite, behaarte Brust eines bärtigen Matrosen, der sie gutmütig lachend mit seinen mächtigen, tätowierten Armen umschloss und in sicherer Umklammerung festhielt! »Keine Angst, Miss!«, dröhnte seine Stimme an ihr Ohr. »So geht es allen Landratten, die nach Wochen auf See das Deck mit festem Boden tauschen!« Hilflos klammerte sie sich an ihn und sog verwirrt den männlichen Duft dieses halb nackten Mannes in sich auf. Die Löckchen auf seiner Brust kitzelten sie an der Nase. An ein schickliches Zurückweichen war noch nicht zu denken, da sich ihre Beine anfühlten, als bestünden sie aus Pudding.

Esther hatte sich längst in den Schatten eines Hauses zurückgezogen und beobachtete argwöhnisch die Ankunft des Schiffes und der Passagiere. Fast war sie schon gewillt zu glauben, ihre Befürchtungen wären umsonst gewesen und der Bruder hätte sich einen makabren Scherz mit ihr erlaubt. Nervös dachte sie daran, wie Edmond wohl die Nachricht aufnehmen würde, wenn er erfuhr, dass die Nichte mit dem vereinbarten Schmuck als Mitgift nicht eingetroffen war! Plötzlich zuckte sie zusammen. Dort auf dem Steg ..., das konnte nur Julias Tochter sein! Die Ähnlichkeit war frappierend! Betroffen rührte Esther sich zunächst nicht vom Fleck und behielt ihren sicheren Beobachtungsposten bei. Gott im Himmel, dachte sie erschrocken, dieses Kind ist jetzt schon eine Schönheit! Ethel und Anabell werden neben ihr wie graue Mäuse wirken! Und Edmond ... Eingehend betrachtete sie, soweit sie es erkennen konnte, das schmale Gesicht mit den hohen zarten Wangenknochen und die großen, von langen schwarzen Wimpern umschatteten, ängstlichen Augen. Es erleichterte sie durchaus nicht, dass die Nichte eine Hautfarbe wie ein Bauernmädchen besaß, denn diese sanfte Bräune hob die in ungewöhnlichem Blau strahlenden Augen noch hervor! Ihr nächster Gedanke, der ihr einen Schauer über den Rücken jagte, galt wieder ihrem Ehemann. Wie würde Edmond auf dieses zauberhafte Geschöpf reagieren? Sie sah, wie Juliana dem Matrosen in die Arme fiel, straffte die Schultern und ging geradewegs auf die Nichte zu.

Jana gelang es endlich, die Balance zu halten, und sie löste sich vorsichtig und sehr verlegen aus der Umklammerung. Sie wollte sich bedanken und öffnete den Mund ...

»Nehmen Sie sofort Ihre Hände von meiner Nichte, Sie Flegel!«

Eine harte, weibliche Stimme zischte diesen Befehl!

Jana fuhr leicht zusammen, aber dann wandte sie sich erleichtert um. Der Matrose stakste lachend davon. Jedoch nicht, ohne Jana noch einmal komplizenhaft anzublinzeln! Isolde von Steinmark, die ebenfalls gerade zurückkehren wollte, sah beruhigt, dass das Mädchen nun doch ihre Verwandten gefunden zu haben schien, und beschloss, nach kurzer Überlegung, die erste Begegnung der Familie nicht zu stören. Es war ohnehin alles gesagt worden und die Einladung abgesprochen, sollte sich Jana entgegen Isoldes Vermutungen bei ihrer Familie nicht wohl fühlen. Sie kehrte um und ließ sich von dem jungen Malaien in die Chaise helfen. Dessen ungeachtet, dass die Kleine offensichtlich momentan abgelenkt war, winkte sie mit einem weißen Taschentuch zu ihr hinüber, bis ihr Einspänner um eine Ecke bog und entschwand.

»Tante Esther?«, fragte Jana schüchtern, obwohl sie die Antwort schon ahnte. Diese Frau wies eine unverwechselbare Ähnlichkeit mit dem Vater auf, auch wenn ihr Haar nicht so hell schimmerte wie seines. Doch Jana musste sich nach der panischen Angst, mutterseelenallein auf der Welt zu sein, felsenfest vergewissern! Dieses Gefühl kehrte schwach zurück, als sie sich einen unendlich langen Augenblick kühl, bar jeglicher Wärme, gemustert sah.

»Du bist also Juliana Benice«, stellte Esther distanziert fest. Übereifrig vor Erlösung, sprudelte Jana hervor: »Ja, ich bin Jana. Ich wusste bisher nichts von ...«

Unvermittelt erinnerte sich Esther daran, dass die Zeit drängte, nachdem das Schiff mit einer ungeheuerlichen Verspätung von vier Stunden eingetroffen war, und sie unterbrach Janas beginnenden Redefluss ungeduldig:

»Später! Wir können uns später unterhalten. Wir müssen uns

beeilen, denn die Fähre legt gleich ab.« Sie begann nervös umherzusehen und murmelte aufgebracht zu sich selbst: »Wo steckt denn schon wieder dieser Bengel? Na warte, Bürschchen ...!«, und wieder Jana zugewandt: »Das Fährboot ist das einzige auf den Inseln, das merkwürdigerweise pünktlich ausläuft. Ist dein Gepäck noch an Bord? Ich hoffe, der Schmuck ist gut aufgehoben.«

Zutiefst verunsichert über den Empfang, fühlte Jana sich den Tränen nahe. Doch die Bemerkung über den Schmuck ließ sie aufhorchen! Konsterniert fuhr es ihr durch den Kopf, ob die Tante wohl eher den Schmuck der Mutter willkommen hieß statt die Nichte. Aber dann entschied sie, die Frage entspränge sicher nur verständlicher Besorgnis. Trotzdem drückte sie den mittlerweile noch unansehnlicher gewordenen Beutel fester gegen die Brust und senkte scheinbar ergeben kurz den Blick, um dann wieder arglos zu Esther aufzusehen.

»Natürlich, Tante Esther. Er ist ... auf dem Boden des Portemanteau versteckt. Unter den Büchern.«

»Bücher?« Esther geriet ein wenig aus der Fassung. »Was um alles in der Welt tust du mit solch unnützem Ballast?«

Mit einem Anflug von Trotz antwortete Jana schlicht:

»Ich lese sie.«

Es war noch nicht sehr in Mode gekommen, Mädchen zu gestatten, sich weiterzubilden. Aber Lord Sinclair, dem Denker und Träumer, war es gleichgültig gewesen, ob sein Kind nun männlichen oder weiblichen Geschlechts war. Was seine Schwester anbelangte, so hatte er nie bemerkt, wie bekümmert diese über den gottgewollten Umstand gewesen war. Zu Lady Julias Lebzeiten bereitete es ihm das größte Vergnügen, die Tochter alles zu lehren, was auch er wusste. So kam es, dass Jana sich rühmen konnte – nein, eigentlich nicht rühmen durfte –, einen für weibliche Wesen ungewöhnlichen Bildungsstand erreicht zu haben. Ihrer schnellen Auffassungsgabe angemessen, war sie mit mathematischen, physikalischen, sogar ein wenig im Umgang mit chemischen Formeln vertraut. Kurz: Sie besaß einen ausreichenden Querschnitt *des* Wissens, das man dem damals zukünftigen Lord Thomas Sinclair in der altehrwürdigen Universität von Oxford beigebracht hatte.

Nun entdeckte Esther den Beutel und deutete angewidert mit spitzem Finger darauf.

»Und was ist das für ein Schmutz?«

»Nur meine Tagebücher«, beeilte Jana sich zu erklären.

Glücklicherweise ging Esther nicht näher darauf ein, sondern zuckte nur gleichgültig die Schultern und sah sich wieder gereizt um.

»Ich werde den Boy nach deinem Gepäck schicken. Wir haben noch einen langen Weg vor uns. Achte darauf, diesen scheußlichen Eingeborenen nicht zu nahe zu kommen.«

Nach diesen Worten glitt Janas Blick neugierig an der vor sich hin schimpfenden Tante vorbei, um die »scheußlichen Eingeborenen« in Augenschein zu nehmen. Was sie jedoch sah, schien ihr alles erfreulich interessant und höchst erstaunlich: chinesische Männer, die in Seide gekleidet einherschritten und den Kopf zur Hälfte kahl geschoren hatten, während ein langer geflochtener Zopf den Rücken herunterfiel; eine Gruppe von englischen Ladys, welche, hochnäsig mit ihren Schirmchen wedelnd, einem betrunken torkelnden Seemann auswichen. Dort hinten, am Ende des Piers, feilschte ein fetter siamesischer Kaufmann mit einem indischen Hausdiener in Hulwars, offener Jiba und Turban offenbar um die Qualität eines halben Fisches. Daneben flirtete ein malaiisches Pärchen arglos und fröhlich miteinander.

Jana gefielen die Malaien besonders. Sie fand, dass diese Menschen wunderschön aussahen mit ihren zwar etwas breiten Nasenrücken, aber dafür von graziler Gestalt, mit nussbraunen Augen und blauschwarzem Haar, das von den jungen Frauen offen getragen wurde und in herrlichen Kaskaden bis auf die Hüften herabrieselte.

Unversehens wurde sie ziemlich heftig aus ihren Beobachtungen gerissen. Schnaubend und knatternd schob sich plötzlich ein schneeweißes, neumodisches Automobil durch die Menge, gefolgt von einer kreischenden Schar Kinder, eingeborene wie auch europäische. Aus dieser wilden Horde löste sich nun eiligst, mit betretenem Gesicht, ein etwa elfjähriger Mischlingsjunge, halb schwarz und zur anderen Hälfte asiatische Züge aufweisend. Barfuß und nur mit einer halblangen, ausgefransten Hose bekleidet, kam er auf sie zugerannt. Atemlos verfolgte Jana mit den Augen das wunderliche Fuhrwerk, von dessen Erfindung sie bisher nur gehört hatte! Stundenlang hätte sie dastehen und das stinkende, lärmende Ding ansehen mögen – wäre ihre Aufmerksamkeit nicht unangenehm von der Tante abgelenkt worden.

Esther ging dem Jungen hastig und sehr zornig einige Schritte entgegen.

Jana glaubte ihren Augen nicht zu trauen, als die Tante die Hand hob und ihm eine solch heftige Ohrfeige versetzte, dass er zurücktaumelte! Dabei schrie sie außer sich: »Du fauler Nichtsnutz! Wo hast du dich herumgetrieben? Soll ich dir mit der Peitsche Beine machen? Geh, und hole das Gepäck der Missis von Bord! Wehe dir, wenn wir die Fähre verpassen!«

Atemlos, durchdrungen von Mitleid und Bestürzung, beobachtete Jana, wie sich die Augen des Jungen mit Tränen füllten. Er hielt sich die malträtierte Wange und rannte los. Fast wäre er ihr vor die Füße gestolpert bei dem Versuch, sich im Vorbeilaufen auch noch zu verneigen! Ein Matrose übergab ihm den Seekoffer, der offenkundig viel zu schwer für ihn war, und den Portemanteau. Zum ersten Mal fühlte Jana Bedauern darüber, alle ihre schweren Bücher mitgenommen zu haben. Ehe sie aber noch weitere unbequeme Gedanken hegte, wurde sie von

Esther hart beim Arm ergriffen und im Laufschritt über den Pier gezerrt! Ohne Rücksicht auf schimpfende Passanten oder den keuchenden, schwitzenden Jungen mit dem Gepäck auf den schmalen Schultern, drängte sie sich durch die Menschen, umging herumliegende Frachtstücke und zog Jana einfach hinter sich her!

Am Ende des Piers lag die Fähre. Die beiden Malaien erhoben schon die hölzernen Staken, mit denen sie das flache, rechteckige Boot vorantrieben, als Jana, Esther und der Junge völlig außer Atem in Sichtweite kamen. Zum Glück wollten auch noch zwei Offiziere zusteigen. Sie bemerkten die Damen und gaben den Malaien ein Zeichen. Die Staken senkten sich wieder, und die Offiziere warteten höflich, um den Ladys behilflich zu sein.

Die Fähre war in der Mitte durch einen niedrigen Aufbau unterteilt. Hüfthoch angebrachte Seile dienten als Geländer. Während sich auf der vorderen Hälfte ein munter schwatzendes Völkchen von Eingeborenen aufhielt, eingekeilt zwischen Gemüsekörben, Hühnerkäfigen und einem sich heftig widersetzenden Schwein, befand sich auf der anderen, dem Fluss zugewandten Seite niemand, obwohl nur dort hölzerne Sitzbänke befestigt waren. Die Eingeborenen begnügten sich mit den rauen Planken.

Jana blieb arglos inmitten der Malaien stehen und lächelte ihnen zu. Einige schauten sie daraufhin äußerst verblüfft an, manche wandten sich ab. Nur zwei junge Frauen lachten, wenn auch überrascht, lebhaft zurück.

»Komm sofort weiter! Auf die andere Seite!«, herrschte Esther sie unerwartet, mit empört vibrierender Stimme an und packte Jana erneut beim Arm.

Erst jetzt bemerkte diese die merkwürdige Unterteilung und ließ sich unwillig aufs Neue mitzerren, vorbei an dem Aufbau und an einem der kräftigen Malaien, der jetzt die Stake in das trübe Wasser senkte.

Die beiden Offiziere saßen schon auf den Bänken und erhoben sich galant, bis Esther sich atemlos niederließ. Sie trugen die schmucken Uniformen der englischen Armee: Rote Jacke mit rot-goldener Schärpe, eng anliegende weiße Hosen, hohe, glänzend schwarze Stiefel und weiße Schirmmützen mit Nackentüchern. Die Backenbärte waren sorgsam gestutzt. Der ältere von ihnen schien ruhig und besonnen zu sein, während man dem anderen das aufbrausende Temperament geradezu ansah. Worin sie sich nicht unterschieden, war die ins Gesicht gezeichnete typische Arroganz der englischen Eroberer.

Jana indes blieb an dem niedrigen Seil stehen und atmete in vollen Zügen die exotischen, unbekannten Düfte ein. Voll von jugendlichem Tatendrang und kindlicher Neugier nahm sie die wilde Schönheit Sarawaks begeistert in sich auf. Dies sollte also ihre neue Heimat werden. Und sie betete insgeheim, der Rest der Familie möge sie herzlicher willkommen heißen als die seltsame Tante.

Die Fähre glitt sanft schaukelnd aus dem Hafenbecken heraus. Eine Zeit lang fuhr sie flussabwärts. Dann lenkten die Malaien sie in einen schmalen Seitenarm, mitten in den Dschungel hinein. Es war, als ob ein grün dämmriges Gewölbe sie unversehens einkesselte. Die mächtigen Kronen hoch über dem Boot ließen kaum einen Sonnenstrahl hindurch. Doch statt der erwarteten Kühle wurde es stickiger und heißer. Die Luftfeuchtigkeit stieg an. Nach wenigen Minuten klebte den Passagieren die Kleidung am Leibe. Die gedämpfte Stille wirkte erdrückend.

Mit einem geheimen Seufzer und nach einem noch heimlicheren Seitenblick auf die Tante, die stocksteif dasaß und nicht zu ihr hinsah, öffnete Jana die obersten Knöpfe des hochgeschlossenen wollenen Trauerkleides. Der feuchtwarme Stoff kratzte derart unangenehm auf der Haut, dass sie weitere Knöpfe öffnete. Tief aufatmend legte sie den Ansatz ihrer Brüste frei, kehrte Esther und den Gentlemen aber wohlweislich den Rücken zu. Wie hält sie es nur aus mit dem hohen Kragen?, dachte sie mit einem Anflug von Bewunderung für die kühle Gelassenheit Esthers. Die Tante musste doch ebenso schwitzen wie sie und gleichfalls die Offiziere, die ständig einen Finger zwischen Haut und die steife Halsmanschette schoben, um ein wenig Luft in die Uniformen zu fächeln. Wahrscheinlich hielt nur die Anwesenheit der Damen sie davon ab, sich der Jacken zu entledigen. Jana beobachtete sie mit steifem Nacken, da sie sich nur schwerlich umdrehen konnte. Eine Weile später verlor sie das Interesse an den hochroten Gesichtern der Herren. Fasziniert betrachtete sie nun das verwirrende Farbenspiel von hunderterlei Grüntönen: vom schillernden Smaragdgrün spitzer Blätter bis hin zu düsterem, schwarzgrünem Moos, das an abgestorbenen Baumstämmen wucherte. Hier und da schimmerten die goldgelben Früchte vereinzelter Pisangbäume durch die dichten Blätter. Aus dem feuchten Boden stieg das süßliche, betäubende Aroma fleischiger Pflanzen und Blüten. Herabhängende, armdicke Lianenstränge streiften das Boot, und mehrmals vermochte Jana gerade noch einem zurückschnellenden Ast auszuweichen.

Immer weiter schob sich die Fähre durch Biegungen und Windungen des Flussarms. Ab und zu verbreiterte er sich zu einer von Menschenhand geschaffenen Lichtung. Grobgezimmerte Hütten auf hölzernen Stelzen, die weit ins Wasser hineinreichten, säumten hier die Ufer. Frauen klopften Wäsche oder gingen anderen Arbeiten nach und winkten freundlich, wenn das Boot passierte. Im Wasser tobende Kinder lachten, kreischten und rannten am schlammigen Ufer entlang nebenher. Das Winken und Rufen wurde vom Boot aus heiter erwidert. Natürlich nur von der einen Seite her. Einmal verbreiterte sich der undurchdringliche Urwald zu einer tiefen Schneise. Elefanten, riesige graue Kolosse, rodeten die Bäume, gelenkt von auf ihren mächtigen Nacken thronenden, halb nackten Mahauds mit roten und weißen Turbanen. Einige berittene Soldaten überwachten gelangweilt die Arbeit und schauten kaum herüber.

Jana döste allmählich ein. Es gelang ihr kaum noch, die Augen offen zu halten ... Energisch riss sie sich zusammen. Viel zu interessant waren die Entdeckungen der Pflanzen und Tiere, welche sie bisher nur aus Büchern kannte:

Dort unten im trüben Wasser ringelte sich gerade eine schwarze Schlange zum Ufer hin. Eine andere, riesig und mit schöner bunter Zeichnung, verharrte reglos in den Ästen eines Bethelstrauches. Bunte Vögel zankten sich kreischend in den Wipfeln hoher Mahagonibäume. Durch die Blätter einer Kampferpflanzung schielte neugierig ein kleines Äffchen herüber. Aus verborgenen, düsteren Stellen leuchteten exotische, seltsam geformte Blüten. Meerkatzen schwangen sich in unglaublicher Geschwindigkeit in schwindelnder Höhe von Ast zu Ast ...

Unter halb geschlossenen Lidern betrachtete Jana träge die dickfleischigen dunkelgrünen Blätter einer ihr unbekannten Pflanze. Da warf ein unerwarteter heftiger Ruck das Boot zur Seite. Die malaiischen Fährmänner stemmten plötzlich ihre Staken tief in den schlammigen Untergrund und unterbrachen abrupt die Fahrt! Die Fähre schob sich, was undurchführbar schien, noch näher ans Ufer heran. Wild peitschende Schlingpflanzen schnellten über das Deck. Auf der anderen Seite herrschte ein heilloses Durcheinander: Körbe, Käfige und Menschen purzelten übereinander. Schreien, Lachen und dazwischen das empörte Quieken des Schweines, das Anstalten machte, über den niedrigen Bordrand zu springen. Im allerletzten Augenblick stürzten sich mehrere Männer unter anfeuernden Rufen über das ungehalten grunzende Tier her und hielten es fest.

Erschreckt drehte Jana sich zu ihrer Tante um, öffnete den Mund, um zu fragen, was das alles zu bedeuten hätte ... Nach einem Blick auf deren Gesicht schloss sie ihn jedoch wieder, denn die beiden Offiziere und Esther fuhren jäh von ihren Sitzen hoch und starrten wie versteinert in die gleiche Richtung. Erstaunt registrierte Jana sogar einen Anflug von Furcht in Esthers Miene. Neugierig geworden, schaute sie genauer hin.

Ein zweites Boot trieb ihnen entgegen – ein malaiisches Praho, dessen Mastbaum waagerecht über der ganzen Länge des Bootes lag. Vier Männer konnte sie erkennen: Zwei Malaien, die das Boot ebenfalls mit langen Staken lenkten, abenteuerlich anzusehen, da sie nur mit roten Dhotis und ebenso roten, nachlässig gebundenen Turbanen bekleidet waren. Der dritte Mann trug unverkennbar europäische Züge, obwohl seine Haut dunkler von der Sonne war als die der Eingeborenen. Er lehnte lässig, einen Fuß auf den gekippten Mastbaum gestellt und die Hände in die ausgefransten Taschen der abgeschnittenen Seemannshose gesteckt, an dem niedrigen Geländer. Sein bis zum Nabel geöffnetes Hemd zeigte eine schwarz behaarte Brust. Schwarz glänzten auch die spöttischen Augen, die kurz geschorenen Haare und der kecke Schnauzbart. Dieser unverschämte Kerl grinste tatsächlich frech und unbekümmert in ihre Richtung.

Was aber Jana zu einem tiefen Atemzug veranlasste – war die hoch gewachsene, vom Kopf bis zu den Füßen in einen schneeweißen Burnus gehüllte Gestalt, welche sich in aufreizend arroganter Haltung, die Arme über der Brust gekreuzt, kerzengerade über den Bug erhob! Nur ein schmaler Schlitz ließ die Augen unbedeckt.

Jana konnte den Blick nicht von dem vermummten Mann lassen!

Dass es ein Mann sein musste, der sich unter dem weiten Gewand verbarg, verrieten die kräftigen Körperformen und die ungewöhnliche Größe. Auch die leichte Bewegung, mit der er das Schwanken des Bootes ausglich, hatte nichts weiblich Anmutiges, sondern zeugte von ungezähmter Stärke.

Sie verspürte ein seltsames Gefühl in der Magengegend. Ein

merkwürdiges Kribbeln, das sich einnistete, um sich bis zu den feinen Härchen in ihrem Nacken fortzusetzen! Es handelte sich dabei nicht um Furcht, das wusste Jana genau. Furcht ließ sie erstarren, und ihre Glieder fühlten sich dann eiskalt an. Das hier war etwas anderes, völlig Neues. Es schien eher, als ob sie, Jana, etwas erwartete ..., als ob gleich etwas geschehen würde ... Etwas Außergewöhnliches ...

Die Boote befanden sich jetzt auf gleicher Höhe. Sie hätte nur die Hand ausstrecken müssen, um den Geheimnisvollen zu berühren, der hochmütig über sie alle hinwegblickte, als nähme er die Fähre überhaupt nicht zur Kenntnis.

Die beiden Malaien hielten einen Augenblick inne, um Grußworte mit den Landsleuten auf der Fähre zu tauschen. Anscheinend kannte man sich, denn sie lachten und riefen einander etwas in einer Sprache zu, die Jana nicht verstand. Plötzlich fiel ihr auf, dass sie die Männer in unverhohlener kindlicher Neugierde anstarrte. Ihr Gesicht begann zu brennen, und sie wandte sich verlegen ab.

Aber irgendetwas zwang ihren Blick magisch zurück zu der weiß gekleideten Gestalt.

Sie sah jetzt direkt in das verhüllte Gesicht ..., und die Planken unter ihren Füßen schienen auf einmal fortzugleiten ... Ihre Kehle wurde eng!

Ihr Herz überschlug sich in seinem Takt!

Der Fremde sah sie an ...

Ein mandelförmiges Augenpaar musterte sie zuerst gleichgültig – dann mit erwachendem Interesse. Sekundenlang senkte es sich in ihre fassungslos aufgerissenen Augen!

Janas Lippen öffneten sich im Schock darüber, welch ein Chaos von Gefühlen dieser Blick in ihr auslöste! Unbewusst fuhr ihre Zungenspitze über die ausgetrockneten Lippen – und sie ahnte dabei nicht im Geringsten, wie unschuldig sinnlich sie in diesem zeitlosen Augenblick wirkte ...

Diese Augen: braun, grün, goldglänzend, welch eine ungewöhnliche Farbe!

Instinktiv fühlte sie, dass diese tief in ihrer Seele forschenden Augen sie ihr ganzes Leben lang verfolgen würden, denn ...

... im grünen Flimmer des Dschungels schienen sie aus lebendigem, verflüssigtem Gold ...

Es gelang der jungen, eigenwilligen Juliana Roxan Benice, Lady Sinclair, nicht, ihren Blick aus diesen Augen zu lösen, obwohl sie es wollte – und es doch nicht wollte ... Sinne erwachten, gerieten in Aufruhr! Sinne, deren sie sich vorher nie bewusst war!

Ohne zu erkennen, was es war oder sein könnte, spürte sie auf einmal den süßen Hauch weiblicher Macht, die allen Frauen zu eigen ist, die sich ...

Als hätte man sie mit einem Schwall Eiswasser übergossen, erstarrte sie, als der Mann plötzlich abrupt seine Aufmerksamkeit abwendete!

Vorher aber bemerkte sie noch für den Bruchteil einer Sekunde bestürzt, wie sein Blick hasserfüllt über die Tante und die beiden Engländer wanderte!

Die Boote schoben sich aneinander vorbei. Und schon bald verschwand das Praho hinter einer Biegung. Der beeindruckende Mann unter dem weißen Burnus hatte nicht einen Muskel bewegt.

Die Fähre glitt wieder in die Mitte des Fahrwassers.

Aber Jana starrte ihm noch immer hinterher.

»Juliana!«

Die entrüstete Stimme holte sie schmerzhaft in die Wirklichkeit zurück. Verstört drehte sie sich um, noch viel zu aufgewühlt, um einen Ton herauszubringen.

Esther sah zu ihr hinüber und setzte gerade zu einer zornigen Rede an, da bemerkte sie die erschütterte Miene der Nichte. Da sie annahm, Jana wäre in heilloser Angst gefangen, mäßigte sie die Schärfe ihres Tones und rügte etwas sanfter, was jedoch nicht zu dem Wortlaut des Tadels passen wollte: »Richte bitte deine Kleidung! Ich finde dein Benehmen unglaublich! Wie kannst du diesen Abschaum derart anstarren?«

Tief beschämt, vor den Offizieren in dieser Weise abgekanzelt zu werden, senkte Jana den Kopf und schloss hastig die obersten Knöpfe ihres Kleides. Zu ihrer steigenden Verwirrung beachtete die Tante sie jedoch nicht weiter, sondern wandte sich in entflammtem Eifer an die beiden Offiziere:

»Es ist unglaublich, nicht wahr?«

Da die Tante keine weiteren Maßregelungen von sich gab, verlor sich Jana in Träumen über die geheimnisvolle Erscheinung ...

Der jüngere Mann nickte bckräftigend. Zornesröte überzog sein ansprechendes Gesicht, und er antwortete hitzig:

»Man hätte sie abstechen sollen!«

Der andere schüttelte leicht tadelnd den Kopf über das Ungestüm seines Kameraden. Er wirkte sogar ein wenig amüsiert. »Und sämtliche Passagiere dieser Fähre wären über uns hergefallen, mein Lieber.«

»Meine Herren!«, rief Esther außer sich. »Sie stimmen mir doch sicher zu, wenn ich behaupte, es ist das Ende jeder Zivilisation, wenn ehrbare Bürger solchem Gesindel den Vorrang lassen müssen!«

Der ältere Offizier lächelte und verbeugte sich in Esthers Richtung. »Das Ende der Zivilisation und der guten Manieren. Gestatten Sie, Madam, dass wir uns vorstellen?« Beide Männer salutierten kurz, die Fingerspitzen an die Mützenschirme legend.

»Thornton und Clawdy – Majors der zweiten Division Ihrer Majestät, Königin Viktoria. Entzückt, Ihre Bekanntschaft zu machen«, er verbeugte sich knapp zu Jana hinüber, »Miss ...?«

»Ich bin Mrs. Edmond McCleary, sicher kennen Sie den Namen meines Gatten? Und das dort ist meine Nichte Juliana Sinclair, eben erst frisch aus England eingetroffen. Ich hoffe, das erklärt ihr unglaubliches Benehmen diesen ... diesen Marodeuren gegenüber ..., Juliana!«

Jana, die abwesend auf das Wasser starrte, drehte sich hastig wieder um.

»Verzeih Tante. Was sagtest du? Wer waren diese Männer? Kennst du sie?«

Esther verdrehte die Augen und erklärte klagend den Herren: »Sehen Sie, Gentlemen! Dieses Mädchen ist völlig naiv und unwissend.«

Major Thornton, der ältere, ging langsam zu Jana hinüber, die verständnislos dreinblickte. Er lächelte und schlug einen leichten Plauderton an, als befände er sich auf einer Gesellschaft: »So, so, frisch aus dem guten alten England importiert also. Gestatten Sie mir daher, Ihre Frage zu beantworten.«

Janas Antwort kam eine Spur zu schnell und viel zu übereifrig: »Oh, ich bitte darum!«

Thornton verbeugte sich galant und legte eine Hand auf die Seile. »Sie können natürlich nicht wissen, dass wir soeben die außergewöhnliche Begegnung mit der rechten und der linken Hand Sandokans hatten, des *Tigers von Malaysia*, wie er vom Volk genannt wird. Diese drei Halunken sind die gefährlichsten Piraten, die seit Jahren das chinesische und malaiische Meer unsicher machen. Sie beherrschen das gesamte südliche Inselreich und wiegeln die Bevölkerung zur Rebellion auf. Und Sie hatten gerade das zweifelhafte Vergnügen ...«

»... Piraten? Aber warum hat man sie denn nicht gleich festgenommen?«, unterbrach Jana den Offizier perplex und sich ihrer Unhöflichkeit nicht bewusst. Dieses vollkommen neue, absonderliche Gefühl in ihr drängte einfach danach, zu erfahren, wer oder was hinter der Maske steckte!

Major Thornton tat, als hätte er den Ausrutscher nicht bemerkt, und antwortete geduldig: »Zu unserer Schande muss ich sagen, die Eingeborenen stehen hinter den Piraten. Sie sollten wissen, Miss Sinclair, die Seeräuberei in Malaysien ist eine jahrhundertealte, blutige Tradition, die vom Vater auf den Sohn vererbt wird. Diejenigen, die sich hier an Bord befinden, hätten einer Verhaftung wohl kaum zugestimmt. In jeder Familie gibt es mindestens einen Verwandten, der zu den Piraten zählt. Haben Sie nicht bemerkt, wie sie diese Begegnung begrüßt haben? Sie betrachten Sandokan und seine Männer noch immer als eine Art Retter aus der englischen Tyrannei. Vor etwa fünfzehn Jahren«, Thornton wurde nachdenklich, »gelang es uns einmal fast, Sandokan zu bezwingen. Nachdem er das schier unglaubliche Wunder vollbrachte, feindliche Stämme wie Siamesen, Khmer, Malaien und Dajaken unter seiner Flagge zu vereinen, entdeckten wir seinen Schlupfwinkel auf der Insel Mompracem und brachten ihn auf. Leider aber war sein Mythos nicht so leicht zu bezwingen, doch er wird niemals wieder so mächtig sein wie damals.«

Er lächelte amüsiert auf Jana herab, die mit geröteten Wangen und leicht geöffneten Lippen gespannt lauschte, und sprach in dem Ton eines sich überlegen Dünkenden weiter: »Die Zeiten der Helden sind vorbei. Die Malaien wissen es nur noch nicht. Sie sind wie kleine Kinder, die man bei der Hand nehmen muss, um ihnen zu zeigen, was das Beste für sie ist. Und das tun wir, indem wir ihnen die Zivilisation bringen.«

Jana verspürte unvermittelt Zorn über die anmaßende Art, wie der Major über andere Menschen urteilte. Ohne nachzudenken, platzte sie scharf heraus: »Mit der Peitsche, Sir?« Die Tante bekam glücklicherweise von diesem Gespräch nichts mit. Sie saß wieder auf der Bank, mit geschlossenen Augen und fächelte sich Luft zu. Doch der jüngere Offizier wurde nun aufmerksam und schlenderte zu ihnen herüber. Thornton überhörte auch diesen Ausbruch der unwissenden jungen Dame. Er erklärte nachsichtig: »Sie haben noch keinerlei Kenntnis über dieses Land hier, Miss. Würden Sie einem Kind nicht auf die Finger schlagen, ehe es ins Feuer greift und sich verbrennt?«

»Aber Sie sprechen doch von erwachsenen Menschen!«, ereiferte sich Jana empört. Im gleichen Moment wurde ihr klar, was sie sich einem Angehörigen der Königlichen Division gegenüber herausnahm! Hastig versuchte sie ihren Fauxpas ungeschehen zu machen und einzulenken, indem sie bescheiden fragte: »War das eben der *Tiger von Malaysia*?«

Ehe Thornton, jetzt doch ein wenig ärgerlich, antworten konnte, mischte sich Clawdy in das Gespräch und äußerte abfällig: »Nein, Miss Sinclair. Sandokan ist fast schon ein alter Mann. Der Tiger zeigt nur noch selten seine Krallen. Vielleicht ist er auch längst ein schnurrender Kater geworden. Die beiden Männer auf dem Boot waren Pierre Evereux, ein Franzose zweifelhafter Herkunft und Yoritomo Shigehira, das Schwert des Tigers – die Kobra. Niemand hat bisher sein Gesicht gesehen. Fest steht nur, er ist japanischer Abstammung, aber Gerüchte besagen, er habe auch französisches Bastardblut in den Adern und nennt sich deshalb auch Pierce D'Irristru. Er soll einst ein großer Krieger gewesen sein, aus einer angeblich unbesiegbaren Kaste.« Er lachte selbstgefällig auf. »Vielleicht sind sie ja wirklich gut auf dem Festland, aber als Navigatoren taugen sie nichts. Wir haben vor Jahren einmal ein Schiff, voll mit diesen kleidertragenden Schwertschwingern, mit Mann und Maus vernichtet!«

Jana setzte zu einer Antwort an, da ertönte die scharfe Stimme der Tante, die sich inzwischen wieder erhoben hatte: »Juliana! Es ist genug. Belästige die Gentlemen nicht länger mit deinem unausgegorenen Geschwätz. Wir legen gleich an.«

Jana schwieg und blickte, wie auch die beiden Männer, nach vorne, wo jetzt ein Anleger an einem breiten Weg sichtbar wurde. Einige Eingeborene erwarteten die Fähre bereits. Ebenso eine Chaise mit einem schwarzen Kutscher.

3. KAPITEL

Edmond McCleary war ein gut aussehender Mann. Mit sechsundvierzig Jahren stand er in der Blüte seiner Manneskraft. Er besaß die schlanke Figur eines Dreißigjährigen, worum ihn so mancher Lord mit einem Hang zum Bauchansatz heftig beneidete. Sein narbiges Gesicht und die beginnende Lichtung des Haaransatzes machten ihn noch interessanter. Wenn sich seine sinnlichen Lippen zu einem strahlenden Lächeln entschlossen, zeigte er zwei Reihen prächtiger, gesunder Zähne, und auf beiden Wangen bildeten sich tiefe Grübchen.

Das machte ihn vertrauenswürdig.

Seine hellbraunen Augen konnten in herzlicher Wärme aufblitzen, und sie wurden umwoben von einem Netz feiner Fältchen, die jemand, der Edmond nicht kannte, auf Anhieb für die Lachfältchen eines heiteren Menschen halten konnte.

Und dies alles machte ihn so gefährlich!

Er stand vor den halbkreisförmigen Marmorstufen, die zum Portal der ehemaligen Sommerresidenz des Sultans Muda Hassin führten und blickte über die gepflegte Rasenfläche zum Saum des Dschungels hinüber. Er erwartete die Ankunft seiner Gattin und deren Nichte.

Die Wege waren mit weißen Kieselsteinen befestigt und wurden von verschwenderisch blühenden Büschen gesäumt, deren Blüten einen zarten, lieblichen Duft verströmten. Der weiße, aus Marmor erbaute kleine Palast bildete heute das Haupthaus der Plantage Cleary, welcher Edmond selbstbewusst seinen Namen gegeben hatte.

Eine Hand in der Hosentasche des hellen, perfekt sitzenden

Anzugs vergraben, nestelte er mit der anderen in der Brusttasche und zog ein dünnes schwarzes Zigarillo hervor, das er sich zwischen die Lippen steckte. Ehe er selbst nach Zündhölzern suchen musste, stürzte aus dem halbgeöffneten Portal hinter ihm ein dunkelhäutiger Diener und reichte ihm Feuer. Edmond sog an dem Zigarillo, ohne die breite Auffahrt aus den Augen zu lassen oder den Diener zu beachten, der nach einer tiefen Verbeugung eiligst wieder verschwand.

Die Fahrt wurde Jana zur Qual. Der breite, durch ineinander gewachsene Baumkronen tunnelartige Weg zur Plantage war zwar gepflegt und nicht allzu holprig, aber das Gefährt schwankte und schaukelte, da Esther ungeduldig den schwarzen Kutscher anhielt, die beiden Pferde bis zum Äußersten anzutreiben. Da die Chaise nur zwei Sitzplätze aufwies, musste der Boy auf der hinteren winzigen Plattform stehen und sich an Janas Portemanteau klammern, um nicht herunterzufallen. Eine Unterhaltung war während der rasanten Fahrt unmöglich, Jana verspürte auch keine Lust dazu. Ihre Augenlider wurden schwer, das feuchte Wollkleid kratzte und juckte auf der empfindlichen Haut. Endlich, nach einer Ewigkeit wie ihr schien, zeigte sich weit hinten helles Sonnenlicht, und das bedeutete hoffentlich das Ende der höllischen Fahrt!

Der Wechsel von der Dämmerung der Auffahrt zur grellen Nachmittagssonne war so jäh, dass Jana die Augen zukniff. Die Pferde mäßigten ihre Gangart. Als sie wieder aufschaute, glaubte sie zu träumen! Es war, als hätte sie die Schwelle zu einem Paradies überschritten! In diesem Moment schwor sie, sich in diesem Land über nichts mehr zu wundern. Alles Mögliche hatte sie erwartet – aber nicht einen weißen Märchenpalast inmitten einer weiten, saftig-grünen Rasenfläche, umgeben von sich im Wind wiegenden Palmen! Die Fenster und Türen zierten Jalis, feingehämmerte Gitter. Sie umrundeten wie eine Krone das flache Dach und die rings um die erste Etage verlaufende Galerie, die von gedrehten, schlanken Säulen gestützt wurde. Der betäubende Duft exotischer Gewächse, den sie bereits schwach auf dem Schiff wahrgenommen hatte, umschmeichelte jetzt in seiner ganzen Intensität ihre Sinne.

Jana starrte so entrückt auf das Haus, dass sie nicht merkte, wie der Wagen vor der marmornen Treppe hielt und Esther rasch herausstieg. Noch hastiger sprang der Boy von der Hinterachse, erleichtert darüber, die Fahrt unbeschadet überstanden zu haben.

Esther wies ihn an, das Gepäck hinaufzutragen, und wandte sich Edmond zu, der neben dem Wagen stand und Jana forschend und leicht amüsiert betrachtete.

»Du glaubst nicht, was uns unterwegs widerfahren ist, Edmond! Auf der Fähre ...«

»Später, meine Liebe«, unterbrach Edmond die Gattin mit einem alarmierenden Unterton, den nur sie verstand. Für jeden anderen hätte die Stimme leichthin und freundlich geklungen.

Esther fühlte eisige Kälte in sich aufsteigen! Wie er das Kind ansieht!, dachte sie bestürzt. Lieber Gott, lass nicht zu, dass er sich an ihr vergreift!

»Unserem Gast scheint es die Sprache verschlagen zu haben«, drang eine modulierte Stimme mit gepflegter Aussprache in Janas andächtige Betrachtungen. Sie drehte den Kopf verlegen in die Richtung. »Oh! Bitte verzeihen Sie, aber dieses Haus ist so wunderschön«, entschuldigte sie sich. Überrascht stellte sie fest, nie einen interessanteren Mann in diesem Alter gesehen zu haben. Seine Augen blickten sie warm lächelnd an. Das Glitzern darin hielt sie für Willkommensfreude. Deshalb nahm sie auch gerne die ausgestreckte Hand und ließ sich aus der Kutsche helfen.

»Du bist also die kleine Juliana«, begrüßte Edmond sie liebenswürdig. Sein Kennerblick glitt fasziniert über ihre Gestalt und zurück zu dem schmalen Gesicht mit den großen blauen Augen, die ihn schüchtern anlächelten. Eine leichte Erregung bemächtigte sich seiner, doch er hatte sich gut in der Gewalt. »Herzlich willkommen auf Cleary«, sagte er, als Jana neben ihm stand. »Ich bin dein Onkel Edmond. Es ist nicht nötig, mich förmlich anzureden, denn ab heute gehörst du ja zu meiner Familie.«

»Ich danke dir«, antwortete Jana, froh darüber, dass sie endlich jemand willkommen hieß, seit sie malaiischen Boden betrat, und lächelte zu ihm auf. Sie war zu erschöpft, um zu bemerken, mit welch eigentümlicher Sorge seine Gemahlin sie und Edmond betrachtete.

»Juliana wird müde sein von der langen Reise. Sicher möchtest du dich zuerst auf dein Zimmer zurückziehen, nicht wahr?«, sagte Esther leise. Sie drehte sich um und ging ins Haus.

Nur widerstrebend gab Edmond Janas Hand frei, die er noch immer festhielt. Er nickte ihr zu und ging voran. Jana folgte einen Schritt hinter ihm.

In der Eingangstür zur großen Halle blieb Jana stehen und blickte sich bewundernd um. Edmond beobachtete sie, während Esther mit dem Boy auf die geschwungene Treppe mit dem goldüberzogenen Geländer zuging, die nach oben führte, wo sie sich nach rechts und links teilte und in eine Balustrade überging. Der Fußboden bestand aus einem Mosaik, das ein orientalisches Muster zeigte. Hohe ovale Fenster mit buntem Glas ließen das Sonnenlicht, jedoch nicht die Hitze, ungehindert in die Halle fließen, auf die zahlreichen Kübel mit kleinen Palmen und Farnen. Der gesamte vordere Teil des Hauses bestand aus dieser riesigen Halle, deren Mittelpunkt ein verschwenderisch bepflanzter Springbrunnen bildete. Sanft plätscherten mehrere Fontänen in das steinerne Auffangbecken und verbreiteten eine angenehme Frische. Erst hinter der Treppe befanden sich hohe

Türen. Schiebetüren, welche zu den Räumen im hinteren Teil führten. Einige Dienstboten, malaiische und schwarze, huschten geschäftig umher. Was Jana an dem, eigentlich nicht ungewöhnlichen, Anblick störte, war die Lautlosigkeit, die hier herrschte. Keine Stimmen, kein Lachen – nur ernsthafte Gesichter und unterwürfige Mienen! Daheim, in früheren Zeiten, wurde jeder neue Gast zumindest heimlich beäugt, doch diese stillen Menschen hier würdigten sie keines Blickes. Im Gegenteil: Sie erhielt fast den Eindruck, als senkten sich die Köpfe noch ein wenig tiefer.

Edmond steckte sich ein neues Zigarillo an und inhalierte tief den würzigen Rauch.

»Wie ich sehe, gefällt dir dein neues Heim.«

Sie wandte sich ihm zu und nickte begeistert.

»Ja, Onkel Edmond. Es ist wunderschön. Ich bin überzeugt, ich werde mich hier wohl fühlen.«

»Man wird dir gleich deine Räume zeigen. Doch zuerst«, er machte eine kleine Pause und sah sie direkt an, »wirst du mir doch sicher den Schmuck aushändigen wollen, damit ich ihn für dich sicher im Safe aufbewahre, nicht wahr?«

Schon wieder der Schmuck!

Argwohn senkte sich in ihre eben noch freudige Stimmung. Plötzlich war der Onkel ihr nicht mehr ganz so sympathisch. Jana mahnte sich zur Wachsamkeit. Trotzdem konnte sie die Regung eines schlechten Gewissens nicht vollständig unterdrücken, als sie erneut zu der Lüge griff, die sie schon Esther aufgetischt hatte, um Zeit zum Nachdenken zu gewinnen. Sie nickte ergeben und sah harmlos zu ihm auf.

»Gewiss, ja. Ich wollte dich selbst darum bitten, doch ich muss zuerst den Koffer ausräumen. Die Schatulle liegt zuunterst – der Sicherheit wegen.«

»Das war eine gute Idee«, lobte Edmond und legte väterlich eine Hand auf Janas Schulter. Erstaunt und mit einer leichten

Aufwallung von Ärger registrierte er, wie die Schulter unter seiner Hand sich ein wenig versteifte!

»Juliana!«, erklang Esthers ungeduldige Stimme von oben.

Erleichtert rief Jana hinauf: »Ich komme schon, Tante Esther!«, und zu Edmond gewandt, leiser: »Darf ich gehen, Onkel?«

Dieser nickte und antwortete unmerklich kühler: »Sicher. Aber lass uns nicht zu lange warten. Ich sehe dich nachher in meinem Arbeitszimmer.«

Jana deutete einen Knicks an und eilte die Treppe hinauf, wo sie von Esther erwartet wurde, die ihr seltsam forschend entgegenblickte. Als Jana sie erreichte, drehte sie sich wortlos um, schritt voran und bog in einen lang gestreckten Flur ein.

In der Nähe des Kaps Taniong-Datu, das die Bucht von Sarawak gegen Jiban hin begrenzte, dümpelte eine mächtige chinesische Dschunke. Ihr blutroter Rumpf hob sich auffällig gegen das schwarzlackierte geschwungene Dach des Aufbaus ab, unter dem sich die Deckkajüte befand. Fenster aus buntem Bleikristall reflektierten das Sonnenlicht. Außer der gewaltigen Größe und der Lackierung unterschied sich das Schiff von den üblichen Dschunken auch deshalb, weil es durch die Bestückung von je drei Kanonen backbord und steuerbord tief im Wasser lag – und weil an dessen Mastspitze eine Flagge flatterte, die den schwarzen Kopf eines Tigers auf goldenem Grund zeigte.

»Nun? Was habt ihr herausgefunden, was meine Späher nicht auch hätten herausfinden können?«, fragte Sandokan mit verdrossenem Unterton und studierte weiterhin die Seekarten, die vor ihm ausgebreitet auf dem edlen Mahagonitisch lagen. Er saß auf einem Stuhl mit hoher Lehne und hatte bisher nur ein einziges Mal die wachsamen braunen Augen gehoben, als die beiden

Piraten die Kajüte betraten. Sein schwarzes, schulterlanges Haar glänzte trotz der silbergrauen Strähnen, was bewies, dass der *Tiger von Malaysia* keineswegs alt und senil geworden war, wie es die Briten gerne glauben wollten. Unter den Salwars, den weiten Pluderhosen und der bestickten, kaum die mächtige Brust verhüllenden Jiba, verbarg sich der geschmeidige Körper eines kampfgewohnten Mannes, obwohl Sandokan schon mehr als 45 Jahre zählte.

»Nichts anderes. Doch du weißt, ich überzeuge mich gern selbst bei einem Plan dieser Größe«, antwortete Yoritomo Shigehira in der ihm eigenen, anmaßenden Art. Er stand breitbeinig und kerzengerade inmitten der luxuriös ausgestatteten Kajüte des Tigers, wo er irgendwie deplatziert wirkte und sich auch so fühlte. Letzteres sah man ihm selbstverständlich nicht an, da er die Kunst »das Gesicht wie eine Maske zu tragen« zeitweilig vollkommen beherrschte. Zeitweilig bedeutete – wenn nicht gerade das Erbe des Vaters, des französischen Edelmannes Guy D'Irristru, welcher zu gelegentlichem Jähzorn geneigt hatte – ihn übermannte.

Yoritomo streifte die Kapuze ab, die Gesicht und Haupt verdeckte, und enthüllte ebenmäßige, wie aus Bronze gemeißelte Züge. Seine Haut schimmerte in einem Olivbraun. Die schrägen Augen – ein Erbe der japanischen Mutter, der Dame Akane Toyotomi Shigehira – blickten kühl, fast gelangweilt. Sein blauschwarzes dichtes Haar, nachlässig gebunden, warf er achtlos über die breiten Schultern. Es floss den Rücken hinunter bis zu den schmalen Hüften.

»Es ist genau, wie Wan Su es vorausahnte. Der Preis für chinesische Seide steigt ins Unermessliche. Und McCleary hat seine gierigen Finger bereits nach neuen Möglichkeiten ausgestreckt ... Was grinst du eigentlich die ganze Zeit?«, fuhr Yoritomo plötzlich erzürnt auf, nachdem seine Stimme vorher kühl und teilnahmslos geklungen hatte! Sich sofort wieder beherrschend, fixierte er Pierre Evereux, der ihn seit einer Weile amüsiert und nachdenklich beobachtete.

Der Franzose zwirbelte an seinem Oberlippenbart, während er mit der anderen Hand über das kurze Haar strich. Er nahm den Fuß vom Schemel und machte einen Schritt auf Yoritomo zu. Mit harmlos erstaunter Miene sagte er: »Aber cher! Ich habe nur gelächelt, weil der Plan, McCleary zu vernichten, nun endlich in greifbare Nähe gerückt ist.«

Yoritomo beäugte ihn misstrauisch.

»Ich kenne dich. Da ist noch etwas anderes. Nun sag schon endlich, was so verdammt komisch ist.«

»Mir scheint, du hast vergessen zu erwähnen, dass wir McClearys Frau gesehen haben«, antwortete Pierre leichthin, um dann spottend fortzufahren: »Ich bin überzeugt, du hast sie nicht übersehen, da sie ja direkt hinter diesem Mädchen stand.«

Jetzt erhob Sandokan überrascht den Kopf.

»Ein Mädchen?«, fragte er ungläubig. »Soll das heißen, unser Freund mit dem Eiswasser in den Adern hat sich die Mühe gemacht, ein Mädchen zu bemerken?« Die vollen Lippen unter dem dichten Bart verzogen sich zu einem belustigten Lächeln. »War sie hübsch? Welcher Rasse gehörte sie an? Eine Malaiin? Oder stammte sie aus Borneo? Es wäre wirklich interessant zu erfahren, zu welcher Art Frau sich die Männer Japans hingezogen fühlen. Bei Rajina bist du ja wohl kaum an ihrem Gesicht interessiert, eher an dem, was sie unter den Röcken zu bieten hat, nicht wahr?«

Ehe Yoritomo einen wütenden Blick aus glitzernd grünen Augen zu Pierre hinüberschießen konnte, platzte dieser lachend heraus und unterstrich jedes seiner Worte mit lebhaften Gesten: »Es waren Augen so blau wie das karibische Meer und eine Haarflut wie wilder Weizen auf den Feldern von Frankreich. Ich habe zum ersten Mal bemerkt, er scheint wirklich ein Herz in der Brust zu haben.«

Sandokans Lächeln erlosch. Ein schmerzlicher Ausdruck erschien auf seinen dunklen Zügen.

»Eine Engländerin also?«, murmelte er und wandte sich abrupt wieder den Karten zu.

Ein zorniger Blick Yoritomos traf Pierre. Doch dieser zuckte gleichgültig die Schulter und behielt sein wissendes Lächeln bei.

»Können wir nun den Plan besprechen?«, fragte Yoritomo kühl. »Glaube mir, ich habe dieser Begegnung kaum Wert beigemessen. Ich erwähne nur mein Erstaunen darüber, wie dieses Mädchen uns anstarrte. Ohne die Feigheit zu zeigen, die wir von der englischen Brut gewohnt sind.«

»Du brauchst dich doch nicht zu rechtfertigen, mon cher!« Pierre konnte es nicht unterlassen, den Freund in gespieltem Erstaunen aufzuziehen.

»Schluss damit!«, knurrte der Krieger ungehalten mit schmalen Lippen und meinte es sehr ernst. Er verdrängte die Erinnerung an die weitaufgerissenen, erschrockenen Augen der unbekannten Schönen. Ebenso ignorierte er das winzige Warnsignal in seinem Inneren – das leise Läuten jener Alarmglocken, die ihn hin und wieder ermahnten, sich endlich eine Gefährtin zu suchen. Verflucht seien alle Engländer! Musste es ausgerechnet eine Angehörige dieser verhassten Rasse sein, die zum ersten Mal in seinem 28-jährigen Leben einen Hauch von Interesse in ihm weckte? Und darüber hinaus auch noch ein halbes Kind! Aber die eiserne Disziplin machte es dem Piraten einfach, die von den Göttern vorbestimmte Begegnung tatsächlich zu vergessen.

Rechts und links befanden sich Türen, die in die Gästezimmer und Schlafräume führten. Der Fußboden war auch hier mit Marmor gefliest, und an den freien Plätzen zwischen den Türen befanden sich große Blumenkübel. Der Flur endete bei einem Fenster, das vom Boden zur Decke reichte. Eigentlich war es eher eine Wand aus bunt gefärbtem Glas, durch welche die Sonne gedämpft eindrang und seltsame bunte Muster auf die seidenbespannten Wände zeichnete.

Vor der letzten Tür auf der rechten Seite hielt Esther an und drückte sie auf. Jana warf einen Blick über ihre Schulter hinein ..., und ein lauter Ausruf des Erstaunens entfuhr ihr. »Dies ist von nun an dein Zimmer«, erklärte Esther und ließ die Nichte vorangehen.

Wieder sah Jana sich einer Überraschung gegenüber, die sich gewiss nicht mehr übertrumpfen ließ! Nach dem kühlen Empfang seitens der Tante war sie keinesfalls darauf gefasst gewesen, dass man ihr einen solch prachtvollen Raum zur Verfügung stellen würde!

In hellem Blau gehalten, fehlte dem Zimmer nichts, was in einem jungen Mädchen Wünsche offen ließ: Auf seidenbespannten Wänden schimmerten silberne, gemalte Vögel, die sich jubilierend in kleine Wölkchen schwangen; den Boden bedeckte ein dicker Teppich, in dem die Füße nahezu versanken; links neben der Tür befand sich ein zierlicher Frisiertisch mit einem aufklappbaren Flügel, hinter welchem sich ein wunderschöner Kristallspiegel verbarg; auf der anderen Seite wartete ein kleiner Sekretär darauf, in Anspruch genommen zu werden. Den prunkvollen Mittelpunkt bildete das Himmelbett, das von einem duftig leichten Stoff, der sich an den Fenstern wiederholte, umspannt war.

Freudig und dankbar wandte Jana sich zu Esther um.

»Ich danke dir. Ich danke euch allen, dass ihr mich aufnehmt, Tante Esther«, sagte sie erstickt, mit einem Leuchten in den Augen, dem selbst Esther kaum widerstehen konnte. Doch bevor diese sich zu einer herzlichen Regung hinreißen ließ, zuckte sie die Schulter und ging mit den gemurmelten Worten: »Es gibt keine anderen Räume. Sie sind alle in dieser Art ausgestattet«, zu der freien Wand gegenüber der Tür. Erstaunt folgte Jana ihr mit bewundernden Blicken und beobachtete neugierig, wie Esther die Hand hob und gegen einen unsichtbaren Mechanismus drückte. Wie von Geisterhand bewegte sich ein Teil der Wand zur Seite und gab den Blick in ein entzückendes Badezimmer frei. Neben einer Porzellanschüssel mit stetem Wasserlauf stand eine zierliche Sitzbadewanne, ebenfalls aus Porzellan, auf vier Löwenfüßen und mit niedlichen Putten bemalt, die aussahen, als hielten sie den gebogenen Rand schwebend in die Höhe. Die Schüssel erinnerte Jana daran, dass sie diese dringendst benutzen musste! Doch sie beherrschte sich und dankte Esther noch mal in solch kindlicher Freude, dass sich deren Gesicht sekundenlang zu einem winzigen Lächeln verschönte, während sie sich umwandte und zur Tür ging. Als sie jedoch noch einmal zu Jana hinsah, war dieser Regung nichts mehr anzumerken. Sie erinnerte das Mädchen nur kühl: »In einer halben Stunde erwarten wir dich im Arbeitszimmer mit dem Schmuck. Tinuha, deine persönliche Zofe von heute an, wird dir den Weg dorthin weisen. Ich schicke sie gleich.«

Jana nickte und wartete ungeduldig, bis sich die Tür hinter Esther schloss und sie die Toilettenschüssel in Anspruch nehmen konnte. Dann inspizierte sie ihr neues Reich. Unwillkürlich dachte sie an die verschlissenen Möbel auf Rorys Hall. Aber dies waren ihre eigenen Gegenstände gewesen, während diese wunderschönen Dinge hier nur eine Leihgabe darstellten. Wieder bildete sich ein Kloß in ihrer Kehle. Rorys Hall ...

Nein! Energisch zwang sie sich, das Heimweh zu verdrängen, und dachte an das Paradies, in dem sie nun leben durfte. Aber die Wehmut bei dem Gedanken an Verlorengegangenes erinnerte sie auch an ihr noch ungeöffnetes Gepäck, das der Boy am Fußende des Bettes abgestellt hatte. Sie lief zur Tür und vergewisserte sich mit einem Blick auf den Flur, ob niemand dort herumschlich. Dann ging sie zurück, setzte sich vor den Koffer und öffnete ihn mit dem kleinen Schlüssel, den sie an einer Schnur um den Hals trug.

Gleich obenauf lag das Porträt Lady Julias, für welches niemand ein Gebot abgegeben hatte. Welche Verwendung hätte es auch für die fremden Menschen, die gewiss mittlerweile auf dem versteigerten Gut lebten. Janas Herz zog sich zu einem schmerzhaften Klumpen zusammen. Selbst wenn irgendjemand Interesse an dem Gemälde bekundet hätte, so wäre sie sogar vor dem Käufer auf die Knie gefallen und hätte darum gebettelt, es behalten zu dürfen. Schließlich war dieses Porträt die einzige Erinnerung, die sie noch an die Mutter besaß!

Die einzige? Himmel, nein ... der Schmuck! Lady Julias Schmuck und ihre, Julianas, Mitgift. Den einzigen, nicht unbeträchtlichen Wert, welchen sie besaß und den sie gleich zu treuen Händen geben sollte. Hastig erhob sie sich. Den Beutel umklammernd, ließ sie sich auf das weiche Himmelbett fallen und entnahm dem schmutzigen Säckchen eine mit Perlmutt belegte Schatulle. Der geheime Mechanismus verursachte ein klickendes Geräusch, als der Deckel aufsprang und eine gleißende Pracht von Gold, Silber, Diamanten und anderen edlen Steinen preisgab. Zögernd nahm sie ein Schmuckstück nach dem anderen heraus und legte es auf die Seidendecke. Diamantenbesetzte Colliers, Armbänder, Ringe, Ohrhänger und sogar einige ungefasste Steine befanden sich darunter. Smaragde, Rubine, Granatkleinodien breiteten sich schillernd vor ihren traurigen Blicken aus. Dank der Lehrstunden des Vaters besaß sie eine ziemlich genaue Vorstellung von dem Wert dieser Schätze. Ihre Augen verdunkelten sich nun doch vor Tränen, als sie jetzt einige der Stücke wiedererkannte, welche die Mutter zu besonderen Anlässen getragen hatte. Und ausgerechnet diese Stücke bargen kaum annähernd den Wert des alten Familienschmuckes. Dieser bestand aus einem Smaragdcollier mit dazugehörigem Armreif, Ohrgehängen und drei verschiedenen Ringen; einem gleichen

Set, bestehend aus feurigen Rubinen. Dieses Geschmeide wies zusätzlich eine passende Brosche auf. Ferner acht Ringe mit verschiedenen Edelsteinen von berückender Schönheit. Überraschend waren die ungefassten Diamanten von der Größe eines Daumennagels, jedes Stück wundervoll geschliffen. Aber davon vermochte sich Juliana leichteren Herzens zu trennen, da an diese keine Erinnerungen gebunden waren. Doch auch die neueren Stücke besaßen einen beträchtlichen Wert, solange man die anderen außer Acht ließ: Ein Saphirhalsband und die passenden Ohrhänger glitzerten mit granatbesetzten Goldarmreifen um die Wette. Das schönste Stück der Sammlung blieb jedoch das Diadem aus Brillanten, in denen sich das Licht hunderttausendfach brach und jedes Auge zum Blinzeln veranlasste.

Nein, dachte Jana trotzig, so dankbar ich ihnen auch sein müsste, den Familienschmuck bekommen sie nicht! Sie ahnte instinktiv, dass sie ihr Erbe niemals wiedersehen würde, hatte sie es erst den McClearys ausgeliefert! Sorgfältig wählte sie den Schmuck, welchen sie zu übergeben gedachte. Und kummervoll stellte sie fest, dass sie ausgerechnet den gesamten, ihr vertrauten Schmuck Lady Julias hergeben musste. Aber sie tröstete sich mit der Überzeugung, die Mutter hätte genauso gehandelt.

Esther betrat nervös das Arbeitszimmer ihres Gatten und schloss umständlich die Tür hinter sich. Mit ineinandergeknoteten Händen ging sie langsam auf den mit Schriftstücken beladenen Schreibtisch zu, hinter dem Edmond saß und mit gefurchter Stirn einige Papiere durchsah.

Er sah auf.

»Nun?«, fragte er herausfordernd.

Esther ließ sich vorsichtig auf der Kante des Sessels vor dem Tisch nieder. »Sie wird gleich mit dem Schmuck herunterkommen«, sagte sie leise und dann, ängstlich forschend: »Hast du sie dir angesehen?« Sofort senkte sie den Blick und gab sich bitter und resigniert selbst die Antwort: »Aber natürlich hast du das getan.« Sie schüttelte den Kopf. »Ich hatte nicht erwartet, dass sie so hübsch ist. Abgesehen von ihrer Hautfarbe, die vermutlich noch niemals richtig weiß gewesen ist, wie es sich für eine Lady gehört, wird sie Ethel und Anabell in jeder Beziehung die Heiratschancen schmälern.«

Edmond winkte ungehalten ab. Sein Tonfall verriet leichten Ärger. »Verschone mich bitte damit! Mir geht es einzig und allein um das Geschäft mit Japan, das ich nur mit dem Verkauf der Juwelen abschließen kann. Sonst muss ich die Ländereien einsetzen.«

Während Esther resigniert die Schultern zuckte, angelte er nach einem Zigarillo, entzündete es und lehnte sich zurück. Lässig schlug er die Beine übereinander und beobachtete seine unruhige Gattin bei seinen nächsten Worten genau: »Außerdem wird sie im nächsten Jahr achtzehn. Dann werden wir eben eine schnelle Heirat arrangieren. Es gibt hier genug reiche Junggesellen, wenn auch über die besten Jahre hinaus. Ein junger Happen kommt da immer recht, um noch einen Haufen Bälger in die Welt zu setzen. Auch ohne Mitgift«, setzte er frivol lächelnd hinzu.

»Edmond!«, fuhr Esther entsetzt hoch. »Ich habe meinen Bruder zwar nicht gerade gemocht, aber ...«

»... nichts aber!«, unterbrach Edmond sie aufbrausend und beugte sich vor. Mit schmalen Augen fixierte er sie. »Was willst du denn nun eigentlich? Eben beklagtest du dich, sie mindere die Chancen unserer eigenen Töchter auf eine lukrative Heirat. Also was ist?«

Esther verschloss die Lippen, schluckte hart und dachte nach. Schließlich verschränkte sie die Hände und nickte gottergeben.

»Wenn du es sagst, Edmond.«

Sein Gesichtsausdruck änderte sich in ein selbstgefälliges Grinsen. Er drückte das angerauchte Zigarillo aus, erhob sich und kam um den Tisch herum. Seine Augen glitzerten boshaft, als er sich hinter sie stellte und ihre Nervosität sowie den Anblick des modisch freizügigen Mieders genoss. Er legte eine Hand auf die bloße Schulter und registrierte erfreut Esthers Zusammenzucken. Langsam ließ er die Hand hinunter zu ihrem Brustansatz und dann weiter in den Ausschnitt hineingleiten. Hart umfasste er die üppige Rundung einer Brust und ließ seine Finger massierend darauf spielen.

Esthers Hand schnellte hoch und ergriff sein Handgelenk, um ihn abzuwehren. »Ich bitte dich, Edmond. Hör auf! Wenn nun einer der Diener oder die Mädchen ... aahhh ...!« Sie stieß einen gedämpften Schmerzensschrei aus, als Edmond sie zornig und gefühllos kniff!

Er neigte sich ihrem Ohr zu und zischte: »Verdammt! Du bist meine Frau! Du weißt, ich kann diese Ziererei nicht ausstehen! Oder soll ich mir lieber eine kleine Schwarze vornehmen? Oder besser ..., deine liebreizende Nichte? Ist dir das lieber, ja?« Er nahm die Hand aus ihrem Mieder, packte sie bei den Armen und zog sie vom Sessel.

Sie wagte einen schwachen Protest, als er sie brutal mit dem Rücken auf den Tisch warf: »Nein! Bitte, Edmond ... nicht!«

Doch ihr Flehen blieb ungehört!

Mit einem kräftigen Ruck riss er das geschnürte Mieder auseinander, neigte sich hinab und grub die Zähne in die aufgerichteten Brustspitzen!

Esthers Kopf fiel zurück. Ihre halbherzige Gegenwehr schwand dahin! Zutiefst beschämt spürte sie das angenehme Prickeln zwischen den Beinen und das Anspannen ihrer Brüste. Unterdrücktes Stöhnen entfuhr ihr!

Edmond grinste triumphierend, hob mit der anderen Hand die schweren Röcke bis zur Taille seiner willenlosen Ehefrau und drängte mit dem Knie ihre Schenkel auseinander. Dabei beobachtete er, immer wieder aufs Neue fasziniert, wie sich ihre Augen langsam verschleierten und ihm damit anzeigten, dass sie fast soweit war, ihn anzuflehen, er möge nicht aufhören!

Unter größter Selbstbeherrschung und mit diabolisch verzerrtem Gesicht zog er sich zurück.

Und Esther begann, wie erwartet, mit geschlossenen Augen zu betteln, und warf den Kopf erregt hin und her! »Bitte«, flehte sie, »nicht aufhören! Bitte Edmond, hör nicht auf! Bitte!« Edmond rührte sich nicht, obwohl ihm beinahe die Hoden zu platzen drohten und seine steinharte Rute sich gewaltsam einen Weg aus dem engen Gefängnis der Hose suchte!

Es war ein Spiel, das sie beide schon lange trieben. Ein Spiel, welches Edmond immer wieder mit perverser Freude erfüllte. Er liebte es, wenn seine Frau, die unnahbar kühle, aristokratische Lady, sich vor ihm wie eine brünstige Hündin gebärdete und ihn, den einst verwahrlosten Jungen aus der Gosse Londons, um Befriedigung anflehte! Das Blut rauschte in seinen Ohren, als er sich endlich gestattete, seinem Trieb freien Lauf zu lassen.

Quälend langsam knöpfte er seine Hose auf – um gewaltsam, mit einem tierischen Laut, hart und brutal in sie einzudringen, was Esther mit einem erlösten Aufschrei quittierte, der diesmal gewiss nicht ungehört von der Dienerschaft blieb!

Versunken in schmerzliche Erinnerungen, überhörte Jana beinahe das sanfte Klopfen! In fliegender Hast stopfte sie den Teil der Juwelen, die sie zu behalten gedachte, in den Beutel zurück und schob ihn, nach einem gehetzten Blick rundum, einfach unter die seidenen Kissen. Den anderen Teil warf sie in die Schatulle zurück. Verflixt! Hatte Tante Esther nicht irgendetwas von einer Zofe gesagt? Sie sprang auf, richtete die zerknitterten Röcke, straffte sich und sah zur Tür.

»Herein!«, rief sie mit belegter Stimme.

Eine Malaiin, etwa in Janas Alter, trat ein. Die Arme vor der Brust gekreuzt, blieb sie mit gesenktem Blick stehen.

Es war seltsam, aber Jana spürte sofort, dass die devote Haltung des Mädchens nicht echt wahr! Die dunklen Augen verrieten wachsame Intelligenz und musterten sie unaufdringlich unter den gesenkten Lidern her. Etwas, was die Dienstboten in diesem Hause sicher niemals wagten. Nach Landessitte trug sie einen Sarong, welcher zarte, feine Gliedmaßen umschmiegte und eine makellose Schulter frei ließ. Die blauschwarzen Haare thronten zu einer majestätischen Krone geflochten über dem schmalen Gesicht. Krampfhaft forschte Jana in ihrer Erinnerung, ob die Tante auch den Namen der Zofe erwähnt hatte, doch es wollte ihr nicht einfallen. So lächelte sie nur freundlich und abwartend dem schönen Mädchen zu.

Dieses faltete die Hände, verbeugte sich und sagte in recht gutem Englisch, mit einer Stimme, die dem Hauch von Schmetterlingsflügeln glich: »Ich bin Tinuha, Lady Sinclair, Ihre persönliche *Zofe.*«

Ein warmes Gefühl durchflutete Jana plötzlich!

Ihre ganze Zuneigung flog diesem entzückenden Geschöpf entgegen! Mit herzlichem Lächeln trat sie nach vorn. Und fühlte sich trotz ihrer gertenschlanken Figur beinahe plump gegen die Grazie und Anmut der anderen.

»Ich freue mich sehr, dich kennen zu lernen. Du bist Malaiin, nicht wahr?«

Tinuhas maskenhaftes, einstudiertes Lächeln schwankte kaum merklich und mischte sich mit Verblüffung. Eine freundliche Engländerin? Noch dazu eine Lady wie Mistress McCleary? Die Zofe wusste nicht, was sie antworten sollte, so verbeugte sie sich hilflos und aus der Fassung gebracht ein zweites Mal. Und noch einmal musterte sie die blonde Engländerin mit der ungehörig sonnengebräunten Haut. Diesmal wesentlich interessierter.

Jana war etwas enttäuscht, als die Malaiin stumm blieb. Sie konnte ja nicht ahnen, dass es nur Verwirrung war, welche dieser die Lippen verschloss. So bat sie freundlich: »Zeigst du mir bitte den Weg zum Arbeitszimmer? Mein Onkel und meine Tante erwarten mich dort.«

Zu ihrer völligen Überraschung verzog Tinuha plötzlich das Gesicht zu einem echten Lächeln! Kein unterwürfiges Lächeln aus purer Höflichkeit der Herrschaft gegenüber – ein richtiges Lächeln, das wahrhaftig Jana persönlich galt! Sie ließ die gefalteten Hände sinken und sprach jetzt in einem nahezu akzentfreien Englisch!

»Das ist richtig, Lady Sinclair«, sagte sie mit ihrer süßen, melodiösen Stimme. »Ich stamme von Sarawak. Die meisten Einwohner hier sind Malaien.« Dann wandte sie sich um und setzte zurückhaltend, als wäre sie über sich selbst erschrocken, über die Schulter hinzu: »Kommen Sie, die Herrschaften erwarten Sie bereits.«

Jana gehorchte fahrig. Sie lief hastig zum Bett zurück, nahm die Schatulle auf, ohne diese zu verschließen und folgte Tinuha hinaus. Mit einem leisen Anflug von Belustigung kam ihr der erheiternde Gedanke, ob es wohl schwierig sei, ihrer neuen, ein wenig sonderbaren Zofe öfters solch lange, zusammenhängende Sätze zu entlocken.

Diese schritt bereits graziös den Flur hinunter in der selbstverständlichen Annahme, dass die Miss ihr folgte. Jana beeilte sich, mit ihr Schritt zu halten.

»Wo hast du so gut unsere Sprache gelernt?«, fragte sie neugierig, als sie nebeneinander die gewundene Treppe hinunterstiegen.

Die Malaiin erklärte vage, unterstrichen mit einer anmutigen Handbewegung: »Ich lebe schon sehr lange in diesem Haus.«

Innerlich seufzend beschloss Jana, vorerst keine weiteren Fragen zu stellen, da sie offensichtlich doch keine befriedigenden Antworten erhalten würde. Mit der Zeit werden wir uns sicher anfreunden. Ich glaube, diese Tinuha gefällt mir. Das Verhalten ihrer Zofe irritierte sie nicht wenig, obwohl sie nicht erklären konnte, warum. Wahrscheinlich lag es an ihrem ersten Eindruck von den Dienstboten hier, weil er so gar nicht mit der kühlen Überlegenheit Tinuhas übereinstimmte.

Die beiden Mädchen erreichten das Ende der Treppe, und Tinuha ging wieder voraus. Sie bog um einen riesigen Blumenkübel neben dem Treppenabsatz, in dessen Mitte eine winzige Fontäne sprudelte. Erst jetzt bemerkte Jana die zusätzlichen kleinen Wasserspiele überall zwischen den Farnen und Palmen.

Vor einer der Türen im hinteren Bereich blieben sie stehen. Tinuha nickte ihr zu, drehte sich um und ging ohne ein weiteres Wort davon.

Tief Luft holend, klopfte Jana schließlich zaghaft an die Tür.

»Komm herein!«, erscholl Edmonds Stimme.

Jana hob die Hand, drückte die hohen Flügel auseinander und trat ein.

Edmond saß mit selbstzufriedener Miene hinter dem Schreibtisch und sog genüsslich an einem Zigarillo, während Esther mit hochrotem Gesicht an ihrem Mieder herumnestelte. Er warf einen viel sagenden Blick zu dieser hin und konzentrierte sich dann auf Jana, die schüchtern an der Tür stehen blieb. Rasch erhob er sich und ging auf sie zu. »Da bist du ja, meine Liebe«, sagte er freundlich – und streckte die Hand fordernd nach der Schatulle aus!

Jana übergab sie ihm. Sie folgte dem Mann ihrer Tante einige Schritte in den Raum hinein und blieb unschlüssig wieder stehen.

Ohne sie weiter zu beachten, öffnete er das Kästchen und schüttete den Inhalt auf den Schreibtisch.

Esther beugte sich erwartungsvoll über den Tisch.

Es entstand eine unangenehme Stille.

Sich innerlich wappnend, trat Jana unruhig von einem Fuß auf den anderen.

Edmonds Gesicht verzog sich nachdenklich, als er den Schmuck abschätzte. Er hielt das eine oder andere Stück dicht an die Augen und betrachtete das sich brechende Sonnenlicht im Schliff der Steine.

Esther sah abwechselnd zu ihm und den Juwelen auf. Bang beobachtete sie, wie sich seine Miene verdüsterte. Er legte den Armreif, den er gerade fixiert hatte, zurück und starrte auf das glitzernde Häuflein. Seine Finger trommelten erregt auf die Tischplatte! Schließlich räusperte er sich, und in seiner Stimme schwang beißender Sarkasmus:

»Dein Bruder war nicht nur ein hoffnungsloser Träumer, sondern neigte darüber hinaus auch noch zu maßlosen Übertreibungen. Sechzehntausend Pfund! – das Ganze hier ist nicht mehr als sechstausend wert!«

Jana bemühte sich um einen harmlos-naiven Ausdruck, wagte aber nicht, irgendetwas zu sagen.

Esther wandte sich zu ihr um.

»Du kannst jetzt wieder in dein Zimmer gehen«, sagte sie kurz angebunden und dann, als Jana sich schon eilig, nach einem Knicks, davonmachen wollte: »Wir erwarten dich pünktlich um sieben Uhr beim Dinner. Und sieh von deiner Trauerkleidung ab, ich will keine düsteren Farben in diesem Haus sehen.«

Erleichtert lief Jana hinaus, ohne jedoch die Tür richtig hinter sich zu schließen. Die Forderung Esthers, das dunkle Wollkleid gegen ein anderes zu tauschen, machte ihr nichts aus. Im Gegenteil. Sie hatte ohnehin vorgehabt, dieses hässliche, kratzende Ding nicht mehr zu tragen. Darin stimmte sie mit der Tante überein: Es passte nicht in die heitere Atmosphäre dieses Hauses – genauso wenig wie seine Bewohner! Aber etwas anderes beschäftigte sie viel mehr, nämlich die Frage, wie ihre Zukunft weiterhin verlaufen sollte. Aus diesem Grunde ließ sie die Tür beim Hinausgehen einen winzigen Spalt offen.

In der Halle blickte sie sich vorsichtig um. Glücklicherweise war niemand von den Dienstboten zu sehen. Auch Tinuha nicht, von der sie ursprünglich erwartete, diese würde sie in ihre Räume zurückführen. Ihre aufkeimende Scham über die Ungehörigkeit ihres Tuns bekämpfend, blieb sie neben der Tür stehen. Wenn sie jemand entdecken sollte, konnte sie noch immer sagen, sie warte hier auf Tinuha, auch wenn das merkwürdig klingen mochte. Aber Jana hatte soeben entschieden, sich naiv und dumm zu stellen und dafür Augen und Ohren besonders weit zu öffnen. Irgendetwas stimmte in diesem Haus nicht, davon war sie fest überzeugt. Und um dies herauszufinden, musste sie eben so undamenhafte Dinge tun wie jetzt, nämlich an der Tür lauschen!

Jedes Wort, was drinnen gesprochen wurde, war deutlich zu vernehmen.

Edmond sagte gerade voller Zynismus: »So sind wir also auf deinen feinen Herrn Bruder hereingefallen. Ich verließ mich darauf, dass deine Nichte mindestens fünfzehntausend Pfund einbringt. Damit hätte ich das Geschäft mit der japanischen Seide so gut wie abgeschlossen. Malaiischer Brokat steht nicht mehr hoch im Kurs. Alles schreit nach chinesischer Seide, die aber unerschwinglich ist. Verdammt!«

Jana hörte, wie er im Zimmer umherging.

»Wenn ich es nicht besser wüsste, würde ich annehmen, der Markt wäre manipuliert worden. Nun werde ich die Plantage beleihen oder mir einen Partner nehmen müssen, um mich wenigstens mit sechzig oder siebzig Prozent beteiligen zu können! Anders hätte ich das ganze Geschäft beherrscht.«

Esther entgegnete schrill, und Empörung schwang in ihrer Stimme: »Man könnte annehmen, du gibst mir die Schuld! Ich selbst habe Julias Schmuck bei der Hochzeit gesehen. Er stellte ein Vermögen dar! Thomas wird ihn, genau wie das Land, verpfändet haben. Und außerdem vergisst du, dass du selbst einen Teil der Schuld trägst! Wer hat meinem Bruder denn schließlich geraten, in die neue Kompanie zu investieren? Obwohl du genau wusstest, dass die Ost-Indische-Handelskompanie keinerlei Konkurrenz dulden würde?«

Jana wurde blass! Also trug der Onkel Mitschuld an dem Ruin! Zorn wallte in ihr auf! Ihre Ahnungen trogen sie nicht: Hier war irgendetwas nicht in Ordnung!

Esther wurde lauter: »Hast du auch nur ein einziges Mal an mich gedacht? Schließlich war Rorys Hall auch mein Elternhaus und somit ein Teil meines Erbes! Aber ich ahne, warum du es getan hast! Damit wolltest du mir die einzige Möglichkeit nehmen, jemals wieder nach England zurückzukehren! Mit der Versteigerung von Rorys Hall ist meine letzte Verbindung zu meiner Heimat abgerissen, nicht wahr? Nur, dass er uns das Kind schicken würde, bedachtest du nicht dabei, richtig?«

»Wie klug du bist, meine Liebe!«, höhnte Edmond. Und dann, als hätte er überhaupt nicht zugehört, wechselte er sprunghaft das Thema: »Ich gehe jede Wette ein, sie wird sich zu einer wahren Schönheit entwickeln. Wahrscheinlich wird man sogar noch etwas draufzahlen, um sie zu bekommen, wenn wir im nächsten Jahr eine Heirat arrangieren. Bis dahin erhält sie selbstverständlich die gleiche standesgemäße Erziehung wie Ethel und Anabell. Das wird ihren Wert beträchtlich steigern.«

Entsetzt presste Jana ihre Hand vor den Mund! Nicht so sehr wegen der geplanten Verheiratung, denn elf Monate waren für ein Mädchen ihres Alters eine ungeheuer lange Zeit. Nein, es war die Art und Weise, *wie* man über sie verhandelte, als wäre sie eine Ware, die man meistbietend versteigern konnte ... und die gnadenlose Wahrheit, wie es zum Niedergang des elterlichen Gutes gekommen war! Trotzdem spitzte sie weiter die

Ohren. Edmond klang jetzt leise und zischend. Aber war sie soeben bestürzt über das Gehörte, so schloss sie nun erschüttert die Augen.

»Und wir werden natürlich beide darauf achten, dass sie unversehrt in die Ehe geht, nicht wahr, Liebste?«, hörte sie Edmond sagen!

Und dann die leise, resignierte Antwort der Tante: »Du bist ein Teufel, Edmond.«

Darauf folgte ein boshaftes Auflachen.

»Ich weiß, meine Liebe, ich weiß. Aber wenn ich es nicht wäre, würdest du nicht in diesem Luxus hier leben.«

Jana stöhnte entsetzt auf. Plötzlich hörte sie eilige Schritte auf die Tür zu kommen! Sie raffte die Röcke mit beiden Händen und rannte zur Treppe, flog beinahe die Stufen hinauf. Keine Sekunde zu früh! Gerade sah man noch den letzten Zipfel ihres Kleides um die Ecke oben im Flur verschwinden, da riss Edmond auch schon die Tür auf und blickte sich wachsam in der Halle um.

Sie stürzte in ihr Zimmer, als wären die leibhaftigen Dämonen hinter ihr her, schlug die Tür hinter sich zu, warf sich bäuchlings auf das Bett und schluchzte heftig, in ohnmächtigem Zorn, wobei ihre Fäuste auf das Kissen trommelten. Vater! Vater, du warst ja so töricht! Viel später schlief sie völlig erschöpft und übermüdet ein.

Die hellen Strahlen der Morgensonne kitzelten Janas Nase. Unwirsch wischte sie mit dem Handrücken übers Gesicht, doch es nützte nichts. Schließlich musste sie niesen und fuhr verwirrt auf. Im ersten Moment wusste sie nicht, wo sie sich befand, dann erinnerte sie sich. Malaysia! Dieses herrliche Land, das es galt zu entdecken! Sie fühlte sich stark und ausgeruht. Sogar die Sorgen, die sie gestern noch quälten, traten vorläufig in den Hintergrund. Die Neugier der Jugend gewann die Oberhand.

Mit einem Satz wollte sie aus dem Bett hüpfen und schlug die weiche Daunendecke zurück. Im gleichen Augenblick ließ sie sich verblüfft zurücksinken und sah an sich hinab. Irgendjemand musste sie in der Nacht entkleidet haben, ohne dass sie etwas davon bemerkt hatte. Verlegenheit überkam sie, denn sie trug lediglich ihre leinene Spitzenunterwäsche, die halblangen Beinkleider und das knappe Mieder, welches viel zu eng über den Brüsten spannte. Auch stellte sie fest, dass Portemanteau und Koffer ausgeräumt und verschwunden waren. Das Porträt der Mutter lehnte an der Wand neben dem Sekretär. Ungewohnte Geräusche des erwachenden Hauses drangen an ihr Ohr: gedämpfte Stimmen und Schritte. Nun hielt sie nichts mehr im Bett. Jana sprang auf, lief zum Fenster hinüber, schob die leichten Vorhänge beiseite und lehnte sich hinaus. Der Anblick, der sich ihr bot, verschlug ihr den Atem!

Sie sah einen blühenden Park! Mit verschlungenen Wegen, Wasserspielen, hohen, sorgfältig gestutzten Hecken und Nischen, in denen Bänke aus Marmor zum Verweilen einluden. Rechts lugten die Dächer der Pferdeställe hervor, was Jana zu einem sehnsüchtigen Gedanken an Aramis verleitete. Jedoch die Schönheit dieses Gartens nahm sie schnell wieder gefangen. Denn die Blüten und Blätter waren noch mit schimmerndem Tau überzogen, sodass sie wie Diamanten in der Sonne glitzerten. Weit hinten, wo der Park endete, verschmolz er mit der düstergrünen Wildnis des geheimnisvollen Dschungels.

Ihr Blick fiel nach unten. Sie erspähte zwei Gärtner, einen Chinesen und einen Schwarzen, welche direkt unter ihrem Fenster die Wege fegten und die verwelkten Blüten aus den Geranienbüschen zupften. Frohgemut beugte sie sich noch ein wenig weiter aus dem Fenster, ohne daran zu denken, wie unzureichend sie bekleidet war.

»Guten Morgen!«, rief sie fröhlich hinunter.

Die beiden Gärtner stutzten, sahen erstaunt hoch und beugten sich dann hastig noch tiefer über ihre Arbeit – ohne zu antworten.

Enttäuscht zog Jana sich vom Fenster zurück. Plötzlich bemerkte sie, wie wenig sie anhatte, und sie lachte vergnügt auf. Deshalb hatten die beiden dort unten sie also so merkwürdig angesehen! Dann ging ihr Lachen dennoch in einem Seufzer unter, da sie sich an die unangenehmen Erkenntnisse des gestrigen Tages entsann. Nachdenklich sah sie sich im Zimmer um, konnte ihre Sachen aber nirgendwo entdecken. Außerdem verlangte es sie sehnsüchtig nach einem heißen Bad. Unschlüssig, was sie nun anfangen sollte, setzte sie sich wieder auf die Bettkante und wippte mit den Füßen. Zu ihrer großen Freude klopfte es bald, und die Tür wurde geöffnet, noch ehe sie eine Aufforderung zum Eintritt aussprach.

Tinuha trat lächelnd ein und blieb nach einer Verbeugung stehen.

»Guten Morgen, Tinuha!«, rief Jana übermütig.

Wieder wandelte sich deren Lächeln in einen seltsamen Ausdruck von Verwirrung, und sie schwieg abwartend.

Janas Freude trübte sich ein wenig. Sie seufzte wieder.

»Redest du auch nicht mit mir«, sie deutete zum Fenster, »wie die beiden dort unten?«

»Es ist ihnen verboten, mit der Herrschaft zu sprechen, Lady Sinclair. Sie sind nur Hausdiener«, erklärte die Malaiin, trat einen Schritt näher und betrachtete Jana aufmerksam.

Sie trug das gleiche Gewand und die gleiche Haartracht wie gestern. Jana würde noch feststellen, dass die Hausangestellten alle ähnlich gekleidet waren.

»Ach so, ich verstehe«, sagte sie etwas bedrückt, dann lächelte sie Tinuha an und deutete an sich hinunter. »Wer hat mich eigentlich entkleidet?«, wollte sie wissen. »Ich hoffe doch sehr, du warst es?«

Zu ihrer Erleichterung nickte Tinuha zustimmend und ging

auf die Wand zu, hinter der sich das Badezimmer befand. »Ich nehme an, es war Ihnen recht, Mylady«, antwortete sie dabei. »Ich habe Ihr Gepäck versorgt und Sie bei den Herrschaften entschuldigt.« Vor der Wand blieb sie stehen und sah auf das Gemälde hinab. Sie wendete den Kopf zu Jana hin, die ihrem Blick folgte, und bemerkte einen schmerzlichen Ausdruck in den blauen Augen. »Ich werde einen Diener schicken, der das Bild nach Ihren Wünschen aufhängt. Es ... es bedeutet Ihnen sicher sehr viel?«

Verwundert über die unerwartete Aufmerksamkeit des Mädchens schaute Jana sie an und war überrascht von der ehrlichen Anteilnahme in den schönen braunen Augen!

»O ja, es bedeutet mit tatsächlich sehr viel«, bestätigte sie bedrückt. »Es ist ... es war meine Mutter. Herrje!« Auf einmal fiel es ihr wieder ein: »Das Dinner! Ich habe wohl wie ein Murmeltier geschlafen! Hoffentlich ist Tante Esther nicht noch aufgebrachter. Meine Anwesenheit hier scheint nicht unbedingt ihren Beifall zu finden. Tinuha, wo sind meine Sachen? Ich kann sie nicht finden!«

Tinuha drückte auf eine andere verborgene Stelle an der Wand, die daraufhin lautlos zur Seite glitt und einen mit Janas Kleidern bestückten Schrank öffnete. Neugierig trat sie näher und spähte hinein.

»Das ist fantastisch«, staunte sie.

Tinuha nahm eines der Kleider, viel Auswahl bestand nicht, und sie sah Jana fragend an.

»Möchten Sie dieses hier heute Morgen tragen, Lady Sinclair? Das andere habe ich den Wäscherinnen gebracht.«

Jana warf nur einen kurzen Blick auf das gemusterte helle Kleid und zuckte die Schultern.

»Ich glaube, eines ist so gut wie das andere. Ich habe das Gefühl, es ist ohnehin gleichgültig, was ich trage. Hauptsache, es ist nicht dunkel.« Hoffnungsvoll sah sie Tinuha an. »Ob es vielleicht möglich wäre, vor dem Frühstück noch ein Bad zu nehmen?«

»Es ist noch Zeit genug. Ich werde gleich nach Koah schicken. Er bringt das heiße Wasser herauf«, beruhigte Tinuha sie und fügte erklärend hinzu: »Koah ist mein Bruder.« Sie ging mit dem Kleid zum Bett und breitete es sorgfältig darauf aus.

Derweil betrachtete Jana staunend die Konstruktion der verborgenen Türen und fuhr mit den Fingerspitzen über die Kanten. Sie drückte auf eine andere Stelle, und der Baderaum öffnete sich. Wie ein Kind freute sie sich über das Wunderwerk und ließ die Türen einige Male auf und zu gleiten.

Die Malaiin betrachtete sie dabei unauffällig mit wachsender Sympathie. Diese englische Miss unterschied sich in einer Weise von den anderen Ladys, die sie kaum begreifen konnte! Die Geschmeidigkeit von Janas wohlgeformtem Körper weckte ihre neidlose Bewunderung, nicht ahnend, dass diese gestern ähnliche Gedankengänge ihr gegenüber hegte. Und diese unbeschwerte Natürlichkeit, mit welcher die junge Lady sie behandelte – fast als würden sie einander schon lange kennen. Welch eine Idee, dachte Tinuha ratlos weiter, mit den Hausdienern ein Gespräch beginnen zu wollen. Denn genau das schien die sonderbare Engländerin versucht zu haben. Ob sie wollte oder nicht: Dieses Mädchen mit den schimmernden Locken und diesen leuchtenden Augen musste man einfach gern haben. Verwirrt über ihre eigenen merkwürdigen Gedanken begann die Malaiin im Zimmer herumzuräumen, obwohl es fast gar nichts aufzuräumen gab.

Jana hatte sich ausreichend mit dem Mechanismus beschäftigt und fragte über die Schulter hinweg wissbegierig: »Warum hat man das gemacht? Ich meine, wozu dienen diese verborgenen Türen und Kammern? Ist das hier so üblich?«

Tinuha hielt inne und dachte so lange über eine Antwort nach, bis Jana sich enttäuscht umdrehte, in der Annahme, keine

Antwort zu erhalten. Deshalb war sie angenehm berührt, als die Zofe ihr entgegenkommend zulächelte. Beruhigt ging sie in das Badezimmer und hörte gespannt zu, was diese ihr erzählte:

»Zu der Zeit, als dieser Sommerpalast gebaut wurde, war es durchaus üblich, Geheimgänge oder -räume anzulegen. Die Rajahs kämpften noch gegeneinander um die Vorherrschaft über die Inseln. Ganze Familien rotteten sich gegenseitig aus. In diesen Kammern versteckten sich die Kinder, wenn das Haus angegriffen wurde. – Was soll hiermit geschehen, Lady Sinclair?«

Jana fuhr herum. In panischem Schrecken gewahrte sie den unter dem Kopfkissen völlig vergessenen Beutel mit den restlichen Juwelen in der Hand des anderen Mädchens! Sie wurde bleich unter der Sonnenbräune. Sie schluckte. Die Knie drohten nachzugeben, und sie brachte keinen Ton hervor, starrte nur auf den fleckigen Beutel. Jetzt wird sie sofort zu Edmond oder Tante Esther laufen, und sie werden mich des Betruges und der Lüge anklagen. Dann werden sie mich vor die Tür setzen, war ihr erster Gedanke. Ihr Blick raste zu Tinuhas Gesicht – und sie hätte aufstöhnen mögen vor Erleichterung über den Ausdruck darin! Es war vollkommen unbewegt, doch die Augen lächelten warm und vor allem: wissend!

Tinuha fühlte Mitleid mit der offensichtlich konfusen jungen Lady, deshalb sagte sie, ohne eine Miene zu verziehen, aber in solch bedeutsamem Ton, dass Jana sie verstehen musste: »Ich glaube nicht, dass die Kissen der geeignete Ort für solch ... schmutzige Dinge sind.«

Auf Janas Gesicht spielte sich eine Reihe von Gefühlen ab: Erschrecken, Erlösung, Flehen, eine stumme Frage: Kann ich dir vertrauen?

Tinuha nickte unmerklich, wirkte sogar ein klein wenig belustigt, wie es schien. Die Mädchen sahen sich an. Wie zu einem zarten Band begannen sich unsichtbare Fäden einer tiefen Zuneigung von einer zur anderen zu spinnen. Beiden wurde es eigentümlich warm ums Herz. Doch noch war es zu früh, vorherzusagen, ob sich eine Freundschaft zwischen ihnen entwickeln könnte. Tinuha war nur eine eingeborene Dienerin, und Jana gehörte in die Kreise der englischen Herrschaft. Über diese Grenze dachten die beiden gleichaltrigen Mädchen in diesem Moment jedoch nicht nach. Instinktiv fühlten sie sich, trotz der großen Unterschiede von Geburt und Erziehung, zueinander hingezogen. Während Tinuha noch über diese für sie neue Erfahrung grübelte, reagierte Jana wesentlich impulsiver. Zwei reizende Grübchen erschienen nun auf ihren Wangen, als sie ein breites Lächeln sehen ließ, welches nur besonderen Anlässen vorbehalten war! Betont harmlos sah sie wieder auf den Beutel und sagte leichthin: »Du hast wohl Recht. Aber wo wäre wohl ein geeigneter Ort für einen schmutzigen, alten Sack wie diesen? So ein Ding sollte wirklich niemandem im Hause unter die Augen kommen, nicht wahr?«

Tinuha sah sich nachdenklich um, bevor sie energisch zum Schrank hinüberging, sich dort auf die Knie fallen ließ und den Beutel in der hintersten Ecke vergrub.

»So!«, entfuhr es ihr aufatmend. Verlegen sah sie zu Jana hinüber und erhob sich schnell.

Jana lachte und zwinkerte ihr verschwörerisch zu.

»Gut. Vorerst.«

»Ich werde Koah rufen.« Mit diesen Worten eilte Tinuha zur Tür und wollte hinausschlüpfen, als Jana sie zurückrief. »Warte! Ich habe noch eine Frage! Dieses Haus wurde nicht von den McClearys erbaut, nicht wahr?«

Voller Bedauern bemerkte sie, wie sich das Gesicht Tinuhas wieder verschloss. Die Antwort war auch dementsprechend kurz und bündig:

»Nein.«

Jana eilte zu ihr und legte eine Hand auf ihre Schulter. Tinuha versteifte sich unmerklich vor Überraschung. Jana merkte es, und sie sprach deshalb nur zögernd ihren momentanen Herzenswunsch aus:

»Ich kenne die Gebräuche deines Landes noch nicht. Aber wenn es dir nichts ausmacht ...«, sie stockte, kaute auf der Unterlippe. Verflixt! Konnte dieses Mädchen ihr nicht etwas entgegenkommen? »... aber nur, wenn es dir ganz gewiss nichts ausmacht«, wiederholte sie zur Bekräftigung, »möchte ich gerne deine Freundin sein. Bitte, sag doch einfach Jana zu mir. Wenigstens wenn wir alleine sind, ja?«

Viel zu überrumpelt, sich auf diese ungewöhnliche, auch ungehörige Situation so schnell einstellen zu können, wirkte Tinuha plötzlich unpersönlich und abweisend.

Jana ließ entmutigt die Schultern hängen. Sollte sie sich denn dermaßen täuschen? Hatte sie vielleicht etwas furchtbar Unpassendes mit ihrer Frage geäußert? War die Malaiin nun beleidigt?

»Wenn Mylady ..., wenn Ihr es wünscht, Miss ... eh ... Jana«, kam es stockend über Tinuhas Lippen.

Traurig schüttelte Jana den Kopf und sah sie bittend an.

»Nein, Tinuha. Wenn du es wünschst.«

Verwirrt neigte Tinuha den Kopf. Es war eine Zustimmung, wie Jana dringend hoffte. Das Mädchen ging hinaus. Plötzlich blieb sie unter der Tür abrupt stehen und drehte sich noch einmal um.

»Miss ... Jana?«

Deren trauriges Gesicht erhellte sich erwartungsvoll.

»Ja?«

Tinuha überlegte in nachdenklichem Ernst und fragte dann zögernd: »Was ist ein Mur – mel – tier?«

Eifrig erwiderte Jana: »Ein Tier, das sehr lange schläft, Tinuha. Vielleicht gibt es das bei euch auch, nur nennt ihr es anders.«

Nach einer kurzen Überlegung nickte Tinuha wieder und ging nun endgültig hinaus.

Jana sah noch eine Weile auf die geschlossene Tür. Vor sich

hin lächelnd, schlenderte sie dann durch den Raum, begutachtete die hübschen Möbel, strich über die mit Perlmutt belegten Griffe der Kämme und Bürsten auf dem Frisiertisch und sah sich schließlich genauer im Badezimmer um. Dann ging sie zurück zu dem geöffneten Fenster, beugte sich aber wohlweislich nicht hinaus. Aber jetzt bemerkte sie etwas Absonderliches und lehnte sich nun doch gespannt vor:

Im hinteren Teil des Parks, fast schon am Rande des Dschungels, stand ein alter Mann. Dem einfachen grauen Kittel nach, vermutete Jana, handelte es sich um einen Chinesen, obwohl sie dies aus der Entfernung nicht erkennen konnte. Sie hatte die Menschen auf dem Weg hierher sehr genau studiert, und so war ihr nicht entgangen, dass sich die verschiedenen Rassen sehr unterschiedlich kleideten. Genau sehen konnte sie hingegen den Gesprächspartner des Mannes, der aufgeregt auf diesen einsprach: Es handelte sich um einen halbwüchsigen malaiischen Jungen in kurzen hellen Hosen und Jiba, einem weiten, losen Hemd. Das alles wäre nun an sich nicht sonderlich aufregend, doch die beiden standen so merkwürdig in eine Nische gedrückt, als ob sie vom Haus aus nicht gesehen werden wollten. Und der Chinese sah sich ständig nervös um. Jana beobachtete, wie der alte Mann immer heftiger gestikulierend auf den Jungen einsprach, der jedoch ruhig und gelassen dastand und nur ein paar Mal nickte. Nun warf dieser den Kopf in den Nacken und lachte. Jana wollte ihren Augen nicht trauen, als der Alte plötzlich vor dem Jungen auf die Knie sank und ihm die Hände küsste. Dem schien es sichtlich unangenehm zu sein, denn er zog den Mann hastig auf die Füße, lachte nicht mehr und sah sich nun auch beunruhigt um. Jana zog sich eilig hinter die Vorhänge zurück, als der Junge zum Haus hinschaute.

Nach einer Weile wagte sie einen erneuten Blick. Die beiden waren verschwunden. Nachdenklich ging sie zum Bett hinüber und kleidete sich langsam aus. Die Unterwäsche ließ sie achtlos zu Boden fallen. In Ermangelung eines Morgenmantels hüllte sie sich schließlich in eines der Laken, das sie kurzerhand vom Bett zog.

Kaum hatte sie es über der Brust verknotet, klopfte es auch schon wieder.

Tinuha streckte den Kopf herein und vergewisserte sich, ob die junge Lady nicht gerade splitterfasernackt dastand, und trat ein. Über dem Arm trug sie einige dicke weiche Badetücher. »Mein Bruder wird gleich mit dem heißen Wasser hier sein«, sagte sie und ging zum Badezimmer hinüber. Hinter der Tür zog sie einen lackierten Paravent hervor.

Jana setzte sich abwartend auf das Bett und sah ihr zu, wie sie den Wandschirm geschickt aufstellte.

»Gibt es außer meinen Cousinen noch einen Jungen, der zur Herrschaft gehört, Tinuha?«

An der Tür polterte es. Tinuha ging hin, um zu öffnen.

»Nein. Warum fragen Sie das, Mi ... Jana?«

»Weil ...«

Jana schloss verblüfft den Mund, und ihre Augen weiteten sich. Der Junge, welcher jetzt ächzend mit zwei Kübeln dampfenden Wassers eintrat, war kein anderer als jener, den sie vorhin im Park beobachtet hatte!

Er sah nicht zu ihr hin, sondern ging direkt hinter den Paravent und stellte dort die Kübel ab.

»Mein Bruder Koah«, stellte Tinuha ihn mit kaum verhohlenem Stolz vor. Sie folgte ihm.

Jana hörte, wie das Wasser in die Wanne gegossen wurde, und wusste nicht genau, was sie antworten sollte, als Tinuha hinter der Wand fragte: »Was wollten Sie noch eben sagen, Jana?«

»Ach, es ist schon gut«, murmelte sie und anschließend mutig, etwas lauter: »Ich dachte nur, ich hätte vorhin einen Jungen im Garten gesehen ...«

Abgesehen davon, dass einer der Kübel etwas hart auf dem

gefliesten Boden abgesetzt wurde, geschah daraufhin nichts Bemerkenswertes. Auch als die beiden wieder hervorkamen, gab es in ihren hübschen, sich ähnelnden Gesichtern nichts zu entdecken.

»Ich werde mich wohl geirrt haben«, brummelte sie enttäuscht und konstatierte verwirrt, wie die beiden Geschwister zumindest einen heimlichen Blick tauschten, wobei der des Jungen irgendwie aufgebracht wirkte.

Tinuha schloss die Tür hinter ihm und kam zurück.

»Es gibt viele Kinder auf Cleary«, sagte sie gelassen.

Jana entschied, das Thema vorerst nicht weiter zu verfolgen. Sie würde ja noch lange hier leben müssen und war sicher, dem Rätsel – wenn es eines gab – eines Tages auf die Spur zu kommen. Stattdessen fragte sie mit dem Kinn zur Tür deutend: »Ist es seine Aufgabe, die schweren Wassereimer durchs Haus zu tragen? Es gibt doch sicher kräftige Männer unter der Dienerschaft.«

Tinuha verschwand wieder hinter dem Paravent. Jana erhob sich und eilte ihr nach.

»Koah ist diese Arbeit gewöhnt. Er wird bald ein Mann sein und muss seinen Körper für weitere Aufgaben hart machen«, sagte die Malaiin nachdrücklich, in kurioser Ausdrucksweise, und ergriff einen geschliffenen Flacon mit einer grünen Flüssigkeit, die sie ins Wasser rinnen ließ. Sofort füllte sich der Raum mit dem Duft eines blühenden Gartens.

»Hmm – riecht das aber gut«, schnupperte Jana, während sie sich hinunterbeugte und mit der Hand die Temperatur des Badewassers prüfte. »Was ist das?«

»Eine Mischung aus Blüten und Sandelholz. Ich hoffe, es gefällt Ihnen.«

»Ja, sehr. Es ist so ... so exotisch. Welche Aufgaben meinst du?«, kam Jana beiläufig auf das Thema zurück.

Leichthin, ein bisschen schalkhaft, entgegnete Tinuha: »Alle

Männer stärken ihren Körper. Treiben die Engländer nicht Sport?« Sie ging ins Zimmer zurück.

Jana blickte ihr über den Rand der lackierten Wand nach. »Bitte, erzähle mir etwas über dich und deinen Bruder. Versteht er unsere Sprache ebenso gut wie du? Wie kamt ihr zu meinem Onkel?«

Unvermittelt versteifte sich die Malaiin wieder. Sie schwieg. Die gelassene Heiterkeit schwand.

Bestürzt knotete Jana das Laken, das sie gerade abstreifen wollte, wieder fest und eilte zu ihr hinüber.

»Verzeih, wenn dir meine Fragen nicht angenehm sind«, sagte sie leise. »Es ist nur so, ich möchte dieses Land und seine Bewohner kennen lernen. Versuche mich zu verstehen.« Sie ergriff Tinuhas Hand, duldete nicht, dass die andere sie ihr entzog. »Tinuha«, bat sie, »ich möchte gerne, dass wir einander vertrauen, denn ich habe so eine Ahnung, dass ich nicht sehr viele Freunde auf Cleary finden werde.« Tinuha sah sie ernst an. Sie kämpfte mit sich, dies war ihr deutlich anzumerken. Schließlich äußerte sie verhalten und etwas widerwillig: »Sie müssen es mir nachsehen. Ich bin noch nie einer Engländerin begegnet, die ...«

Erleichtert auflachend, unterbrach Jana: »... die so viel redet, richtig? Aber ich glaube, ich sollte mich sputen, sonst muss ich zwischen Bad und Frühstück wählen. Wie ich mich kenne, verpasse ich dann beides!«

»Warten Sie, ich werde Ihnen vorher noch die Haare aufstecken.«

Jana nahm vor dem Frisiertisch Platz. Im Spiegel betrachtete sie die Malaiin, die mit geschickten Händen in die Haarflut griff, um die Locken zu entwirren. Und dann geschah etwas gänzlich Unerwartetes:

Tinuha begann ohne Aufforderung zu sprechen! Erst zögernd, dann fließend, erzählte sie:

»Unser Vater war ein entfernter Großneffe des Sultans Muda Hassin. Vor vielen Jahren erhob sich die Bevölkerung gegen den Sultan. Es gab einen furchtbaren Krieg. Ein Mann namens James Brooke ...«

Schon wieder fiel Jana ihr ungestüm ins Wort: »... James Brooke? Ich habe von ihm gehört. Er soll ein gefälliger Mann gewesen sein.« Perplex hielt sie inne, denn Tinuha fuhr, regelrecht aus der Fassung geratend, auf! Ihre Hände sanken herab, und sie sah Jana im Spiegel ungläubig an. »Ein gefälliger Mann? Dieser ...«, aber sie fing sich sogleich wieder, presste betreten die Lippen zusammen. Sie griff wieder in das ungebärdige Haar und wich dem verdutzten Blick im Spiegel aus. In gemäßigterem Tonfall fuhr sie fort, wobei ihre Stimme jedoch in unterdrücktem Zorn nachbebte:

»Dieser Mann suchte berechnend die Freundschaft des Sultans zu erlangen, der ihn unbesonnen zum Rajah von Sarawak ernannte. James Brooke regierte mit großer Härte über diesen Teil der Insel. Mein Vater erkannte – wie auch der Sultan – viel zu spät die Folgen dieser unglückseligen Entscheidung, wusste aber auch, dass er gegen die Eroberer nichts ausrichten konnte. Er beschloss, wenigstens die Menschen, die unter seinem Schutz lebten, vor der Willkür Brookes zu schützen, und arrangierte sich mit ihm, indem er als Großkaufmann auftrat. Er ließ sogar diesen Sommerpalast des Sultans, den dieser ihm überließ, teilweise im britischen Stil umbauen, um die englischen Geschäftspartner in ihrer gewohnten Umgebung bewirten zu können.«

»Aber bedeutet das nicht, dass diese Plantage und der Palast eigentlich dein und Koahs Erbe sind?« Jana schrie fast vor Begeisterung. War dies alles nicht himmlisch aufregend? Sie ahnte doch, dass es ein Rätsel um Cleary gab!

Tinuhas Miene wurde unversehens ängstlich. Diese junge Engländerin begriff ungeheuer rasch. Vorsicht war geboten. Sie langte über Jana hinweg zu den Haarnadeln auf dem Frisiertisch.

»Bitte, Miss Jana«, drängte sie, »das ist ein Geheimnis, das ich Ihnen anvertrauen möchte, weil ich nun auch eines Ihrer Geheimnisse kenne.« Sie machte eine Kopfbewegung zum Schrank hinüber. »Damit möchte ich mich Ihres Vertrauens würdig erweisen. Und ob Koah und ich dieses Land jemals wieder besitzen werden, wissen nur die Götter. Wir waren noch sehr klein, als unser Vater ermordet wurde.«

»Ermordet?«, flüsterte Jana bestürzt. »Von den Engländern? Und eure Mutter?«

»Nein. Nicht von den Engländern.« Erbittert schüttelte Tinuha den Kopf. »Jedenfalls nicht direkt. Es waren Malaien ..., unsere eigenen Brüder, die unseren Vater einen Verräter nannten, weil er mit den Engländern Frieden wollte. Doch wir glauben noch immer, Brooke stand hinter allem. Unsere Mutter erlebte dies alles zum Glück nicht mehr. Sie starb bei Koahs Geburt.«

»Genau wie meine Mutter«, schluckte Jana. Die beiden sahen sich wieder eine Weile in schweigender, betrübter Übereinstimmung an. »Wie kamt ihr zu der Annahme, Brooke steckte dahinter?«, fragte sie schließlich. Da ihr Haar jetzt fertig aufgesteckt war, erhob sie sich und verschwand hinter den Paravent. Kurz darauf hörte man Wasser plätschern. Allmählich gewöhnte sie sich daran, eine Antwort erst später oder überhaupt nicht zu bekommen. Es fiel ihr sehr schwer, das Mädchen nicht zu bedrängen, aber irgendwie ahnte sie, dass sie geduldiger werden müsse. Tinuha räumte auch zuerst Nadeln und Kämme fort, ehe sie ausweichend antwortete: »James Brooke stand hinter allem, was auf Sarawak geschah. Warum hätte es bei der Ermordung unseres Vaters anders sein sollen?«

»Also ist es mehr eine Vermutung? Oder hatte er einen triftigen Grund, euren Vater aus dem Weg zu räumen, obwohl er sich mit ihm arrangiert hatte?« Jana lag wohlig ausgestreckt in der Wanne und konnte daher nicht sehen, wie Tinuha erneut mitten in der Bewegung innehielt und ein eigentümliches Flackern ihre Augen erreichte, bevor sie die unermüdliche Wissbegier dieser außergewöhnlichen Engländerin stillte: »Nicht, dass ich wüsste. Ich sagte bereits, wir waren noch Kinder, als es geschah.«

Einen Augenblick lang herrschte ungewohnte Stille hinter dem Paravent. Dann tönte es verhalten: »Es tut mir so Leid, Tinuha. Ich sollte keine weiteren Fragen stellen.«

Dabei brannte es Jana auf der Zunge, nach ihren Beobachtungen im Park zu forschen. Aber sie spürte, es war noch nicht der rechte Zeitpunkt gekommen, der Freundin – denn als solche betrachtete sie die Malaiin bereits intuitiv – weitere Geheimnisse zu entlocken.

Tinuha holte tief Luft. Ruhig meinte sie: »Es ist lange her. Doch Sie haben Recht. Sie sollten jetzt wirklich nicht weiterfragen. Man wird in einer halben Stunde zum Frühstück rufen.«

Jana nickte, obwohl Tinuha dies nicht sehen konnte, schloss die Augen und versuchte, sich erfreulicheren Gedanken zuzuwenden.

... Unversehens tauchte eine große kraftvolle Gestalt vor ihr auf! Goldfarbene Augen sahen sie an, schauten bis tief in ihre Seele. Eine seltsame, unerklärliche Sehnsucht erfasste sie. Sie war so gefangen in der plötzlichen Flut absonderlicher Empfindungen, dass sie Tinuha, die neben die Wanne getreten war, erst bemerkte, als diese sie ein wenig neckend ansprach:

»Ihre Ladyschaft träumen, als ob sie verliebt wäre.«

Jana hob träge die Lider und lächelte verlegen.

»Bin ich wirklich so leicht zu durchschauen?«, fragte sie und gestand: »Ich dachte gerade über die Rätsel dieser Inseln nach, da fiel mir eine merkwürdige Begegnung ein, die ich gestern auf dem Weg hierher hatte.« Sie lachte befangen auf. »Ich sah einen

Mann mit goldenen Augen. Ich weiß, es klingt albern, aber dieser Mann geht mir nicht aus dem Sinn. Es war ...«, sie suchte nach Worten, ihre Gefühle zu beschreiben, »als würde mich jemand abwechselnd mit heißem und mit eiskaltem Wasser übergießen. – Es klingt wirklich zu verrückt, nicht wahr?«

Fast belustigt meinte Tinuha daraufhin: »Sie werden sicher bald feststellen, dass die meisten Malaien goldbraune Augen haben.«

Doch Jana schüttelte entschieden den Kopf. »Es war kein Malaie. Oder Dajake oder überhaupt ein Eingeborener. Man sagte mir, er wäre zum Teil japanischer Herkunft. Außerdem waren seine Augen eher grün und schimmerten nur wie Gold. Sie waren wirklich sehr ungewöhnlich.« Verträumt schloss Jana die Augen wieder und lehnte sich wohlig zurück. So bemerkte sie nicht eine neuerliche Wandlung Tinuhas. Jetzt gelang es dieser aber, ihr Erschrecken rasch zu verbergen, während Jana nachdenklich weitersprach: »Ist es nicht seltsam, sich von jemandem angezogen zu fühlen, dessen Gesicht man nicht einmal gesehen hat? Stell dir nur vor – er war von Kopf bis Fuß verhüllt. Doch ich würde ihn unter Tausenden an seinen Augen wiedererkennen!«

»Bei allen Göttern!«, rief Tinuha gespielt erstaunt aus. »Sie sind doch nicht etwa Yoritomo Shigehira begegnet? Einem Piraten! Wie kann das sein?«

Unwillig hob Jana eine Hand und winkte geringschätzig ab. »Ja. Man hat mir auch erzählt, er sei ein Mörder und blutrünstiger Pirat. Aber das mag ich einfach nicht glauben!« Versonnen schwärmte sie weiter: »Wie immer er auch heißen mag. Er scheint viele Namen zu haben. Wir standen uns gegenüber, nur wenige Fuß voneinander entfernt, und er sah mich an.« Auf einmal erinnerte sie sich, wie in seinen Augen jäh Wut aufflammte, und ihr Herz tat einen heftigen, schmerzhaften Sprung. Ist es doch Wahrheit? Ist dieser Mann wirklich ein grausamer Mörder? Sie richtete sich abrupt auf und starrte Tinuha an, als ihr nun eine andere, fürchterliche Idee in den Sinn kam: »Glaubst du ..., denkst du, er versteckt sich, weil sein Gesicht so entstellt ist, dass niemand ihn ansehen möchte? Ach, so etwas Dummes«, murmelte sie verwirrt, »warum frage ich dich? Du kannst ihn ja auch nicht kennen.«

Tinuha senkte den Blick und lenkte ab: »Ich befürchte, Ihr Wasser wird kalt. Sie sollten sich aber jetzt wirklich beeilen.«

»Gütiger Himmel! Das Frühstück!«, stöhnte Jana auf und stieg hurtig aus dem Wasser. Sie ließ sich vom Hals bis zu den Zehenspitzen abtrocknen, hüllte sich anschließend in das Tuch und trat vor den Paravent.

Tinuha eilte an ihr vorbei, lief behände zum Bett hinüber, wo sie Janas frische Unterwäsche über das Kleid gelegt hatte, und mahnte erneut zur Eile.

Neidvolle blaue Augen fielen auf das Gewand der Zofe, welches ungeheuer bequem wirkte – im Gegensatz zu dem englischen Kleid, das hinten mit Bändern fest verschnürt wurde. Eben öffnete sie den Mund, um keck zu fragen, was man im Allgemeinen unter einem solchen Gewand trug, da wurde die Tür von außen heftig aufgerissen!

Sprachlos starrte Jana auf das Mädchen im grellgelben Kleid, welches ohne anzuklopfen hereinstürzte und wie ein dicker Schmetterling auf sie zu segelte. Es baute sich vor ihr auf, stemmte die Fäuste in die Hüften und musterte sie ungeniert, geradezu dreist! Tinuha beachtete sie nicht. Das feiste Gesicht mit den engstehenden, wasserhellen Augen und der lächerlich winzigen Nase darin wurde von spiralförmig gedrehten, blonden Locken umrahmt, die bei jeder Bewegung auf- und abwippten – und mit ihnen eine pompöse Schleife in der grässlichen Farbe des Kleides.

»Ich bin Anabell«, bequemte sich der unhöfliche Eindringling nach geraumer Weile affektiert zu verkünden.

»Guten Morgen, Cousine. So komm doch herein, es ist offen«, gewann Jana ihre Fassung, einschließlich ihrer Schlagfertigkeit, zurück und begutachtete nun ihrerseits das aufdringliche Gegenüber.

Anabell gab keine Antwort, sondern stapfte einmal um sie herum, bis sie wieder vor ihr stand. Sie zog eine Grimasse abgrundtiefer Enttäuschung!

»Ich konnte nicht erwarten, dich zu sehen, als Mutter uns erzählte, du hättest eine Haut wie unsere Domestiken«, flötete sie, um gehässig hinzuzufügen: »Nun sehe ich, es stimmt!« Offenkundiges Missvergnügen stand in dem mondrunden Gesicht geschrieben, denn sie selbst besaß einen unreinen Teint, während Janas Haut makellos und glatt schimmerte.

Anabell war wütend, da sie eher so etwas in der Richtung eines Negerbastardes erwartet hatte. Schmollend schob sie die Oberlippe vor, drehte sich auf dem Absatz um und segelte wieder hinaus! Ohne sich die Mühe zu machen, die Tür wieder zu schließen.

»In zehn Minuten gibt es Frühstück!«, hörte man sie noch vom Flur her. »Ich würde dir raten, pünktlich zu sein! Vater kann sehr ungemütlich werden!«

Krampfhaft bemüht, das aufsteigende Kichern unter Kontrolle zu halten, sah Jana zu Tinuha, doch diese wandte ihr plötzlich den Rücken zu.

Als Jana bemerkte, wie die Schultern der Malaiin zuckten, brach sie in helles Gelächter aus und prustete so laut, dass Tinuha erschrocken zur Tür lief und diese schloss. Dabei funkelten ihre Augen, und die Lippen waren fest zusammengepresst. Gefühlsausbrüche dieser Art waren Tinuha fremd, doch als sie sah, wie Jana sich hochrot vor Lachen krümmte, obwohl die hässlichen Worte Anabells sie eigentlich hätten kränken müssen, vermochte auch sie sich nicht zu beherrschen. Es war einfach zu komisch!

So amüsierten sie sich einmütig über diesen Auftritt. War dieses Lachen nicht die beste Art der Besiegelung ihrer Freundschaft?

Tinuha fing sich natürlich zuerst wieder, während Jana stöhnte: »Oh, Tinuha! Dieses merkwürdige Geschöpf ist also meine leibhaftige Cousine! Man könnte annehmen, sie mag mich nicht, fandest du nicht auch?« Sie riss förmlich ihre Unterwäsche an sich und eilte glucksend hinter den Paravent.

»Himmel, diese albernen Locken!«, krächzte sie von dort atemlos. »Trägt sie etwa immer solche Sachen?«

»Sie haben Recht. Dieses Kleid steht Ihrer Cousine wirklich nicht sehr gut. Doch es ist ihre Lieblingsfarbe«, antwortete Tinuha, verzweifelt um einen gesetzten Tonfall bemüht. Doch wieder machte sie den gleichen Fehler, zu Jana hinzuschauen, die ihr über den Paravent lustig zuzwinkerte. So verschmolzen ihre letzten Worte in erneutem Gekicher! Dabei überlegte sie verwundert, wann sie sich in diesem Palast zum letzten Mal über irgendetwas amüsiert hatte. Es wollte ihr nicht einfallen.

»Ich verstehe nicht, wie Tante Esther es zulässt«, grunzte Jana vor Vergnügen, »schließlich ist sie eine sehr elegante Dame.«

»Ich sollte eigentlich nicht über die Herrschaft sprechen. Das Gerede der Dienstboten liegt mir nicht. Doch ich finde, Sie haben ein Recht darauf, zu erfahren, wie sich die Familie verhält«, sagte Tinuha plötzlich zögernd.

Den wiederkehrenden Ernst in Tinuhas Stimme bedauernd, streifte Jana das Kleid über und kam hervor, damit Tinuha ihr die Bänder am Rücken schnüren konnte. Auch ihre Erheiterung schwand dahin. Sie fragte sich sogar, was denn überhaupt so komisch gewesen war. Ihre Cousine Anabell schien von gehässiger und niederträchtiger Art zu sein. Aber sie wollte sich nicht gleich am ersten Tag ein Urteil über die Verwandte anmaßen.

So war sie äußerst dankbar für das Angebot, sie etwas auf die Familie vorzubereiten, und sagte es auch: »Das ist nett von dir,

Tinuha. Außerdem glaube ich, dass du niemals Klatsch verbreiten würdest.«

Tinuha nickte und zog an den verschlissenen Seidenbändern.

»Es verhält sich so, dass sich Miss Anabell von Miss Esther nichts sagen lässt. Die Lady hat es längst aufgegeben, sie zu erziehen, sie ist der Liebling von Mister McCleary und erhält alles, wonach ihr der Sinn steht.« Sie band eine Schleife und trat einen Schritt zurück. »Vielleicht liegt es daran, weil die beiden sich sehr ähnlich sind.«

»Und meine Cousine Ethel? Wie ist sie?«, wollte Jana besorgt wissen. Sie drehte sich um.

»Miss Ethel ist das genaue Gegenteil von Miss Anabell. Sie bemüht sich sehr, eine Lady zu werden wie Mistress Esther.« Tinuha ging zum Frisiertisch, nahm die Haarbürste, und ohne auf Janas Jammern zu achten, begann sie mit kräftigen Strichen die Locken zu bürsten. Schließlich schlang sie noch ein einfaches Samtband darum und betrachtete befriedigt ihr Werk.

Jana warf nur einen flüchtigen Blick in den Spiegel. Es war ihr völlig gleichgültig, wie sie aussah.

Die beiden Mädchen wandten sich zur Tür.

Jana zögerte einen Augenblick. Sie bemerkte den fragenden Blick Tinuhas und sagte entschlossen: »Mein Vorschlag, uns beim Vornamen zu nennen, sollte bedeuten, dass du mich nicht mehr so förmlich anredest ..., würdest du das tun?« Gespannt sah sie Tinuha an. So war sie angenehm berührt und aufs Neue überrascht, als Tinuha geradezu spontan erwiderte:

»Gern. Natürlich nur, wenn niemand zugegen ist ..., Jana.«

Das sonnige Frühstückszimmer lag gleich neben dem Arbeitszimmer. Die großen Flügeltüren, die zum Garten hinausführten, waren weit geöffnet. Die Familie war bereits versammelt und ließ sich von zwei malaiischen Bediensteten auftragen, als Jana schüchtern eintrat. Es duftete verführerisch nach frischem

Gebäck, Tee und Rühreiern mit Schinken. Edmond, der an der Stirnseite saß, erhob sich andeutungsweise und lächelte ihr zuvorkommend zu, was Jana jedoch nicht im Mindesten beeindruckte. Glaubte sie doch, bereits das wahre Gesicht dieses Mannes zu kennen. Sie ahnte nicht, dass ihr noch an diesem Tage die Erkenntnis weit verwerflicherer Charakterzüge Edmonds bevorstand!

»Guten Morgen«, grüßte sie leise und verspürte ein peinliches Magengrummeln, was sie daran erinnerte, seit gestern Morgen nichts mehr gegessen zu haben.

»Komm herein, mein liebes Kind, und setze dich neben deine Cousine Ethel«, deutete Edmond auf den freien Platz neben Anabell und einem hoch gewachsenen Mädchen mit hellbraunem Haar an der Längsseite.

Esther warf ihr lediglich ein reserviertes Lächeln zu und stocherte weiter in ihrem Rührei herum.

Ethel jedoch lachte ihr herzlich zu!

»Guten Morgen, Cousine. Ich freue mich sehr, dich kennen zu lernen.«

Verblüfft durch dieses freundliche Entgegenkommen, das in krassem Gegensatz zu der Taktlosigkeit Anabells stand, ließ sich Jana von einem Diener den Stuhl zurechtrücken und nahm dankend Platz.

Ethel strömte eine wohltuende Ruhe aus. Sie mochte zwar im Allgemeinen recht farblos wirken, aber ihre schönen braunen Augen, die denen des Vaters glichen, richteten sich warm auf Jana.

Edmond deutete mit der Gabel auf Anabell, die albern kicherte und Jana verschwörerisch zuzwinkerte.

»Und das ist deine Cousine Anabell.«

»Es freut mich auch, dich kennen zu lernen«, grinste Anabell und zwinkerte ihr noch einmal heimlich zu.

Gereizt fuhr Esther sie an: »Anabell!« Und zu Jana gewandt,

distanziert: »Wir hoffen alle, du wirst dich mit der Zeit einleben, Juliana.«

Diese glaubte zwar einen falschen Unterton herauszuhören, verfolgte diesen unerfreulichen Gedanken jedoch nicht weiter und antwortete sittsam: »Vielen Dank. Euch allen. Ich werde mich ganz sicher hier einleben. Und ich bitte um Entschuldigung, weil ich gestern Abend nicht zum Dinner kam. Es wird nicht wieder vorkommen.«

Ethel sah sie noch immer freundlich an.

»Aber dafür haben wir doch alle Verständnis, liebe Cousine. Die Reise muss sehr anstrengend für dich gewesen sein.«

Dankbar lächelte Jana zurück. Hungrig griff sie nach der Gabel und machte sich über das Frühstück her, das der Diener ihr auftrug.

»Was ich dich fragen wollte«, begann Esther nach einer Weile zögernd und mit einem Seitenblick auf Edmond. »Dein Vater schrieb uns, du würdest in Begleitung zweier Diener eintreffen.«

Jana ließ die Gabel sinken. Plötzlich schien ihr der Appetit vergangen. Ihre Augen verdunkelten sich, und ihr Herz zog sich zusammen. Mit rauer Stimme antwortete sie:

»Papa hatte sich geirrt. Josh blieb auf Rorys Hall, und Amalie ... starb während der Überfahrt.«

»Ach, so ist das«, äußerte Esther nur scheinbar gleichgültig und widmete sich wieder ihren Eiern. In Wahrheit schmerzte es sie heftig, den alten Mann einem ungewissen Schicksal ausgesetzt zu wissen ..., und sie konnte nichts tun.

Das Frühstück zog sich in die Länge.

Endlich warf Edmond die Serviette hin. Übergangslos zogen sich seine Brauen zusammen, und er sah fordernd seine Gemahlin an.

»Nun? Wie viele in dieser Woche?«

»Fünf«, murmelte diese, ohne aufzusehen, und fuhr zusammen, als Edmonds Faust auf den Tisch schmetterte!

»Verflucht sei ...!«

Bestürzt richtete Jana ihren Blick fragend in die Runde.

Anabell beugte sich vor und erklärte ihr um Ethel herum, dabei mit vollem Mund kauend: »Vater meint, dass in dieser Woche schon wieder fünf Sklaven«, sie schluckte, »von den Feldern verschwunden sind.«

»Arbeiter, Anabell! Ar-bei-ter!«, mahnte Ethel. »Die Sklaverei wurde abgeschafft, erinnerst du dich?«

Abfällig entgegnete Anabell: »Aber es sind doch Sklaven. Eingeborene, Sklaven, Schwarze – was macht das für einen Unterschied? Oder was meinst du, Cousine?«

Jana schluckte auch – trocken. Was sollte sie darauf erwidern? Am liebsten hätte sie Anabell eine scharfe Antwort gegeben, zornig über die hochnäsige Art, wie dieses wenig attraktive, pummelige Mädchen sich aufführte. Sie mochte die Cousine nicht. Bei den besten Vorsätzen, sich in dieser Familie einzuleben, lag es dennoch nicht in ihrer Natur, zu heucheln. Sie überlegte sich ihre Antwort genau und meinte dann nachdenklich: »Keinen, wenn sie nicht entlohnt werden.«

»Da siehst du es!«, triumphierte Ethel. »Immerhin erhalten sie zwei Pennys die Woche!«

»Oh, ein Vermögen!«, entfuhr es Jana ungewollt sarkastisch. »Dann sind es tatsächlich keine Sklaven, sondern Lohnarbeiter.«

Sie biss sich auf die Lippen und senkte den Kopf, als sie Ethels erstaunte und Tante Esthers indignierte Blicke auf sich gerichtet fand.

Edmond beendete ihre unangenehme Lage, indem er aufstand und sagte: »Ich glaube kaum, dass unseren lieben Gast das interessieren dürfte. Dieses Thema gehört zur Politik und nicht in die Köpfe junger Damen.« Er ging um den Tisch herum, stockte an Janas Platz und sah auf sie hinab.

Jana verspürte ein leichtes Frösteln in seiner Nähe!

»Übrigens, mein liebes Kind – dein Vater schrieb uns, du wärst eine passionierte Reiterin. Möchtest du dir vielleicht die Ställe ansehen? Ich bin sicher, eines meiner Pferde wird dir zusagen.«

Jana verschluckte sich beinahe vor Überraschung. Damit hatte sie nun wirklich nicht gerechnet. Sie kaute, schluckte, kaute und schluckte wieder, bevor sie sich zu Edmond herumdrehte.

»Vielen Dank! Du glaubst nicht, welche Freude du mir damit bereitest, Onkel Edmond!«, staunte sie zu ihm auf.

»Bis später also«, meinte Edmond knapp und ging hinaus.

Auch alle anderen erhoben sich nun, was Jana, die noch einen halb vollen Teller vor sich stehen hatte, verblüffte. Aber sie fragte nicht, sondern stand ebenfalls auf. Sie begriff, dass dieses Ritual, mit dem Hausherrn das Mahl zu beenden, wohl ein Gesetz in dieser merkwürdigen Familie sein musste.

»Besitzt du ein Reitkostüm?«, erkundigte sich Ethel praktisch.

Froh konnte Jana diese Frage bejahen. Wie gut, dass sie es nach anfänglichem Zögern doch noch eingepackt hatte.

In äußerst fröhlicher Stimmung überquerte sie am frühen Vormittag den weitläufigen Hof in die Richtung der Ställe. Es war bereits ziemlich warm, und die Sonne brannte auf ihr Gesicht. Das kecke Hütchen auf dem hochgesteckten Haar schützte es kaum. Tinuhas Angebot, sie zu begleiten, hatte sie mit der Begründung abgelehnt, alleine auf Entdeckungstour gehen zu wollen. Eigenartigerweise schien die neue Freundin darüber sehr erleichtert. Die Röcke mit einer Hand gerafft und in der anderen die Reitpeitsche launig schwingend, ging sie auf das hohe Tor des größten Stalles zu, aus dem eindringliches Schnauben und Hufestampfen an ihr Ohr drang. Es handelte sich um jenes Gebäude, dessen Dach sie vom Fenster ihres Zimmers aus sehen konnte. Gleich daneben ragte die hohe Hecke auf, die den Park von den

Stallungen trennte. Sie bemerkte eine Öffnung zwischen dem dichten Blattwerk. Neugierig ging sie darauf zu. Doch kaum hatte sie vorwitzig den Kopf durch den fast kreisförmigen Einschnitt geschoben, da fuhr sie zurück! Wenige Meter entfernt stand Tinuha mit demselben alten Chinesen, den sie heute Morgen schon mit dem Jungen Koah beobachtet hatte! Als sie erneut hinschaute, registrierte Jana die gleiche, ehrerbietige Haltung des Alten der Malaiin gegenüber, wie er sie auch schon deren Bruder bezeugt hatte! Was gesprochen wurde, konnte sie aus der Entfernung zu ihrem Verdruss nicht verstehen. Verblüfft sah sie aber zu, wie der Mann eine Hand auf seine Brust legte und sich tief vor Tinuha verbeugte! Dann verschwand er zwischen den Büschen. Tinuha schaute sich jetzt vorsichtig nach allen Seiten um. Fast glaubte Jana schon, entdeckt worden zu sein, denn die Zofe sah einmal kurz in ihre Richtung. Doch zu ihrer Erleichterung oder auch zu ihrem Bedauern darüber, nicht mehr in Erfahrung bringen zu können über die geheimnisvollen Vorgänge, lief Tinuha nun geschwind in die entgegengesetzte Richtung davon. Seufzend streckte und reckte sie ihre verkrampften Glieder und schlug den Weg zu dem großen Tor wieder ein, nicht ahnend, welch schreckliches Erlebnis ihr bevorstand. Vor dem Tor blieb sie unschlüssig stehen und sah sich um. Keine Menschenseele weit und breit. Nur ein leises Kinderlachen klang von fern hinter den Ställen her, wo sich die Unterkünfte der Arbeiter befanden. Sie überlegte, ob sie nach Edmond rufen sollte. Irgendwo musste er schließlich sein. Man hatte ihr gesagt, er hielte sich um diese Zeit immer hier auf. Angeregt durch die verlockenden Geräusche der Pferde, beschloss sie, sich die Tiere schon einmal auf eigene Faust anzusehen. Sie hob die Hand und wollte gerade nach dem hohen Riegel greifen, der die Flügel des Tores geschlossen hielt ..., da ertönte ein entsetzlicher, grauenvoller Schrei in allerhöchster Not! Überzeugt, dass jener schreckliche Schrei aus dem Inneren des Stalles kam, starrte sie einen Moment auf das Holz, als wollte sie es zwingen durchsichtig zu werden. Blitzartig fuhr ihr durch den Sinn, dass dort drinnen jemand dringend Hilfe bedurfte! Sie langte wieder nach dem Hebel ..., im nächsten Moment blieb die ausgestreckte Hand mitten in der Luft haften! Eisige Schauder kribbelten über ihre hochgezogenen Schultern hinauf bis zum Nacken, wo sich die feinen Härchen aufrichteten! Denn der neuerliche schrille Angstschrei ging in wimmernd ausgestoßene Worte über:

»Bitte nicht, Master! Nicht mit der Peitsche!«

Jana brach der Schweiß aus! Ihre erstarrte Hand begann zu zittern, als sie jetzt den Onkel vernahm, der aufgebracht brüllte:

»Ich werde dich lehren, was es heißt, sich mir zu widersetzen, du kleines Miststück! Da!«

Ein scharfer Peitschenknall folgte! Und noch einmal! Und noch einmal! Jana taumelte zu Tode erschrocken einige Schritte zurück und presste die Hände vor den Mund. Die Reitgerte entglitt ihren klammen Fingern. Unfähig, sich zu entfernen, musste sie zuhören – ob sie dies wollte oder nicht: »Und jetzt, du kleines Luder, kannst du dir die Rute selbst aussuchen, mit der ich dich züchtigen werde! Ich bin ein guter Herr, nicht wahr? Ich überlasse dir die Wahl. Wie du dich auch entscheidest, es bereitet mir gleich viel Vergnügen. Antworte! Ziehst du nun die Peitsche vor oder – das hier?«

»Nicht wieder die Peitsche, Master! Bitte, bitte! Nicht wieder die Peitsche!«, kreischte es an ihren Ohren! Es musste ein sehr junges Mädchen sein – eher noch – ein Kind ...!

Wieder ertönte Edmonds Stimme, untermalt von dem bösartigsten Auflachen, das sie je vernommen hatte:

»Eine vernünftige Wahl. Ich wusste doch, dass du ein gehorsames kleines Ding sein kannst. Und jetzt ... jaahhh ...!«

Das Mädchen heulte noch einmal auf und wimmerte dann vor sich hin, während das abstoßende Stöhnen Edmonds ekstatisch anschwoll!

Ihr wurde übel! Kreidebleich schloss sie die Augen und kämpfte mit dem Frühstück, das nicht in ihrem Magen verbleiben wollte!

Dann, vollkommen außer sich, drehte sie sich auf dem Absatz herum, hob ihre Gerte auf und rannte in Panik davon! Erst als sie den Hof beinahe überquert hatte, stellten sich die ersten klaren Gedanken wieder ein. Jana war von robuster Natur und neigte nicht, wie die meisten Mädchen ihres Alters, zur Ängstlichkeit oder gar zu Ohnmachtsanfällen. Deshalb blieb sie nun, nachdem der erste Schock überwunden war, abrupt stehen. Noch immer rasten die Gedanken chaotisch durch ihr Hirn, doch langsam kristallisierte sich die Idee, dem armen Wesen dort unbedingt helfen zu müssen.

So machte sie entschlossen kehrt und ging sehr langsam zurück zu dem Ort des Schreckens. Dabei hob sie die Hände wie einen Trichter vor den Mund und brüllte so laut, dass es weithin schallte und keinesfalls zu überhören war:

»Onkel Edmond! Wo bist du?!«

Dabei ging sie wieder auf das Tor zu. Es nicht aus den Augen lassend, versuchte sie es weiter:

»Onkel Edmond! Haallooo!!! Du wolltest mir die Pferde zeigen!«

Endlich, sie stand schon fast davor, öffnete sich ein Flügel, und Edmond trat hastig heraus.

Jana drohte erneut schlecht zu werden, als ihr der perfekt sitzende Anzug, der nicht das geringste Stäubchen aufwies, und die unbeteiligte, freundliche Miene Edmonds auffielen. Gerade so, als wäre nicht das Geringste vorgefallen und der liebe Onkel erwartete die Nichte zu einem harmlosen Ausritt. Lediglich seine Augen glitzerten und maßen sie abschätzend von oben bis unten, während sie auf ihn zutrat. Jana kannte seine Gedanken, ohne dass er sie aussprach. Ich wette, er überlegt jetzt, ob oder wie viel ich gehört haben könnte, dachte sie angeekelt und strahlte ihn an. Worauf er sich sichtlich entspannte und seine Augen jenen herzlichen Schimmer bekamen, bei dem jeder ihn für einen wunderbaren, freundlichen Menschen hielt.

»Oh! Da finde ich dich. Ich habe schon nach dir gesucht, lieber Onkel. Willst du mir jetzt die Pferde zeigen?«, fragte sie mit mühsam aufgesetztem, reizendem Lächeln, welches ihr die größte Willenskraft abverlangte! Zielstrebig steuerte sie an ihm vorbei in den Stall – und konnte ein Zusammenzucken nicht verhindern, als er mit einer schnellen Bewegung ihren Arm packte und sie festhielt. Arglos verwundert sah sie ihn an, innerlich vor Abscheu bebend!

Harmlos freundlich sagte Edmond, wobei er sie einige Schritte vom Eingang zurückzog: »Es ist nett, dass du meiner Aufforderung so schnell nachgekommen bist, mein Kind. Ich nahm an, du müssest dir zuerst eine passende Garderobe zulegen, doch wie ich erfreut bemerke, besitzt du deine eigene Reitkleidung. Ein wenig altmodisch, doch sehr hübsch.« Und betont grüblerisch, als müsse er ein Problem bewältigen: »Nun gut. Doch gedulde dich noch ein wenig. Ich muss erst nachsehen, ob im Stall alles in Ordnung ist.« Er ließ ihren Arm frei, fixierte sie und wandte sich der offenen Tür zu.

Doch so leicht gab Jana sich nicht geschlagen. Ihr gespielt erstauntes Auflachen veranlasste Edmond, sich wieder umzudrehen.

»Aber Onkel! Was soll denn in einem Stall nicht in Ordnung sein? Oder denkst du etwa, ich fürchte mich vor fremden Pferden? Ich habe keine Angst, glaube mir.«

Auch Edmond war ein hervorragender Schauspieler, das musste sie, wenn auch widerwillig, anerkennen, obwohl die ganze Farce ihr so widerwärtig vorkam, dass die Übelkeit nicht von ihr weichen wollte.

Er zögerte gekonnt und schob die Brauen nachdenklich zusammen. »Weißt du«, begann er, Verlegenheit heuchelnd, »es handelt sich hierbei um eine etwas delikate Angelegenheit. Es ist etwas geschehen, das nicht für die Augen einer jungen Dame geeignet ist.«

Jana gab sich naiv. Sie sah ihn groß an und senkte unvermittelt die Lider, als hätte sie den wahren Grund erraten. Die Zornesröte, die ihr dabei ins Gesicht stieg, passte wunderbar zu dem Stück, welches sie beide aufführten. Mochte Edmond annehmen, es wäre gewiss Schamesröte, mit der sie ihn wieder ansah. Von albernem Kichern unterbrochen, stammelte sie: »Oh, ich verstehe. Sicher denkst du, ich hätte noch nie gesehen, wie ... äh ... der Hengst die Stute ... äh ...«

Edmond antwortete, im ersten Moment tatsächlich ein wenig aus der Fassung: »Nein, das ist es nicht. Es hat nichts mit den Pferden zu tun.« – Um dann in moralischer Entrüstung fortzufahren: »Aber ich muss sagen, mir ist völlig unverständlich, wie dein Vater dulden konnte, dass du einer solchen Angelegenheit beiwohnst. Das schickt sich doch nicht für eine junge Dame!«

Wie kann ein Mensch so verlogen sein?, dachte Jana entgeistert und zwinkerte ihm verschwörerisch zu. »Das ... äh ... tat er auch nicht, Onkel Edmond«, vertraute sie ihm verschämt an. »Ich schlich mich heimlich in den Stall, wenn der Hengst zur Stute geführt wurde.«

Zu spät erkannte sie, dass sie zu weit gegangen war.

Sein Gesichtsausdruck wandelte sich plötzlich in ernsthaftes Interesse. Mit einem Schritt war er bei ihr, beugte sich gespannt vor und fragte eigenartig rau: »Und? Hat es dir gefallen, Juliana?« Für einige Sekunden fiel die Maske des guten Onkels!

Jana wich schockiert zurück. Das lüsterne Funkeln in den Augen Edmonds wusste sie zwar in ihrer Unschuld nicht so recht zu deuten, doch es machte ihr Angst. Sie begann sich zu winden und stotterte, wobei sie nervös die Hände knetete:

»Ich ... also ... ich konnte es nicht so richtig sehen ..., ich meine ..., ich durfte doch nicht entdeckt werden.«

Edmonds Interesse erlosch augenblicklich! Achselzuckend trat er zurück und setzte seine bedauernde Miene wieder auf.

»Das hier hat jedenfalls nichts damit zu tun. Die Sache ist derart empörend, dass sie dir gewiss die Freude an dem Ausritt verderben würde. Am besten gehst du zurück ins Haus.«

»Aber Onkel!«, rief Jana vorwurfsvoll. »Ich dachte, ich gehöre jetzt zur Familie. Sag doch, was so Schreckliches geschehen ist. Ist jemand verletzt dort drin? Dann lass mich doch helfen. Ich verstehe mich darauf.«

Edmond seufzte pathetisch.

»Nein! Du wirst auf keinen Fall dort hineingehen! Aber wenn deine Neugierde befriedigt werden muss – ich habe gerade den Stallburschen dabei erwischt, wie er einem der Spülmädchen zu nahe getreten ist. Leider hat der Bursche sich aus dem Staub gemacht, und ich befürchte, das Mädchen ist arg zugerichtet.«

Atemlos sah Jana ihn an.

»Du meinst ..., er hat ... hat sie ...?«

Betrübt nickte Edmond.

»Du bist ein kluges Kind. Man kann dir die Wirklichkeit des Lebens sicher nicht verheimlichen. Aber so etwas passiert hin und wieder.« Theatralisch rang er die Hände. »Es ist eine schlechte Welt. Ich bemühe mich zwar, die Ordnung auf der Plantage aufrechtzuerhalten, aber ...«, er ließ die Hände sinken, wandte sich zu der offenen Tür um. »Ich kann nicht überall sein, verstehst du?«

Jana nutzte die einzige Gelegenheit, da er ihr gerade den Rücken zuwandte, raffte die Röcke und rannte an ihm vorbei! Über die Schulter hinweg rief sie:

»Das ist ja entsetzlich, Onkel Edmond! Ich werde mich sofort um das Mädchen kümmern. Es ist dir doch recht, wenn ich helfe?«

Das hätte Edmond McCleary nun auch nicht mehr verhindern können, denn Jana war bereits in dem dämmrigen Stall verschwunden. Edmond war klug. Sehr klug und selbst so niederträchtig, dass er in aller Regel sofort durchschaute, wenn jemand versuchte, ihn zu täuschen. Esthers Nichte hingegen bereitete ihm einiges Kopfzerbrechen. War sie nun wirklich so harmlos naiv, wie sie sich darstellte? Oder verbarg sich hinter dem hübschen Äußeren ein raffiniertes kleines Biest? Sein Eindruck von ihr war keineswegs der gewesen, ein kleines dummes Mädchen vor sich zu haben – im Gegenteil –, sie schien ihm doch recht intelligent zu sein. Misstrauisch folgte er ihr langsam in den Stall. Mit einem Anfall von perversem Vergnügen dachte er daran, wie er heute Nachmittag den Stallburschen für seine eigene, schändliche Tat auspeitschen lassen würde! Das würde jeden Zweifel der Nichte ausräumen. Falls sie überhaupt irgendwelche Zweifel hegte.

Jana blieb stehen und blinzelte. Ihre Augen mussten sich erst an das Dämmerlicht gewöhnen. Ungeachtet der weichen Pferdeschnauzen, die sich bettelnd zur Linken aus den Boxen schoben, sah sie sich gehetzt um. Ihre Blicke flogen über die Heu- und Strohballen. Staub flirrte in den vereinzelten Sonnenstrahlen. Hinter ihr tauchte schemenhaft im Gegenlicht Edmond auf, der sie wachsam beobachtete. Rasch ging sie tiefer in das Gebäude, den breiten, aus festgestampftem Lehm bestehenden Mittelgang hinunter. Plötzlich stieß ihr Fuß an einen Gegenstand. Sie bückte sich, um das Ding näher in Augenschein zu nehmen – und fuhr bestürzt zurück! Es war eine Reitpeitsche, die dort lag. Was sie daran so erschreckte, waren die feucht glänzenden Tropfen darauf, die wie frisches Blut aussahen! Aus den Augenwinkeln nahm sie eine Bewegung hinter einem der Heuhaufen im hinteren Teil des Stalles wahr. Zögernd ging sie darauf zu. Ihr Herz raste, und sie war fast einer Panik nahe. Doch nichts war diese Angst gegen das Entsetzen, das sie erfasste, als sie vorsichtig hinter den Heuhaufen schaute und des dunkelhäutigen Mädchens ansichtig wurde, das dort totenbleich mit geschlossenen Augen lag!

Es konnte nicht älter als zwölf oder dreizehn Jahre alt sein. Ihr Kleid war ihr vom mageren Leib gerissen worden! Quer über die zarten Brüste verliefen blutige Striemen ..., auch der Bauch und die Schenkel waren gezeichnet von den Peitschenhieben. Alles war voller Blut. Um Beherrschung ringend, ließ sie sich erschüttert neben dem geschundenen kleinen Mädchen ins Heu fallen und begann den schmalen Körper kundig abzutasten. Glücklicherweise hatte Mutter ihr früh gezeigt, wie man sich bei Verletzten verhalten muss. Das Mädchen stöhnte vor Schmerz und riss die dunklen Augen in heller Panik auf. Sicher vermutete sie, ihr Peiniger wäre zurückgekehrt! Jana streichelte sachte ihr Gesicht und neigte sich über sie. »Ruhig, ganz ruhig«, murmelte sie, während brennende Tränen ihren Blick verdunkelten, »niemand wird dir mehr weh tun, das verspreche ich dir.«

Das Mädchen antwortete nicht, sah nur voller Angst über Janas Schulter hinweg.

Diese brauchte sich erst gar nicht umzudrehen. Sie wusste, dass Edmond dort stand. Dessen ungeachtet schaute sie zögernd, wie unter Zwang, zu ihm hin. Jegliche Empfindung schien in ihr abgestorben. Es half ihr, das unwiderstehliche Gefühl zu bezwingen – mitten in das gleichgültige Gesicht zu spucken, das sich herüberbeugte! Alle Muskeln verkrampften sich wieder beim Klang jener verlogen bedauernden Stimme:

»Es ist eine Schande. Es tut mir Leid, dass ich es dir nicht ersparen konnte. Doch ich verspreche, ich werde den Schuldigen noch heute zur Rechenschaft ziehen. Du hast ihn doch erkannt?«, wandte er sich heuchlerisch besorgt an das Mädchen. »Du hast doch erkannt, dass es Aaron, der Stallbursche war, der dir dies angetan hat?«

Jana war speiübel zumute. Sie drehte das Gesicht zur Seite.

Zu ihrem Glück entfernte Edmond sich nun, blieb aber noch einmal stehen.

»Es wäre besser, wenn du der Familie nichts davon erzähltest«, drang seine fast heitere Stimme wie durch Watte an ihr Ohr. »Es würde deine Tante und die Mädchen nur unnötig aufregen. Und dadurch würde nichts ungeschehen.« Als Jana nicht antwortete, wurde sein Tonfall zwingend, hart und lauernd:

»Du bist doch meiner Meinung, nicht wahr?«

»Ich bin völlig deiner Ansicht, Onkel«, presste Jana hervor. Endlich ging er hinaus!

Jana begann wieder, die Wange des leise wimmernden Mädchens zu streicheln und beruhigend auf sie einzureden:

»Es ist gut. Es ist alles gut. Er ist fort. Du brauchst dich nicht mehr zu fürchten. Mein Name ist Jana, und ich lebe seit gestern hier. Willst du mir nicht sagen, wie du heißt?«

Doch die Kleine war wie gelähmt. Sie sah zwar auf, aber reagierte nicht. Offenbar stand sie unter Schock! Jana zog die Jacke ihres Reitkostüms aus und hüllte den nackten, blutigen Körper damit ein.

»Du brauchst dich nicht vor mir zu fürchten. Ich will dir helfen. Ich weiß, dass er es war und nicht der Stallbursche. Ich habe gehört, wie er dich schlug. Aber ... bin ich noch rechtzeitig gekommen?«

Ihr Herz setzte einen Schlag lang aus, als der Kopf des Mädchens zur Seite fiel und es die Augen schloss. Angstvoll beugte sie sich näher zu ihm hin.

»Nein ...«, floss es mühsam über die aufgesprungenen Lippen.

Jana richtete sich wieder auf. Von Grauen gepackt, starrte sie an die Decke und flüsterte:

»O mein Gott!«

Wie gewöhnlich zur Mittagszeit, herrschte ein reger Andrang von Gästen, ausschließlich Männer, in der niedrigen Schankstube des kleinen Teehauses. Es lag im Chinesenviertel von Sarawak und war als Umschlagplatz für Schwarzhandel und den Austausch geheimer Informationen wohl bekannt. Aber da auch einige hochgestellte britische Gentlemen ihre gepflegten Finger in mehr oder weniger schmutzige Geschäfte tauchten, ließ man den Wirt meistens ungeschoren. Natürlich handelte es sich bei den Besuchern zum größten Teil um Chinesen, denn die Küche, vorwiegend kantonesische Spezialitäten, war den meisten Europäern nicht geheuer. Nicht umsonst kursierte der Ausspruch, in Kanton würde »alles gekocht und verzehrt, was Beine hatte, mit Ausnahme von Tischen und Stühlen«. Den Asiaten war es recht so. Sie amüsierten sich auf ihre Weise, ohne auf die Anwesenheit fremder Besucher Rücksicht nehmen zu müssen. Dazu gehörten auch die beliebten Schattenspiele, deren Sinn ein Europäer überhaupt nicht verstand. Während ringsum auf Podesten Tische und Stühle standen, war der tiefer gelegene Holzboden in der Mitte frei. Ein Unkundiger hätte einen Tanzboden vermutet, doch getanzt wurde hier beileibe nicht. Die meisten Männer saßen dort vor einer großen gespannten Leinwand. Sie amüsierten sich königlich über die Handlung des Schauspiels dahinter, das mit Wajangpuppen, die ursprünglich aus dem Javanischen stammten, vorgeführt wurde. Durch mehrere Lampen im Hintergrund wirkten die nur fußhohen, aus schwarzer Pappe hergestellten Figuren riesig. Wild gestikulierend und erregt die langen dünnen Zöpfe schwingend, mischte sich das muntere Publikum ständig in die Handlung ein, die daraufhin auch immer wieder einen anderen Verlauf nahm, dem nur Eingeweihte noch zu folgen vermochten. Zwischen Beinen, Händen, Zöpfen und Tischen balancierten geschickte Kellner große Mengen übereinandergestapelter Schüsseln und Tabletts mit dampfenden Köstlichkeiten. Jeder schrie auf einen anderen ein.

Trotz des ohrenbetäubenden Lärms konnte man die Atmosphäre als entspannt und heiter bezeichnen. Die lackierten Balken und die kleinen, geschwungenen Dächer über den Nischen glänzten im Schein des offenen Feuers aus einem großen, rechteckigen Kamin, wo Hühner und anderes Geflügel sich gemächlich an langen Spießen drehte.

An einem etwas abseits gelegenen Tisch, hinter einigen Balken, saß dennoch ein Europäer. Sein dunkles Gesicht wurde von einem großen Strohhut verdeckt, den er jetzt abnahm, als ein alter Chinese an seinen Tisch trat und sich verbeugte. Es handelte sich um jenen alten Mann, der mit Tinuha und Koah im Garten von Cleary gesprochen hatte.

»Nun, Wan Su, was bringst du für Nachrichten?«, fragte Pierre Evereux, denn niemand anderes verbarg sich dort mit einem stets spöttischen Grinsen unter dem rabenschwarzen Schnauzbart.

Der Alte verbeugte sich abermals und nestelte einen mehrfach gefalteten Zettel aus dem trichterförmigen, weiten Ärmel. Er reichte ihn Pierre hinüber.

»Eine Botschaft der Kinder. Die Optionen sind eingetroffen. Der Plan kann beginnen.«

Pierre überflog den Zettel und blickte heiter wieder zu Wan Su auf.

»Das wird den Tiger erfreuen. McCleary ist Punkt zehn auf seiner Liste. Allerdings wird ein Geschäft dieser Größenordnung einige Monate, wenn nicht länger, in Anspruch nehmen. Merde!«, entfuhr es ihm, und er verzog das Gesicht zu einer ulkigen Grimasse.

Wan Su lächelte.

»Dieser Mann ist auch kein kleiner Karpfen im Teich wie die anderen«, bemerkte er weise.

»Non«, gab Pierre grinsend zu. »Der Tiger plant seine völlige Vernichtung, während er die anderen nur gehörig schüttelt.«

Der Chinese wurde wieder ernst, beugte sich ein wenig vor und sprach mit gedämpfter, besorgter Stimme weiter:

»Die Kobra sollte sich bis dahin nicht mehr in der Öffentlichkeit zeigen. Die Kinder meinen, es ist unverantwortlich, dass er sich auf Sarawak sehen ließ.«

Pierre lachte auf und schüttelte in komischer Verzweiflung den Kopf.

»Wer sollte ihn davon abhalten, mon ami? Wenn er sich in den Kopf setzt, mich zu begleiten, dann tut er es auch für gewöhnlich.« Er nahm das vor ihm stehende Glas hoch, prostete dem Chinesen damit zu und trank es mit einem Zug aus. »Aber ihr könnt beruhigt sein. Er befindet sich im Moment wieder auf dem Weg nach Labuan und erwartet mich mit dieser Nachricht.«

Wan Su verbeugte sich und ging.

Pierre hob das Glas, schwenkte es und schrie, ungeachtet, ob ihn jemand erkannte oder nicht, in den Schankraum hinein: »Hey, garçon! Noch einmal von diesem widerlichen Fluss einer Ziege!«

4. KAPITEL

Zehn Monate später ...

Mystisch leuchtete die silberne Scheibe des bald vollen Mondes über dem Dschungel von Labuan. Geheimnisvolles Wispern, Rascheln und die gedämpften Rufe nächtlicher Jäger drangen aus dem düsteren Dickicht von Schlingpflanzen, abgestorbenen Baumriesen und den mächtigen Kronen uralter Mahagoni- und Kautschukbäume, deren Stämme fünf, nein sechs erwachsene Männer gleichzeitig nicht zu umspannen in der Lage wären. In der Ferne brüllte ein Tiger seinen sehnsuchtsvollen Schmerz heraus – auf der vergeblichen Suche nach einer Gefährtin, deren es nur noch wenige gab, seit die Engländer in Malaysia eingefallen waren und das kostbare Tier rücksichtslos jagten.

Auf einer kleinen Lichtung, in diesem abgelegenen Winkel Labuans, fand ein Treffen zwischen dem jungen Koah und dem Piraten Yoritomo Shigehira statt, dessen in einen dunklen Burnus gehüllte Gestalt sich kaum vom Hintergrund des nächtlichen Busches abhob.

Eigentlich war dieses Treffen mit dem Jungen nicht geplant. Yoritomo hatte Wan Su, den chinesischen Spion des Tigers erwartet oder auch Kammamuri, den indischen Ziehsohn Wan Sus, welcher früher, bevor er zu den Piraten stieß, der grausamen Kaste der Thugs, der Würger, angehörte. Keinesfalls jedoch Koah, dessen Leben für Malaysia unschätzbar wertvoll war!

Aber Koah besaß einen besonderen Grund, persönlich mit dem Sensei von Mompracem zu sprechen und wischte die besorgten Vorhaltungen des Kriegers unwillig fort. Zunächst stattete er den erwarteten Bericht ab.

Yoritomos Augen glitzerten im Mondlicht, als Koah endete. Zufrieden sagte er, dabei den herrischen Mund spöttisch verzogen:

»Nun ist es also geschehen. Der Plan kann vollendet werden. Es hat zwar viele Mittelsmänner gekostet, doch morgen wird McCleary den Vertrag endlich unterschreiben. Das bedeutet seinen Ruin, und die lange und mühsame Arbeit hat sich gelohnt. Damit wäre der letzte Handlanger James Brookes ausradiert!« Er lachte kurz auf, und seine einzigartigen Goldaugen schweiften über die Lichtung. Mehr zu sich selbst sprach er weiter – während Koah ungeduldig wartete und darüber sann, wie er sein Anliegen wohl vorbringen könnte, ohne dass die rechte Hand des Tigers ihm gleich den Kopf abriss: »Nicht existierende Seide gegen seine diesjährige Ernte und sämtliche Lagerbestände. Bei diesen Mengen wird er das gesamte Risiko des Transports tragen müssen. Und seine Schiffe verschwinden irgendwo zwischen den Inseln! Ein großer Schlag! Und mit ihm werden auch Spencer und Wentworth fallen, als angenehme Beigabe sozusagen, da sie unwichtig sind. Gute Arbeit, mein Junge!«

Seine wache Aufmerksamkeit galt unversehens Koah, dessen Kopf sich tief auf die Brust senkte. Er legte seine kraftvolle, schlanke Hand, der man nicht ansah, dass sie dem Feind, in einem Lidschlag, die Kehle aus dem Hals reißen könnte, auf die Schulter.

»Stimmt etwas nicht? Du solltest dich freuen. Deine Schwester und du, ihr könnt bald nach Mompracem zurückkehren.«

»Warum tun wir das eigentlich?«, murmelte Koah zu Yoritomos Erstaunen bedrückt. »Es ist doch alles so sinnlos geworden. Die Engländer haben Indien und fast ganz Malaysia fest in ihrer Hand. Wir können sie nicht mehr loswerden. Wem nützt es also noch, wenn wir unser Leben und das unserer Brüder weiterhin aufs Spiel setzen?«

Yoritomo schwieg einen Moment verblüfft, die Überlegungen des Fünfzehnjährigen anerkennend. Ähnliche Gedanken bewegten ihn selbst, doch in seinem unversöhnlichen Hass auf die Engländer wies er sie weit von sich.

»Weißt du«, begann er zögernd und sehr ernst, »wir wissen alle, dass der Kampf längst verloren ist, mein Freund. Ich weiß es, du weißt es, und Sandokan weiß es. Doch kannst du einfach zusehen? Ohne die Gewissheit, überhaupt etwas getan zu haben?«

Koah schüttelte beschämt den Kopf. Der Meister sprach eindringlich weiter auf ihn ein:

»Hat nicht jeder von uns seine eigene Rechnung mit den Engländern zu begleichen? Jedem von uns schulden sie etwas, haben uns etwas geraubt, das uns lieb und teuer war. Dir und deiner Schwester die Heimat und den Namen, mir meine Brüder und Gefährten und Sandokan ebenso den Namen, sein Land, seine Liebe und sein früheres Mompracem. *Rache* ist die Flamme, die in uns lodert. So sinnlos es auch erscheinen mag – diese kleinen Siege verhelfen unseren wütenden Herzen für kurze Zeit zu Ruhe und Triumph. Spürst du nicht auch in dir diese Befriedigung, wenn uns ein neuerlicher Schlag gegen den Feind gelungen ist?«

Koah dachte über diese Worte nach und erkannte, dass der Meister der Schwerter Recht hatte. Wie hätte er all die Jahre ruhig dasitzen können, es sich auf Mompracem gut gehen lassen? Keinen Finger zu rühren, während die Engländer sein Erbe stahlen? Warum erschien ihm jetzt alles in einem neuen Licht? Unglücklich sinnierte er über seinen Sinneswandel, der sich ihm völlig unbemerkt in den letzten Monaten aufgedrängt hatte. Damit fiel ihm auch sein vielleicht unmögliches Begehren wieder ein! Er hob trotzig den Kopf und wappnete sich innerlich.

Seine dunklen Augen hefteten sich fest auf Yoritomo, der ihn betrachtete und ihn in seinen Gedanken gewähren ließ.

»Meine Schwester und ich sind uns einig. Wir wollen den Palast nicht – nicht mehr. Wir kehren zurück zur Insel und werden dort leben.« Er schluckte und sagte hastig, ehe er es sich unter dem eindringlichen Blick des Halbjapaners anders überlegte: »Und die Engländerin wird mit uns kommen!«

»Nein!«

Wie ein Pistolenschuss peitschte diese endgültige Absage an seine Ohren. Die leicht schrägen Augen verengten sich zu schmalen Schlitzen und glommen gefährlich auf! Die hohen Wangenknochen in dem ebenmäßigen Gesicht zuckten in unterdrückter Erregung. Hart wies Yoritomo ihn ab:

»Habt ihr vergessen, wofür wir all die Jahre kämpften? Niemals wird ein Engländer diese Seite der Insel betreten!«

Koah hatte diese Reaktion allerdings vorausgesehen. Und auch er konnte sich als stur und unbeugsam erweisen! Deshalb versetzte er aufgebracht, da es ihm in seiner Jugendlichkeit noch an Beherrschung mangelte:

»Und habt ihr vergessen, was ich euch von ihr berichtet habe? Sie ist nicht wie die anderen. Sie ist selbst wie eine Gefangene auf der Plantage. Sie wird mit uns kommen! Sie hat zu viel für uns riskiert, und wir überlassen sie nicht ihrem Schicksal!«

Yoritomo wandte sich in unverhohlenem Zorn ab und vergaß dabei völlig, welchen Respekt er dem jungen Koah, sogar Ehrerbietung, schulden würde – wären die Zeiten anders gewesen. »Noch einmal: nein!«

Koah blickte auf den dunklen Rücken des Mannes, der sein Freund und Lehrer war. Er verstand dessen Haltung, war indes nicht gewillt, einen Fußbreit nachzugeben!

»Tinuha wird nicht ohne sie gehen!«, sagte er nachdrücklich und etwas leiser, beinahe verschämt: »Und ich auch nicht!« Als

Yoritomo schwieg und hochaufgerichtet wie ein Monument dastand, fuhr er entschlossen fort:

»Sie hat Joselyn das Leben gerettet, indem sie sich tapfer zwischen sie und McClearys Peitsche warf. Er hätte das Mädchen sonst zu Tode geprügelt. Sie hat die Flucht der Feldarbeiter gedeckt, ohne jemals eine Frage zu stellen. Und was ist mit den Kindern der Arbeiter, denen sie heimlich das Lesen beibrachte, obwohl es unter Todesstrafe steht? ... Nein«, Koah schüttelte den Kopf, »keinesfalls werden wir sie zurücklassen. Ich habe geschworen, sie genauso zu beschützen, als wäre sie meine eigene Schwester!«

Fassungslos beobachtete er, wie Yoritomo einfach fortging! Sein Magen verkrampfte sich! Doch dann blieb der Meister unvermittelt stehen. Er wandte sich nicht um – und seine Stimme klang gedämpft, einen Hauch zögernd und sanfter:

»Morgen auf dem Ball also und ..., ich werde es mir überlegen, sobald ich ein Urteil über sie gefällt habe.«

Er verschwand in der Dunkelheit und verschmolz mit den geheimnisvollen Schatten des Dschungels.

Koah hob erleichtert die Hand zum Abschiedsgruß. Ein laues Grinsen flog über seine hübschen, schmalen Züge.

»Das Urteil steht jetzt schon fest, großer Krieger«, murmelte er respektlos. »Warten wir es ab. Es wird alles gut werden.«

Die große, zu einem Ballsaal umgestaltete Vorhalle von Cleary erstrahlte in funkelndem Glanz der eigens für diesen Abend angebrachten Lüster an Decken und Wänden. Die beleuchtete Auffahrt und den gesamten Vorplatz schmückten chinesische Laternen und verliehen der ganzen Atmosphäre ein noch exotischeres Gepränge. Viele Gäste waren bereits eingetroffen, und noch immer füllte sich der Vorplatz mit geschlossenen Kutschen und offenen Zweispännern, denen die honorige Gesellschaft der Inseln entstieg.

Esther und Edmond McCleary begrüßten die Gäste neben den weitgeöffneten Flügeln des Portals. Orden und teures Geschmeide glitzerten im Schein der kristallenen Facetten. Die Gäste standen in kleinen Gruppen und ließen sich von malaiischen Dienern Champagner in edlen Kristallgläsern auf glänzenden Silbertabletts reichen. Ethel stand bei einem kleinen zierlichen Tischchen neben dem Treppenaufgang und bediente ein hochmodisches Grammofon, welches die Bewunderung einiger Damen und Herren erregte, die in einem Kreis darum standen und sich die Handhabung erklären ließen. Das Schnarren und Kratzen, das dieses Wunderwerk der neuesten technischen Errungenschaft dabei verursachte, störte niemanden. Der Anlass dieser Einladung war, den achtzehnten Geburtstag der McCleary-Nichte zu feiern, die ihr Debüt gab. Die meisten Gäste waren sich gerührt darüber einig, mit welcher Selbstlosigkeit der hoch geschätzte Edmond sich der verarmten Waise angenommen und dieser die Erziehung im Kreise seiner eigenen Töchter hatte angedeihen lassen. Gleichwohl tuschelte es hier und dort, dem Mädchen sei es überhaupt nicht so gut ergangen ... Juliana Sinclair hätte sogar die abgetragenen Kleidungsstücke der Cousinen aufgetragen! Aber sicherlich war das nur das übliche Geschwätz der Dienstboten ...

Abseits, halb verborgen hinter einer großen Pflanze, lehnte Yoritomo Shigehira lässig an der Wand und beobachtete gelangweilt das Treiben im Saal. Jedenfalls erweckte er den Eindruck gleichgültigen Desinteresses – in Wahrheit durchstreiften seine unergründlichen Augen aufmerksam die gesamte Halle! So blieben ihm selbstverständlich auch die provozierenden Blicke verschiedener Ladys auf seinen schlanken, muskulösen Körper keineswegs verborgen. Ebenso wenig, wie der teils verachtungsvolle Ausdruck einiger Gentlemen, die dem Bastard – dem offensichtlichen Mischling verschiedener Rassen – seine Anwesenheit in diesem erlauchten Kreis übelnahmen! Yoritomo/

Pierce wusste, dass ihm auf Grund seiner eurasischen Herkunft etwas Geheimnisvolles anhaftete, das Frauen magisch anzog und Männer aufbrachte. Die englische Kleidung stand ihm ausgezeichnet. Wären da nicht die ein wenig mandelförmigen Augen und das am Hinterkopf gebundene, ungewöhnlich lange, blauschwarze Haar gewesen, hätte man ihn mit seinen markanten Gesichtszügen und den breiten Schultern beim ersten Hinschauen durchaus für ein besonders stattliches Exemplar der anwesenden Gentlemen gehalten. So flanierten einige junge Damen, rein zufällig natürlich, nahe an ihm vorbei. Sie versteckten die errötenden Gesichter kichernd hinter aufgespannten Fächern, als er eine höfliche Verbeugung und ein arrogantes Lächeln andeutete. Innerlich verspürte er nichts weiter als äußerste Geringschätzung für diese englischen, wertlosen Gänse! Seine Augen schweiften weiterhin durch die Halle des Palastes und begegneten schließlich Koah, der ihm unmerklich zunickte und mit dem Kinn in eine bestimmte Richtung deutete, während er demütig einigen Herren Getränke auf einem Tablett anbot. Die Haltung des Schwertmeisters spannte sich. Er hasste es, Koah in der Rolle eines Dieners zu sehen, ihn dabei zu beobachten, wie dieser sich vor den aufgeblasenen Lords und Ladys verbeugte, die ihm eigentlich die Füße küssen müssten – wenn, wie bereits erwähnt, eben die Zeiten anders gewesen wären. Zorn wallte in ihm auf, und deshalb zwang er sich, in die von dem Jungen angegebene Richtung zu schauen. Seine Mundwinkel verzogen sich sarkastisch nach unten, was ihn noch ungemein attraktiver machte.

Auf der anderen Seite der Halle, gegenüber dem Standort des Piraten, standen drei Gentlemen beisammen, zwei von ihnen schon ziemlich betagt. Sie betrachteten wohl- und selbstgefällig die ankommenden Gäste, deren Strom allmählich versiegte. Es handelte sich um den ehrenwerten Lord George Spencer, einen Kautschukgewinnler und Admiral a.D. Timothy Charles

Wentworth, bei dessen ordenbehangener Uniform unwillkürlich die Frage auftauchte, wodurch sich der dürre Admiral so kerzengerade hielt – bei dem Gewicht, das an seiner Jacke glänzte. Seine Finger steckten in verschiedenen Unternehmen, die sich mit der Ausbeutung malaiischer Bodenschätze beschäftigten. Der Dritte im Bunde war ein feister Kaufmann namens Norman Will, ohne Titel, Besitzer einer mittleren Teeplantage auf Borneo. Letzterer sah sich genötigt, höchste Verwunderung an den Tag zu legen, als ihn die Einladung der McClearys zum Empfang erreichte! Seinesgleichen bedachte der reiche Edmond McCleary üblicherweise nicht mit solch einer großen Ehre. Dann aber buchstabierte er mühsam den beigelegten, von Edmonds Hand persönlich hingekritzelten Brief. Er pfiff durch die Zähne und machte sich flugs auf den Weg, der Offerte Folge zu leisten.

So stand er nun mit stolzgeschwellter Brust inmitten der Gäste und trank mit zwei echten Lords Whiskey. Innerlich bebend vor Glück, nahm er mit hochtrabender Geste das Angebot des Admirals zu einem schwarzen Zigarillo an. Drei Ladys in teuren Roben und kostbarem Geschmeide grüßten mit leichtem Neigen des Kopfes zu den Herren herüber. Spencer nickte höflich ergeben. Wentworth schlug die Hacken zusammen, dass die Orden auf seiner Brust klimperten. Und der linkische Norman machte einen bodentiefen Diener, aus dem er hochrot und verlegen wieder auftauchte. Denn bedauerlicherweise versäumte er im eifrigen Bestreben, besonders weltgewandt zu wirken, das Zigarillo aus dem Mund zu nehmen, und hatte dieses während der Verbeugung in seinem Whiskeyglas ertränkt.

Im Gegensatz zu den beiden Lords interessierte sich Yoritomo Shigehira nicht im Geringsten für den kleinen nervösen Mann mit dem schütteren Blondhaar. Dafür beobachtete er um so gespannter, wie Edmond McCleary, der in seinem dunklen Anzug und dem modischen Binder sehr elegant wirkte, zu den drei Herren hinüberschlenderte. »Ein nettes Fest, McCleary, fürwahr«, begrüßte Spencer den Gastgeber aufgeräumt und schlug ihm jovial auf die Schulter.

Sich seiner Wichtigkeit bewusst, schwadronierte Norman in kumpelhaftem Ton, der Edmond schmerzhaft zusammenzucken ließ: »Wo bleibt denn Ihre Nichte, mein Lieber? Oder erwarten Sie, dass ich die Katze im Sack kaufe, eh?« Dazu stieß er ein meckerndes Gelächter aus. Edmond drehte sich entnervt um, schnippte mit dem Finger nach dem schwarzen Boy, der sogleich herbeieilte und ihm nervös einen Whiskey reichte, in dem gestoßenes Eis klingelte.

Admiral Wentworth, der sich selbst gerne als Haudegen sah, obwohl er – was selbstverständlich das bestgehütete Geheimnis auf Sarawak war – schon beim bloßen Anblick von Badewasser seekrank wurde, klopfte Norman auf die Schulter und meinte anzüglich:

»Sie können es wohl kaum erwarten, junges Fleisch zwischen die Finger zu bekommen, was?«

Norman kicherte albern und warf sich in die Brust.

»Mitnichten, mein guter Admiral, mitnichten. – Jedenfalls nicht zwischen ...«

»Meine Herren – Gentlemen –«, unterbrach Lord Spencer konsterniert die beiden Männer und wandte sich direkt an Edmond: »Sagen Sie, McCleary, ist Ihre Nichte tatsächlich so hübsch, wie behauptet wird?«

Edmond sah stirnrunzelnd zur Treppe hinauf und suchte dann mit den Augen nach seiner Gemahlin.

»Nur Geduld, meine Herren. Schöne Frauen lassen nun einmal auf sich warten.« Er wandte seine Aufmerksamkeit wieder den Herren zu und hob lächelnd das Glas. »Lassen Sie uns lieber auf alle erfolgreichen Geschäfte dieser Welt anstoßen, Gentlemen.«

Diesem kamen die Männer gerne nach. – Mit Ausnahme von

Mister Norman Will, der ein wenig zweifelnd in sein Glas mit dem ertränkten Zigarillo schaute.

»Was ist mit Ihnen, mein Guter? Vertragen Sie keinen guten Schluck mehr?«, fragte der Admiral boshaft. Norman bedeckte hastig die Öffnung des Glases mit der Hand und schluckte.

»Ich ... äh ...«

»Botschaften für die Herren Spencer und Wentworth«, enthob ihn die unterwürfige Stimme des Boys der peinlichen Verlegenheit. Auf einem Tablett hielt der Junge den beiden erstaunten Herren zwei versiegelte Umschläge hin. Die Haltung des Mannes am anderen Ende der Halle spannte sich wieder unmerklich!

Stirnrunzelnd nahmen die beiden Lords die Briefe, falteten sie gleichzeitig auseinander und überflogen die Depeschen. Spencer reagierte als Erster. Das Zigarillo in seinem Mundwinkel senkte sich nach unten. Er wurde aschfahl, sah auf und ließ das Blatt langsam sinken!

Edmond sah fragend von einem zum anderen. Seine Brauen zogen sich zu einem schmalen Strich zusammen, als Wentworth wie vom Schlag getroffen zurücktaumelte! Ungeduldig verlangte er den Grund zu erfahren:

»Wentworth! Spencer! Meine Herren! Was hat Sie so erschreckt?«

Der Admiral schwankte.

»Meine Schiffe ... meine Ladung ist verschwunden ..., einfach ... verschwunden! Mein Gott! – Ich bin ruiniert!«

Meine ebenfalls!«, krächzte Spencer mühsam. »Verzeihen Sie, meine Herren ..., ich muss Sie leider verlassen!«

»Ich muss auch gehen ... sofort – Gentlemen!«

Wentworth deutete eine knappe Verbeugung an und stakste steif, einen letzten Rest von Würde aufrechterhaltend, davon. Genauso folgte ihm Spencer – ohne sich zu verabschieden.

Edmond blickte ihnen gedankenschwer nach.

Die Muskeln des Piraten entkrampften sich. Er verschränkte

die Arme vor der Brust und lehnte sich wieder gegen die Wand. Amüsiert, mit einer Spur von Triumph, hielt Yoritomo über die Köpfe der Gäste hinweg nach Koah Ausschau. Der Junge wirkte aufgeregt, und er wusste auch, weshalb! Hoffentlich beging er keinen Fehler und zog sich McClearys Zorn zu – wegen einer Frau!

»Waren die beiden nicht am gleichen Geschäft beteiligt wie Sie, Sir?«, erkundigte sich Norman beflissen.

Edmonds Blick streifte ihn finster. Wie er diesen schleimigen, ungehobelten Burschen verabscheute! Schon bedauerte er es, ihn eingeladen und die Angelegenheit nicht auf einen späteren Zeitpunkt verschoben zu haben. Er gehörte nicht in diesen Kreis, und sein Benehmen war prekär und despektierlich! Ein Glück, dass die anwesenden Gäste so taktvoll waren, ihn nicht auf diese Person anzusprechen. Dieser Gedanke brachte ihn auf diesen Anlass zurück, und er riss sich zusammen.

»Meine Schiffe halten sich erst für Mitternacht bereit. Sie laufen aus, wenn ich heute Abend den Vertrag in Händen halte«, erklärte er ruhig und lächelte gewinnend. »Die beiden Gentlemen waren etwas zu voreilig. Sie wollten ihre Ladung vor der meinen auf Japan löschen, denn sie erhofften sich damit den größeren Profit und das beste Material beim Ankauf.« Nachdenklich, nicht für Normans Ohren bestimmt, fuhr er fort: »Ich werde Anweisung geben, das Auslaufen zu verschieben.«

Er winkte dem Boy und beschied diesem barsch, Schreibzeug herbeizubringen.

Regungslos beobachtete der gefährliche Gegner von seinem Platz aus, wie Edmond hastig etwas auf einen Zettel kritzelte und dem Jungen die Notiz mit eindringlichen Anweisungen in die Hand gab. Der Boy verbeugte sich und eilte davon. Yoritomo sah zufrieden, wie Koah sich von den Gästen entfernte, und folgte diesem unauffällig.

Lediglich mit weißer Spitzenunterwäsche bekleidet, saß Juliana vor dem großen Spiegel des Frisiertischs, die Hände wie verloren im Schoß gefaltet. Hinter ihr stand Tinuha und steckte geschickt die schimmernden Locken zu einer Krone auf. Die Frisur hob die zarten Wangenknochen des schmaler gewordenen Gesichts hervor, und die Blässe darin ließ die von langen schwarzen Wimpern umrahmten, tiefblauen Augen größer und ausdrucksvoller erscheinen. Ein tiefer Ernst lag in ihnen. Zu vieles hatten sie in den letzten elf Monaten mit ansehen müssen. Zu viele Ungerechtigkeiten und menschenverachtende Grausamkeiten, die auf Cleary geschahen.

Während sich zu Tinuha und deren Bruder eine innige Freundschaft entwickelte, gab es zwischen den Cousinen und ihr kaum Berührungspunkte. Anabell sparte nicht mit hässlichen, neiderfüllten Bemerkungen, wenn sie ihrer ansichtig wurde, und Ethel begegnete ihr zwar stets freundlich, indes mit der gleichen beklemmenden Gleichgültigkeit wie deren Mutter. Vor Edmond fürchtete sie sich inzwischen, und sie ging ihm möglichst aus dem Weg. Seit dem Zwischenfall damals, vor fast einem Jahr, verspürte Jana nie mehr das Bedürfnis, die Pferdeställe zu inspizieren. So kam es, dass sie sich den Dienstboten anschloss, die ihr zunächst zurückhaltend und voller Misstrauen begegneten, später aber wegen ihrer offenen, impulsiven Ehrlichkeit Zutrauen fassten. Die Vermutung lag nahe, Tinuha oder Koah habe mit ihnen gesprochen und ihnen die lauteren Absichten der jungen Engländerin versichert. Wie dem auch war – jedenfalls wurde Jana nach einiger Zeit sogar in die Fluchtpläne schwarzer Arbeiter eingeweiht. Sie half, wo sie nur konnte, indem sie Proviantpakete aus der Küche schmuggelte, den Flüchtenden das Markieren ihrer Unterschriften beibrachte, was diese als freie Menschen auswies, sollten sie unterwegs aufgegriffen werden. Und sie lehnte sich mutig gegen Edmond auf, wenn er ein Mitglied der Dienerschaft misshandelte. Mehr als einmal bot sie ihm die Stirn und drohte, dem Gouverneur gegenüber, welcher häufig auf Cleary zu Gast weilte, die eine oder andere Andeutung fallen zu lassen! Der ältere, weißhaarige Herr war als besonders liberal bekannt und setzte sich schon, ehe er diesen Posten zugewiesen bekam, vehement gegen die Ausbeutung ehemaliger Sklaven ein.

Über eine lange Zeitspanne hinweg gelang es Jana, vor Edmond McCleary den Anschein des dummen naiven Mädchens aufrechtzuerhalten. Allmählich begriff sie auch die Bedeutung der merkwürdigen Blicke und des lüsternen Funkelns in seinen Augen, mit denen er sie maß!

Doch Edmond war zu intelligent, um dieses Spiel nicht irgendwann zu durchschauen, dafür beobachtete er sie zu genau. Ahnte er zunächst das Theater nur, entdeckte er das wahre Gesicht der Nichte an dem Tag, als dieses dumme schwarze Mädchen, die Enkelin der Köchin, ihm beim Frühstück vor lauter Nervosität kochend heißes Teewasser über dem Schoß ausgoss! Er hatte brüllend vor Schmerz nach der Reitpeitsche gegriffen, die über seinem Stuhl hing, da er plante, gleich nach dem Frühstück einen Inspektionsritt über die Plantage zu unternehmen, und erbarmungslos auf das kreischende Kind eingeprügelt! Esther, die ihm in den Arm fiel, bekam einen Stoß, der sie rückwärts zurück in den Stuhl taumeln ließ! Ethel war hinausgerannt, und Anabell – seine Tochter Anabell, die ihm im Wesen so ähnlich war – beobachtete alles mit kaltem, interessiertem Lächeln und knabberte weiter an ihrem Toast. Juliana hingegen vermochte diesmal in ihrem Schrecken nicht, sich ungeschickt genug anzustellen, als sie aufsprang und mitsamt dem Stuhl zwischen Edmond und das Mädchen »stolperte«! Der nächste grausame Hieb traf indes lediglich die hohe Lehne des Möbels und nur beinahe ihre Schläfe! Doch das war es nicht, was Edmond endlich innehalten und langsam die Peitsche senken ließ:

Er hatte ihr Gesicht dabei gesehen!

Es war Jana in diesem Moment nicht gegeben, ihre Gesichtszüge zu kontrollieren und die übliche, erschreckt-verwirrte Miene aufzusetzen. Als Edmond nach der Peitsche griff, wirbelten ihre Gedanken durcheinander, und ihr Magen zog sich zusammen – in der plötzlichen Erinnerung an das misshandelte Mädchen im Pferdestall – damals. So begegnete ihr Blick sekundenlang dem des Onkels, voller Abscheu und Hass, bevor sie über das Mädchen »stürzte«!

In Edmond jedoch brannte sich der Anblick des zornig flammenden Gesichts tief ein! Obwohl sie im Grunde seiner Gnade auf Gedeih und Verderb ausgeliefert war, erkannte er doch voller Verblüffung den ernsthaften Gegner! Unwillkürlich überwältigte ihn der Gedanke, wie sie sich mit diesem schönen erregten Gesicht unter ihm winden würde! Das Brennen in seinen Lenden wurde unerträglich, und es stammte nicht allein von dem vergossenen Tee.

Er hatte die Peitsche fallen lassen und war hinausgestürmt! Janas Sieg war zugleich ihre Niederlage. Von nun an musste sie noch bedachter vor Edmond McCleary auf der Hut sein. Die Diener hingegen zollten ihr nach dieser Episode noch größeren Respekt. Sie hielten Jana jetzt ständig auf dem Laufenden, wenn Edmond sich irgendwo alleine aufhielt, damit sie ihm nicht in die Arme geriet. Denn jetzt lauerte er darauf, sie ungestört anzutreffen. Was ihm zu seinem grenzenlosen Zorn nie gelang!

»Tinuha?«

Gedankenverloren sah Jana die Freundin im Spiegel an. Diese ließ die Hände mit den Haarklammern sinken und lächelte fragend in das Spiegelbild.

»Habe ich dir eigentlich schon einmal gesagt, wie dankbar ich für deine Freundschaft bin? Dir und Koah? Ich kann mir einfach nicht vorstellen, was ich in den letzten Monaten ohne euch getan hätte.«

Tinuha zuckte die Schultern und fuhr mit ihrer Arbeit fort,

indem sie einige lockige Strähnen wie zufällig um den schlanken Hals legte. Befriedigt trat sie daraufhin einen Schritt zurück und heftete ihren Blick wieder auf das Spiegelbild.

Jana hatte sich daran gewöhnt, wie Tinuha ihre Worte sorgfältig abzuwägen, bevor sie diese aussprach. Deshalb fand sie es nicht weiter verwunderlich, als Tinuha erst jetzt ruhig erwiderte:

»Erwartest du darauf eine Antwort? Was hast du auf dem Herzen?«

»Du kennst mich zu gut«, seufzte Jana mit einem kleinen Lächeln, welches jedoch sofort wieder schwand und erneut dem nachdenklichen Ausdruck wich.

»Weißt du ...«, sie zögerte und sah auf ihre Hände hinunter. »Mir ist nicht klar, warum ich es ausgerechnet jetzt sage, aber ...« Sie drehte sich um und sah Tinuha wie um Entschuldigung bittend von unten herauf an. »Es ist ein beängstigendes Gefühl, denn eure Freundschaft bedeutet mir mehr als alles andere. Und etwas sagt mir, zwischen uns dürfte es keine Geheimnisse geben, nur ...« Sie hob hilflos die Hände, ließ sie wieder fallen und fuhr entschlossener fort: »Ich werde den Gedanken nicht los, ihr haltet etwas Wichtiges vor mir verborgen.« So, jetzt war es heraus! Endlich!

Tinuha fühlte die Augen der liebsten und einzigen Freundin, die sie je im Leben besessen hatte, flehend auf sich gerichtet. Sie verspürte den Drang, Jana zu umarmen und ihr die ganze Wahrheit offen darzulegen. Die vollständige Wahrheit, so auch das Geheimnis ihres wirklichen Namens und den des Bruders – ihre wahrhaftige Herkunft, die sie ihr bisher nur bruchstückhaft, niemals zu einem vollendeten Ganzen, weitergeben konnte. Der dem Tiger gegenüber geleistete Treueschwur machte ihr dieses Eingeständnis unmöglich. Zu der Zeit, als dieser Schwur geleistet wurde, hätte niemand im Traum daran gedacht, ausgerechnet eine Engländerin jemals zur Verbündeten gewinnen zu können, geschweige denn, dass Freundschaft sie miteinander verbinden würde! Tinuha seufzte leise. »Ich ahne wirklich nicht, was du damit meinst«, sagte sie in gespieltem Erstaunen und verschloss ihre echten Gefühle, wie üblich, hinter der Maske malaiischer Unergründlichkeit.

Jana kannte auch diese Anzeichen. Wenn sich die Augen der Freundin rätselhaft verdunkelten, sie wie der tiefste Ozean bei Nacht wirkten, entlockte sie ihr nichts mehr. Normalerweise akzeptierte sie deren Haltung gleichmütig, doch heute Abend war sie nicht willens, nachzugeben. Tief in ihrem Inneren ahnte sie die Veränderungen, die sich heute, mit ihrem achtzehnten Geburtstag, ankündigten. Und mit einem Hauch von Wehmut begleitete sie schon den ganzen Tag die Erinnerung an ihren letzten Geburtstag. Niemand hatte daran gedacht, nicht einmal Amalie. Alle waren sie in Trauer über den bevorstehenden Abschied versunken gewesen.

Entschlossen schob sie diesen betrüblichen Gedanken beiseite, stand auf und begann nervös im Zimmer umherzulaufen, während Tinuha in aller Ruhe die Haarbänder und Kämme aufräumte.

»Ich versuche mir ja einzureden, dass alles Unsinn ist«, fuhr sie fort, als wäre nicht eine Weile vergangen. Sie blieb vor dem Ballkleid stehen, welches Esther zu ihrer grenzenlosen Verblüffung extra für sie anfertigen ließ, und betastete vorsichtig die duftigen Wolken aus reinweißer Seide und Spitzen. »Schließlich hast du mir alles anvertraut: Dass mein Onkel euch hier aufgenommen hat, um wenigstens den Anschein des Anrechts auf den Besitz zu wahren ..., dass ihr einer alten Familie entstammt und die Bediensteten euch deshalb mit besonderem Respekt behandeln.«

Sie schlüpfte mechanisch in die weißen Seidenschuhe, die Tinuha ihr schweigend hinhielt. »Wir haben gemeinsam den Feldarbeitern zur Flucht verholten«, zählte sie in gedämpfterem Ton auf, »und ich habe niemals gefragt, wohin diese Menschen gegangen sind. Und doch, irgendetwas ... Oh, Tinuha!«

Sie umarmte Tinuha bestürzt, weil diese mit hängenden Armen und gesenktem Kopf wie gescholten dastand.

»Es tut mir Leid«, sagte sie unglücklich. »Ich hätte diese Gedanken nicht aussprechen sollen. Natürlich verbirgst du nichts vor mir. Verzeih mir – wie konnte ich nur!«

Durch die Umarmung entging ihr das schmerzliche Ringen im Gesicht der Freundin!

Plötzlich öffnete sich leise die Tür.

Gottlob war es nur Koah, der den Kopf vorwitzig hereinstreckte. Trotzdem fuhren die beiden Mädchen erschreckt auseinander!

Mit einem Quietscher hüpfte Jana hinter den Paravent, schielte über den Rand und rief halb erschrocken, halb lachend aus: »Komm doch herein, Koah! Ziere dich nicht! Eine hübsche Uniform übrigens«, neckte sie ihn, da sie wusste, wie sehr er diesen steifen roten Lakaienanzug hasste!

Gewinnend und jungenhaft grinsend, trat er vollständig ein und schloss die Tür sorgfältig. Dabei versteckte er krampfhaft etwas hinter seinem Rücken.

Tinuha sah ihn tadelnd an.

»Bruder!«

Nun wurde er doch verlegen und trat von einem Bein auf das andere. Aber er gab den Blick seiner Schwester mit dem gleichen Vorwurf zurück, als er von Jana zu ihr hinsah.

»Ich ... äh ... du hast gesagt, ich soll das hier jetzt bringen. Ich musste mich doch erst heimlich fortschleichen!«, verteidigte er sich. Dabei zog er ein verschnürtes Päckchen hinter seinem Rücken hervor und hielt es Tinuha hin, die es ihm ungeduldig aus der Hand nahm.

»Du solltest es vor einer Stunde bringen«, sagte sie in ungnädigem Tonfall.

Koah verwahrte sich weiter: »Ich hatte noch etwas für Yori ... äh ... mit dem Boy zu besprechen. Ich konnte nicht früher kommen.« Er warf einen Blick zu Jana, ob diese den unglücklichen Versprecher wohl bemerkt hatte.

Es war ihr entgangen, da sie sich hastig einen Morgenrock überzog. Nun kam sie wieder hervor.

»Ist das für mich?«, fragte sie ohne Umschweife und deutete auf das Päckchen.

Tinuha nickte lächelnd, jedoch nicht ohne noch einen rügenden Seitenblick auf ihren Bruder.

»Du hättest anklopfen können.«

Dann übergab sie Jana das Päckchen mit den Worten:

»Es ist ein Geschenk von uns beiden zu deinem Geburtstag«, und fügte hinzu: »Es hat einst unserer Mutter gehört.« Jana nahm das Päckchen, sah erstaunt von einem zum anderen und protestierte: »Aber ich kann doch nicht ...!«

»Du musst es annehmen, Jana«, unterbrach Koah sie ernst und sah plötzlich viel älter aus als fünfzehn Jahre. »Es ist ein Zeichen unserer Freundschaft. Es hilft niemandem, sein Herz an alte Erinnerungen zu hängen. Große Veränderungen lassen sich nicht rückgängig machen.«

Zögernd begann Jana die Schleife zu lösen.

»Große Veränderungen ... ja, ich habe sie auch verspürt! Heute Morgen, beim Aufwachen, ist mir dies besonders zu Bewusstsein gekommen«, sagte sie langsam und unterbrach ihr Tun, um auf eine einzelne Orchidee in einer zierlichen Vase auf dem Sekretär zu deuten. »Seht ihr diese Blüte dort?«, fragte sie, und als die Geschwister dorthin blickten, sprach sie weiter: »Es ist ein Geburtstagsgruß der beiden Gärtner. Vor knapp einem Jahr wagten sie nicht, mir auch nur zu antworten, wenn ich sie ansprach.«

Sie schaute wieder auf das Geschenk und entdeckte unter dem Papier ein kleines handbemaltes Holzkästchen. Vorsichtig hob sie den Deckel auf – und schrie entzückt auf! Auf dunklem Samt gebettet, lag da ein wunderschöner, sternförmiger Stein aus dunkelgrüner Jade, an einer langen feinen Silberkette befestigt. Vorsichtig hob sie ihn heraus und betrachtete ihn andächtig. Tränen heller Freude traten in ihre Augen. Sie war keines Wortes fähig. Dafür trat sie auf die Freunde zu, um sie beide zu umarmen.

Tinuha erwiderte diese Umarmung gerührt und Koah, ebenso angerührt, wand sich verlegen.

»Ich weiß nicht, was ich sagen soll«, murmelte Jana mit halberstickter Stimme. »Ich danke euch für dieses wunderschöne Geschenk.«

Sacht lösten sich die Geschwister von ihr. Koah trat einen Schritt zurück, und Tinuha sagte sanft:

»Möge dieser Talisman dir Glück und Frieden bringen, Jana. Wir haben im Tempel der drei Götter Rauchkerzen entzündet und darum gebetet.«

»Ich möchte sie heute Abend tragen.«

Bittend hielt Jana Tinuha das wertvolle Schmuckstück hin. Koah trat unruhig von einem Bein auf das andere, während er zusah, wie die Schwester Jana das Kleinod umlegte. »Ich muss gehen, sonst vermisst man mich unten noch.«

»Ja, du wirst sicher erwartet«, meinte Tinuha leichthin.

Bruder und Schwester warfen einen Blick auf Jana und lächelten sich danach heimlich, in schweigender Übereinkunft, an. Im Stillen bat Tinuha darum, dass die heutige Begegnung der Freundin mit einem bestimmten Gast dort unten zu aller Glück und Zufriedenheit ausfallen möge.

Koah wandte sich um – und wäre unter der Tür beinahe mit Esther zusammengestoßen, die ihm einem missbilligenden Blick zuwarf.

»Was hast du hier verloren? Kümmere dich um die Gäste!«, fuhr sie ihn scharf an.

Er hastete mit eingezogenem Kopf hinaus.

Jana beeilte sich, zu versichern: »Ich ließ ihn rufen, Tante Esther. Ich wollte fragen, ob die Gäste schon eingetroffen sind.«

Esther raschelte in grüner Seide auf sie zu und musterte sie ungehalten von Kopf bis Fuß. »Man erwartet bereits dein Erscheinen! Warum bist du noch nicht angezogen?« Sie sah entrüstet auf Tinuha, die den Kopf senkte, und dann wieder die Nichte an. »Ich bin gekommen, um dir mitzuteilen, es hat eine Änderung in der Tischordnung gegeben. Anabell wird von John Mountbatton zu Tisch geführt, und du wirst dich, statt um Lord Spencer, um den japanischen Abgesandten bemühen. Sei besonders aufmerksam, es geht um große Geschäfte für Onkel Edmond.«

Den beiden entging das winzige triumphierende Lächeln, das um Tinuhas Mundwinkel spielte.

Esther ging eilig wieder zur Tür, drehte sich aber noch einmal um.

»In zehn Minuten. Keine Sekunde länger!«

Sie rauschte hinaus.

Tinuha rannte geradezu, eigentümlich schmunzelnd, zu dem Ballkleid, nahm es vom Bügel und eilte zurück zu Jana. Ohne überflüssige Worte hob diese die Arme, ließ sich das traumhafte Gebilde überstreifen und drehte der Freundin anschließend den Rücken zu, damit sie ihr die unzähligen winzigen Perlenknöpfe schließen konnte. Nachdem dieses geschehen war, gingen sie gemeinsam zu dem hohen Spiegel hinüber.

Bar jeglicher Koketterie, nur verblüfft über das Bild, welches das silberne Glas zurückwarf, starrte Jana sich an. Das war sie?

Zauberhaft kontrastierte der natürliche Ton ihrer bloßen Schultern, des schlanken Halses und der Ansatz ihres wohlgeformten Busens mit dem strahlenden Weiß der teuren Brüsseler Spitzen auf dem engen Mieder. Sie wirkte überwältigend unschuldig und zart in dem weitschwingenden, bodenlangen

Rock, welcher von der zerbrechlich scheinenden Taille abwärts mit winzigen rosa Blüten bestickt war. Tinuha wand ihr noch schnell ein schmales Band ins Haar und sprach ihre neidlose Bewunderung offen aus:

»Du bist die schönste weiße Frau in ganz Malaysia.«

Woraufhin Jana verlegen abwehrte: »Das ist nur das Kleid und die Frisur, Tinuha.« Aber sie musste sich tatsächlich nahezu gewaltsam von ihrem Bild losreißen! Irgendwie fremd sah sie aus, und sie fragte sich verwirrt noch einmal, ob das Mädchen dort, welches ihr ernst aus dem Spiegel entgegenblickte, tatsächlich sie war ...

»So!«, sagte sie tief ausatmend, das merkwürdige Unbehagen in ihrer Brust ignorierend. »Es ist soweit. Ich muss nun hinunter.«

Sie lächelte Tinuha noch einmal zu, versteifte den Rücken, denn das Herz schlug ihr plötzlich doch in unbekannter Furcht bis zur Kehle hinauf.

Und dann schritt Juliana Roxan Benice Sinclair wie eine Prinzessin hinaus!

»Noch ein Glas Champagner, Sir?«

Mit herrischer Geste wies Yoritomo das Getränk zurück, das ihm Koah lächelnd, ein wenig außer Atem, auf dem Tablett anbot. Dabei beugte der Junge sich unmerklich vor und drängte leise: »Habt ihr es euch überlegt? Hast du mit ihnen gesprochen?«

Den Krieger langweilte diese Gesellschaft grenzenlos. Er sehnte sich danach, an Bord seines Schiffes zurückzukehren. Doch erst musste er die Rolle des japanischen Geschäftsmannes zu Ende spielen. Der ganze, sorgfältig vorbereitete Plan hing heute Abend von ihm alleine ab! Unwillig, ohne eine Miene zu verziehen, antwortete er ebenso gedämpft und mit hartem Unterton:

»Ich werde mir erst ein Urteil bilden!«

Plötzlich brach das Stimmengewirr ab!

Koah sah verwundert zu, wie sich der eben noch gelangweilte Blick des Senseis veränderte und dessen Augen völlig überrascht aufblitzten! Er folgte diesem Blick, sah zur Treppe hin ... und verblüfft wieder auf den Mann ...

Koah begann, in sich hineinzugrinsen!

Der stolze Krieger – der beste Schwertkämpfer diesseits der Meere – kostete erstmalig in seinem Leben die Empfindung, der Boden würde ihm unter den Füßen weggezogen ..., als er des Mädchens ansichtig wurde, das da zögernd, schüchtern nach allen Seiten lächelnd, die Treppe herunterkam! Ihre faszinierend blauen Augen sahen viel zu ernst über die Gesellschaft hinweg, die sich jetzt bewundernd am Fuße der Treppe versammelte und andächtig nach oben schaute.

»Das ist sie«, hörte er Koah mit unverkennbarem Stolz raunen.

»Ich weiß«, antwortete er und nahm nicht zur Kenntnis, dass er diese Worte aussprach. Denn tatsächlich fuhr dem Freibeuter, der rechten Hand des Tigers von Malaysia, das genaue Gegenteil durch den Kopf: Das kann unmöglich McClearys Nichte sein! Genauso wenig die tapfere Heldin aus den Erzählungen der Geschwister! Dieses unwirkliche Geschöpf dort ist ja noch ein Kind! Wie zart sie ist ..., umgeben von dieser duftigen weißen Wolke aus Seide und Spitzen ..., so zerbrechlich ... so ... Zornig rief der Pirat sich zur Ordnung! War er noch bei Sinnen? Er – Yoritomo Shigehira, Pierce D'Irristru – stand hier herum und schmachtete wie ein Jüngling! Trotzdem bahnte er sich, ohne sie für eine Sekunde aus den Augen zu lassen, mit den geschmeidigen Bewegungen eines Panters einen Weg durch die Menge zur Treppe hin. Er musste dieses märchenhafte Wesen unbedingt aus der Nähe betrachten!

Beim Näherkommen verkrampften sich seine Hände! Sie drängten geradezu bei jedem weiteren Schritt danach, dieses

Geschöpf behutsam in die Arme zu nehmen und vor dem zu beschützen – was diese unermessliche Traurigkeit in den wunderschönen Augen verursachte ... Denn als Einziger in dieser Halle schien nur er die Verletzlichkeit zu erkennen, die sich hinter dem Lächeln verbarg ... und die abgrundtiefe Angst, die ihm beinahe den Atem raubte!

Julianas Blicke glitten über die Köpfe hinweg, ohne die Gesichter zu erkennen. So bemerkte sie nicht Ethels freundliche Bewunderung, Edmonds sekundenlanges, erfolgssicheres Augenblitzen, Anabells Wut und die ganze Mischung aus Neid, Wohlwollen, Neugierde und auch Gier seitens der Gäste. Und noch weniger sah sie die große schlanke Gestalt, diesen gefährlich schönen Mann, der sich rücksichtslos unter Zuhilfenahme seiner breiten Schultern zwischen den Menschen hindurchdrängte – sah nicht den verzehrenden Blick, der gebannt und seltsam verwirrt auf ihr Gesicht geheftet war!

In jäh aufflammendem Zorn, der ihn selbst höchst erstaunte, sah Yoritomo zu, wie Edmond McCleary das Mädchen energisch am Arm ergriff und fortführte, noch ehe er sie erreichte. Aber er war bereits nahe genug, um völlig perplex ihre plötzliche Wandlung von Zerbrechlichkeit in stolzen Mut wahrzunehmen. Unsinnigerweise erfüllte es ihn mit wilder Freude, wie sie unbeeindruckt Edmond den Arm zu entziehen suchte! Diese Freude korrigierte sich in heftigen Grimm, als er bemerkte, wie dessen Finger sich in die schimmernde Haut ihrer sanft gerundeten Arme bohrten. Es schien ihr nichts auszumachen. Sie hob forsch das hübsche, energische Kinn und bewahrte die Haltung einer Königin. Jetzt glaubte Yoritomo endlich den Geschwistern und verstand sie – Lady Juliana Sinclair war etwas Besonderes – sie war einzigartig!

Jemand rempelte ihn an und stieß ihn in die Wirklichkeit zurück.

Jana reagierte mit einem leisen spöttischen Verziehen der Mundwinkel, als Edmond ihren Arm nahm und mit ehrlich klingender Stimme in ihr Ohr raunte: »Du siehst bezaubernd aus, Nichte. Komm, ich stelle dich den Gästen vor.« Es war eine instinktive Geste, die sie vor der Berührung des verhassten Mannes zurückzucken ließ. Als er ihren Arm verdrossen fester umfasste, hob sie lediglich den Kopf ein wenig höher. Niemals würde sie ihm den Triumph gönnen, ihn ihre entsetzliche Angst spüren zu lassen! Ihr Gesicht schmerzte bereits nach wenigen Minuten von dem maskenhaften Lächeln, das sie krampfhaft aufrechterhielt, während sie Handküsse, Komplimente, Geburtstagswünsche und Gratulationen entgegennahm.

Anabell, die sich eben zu Ethel gesellte, durchbohrte die Cousine von weitem mit wütenden Blicken. Sie selbst trug ein ähnliches Kleid wie Jana, denn nachdem sie des wolkenzarten Gebildes ansichtig geworden war, hatte sie darauf bestanden, die Schneiderin, sehr zu Esthers Ärger, noch einmal auf die letzte Minute kommen zu lassen, damit diese ihr ein ebensolches anfertigte. Fatalerweise hob die Farbe ihren unschönen Teint noch hervor, und der Schnitt, entworfen für eine grazile Figur, passte auch nicht. Kein Wunder, dass sich die Herren nicht gerade darum rissen, ihr die Tanzkarte zu füllen.

»Sieh nur, wie Vater sie herumreicht«, raunte sie Ethel gehässig zu, um voller Genugtuung fortzufahren: »Aber der Hochmut wird ihr noch vergehen. Heute Abend ...«

»Was?«, fiel Ethel ihr ins Wort und sah sie scharf an.

»Sie wird verheiratet!«, lächelte Anabell bösartig und zog jedes Wort genüsslich in die Länge. »Ich weiß sogar schon, mit wem.«

»Anabell! Du hast gelauscht!«

»Na und? Mir erzählt ja sonst niemand etwas. Willst du es wirklich nicht wissen, Schwester?«

»Also gut – sonst gibst du keine Ruhe! Sag schon, wer es ist.

Lenny Baldwin? Oder Alex Spencer? Der würde gut zu Juliana passen«, seufzte Ethel gespielt ungehalten. Aber sie konnte die Neugierde nicht gänzlich unterdrücken, wen die Eltern der Cousine zudachten.

Anabell grinste triumphierend und deutete ungeniert mit dem Finger in eine Richtung. »Dort, dort ist er!«, höhnte sie mit abgrundtiefer Verachtung befriedigt.

»Igitt!«, kicherte Ethel belustigt und schlug die Hände vor den Mund, um nicht laut herauszuplatzen. »Wer – oder was um alles in der Welt – ist denn dieses hässliche Ungeheuer? Ich habe ihn noch nie hier gesehen. – Oh, sieh nur, Anabell ... jetzt bekleckert er sein Hemd auch noch mit Vaters teurem Kaviar!« Die sonst stille Ethel geriet nahezu außer sich vor Erheiterung bei der Beobachtung des befremdlichen Benehmens dieses Kerls, der in diese Gesellschaft passte wie ein Gockel in einen Teich voller Schwäne. Sie war heute Abend sehr gut aufgelegt und sah nahezu entzückend aus in dem tieftaillierten Kleid aus dunkelgrünem Samt, welcher ihre glänzenden Augen betonte. Auch war ihre Tanzkarte bereits zur Hälfte gefüllt. »Nun sag endlich, wer ist es wirklich, Anabell«, forderte sie, noch immer lachend.

»Ich tippe auf Alex, stimmt's?«

»Mir steht keineswegs der Sinn nach Scherzen, liebe Schwester. Das dort ist tatsächlich der Bräutigam unserer lieben Cousine. Ist er nicht ansehnlich?«

Ethels Vergnügen schwand, als sie in das vor hässlicher Schadenfreude verzogene Gesicht ihrer jüngeren Schwester blickte. Ein unangenehmer Geschmack breitete sich auf ihrer Zunge aus. Sie kannte Anabell gut genug, um zu wissen, wann diese, was selten vorkam, die Wahrheit sprach. Aber dies hier konnte sie ihr einfach nicht glauben! Ach Unsinn! Nicht einmal der Teufel persönlich würde sich eine solche Verbindung ausdenken! Wie konnte Anabell ihr einen derartigen Bären aufbinden!

»Geh, und suche dir jemand anderen zum Possenreißen, Anabell«, sagte sie gereizt. Sie gab vor, sich um das Grammofon zu kümmern. »Du wirst es erleben, Schwester«, erwiderte Anabell beleidigt und ging auf eine heftig diskutierende Gruppe junger Gentlemen zu, deren Gesprächsthema zufällig just in dem Moment versickerte, als das dicke Mädchen sich näherte. Sie stoben geradezu in alle Richtungen davon.

Ethel sah zu der schönen Cousine hin. Die Freude an dem Ball war ihr fast verdorben. Verflixte Anabell!, schimpfte sie nicht zum ersten Mal in sich hinein.

Jana reichte gerade einem gichtgebeugten Greis die Hand, und Edmond äußerte ehrerbietig:

»Darf ich Ihnen meine Nichte, Lady Juliana Sinclair, vorstellen, Mylord Guillonk?«

Sie fühlte ein unangenehmes Schaudern den Rücken herunterrieseln unter dem stechenden, eindringlichen Blick, mit dem der Grauhaarige sie bedachte, nachdem er einen Handkuss angedeutet hatte. Ein Glück, dass Edmond sie auch schon weiterschob, zu einer neuen Gruppe von Gratulanten, bevor sie die Möglichkeit hatte, verblüfft zu sein.

Irgendwann fiel ihr auf, wie Edmond mit ihr bei einigen Herren besonders lange verweilte. Angespannt achtete sie nun vornehmlich auf diese Männer und stellte fest, dass sie geradezu taxiert wurde. Endlich fiel es ihr wie Schuppen von den Augen! Sie entsann sich jäh der Worte, die sie vor langer Zeit an der Tür zum Arbeitszimmer erlauscht hatte:

»... dann werden wir eben eine schnelle Heirat arrangieren!« Ihre Nerven waren plötzlich zum Zerreißen gespannt! Sie hätte schreien und mit den Füßen auf dem Boden herumstampfen mögen!

Da sagte Edmond in äußerst liebenswürdigem Ton:

»Und hier, meine Liebe, stelle ich dir deinen heutigen Tischherrn vor – Mister Kiuto.«

Ihren Zorn beherrschend, nicht aber ihre Funken sprühenden Augen, wandte Jana sich gequält lächelnd um. Nimmt das denn gar kein Ende? Vielleicht schreckt er nicht einmal davor zurück, mich mit einem alten Japaner zu ver...!

Ihr Lächeln gefror zu einer Grimasse!

Alles um sie herum ertrank in dichtem Nebel ... als sie in einem goldenen Augenpaar versank, das sie unter Millionen wiedererkannt hätte! Das Bild des vermummten Mannes stieg vor ihrem geistigen Auge auf – des Piraten, dem sie vor beinahe einem Jahr auf der Fähre begegnet war! Es waren dieselben Augen – und doch war es unmöglich! Das Blut rauschte in ihren Ohren, und nur langsam fand sie zu sich zurück. Sie bemerkte Edmonds erstaunten, missbilligenden Blick und gab dem Abgesandten hastig die Hand. Der beugte sich vor, schien befremdlicherweise über irgendetwas amüsiert. Jana hätte nun beinahe doch aufgeschrien und die Hand zurückgezogen, wenn Edmond sie nicht so durchdringend beobachtet hätte ..., denn anstatt, wie es sich schickte, deutete dieser Mann den Handkuss nicht nur an ..., sie spürte vielmehr seine Lippen wie eine Feuersbrunst auf ihrem Handrücken, bevor er sich wieder aufrichtete und sie freundlich anlächelte.

»Meine bescheidenen Segenswünsche zu Ihrem Geburtstag, Lady Jana«, sagte er weich – und mit einer Stimme, die ihre sämtlichen Nerven vibrieren ließ! Gleichzeitig glaubte sie, sich verhört zu haben, und warf einen hilflosen Seitenblick auf Edmond, der aber gerade von einem anderen Gentleman ins Gespräch gezogen wurde.

Nannte dieser Mister Kiuto sie soeben tatsächlich Lady Jana?

Aber nein!

Ihre Augen und Ohren spielten ihr heute einen besonders makaberen Streich! Es lag gewiss an der plötzlich stickigen Luft im Saal oder an ihrer überreizten Fantasie, dass sie glaubte, in dem Abgesandten den berühmten Piraten zu erkennen, den man wegen seiner Schnelligkeit mit den Schwertern die *Kobra* nannte!

Yoritomo beobachtete das Mienenspiel des Mädchens mit Erstaunen und leichter Belustigung. Erstaunen deshalb, weil ihm ihre Reaktion auf ihn ziemlich eigenartig vorkam. Dieses verwirrte Geschöpf hier ähnelte in diesem Moment nicht mehr der mutigen jungen Dame, sondern eher wieder einem verstörten Kind. Diese Augen ... Jetzt, wo sie ihm so nahe war, stellte sich eine vage Erinnerung ein. Wo hatte er solche Augen schon einmal gesehen? So sehr er sich auch bemühte, es wollte ihm einfach nicht einfallen. Bevor Yoritomo sie vorhin zum ersten Mal auf der Treppe sah, war er stets überzeugt gewesen – weshalb und warum ihn von Anfang an dieser Gedanke festhielt, konnte er sich nicht erklären –, Miss Sinclair müsse ein typisch englisches Mädchen vom Lande sein: Robust, etwas üppig und mit einer gehörigen Portion Selbstbewusstsein. Wie hätte sie sich sonst gegen einen Mann wie Edmond McCleary behaupten können? Bei dem Versuch, sich vorzustellen, wie diese zarte Elfe sich todesmutig zwischen eine Peitsche und deren Opfer warf, versagte seine Fantasie, und seine Wut auf McCleary stieg ins Unermessliche. In diesem Augenblick schwor er, den Wünschen der Geschwister sogar eilends nachzukommen und deren Freundin – dieses halbe Kind – von hier fortzuholen! Und wenn ich sie höchstpersönlich über die Schulter werfe und nach Mompracem bringe.

Sich bezwingend, ihren unsinnigen Gedanken nicht weiter freien Lauf zu gestatten, wandte Jana gewaltsam den Blick ab und bemühte sich um eine klare harmlose Stimme, was ihr trotz des Argwohns scheinbar auch sehr gut gelang: »Ich danke Ihnen, Mister ..., Verzeihung, ich habe Ihren Namen nicht recht verstanden.«

Sie sah erfreut und gleichzeitig verärgert, wie seine Miene so etwas wie Überraschung ausdrückte und sein wirklich hübsch geschwungener Mund sich nachsichtig amüsiert verzog. Hält er mich für eine dumme Gans, fragte sie sich ratlos, weil sie sein Lächeln als herablassend deutete.

Keineswegs. Der Pirat zollte ihr erneut unfreiwilligen Respekt. Da er ihr zunächst offensichtliches Erschrecken zur Kenntnis genommen hatte, ohne den Grund dafür zu ahnen, beeindruckte ihn erneut ihre Wandelbarkeit vom schüchternen Mädchen zur kühlen Lady ungemein. Und dennoch durchschaute er sie. Die heftig pochende Pulsader an ihrem schlanken Hals verriet das Maß der Erregung, in welcher sie sich befand. Er verbeugte sich liebenswürdig noch einmal, wobei sein Lächeln sich vertiefte.

»Kiuto. Tajima Kiuto, Miss Sinclair. Und falls es für Sie interessant ist – ich stamme aus der Gegend von Shimabara. Doch das wird Ihnen wohl kaum geläufig sein«, reizte er sie in voller Absicht arrogant und erwartete gespannt ihre Reaktion! Und er täuschte sich nicht, als er eine tief versteckte Leidenschaft vermutete.

Hingerissen beobachtete er, wie sie daraufhin hochmütig den Kopf in den Nacken warf und seine Bemerkung als Beleidigung auffasste!

Sie sollte sich wirklich ein wenig mehr unter Kontrolle haben, dachte er erheitert. Sie ist genauso impulsiv, wie der Junge es geschildert hat, und vergisst, dass es sich für eine Lady nicht schickt, Anzeichen von Intelligenz zu zeigen. Sein eingemeißeltes Lächeln änderte sich um keinen Deut – bis die bemerkenswerte junge Dame nahezu eisig antwortete:

»Es ist mir geläufig, Mr. Kiuto! Stammen Sie direkt aus der Stadt oder aus der Provinz? Wenn ich nicht irre, liegt Ihre Heimat somit an der Bucht von Tachibana, nicht wahr?«

Yoritomos überlegenes Lächeln erstarb. Beinahe hätte er sich sogar verschluckt, weil er den Atem so heftig einsog. Zum ersten Mal in seinem Leben fehlten ihm einfach die Worte. Diese kleine, keineswegs sanfte Engländerin setzt mich kalt lächelnd mit ein paar Worten außer Gefecht, fuhr es ihm fassungslos durch den Kopf. Wie ihre Augen funkeln ... als möchte sie mir den Krieg erklären.

»Juliana!«, klang Edmonds tadelnde Stimme auf. »Es ist mir wirklich peinlich, Mister Kiuto! Meine Nichte ist hin und wieder etwas hitzig. Lassen Sie uns in den Speisesaal aufbrechen. Juliana, du wirst dich nun freundlich um unseren Gast kümmern. Sicher hast du irgendwo aufgeschnappt, wo Mr. Kiuto herstammt, nicht wahr, so ist es doch?«

Purpurrot vor Ärger über den Tadel vor diesem Mann, senkte Jana ergeben das Haupt und war plötzlich wieder die völlig ergebene kleine Nichte.

»Ja, Onkel Edmond«, flüsterte sie kleinlaut. Und ohne den Kopf zu heben, sagte sie in devotem Ton, dessen ironische Färbung wieder nur einem einzigen auffiel: »Verzeihen Sie mir meine Unhöflichkeit, Mr. ... eh ... Kiuto.«

Noch immer kam ihr dieser Name nur zögernd über die Lippen. Ihre Ahnungen verdichteten sich mit jedem Blick in diese magischen, goldenen Augen, die eigentlich grün waren. Was sie aufs Neue verwirrte und zweifeln ließ.

Yoritomo amüsierte sich insgeheim weiterhin köstlich, während er gleichzeitig vor Zorn über McClearys Art, das Mädchen in solche Verlegenheit vor einem Gast zu manövrieren – Verlegenheit? Wütend ist sie, sieht das denn niemand?, – barst! Er reichte ihr mit unergründlicher Miene den Arm.

»Würden Sie mir die Freude machen? Ich gestehe, noch nie eine bezaubernde Lady von solch hoher Belesenheit zu Tisch geführt zu haben.«

Er spürte sofort ihren Argwohn über dieses Kompliment, das ihn selbst mehr überraschte als sie. Was war nur mit ihm? Er konnte sich nicht erinnern, überhaupt jemals in seinem ganzen Leben einer Frau ein Kompliment gemacht zu haben. Wahrscheinlich stellte er sich deshalb ungeschickt an. Es konnte nur das verfluchte Erbe seines französischen Vaters sein, welches ihn zu diesen tölpelhaften Gefühlen und Gedanken hinriss. Er würde lediglich den Geschwistern einen Gefallen erweisen, wenn er sie mitnahm. Frauen hatten in den Gedanken eines adeligen japanischen Kriegers nichts verloren – auch wenn sie noch so ungewöhnlich waren wie ausgerechnet McClearys Nichte ... So unschuldig und hübsch – und doch von einer inneren Stärke, die ihn in Erstaunen versetzte und ihm respektvolle Bewunderung abverlangte.

Zögernd nahm Jana das friedfertige Angebot an. Sie ahnte nicht, dass sie mit dieser einfachen Geste den Mann neben sich beinahe endgültig aus der nach außen scheinenden Ruhe brachte. Ihre Gedanken wirbelten durcheinander, während sie sich einen Blick auf das markante Profil des Abgesandten gestattete. Mehr denn je festigte sich der Gedanke, dass dieser Mann einer der meistgesuchten Piraten Malaysias war! Aber was hatte das alles zu bedeuten? Sie merkte sich jedes Gesicht, auch wenn sie es nur ein einziges Mal gesehen hatte. Aber ich habe sein Gesicht doch niemals gesehen, haderte sie mit sich selbst und schritt strahlend lächelnd an seiner Seite mit den anderen Gästen in den Speisesaal.

Der große Speisesaal wurde nur zu besonderen Anlässen geöffnet. Die lange Tafel war mit feinem Damast belegt und bog sich fast unter der Last der Köstlichkeiten, die aufgetischt wurden. Es gab einfach alles: Von fernöstlichen Spezialitäten bis hin zu gefüllten Tauben. In kandierten Früchten und glacierten Bratenscheiben spiegelte sich der Schein unzähliger Kerzen. Edmond saß wie gewöhnlich an der Stirnseite der Tafel. Rechts von ihm Esther, die sich angeregt mit Lady Crownberg unterhielt, einer kleinen rundlichen Frau, die den Speisen mehr zusagte, als es ihrer Figur zugute kam. Zur linken Hand war Janas blumengeschmückter Ehrenplatz neben dem des Abgesandten.

Ethel und Anabell befanden sich inmitten der etwa siebzig Gäste. Das Dinner wurde ihr zur Qual. Unablässig fühlte sie sich durch Edmond oder, was noch schlimmer war, von fremden Menschen gemustert. Nur ihr Tischherr schien keinen Wert auf Unterhaltung zu legen. Er lehnte die meisten der dargebotenen Speisen ab und verhielt sich distanziert. Jana war froh, als man beim Dessert anlangte.

Wohl zum hundertsten Male zerbrach sie sich den Kopf, wer der geheimnisvolle Mann neben ihr in Wirklichkeit war und vor allem: Was wollte er? Nicht eine Minute – sie wusste nicht, woher sie diese Ahnung bezog – glaubte sie an die Geschichte eines japanischen Geschäftspartners. Immer wieder, wie unter Zwang, beobachtete sie ihn aus den Augenwinkeln – um sofort wieder auf ihren Teller zu schauen, weil ihr jedes Mal eine brennende Röte ins Gesicht schoss und ihr Herz ungewollte Kapriolen vollführte! Was war nur mit ihr? Niemals zuvor hatte sie derart auf die bloße Anwesenheit eines Mannes reagiert. Ist es etwa so, wenn man sich verliebt? Dieses eigenartige Gefühl, von dem alle sprechen?, dachte sie ratlos. Sie entschied, die Sache mit Logik anzugehen, sich selbst und auch ihn zu analysieren, wie sie es bei schwierigen Mathematikaufgaben tat. Während sie vorgab, mit Genuss das Dessert zu essen, suchte sie methodisch einen Anhaltspunkt, um zunächst Ordnung in das Chaos ihrer Gedanken zu bringen. Also, was sind die Fakten? Zunächst einmal war es sicher unmöglich, sich in einen Mann zu verlieben, von dem sie nicht wusste, *was* er im Schilde führte. Von dem sie nicht einmal mit Bestimmtheit sagen konnte, *wer* er überhaupt war. Ein Mörder vielleicht? Ein kaltblütiger Pirat, dessen Kumpane draußen im Park lauerten, um Cleary heute Nacht zu überfallen? Nein – das bringt nichts, Juliana. Also, was war mit ihr selbst los? Wenn sie ihn ansah, hämmerte ihr Herz wie wild, und ihr Magen fühlte sich an, als ob Tausende von Schmetterlingen darin herumflatterten. Ihr war gleichzeitig heiß und kalt, wenn er sie berührte oder auch nur ansah. Sie dachte nur noch an ihn und vergaß sogar ... sogar ... Zorn wallte in ihr auf! Beinahe vergaß sie sogar diese erbärmliche Heiratsmarkt-Komödie, die Edmond als großzügige Geburtstagsfeier für die »arme Waise« tarnte. Kalte Wut überkam sie, dass sie sich ausgerechnet um diesen Mann bei Tisch kümmern sollte, obwohl dieser nicht den geringsten Wert darauf zu legen schien! Trotzdem legte sie die Gabel beiseite und wandte sich ihm zu. Wie schön er ist – viel zu schön für einen richtigen Mann ...

Völlig unerwartet besaß sie sofort seine volle Aufmerksamkeit.

Yoritomos Gedanken verliefen in ähnliche Richtungen. Seit sein Verstand wieder normal zu funktionieren schien, plagten ihn Zweifel und ernsthafte Vorwürfe, sich nicht genügend auf sein wichtiges Vorhaben zu konzentrieren. Es war auch schwierig in der Gegenwart eines jungen Mädchens, das längst verloren geglaubte menschliche Regungen in ihm hervorlockte. Was wusste oder was ahnte sie über ihn? Kannte sie seine wahre Identität? Weshalb hatte sie so erschrocken geschaut, als sie ihm vorgestellt wurde? Und auch, dass sie ständig seinen zugelegten Namen zögernd aussprach, weckte seinen Argwohn. Sie war McClearys Nichte, daran sollte er sich jede einzelne Sekunde erinnern. Oder vertrauten die Geschwister ihr so sehr, dass sie ihr, der Engländerin, tatsächlich entgegen den Anweisungen des Tigers die ganze Wahrheit offenbarten? Aber Koah log nicht. Der Junge hatte noch niemals in seinem ganzen Leben gelogen, und er hatte geschworen, Lady Jana besäße keine Kenntnis von dem geheimen Netz des Tigers. Ja, sie ahne nicht einmal die Wahrheit über die Geschwister, obwohl er zugab, wie sehr es seine Schwester schmerzte, dies vor der Freundin geheim zu halten.

»Verzeihen Sie meine Unhöflichkeit, Mister Kiuto«, begann Jana vorsichtig, »dies ist mein erster Ball, und ich bin ein wenig aufgeregt, verstehen Sie?« Er sah sie schon wieder mit diesem amüsierten Lächeln an ...

»Aber ich bitte Sie – Sie brauchen sich keineswegs zu entschuldigen, Lady Jana. Ich habe das allergrößte Verständnis für Ihre ... Situation.«

Da war es schon wieder. Diesmal hatte sie deutlich gehört, wie er sie mit ihrem Kosenamen ansprach, den sonst nur ihre Freunde benutzten. Nicht einmal ihre Tante oder die Cousinen nannten sie so, geschweige Edmond. Und warum betonte er ihre so genannte Situation so merkwürdig? Sie öffnete den Mund, schloss ihn aber sogleich wieder, da Edmond aufstand und mit einem Löffel, den er an sein Weinglas schlug, um Ruhe bat!

Alle Blicke richteten sich auf ihn. Eiligst füllten die Diener noch hier und dort Wein nach.

Edmond hob sein Glas, sah über die anwesenden Gäste hinweg und wartete geduldig, bis jeder ein volles Glas in Händen hielt. Dann sah er auf Jana hinab, die den Stiel ihres Pokals so fest umklammerte, dass er zu brechen drohte. »Ich erhebe das Glas auf meine bezaubernde Nichte Lady Juliana Roxan Benice Sinclair«, sagte er feierlich. Und betonte dabei besonders ihren Titel.

Nur Jana schien diese peinliche Hervorhebung ihres Namens zu begreifen.

Glaubte sie!

Denn der reglose Mann neben ihr registrierte es ebenfalls ganz genau – und dafür verachtete er Edmond McCleary umso mehr!

Sekundenlang trafen sich Janas und Yoritomos Augen – für andere unbemerkt, doch für den Mann und das Mädchen eine Ewigkeit lang – in zurückweichendem Erschrecken, sich plötzlich einander so nahe und verstanden zu fühlen. Die Gäste erhoben sich geschlossen.

Es gelang Jana wieder nur ungenügend, sich unverzüglich der erforderlichen Situation zu stellen. Dieser geheimnisvolle Mister Kiuto raubte ihr die Überlegenheit, die sie in diesem Hause dringend benötigte. Der Teufel soll ihn holen! Was macht er mit mir?

»Auf Miss Sinclair!« – »Alles Gute!« – »Auf Lady Juliana!« –, klang es von allen Seiten auf.

Fast unhörbar, heiser, bedankte sie sich für die Glückwünsche und trank gemeinsam mit den sie hochleben lassenden Gästen.

»Ich stimme Ihrem Onkel zu, Sie sind bezaubernd!«, raunte es nahe an ihrem Ohr, und sie zuckte leicht zusammen. Ihr blieb nichts übrig, als sich wieder dem Mann zuzuwenden und somit erneut in den Bann der goldenen Augen zu geraten.

Und plötzlich, aus heiterem Himmel wusste sie glasklar:

Dieser Mann war der gesuchte Pirat Yoritomo Shigehira – oder auch Pierce D'Irristru! Diese beiden Namen hafteten seit der Begegnung in ihrem Gedächtnis. Es gab keinen Zweifel. Nur – was sollte sie mit diesem Wissen anfangen? Sich Tinuha anvertrauen? Dieser erklären, sie, Jana, hätte sich unsterblich in einen der meistgesuchten Piraten verliebt, der soeben an McClearys Tafel speiste? Tinuha war die einzige Freundin, die Jana je besessen hatte! Und vertrauten Freundinnen nicht einander alles an?

Hilflos verfing sie sich unversehens wieder in seinem Blick, den er auch nicht abwandte, als er sich mit den anderen Gästen wieder hinsetzte und das volle Glas auf den Tisch zurückstellte. Um kein unnötiges Aufsehen zu erregen, sah sie rasch auf ihre im Schoß gefalteten Hände nieder. Mochte man sie eben für einfältig halten. Deshalb erschrak sie fast, als Edmond das Dinner endlich aufhob und sich zu ihr herüberbeugte.

»Du kannst nun nach nebenan gehen und dir deine Geschenke ansehen. Anschließend erwarten wir dich in der Halle.« Und zu Yoritomo, über Janas gesenkten Kopf hinweg: »Mister Kiuto, ich würde sehr gerne zum geschäftlichen Teil Ihres Besuches kommen. Danach wird meine Nichte Sie weiterhin auf dem Fest unterhalten.«

»Es ist mir eine Ehre«, antwortete Yoritomo mit Widerwillen, den man seiner gleichmütigen Miene nicht anmerkte, höflich. Es wäre kaum ratsam, auf Lady Janas Anwesenheit zu bestehen, obwohl er sie am liebsten nie mehr aus den Augen gelassen hätte. Er wollte unbedingt herausfinden, was sie derart erschreckte. Möglicherweise wusste sie genau, wen sie vor sich hatte. Vielleicht hatten die Geschwister sie doch an diesem Tage auf ihn vorbereitet, da sie ja darauf bestanden, sie unter allen Umständen von der Plantage fortzuholen. Wenn es so war, schätzte er ihren Mut noch höher. Schließlich kannte er die Gerüchte, die über ihn im Umlauf waren. Jeder Engländer fürchtete allein schon den Namen der Kobra!

Geräuschvoll erhoben sich alle und strömten zurück in den Saal. Yoritomo verbeugte sich gelassen, beinahe abweisend vor der jungen Lady und folgte Edmond.

Jana eilte in das Frühstückszimmer!

Über den gesamten Tisch verteilt, warteten ihre Geschenke darauf, geöffnet zu werden, aber sie hatte keinen Blick dafür. Zu ihrer größten Erleichterung fand sie nur Tinuha vor. Nachdem sie sorgfältig die Tür hinter sich geschlossen hatte, lief sie zu ihr hin und fiel ihr um den Hals und sprudelte sofort die Neuigkeit heraus! Keine Minute länger konnte sie das Geheimnis vor der Freundin verbergen.

»O Tinuha«, stammelte sie aufgelöst, »du wirst es nicht glauben! Er ist hier! Ich dachte, mir bleibt das Herz stehen! Was soll ich nur tun? Lieber Himmel, was soll ich nur tun?« Tinuha reagierte jedoch keinesfalls überrascht, wie es erwartet wurde. Sie stellte noch nicht einmal die Frage, wen Jana überhaupt im Festsaal getroffen habe, sondern löste sich sachte von ihr und sah ängstlich zur Tür. »Bitte Jana – sei doch etwas leiser, man könnte dich hören!«, raunte sie eindringlich.

Jana trat verwirrt einen Schritt zurück und versuchte noch einmal der Freundin zu erklären, während diese über ihre Schulter hinweg zur weit geöffneten Hintertür blickte:

»Aber du verstehst nicht ..., es ist ...«

Tinuha unterbrach sie, indem sie nach Janas Hand griff und sie seltsam ansah. In ihrer Stimme schwang große Besorgnis, aber ebensolche Freude.

Und bei den folgenden Worten starrte Jana sie nur fassungslos an. Ihr Verstand weigerte sich, den vollen Sinn zu begreifen!

»Ich weiß, wer sich unter den Gästen befindet!«, sagte Tinuha wie selbstverständlich. »Da du ihn erkannt hast, ist die Sache ...«

Jana sah, wie sich Tinuhas Blick plötzlich starr auf die Tür zum Garten richtete, und fuhr kreidebleich herum, in der schrecklichen Annahme, jemand belausche sie. Aber wie durch einen Schleier des Nichtverstehens sah sie *ihn* eintreten und mit geschmeidigen, nahezu raubtierhaften Bewegungen auf sich zukommen. Ihr Blick eilte von ihm zu Tinuha. Sie glaubte, ihren Augen nicht zu trauen, als die beiden sich nun im stillen Einverständnis zunickten, als würden sie sich seit Ewigkeiten kennen.

Ich ... ich dachte, Sie wollten etwas Geschäftliches mit meinem Onkel ...«, stammelte sie hilflos.

Yoritomo blieb vor ihr stehen und antwortete ruhig:

»Ihr Onkel wurde von einigen Gentlemen aufgehalten. Das Warten wurde mir zu eintönig. Deshalb suchte ich Sie.« Er wandte sich Tinuha zu und schenkte ihr ein Lächeln, das diese mit einem mehr als zufriedenen Blick auf Jana zurückgab.

»Würdest du darauf achten, dass uns niemand belauscht?«

Wieder warf Tinuha ihr jenen seltsamen Blick zu und eilte zur Vordertür.

»Aber warum?«, fuhr Jana auf. »Bitte, Tinuha, so bleib ...«

Doch die Freundin war schon zur Tür hinaus und zog diese energisch hinter sich zu. Hatte sie etwa dabei gelächelt? Wenn Jana noch den geringsten Zweifel gehabt hätte, so wäre er sicher ab diesem Moment ausgeräumt. Dieser Mann hier war genau das, wofür sie ihn hielt. Nämlich die berüchtigte Kobra, die rechte Hand des Tigers von Malaysia! Die Geschwister steckten mit den Piraten unter einer Decke und verschwiegen es ihr.

»Warum tun Sie das?«, fragte sie mühsam beherrscht. »Warum suchten Sie nach mir? Was wollen Sie von mir?« Sie hielt seinem eigentümlichen Blick stand. Aber seine Antwort ließ sie geradezu erschüttert zurücktaumeln. Dieser Mann fixierte sie eindringlich und sagte wie beiläufig, als wäre es die natürlichste Sache der Welt:

»Weil ich beschlossen habe, dass Sie *mir* gehören werden.« Jana rang um Fassung und starrte ihn perplex an.

»So? Haben Sie das?«, brachte sie fassungslos heraus. Abrupt drehte sie ihm den Rücken zu, um zu verbergen, dass das Blut zurück in ihre Wangen schoss! Sie hörte, wie er leise auflachte und fühlte wieder diesen unerklärlichen Schauer, den Rücken hinauf- und herunterrieseln. Sein warmer Atem streifte ihren Nacken! In heiterem, ja wie ihr schien, geradezu spöttischem Ton, erklärte er dicht an ihrem Ohr:

»Ihre Reaktion ist verständlich, Lady Jana. Ich befürchte einige Anstandsregeln missachtet zu haben. In Ihrem Land herrscht die befremdliche Sitte, um die Dame seines Herzens mit Blumen und Konfekt zu werben, nicht wahr?« Er machte eine Pause, um die zarte Linie ihres Halses zu bewundern, über die er zu gerne seine Lippen wandern lassen würde. Yoritomo zweifelte an seinem Verstand, doch wie unter Zwang neigte er sich zu ihrer anderen hübschen kleinen Ohrmuschel und hauchte dort hinein: »Aber wir sind hier in Malaysia. Wie beeindrucken die Malaien ihre auserwählten Damen? Sicher verbirgt sich diese Information auch irgendwo in Ihrem hübschen Kopf?«

Gekränkt durch die Ironie, die sie seinen Worten zu entnehmen glaubte und über das Spiel, welches man anscheinend mit ihr veranstaltete, fuhr Jana zornig herum!

»Sie leben doch nun wirklich lange genug hier, um die Regeln zu kennen, Mister Shig ...!« Erschrocken schlug sie die Hand vor den Mund.

Aber der Mann achtete nicht auf ihre Worte. Er beobachtete fasziniert das leidenschaftlich erzürnte Gesicht des Mädchens, das so sanft und unschuldig wirkte. Er spürte, wie ungeheure Erregung von ihm Besitz ergriff, während ihn gleichzeitig eine nie gekannte Zärtlichkeit für dieses ungezähmte Geschöpf übermannte! Ob sie sich gegen einen Kuss wehren wird? Ob sie wütend wird? Das demütigende Leben bei dieser Familie hatte ihr nicht den Willen gebrochen. Er besaß einige Informationen über Lady Juliana Sinclair. Unter anderem wusste er von ihrer unbeschwerten Kindheit, da die Geschwister ihm ständig Auskünfte über die Engländerin aufgezwungen hatten. Jetzt war er froh darüber. So vermochte er ihr wirkliches Wesen zu erkennen. Aber noch legte er sich, von dem Spiel gefangen, Beherrschung auf. Er hob einen Finger ans Kinn und schien ernsthaft nachzudenken, bis es ihm vermeintlich einfiel.

»Ah, ich hab's! Jetzt weiß ich es wieder.« Unerwartet umfasste er ihr Gesicht mit beiden Händen, sodass es ihr unmöglich war, zurückzuweichen, und raunte ihr vertraulich, in seiner unnachahmlichen Arroganz, die Jana rasend machte, zu:

»Sind Sie mit den malaiischen Gebräuchen vertraut? Möchten Sie, dass ich ein oder zwei Tiger für Sie töte? Glauben Sie mir dann?«

Jana schaute wie gebannt auf seinen amüsiert verzogenen Mund. Ihr Zorn verrauchte im Schwirren der aufgescheuchten

Schmetterlinge in ihrem Magen. Sie verwünschte sich und verlangte doch nichts sehnlicher als: Oh, wenn er mich doch nur küssen würde! Gleichzeitig betete sie darum, er möge ihre Worte von eben nicht vernommen haben. Ihre Impulsivität ließ sie zu oft in so manche unmögliche Situation geraten. Aber ihr Flehen wurde weder auf die eine noch auf die andere Weise erhört. Verstört registrierte sie, wie sich seine Miene nachdenklich verhärtete und er sie unvermittelt freigab!

Er trat einen Schritt zurück. In seinen Augen begann es gefährlich zu glimmen. Er hatte ihre unbedachten Worte doch gehört.

»Sie wissen also, wer ich in Wirklichkeit bin?!«

Bebend warf Jana den Kopf in den Nacken, bemüht, sich wenigstens den Anschein von Unerschrockenheit zu geben. »Vom ersten Augenblick an!«, behauptete sie kühn.

Diese Geste brachte Yoritomos Blut praktisch zum Kochen. Nie zuvor hatte er eine Frau derart begehrt! Doch hier ging es zunächst um Wichtigeres als um seine eigenen, belanglosen Empfindungen. Wenn Lady Jana ihn – wusste der Himmel, woher – erkannt hatte, würden es sicher auch andere tun!

Seine Hände lagen plötzlich auf ihren bloßen Schultern, die langen Finger pressten sich in die weiche Haut. Er zog sie schonungslos an seinen eisenharten Körper.

»Woher wissen Sie es?«, verlangte er fordernd zu wissen. »Von Tinuha? Oder Koah?« Und etwas nachdenklicher:

»Ich könnte den beiden diese kleine Indiskretion nicht einmal verdenken, denn Sie bedeuten ihnen sehr viel. So viel, dass sie mich gebeten haben, Sie von hier fortzubringen!«

Durch den schmerzhaften Druck seiner Hände gewann Jana ihre Fassung wieder. Halb erschrocken, halb erbost rief sie aus:

»Sie tun mir weh!«

Sofort ließ er die Hände sinken und sah bestürzt auf die geröteten Male, die seine Finger auf ihrer Haut hinterlassen hatten.

Wieder überkam ihn das übermächtige Verlangen, seinen Mund darauf zu pressen! Was mache ich hier ...?

»Das habe ich nicht beabsichtigt. Verzeihen Sie mir«, murmelte er rau.

Jana rieb sich die schmerzenden Stellen und sah ihn dabei ebenso streitbar an. »Was bedeutet es, Sie sollen mich von hier fortbringen? Wohin?«

Da er trotz seiner Bestürzung nicht einen Deut zurückwich, war sie gezwungen, wieder den Kopf in den Nacken zu legen, um ihn anzusehen.

»Sagen Sie mir zuerst, wer meine Identität verraten hat!«, verlangte er, ihren unvergleichlichen Mut erneut bewundernd.

Die Frage brachte sie in höchste Verlegenheit. Dies konnte sie unmöglich erklären, denn damit hätte sie ihm ihre intimsten Träume offenbart. So senkte sie, mit einer auf Yoritomo trotzig wirkenden Art den Kopf und sagte leise:

»Bitte drängen Sie mich nicht. Es ... es ist zu persönlich. Glauben Sie mir ..., niemand hat es mir gesagt.«

Er dachte nach, wie er sich verhalten sollte, da ihm die Gedankengänge einer Engländerin gänzlich unbekannt waren. Die Befürchtung lag nahe, sie wieder zu erschrecken, aber er musste es wissen! In einer plötzlichen Eingebung löste er eine Kette von seinem Hals, an deren Ende, bisher versteckt unter dem gefältelten Hemd, ein goldenes Medaillon funkelte. Er hielt es ihr hin. Als Jana überrascht danach griff, hielt er ihre Hand fest und sah ihr tief in die Augen. Es hing zu viel von ihrer Antwort ab. Sanft umfasste er mit der anderen Hand ihr Kinn und hob ihr verwirrtes Gesicht zu sich auf. Aus seinen Augen sprach überraschend eine Zärtlichkeit, welche ihre Herz schmelzen ließ! Alles würde sie bei diesem Blick aus goldenen Augen gestehen! Sie würde für ihn ihr Innerstes nach außen kehren und noch einiges dazu erfinden! Mochte danach kommen was wolle. Sie war zu keinem anderen Gedanken mehr fähig, als mit allen weiblichen Sinnen seine tiefe Stimme in jeder Faser ihres erwachenden Körpers zu spüren, anstatt zu hören. Dennoch verstand sie verwundert die geflüsterten Worte und wehrte sich nicht mehr gegen eine Antwort.

»Sag es mir. Ich muss es wissen«, vibrierte seine Stimme dicht vor ihrem erstaunten, leicht geöffneten Mund.

Fast unhörbar formulierte sie gehorsam, überwältigt von der Flut der Gefühle, die über sie hinwegströmten:

»Wir ... wir sind uns schon einmal begegnet. Und es waren ... Ihre Augen ... Sie ... sie haben eine ungewöhnliche Farbe ..., daran habe ich Sie erkannt und ... nicht vergessen ...« Gott im Himmel, was erzähle ich ihm da!

Yoritomos Brauen zogen sich zusammen. Verblüfft ließ er sie los.

Jana taumelte ein wenig.

»Meine ... Augen?«, fragte er ungläubig und lachte heiser auf. Spielte sie mit ihm? Was sollte er davon halten? Sein Blick ruhte nachdenklich auf ihrem Gesicht, aber sie sah ihn ehrlich und klar wie der Meeresspiegel an. Er bemerkte aber auch ihre Bestürzung, die ihn, den beherrschten Krieger, verunsicherte.

»So ein Unsinn!«, wehrte er sich gegen dieses für ihn schon wieder neue, absurde Gefühl, das dieses Mädchen in ihm auslöste – und ihn beinahe sogar den Plan vergessen ließ, McCleary zu vernichten!

»Mir wäre niemals entfallen, wenn wir uns schon einmal begegnet wären und ...«

»... es ist nicht wichtig«, unterbrach Jana ihn beschämt und wandte sich dem Tisch mit den Geschenken zu.

Aber das ließ der Mann nicht zu und drehte sie wieder zu sich um. Zart strichen seine schmalen Hände, denen man die gewaltige Kraft nicht anmerkte, an ihren Armen herab.

Jana war restlos überzeugt, seine Finger müssten glühende Spuren auf ihrer Haut hinterlassen!

»Doch. Ich befürchte, es ist sehr wichtig für mich. Sagen Sie es mir, bitte«, schmeichelte er – zu seinem und ihrem allerhöchsten Erstaunen!

Jana betrachtete ehrfürchtig und hingebungsvoll das Medaillon. Erstens, um Zeit zu gewinnen, und zweitens, um nicht länger in diesem zwingenden tiefen Blick zu versinken, in dem sie etwas las, was sie noch nicht verstand oder verstehen wollte. Letztendlich seufzte sie und sah ein, dass sie ihm Rede und Antwort stehen musste. Dieser Mann würde nichts auf sich beruhen lassen – er bekam jede Auskunft, nach welcher er verlangte, notfalls mit Gewalt, das ahnte sie und erklärte zögernd:

»Es war vor etwa einem Jahr, als ich aus England hier ankam. Unsere Fähre wich Ihrem Boot in einem Seitenarm, nahe Sarawak, aus. Ihre ... Augen waren das Einzige, was von Ihnen zu erkennen war. Wahrscheinlich sind Sie mir deshalb in Erinnerung geblieben«, setzte sie hastig hinzu, um dann rasch auf das Medaillon abzulenken: »Es ist wunderschön. Hat es eine besondere Bedeutung?«

Yoritomo legte nachdenklich eine Hand über ihre und das Medaillon.

»Es ist das Symbol der Familie Shigehira«, sagte er verhalten.

»Das ist also ihr richtiger Familienname?«, fragte Jana neugierig und entzückt darüber, dass er sich tatsächlich von dem peinlichen Thema ablenken ließ. Aber sogleich begann ihr Herz wieder unruhig zu hämmern, denn er erwiderte langsam, ihr wieder seinen unergründlichen Blick aufzwingend:

»Es soll ein Versprechen sein. Ähnlich dem Symbol eines Ringes in Ihrer Welt.«

Ihr Atem stockte, als er sich zu ihr herabbeugte, sein Mund sich ihren bebenden Lippen näherte und er rau weitersprach:

»Nehmen Sie es an, Lady Jana? Werden Sie mit mir gehen, wenn die Zeit gekommen ist?«

Derart überrumpelt, konnte Jana die Augen nicht von ihm

wenden. Hatte sie nicht den ganzen Tag geahnt, dass heute etwas Einschneidendes in ihrem Leben geschehen würde? Aber daran, es könnte die Liebe sein, die an die Pforte ihres Herzens pochte – daran hätte sie in den kühnsten Träumen nicht gedacht!

Ja!, schrie in ihr jede Faser, jeder Muskel, jeder einzelne Nerv, sämtliche Sinne in freudigem Taumel. Nimm mich mit! Bring mich hier fort, wohin immer du willst! Aber ausgerechnet in diesem Augenblick ließ sie erstmalig der unselige Übereifer, welcher sonst ihr Handeln bestimmte, im Stich. So floss es träge über ihre Lippen:

»Es ... es kommt so plötzlich ...«

Yoritomo wich nicht zurück, obwohl die Worte abweisend klangen. Ernst und drängend wirkte er auf sie ein:

»Es gibt nichts, was Sie hier hält. Und ich bemerkte Ihre Angst vor Edmond McCleary ... Nein, leugnen Sie es nicht, Lady Jana! Ich habe es deutlich gesehen. Ich weiß, wovor sie sich fürchten, denn mir sind McClearys abarti ... seine charakterlosen Züge bekannt, Jana –«, sprach er ihren Namen mit großer Intensität und verhangener Zärtlichkeit aus. Vielleicht wollte er sie von seinem Versprecher ablenken, denn es lag ihm ein anderes Wort auf der Zunge – noch ein Mosaikstein in Edmond McClearys niederem Charakter. Plötzlich bekam er Furcht um ihre Sicherheit! Hatte er nicht Edmond beobachtet? Was genau hatte er beobachtet? Er musste sich alles genau ins Gedächtnis zurückrufen, um gewarnt zu sein. In diesem Fall hatte es nichts mit dem Plan zu tun, der ohnehin aufgehen würde. McCleary zappelte bereits in den Netzen des Tigers von Malaysia! Yoritomo bemerkte nicht, wie er die feinen schwarzen Brauen zusammenschob und aufhörte zu reden. Seine Sorge galt nun dieser jungen Lady. Jetzt fiel ihm etwas ein, was er nicht aufmerksam genug beobachtet hatte, da es nichts mit dem Plan zu tun hatte: die Blicke, mit denen McCleary seine schöne Nichte bedachte!

Hatte nicht ein grausamer Triumph darin gelegen? Sah es nicht so aus, als würde alsbald wieder einer seiner schändlichen Pläne aufgehen? Und diesmal betraf es nur dieses Mädchen hier, dessen war er sich jetzt sicher! Endlich bemerkte er, wie sie fragend zu ihm aufschaute, weil er auf einmal geistesabwesend wirkte. Seine Züge wurden wieder ungewöhnlich weich, als er weitersprach und ihren Namen noch einmal im selben Tonfall wiederholte: »Jana – ich verspreche Ihnen, ich werde nicht zulassen, dass Ihnen jemals Leid widerfährt, wenn Sie mit mir kommen.«

»Warum?«

Yoritomo hatte keinesfalls vorgehabt, diese Engländerin erst überreden zu müssen, geschweige denn, darüber mit ihr zu diskutieren, die Plantage zu verlassen! Er nahm in seiner Arroganz selbstverständlich an, Lady Juliana würde – sobald er, und nur er, seine Zustimmung gab, ohne Verzug und begeistert ihre Habe packen. Ihre nüchterne Frage brachte ihn schon wieder aus dem Konzept! Er merkte verblüfft, wie ihm die Dinge aus den Händen glitten und die kleine Lady damit begann, die Spielregeln zu bestimmen! Das war ihm in seinem ganzen Leben noch nicht geschehen, dass eine Frau in seinem Leben etwas bestimmte! Sollte er sich nun ärgern oder amüsieren – auf jeden Fall war es unfassbar!

»Weil Koah und Tinuha mir nur folgen, wenn auch Sie mitgehen«, antwortete er geduldig. Sein Ton wurde noch eindringlicher und jetzt auch besorgt: »Und die beiden müssen hier fort. Es ist zu gefährlich geworden, verstehen Sie?«

Jana schüttelte aufsässig den Kopf.

»Nein. Ich verstehe überhaupt nichts. Warum ist es zu gefährlich für sie? Und es erklärt auch nicht, weshalb Sie sich für meinen Beschützer halten!«

»Werden Sie mit mir gehen?«, fragte Yoritomo noch einmal, jetzt tatsächlich nahezu hilflos und ohne auf sie einzugehen. Er spürte die uneingestandene Furchtsamkeit des Mädchens nahezu körperlich, und es tat ihm unendlich Leid, dass ihm nicht mehr Zeit blieb, sie auf alles vorzubereiten. Unerwartet erkannte er, was in ihr vorgehen musste. Dinge, die er vorher nicht der Mühe wert befand zu ergründen, weil sie ihm so unwichtig schienen wie der Staub auf den Straßen: Was er ihr in dieser Minute abverlangte, war gegen alles, was man sie – in religiöser und gesellschaftlicher Hinsicht – ein Leben lang gelehrt hatte! Gleichzeitig bangte er tatsächlich, wie er verwundert feststellte, sie würde ihm eine Absage erteilen! Denn in diesem Falle würde er sie mit Gewalt entführen müssen! Nur um der Sicherheit der Geschwister willen, versuchte er, sich ein letztes Mal einzureden. In Wahrheit vermochte er nicht mehr zu leugnen: Er hatte ausgerechnet in diesem englischen Mädchen das gefunden, wonach er sein Leben lang suchte – eine Frau, die sein erstarrtes Herz berührte. Eine Frau, welche die innere Stärke besaß, ihm auf seinem zeitweilig recht grausamen Pfad zu folgen. Eine Frau, die intelligent und selbstlos war und ein großes Herz voller Liebe zu verschenken hatte ..., *ihm* zu schenken bereit war! Was überzeugte ihn eigentlich, es wäre ausgerechnet Lady Jana, von der er alle diese Eigenschaften annahm? Sie war viel zu zart, viel zu jung und obendrein noch die Angehörige einer Familie, deren Ruin der Tiger wünschte! Aber seit wann fragte Liebe nach Erklärungen?

Ihr Zögern dauerte ihm zu lange. Seine Miene verzog sich nicht um das Geringste, doch in seinen Augen begann es gefährlich zu glimmen. Sie wird nicht darauf eingehen, dachte er in einem Anflug von seltsamer Trauer, denn nun trat sie einen Schritt zurück! Wahrscheinlich verachtet sie mich, wenn sie sich gefesselt und geknebelt in der Kajüte wiederfindet ..., oder sie wird wütend! Der letzte Gedanke ließ ihn schmunzeln und erregte ihn unerklärlicherweise wieder.

Aber wie machte sein Herz einen Sprung, als sie ihn zaghaft anlächelte, ihm das Medaillon entgegenhielt und ihr süßer Mund flüsterte:

»Legen Sie es mir an.«

Er nahm es, unfähig zu sprechen, und sie wandte ihm den makellosen Rücken zu. Seine Lippen fühlten sich wie ausgetrocknet an, als er die weiche Haut berührte. Er schloss die Kette in ihrem Nacken und ließ die Hände auf ihren Schultern liegen. Sie lehnte sich leicht an seine Brust zurück, eine Geste des Vertrauens, die ihn zutiefst rührte. Yoritomo Shigehira – Pierce D'Irristru – der einsame Krieger, ließ sich für einen Moment fallen und barg das Gesicht im Duft der blonden Haarflut unter ihm! Das unsichtbare Band der Liebe und Hingabe verflocht ihrer beiden Herzen ineinander, ohne dass sie sich dessen bewusst waren.

»Wohin werden wir gehen?«, fragte Jana befangen. Dieser Männerkörper, so dicht in einer Nähe, die sie selbst suchte, verwirrte sie ungemein.

»Zu einer Insel, auf der Träume noch Wirklichkeit sind, meine Otohime«, raunte er seidenweich in ihr Ohr.

Behutsam drehte er sie zu sich um. Sie hatte die Augen geschlossen, und ihr Gesicht zeigte ihm den Ausdruck eines traumverlorenen Kindes. Jetzt schlug sie die klaren schimmernden Augen zu ihm auf, und ihre Blicke versanken selbstvergessen ineinander. Sie glaubte ihm! Sie vertraute ihm, ohne weitere Fragen zu stellen! Yoritomo erkundete fassungslos dieses wiederum fremdartige Gefühl in seinem Inneren – dieses Spüren, wie sein Herz anschwoll vor Rührung über das Vertrauen, das sie ihm, dem gefürchteten Piraten, schenkte!

Sanft und weich waren seine Lippen, die ihre kaum berührten, so sehr fürchtete er sich davor, sie zu erschrecken ...

Und für Jana war diese Berührung gleichbedeutend mit einer Flut erregender Eindrücke, die ihr wieder den Atem abschnürten! Hätte sie nur im Mindesten geahnt, welche Beherrschung dieser Mann sich auferlegte, um sie nicht hier und jetzt in die Arme zu reißen und sie so zu küssen, wie seine unbezähmbare, aufflammende Leidenschaft es ihm gebot, hätte sie wohl in ihrem ganzen Leben nicht mehr an seiner Liebe gezweifelt! Beide waren derart gefangen im Reich der neuen Sinneswahrnehmungen, dass sie gewiss nicht ahnten, welch ein langer grausamer Weg noch vor ihnen lag, bis ihre Liebe sich zur wahren Erfüllung entfaltete. Der Stolz des Kriegers würde nahezu alles zerstören und an dem zarten Band zerren, bis es nur noch von einem hauchdünnen Faden gehalten wurde!

Wie von selbst hob Jana ihre Arme und schlang sie um den breiten Nacken Yoritomos, der wahrhaftig bei dieser arglosen, unerwarteten Geste erbebte! Sein Mund wurde fordernder!

Teils entzückt, indes mehr noch erschrocken, spürte Jana, wie seine Zunge sanft mit ihren unschuldig geschlossenen Lippen spielte und ... Einlass begehrte! Unwillkürlich stemmte sie die Hände gegen seine harte Brust! Sofort ließ er sie los. Sein Atem ging schwer, und Jana bemerkte verstört für den Bruchteil einer Sekunde ein gefährliches Aufblitzen in den mandelförmigen Goldaugen! Doch Yoritomo hatte sich sofort wieder in der Gewalt und lächelte nur bedauernd auf sie herab.

»Warum nennst du mich Meeres-Prinzessin?«, fragte Jana, um sich von dem bestürzenden Eindruck eben abzulenken. Yoritomo brach in verhaltenes Gelächter aus. Sein Atem ging fast wieder normal.

»Du bist das überraschendste Geschöpf, dem ich je begegnet bin«, stieß er staunend hervor. »Du kennst sogar die Bedeutung dieses Namens.«

Und plötzlich fiel es ihm ein!!

»Jetzt erinnere ich mich! Ich habe dich in Gedanken schon einmal so genannt ..., du warst das kleine Mädchen mit den Meeresaugen, das mich ansah, während die anderen Engländer mir den Rücken zuwandten!«

Jana errötete vor Freude und nickte heftig. Sie hatte kaum zu hoffen gewagt, ob er sie tatsächlich damals bemerkte. Verlegenheit überkam sie, wenn sie an ihre heimlichen Tagträume dachte, die mit diesem rätselhaften Mann zusammenhingen. Aber niemals hatte ihre Fantasie genügt, sich den Mann unter der Maske so schön vorzustellen! So kraftvoll, männlich und stark.

Yoritomo ahnte nichts von diesen, ihr nun kindisch erscheinenden Träumereien. Er ergriff ihre schmale Taille und zog sie an sich, das Spüren ihrer weichen Rundungen etwas unverschämt auskostend.

Weit davon entfernt, erneut zu erschrecken, genoss Jana das aufreizende Prickeln, das seine verwegenen Hände auf ihren Hüften in ihr auslöste.

»Wenn ich daran denke, wie mein Freund Pierre mich noch tagelang aufzog, weil du das erste weibliche Wesen warst, dem ich Beachtung schenkte, seit er mich kennt!«, berichtete er amüsiert.

Jana wollte den Mund zu einer neuen Frage öffnen. Zu viel begehrte sie endlich zu wissen – da zerstörte ein Geräusch an der Tür den unwiederbringlichen Augenblick der Zweisamkeit!

Yoritomo entließ sie innerlich fluchend aus seinen Armen und trat in schicklicher Distanz zurück. Doch niemand trat ein.

Jana fühlte sich plötzlich merkwürdig hilflos und leer. Sie richtete den Blick auf Yoritomo, als wollte sie ihn anflehen, sie auf der Stelle zu entführen und nie mehr loszulassen ...

Die Liebe gab ihm die Hellsichtigkeit, zu verstehen, was ihr Ausdruck besagte. Sie zärtlich musternd, sagte er gedämpft, mit einem wachsamen Seitenblick zur Tür:

»Wir wollen kein Risiko eingehen, ma petite chérie. Ich werde mich nach dem Gespräch mit McCleary verabschieden. Sonst könnte es geschehen, dass ich jedem Gentleman dort im Saal, der mit dir tanzen will, die Kehle durchschneide. In einigen Tagen werde ich euch holen lassen oder selbst kommen. Sollte etwas geschehen, was nicht vorhersehbar ist und ihr benötigt meine Hilfe, so lasst mir das Medaillon zukommen.«

War Jana noch vor einem Moment beglückt über den Anflug

von Zorn in seiner Stimme, mit dem er seine Eifersucht unter Beweis stellte, überkam sie jetzt eine unerklärliche Furcht. Flehend streckte sie ihm die Hände entgegen.

»Bitte erkläre mir, was du mit Edmond zu schaffen hast. Bitte!«

»Das kann ich dir nicht sagen«, wehrte er entschieden ab. »Dieses Wissen würde dich nur unnötig in Gefahr bringen.« Als er ihren unglücklichen Gesichtsausdruck bemerkte, nahm er rasch wieder ihre kleine Hand.

»Vertraue mir. Versprich es!«

Ehe sich Janas Widerspruchsgeist – Yoritomo ahnte dieses Aufflackern bereits erheitert – erheben konnte, gab er ihre Hand wieder frei und eilte geräuschlos zur offenen Gartentür hinaus.

»Mr. Kiuto, ich fragte mich bereits, wo Sie geblieben sind«, hörte Jana zu Tode erschrocken Edmonds Stimme von draußen. »Die Papiere liegen zur Unterschrift bereit, nur noch wenige Punkte ...« Was der Pirat antwortete, vernahm sie nicht mehr, denn im anderen Moment ging die Tür auf, und Esther, gefolgt von einer ängstlich erschrockenen Tinuha, trat hastig ein!

Misstrauisch sah die Tante sich im Raum um, während die Malaiin hörbar die Luft einsog und grenzenlos erleichtert zu Jana hinübersah.

»Sehen Sie, Lady Esther? Ich habe gleich gesagt, niemand außer Lady Juliana ist hier. Miss Anabell muss sich geirrt haben«, sagte sie ruhig und verdrehte die Augen hinter Esthers Rücken.

Diese ungewohnte Schalkhaftigkeit brachte Jana beinahe zum Lachen! Aber sie kniff die brennenden Lippen zu einem schmalen Strich zusammen und wirkte somit steif wie ein hypnotisiertes Kaninchen.

»Wo bleibst du denn schon wieder, Juliana?«, fragte Esther nicht unfreundlich, doch sichtlich entnervt und ging raschen

Schrittes auf sie zu. Sie entdeckte die beiden Schmuckstücke und deutete empört mit spitzem Finger darauf. »Was soll das? Warum behängst du dich derart? Willst du die Wirkung des Kleides ruinieren?«

Jana legte unwillkürlich eine Hand über den Stern und das Medaillon und erwiderte, unüberlegt trotzig:

»Es sind Geschenke!«

»Ich erwarte ein geziemendes Auftreten. Richte dich gefälligst danach!«, schnappte Esther daraufhin nervös.

Tinuha trat eilig näher und murmelte, der Freundin einen warnenden Seitenblick zuwerfend:

»Ich werde den Schmuck für Sie aufbewahren, Lady Juliana.«

»In fünf Minuten bin ich in der Halle, Tante Esther«, versicherte Jana hastig, »ich habe noch nicht alle Geschenke durchgesehen.«

»Nein«, beharrte Esther, gereizt über den respektlosen Ton der Nichte, »du kommst sofort mit mir. Händige deiner Zofe sofort das Zeug um deinen Hals aus!«

Aber Jana war ein junges Mädchen, und demzufolge wäre sie eher geplatzt, als dass sie nicht wenigstens einige Minuten lang mit der Freundin die letzten Ereignisse hätte durchhecheln können! Sie dachte sich blitzschnell eine Taktik aus und entgegnete zuvorkommend, dabei gespielt demütig: »Du hast Recht, Tante Esther, es war gedankenlos von mir. Selbstverständlich kann ich die Gäste nicht warten lassen.« Sie seufzte händeringend. »Es wird zwar etwas merkwürdig aussehen, wenn ich mich nur bei einem Teil der Gäste für die Geschenke bedanken kann, aber ...«

Nun raffte sie wild entschlossen die Röcke und tat, als wolle sie eiligst an Esther vorbei zur Tür laufen.

»Warte!«, hielt Esther sie – wie erwartet – zurück und stieß einen ebenso schweren Seufzer aus. »Vielleicht solltest du wirklich erst alle Geschenke durchsehen.« Sie ging langsam zur Tür, öffnete sie und rief über die Schulter: »Aber beeile dich. Und vergiss keinen Namen!«

Jana sah die Freundin triumphierend an und vergaß, dass sie eigentlich traurig und zornig auf diese sein müsste!

Deren Blick fiel auf das Medaillon. Ihre Augen wurden groß! Sie trat nahe an Jana heran und betrachtete es andächtig – nein – ehrfürchtig!

»Die Kobra und die gekreuzten Samuraischwerter«, flüsterte sie ergriffen. »Er legte dieses Medaillon bisher niemals ab, soweit ich mich erinnere.«

Unter Tränen lächelnd sah sie auf, erkannte Verzagtheit, Angst, Unsicherheit und Glück in den Augen der Freundin. »Die Götter haben unser Gebet erhört. Du hast großen Eindruck auf ihn gemacht!«

»Tinuha, bitte! Warum bist du und Koah in Gefahr, wenn ich nicht mit euch komme! Ich werde ja mit euch gehen, das weißt du doch – aber warum bringe ich euch in Gefahr?«

»Nein, du bringst uns nicht in Gefahr. Jetzt ist keine Zeit für Erklärungen. Und nun sieh dir dieses Medaillon an, Jana, und stelle keine Fragen mehr!«

Jana nahm gehorsam das Medaillon in die Hand und studierte das Bild darauf. Es war eine meisterhafte Arbeit und ... sie tauchte ein in die blitzenden Edelsteine. Fremdartige Empfindungen durchzuckten sie in der Tiefe des grünen Feuers. Doch weit entfernt, erschrocken zu sein, zeigte ihre Künstlerseele sich entzückt.

»Die Augen der Schlange bestehen aus winzigen Smaragden. Sie wirken lebendig! Ich habe noch niemals solch ein Meisterwerk der Goldschmiedekunst gesehen. Ich kenne mich mit Edelsteinen aus.«

Plötzlich sah sie auf, ein Hauch von Enttäuschung schwang in ihrer Stimme: »Du wirst mir heute Abend noch einiges zu erklären haben.«

Tinuha nickte heftig. Dabei sah sie so heiter aus – Jana konnte ihr einfach nicht böse sein! Aber wieder stellte die Freundin sie vor ungelöste Rätsel, indem sie frohlockte:

»Endlich hat das ganze Versteckspiel ein Ende! Bitte, Jana, noch einmal: Keine Fragen, die ich jetzt nicht beantworten kann, du erfährst bald alles. Du wirst also mit uns kommen! Ich bin sehr glücklich darüber.«

Die beiden Mädchen sahen sich eine Weile schweigend an. Jana übte sich in Geduld, was ihr außerordentlich schwer fiel. Aber sie hatte bereits so lange auf die Wahrheit gewartet, da tat es nun auch nichts mehr, ob sie diese noch heute Abend oder morgen früh erfuhr. Jetzt war es wichtig, die Tante und den Onkel nicht misstrauisch werden zu lassen. Sie wandte sich dem Tisch zu und bemerkte ein wenig verzagt:

»Ich bin sehr glücklich. Aber ich habe auch Angst. So viel ist in den letzten Minuten geschehen.«

»Wir können dem Schicksal nicht entweichen, meine Freundin. Die Götter haben unseren Weg bestimmt, und wir müssen uns fügen und diesen Pfaden folgen«, antwortete Tinuha weise mit dem ihr eigenen, unergründlichen Lächeln.

Jana nickte und blickte gedankenverloren über die Geschenke hinweg. Da entdeckte sie ein Päckchen mit einem Brief in einer ihr vertrauten Schrift. Sie nahm es schnell auf und zeigte es Tinuha, die neugierig näher kam. »Oh, sieh doch nur!«, rief sie aufgeregt. »Es ist von Lady Isolde! Und ich befürchtete schon, sie hätte mich vergessen, nachdem sie nach Deutschland zurückkehrte!«

Die Bekanntschaft mit Lady Isolde von Steinmark, welche sie auf ihrer Reise von England hierher kennen gelernt hatte, war in den letzten Monaten keineswegs abgerissen. Isolde schrieb regelmäßig Briefe, und Jana hatte ihr stets geantwortet, wobei sie nichts von den Vorgängen auf Cleary verlauten ließ, da sie überzeugt war, Edmond fange ihre Post ab und las sie. In jedem dieser Schreiben erneuerte die alte Dame ihre Einladung nach Brunei, nur leider ergab sich niemals eine Gelegenheit. Nun aber war Lady Isolde vor drei Monaten nach Deutschland zurückgekehrt und der Kontakt seither abgebrochen. Deshalb war das Mädchen um so erstaunter, einen Geburtstagsgruß der Baronin vorzufinden. Freudig erregt riss sie zunächst den Brief auf und überflog ihn, aufmerksam von Tinuha beobachtet. Schließlich ließ sie ihn sinken und sagte enttäuscht:

»Sie kann vorläufig nicht zurückkehren. Sie will aus dem Landsitz der Steinmarks ein Hospital machen, weil sie glaubt, dass sie damit vielen Menschen helfen kann.«

»Ich verstehe«, sagte Tinuha zweifelnd und deutete auf das Päckchen. »Willst du nicht nachsehen, was Lady Isolde dir geschickt hat?«

»Ja. Ja, natürlich«, erinnerte sich Jana und begann aufgeregt die Verschnürung zu lösen.

»Es ist wieder eine Kette«, lachte sie schließlich auf, und dann beugten sich die beiden Mädchen ratlos über den merkwürdigen Gegenstand am Ende des dünnen Goldkettchens. Es war ein seltsames Gebilde aus Stäbchen, wie ein Turm.

»Was mag es darstellen?«

Jana nahm stirnrunzelnd den Brief hoch, las ihn noch einmal.

»Ach, das ist der Eiffelturm, das Wahrzeichen von Paris. Sie war dort und hat es für mich mitgebracht.«

Plötzlich begann Tinuha unterdrückt zu kichern. »Ich glaube, du solltest den Göttern deinen Dank aussprechen, dass du nicht zu viele gute Freunde besitzt!«

Erst nach wenigen Sekunden begriff Jana, was sie meinte, und verzog grinsend das Gesicht. Gespielt erschrocken rief sie: »Ja, da ich keines der Geschenke zurückweisen oder bevorzugen kann, könnte ich bald den Kopf nicht mehr heben und müsste«, sie ließ den Kopf auf die Brust sinken und sprach mit wehleidig verstellter Stimme weiter, »auf ewig so gebeugt herumlaufen!«

Die beiden brachen in schallendes Gelächter aus und fassten sich gegenseitig bei den Händen. Da wurde die Tür von außen wieder aufgerissen, und Esther streckte sehr zornig den Kopf herein. Die beiden Mädchen fuhren erschrocken auseinander.

»Dein Benehmen ist unverzeihlich, Juliana!«, schimpfte sie erregt. »Du kommst sofort. Sofort! Hörst du!«

Mit einem Rumms flog die Tür wieder zu!

Betreten hob Jana die Arme, nestelte an den Verschlüssen der beiden Ketten und übergab sie Tinuha.

»Ich glaube, es ist nicht ratsam, Tante Esther noch mehr zu verärgern und damit unser Geheimnis zu gefährden. Gib sie Koah, damit er sie zu dem anderen Schmuck legt, den er für mich aufbewahrt, ja?«

Tinuha nickte, nahm vorsichtig die wertvollen Geschmeide aus Janas Hand.

Diese eilte der erbosten Tante nach.

Bereits vor der Tür wurde sie von einigen jungen Herren, die sofort in eine tiefe Verbeugung versanken, erwartet. Wie es schien, plante auch Edmond gerade, sie persönlich aus dem Frühstückszimmer zu holen, denn er stand gleich daneben und warf ihr einen ungehaltenen, lauernden Blick zu.

»Da bist du ja endlich. Diese Herren hier warten schon seit einer geraumen Weile ungeduldig auf dich!«

Jana beachtete ihn kaum, was ihn zu einem wütenden Seufzer veranlasste, und sah sich aufmerksam suchend um. Ob er schon fort ist, fragte sie sich aufgeregt und bang zugleich. Sie empfand tiefe Enttäuschung, als sie ihn nicht entdecken konnte, sagte sich jedoch tapfer, dass es nicht mehr lange dauerte, bis sie mit ihm vereint sein würde. Brennende Röte überflog ihr Gesicht, wenn sie daran dachte, wie ihr Körper auf seinen fordernden Kuss reagiert hatte! Bestürzt nahm sie sich zusammen und wandte sich den Gentlemen zu, die sich in fast schon lächerlicher Weise gegenseitig behinderten und drängelten, um der hübschen Lady als Erster den Arm reichen zu können. Wenn sie ahnten, dass mein Herz längst vergeben ist, dachte sie verträumt.

Die meisten Gäste tanzten bereits zu den kratzigen Walzerklängen aus dem Trichter des Grammofons.

»Wo ist Mister Kiuto, Onkel?«, fragte sie Edmond leise und völlig harmlos.

Dieser wandte sich bereits ab. »Nachdem unsere Geschäfte zufrieden stellend abgeschlossen sind, sah er keinen Grund mehr, zu verbleiben. Du kannst also beruhigt sein und dich den anderen Gentlemen hier im Saal widmen.« Dann sagte er in einem für Jana sehr beunruhigenden Ton etwas Merkwürdiges, wobei er sich ihr wieder voll zuwandte und sie beobachtete: »Du brauchst ihn also nicht wiederzusehen!«

Jana erstarrte! Das aufgesetzte Lächeln um ihre Mundwinkel gefror, und in ihren Augen erschien ein ängstlicher Ausdruck. Hastig nahm sie den Arm des ihr am nächsten stehenden jungen Mannes und ließ sich zu dessen höchstem Entzücken von ihm zur Tanzfläche führen.

So bemerkte sie nicht mehr den angespannten Blick, den Edmond mit einem nervösen, dicklichen Mann tauschte, welcher sich mit der Zunge unablässig über die wulstigen feuchten Lippen fuhr und ihm grinsend zunickte.

5. KAPITEL

Ausnehmend unwillig erwachte Jana am nächsten Morgen. Ein überraschtes Blinzeln zum Fenster zeigte ihr an, dass es schon fortgeschrittener Morgen sein musste. Warum waren ihre Glieder nur so schwer? Warum behagte ihr der Gedanke ans Aufstehen überhaupt nicht? Blitzartig überkam sie die Erinnerung an den gestrigen Abend: Der Ball! Die Begegnung mit dem Piraten Yoritomo Shigehira! Ich bin verliebt – verliebt – verliebt! Die Sonne strahlte plötzlich noch heller! Alles schien in rosarotes Licht getaucht! Daran änderte auch die bedrückte Miene nichts, mit welcher Tinuha ohne vorheriges Anklopfen eintrat.

»Guten Morgen, Tinuha!«, rief sie gut gelaunt, setzte sich auf und räkelte sich genüsslich. »Es ist wohl sehr spät geworden gestern – oder heute Morgen, nicht wahr? Ich konnte dich nicht finden und habe mich selbst entkleidet. Du hast bestimmt schon geschlafen?« Sie deutete auf das schöne Ballkleid, das zwischen Schuhen, Strümpfen und Bändern auf dem Boden lag. In ihrer aufgeräumten Stimmung war sie völlig blind und taub gegenüber der Schweigsamkeit und Besorgnis der Freundin, die mit fahrigen Bewegungen im Zimmer umhereilte und das eine oder andere Teil hin und her räumte. Jana redete begeistert weiter, während sie die schlanken Beine aus dem Bett schwang und mit den Zehen nach den zierlichen Pantöffelchen angelte. »Also, diese so genannten Gentlemen, mit denen ich gestern Abend tanzte, grässlich, sage ich dir! Welch ein Glück, dass Yoritomo nicht mehr anwesend war, sonst hätte er sicher mindestens fünf von ihnen die Kehle durchschneiden müssen!« Sie kicherte und zog ihren Morgenrock über. »Das hat er nämlich tatsächlich gesagt! Er war eifersüchtig auf alle diese Herren, kannst du es fassen?« Sie ging zum Badezimmer, verschwand hinter dem Paravent und nahm noch immer nicht die Stimmung Tinuhas wahr. »Stell dir nur vor, einer starrte mir unaufhörlich auf den Busen. Und ein anderer ...« Sie unterbrach sich lachend, und man hörte Wasser plätschern, »... fasste mit seinen klebrigen Händen dauernd hinunter zu meinem ... na, du weißt schon, wohin. Und da war da noch dieser alte Mann. Ein unangenehmer Mensch! Er starrte mich die ganze Zeit so finster an, ich wusste bald nicht mehr, wo ich noch hinschauen sollte. Ich glaube, sein Name war Guillonk – Lord Guillonk.«

Tinuha erstarrte mitten in der Bewegung.

»Heute Abend erzählst du mir aber alles, Tinuha, hörst du? Keine Geheimnisse mehr zwischen uns. Schwöre mir das! Tinuha? Hörst du? – Tinuha, warum sagst du nichts? Was ist mit dir?«

Endlich sah Jana über den Paravent hinweg, wie die Freundin angewurzelt dastand und in die Ferne starrte! Ihr fröhliches Plaudern erstarb. Besorgt eilte sie um die Wand herum.

»Tinuha! Was ist geschehen?!«

»Du sollst sofort in das Arbeitszimmer kommen«, antwortete die Malaiin tonlos und hielt Jana ein dunkles Kleid entgegen, das diese angewidert betrachtete.

Mit spitzem Finger deutete Jana auf den hässlichen Stoff.

»Was soll das? Ich bin glücklich heute und möchte helle Farben tragen. Außerdem kann ich dieses Kleid nicht ausstehen. Es hat Ethel gehört, und diese Farbe steht mir nicht!«

Es war nicht nur ein Geschwätz der Dienstboten. Jana trug teilweise tatsächlich Ethels Kleidung auf, die nur geringfügig geändert werden musste. Sie hasste zwar die Stoffe, welche die Cousine bevorzugte, dankte aber ständig dem Himmel, dass Anabells Kleider nicht für sie geändert werden konnten! Anfangs erbitterte es sie, wie man sie in die Rolle der armen Verwandten drängte, obwohl sie über eine stattliche Mitgift verfügte, und sie weinte sich Abend für Abend in den Schlaf. Erst später, mit Hilfe ihrer Freunde, gewann sie einen großen Teil ihres Stolzes zurück und ließ sie diese Demütigung mit erhobenem Haupt ertragen. Aus diesem Grund empfand sie es auch so überraschend, als Tante Esther ihr für den Ball eigens ein Kleid anfertigen ließ.

Und deshalb erstaunte es sie jetzt, als Tinuha ihr ausgerechnet dieses Kleid regelrecht aufdrängte.

»Und überhaupt –«, fuhr sie vorwurfsvoll fort, »– was soll so schrecklich daran sein, wenn ich ins Arbeitszimmer kommen soll? Vielleicht möchte mir jemand ein verspätetes Geburtstagsgeschenk überreichen.«

Zum ersten Mal, seit Jana auf Cleary weilte, entdeckte sie Ungeduld und Nervosität in Tinuhas Gesicht! Und daraus resultierte, dass ihr Herz sich plötzlich zu einem Eisblock zusammenzog und sie sich ohne weiteren Protest das verhasste Kleid überstreifen ließ. Eine düstere Ahnung keimte in ihr, und die aufsteigende Furcht ließ sie Tinuha anherrschen:

»So rede doch endlich! Ich habe doch wirklich immer eine Engelsgeduld mit dir gehabt! Sage es frei heraus: Ist etwas mit Yoritomo? Wurde er gefangen oder ...« Ihre Stimme versagte, da alle möglichen Schreckensbilder sich in ihrem Hirn formten.

»Wir brauchen dich, Jana«, informierte Tinuha sie ruhig und unbeeindruckt von dem Ausbruch der Freundin. »Um ihn geht es nicht, so hoffen wir wenigstens. Er wird noch heute Nacht die Segel setzen lassen, mit Kurs auf Labuan. Bitte verzeih mir, ich hätte dir diese Angst ersparen können und es gleich sagen sollen.«

»Und wozu braucht ihr mich?«, fragte Jana bleich und fühlte, wie sich Zorn in ihr sammelte. Sie hätte schreien mögen, so ging ihr heute die bedächtige Wesensart Tinuhas auf die angespannten Nerven!

»Unten geht etwas vor, und wir hoffen, du kannst in Erfahrung bringen, was es ist. Mister Edmond hat Besuch, und es handelt sich um«, an dieser Stelle wurde Tinuhas Stimme derart verächtlich, wie Jana es noch nie von ihr gehört hatte, »Lord Guillonk und einen Sepoy!« Das letzte Wort spuckte die Malaiin förmlich aus!

Jana zwang sich zur Ruhe, was ihr aber nicht gelang. Sie rang die Hände, und ihr Ton richtete sich anklagend gegen Tinuha: »Ich verstehe immer noch nicht. Was sollte ein indischer Soldat mit Edmond zu schaffen haben? Was hat das mit diesem Kleid zu tun? Warum verbergt ihr nur so viele Dinge vor mir? Warum sagst du mir nicht, was die Piraten mit Edmond zu schaffen haben? Welche Rolle spielen du und Koah dabei? Wenn ich informiert wäre, bräuchte ich mich jetzt bestimmt nicht zu Tode zu fürchten!« Sie wurde immer lauter, und zuletzt schwang ein Hauch von Hysterie mit.

Äußerlich gelassen legte Tinuha eine Hand auf Janas Schulter und sah sie mit ihren dunklen Augen besorgt an.

»Glaube mir, meine liebe Freundin, wenn du das ganze Ausmaß der Sache kennen würdest, würdest du dich noch mehr fürchten. Unser Schweigen diente nur deinem Schutz. Ich kann nur um dein Vertrauen bitten und darum, dass du herausfindest, was vorgeht.«

Niedergeschlagen ließ Jana den Kopf einige Sekunden lang auf die Brust sinken. Dann murmelte sie schicksalsergeben: »Versprichst du, mir heute alles zu erzählen, was ich noch nicht weiß? Ich glaube, ich habe ein Anrecht darauf, nicht wahr?« Auf Tinuhas bestimmtes Nicken hin schob sie noch zweifelnd hinterher: »Und was hat es nun mit diesem Kleid auf sich?« Überrascht spürte sie Tinuhas Arme, die sich um ihre Schultern schlangen! Die Freundin neigte nun wirklich äußerst selten zu Gefühlsausbrüchen dieser Art. Sogleich kroch die unerklärliche Angst wieder ihren Nacken hinauf! Sie trat einen kleinen Schritt zurück.

»Was noch?«, fragte sie heiser.

»Es befindet sich noch ein Gast unten«, sagte Tinuha leise und weiter, rätselhaft, eindringlich: »Denke daran – was auch immer geschehen wird –, Koah und ich werden dich niemals verlassen. Schon bald werden wir alle glücklich und zufrieden auf Sandokans Insel leben.«

Damit erreichte sie, Jana von ihrer Frage abzulenken, denn nun sagte diese nachdenklich:

»Sandokan – der Tiger! Es gibt ihn also wirklich?«

»Natürlich gibt es ihn«, erwiderte Tinuha verwundert. Dann schob sie Jana hastig zur Tür hinaus. »Achte bitte auf jedes Wort. Es könnte von größter Wichtigkeit für uns alle sein!«

Erst als Jana bereits die große Treppe hinunterging, fiel ihr auf, dass Tinuha ihre Frage nach dem Kleid keinesfalls beantwortet hatte.

Sie würde die Antwort viel zu bald erhalten. Auch, dass diese gut gemeinte Geste der Freundin völlig vergebens war!

Edmond saß auf seinem angestammten Platz hinter dem Schreibtisch und trommelte nervös mit den Fingerspitzen auf die spiegelblank polierte Platte. Ihm gegenüber, ebenfalls nervös und fahrig, wenngleich aus völlig unterschiedlichen Gründen, hatten sich Norman Will und der indische Colonel Mathao niedergelassen. Die behäbige Gestalt dieses Mannes steckte in einer schlecht sitzenden Uniform. Sein Turban hing schief über dem schweißglänzenden Gesicht. Die halbhohen Stiefel über den ursprünglich weißen, jetzt schmutzig-grauen Beinkleidern waren staubig und schlammbespritzt. Unter der weitgeöffneten Tür zum Garten hinaus stand Esther mit Lord Guillonk an ihrer Seite und unterhielt sich leise mit ihm. Das hieß, sie versuchte allenfalls ein belangloses Gespräch mit diesem zu führen, da sie viel zu ängstlich und gleichzeitig bemüht war, ihre Empörung auf Edmond zu unterdrücken. Denn erst vor wenigen Minuten geruhte er, sie unmissverständlich von seinen Absichten bezüglich der merkwürdigen Anwesenheit dieses Mister Wills zu informieren. So stand ihr keinesfalls der Sinn danach, mit Lord Guillonk, dessen boshafte Natur ihr unerträglich war, eine belanglose Unterhaltung über Pflanzungen zu führen. So stand sie nun mit dem Rücken zur Zimmertür, sprach über Pelargonien und Feuerstauden und bemerkte den Eintritt der Nichte erst, als die Herren hinter ihr sich höflich erhoben und Lord Guillonk sich angewidert umdrehte!

Janas Blicke fuhren unsicher über die kleine Gesellschaft. Beklommen prägte sie sich die Haltung jedes einzelnen der Anwesenden ein:

Esther, die befremdend schuldbewusst zu ihr herübersah – Edmond, der heuchlerisch freundlich sagte: »Meine liebe Juliana, wie schön, dass du dich beeilt hast, unsere Gäste zu begrüßen.« Lord Guillonk, dessen stechende Augen ihr eisige Schauer über den Rücken sandten – der Sepoy, der bei ihrem Erscheinen zackig salutierte und sich schwer atmend wieder niederließ. Und der seltsame, hässliche kleine Mann, der sie anstarrte und sich mit der Zunge über die ekelig feuchten Wulstlippen fuhr – und welcher zu ihrem Schrecken jetzt auf sie zukam, ihre zurückzuckende Hand einfing und sie überschwänglich begrüßte, als wären sie uralte Freunde:

»Liebste Lady Juliana! Erinnern Sie sich? Wir sind uns gestern Abend vorgestellt worden. Ich bin Norman Will. Mir gehört eine Teeplantage im Osten Borneos!« Er stieß ein meckerndes Lachen aus und übernahm die Vorstellung des Sepoys, als wäre er hier der Hausherr. Er deutete auf den Inder und erklärte wichtigtuerisch: »Und dieser gute Mann hier ist Colonel Mathao. Er leitet eine Sonderaktion gegen die Piraten im Süden.«

In Janas Kopf begann es zu schrillen!

Eben noch um höfliche Zurückhaltung bemüht, zog sie nun die Hand ruckartig aus der des Mannes, den sie um einen halben Kopf überragte, und starrte zum Schreibtisch hinüber. Ihr Magen krampfte sich zusammen, denn Edmonds Blick war starr, mit einer merkwürdigen Mischung aus Wut und Triumph auf sie gerichtet – gleich einer Schlange, die ihr nächstes Opfer fixierte! Norman schob sie in den Raum hinein, und sie wagte nicht dagegen aufzubegehren, obwohl die Berührung dieses grässlichen Mannes ihr Widerwillen verursachte. Aber dieses dumpfe Gefühl war nichts gegen den Sturm, den Edmonds nächste Worte in ihr entfachten, während er sie aufmerksam beobachtete:

»Juliana – Mister Will hat uns die außerordentliche Ehre erwiesen, um deine Hand anzuhalten.«

Ihr Atem setzte sekundenlang aus! Ihre Augen weiteten sich ungläubig, und ihr Blick flog durch den Raum zu Esther hin, die sich abwendete, weil sie es nicht ertrug, die entgeisterte Nichte anzusehen. In Janas Kehle stieg ein hysterisches Lachen auf. Sie schluckte und stammelte mit einem Seitenblick auf den heftig und strahlend nickenden Norman:

»Das ... es ist ..., das soll wohl ein Scherz sein, Onkel Edmond?«

»Keineswegs, meine Liebe«, erwiderte dieser ungehalten, und Jana glaubte ihm sofort! Nicht fähig, auch nur einen Muskel zu rühren, überließ sie Norman ihre Hand, auf die er nasse, Ekel erregende Küsse schmatzte und wieder sein meckerndes Lachen hören ließ.

»Ich weiß – ich weiß! Ich bin nicht mehr der Allerjüngste, aber ich bin sicher, Sie werden mit der Zeit einsehen, dass Erfahrung dem jugendlichen Leichtsinn vorzuziehen ist. Sie werden es schon feststellen, wenn wir erst einmal verheiratet sind.«

Wieder flog ihr Blick über die Anwesenden. Stand ihr denn niemand bei? Irgendjemand musste dieser lächerlichen Farce doch ein Ende bereiten! Aber sie sah nur in abweisende Gesichter. Außer Normans, der sich über die Lippen leckte und sie verzückt anhimmelte. Esther sah noch immer nicht zu ihr herüber, Lord Guillonk starrte sie düster an – mochte der Himmel ahnen, was sie diesem finsteren alten Mann getan hatte, der Soldat befasste sich angelegentlich mit seinen Fingernägeln, und Edmonds Miene wurde zusehends wütender.

Tinuha muss es gewusst haben, zuckte es durch ihr gequältes Hirn. Deshalb also der klägliche Versuch, mich in diesem verdammten Kleid hässlich erscheinen zu lassen. Mit dieser Überlegung kehrte allerdings auch die beruhigende Einsicht zurück, dass es überhaupt keinen Grund zur Besorgnis gab. Yoritomo, dessen Liebe sie sich gewiss war, würde sie von hier fortholen, bevor Edmond seine unseligen Pläne in die Tat umsetzen konnte. Der Gedanke an diesen entschlossenen Mann, der ausgerechnet sie, Juliana Sinclair, erwählt hatte, ließ ihren Stolz wieder aufleben! Sie straffte sich gewappnet. Ihre Augen begannen herausfordernd zu funkeln und wurden nahezu schwarz vor Zorn! Dennoch fuhr sie zusammen, als Edmonds Faust unvermittelt auf die Schreibtischplatte krachte!

»Wage keine Widerrede, Juliana!«, kam er ihrem heftigen Protest zuvor. »Du wirst noch diese Woche Cleary verlassen und mit deinem zukünftigen Gatten auf seinem Schiff in deine neue Heimat reisen!«

Er schnappte wutentbrannt nach Luft, als Jana sofort anklagend konterte und der lange angestaute Ärger herausbrach:

»Niemals! Niemals werde ich Mister Will heiraten! Was habe ich euch nur getan? Ihr habt mich aufgenommen – nun gut –, doch schließlich bin ich nicht mittellos gekommen! Was ist mit dem Schmuck meiner Mutter geschehen?!« Wie eine Furie fuhr sie zu Norman herum, der, erschrocken von dem unerwarteten Ausbruch, einen Schritt zurückgetaumelt war und seine Braut mit grotesk vorquellenden Augen verstört betrachtete.

»Wie hoch ist meine Mitgift?!«, schrie Jana ihn an. »Sagen Sie es mir! Wie viel bekommen Sie dafür, wenn Sie mich nehmen?«

Der Sepoy sah nun interessiert auf. Esther drehte sich mit seltsam angespanntem Ausdruck um. Auf Edmonds Stirn drohten die Adern jeden Moment zu platzen, und seine Gesichtshaut bekam eine ungesunde Farbe! Norman Wills runder Kopf ruckte in dessen Richtung, pures, verständnisloses Erstaunen auf den feisten Zügen. Bar jedes Menschenverstandes gelang es ihm, seine Augen noch ein wenig weiter vorzudrücken. Voller Empörung quietschte er fast:

»Von welcher Mitgift redet sie? Ich dachte ..., Sie sagten doch ...!«

Janas flammende Blicke zuckten zwischen Edmond und Norman Will hin und her. Hochaufgerichtet stand sie da und bemerkte nicht einmal Esther, die langsam auf sie zuging und ihr warnend die Hand auf die Schulter legte.

Edmond tobte innerlich! Er verfluchte seine eigene Dummheit! Hätte er es nicht besser wissen müssen? Hatte er nicht geahnt, dass dieses Mädchen sich nicht einschüchtern ließ? Mehr denn je hasste er sie in diesem Augenblick – und noch tiefer fraß sich das Eingeständnis in sein Fleisch, dass er diese hochnäsige junge Frau noch niemals so begehrte wie in diesem Moment, als sie so dastand, mit zornesrotem Gesicht, sprühenden Augen und geballten Fäusten! Woher nahm sie nur ständig den Mut, sich ihm, Edmond McCleary, zu widersetzen? Äußerlich gefasst stand er langsam auf, ging um den Tisch herum und stellte sich zwischen Jana und Norman, um diesen zu beschwichtigen:

»Mein lieber Norman, Sie sehen doch, das Mädchen ist völlig verwirrt durch Ihr freundliches Angebot. Aber wir können die Angelegenheit gerne noch einmal unter vier Augen besprechen. Ich wäre eventuell bereit ...«

Zum ersten Mal meldete sich die bösartig krächzende Stimme Lord Guillonks:

»Legen Sie noch etwas drauf, McCleary! Je eher dieses Weibsvolk unter die Haube kommt, umso besser. Das wird ihr die Flausen schon austreiben!«

Alle, auch Jana, wandten sich überrascht, mit unterdrücktem Missbehagen zu diesem um. Er schlurfte grimmig näher und stieß mit dem knochigen, dürren Finger nach Edmond. »Lassen Sie sich die Geschichte mit meiner Nichte Marianna eine Warnung sein, als sie von dem dreckigen Piraten verschleppt und zur Hure gemacht wurde!«

Edmond deutete eine Verbeugung an.

»Haben Sie Dank für Ihre Warnung, Mylord Guillonk. Ich werde sie beherzigen.« Und Jana fuhr er zischend an: »Wie kannst du es wagen, einen Gentleman wie Mister Will derart zu brüskieren? Oder sollte es vielleicht daran liegen«, er beugte sich vor, beobachtete alarmierend intensiv ihre Reaktion und machte eine kunstvolle Pause, während Jana unter diesem Blick die verbliebene Contenance verlor, als ahne sie das Unheil, das lauernd, wie eine wilde Bestie auf sie zukroch! »Liegt es daran, dass dieser Mister ... Kiuto ... etwas mehr als nur oberflächliches Interesse an dir bekundet hat?«

Jana fühlte, wie alle Farbe aus ihrem Gesicht wich! Ihr Magen verkrampfte sich erneut schmerzhaft. Ihre Gliedmaßen wurden zu Eis! Sie spürte, wie sich sämtliche Blicke auf sie allein richteten. Vorbei war es mit ihrer Beherrschung! Das bisschen Selbstvertrauen wandelte sich in unkontrollierte, wilde Panik! Mit einem erstickten Aufschrei drehte sie sich auf dem Absatz um und floh aus dem Raum! Ungehemmt schluchzend stürzte sie in die Halle und schob die Tür mit aller Kraft hinter sich zu. Niemals wieder wollte sie diese Menschen dort drinnen sehen! Niemals wieder! Mehrere Bedienstete, Malaien und Schwarze, Männer und Frauen, beseitigten noch die Spuren des vorangegangenen Festes und sahen erstaunt und erschreckt auf. Blicklos rannte Jana zur Treppe, nahm die ersten Stufen – und hielt inne!

An das Geländer geklammert, starrte sie eine Weile vor sich hin und suchte ihre wirbelnden Gedanken zu ordnen. Unmöglich! Sie konnte doch unmöglich einfach so in Panik davonrennen, wenn es um Leben und Tod für den Geliebten gehen konnte! War er erkannt worden? Was bedeuteten die merkwürdigen Andeutungen Edmonds? Und sie hatte nicht einmal in Erfahrung gebracht, was die Anwesenheit des indischen Colonels sollte, dabei war sie gerade mit dieser Aufgabe betraut gewesen. Die Geschwister zählten darauf, dass sie alles herausfand, was sich dort drinnen abspielte. Wie konnte sie sich nur derart vergessen und alles aufs Spiel setzen, wo ihr doch klar sein sollte, weder Koah, Tinuha oder gar Yoritomo würden dulden, dass sie Cleary in den Händen eines so ekelhaften Subjekts wie Norman Will verließ! Beschämt atmete sie einige Male tief ein und aus, drehte sich um und eilte zur Tür zurück. Sie zürnte sich mächtig, da sie wieder einmal ihrem ungezähmten Impuls folgte und die Tür des Zimmers hinter sich so fest zugeschoben hatte! So war sie nun gezwungen, das Ohr fest an das Holz zu pressen und sich in dieser unwürdigen Position den verwunderten Blicken der Dienerschaft auszusetzen. Einen Moment lang spielte Jana mit dem Einfall, wieder hineinzugehen und sich zu entschuldigen. Aber ein solches Schauspiel würde sie nicht durchhalten. Niemals! Einer der Diener, ein Junge noch, der gerade das Geländer der Treppe polierte, sah zu ihr hin und grinste. Jana legte einen Finger an den Mund und schickte ein beklommenes Lächeln zurück. Die Dienerschaft würde sie nicht verraten. Sie schienen sich sogar auf noch leiseren Sohlen zu bewegen, damit sie auch verstand, was dort drinnen gesprochen wurde. Und dieses war keineswegs dazu angetan, den Anflug des Lächelns auf Janas Zügen zu festigen. Im Gegenteil ... Das Entsetzen stand ihr nur kurze Zeit später wieder auf das Gesicht geschrieben – schon als sie die ersten Worte Edmonds gedämpft vernahm:

»Es besteht also kein Zweifel, Colonel, Kiuto und dieser ... ja dieser Pirat sind ein und dieselbe Person?«

Die Antwort des Sepoy:

»Eine Vermutung, Sir. Jedoch keine vage Vermutung. Ich persönlich habe keinen Zweifel an dieser Tatsache. Einer meiner Männer hat den Überfall auf die *Queen Victoria* überlebt, und nach seiner Beschreibung glaube ich mit Bestimmtheit sagen zu können, es handelt sich um den gesuchten Piraten Yoritomo Shigehira. Es gelang ihm, der *Kobra* während des Kampfes die Maske herunterzureißen. Dafür bezahlte er jedoch mit dem rechten Arm.«

Jetzt meldete sich Lord Guillonk mit seiner unangenehmen Stimme:

»Schicken Sie Ihre Nichte noch heute fort. Denken Sie an meine Warnung. Wenn dieser Mann tatsächlich zu Sandokan gehört, wird er sie holen!«

Jana vernahm, wie Edmond aufgeregt herumlief, und fürchtete, er würde seine Schritte in die Richtung der Tür lenken. Sie machte sich bereit, die Flucht zu ergreifen, sollte dieses der Fall sein, und lauschte in kaltem Grauen weiter.

Edmond fluchte erregt!

»Verdammt! Ich muss es genau wissen! Ich habe mir von diesem Geschäft viel, ja – nahezu alles versprochen!«

»Ein Pirat in meinem Haus! Sie müssen ihn stellen, Colonel!«, erklang Esthers Stimme schrill und hysterisch dazwischen, unterbrochen von der beruhigenden Antwort des Colonels:

»Das werden wir, Madam. Ich habe auch schon einen Plan und mache mir dabei Lord Guillonks Bemerkung zu Nutze. Wir werden ihm eine Falle stellen. Sie, Sir, werden ihn in geschäftlicher Angelegenheit zu einem zweiten Besuch auffordern, und – mit Verlaub – sollte er sich tatsächlich zu Ihrer Nichte hingezogen fühlen, wird er kommen. Ich werde mit meinen

Männern den Palast umstellen. Natürlich mit größter Umsicht, denn wenn es der Gesuchte ist, so hat er die Sinne einer Raubkatze und ist tödlicher als die Kobra, die ihm den Namen verlieh. Aber er wird uns in die Falle gehen. Und wenn wir ihn haben, wird es uns ein Leichtes sein, den *Tiger von Malaysia* zu vernichten!«

Janas Augen füllten sich mit Tränen. Nur mit Mühe unterdrückte sie ein Aufschluchzen, das ihr die Kehle zuschnürte – obwohl sie die Tragweite des Gehörten noch nicht so ganz begriff.

Aber sie verstand, dass man sie als Köder für den geliebten Mann benutzen wollte!

Jetzt ließ sich endlich Norman Will vernehmen, den sie beinahe schon vergessen hatte. Seine Tonart war unangenehm hoch und quengelnd wie die eines Kleinkindes. Ihre Lippen verzogen sich unwillkürlich in schüttelndem Ekel. »Können wir nun endlich zu der Frage der Mitgift kommen? Ich gestehe, ich bin etwas verwirrt über die Bemerkung des Mädchens ...«

»Später!«, hörte sie Edmond ihn ungeduldig abweisen. »Ich werde ...«

Den Rest konnte sie nicht mehr verstehen, denn plötzlich kamen die unsanften Schritte Edmonds geradewegs auf die Tür zu! Jana wirbelte herum, raffte die schweren Röcke und hastete wie von Furien gehetzt zur Treppe und hinauf. Aber wieder stockte sie an gleicher Stelle, beugte sich mit angstvoll hämmerndem Herzen hastig zu dem schwarzen Jungen hinab und raunte eindringlich:

»Der Tiger ist in Gefahr!«

Und voller Nervosität über die unbeteiligte, verständnislose Miene fauchte sie ihn an: »Keine Spielchen! Du weißt, was zu tun ist!«

Ohne sich darum zu kümmern, ob der Diener tatsächlich verstanden hatte, flog sie die Treppe hinauf. So sah sie auch nicht den bewundernden Blick, den Samboa ihr hinterhersandte, und vernahm auch nicht dessen leise gesprochene Worte:

»Sie haben großen Mut, Miss Juliana.«

Die Tür des Arbeitszimmers öffnete sich, und der Diener beugte sich eiligst wieder über die zierlichen Streben des Geländers.

Gemeinsam mit Esther trat Edmond heraus. Seine Miene war zornig, sein Mund verkniffen.

»Edmond«, klagte Esther gerade, »mir ist nicht wohl bei dieser Sache.«

Dessen Gesicht verfinsterte sich um einiges mehr, und er antwortete gereizt, während sie nebeneinander langsam durch die Halle gingen: »Das braucht nicht deine Angelegenheit zu sein. Die Falle ist perfekt und wird morgen zuschnappen. Und was Norman angeht ...«

»Aber davon rede ich doch!«, rief Esther ungehalten aus. »Juliana ist meine Nichte – mein Fleisch und Blut! Dieser Norman Will ist ... ist ... einfach widerlich! Hättest du keinen anderen Kandidaten wählen können? Du scheinst vergessen zu haben, dass ihre Mutter dem englischen Hochadel entstammte!«

Edmond blieb abrupt stehen, packte Esther hart beim Arm und zwang sie ebenfalls stehen zu bleiben, wobei sich ihr Gesicht vor Schmerz verzog. Er beugte sich wütend näher. »Du wolltest sie doch loswerden, oder nicht? Nun hast du deinen Willen, und es ist dir schon wieder nicht recht! Ist Norman Will nicht so gut wie jeder andere, der nicht auf dem Anstand einer längeren Werbung besteht? Und wie viele Bewerber denkst du, gibt es in ganz Malaysien, die ein Mädchen ohne Mitgift ehelichen?«

In einem seltenen Anfall von Kühnheit entzog Esther ihrem aufgebrachten Gatten ruckartig den Arm.

»Du hättest zumindest einen Teil des Schmuckes nicht verkaufen sollen und einen akzeptablen Ehemann für sie finden können!«

»Genug des Geschwätzes!«

Die verbliebene Dienerschaft verzog sich schleunigst in die Seitengänge.

»Die Sache ist beschlossen! Es wird ohnehin schwer werden, diese schleimige Kreatur von der Mittellosigkeit deiner Nichte zu überzeugen, da dieses reizende Kind sein loses Mundwerk nicht im Zaume halten konnte. Hast du mir nicht immer versichert, sie sei sanft und fügsam wie ein Lamm? Ich warne dich, mische dich nicht in meine Angelegenheiten, sonst ...!«

Er beendete den bedrohlichen Satz nicht, aber Esther warf herausfordernd den Kopf in den Nacken.

»Sonst ...?«

Edmonds Augen zogen sich zu schmalen Schlitzen zusammen. Er grinste diabolisch. Dabei streichelte er sanft über Esthers bloße Schulter, die daraufhin von allem Mut verlassen zurückwich und ihn furchtsam anstarrte.

»Du kennst meine Vorlieben, Liebste«, raunte er, »doch weißt du, wie lange ich schon davon träume, die Katze auf einer so wundervollen weißen Haut wie der deinen tanzen zu lassen?« Esther wich in abgrundtiefem Entsetzen einen weiteren Schritt vor ihm zurück! Schluckend und mit vor Abscheu entstellter Stimme krächzte sie:

»Du ... du bist wahnsinnig, Edmond!«

Während dieser in bösartiges Gelächter ausbrach, raffte sie ihre Röcke und hastete, wie Jana noch vor wenigen Minuten, die Treppe hinauf.

»So beruhige dich doch, Jana. Du wirst nicht mit diesem Mann gehen. Koah wartet doch bereits auf eine Nachricht, die er Pierre überbringen kann. Beruhige dich doch ...«

Jana hob ihr tränennasses, verzweifeltes Gesicht zu Tinuha auf, die vergebens versuchte, mit einem Tüchlein die Tränenflut der Freundin einzudämmen. Sie saß auf der Kante ihres Bettes und berichtete unter ständigem Schlucken und Schluchzen von der Katastrophe, welche sich anbahnte. Tinuha stand vor ihr, das feuchte Tuch in der einen Hand und mit der anderen unablässig über ihr wirres Haar streichelnd, und hatte bis dahin stumm zugehört.

Jana schniefte noch ein paar Mal auf und fragte dann, wieder Interesse zeigend:

»Pierre? Ist das der Franzose, der ebenfalls mit Sandokan im Bunde steht?«

Tinuha schien etwas überrascht und nickte, ungeheuer erleichtert darüber, weil die Freundin sich zu beruhigen schien. »Du scheinst mehr zu wissen, als wir alle ahnten«, gab sie verwundert zu. Und nachdenklich: »Pierre wartet auf Yoritomos Schiff in der Nähe der Bucht. Koah sollte ihn in jedem Fall direkt verständigen, nicht erst über Mittelsmänner.«

»Das wird nicht nötig sein«, schnupfte Jana und wischte sich energisch über Augen und Nase. »Ich habe Patan – nein, ich glaube, es war Samboa – bereits die Warnung gegeben, dass der Tiger in Gefahr ist. Ich *glaube*, es war richtig, es so auszudrücken, denn es sollte ihn schleunigst auf die Beine bringen. Und eine doppelte Warnung kommt bestimmt an.«

Tinuha hob um noch eine Spur überraschter die feinen Brauen. »Wie bist du nur darauf gekommen, Jana?«

Wahrscheinlich war die ungeheure Nervenanspannung der letzten Stunde daran schuld, dass Janas Stimmung so unversehens von Verzweiflung in Groll umschlug! Jedenfalls wurde sie plötzlich zornig! Traurig und zornig auf alles und jeden. Vor allem aber auf Tinuha, welcher sie stets vertraut hatte und die ihr nicht das gleiche Vertrauen zurückgab, das sie nach Janas Meinung endlich verdiente.

»Für wie einfältig haltet ihr mich?«, klagte sie bitter. Sie stand auf, sah der Freundin fest in die Augen.

Deren Verblüffung wandelte sich in Bestürzung. Sie sah auf

ihre gefalteten Hände hinab und antwortete schuldbewusst: »Ich glaube, wir haben einen großen Fehler begangen, dir nicht genügend Vertrauen zu schenken, Jana. Bitte – verzeih mir.«

Doch Jana drehte ihr den Rücken zu, ging durch das Zimmer und blieb vor dem Porträt ihrer Mutter stehen. Schon wieder schossen ihr die Tränen in die Augen. Müde, fast gleichgültig, sagte sie nach einer geraumen Weile:

»Ich fühle mich von euch betrogen. Vertrauen?« Das Wort klang so ungeheuer beißend aus ihrem Mund, dass Tinuha zusammenzuckte. »Welch ein leeres Wort!«

»Nein, Jana!«, schrie Tinuha schmerzlich berührt auf und starrte mit weit aufgerissenen Augen auf deren bebenden Rücken. »Wir haben dich alle ins Herz geschlossen, das musst du einfach glauben!«

Sarkastisch wiederholte Jana, ohne sich umzuwenden:

»So? Ins Herz geschlossen habt ihr mich? Mich? Die verhasste naive Engländerin?«

Sie schluckte die Tränen hinunter, und ihre Stimme festigte sich: »Benutzt habt ihr mich. All die Menschen, denen wir gemeinsam zur Flucht verholfen haben ...« Sie fuhr herum. Fast wie Hohn klang es nun: »Kann es sein, dass ich die meisten davon auf Sandokans Insel wiedertreffen würde? Oh, ja«, sie ging auf Tinuha zu, die gesenkten Hauptes dastand und deutete anklagend auf sie, »ich konnte mir einiges zusammenreimen, nur nicht, in welcher Beziehung Koah und du zu den Piraten standet!«

Tinuha sah auf. Über ihr schönes Gesicht liefen die hellen Tränen. Hilflos rang sie die Hände der Freundin entgegen, die wie eine einzige Anklage dastand und selbst um Fassung rang.

»Es ... es war nicht allein meine Entscheidung, dir nicht die ganze Wahrheit zu sagen. Wir haben dem Tiger einen Eid geleistet, Jana, verstehst du? Aber wir waren auch überzeugt, es wäre zu gefährlich für dich, wenn du zu viel wüsstest.«

Mit einem abgehackten Lachen stieß Jana hervor:

»Das habe ich gestern Abend schon einmal gehört! Ist euch eigentlich nie in den Sinn gekommen, dass man einer Gefahr nur begegnen kann, wenn man sich ihrer bewusst ist?«

Tinuha dachte lange darüber nach. Schließlich sagte sie zögernd:

»Sandokan hat mich und Koah vor James Brooke gerettet, als wir noch Kinder waren. Er holte uns aus Brookes Kerker und brachte uns nach Mompracem.«

Jana horchte auf. War die Freundin endlich bereit, zu sprechen? Sie dämpfte ihren Zorn und bemühte sich, ihre bebende Stimme unter Kontrolle zu bringen: »Das ist auch ein Punkt, den ich bisher nicht verstanden habe. Wurde Mompracem nicht ausgelöscht?«

»Ja, aber erst später«, erzählte die Malaiin leise. »Heute gibt es ein neues Mompracem. An einem geheimen Ort. Wir lebten dort glücklich, bis Brooke starb. Etwa drei Jahre lang, dann ließ uns Sandokan den Behörden übergeben ...«

»Er lieferte euch den Behörden aus?«, unterbrach Jana sie fassungslos und vergaß, böse zu sein.

»Nein, er lieferte uns nicht aus. Ich habe mich wohl falsch ausgedrückt«, seufzte Tinuha und wischte sich die Tränenspuren vom Gesicht. »Es war Koahs und mein Wunsch, dem Tiger in irgendeiner Form zu danken, weil er uns eine neue Heimat gab. Sandokan benötigt Spione an allen Orten, sonst kann er Mompracem nicht schützen. Und welche Gelegenheit ergab sich ihm mit uns! Er war natürlich nicht damit einverstanden, doch wir blieben hartnäckig.«

Jana ließ sich wieder auf die Bettkante sinken. Sie war nun völlig gefangen von der Geschichte und zog Tinuha sanft zu sich herab. »Aber wie brachte man Edmond und Tante Esther dazu, euch hier aufzunehmen?«, fragte sie gespannt.

»Die Besitzverhältnisse, das habe ich dir doch schon einmal

erzählt, nicht wahr? Nicht alle Männer in den englischen Behörden waren darüber erfreut, als Brooke sich jedes noch so kleine Stück Land auf Sarawak aneignete. Der Tiger sorgte vor, dass kein Zweifel daran bestand, dass Koah und ich die rechtmäßigen Erben dieses Palastes und der Plantage sind. Aber Brooke, als väterlicher Freund von McCleary, hatte diesem das Land und den Palast damals geschenkt, nachdem unser Vater ...«

Schnell unterbrach Jana sie wieder:

»Den Rest kann ich mir jetzt denken. Damals verstand ich es nicht so recht. Um den Besitz nicht zu verlieren, nahm er euch in seine Obhut und erhielt, sozusagen als Entschädigung, Land und Besitz zur Treuhand.«

»Ja«, bestätigte Tinuha, »das alles hatte der Tiger so vorausgeplant. Er wusste, McCleary würde den Besitz nicht ohne weiteres hergeben. Und er kannte seinen Charakter, denn schließlich bekam er mit uns zwei Dienstboten, für die er nicht einen Penny zahlen brauchte.« Sie sah Jana um Entschuldigung heischend an. »Wir haben dich niemals für naiv gehalten, Jana. Glaube mir. Aber du bist von ihrem Blut und eine Engländerin. Dich in alle Geheimnisse einzuweihen hätte gegen alles verstoßen, was wir dem Tiger geschworen haben.«

Im ersten Moment verzog Jana das Gesicht erneut zu einer bitteren Miene, dann fiel ihr ein:

»Aber Edmond hätte euch doch irgendwann einfach verschwinden lassen können! Er muss doch damit rechnen, dass ihr eines Tages Forderungen stellen werdet!«

Tinuhas Antwort darauf war schlicht:

»Darauf gingen wir ein. Für den Tiger und unser Land. Außerdem stehen wir in ständiger Verbindung. Wir berichten ihm regelmäßig über das Kommen und Gehen auf Cleary.«

Jana blieb erst einmal stumm. Nach einer geraumen Weile des Schweigens verlangte sie zu wissen:

»Warum liegt gerade ihm so viel an Edmond?«

Seufzend und wiederum den scharfen Verstand der Freundin bewundernd, erzählte Tinuha weiter:

»Der Tiger hatte zwei Erzfeinde. Der eine war Brooke, der andere ist Lord Guillonk ...«

»... Lord Guillonk!«, rief Jana überrascht aus. »Dieser unangenehme alte Mann! Ich fürchte mich vor ihm. Er erwähnte etwas von einer Nichte, die geraubt wurde. Hat die Sache etwas damit zu tun?«

»Unter anderem«, bestätigte Tinuha wieder. »Aber Brooke war es, der Sandokans Familie auf Borneo auslöschte.«

Jana grübelte. »Merkwürdig, mir ist niemals in den Sinn gekommen, Sandokan könnte kein Malaie sein. Er stammt also von Borneo.«

Tinuha nickte und fuhr fort:

»Brooke, Lord Guillonk und später Edmond McCleary waren die engsten Freunde und Geschäftspartner. Und der Tiger wird nicht eher ruhen, bis er sie alle vernichtet hat. Der natürliche Tod von James Brooke war bedauerlich für ihn.«

»So langsam kann ich das Mosaik zusammensetzen, aber«, Jana sah Tinuha fest an, »ist die Rache eines einzelnen Mannes wirklich so viele Menschenleben wert?«

Diese erhob stolz den Kopf und erwiderte leidenschaftlich: »Es geht nicht um die persönliche Rache des Tigers! Es geht um die Freiheit ganzer Völker, die von den Engländern unterdrückt werden, um sie der natürlichen Schätze zu berauben!«

Lange Zeit herrschte nachdenkliche Stille zwischen den beiden Mädchen.

Dann fragte Jana leise:

»Wer seid ihr wirklich? Du und Koah?«

Sie sah mit großen Augen zu, wie Tinuha erst die Lippen fest zusammenpresste, aber dann plötzlich den Rücken straffte! Auf einmal sah die vertraute Freundin völlig anders, vollkommen fremd aus!

»Ich bin …«

Heftig wurde die Tür von außen aufgerissen, und Anabell stürzte herein! Ihr Gesicht leuchtete in gehässigem Triumph!

Jana und Tinuha sprangen auf.

Langsam ging Anabell auf Jana zu, ohne Tinuha eines Blickes zu würdigen, aber sie hatte ja schon immer über die Malaiin hinweggesehen, die nur eine eingeborene Dienerin für sie war. Die Tür ließ sie hinter sich weit geöffnet. Wie schon einmal, baute sie sich vor Jana auf und rief höhnisch aus: »Ich möchte dir gratulieren, liebe Cousine! Zu deinem stattlichen Ehemann! Ha!«, funkelte sie genüsslich in Janas kalkweiß gewordenes und zutiefst verletztes Gesicht. »Jetzt ist es aus mit deinem vornehmen Getue! Nun wirst du für den Rest deines Lebens den Bauch mit Bälgern gefüllt haben, und kein Mann wird dich je wieder ansehen wollen!« Tinuhas Herz zog sich zusammen bei dem jammervollen Anblick der Freundin …, und zum ersten Mal begehrte sie gegen Anabell auf!

»Bitte Miss Anabell – gehen Sie. Lady Juliana möchte ein Bad nehmen und …«

Wie eine Furie fuhr das dickliche Mädchen herum und maß Tinuha voller Verachtung.

»Rede mich nicht an, du Nichts, du!«, schrie sie die Malaiin an. Und triefend vor Hohn wieder zu Jana hin: »Ein Bad, ja? Und Bücher lesen, ja? Du kannst noch so viel baden, deine Haut wird doch niemals weiß. Du musst Niggerblut in den Adern haben!«

Diese ungeheuerlichen Beleidigungen, gemünzt auf Tinuha und anschließend auf sich selbst, bewirkten, dass weißglühender Zorn in Jana aufstieg! Sie ballte die Hände zu Fäusten, konnte sich einfach nicht mehr beherrschen! Sie hatte ja immer schon geahnt, dass Anabell sie nicht ausstehen konnte, war jedoch bis ins Mark getroffen von dem offensichtlichen Hass, der ihr aus den wasserhellen Augen entgegenschlug! Jana geriet außer sich!

»Jana! Nicht!«

Tinuha legte ängstlich eine Hand auf deren Arm, doch Jana schüttelte sie ab, und über ihre blutleeren Lippen floss es beißend:

»Dir ist ja wohl klar, dass du soeben behauptet hast, in den Adern deiner Mutter, Ethels und dir fließt Negerblut, nicht wahr?«

Anabell biss sich, im ersten Moment verunsichert, auf die Lippen. Doch sogleich verzerrte sich ihr Gesicht wieder. Sie warf den Kopf in den Nacken und lachte gemein auf.

»Ha!«, schrie sie triumphierend. »Wer sagt denn, wir wären vom gleichen Blut? Deine Mutter war ...«

Im selben Augenblick klatschte Janas flache Hand mit voller Wucht auf Anabells Wange!

Die Cousine taumelte zurück und riss den Mund zu einem stummen, fassungslosen Schrei auf! Jana hob blindwütig, verletzt und völlig losgelöst die Hand, um noch einmal zuzuschlagen, doch jetzt klammerte sich Tinuha bebend an ihren Arm und hinderte sie an der Ausführung.

»Jana! Nicht!«

Jana zitterte vor Wut!

Anabell hielt sich mit der Hand die schwellende Wange, noch immer geschockt von der Ohrfeige, mit der sie nicht gerechnet hatte! Dann aber kreischte sie mit sich überschlagender Stimme auf: »Ein Komplott! Ich habe gehört, wie sie dich beim Vornamen nennt! Das werdet ihr mir büßen! Beide!« Sie machte Anstalten, sich herumzudrehen und hinauszulaufen.

Ungeachtet, dass Tinuha sie noch immer umklammerte, ergriff Jana blitzschnell ihren Arm und zog sie wieder herum! Tinuhas Hände fielen herab. Janas Stimme klang gefährlich liebenswürdig, doch auch heiser vor Zorn, als sie sich dem nun verschreckten Gesicht Anabells näherte und zischte:

»Du solltest eines wissen, liebste Cousine.« Sie deutete auf

Tinuha, die abwehrend die Hände hob, aber nichts konnte sie aufhalten: »Diesem ›Nichts‹ und ihrem Bruder gehört das Land, auf dem du stehst. Sie sind die rechtmäßigen Erben, und in ihren Adern fließt edleres Blut, als du es dir jemals erträumt hast!« Sie ließ Anabells Arm angewidert fallen!

Diese stand da und klappte den Mund wie ein Fisch auf dem Trockenen auf und zu.

»Du lügst!«, peitschte sie schließlich hysterisch durch den Raum!

»Anabell! Was geht hier vor?«, hallte in diesem Augenblick Esther nervös von der Tür her.

Jana und Tinuha sahen erschrocken dorthin, während Anabell herumfuhr und aufschluchzend zur Mutter hinlief.

»Mutter! Sie hat mich geschlagen!«, brüllte sie aufgebracht. Doch diese reagierte nicht wie erwartet, sondern blieb unter der halb offenen Tür stehen und blickte von einer zur anderen.

Anabell fuhr heulend fort: »Mutter! Du musst sie ...!«

»Geh auf dein Zimmer!«, herrschte Esther sie an!

Anabell verschluckte sich fast an ihrem Gezeter und starrte aus kugelrunden Augen zu ihr auf.

»Aber Mutter! Ich ... sie ...«

»Geh auf dein Zimmer! Sofort!«, wiederholte Esther noch lauter und sehr ungehalten.

Mit einem hysterischen Wutschrei rannte Anabell an ihr vorbei! Ihr nervtötendes Heulen war noch zu hören, als sie, anstatt zu ihren Räumen, den Gang hinunterlief.

Jana ließ die Schultern hängen und senkte den Kopf. Das zornige Feuer erlosch und wurde zu einem Häuflein Asche. Erschöpft murmelte sie brüchig: »Es tut mir nicht Leid, Anabell geschlagen zu haben. Verzeih mir, Tante Esther ..., aber es ist die Wahrheit.« Sie sah gequält zur Tante auf, während Tinuha nervös ihre Finger knetete.

Esther schüttelte den Kopf und ging langsam durch das Zimmer auf die beiden Mädchen zu. Vor Jana blieb sie stehen und betrachtete mitleidig das graue Gesicht der Nichte. »Ich habe einen Teil dessen gehört, was sie gesagt hat. Sicher hätte ich an deiner Stelle genauso gehandelt.«

In Janas Herz regte sich ein winziger Hoffnungsschimmer! Befehlsgewohnt sprach Esther Tinuha an:

»Lass uns allein.«

Tinuha blickte zu Boden und wollte hinauseilen. Aber Esther schien irgendwie zu erwachen und widersprach plötzlich:

»Nein, warte. Schließe bitte die Tür, und komm her.«

Die Malaiin stockte verblüfft, beeilte sich, die Türe zu schließen, und stellte sich wieder neben Jana. Die augenblickliche sanfte Stimmung der Tante gab ihr Mut, die Hände bittend zu heben.

»Du wirst mir doch helfen, Tante Esther, nicht wahr? Du wirst mich doch nicht mit diesem ... diesem Mann fortschicken?«

Gleichwohl an dem ungewöhnlichen Anblick, den Esther bot, als sie nun resigniert den Kopf auf die Brust fallen ließ, erkannte Jana, dass nicht die mindeste Chance bestand, auf die Hilfe der Tante hoffen zu dürfen. Wie zwei ermordete Vögelchen sanken ihre Hände herab.

»Es tut mir wirklich Leid, Kind«, sagte Esther aufrichtig. »Ich wünschte, ich könnte dir helfen, doch Edmond ...« Sie unterbrach sich, holte tief Luft und fuhr härter fort: »In drei Tagen ist Mister Wills Schiff ablegebereit. Es ist sein Wunsch, dich auf seiner Plantage zu ehelichen. Onkel Edmond hat angeordnet, dich die nächsten drei Tage in deinem Zimmer einzusperren, solltest du dich weiterhin widersetzen!«

»Nein!«, erscholl zugleich Janas und Tinuhas entsetzter Aufschrei!

Am Ende ihrer Kraft fiel Jana weinend vor Esther auf die Knie und klammerte sich an deren Rock!

»Bitte, bitte, Tante Esther, ich flehe dich an! Bitte schicke mich nicht fort!«

Esther fühlte, wie sie angesichts des Elends der Nichte die Fassung verlor. Doch sie besaß keine Macht, einzulenken. So machte sie sich hastig los und eilte zurück zur Tür. Sie riss sie auf, verharrte und drehte sich noch einmal um, mit ansehend, wie Tinuha sich auf den Boden neben die Nichte warf und den Arm um sie schlang. Eigentümlich verzagt raunte sie: »Es tut mir entsetzlich Leid, Kind, glaube mir.« Und dann, zaudernd: »Tinuha?« Diese blickte aus tränenblinden Augen auf. »Nehmt euch vor Edmond in Acht.« Nach diesem inhaltsschweren Eingeständnis hastete sie hinaus!

Nach einer Weile richtete Tinuha sich auf, zog die zur Willenlosigkeit erstarrte Freundin mit auf die Füße und sprach leise auf sie ein:

»Komm, lass uns in den Garten gehen und darüber reden, was zu tun ist. Dort sind wir ungestört. Glaube mir, Jana, der Tiger findet einen Weg, uns rechtzeitig alle hier fortzuholen. Hab ein wenig Vertrauen.«

Jana schluchzte noch lauter. Ganz langsam dämmerte ihr nämlich die ganze Tragweite des Geschehens. Aber noch wollte ihr Verstand nicht anerkennen, dass ihre eigene Rettung vorläufig unmöglich war.

Obwohl vielleicht noch eine winzige Hoffnung bestünde, wenn das Schicksal helfend eingegriffen und nicht dem Unglück seinen Lauf gelassen hätte! Zwei Dinge spielten dabei eine wichtige Rolle, dass es zu den Ereignissen kam, die das Leben der Hauptpersonen völlig aus der Bahn warfen. Zum ersten ...

... war es Anabells Niedertracht.

Denn just in diesem Moment jagte sie mit wehenden Röcken über den Hof, wo die Pferdeställe lagen, auf Edmond zu, der inmitten von etwa zwanzig berittenen Sepoys stand und ihr unwillig zurief:

»Was willst du? Du siehst doch, ich habe keine Zeit!«

Er sah ihr mit gerunzelter Stirn entgegen und schlug ungeduldig mit der Reitpeitsche gegen die Schäfte seiner hohen Stiefel, während Anabell mit hochrotem Gesicht auf ihn zustürzte. Gehässige Schadenfreude leuchtete aus ihren Augen, als sie ihn erreichte.

»Vater«, sagte sie außer Atem und fest entschlossen, »Vater, ich muss mit dir reden!«

... Die zweite unheilvolle Entwicklung hatte nichts mit Anabell zu tun, jedenfalls nicht in direktem Zusammenhang. Doch grausamer konnte das Schicksal sich nicht verhalten, die eben erst begonnene Liebe zwischen Yoritomo und Jana zu zerstören, indem es die Ereignisse so unglückselig miteinander verknüpfte, bis nicht die geringste Chance auf einen Ausweg bestand!

Aber davon ahnten die beiden Mädchen noch nichts, als sie sich jetzt in den Garten hinunterschlichen, um einen Ausweg aus der furchtbaren Situation zu ersinnen. Sich stets achtsam umschauend, eilten sie über die geharkten Wege, durch blühende hohe Hecken und ließen sich schließlich aufatmend auf einer Holzbank in einer Nische nieder.

»So«, sagte Tinuha befriedigt, »hier kann uns niemand entdecken.«

Das gesamte Ausmaß der Katastrophe erreichte endlich Janas Begriffsvermögen! Sie barg das Gesicht in den Händen und stöhnte verzweifelt: »Oh, Tinuha, wie können wir fliehen?«

Diese begann Jana wieder zu streicheln und meinte zuversichtlich: »Es wird alles gut. Wir dürfen nicht verzweifeln. Es sind noch drei volle Tage.«

»Aber wie sollen wir denn hier herauskommen, wenn überall Soldaten sind? Edmond hat sicher Anweisung gegeben, mich zu überwachen.«

Jana ließ die Hände sinken, stand auf, ging ein paar Schritte und lugte um die Hecke, welche die Nische vor neugierigen Blicken abschirmte. Tatsächlich patrouillierten auch hier im Park überall Soldaten, teilweise Engländer, doch auch viele Sepoys. Ein englischer Fähnrich sah in diesem Augenblick geradewegs zu ihr herüber und legte grinsend einen Finger an den Schirm seiner roten Mütze.

»Madam«, rief er grüßend, keineswegs unfreundlich.

Trotzdem fuhr sie erbleichend zurück, wandte sich wieder Tinuha zu, deren Gesicht eine Zuversicht ausstrahlte, die sie keineswegs empfand.

»Es ... es geht nicht«, flüsterte sie verstört, »nicht einmal Sandokan persönlich könnte uns hier heraushelfen. Es sind einfach zu viele.«

Tinuha zog sie wieder herunter, neben sich auf die Bank.

»Es wird alles gut werden, Jana«, versicherte sie noch einmal. »Er wird nicht zulassen, dass uns etwas geschieht.«

Jana bemühte sich, die immer wieder von neuem emporsteigende Angst zu bekämpfen, sah die Freundin zweifelnd an und sprach ihre Befürchtungen offen aus: »Ich kenne ihn doch eigentlich kaum. Sag mir, Tinuha – wie wird er reagieren, wenn er die Nachricht erhält? Würde er sich unbedacht in Gefahr begeben und den Tiger gefährden, nur um mir, einer Engländerin, zu helfen?«

Darauf hatte auch Tinuha keine rechte Antwort.

»Niemand kann vorhersagen, was er tun wird.«

»Dann erzähle mir doch wenigstens etwas über ihn«, bat Jana. »Ich weiß schließlich gar nichts. Vielleicht war alles, was er gestern Abend zu mir gesagt hat, nur ein dummer Scherz.«

»Das darfst du nicht einmal denken!«, fuhr Tinuha auf. »Er

will dich, das steht fest! Noch niemals habe ich erlebt, dass er irgendeine Frau so angesehen hat wie dich. Und hat er dir nicht ein Pfand übergeben? Das Symbol seiner Familie?«

Jana dachte einige Augenblicke darüber nach.

»Was weißt du über seine Familie?«, fragte sie dann weiter und zögernd: »Gibt es noch andere Frauen in seinem Leben? Oder ... hat es schon einmal eine Frau gegeben?«

Nun überlegte Tinuha angestrengt, um dann entschieden den Kopf zu schütteln und offen zu antworten:

»Du meinst, ob er schon einmal einer Frau so zugetan war wie dir? Nein. Es gab zwar eine, die ab und zu in seiner Nähe war, aber das hatte nichts zu bedeuten.«

Jana schluckte. Es dauerte einen Moment, bis sie die Sprache wiederfand.

»Aha. In seiner Nähe ...?«, fragte sie, worauf Tinuha fast belustigt reagierte:

»Männer brauchen Frauen. Und umgekehrt genauso. Was erstaunt dich daran?«

Verlegene Röte breitete sich auf Janas Stirn aus. Sie murmelte: »Natürlich ..., aber ...«, sie unterbrach sich und versuchte abzulenken: »Und du bist dir ganz sicher, diese ... Frau bedeutete ihm nichts?« Ein winziger Stachel der Eifersucht auf die unbekannte Frau bohrte sich in ihr Herz.

Tinuha lächelte.

»Ganz sicher.«

Nach einer kleinen Weile meine Tinuha ernst: »Meinst du nicht, wir sollten uns endlich weitere Gedanken darüber machen, wie wir von hier entkommen können?«

Jana gab auf. Tinuha hatte Recht. Es gab wesentlich Wichtigeres, als sich gerade jetzt Gedanken über andere Frauen im Leben des Piraten zu machen.

Wieder schwiegen die beiden Mädchen eine lange Zeit. Die Vögel jubilierten in den Ästen, als gäbe es keine verzweifelten

Herzen, keine Gemeinheit und Niedertracht auf dieser Welt. Endlich seufzte Jana tief und schwermütig auf. Sie fällte eine Entscheidung, bei der ihr sehr unwohl zu Mute war. Nachdenklich, mit Grabesstimme, erläuterte sie der aufmerksam lauschenden Freundin ihren Plan:

»Ich glaube, so könnte es gehen. Wie du schon sagtest, bleiben uns noch drei volle Tage. – Koah wird ihn also noch heute warnen. Doch kein Wort von mir, hörst du? Wenn *Mister Kiuto* weder morgen noch übermorgen zum verabredeten Zeitpunkt bei Edmond erscheint, werden die Soldaten wieder abziehen. Dann bleibt uns noch ein Tag, ihn um Hilfe zu bitten, und wir könnten in der darauf folgenden Nacht fliehen.«

Tinuha sah sie nachdenklich an und nickte.

»Ich hatte ähnliche Gedanken, Jana. Doch ich wollte dich nicht damit bedrängen. Es ist die einzige Möglichkeit, wenn wir ihn und Sandokan in keiner Weise gefährden wollen. Sicher wird die Aufmerksamkeit im Haus, so kurz vor deiner Abreise, etwas nachlassen, wenn du dich ergeben zeigst. Wir werden die Pfade benutzen, welche die Leute bei der Flucht nehmen. Die Hunde können der Spur im Sumpf nicht folgen.«

Jana bemühte sich Ruhe zu bewahren und in eine nahe, wahrscheinlich glückliche Zukunft zu träumen:

»Und am Ende erwartet uns Yoritomo. Dann wird alles wieder gut.«

Auch Tinuha war zufrieden, nachdem sie noch einmal gründlich über alles nachgedacht hatte. Der Plan war einfach und klar. Was konnte da schon schief gehen?

6. KAPITEL

Der schöne Plan, den die beiden Freundinnen sich ausgedacht hatten – alles, aber auch alles, was nur in irgendeiner Weise schief gehen konnte, ging schief.

Das Verhängnis begann bereits damit, dass man Koahs Bewegungsfreiheit auf Edmonds Befehl hin einschränkte und er die Plantage nicht verlassen konnte, ohne aufzufallen. Also musste die Warnung nun doch zuerst über mehrere Mittelsmänner und verschlüsselt an Yoritomo weitergegeben werden, bis diese schließlich verstümmelt bei ihm ankam.

Da niemand in der kurzen Zeitspanne etwas über die Beziehung des Piraten zu der unwichtigen Engländerin wissen konnte, erachtete man es als vordringlich, ihn nur auf Grund seiner Enttarnung vor den Soldaten zu warnen – nebenbei wurde etwas verwirrt erwähnt, die Nachricht besagte auch, eine Engländerin wäre im Begriff, sich zu verheiraten.

Und somit lösten unglückselige Missverständnisse Verwirrungen aus, die das Leben aller Beteiligter aus ihren Bahnen warf:

Yoritomo, der noch immer in dem hochmütigen Stolz der Krieger-Kaste gefangen war, nahm die Botschaft scheinbar gelassen hin. Doch wer ihn kannte – und das waren nur eine Hand voll Menschen, der Tiger selbst und der stets heitere Franzose zählten dazu –, ahnte den Sturm, den diese Nachricht in seiner Brust auslöste!

Von nun an konnte ihn nichts und niemand mehr vom Gegenteil überzeugen, dass die Engländerin den Plan und ihn selbst verraten hatte! War Juliana Sinclair schließlich nicht die einzige Außenstehende, die seine wahre Identität kannte? Es hatte ihr sicherlich größtes Vergnügen bereitet, mit ihm zu spielen, während unter den Gästen bereits ihr Verlobter wartete. Warum sollte sie nicht sofort zu Tante und Onkel gelaufen sein, um mit ihrer aufregenden Entdeckung zu prahlen? Der alte Hass gegen die Briten fuhr erneut wie ein Dolchstoß in seine Seele! Er beschloss, fortan keine Sekunde wieder irgendeiner Frau, geschweige einem Engländer, zu trauen. Und auch niemals würde er den Schmerz akzeptieren, der sein wildes Herz mit eisigen Fäusten umklammerte, bis er meinte, nie im Leben mehr atmen zu können!

Einige Stunden später, nachdem Jana und Tinuha sich im Garten von Cleary noch den Träumen von einer Rettung hingegeben hatten, dümpelte in der Nähe der Bucht von Sarawak noch immer die Brigg des Piraten. Es war ein schmales, wendiges Schiff, nach den Konstruktionsplänen Yoritomos gebaut. Er hatte sich die Wendigkeit der malaiischen Prahos und die Kraft der spanischen Brigantinen zu Nutze gemacht und eine völlig neue Brigg entworfen, die es an Schnelligkeit, trotz sechsfacher Kanonenbestückung, mit allen anderen Schiffen diesseits der Meere aufnahm. Sie trug den Namen *Shimabara*.

Warum er überhaupt zögerte abzulegen, war weder ihm selbst noch dem anwesenden Freund und Kampfgefährten so recht einleuchtend, denn das Schiff war auslaufbereit. Und die zusammengewürfelte, aus allen Rassen bestehende Mannschaft erwartete ungeduldig den Befehl zum Segelsetzen und somit in den grandiosen Sonnenuntergang hinein Kurs auf Mompracem zu nehmen.

Die beiden Männer standen auf der Brücke. Yoritomo Shigehira, auch die *Kobra* genannt, mit starrem, unbewegtem Gesicht, dessen einzige Regung der Orkan war, welcher in den verdunkelten Goldaugen tobte, unterdessen er blicklos auf das

Wasser hinunterschaute. Pierre Evereux lehnte lässig mit verschränkten Armen an einem der Masten und beobachtete den anderen forschend. Seine behaarte Brust glänzte wie die Muskeln auf seinem kräftigen Oberkörper. Er trug lediglich eine abgeschnittene Seemannshose und war barfüßig, während Yoritomo in seinen engen dunklen Hosen, den hohen weichen Schaftstiefeln und dem weitärmeligen schwarzen Hemd wie ein echter Freibeuter wirkte. Das schulterlange Haar wurde von einem Lederband aus der Stirn gehalten und wehte ihm ins Gesicht, wenn eine heftige Bö von der See her ihn traf. Im Gegenlicht umhüllte ihn der Schein der blutrot untergehenden Sonne wie ein dämonisches Feuer!

Pierre schüttelte den Kopf. Im Gegensatz zu dem Krieger war er nicht in sturer Arroganz gefangen, sondern eher fröhlicher und abwägender Natur, und so äußerte er nachdenklich:

»Und ich sage dir, hier stimmt etwas nicht, Pierce, mon cher. Ich würde an deiner Stelle nicht so einfach davonsegeln.«

Jähzornig brauste Yoritomo auf: »Wer, meinst du, könnte sonst meine Identität verraten haben, wenn nicht *sie*? Die Geschwister vielleicht? Tinuha – weil sie dieser englischen Lady hündisch ergeben ist? Oder Koah, der mich noch gerade rechtzeitig warnen ließ, als ich bereits auf dem halben Weg zu McCleary war? Nein, mein Lieber! Es besteht kein Zweifel. Sie konnte es kaum abwarten, zu ihren Verwandten zu laufen und die Neuigkeit zu verbreiten!«

Das gehörte nun ebenfalls zur Verkettung der unglücklichen Missverständnisse und Ereignisse. Und zuletzt noch etwas von äußerster Wichtigkeit, das Jana an jenem schicksalhaften Morgen im Arbeitszimmer nicht hatte erlauschen können, da sie sich in diesem Moment auf der Flucht die Treppe hinauf befand. Eine Kleinigkeit nur, doch bedeutend wie alles andere, das sich zu einem unglückseligen Reigen zusammenfügte: Edmond entschied von einem Augenblick zum anderen, die ganze Angelegenheit sofort in die Hand zu nehmen, und bestellte, noch bevor das Gespräch beendet war, einen Boten mit der Nachricht zu *Mister Kiuto*, welcher im Chinesenviertel von Sarawak weilte, er wünsche diesen unverzüglich zu sprechen. So kam es, dass Yoritomo sich Stunden später wieder nach Cleary aufmachen wollte, als ein anderer Bote ihm eben jene sinnverdrehte Warnung zukommen ließ. Das konnten jedoch weder Jana noch Tinuha ahnen. Und Koah, der ihnen wenigstens einen Anhaltspunkt zum Verständnis der späteren Ereignisse hätte liefern können, war am späten Nachmittag aus dem Palast geschlichen und bisher nicht wieder aufgetaucht.

Yoritomo drehte Pierre den Rücken zu und starrte weiter auf das sich verdunkelnde Wasser hinaus. Der Franzose schwieg lange, seufzte dann aus tiefstem Herzen auf.

»Trotzdem«, ließ er nicht locker, »es passt nicht zusammen. Nicht zu dem, was ich in den vergangenen Monaten von diesem Mädchen gehört habe. Warum glaubst du nicht, ein Sepoy könnte dich erkannt haben? Die Nachricht war sehr verwirrend, aber ich glaubte herauszuhören, dass es so war. Aus welchem Grunde sollte man das erfinden?«

Aber der verbitterte, stolze Pirat wollte von alledem nichts mehr hören. Sein Urteil stand fest! Darum erwiderte er bissig: »Es ist gleich, ob jemand gelogen hat, um die McCleary-Nichte zu schützen. Er hat die Ladung zurückgezogen. Der Plan, Edmond McCleary zu vernichten, ist gescheitert. Zufall oder Verrat – es ändert nichts daran. Wir dürfen keinerlei Risiko eingehen, Sandokan und die Insel zu gefährden.« Und leise – Pierre konnte ihn kaum verstehen – fügte er herb hinzu: »Und schon gar nicht wegen einer Frau!«

Pierre stutzte und betrachtete den Freund noch genauer. Langsam breitete sich ein verstehendes Grinsen über sein Gesicht aus, das zu unterdrücken er nicht in der Lage gewesen wäre, selbst wenn er gewollt hätte. Dafür war er zu sehr Franzose und kannte sich in Liebesangelegenheiten aus wie kein anderer. Er sagte geradeheraus, wie es seine Art war:

»Warum gibst du es nicht zu, mon ami? Es ist nicht allein das Scheitern eines Planes, das dir zu schaffen macht – es ist das Mädchen, n'est ce pas?!« Er lachte wieder. »Bei meiner tiefschwarzen Seele! Mir wäre niemals in den Sinn gekommen, es gäbe überhaupt irgendwo auf dieser Welt ein weibliches Wesen, das dein Fischblut zum Kochen bringen könnte. Und dann muss es ausgerechnet eine Engländerin sein!« Unangebracht vergnügt rief er noch: »Warte ab, wenn ich das dem Tiger erzähle, wird er sich ausschütten vor Lachen!«

Wieder fuhr Yoritomo herum, diesmal bedenklich aggressiv. »Genug! Du irrst dich! Niemals würde ich einer Frau gestatten, in mein Leben einzugreifen!«

Aber Pierre blinzelte nur unbekümmert.

»Glaube mir, Freund, ich spreche aus Erfahrung. Du wirst sie suchen. Du bist wehrlos dagegen, denn sie hat dich schon erobert. Nie zuvor hast du dich so verhalten!«

Zornig warf Yoritomo den Kopf in den Nacken und lachte freudlos auf, bevor er nachdrücklich dagegenhielt:

»Ich sagte, du irrst! Ich habe Besseres zu tun als eine Mädchenjagd durch die Inseln. Und wenn ich ihr eines Tages, will's der Zufall, doch noch einmal begegnen sollte, werde ich ihr den hübschen schlanken Hals mit den eigenen Händen umdrehen – *wakarimasu ka?!«* (Hast du verstanden?) »Nie wieder sollen mich ihre Meeresaugen verhexen!« Verflucht! Hatte er dies soeben etwa laut gesagt? Er starrte Pierre feindselig an, der in sich hineinlachte und freundschaftlich höhnte, indem er mit der Zunge schnalzte und übertrieben die Augen verdrehte:

»Olala! Meeresaugen? Und einen hübschen schlanken Hals hat sie auch? Ich habe dich schon verstanden, ami.« Treuherzig legte er eine Hand auf seine Brust und sagte bedauernd: »Du hast Recht, und ich habe mich geirrt. Du hast sie wirklich schon vergessen!«

Wortlos stieß Yoritomo sich von der Reling ab und bewegte sich auf das Vorderdeck zu. Seine sonst geschmeidigen, katzenhaften Bewegungen wirkten eckig, und er stampfte geradezu über das Deck! Aufgebracht schrie er über die Schulter zurück: »Es scheint dich wenig zu kümmern, dass sie uns alle in Gefahr gebracht haben könnte!«

Il dit, vous auriez pu nous mettre en danger et elle, dachte Pierre verschmitzt, *n' était pas en danger* ... (Er sagt, sie *könnte* uns in Gefahr gebracht haben und nicht: Sie *hat* uns in Gefahr gebracht ...) Doch dann wurde er unvermittelt ernst und rief Yoritomo hinterher:

»Du willst also wirklich von hier verschwinden?«

Dieser dröhnte mit tiefer Stimme zurück, vom Vorderdeck aus: »Noch in dieser Minute!« und zur Mannschaft: »Setzt die Segel! Kurs Mompracem!«

»Halt!«, brüllte Pierre in den aufbrandenden Freudensturm der Piraten hinein!

Alle Bewegungen stockten! Die Mannschaft sah erstaunt von ihrem Anführer zu Pierre Evereux, dem sie gleichen Respekt schuldeten. Der lief mit wenigen ausholenden Schritten ebenfalls zum Vorderdeck hinüber und sagte entschlossen:

»Gib mir ein Boot und drei deiner Leute, Pierce. Ich bleibe. Meine Ahnungen trügen nur selten, und ich habe ein seltsames Gefühl.«

Yoritomo blickte versteinert an Pierre vorbei. Nach einer Weile antwortete er grimmig:

»Nimm dir so viele Männer, wie ich entbehren kann. Ich kann dich nicht aufhalten. Ich werde nach Mompracem segeln und dort mit der Shimabara für einige Zeit untertauchen.« Nach diesen Worten drehte er sich um, als ob Pierre nicht mehr vorhanden wäre, und gab der gespannt lauschenden Mannschaft ein Zeichen zum Fortfahren mit ihrer Arbeit.

Pierre sah nachdenklich, ohne im Geringsten gekränkt zu sein, auf den breiten Rücken des Freundes und sagte leise zu sich selbst:

»Ich glaube, du wirst dich noch wundern, mon ami. Wenn dein verfluchter Stolz und Hochmut dich nicht vorher ins Grab bringen.«

Bedrückt wandte er sich ab und ging.

Eine finstere Neumondnacht folgte diesem denkwürdigen Tag.

Während Pierre Evereux mit vier anderen Piraten am Strand lagerte, mit der Absicht, am nächsten Morgen Pferde zu besorgen und sich in Sarawak umzuhören, segelte Yoritomo in die Richtung der drei Romaden, wo er zu seinem Leidwesen auf die Dschunke des Tigers traf.

Zu etwa gleicher Zeit trat Tinuha aus dem hinteren Teil des Palastes in den Garten hinaus, wo sie den Bruder treffen sollte.

Der Junge hatte mittlerweile entschieden, nur noch dieses eine Mal nach Cleary zurückzukehren, was seiner besorgten Schwester, angesichts der Umstände, sehr gelegen kam. So brauchte sie sich bei der geplanten Flucht nur um sich selbst und die Freundin zu kümmern. Die Soldaten nahmen es merkwürdigerweise nicht sonderlich genau mit der Bewachung der Plantage. Jedenfalls sah man nicht einen Uniformierten in diesem Teil des Gartens. Jedenfalls schien es so zu sein.

Bis auf die üblichen nächtlichen Geräusche, die gedämpft aus dem nahen Dschungel herüberdrangen, war alles ruhig und friedlich. Tinuha schritt langsam über die von Büschen gesäumten Wege und lauschte in die Nacht hinein. Sie wusste nicht zu sagen, warum, aber sie fühlte sich unbehaglich, von unheilvollen Ahnungen bedrängt.

»Koah?«, flüsterte sie furchtsam in die Dunkelheit hinein. Nur der empörte Schrei eines aufgeschreckten Vogelweibchens antwortete ihr. Das unheimliche Gefühl wurde stärker. Ihr Magen verkrampfte sich leicht, und sie blieb stehen. Endlich vernahm sie das Geräusch eines knackenden Zweiges! Das musste der Bruder sein. Erleichtert wollte sie zu der Stelle hineilen, doch der Urinstinkt ihrer Rasse riet ihr, weiterhin zu verharren und erst in die Dunkelheit zu lauschen. Jetzt ertönte ein Geräusch zu ihrer Linken! Hämmernden Herzens wandte sie sich in diese Richtung. Um sich selbst Mut zu machen, rief sie halblaut, ungehalten dort hinüber: »Koah! Wenn das ein neues Spiel sein soll, ich kann nicht darüber la ... aahhh ...«

Das letzte Wort verging in einem erschrockenen Aufschrei! Und plötzlich war der finstere Garten erfüllt vom Lärm brüllender Männerstimmen und schweren, hastigen Tritten, unter denen zarte Äste sich seufzend bogen und zerbrachen!

Es waren zwei Sepoys und zwei englische Corporals, die aus den Büschen stürmten und die erstarrte Malaiin umringten! Einer trug einen Sack aus grobem Leinen bei sich, den er dem Mädchen blitzschnell über den Kopf stülpte! Doch sie hatten nicht mit der katzenhaften Wildheit Tinuhas gerechnet und auch keinesfalls, dass dieses schlanke Mädchen Kampferfahrung besaß. Wovon sogar nicht einmal Jana etwas ahnte. So hatten alle vier Männer gleichzeitig ihre Mühe, das zappelnde und um sich schlagende Bündel zu bändigen.

Tinuha kämpfte nicht nur um ihr eigenes Leben! Als sie durch den groben Stoff hindurch aus der Ferne die Stimme ihres Bruders hörte, der nach ihr rief, ließ sie sich zu Boden fallen und rollte in die Büsche. Ehe einer der überraschten Soldaten wieder nach ihr greifen konnte, gelang es ihr, den Sack so weit vom Gesicht zu schieben, dass sie schrill und angstvoll in die Dunkelheit gellen konnte:

»Eine Falle, Koahmur! Lauf weg! Lauf weg!«

Da waren die Männer auch schon wieder über ihr und verschnürten sie so fest, dass jeder weitere Befreiungsversuch zwecklos war. Halb besinnungslos vor Angst und Wut vernahm sie jetzt entsetzt einen Gewehrschuss, dem der ferne Aufschrei ihres Bruders folgte!

Einer der Sepoys feuerte noch mehrmals in die Dunkelheit, während der Schütze, welcher aller Wahrscheinlichkeit nach Koah getroffen hatte, befriedigt das Gewehr sinken ließ und mit grimmigem Lachen sagte:

»Ich glaube, ich habe ihn erwischt! Los, wir kriegen ihn!«

Er setzte sich in Bewegung und verschwand wie ein Schatten. Die anderen verständigten sich kurz mit Blicken, hoben den Sack mit der zusammengeschnürten Gefangenen auf und eilten in die andere Richtung davon.

An jener Tür, aus der Tinuha vorhin in den Garten trat, flammte ein Zündholz auf. In dessen Schein erkannte man das selbstzufriedene Gesicht Edmonds! Seine Gestalt verschmolz wieder mit der Nacht, als die Flamme verlöschte. Nur wenn er an dem soeben entzündeten Zigarillo sog, sah man seine Umrisse und die kalt funkelnden Augen, die in die Finsternis des Gartens blickten.

Nach einiger Zeit schnippte er den halbgerauchten, brennenden Stumpen von sich, drehte sich um und ging hinein. Der Garten versank wieder in Ruhe und Frieden.

Türenschlagen, Kerzenlicht, Schlurfen von Füßen auf steinernem Boden, erschrockenes Gemurmel – plötzlich füllte sich die Halle mit verstörten Menschen, teils in abenteuerlich anmutenden Nachtgewändern, teils noch oder eiligst halbbekleidet. Die Dienstboten rückten ängstlich dicht zusammen. Esther, Ethel und Anabell erschienen, aufgeschreckt durch die Schüsse von draußen, oberhalb der Treppe an der Balustrade. Nur Norman fehlte, der als Gast im Palast weilte und dem der Schlaf eines zufriedenen Kleinkindes innewohnte. Er verschlief den ganzen Aufruhr.

Edmond kam aus dem hinteren Teil der Halle herbeigeschlendert und überblickte die Versammlung mit indigniert erhobenen Brauen. Gleichsam, als wäre überhaupt nichts vorgefallen, dessen dieses erstaunliche Treffen bedurfte.

»Würdest du nicht einfach so dastehen, sondern uns erklären, was diese Schüsse zu bedeuten haben?«, schrie Esther hysterisch von oben herab.

Edmond sah gespielt erstaunt hoch und meinte herablassend: »Nichts von Belang. Geht wieder zu Bett. Nur ein dummer Sepoy, der dachte, er hätte irgendetwas gesehen.« Während Ethel, Anabell und die murmelnden Dienstboten der Anordnung folgten, kam Esther langsam, mit einem Nachtlicht in der Hand, die Treppe hinunter und fragte gedämpft, sich nervös umsehend:

»Was ist wirklich da draußen geschehen?«

Kalt antwortete Edmond, sie lauernd betrachtend:

»Sagte ich nicht, du sollst ins Bett gehen?«

Esther senkte den Blick und ergab sich voller Furcht.

»Ja, Edmond.«

»Wecke Milly!«, befahl er unerwartet und ging an ihr vorbei die Stufen hinauf. »Sie wird deiner Nichte sofort beim Packen helfen!«

Natürlich erwachte auch Jana vom Lärm und den Schüssen, obwohl sie erst spät eingeschlafen war, weil ihre Gedanken ständig um den Punkt kreisten, ob es den Männern des Tigers gelingen würde, sie und Tinuha rechtzeitig von Cleary fortzuholen. Schließlich beruhigte sie sich mit dem Gedanken, dass diese letztendlich über genügend Erfahrung verfügen mussten, um mit einer solch prekären Situation fertig zu werden.

Mit weit aufgerissenen Augen starrte und lauschte sie in die

Dunkelheit. Als plötzlich kleine Steinchen an die Scheibe des Fensters prasselten, fuhr sie erschreckt zusammen. Hastig schlug sie die Bettdecke zurück und rannte zum Fenster. Sollte die Nachricht doch früher bei Yoritomo angelangt sein? Entgegen der Abmachung, ihn keinesfalls vor morgen Abend zu verständigen? Jana wischte aufgeregt die Seidenvorhänge beiseite, zog einen Flügel des angelehnten Fensters weit auf und beugte sich fieberhaft hinaus. Ein Hauch von einfältiger Enttäuschung streifte sie, als sie in der Dunkelheit nur Koah schemenhaft ausmachte.

Ehe sie den Mund öffnen konnte, raunte er eigentümlich unartikuliert herauf:

»Jana ..., wir müssen fliehen! Sofort! Keine Fragen jetzt! Versuche in den Dienstbotentrakt zu gelangen und dei...nen Schmuck zu holen. Ich ... ich schaffe es nicht ... mehr, hineinzuk...kommen!«

In ihrem Kopf bildete sich deutlich und klar die Eingebung, dass jetzt die Zeit zum Handeln gekommen war! Sich erstaunlich schnell auf die neue Situation einstellend, winkte sie ein Zeichen des Verstehens hinunter und wandte sich mit vor Aufregung bebendem Herzen um. Alle überflüssigen Fragen, »Wo war Tinuha?« oder »Wartete der geliebte Mann etwa schon dort unten auf sie?«, drängte sie mit aller Macht zurück. Sie hatte nicht bemerkt, dass Koah in einer seltsam gekrümmten Haltung dort unten stand. Für derlei Erkenntnisse war es zu finster. Dafür hörte sie zu ihrem neuerlichen Erschrecken, wie schwere Schritte den Gang hinunter und geradewegs auf ihre Tür zukamen! Flugs warf sie sich wieder auf das Bett und zog gerade die Decke über sich, als auch schon rücksichtslos die Tür geöffnet wurde und Edmond eintrat! Sie richtete sich verschlafen auf, beugte sich zu dem kleinen Nachttisch hinüber und entzündete mit fliegenden Fingern die Gaslampe. Am liebsten hätte sie dieses jedoch gleich wieder rückgängig gemacht und die jähe Helligkeit aus dem Zimmer gebannt, denn nun erkannte sie Edmonds Augen, die sie so kalt und triumphierend von der Tür her fixierten, dass eisige Schauer über ihren Rücken krochen!

In Anbetracht der lauten Stimmen und Schüsse, die sie geweckt hatten, klang ihre zitternde Stimme dem Umstand nach normal und schürte nicht Edmonds Argwohn, als sie verstört murmelte:

»Was ist da draußen los, Onkel Edmond?«

Er hielt es indes nicht für erforderlich, ihre bange Frage zu beantworten. Stattdessen beschied er ihr ungerührt:

»Gleich wird Milly kommen und dir beim Packen deiner Koffer helfen. Steh auf, und mache dich reisefertig. Du wirst noch heute mit deinem zukünftigen Gatten abfahren.«

Jana schluckte schwer. Ihre Gedanken verwoben sich zu einem panikartigen Durcheinander! Jetzt, so kurz vor dem Ziel? Jetzt, wo aller Hoffnung nach der geliebte Pirat in der Nähe wartete? Jetzt und hier sollte alles zu Ende sein? Dünn versuchte sie sogar in ihrer Not Edmond zu erreichen und hob flehend die Hände: »Wo ist Tinuha, Onkel? Bitte sage es mir!«

Aber sein Blick schweifte nur durch den Raum, den Anblick des bebenden Mädchens in dem großen Bett vermeidend. Er hatte sofort wieder das vertraute Brennen in den Lenden verspürt, als sie sich in dem dünnen Leinenhemdchen, das sie gewöhnlich zur Nacht trug, über das Gaslicht beugte und es entzündete. Sekundenlang erhaschte er im Gegenlicht einen Blick auf die Umrisse fester, mädchenhafter Brüste, was seine Fingerkuppen prickeln ließ, in dem wilden Verlangen, sich ihrer zu bemächtigen und ihr die Unschuld zu rauben! Hätte er nicht vorausgeahnt, dass der jeweilige Heiratskandidat, den er aussuchen würde, gewiss kein Gentleman war, der sich bis zur Hochzeitsnacht damit begnügen würde, seine Verlobte verzückt anzustarren, hätte er es längst gewagt, die Nichte seiner Frau zu entjungfern und sie diesem trotzdem als unberührte Braut zu verkaufen.

Während er noch in leichtem Bedauern darüber sinnierte, welch eine Verschwendung diese süße Frucht für einen schleimigen Widerling wie Norman Will war, sagte er gleichgültig, auf einige Gegenstände im Raum weisend: »Du wirst nur das Nötigste packen. Keinen unnötigen Ballast. Damit meine ich Bücher und dergleichen!«

Er drehte sich um, bereit, nahezu fluchtartig das Zimmer zu verlassen, da stieß er mit Esthers kleiner schwarzer Zofe Milly zusammen, die sich ängstlich an die Wand presste und ihn entsetzt, mit hervorquellenden Augen anstarrte. Gereizt fuhr er sie an: »Hilf Miss Juliana beim Packen!«, und ging.

Jana sprang aus dem Bett, zurück zum Fenster und beugte sich hinaus. Doch von Koah war keine Spur mehr zu entdecken. Dafür hörte sie aus der Ferne das Verklingen von Hufschlägen und deutete diese Geräusch völlig falsch! Von neuem stieg die trügerische Zuversicht in ihr auf! Gewiss wurde der Plan geändert, und Yoritomo erwartete sie im Schutze des Dschungels, wenn sie mit Mister Will abreiste. Denn bestimmt hatte Koah gehört, was Edmond sagte und war zu den Piraten geeilt, um sie von dem neuen Umstand, der ja auch die Flucht erleichtern würde, zu informieren.

Bis auf die Annahme, dass Koah Edmonds Anweisungen vernommen hatte, irrte Jana gewaltig. Die Hufschläge entstammten keineswegs den Pferden der Retter, die sich ja zur Zeit längst in der Nähe der drei Inseln befanden, sondern den Tieren der Soldaten, die soeben Tinuha verschleppten! Versteckt in den Büschen, musste Koah machtlos zusehen und spürte überdies verzweifelt, wie allmählich seine Kräfte nachließen! Die Kugel, die der verfluchte Sepoy auf ihn abgefeuert hatte, streifte zwar nur seinen Oberarm, aber die Wunde blutete heftig und schwächte ihn. Wütend riss er einen Streifen Stoff aus dem Ärmel seiner Jiba und band ihn unter Zuhilfenahme der Zähne um die Verletzung, getragen von dem einzigen Gedanken, zur *Shimabara* zu gelangen und seinen Sensei oder den Franzosen zu Hilfe zu holen. Es lag ein langer, harter Fußmarsch von mindestens vier Stunden vor ihm, und er wagte nicht, in Anbetracht der plötzlich wieder überall präsenten Soldaten, ein Pferd aus den Ställen zu stehlen. Doch vier Stunden waren eine gute Zeit – sofern er es überhaupt schaffen sollte! –, Sonnenaufgang war in etwa sechs Stunden. Koah rechnete nicht damit, dass Jana vorher abreisen würde. So bliebe der Kobra noch genügend Zeit, sie zu befreien, bevor Norman Will sie auf sein Schiff bringen konnte, das im Hafen von Sarawak vor Anker lag. O ja! Koah war gut über alles informiert! Aber womit weder er noch andere rechneten, das war der hochmütige Stolz seines von ihm so verehrten Meisters, der in gekränkter Eitelkeit, nachdem er Koahs durch mehrere Mittelsmänner entstellte Mitteilung erhalten hatte, auf und davongesegelt war!

Die Botschaft des Jungen, bevor sie über Samboa, Kammamuri, Wan Su, schließlich zu Pierre und endlich zu Yoritomo gelangte, hatte gelautet:

»Der Tiger soll für das Hochzeitsbankett in die Falle gehen. Das Wild hat den Jäger jedoch erkannt und ist nicht einverstanden. Damit ist die Jagd gescheitert. Aber das Wild kann innerhalb drei Tagen zubereitet werden. Die Tiger müssen sich wieder paaren.« Was bedeuten sollte: Eine Falle. Du bist erkannt worden. Jemand wird zu einer Hochzeit gezwungen, kann aber in drei Tagen noch gerettet werden. Die Piraten sollen sich versammeln.

Da jeder die verschlüsselte Botschaft für sich selbst interpretierte, kam sie letztendlich in folgender Form zu Yoritomo, wobei sich der erstere Teil kaum veränderte, doch der andere, für die Männer belanglose Teil, eben verdreht war: »Du bist erkannt worden. Man hat dir eine Falle gestellt. Die Piraten sollen sich versammeln. Jemand wird heiraten, ist aber nicht mit drei Tagen einverstanden.«

Yoritomo schloss zähneknirschend daraus, erfüllt von glühender, schmerzlicher Wut, Lady Juliana sei nicht damit einverstanden, drei Tage lang zu warten, bis sie endlich heiraten konnte!

Während Koah sich also auf den beschwerlichen Weg quer durch den Dschungel aufmachte, dabei ängstlich bemüht, bekannte Wege zu vermeiden, versuchte Jana hoffnungsvoll das schwarze, verängstigte Mädchen auszuhorchen.

»Weißt du, was passiert ist? Hast du Tinuha gesehen?«

»Ich nichts weiß!«, wehrte Milly ab. So sehr sie die blonde Miss auch verehrte, überwog doch die Furcht, Edmond könnte sie belauschen. Deshalb flog ihr Blick auch unstet zur Tür hinüber, als sie zu dem Schrank hinüberging und den Koffer hervorzerrte. »Habe geschlafen, bis Schüsse aus dem Garten.«

Jana machte keine Anstalten, dem Mädchen beim Verstauen ihrer Kleidung behilflich zu sein. Milly war Tante Esthers Zofe, und sie wusste nicht, ob und wie weit sie ihr Vertrauen schenken durfte. Sie hätte schreien mögen! Wenn doch wenigstens Tinuha da gewesen wäre.

Doch die Freundin war bereits zum Auskleiden nicht erschienen, und Jana war krank vor Sorge. Ihre einzige winzige Hoffnung nährte sie aus der Zuversicht, dass Yoritomo sich tatsächlich in Reichweite aufhielt, um sie nach Mompracem zu entführen ...!

Am Himmel zeigten sich die ersten schmalen Streifen der aufgehenden Sonne.

Vor dem Portal des Palastes stand die geschlossene Kutsche der McClearys zur Abfahrt. Die beiden in der Kühle des frühen

Morgens dampfenden Pferde standen ruhig und gelassen da, wogegen die struppigen kleinen Tiere der beiden Sepoys, die sie begleiten sollten, unruhig schnaubten und tänzelten. Das Kinn des Kutschers lag auf dessen Brust, als ob er schliefe. Über der Hinterachse befand sich, bereits fest verschnürt, die große Koffertasche – um vieles leichter als bei ihrer Ankunft. Wie sie auch ihren Stolz überwand und gefleht hatte – man verbot ihr, die Bücher einzupacken. Indes, was Juliana am allertiefsten traf, da es den gewöhnlichen Charakter ihres künftigen Gatten zu Tage brachte: Er gestattete ihr aus reiner Niedertracht nicht, das Porträt der Mutter mitzunehmen.

Dieser saß bereits äußerst ungehalten im Inneren des Gefährts. Hatte McCleary doch die Unverschämtheit besessen, ihn zu nachtschlafener Zeit aus dem Schlummer zu reißen und aufzufordern, unverzüglich aufzubrechen! Und darüber hinaus wurde nicht einmal für nötig erachtet, ihm ein ausgiebiges Frühstück mit auf den Weg zu geben. Dementsprechend war seine Laune ziemlich gereizt, zumal sich ihm nach dem Ausbruch Janas am gestrigen Morgen erstmals der Verdacht aufdrängte, seine zugegebenermaßen schöne Braut stellte keineswegs das sanfte Dummchen dar, was man ihm weismachen wollte! Dies war auch einer der Gründe, weshalb er vor einer Stunde deutlich zeigte, wer künftig das Sagen hatte, und ihr herablassend verbot, dieses oder jenes, woran ihr Herz hing, mitzunehmen. Somit legte er gleich von vornherein fest, dass Miss Juliana Sinclair, die hochgeborene Lady und seine Braut, seinen Anordnungen zukünftig Folge zu leisten hatte und es nicht wagen sollte, sich ihrem Ehemann zu widersetzen. Schließlich war sie nichts weiter als eine verarmte, mittellose Waise und ihm, Norman Will, zu Dank verpflichtet, dass er sie überhaupt zur Frau nahm!

Er ahnte natürlich nicht, dass in jenem Moment, als er – begleitet von Edmond – ihr Zimmer mit der Wichtigkeit des Gouverneurs höchstpersönlich durchmaß, Juliana durchaus zu einem Doppelmord fähig gewesen wäre! Sie gab sich kaum mehr die Mühe, den Abscheu gegen die beiden Männer zu unterdrücken, die in ihr Reich eindrangen und ihre persönlichen Sachen inspizierten wie auf einer Auktion. Hätte sie sich nur ein bisschen weniger störrisch erwiesen, wäre Norman Will vielleicht großzügiger gewesen. Doch Jana war zu diesem Zeitpunkt blind und taub für ihre innere, sie eindringlich warnende Stimme. Sie klammerte sich noch immer daran, dies sei nur ein kurzer Albtraum, bei dessen Finale sie in die tröstenden Arme des Geliebten fallen sollte.

Sie trat aus dem Portal. Langsam stieg sie die Stufen hinab. Niemand erschien, sie zu verabschieden. Das Haus lag nach dieser aufreibenden Nacht noch in tiefem Schlaf. Fröstelnd zog sie die Kapuze ihres Reisemantels tiefer ins Gesicht. Eigentlich wollte sie es nicht tun, aber ihre Augen fuhren dennoch Abschied nehmend über die Fassade des wunderschönen Sommerpalastes – weil dieses Gebäude kein Teil der McClearys war.

»So steigen Sie schon ein, meine Liebe«, ertönte Norman Wills ewig quengelnde Stimme. Er streckte den Kopf aus dem Kutschenfenster. »Ich sagte Ihnen vorhin, ich habe mich bereits in Ihrem Namen verabschiedet.«

Zaudernd, dann entschlossen, schritt sie die letzten Stufen hinunter und auf die Kutsche zu. Dieser ungebildete Mensch weiß nicht einmal, wie man einer Dame zu begegnen hat, dachte sie resigniert und zornig. Norman machte nicht die geringste Andeutung, auszusteigen und ihr in die Kutsche zu helfen. Sie setzte den Fuß auf den ersten Tritt des ausklappbaren Einstiegs, da hörte sie jemanden leise ihren Namen rufen. Verwundert erkannte sie Ethel, die ihr hinter einer Ecke heftig zuwinkte. Ihr Blick glitt abschätzend zu Norman, welcher ebenfalls in diese Richtung schaute.

Ungeduldig wedelte er mit seiner kleinen fetten Hand.

»Nun gehen Sie schon! Doch beeilen Sie sich. Ich will das Auslaufen meines Schiffes nicht verzögern.«

Jana ging zögernd zu Ethel hinüber, die sie sofort am Ärmel des Mantels in den Schatten zog. Sie war nur mit ihrem Nachtgewand bekleidet und hatte sich offensichtlich aus dem Haus gestohlen. Ihre im Morgenlicht grau wirkenden Augen waren voller Mitleid auf Jana gerichtet, und sie machte den Eindruck, als wüsste sie nicht so recht, was sie eigentlich sagen wollte. Endlich stammelte sie bedrückt:

»Es ... es tut mir so Leid, Jana ... Vielleicht hätten wir Freundinnen werden können. Ich hätte mich mehr um dich kümmern sollen ...«

Jana sah sie groß an, abwägend, ob die Worte der Cousine ernst gemeint waren. Sie konnte jedoch keinen Falsch in deren Miene entdecken, nur aufrichtige Anteilnahme.

Trotzdem antwortete sie distanziert:

»Es ist schon gut. Ich danke dir für dein Kommen.«

Aber angesichts des einzigen Menschen, der Anteil an ihrem Schicksal bekundete, brach ihre mühsam gehaltene Fassung zusammen! Mit erstickter Stimme fuhr sie fort: »Sonst haben mich alle alleine gelassen! Tinuha, Koah und ...«

Erschrocken schwieg sie. Mühsam kämpfte sie darum, die aufsteigenden Tränen zu unterdrücken.

Unerwartet legte Ethel einen Arm um ihre Schulter. Der Gewohnheit entsprechend, vermutete niemand hinter ihrem nichtssagenden Gesicht eine intelligente junge Dame, welcher keineswegs entging, was sich innerhalb des Hauses ereignete.

Ruckartig hob Jana deshalb den Kopf, als diese jetzt ruhig den Satz vollendete: »... und dieser Japaner – wolltest du doch sicher sagen?« Ethel lächelte gezwungen und sprach weiter: »Du brauchst nicht zu erschrecken, Juliana. Ich habe beobachtet, wie er dich angesehen hat, noch während du die Treppe herunterkamst und ihn noch nicht bemerkt hattest. Aber dieses

Geheimnis ist bei mir gut aufgehoben. Wenn ich dir noch irgendwie beistehen kann, so sage es mir. Und ... und wenn es dir hilft, möchte ich dir versichern, ich glaube die Geschichten nicht, die man sich erzählt.«

Beschämt über die hehre Meinung der Cousine, senkte Jana kurz die Lider und wandte sich ab. Ethels Arm fiel von ihrer Schulter.

»Ich danke dir, Ethel«, murmelte sie und wollte gehen. Doch dann durchfuhr sie ein Gedanke! Warum habe ich nicht früher daran gedacht! Sie sah die Cousine hoffnungsvoll an. »Es ... es gibt etwas, was du ... für mich ... ich meine ... tun könntest ...«, sagte sie stockend.

Eifrig, nahezu begeistert, griff Ethel den bittend hervorgestoßenen Satz Janas auf und fasste nach ihren beiden Händen.

»Aber ja, selbstverständlich gern! Siehst du eine Möglichheit, dieser ... dieser Sache zu entkommen?«

Jana schüttelte den Kopf. Der Umschwung der Cousine war noch zu neu, als dass sie sich ihr zur Gänze anvertrauen könnte.

»Nein. – Jedenfalls nicht sofort«, schränkte sie ein, da Ethels Gesicht sich aufrichtig enttäuscht verzog. »Aber könntest du Isolde von Steinmark über die Ereignisse hier informieren, sobald sie aus Europa zurückkehrt? Vielleicht findet sie einen Weg ...«

Ethel nickte heftig. Auch ihr traten jetzt Tränen des Kummers in die Augen.

»O ja! Das werde ich tun. Ich verspreche ...«

»So kommen Sie doch endlich! Wir haben nicht den ganzen Tag Zeit!«, tönte Norman ungeduldig quäkend herüber.

»Wie konnten sie dir das antun?«, sagte Ethel und blickte voller Abscheu zur Kutsche.

»Deine Eltern hassten mich vom ersten Moment an«, flüsterte Jana schwermütig, drehte sich um und eilte davon.

Etwa zur gleichen Stunde, da die Kutsche mit der Sepoyeskorte den Vorplatz von Cleary verließ und bald zwischen den uralten Bäumen verschwand, löschten die fünf Piraten am Strand der Bucht von Sarawak das Lagerfeuer, um sich beim Einbruch des neuen Tages auf den Weg zu machen.

An dieser Stelle ging der Strand übergangslos in den dichten Dschungel über, und der Franzose wählte diesen Platz, weil man den Schein des nächtlichen Feuers nicht bemerkte, falls sich eine Patrouille der Sepoy, was allerdings nicht sehr wahrscheinlich war, zu diesem entlegenen Winkel der Insel verirrte.

Deshalb fuhren sie auch alle fünf zur selben Sekunde überrascht herum und griffen nach ihren Waffen, als plötzlich das ungedämpfte Knacken von Ästen und Brechen von Zweigen aus dem Busch zu vernehmen war! Entweder brach sich ein größeres Tier einen Weg durch das Gehölz oder ein Mensch, dem es völlig gleichgültig war, ob man sein Herannahen bemerkte oder nicht.

Pierre sprang zur Seite, als Koah überraschend aus dem Dickicht stürzte und ihm, am Ende seiner Kraft, vor die Füße fiel! Die Piraten entspannten sich und steckten die Waffen wieder fort.

»Hoppla, mein Junge!«, rief Pierre erstaunt aus. »Wohin so eilig?« Er beugte sich über ihn und half ihm auf die Beine. Jetzt bemerkte er das Blut auf Koahs Kleidung, und das heitere Lächeln erstarb.

»Du bist verletzt!«

Dessen Atem ging rasselnd. »Nur ein Streifschuss«, stammelte er wegwerfend und sah sich gehetzt um. »Wo ist die *Shimabara*? Ich muss den Sensei sprechen. Sofort!«

Das ungute Gefühl, das Pierre die ganze Zeit schon zu schaffen machte, verstärkte sich. Stirnrunzelnd antwortete er:

»Die Shimabara ist auf dem Weg nach Mompracem. Nur wir sind noch hier.«

Fassungslos starrte Koah die Männer an!

»Aber ... wieso ... meine Nachricht ...«, stotterte er, unterbrach sich selbst hastig und keuchte: »Dann bleibt keine Zeit mehr! Sie haben Tinuha, Pierre! Die verfluchten Sepoys haben meine Schwester gefangen!« Wieder rang er nach Atem, und der Rest kam in abgehackten Worten: »Ihr ... müsst ... sie retten ... und dann Jana, sie ...« Er brach wieder ab und starrte die Männer verzweifelt an. Die schwarzen Locken hingen ihm wirr in die Stirn, und er schien völlig niedergeschmettert!

Der Franzose fluchte wüst und murmelte mehr zu sich selbst: »Ich habe doch geahnt, etwas stimmt nicht! Dieser sturköpfige ...« Zu Koah sagte er sanft: »Komm, mein Junge, du musst dich ausruhen. Lass Giro Batol deine Wunde versorgen. Wir werden uns schon um deine Schwester kümmern. Wohin, denkst du, haben sie sie gebracht?«

»Nach Sarawak ... ins Gefängnis ... vermutlich zuerst ..., vielleicht später nach Fort Viktoria«, japste Koah verstört. »Aber ich verstehe nicht, warum Pierce nicht hier ist. Er sollte uns doch alle holen ..., aber jetzt ist keine Zeit mehr ...«, wiederholte er. »Dann muss ich sofort aufbrechen! Ich muss zu Jana ... Sie heiratet sonst diesen Kerl ..., das Schiff umsegelt die Romaden in vier Tagen ..., der Tiger soll versuchen, es auszumachen ...!«

Nach diesen unzusammenhängend gekeuchten Worten drehte Koah sich um und verschwand wieder im Dschungel, noch ehe Pierre oder einer der Männer ihn aufhalten konnte.

Ratlos wandte Pierre sich zu den Piraten, die auf die Stelle im Busch starrten, wo Koah soeben wieder eingetaucht war. »Habt ihr verstanden, was los ist? Die Prinzessin ist verhaftet, und das Mädchen heiratet. Sollte dieser Sturkopf doch nicht so Unrecht gehabt haben, ihr zu misstrauen?« Koahs unklares Gestammel bezüglich der bevorstehenden Heirat Janas trug nicht dazu bei, den Verdacht aufkommen zu lassen, sie würde zu dieser Hochzeit gezwungen. Woher sollte er auch ahnen, in welcher Form man seine Botschaft überbracht hatte? So glaubte er fest, die Männer hätten ihn verstanden und machte sich völlig entkräftet erneut auf den Weg. Durch den Dschungel in Richtung Sarawak.

»Einer von uns sollte den Tiger verständigen, und die anderen müssen herausfinden, wohin man die Prinzessin gebracht hat«, meldete sich Giro Batol, ein malaiischer Hüne, nachdenklich und mit stoischer Ruhe.

Pierre war einverstanden und zog den großen Mann ein wenig auf, dessen sonstige Begriffsstutzigkeit beinahe sprichwörtlich war:

»So ist es am besten. Du bist ein kluger Kopf, Giro Batol.« Er reckte sich kampflustig. »Wir besorgen uns Pferde und reiten nach Sarawak, wie geplant. Du, Giro Batol, wirst den Tiger verständigen. Es war deine Idee.«

Allerdings weigerte sich dieser und schüttelte entschieden das gewaltige kahle Haupt.

»Sambigliong soll gehen. Ich werde helfen, die Prinzessin zu befreien.« Aufsässig sah er Pierre an, der sich kaum ein Grinsen verkneifen konnte, denn der schwere Malaie ähnelte in diesem Augenblick eher einem großen schmollenden Kind als einem blutrünstigen Piraten. Aber dazu zählte er ohnehin nicht. Giro Batol war von sanfter Natur, obwohl er Furcht einflößend aussah. Er diente Sandokan schon seit mehr als fünfundzwanzig Jahren. Weitaus länger, als Yoritomo und Pierre von sich behaupten durften. Er umsorgte die kleine Prinzessin und den Prinzen bereits, nachdem der Tiger sie vor langer Zeit aus den Klauen Brookes befreit hatte. Folglich war er nun in keiner Weise gewillt, die Rettungsaktion seiner kleinen Lieblinge den anderen zu überlassen.

Pierre gab nach. – Was hätte er auch anderes tun sollen, angesichts des verstockten, muskelbepackten Hünen mit den flehenden Kinderaugen?

»Bon«, seufzte er deshalb nur und gab Sambigliong ein Zeichen, welcher Giro Batol hinsichtlich der Größe keineswegs nachstand, doch wesentlich schlanker und wendiger war. Dieser blinzelte Pierre nach einem Blick auf Giro Batol zu, machte sich stehenden Fußes auf und lief den Strand hinunter.

Heiter wandte der Franzose sich nun an die verbliebenen drei Piraten, einen Inder, einen Chinesen und an Giro Batol. »Auf, meine Kameraden!«, rief er in gespieltem Grimm. »Sollen unsere Säbel das frische Blut der Sepoy-Hunde kosten!« Dabei schwang er aufmunternd ein schartiges Entermesser.

Sie löschten hastig die Reste des Feuers, streuten Sand darüber und machten sich ebenfalls auf den Weg.

Jana schreckte auf, als die Kutsche durch ein tiefes Loch fuhr und sich einen Moment lang gefährlich zur Seite neigte. War sie doch tatsächlich von dem gleichmäßigen Rütteln und Räderrollen eingenickt! Verstört fiel ihr Blick auf Norman Will, der ihr gegenüber auf der harten Holzbank hockte und sie anstarrte. Wie viel Zeit mochte vergangen sein?, fragte sie sich ängstlich und stellte nach einem Blick aus dem Fenster fest, dass schon fast die Mittagssonne hoch am Himmel stand. Wo blieb Yoritomo, sie zu retten? Sie hatten den Urwald längst hinter sich gelassen und befanden sich bereits im Vorgebiet von Sarawak. Die ersten, auf hohen Stelzen gebauten Häuser des Dajakenviertels tauchten auf – und fassungslos begriff sie, dass niemand zu ihrer Rettung gekommen war und auch niemand kommen würde.

Ob Koah dachte, sie würden die Fähre nehmen? Wie damals, bei ihrer Ankunft? So versuchte sie aussichtslos die nagende Furcht, die in ihren Eingeweiden wühlte, zu unterdrücken. Jedermann wusste, dieses Boot fuhr nur einmal in der Woche die Route quer durch die Inseln, und heute war nicht dieser Tag. Aus diesem Grund hatten sie sich ja für die Kutsche entschieden, obwohl die Reise um drei Stunden länger dauerte.

Jana schrak erneut zusammen, als Norman unangenehm auflachte und sich mit lauernder Heiterkeit zu ihr hinüberbeugte.

»Erwarten Sie jemanden, meine Liebe?«, fragte er spöttisch, und dann langte er nach Janas Hand, die sie ihm so heftig entzog, als hätte ein ekliges Tier sie berührt! Ihr angewiderter Gesichtsausdruck blieb ihm natürlich nicht verborgen. So zischte er wütend: »Sollte der ehrenwerte Colonel Mathao mit seiner Vermutung recht gelegen haben und Sie erwarteten, dieser japanische Hundesohn wäre hinter den Büschen hervorgesprungen, um Sie zu entführen?« Selbstgefällig lehnte er sich wieder zurück und fixierte sie. Fatalerweise beherrschte sie ihre Miene nicht, und Norman sah ihr die tiefe Bestürzung, welche seine Worte auslösten, deutlich an. Er brach in sein widerwärtiges, meckerndes Lachen aus und meinte in grimmiger Erheiterung: »Ich muss Sie enttäuschen. Die Gelegenheit ist ja nun wohl verpasst, nicht wahr? Wie Sie sehen, befinden wir uns bereits in Sarawak und werden in wenigen Minuten den Hafen erreichen.«

Jana zog es vor, diesen ekelhaften kleinen Mann keiner Antwort zu würdigen. Sie presste die Lippen aufeinander und sah weiter aus dem Fenster. Alle Hoffnungen waren vergebens. Sie fühlte sich leer, ausgebrannt und von allen verraten! Auch von Yoritomo! Bitterkeit stieg in ihr auf. So hielt also ein Pirat seine Versprechen! Wie hatte sie nur so naiv sein und den Worten dieses Mannes Glauben schenken können? Was zerbrach sie sich noch den Kopf darüber, ob der ganze restliche Schmuck ihrer Mutter, die Geschenke der Geschwister, Lady Isoldes und das schmerzlich vermisste Medaillon nun in die Hände der McClearys fiel? Es war ohnehin alles gleichgültig!

Norman betrachtete sie weiterhin und fuhr sich mit der Zunge genüsslich über die wulstigen Lippen.

Warte nur, meine Schöne, dachte er befriedigt und lüstern. Ich werde dir deinen Hochmut schon herausstoßen! Eitel kicherte er in sich hinein.

Pierre und seine Männer ritten langsam durch das Getümmel des vor Geschäftigkeit summenden Hafens. Die Mittagssonne brannte auf ihre Gesichter, und das Geschrei der Händler übertönte nahezu jedes gesprochene Wort. Mitten auf dem Platz zügelten die Piraten die Pferde. Pierre sah sich nachdenklich um.

»Was schlägst du also vor, Maratua?«, wandte er sich an den Inder, während seine blitzenden Augen über den Pier streiften und eine Kutsche beobachteten, welche in Begleitung von zwei Sepoys von der anderen Seite her über den Platz rollte. »Ich glaube, ich weiß schon, wo wir uns die nötigen Renseignements holen werden, n'est ce pas?«, sagte er gedankenverloren und betrachtete die junge Schönheit, die nun der Kutsche entstieg und einen äußerst unglücklichen Eindruck erweckte. Pierre pfiff leise durch die Zähne und dachte bedauernd: Kein Wunder, wenn sie ein solches Gesicht macht. Was für ein unmöglicher Mann ist dort bei ihr, der es nicht für nötig hält, einer Lady aus der Kutsche zu helfen.

Jetzt stand sie wie verloren mitten auf dem Pier, und dieser kleine hässliche Mann sprach mit den Sepoys, wobei er wichtigtuerisch mit den Händen wedelte. Zu Pierres Erleichterung wendeten die Soldaten nun ihre Pferde und ritten davon. Empört richtete sich der Franzose im Sattel auf, als er bemerkte, wie der Kerl das Mädchen hart am Arm fasste, es zu einem der wartenden Schiffe hinüberzog und sie über den Steg zerrte. Es sah aus, als versuche sie sich zu weigern. Er überlegte noch, ob es gerade in diesem Moment ratsam sei, chevaleresk der Schönen zu Hilfe zu eilen, da wurde sein Augenmerk wieder auf die Kutsche gelenkt. Zwei schmutzige, halb nackte Matrosen bemächtigten sich nun des Koffers, der hinten auf der Achse festgezurrt war und brachten ihn auf das Schiff. Sogleich wendete die behäbige Kutsche, wobei sie auf dem engen Pier rücksichtslos den Gemüsestand eines chinesischen Händlers streifte, jedoch weiterfuhr, als wäre nichts geschehen. Der Händler hob fäusteschüttelnd ein wüstes Gekreische an, und im Nu bildete sich eine dichte, durcheinander schreiende Menschentraube um ihn und sein über das Kopfsteinpflaster verteiltes Gemüse.

»Woher?«, fragte Maratua etwas begriffsstutzig.

Pierre wandte ihm erstaunt das Gesicht zu.

»S'il vous plaît? Encore – ach so! Pardonnez, mon ami, was sagtest du? Woher wir die Informationen bekommen? Aus dem Chinesenviertel naturellement, du Dummkopf!«

Maratua überlegte lange und nickte dann.

»Naturellement«, äffte er Pierre nach und wendete bereits sein Pferd. Die anderen beiden folgten seinem Beispiel. Auch Pierre, nachdem er mit einem bedauernden Blick auf das Schiff festgestellt hatte, dass das merkwürdige Paar bereits vom Deck verschwunden war. Aber was gingen ihn diese Leute an, obwohl – wie er innerlich seufzend zugab – diese Kleine ein galantes Scharmützel wert gewesen wäre.

Wie immer um die Mittagszeit war das kleine Teehaus des Chinesenviertels, das übrigens im Besitz des dritten Neffen einer kinderlosen Cousine ersten Grades von Wan Sus angeheiratetem Schwager war, voll besetzt, als die Männer eintraten und Umschau nach einem freien Tisch hielten.

»Wenn wir hier nicht die Informationen bekommen, weiß ich auch nicht weiter. Jetzt haben wir das ganze Chinesenviertel nach Wan Su abgesucht. Wo kann der Bursche nur stecken?«

Der Wirt eilte unter tiefen Verbeugungen herbei, das Gesicht zu einer beflissenen Maske erstarrt.

»Womit kann ich Hellen dienen?«, säuselte er ergeben mit einer unerträglichen Fistelstimme. »Tisch für vier? Sake? Kanton-Spezialitäten? Heute sehr preiswert, meine Herren!«

»Wir suchen Wan Su, meinen ehrenwerten Onkel. War er heute schon einmal hier?«, fragte der chinesische Pirat, welcher ebenfalls ein entfernter Großneffe fünften Grades war, an Pierres Stelle und in malaiischem Dialekt.

Der Chinese verbeugte sich wieder und antwortete zu Tode betrübt: »Ich habe den ehrenwerten Onkel nicht gesehen, lieber Vetter. Wan Su war seit drei Tagen nicht mehr hier.« Er richtete sich auf und sagte erleichtert, in den Hintergrund der Schankstube deutend: »Aber ein anderer Herr wartet seit Stunden.« Höchst verwundert sahen die Piraten in die angegebene Richtung. In einer der Nischen saß ein auffallend großer, muskulöser Chinese in einem gewöhnlichen, schmutzig grauen Kittel und einem riesigen Hut aus Reisstroh auf dem Haupt. Er hielt den Kopf tief gesenkt und nippte an einer Schale, die offensichtlich Reiswein enthielt oder heißen Pflaumenwein, denn das Getränk dampfte.

Pierre kratzte sich an der Stirn, und seine Augen wurden groß.

»Diable! Das glaube ich nicht!«

Der Chinese hob langsam den Kopf und lächelte sarkastisch herüber. Es handelte sich um niemand anderen als Yoritomo Shigehira – die Kobra –!

Pierre stieß Giro Batol in die Rippen, der sich mehr für das Schattenspiel in der Mitte des Schankraumes interessierte als für einen unbekannten Chinesen. Jetzt blickte er unwillig auch hinüber – und der Unterkiefer fiel ihm vor Verblüffung beinahe auf die Brust! Er deutete mit ausgestrecktem Arm zu Yoritomo hinüber und schrie begeistert:

»Es ist die Ko ...!«

Die drei Männer fielen synchron über ihn her! Drei Hände hielten ihm den Mund zu, und die restlichen drückten seinen

Arm zurück an die Brust! Harmlos lächelten sie die Gäste an, die aufmerksam geworden waren.

»Zu viel Wein! Unser Freund hat wieder einmal zu viel Wein in sich hineingeschüttet!«, versicherte Pierre mit strahlendem Lächeln in die Runde.

Sofort wandte sich die allgemeine Aufmerksamkeit wieder den Speisen oder dem Spiel hinter der Leinwand zu. Aufatmend ließen die Männer den betretenen Riesen los.

»Ich möchte mit unserem Freund alleine reden, amis, oui?«, raunte Pierre und warf Giro Batol einen bezeichnend entnervten Blick zu.

Der Inder und der Chinese nickten, sicherten aufmerksam die Umgebung.

Pierre bahnte sich einen Weg durch das auf dem Boden hockende Publikum und konnte unmöglich verhindern, dem einen oder anderen empörten Mann auf die Hände oder den langen Zopf zu treten. Schließlich war er es leid, sich nach jedem Schritt bei irgendjemandem wortreich zu entschuldigen, und er schrie: »Ich habe eine furchtbar ansteckende Influenz!!« Sofort drang er ungehindert durch eine breite Gasse, die die am Boden Hockenden bildeten, zu Yoritomo vor.

»Welch eine Überraschung, mon cher! Ich wähnte dich längst bei den drei Inseln«, begrüßte er den unerwarteten Freund und nahm diesem gegenüber Platz.

Yoritomo verzog das dunkle Gesicht zu einer säuerlichen Grimasse.

»Bei den Romaden traf ich auf den Tiger. Er ist auf dem Weg nach Labuan. Ich soll dir eine Botschaft überbringen.«

»Mon Dieu!«, rief der Franzose mit einer Mischung aus höchstem Erstaunen und Ungehaltenheit aus. »Was geht hier eigentlich vor? Niemand ist an der Stelle, wo er sein sollte! Ich schickte Sambigliong dorthin, wo er wie verabredet den Tiger treffen sollte. Und nun schickt der ausgerechnet dich wie einen

Botenjungen! Warum schickt er nicht Tremal Naik oder ... Ach, das ist ja auch egal! So viel Herumgeschicke, das schickt sich nicht!« Sein Spaß an Albernheiten gewann die Überhand, und er wollte sich ausschütten vor Vergnügen über das Wortspiel.

Yoritomo war nicht nach Heiterkeit zumute. Er machte eine ungeduldige Handbewegung. Seine Miene drückte Widerwärtigkeit aus.

»Ich weiß es nicht«, wischte er mit sturer Arroganz das Lachen von Pierres Zügen, dessen dunkle Augen jedoch weiterhin belustigt funkelten. »Sandokan ist ein weiser Mann, und ich stelle weder eine Bitte noch einen Befehl von ihm in Frage!«

»Eh bien – schon gut, mein ergebener Meister«, wehrte Pierre ab und beugte sich gespannt vor. »Und wie lautet die Botschaft?«

»Wir sollen den Prinzen und die Prinzessin sofort nach Mompracem begleiten. Sie sollen keinen Tag länger auf Cleary bleiben«, antwortete Yoritomo scheinbar gleichmütig. Doch bei dem Namen *Cleary* glomm ein gefährliches Leuchten in seinen Augen auf.

Der Franzose wurde unversehens ernst.

»Ihr könnt nicht wissen, was seit gestern Abend geschehen ist.«

»Was?«, fragte Yoritomo alarmiert und richtete seine dunkel gewordenen Goldaugen durchbohrend auf sein Gegenüber. »Die Prinzessin wurde verhaftet oder entführt. Wir vermuten, sie befindet sich hier im Gefängnis, und wir müssen einen Weg finden, sie zu befreien.« Forschend gab er den Blick des Freundes zurück. »Und was sagt er von der Engländerin? Sollen wir sie nicht auch mitbringen?«

Yoritomo fuhr auf, als hätte Pierre ihn bedroht! Er hob stolz den Kopf und setzte zu einer scharfen Entgegnung an. Doch dann sah er über die Schulter des Freundes hinweg den Wirt mit zwei neuen dampfenden Schalen herbeieilen und presste die Lippen zu einem schmalen Strich zusammen, bis der Chinese die beiden Schalen unter tiefen Verbeugungen abgesetzt hatte und wieder im Gewühle der Gäste verschwunden war.

»Ich hielt es nicht für nötig, Sandokan von meinem pflichtvergessenen Moment zu informieren!«, sagte er dann hochmütig.

Wäre Pierre nicht Pierre gewesen, würde er sicher nun, angesichts des gefährlichen Glitzerns in den Augen des Halbjapaners, das Thema auf sich beruhen lassen. Aber da es nun einmal nicht in seiner Natur lag, die Dinge aufzuschieben, meinte er leise:

»Du vergisst, Lady Marianna Guillonk war ebenfalls Engländerin ...«

»Nein! Das habe ich keinesfalls vergessen!«, raunte Yoritomo entzürnt zurück, und jetzt sprühten seine Augen Funken! »Und auch nicht, dass diese Geschichte Schuld am Untergang des ersten Mompracem trug!«

Gedankenvoll in die heiße Schale pustend, antwortete Pierre unbeeindruckt, mit leichter Besorgnis:

»Ich würde diese Gedanken niemals in Gegenwart des Tigers äußern, mein hitziger Freund.«

»Die Sache ist vorbei und vergessen!«

»Nun ja, vielleicht hattest du Recht. Vielleicht ist sie es wirklich nicht wert gewesen. – Oder wir machen einen höchst schwerwiegenden Fehler, und dieses Mädchen befindet sich jetzt in diesem Augenblick in höchster Gefahr.« Vor Pierre tauchte die kleine blondhaarige Schönheit auf, die er am Hafen beobachtet hatte. »Ich bin nicht sicher, ob ...«

»Wie meinst du das?«, unterbrach Yoritomo ihn scharf.

Mit den Schultern zuckend, stellte Pierre die Schale zurück auf die sandgescheuerte Tischplatte.

»Ich weiß nicht ..., der Junge sagte ...«

»So ist Koah also nicht verhaftet worden?«, unterbrach Yoritomo ihn wieder, diesmal überrascht. Er hatte angenommen, man hielte beide Geschwister gefangen. Dies bezeugte, dass seine Gedanken nicht vollständig auf die Erklärungen des Franzosen konzentriert gewesen waren! Ein höchst ungewöhnlicher Vorgang im Hirn des Schwertmeisters, denn er achtete sonst sehr genau auf das gesprochene Wort.

Was wiederum Pierre etwas unwillig, aber auch erstaunt und mit einem Lächeln bemerkte.

»Wenn du mir gestatten würdest, zu Ende zu sprechen, werde ich dir sagen, was wir bisher wissen, oui?«

Yoritomo nickte ergeben. Er widmete ihm jetzt volle Aufmerksamkeit.

»Also, es ist eine komische Geschichte«, begann Pierre nachdenklich, »als wir heute Morgen am Strand saßen und überlegten, was wir zuerst tun sollten, stürzte der Junge aus den Büschen und sagte merkwürdige Dinge. Was ich verstanden habe, war, man hat die Prinzessin gefangen und er müsste die Engländerin retten, die ...«

»Was ist mit ihr?«, schnappte Yoritomo, da Pierre nicht weitersprach und seelenruhig einen großen Schluck aus der Schale nahm.

»Pierre!«

Dieser stellte erst einmal gelassen und umständlich die Schale wieder hin und sprach erst dann ruhig weiter: »Nun, er sagte«, er zögerte wieder und beobachtete interessiert, wie die Ader an Yoritomos Stirn zu pochen begann, »sie sei auf dem Weg, um zu heiraten.«

Bestürzt musste er sehen, wie der stolze Freund minutenlang die Fassung verlor!

Sein Gesicht wurde unter der Bräune bleich, und die hohen Wangenknochen begannen zu zucken! Aus seinen Augen sprach unaussprechliche Qual, aber auch ungehemmter, lodernder Zorn! Und eine solch brüchige Stimme hatte Pierre noch nie von dem kaltblütigen Krieger gehört:

»Ich wusste es! Ich habe es geahnt und im Grunde nicht wahrhaben wollen. Deshalb habe ich dem Tiger nachgegeben und bin noch einmal zurückgekehrt.«

Allein dieses Geständnis, welches früher niemals aus dem Mund dieses Mannes geflossen wäre, zeigte Pierre, wie viel der Freund für dieses Mädchen empfand und dass ihn das Ganze viel tiefer traf, als er es je für möglich gehalten hätte! Er konnte es nicht verhindern, aber auch in ihm stieg jetzt Zorn auf dieses unbekannte Geschöpf auf. Trotzdem versuchte er es noch einmal:

»Aber was ist, wenn sie wirklich zu dieser Heirat gezwungen wird? Du kennst McCleary und seinen miserablen Charakter. Und der Junge sagte doch, er müsse sie retten?«

Yoritomo hatte sich wieder in der Gewalt. Eisern verbarg er seinen Schmerz, fest entschlossen, sich niemals wieder die Blöße eines tieferen Gefühls zu gestatten! Er richtete sich auf und äußerte hart:

»Ich denke, es geht uns nichts an. Lass uns lieber überlegen, wie wir die Prinzessin so schnell wie möglich aus den Händen der Sepoys befreien. Wo ist der Junge jetzt? Wir sollten ihn im Auge behalten, sonst unternimmt er womöglich den Versuch, das Gefängnis alleine zu stürmen.«

Pierre sah ihn kopfschüttelnd an und erklärte geduldig noch einmal:

»Ich sagte doch, er will dieses englische Mädchen befreien. Ich weiß nicht, wo er jetzt ist. Außerdem ist er verletzt.«

»Verletzt?«, schrie Yoritomo entgeistert! »Aber warum hast du ihn nicht mit Gewalt festgehalten? Hier wäre er sicher gewesen. Wenn ihm etwas zustößt, schneidet Sandokan uns höchstpersönlich die Kehle durch!«

Der Franzose reagierte leicht gekränkt: »Ich konnte ihn nicht aufhalten! Er war so schnell verschwunden, wie er mir vor die Füße fiel.« Dann erinnerte er sich endlich noch: »Er sagte noch, wir sollen dem Tiger bestellen, das Schiff mit dem Mädchen an Bord wird die Romaden kreuzen. In genau vier Tagen. Also vermutlich ist sie auf dem Weg nach Borneo. Und ich werde den Tiger davon verständigen, sobald wir die Prinzessin befreit haben!«, fügte er entschlossen hinzu.

Yoritomos eiskalte und gefühllose Antwort ließ Pierre, den sonst nichts aus der Ruhe brachte, erschauern:

»Na gut. Wenn du meinst. Doch ich denke nicht, dass dieser Verräterin eine Gefahr droht.« Er lachte bitter auf und setzte höhnisch hinzu: »Wahrscheinlich wälzt sie sich mit ihrem zukünftigen Ehemann schon in den Laken!«

7. KAPITEL

Norman Will hielt offensichtlich nichts von Verschwendung. Die winzige, fensterlose Kajüte enthielt nichts weiter als einen Tisch, über dem eine verrußte Gaslampe schaukelte, einen Stuhl und ein hartes, segeltuchbespanntes Schlafgestell, an dessen vier Ecken je ein unbehauener Pfosten stand, welche die Standfestigkeit des primitiven Möbels auch bei hohem Seegang gewährleisteten. Gleich neben dem Kopfende befand sich ein niedriger Verschlag für die Notdurft. Wände, der Fußboden, die Decke, die Einrichtung, alles war aus grobem Kampferbaumholz, dessen würziger Duft zumindest die unangenehmen Gerüche vertrieb, aber dennoch für eine Einrichtung ungeeignet war, da es nicht glatt verarbeitet werden konnte. Man musste sehr darauf achten, sich an keinem der herausragenden Späne zu verletzen. Das Holz der Kampferbäume war das preiswerteste, das man auf den Inseln bekam.

Mit rot geränderten Augen saß Jana auf der Kante des Lagers und starrte in dumpfer Verzweiflung auf die monoton hin- und herschaukelnde Lampe an der niedrigen Decke. Männer wie Edmond oder gar Yoritomo hätten sich hier nicht aufrecht stehend bewegen können. Norman Will schon. In dieser Haltung verbrachte sie nun schon den zweiten schlaflosen Tag, seitdem Norman sie auf das Schiff gezwungen und zu ihrem Entsetzen in diesem Raum eingesperrt hatte. Höhnisch hatte er ihr bedeutet, sie dürfe während der Reise diese Kajüte nicht verlassen. Aufgebracht war sie vor der sich schließenden Tür auf die Knie gesunken, hatte mit den Fäusten dagegen gehämmert und gefleht, er möge sie doch wenigstens an Deck lassen. Dabei verausgabte sie sich so sehr, bis sie schluchzend, halb besinnungslos vor Angst, auf dem nackten Boden zusammenbrach. Nicht einmal ihren Koffer hatte er in die Kabine schaffen lassen. Seit zwei Tagen bot sich keine Möglichkeit zum Waschen oder wenigstens die Kleider zu wechseln. Aber das war noch nicht das Ärgste. Viel grausamer war es, ihr weder zu essen noch etwas zu trinken zu bringen! Ihre Kehle war ausgedörrt und ihr Magen ein einziger schmerzlicher Klumpen.

Es herrschte tiefe Nacht über Sarawak. Die Sichel des zunehmenden Mondes am sternenklaren, schwarzblauen Himmel reichte kaum aus, um die schmalen Gassen zwischen den Häusern des schlafenden Ortes zu erhellen. Ideal für Leute, die nicht gesehen werden wollten oder durften. Ideal für einen schnellen Handstreich, Tinuha aus dem Gefängnis, das auf einem Hügel hoch über den Dächern Sarawaks thronte und düster herabschaute, zu befreien. Der lang gestreckte Bambusbau diente im Grunde nur als Übergangslösung, sozusagen als Untersuchungsgefängnis bei kleineren Fällen. Das große Gefängnis der Inseln befand sich in Fort Viktoria auf Labuan.

Auch den sechs Piraten, die hinter der Ecke einer Gasse lauerten und ungeduldig dort hinaufsahen, kam die Dunkelheit dieser Nacht gelegen. Seit gestern Abend befand sich auch der Malaie Sambigliong wieder unter ihnen. Nachdem dieser festgestellt hatte, dass die Dschunke nicht am vereinbarten Treffpunkt war, folgte er den anderen nach Sarawak und stieß im Chinesenviertel zu ihnen. Natürlich überraschte auch ihn die unerwartete Anwesenheit der Kobra.

Pierre musterte das steinerne Gesicht des vermummten Kriegers, der rechts hinter ihm stand und zog die Stirn in nachdenkliche Falten.

»Falls die Information wirklich stimmt, werden heute Nacht nur fünfzehn Soldaten das Gefängnis bewachen. – Damnation!«, fluchte er plötzlich unterdrückt und sah wieder zu dem Hügel hinauf. »Ich verstehe nicht, wo Wan Su steckt! Jetzt wissen wir nur, dass die Prinzessin im Morgengrauen nach Fort Viktoria gebracht werden soll und nicht, wie viel Zeit uns bleibt!« Zweifelnd blickte er wieder hinter sich und in die Runde. »– Und wir sind nur sechs.«

»Ich werde fünf dieser Hunde mit einem einzigen Streich vernichten!«, klang die kalte Stimme Yoritomos dumpf durch das Tuch. »Ihr könnt sie auch alle mir überlassen.« Die grüngoldenen Augen darüber glommen gefährlich in dem spärlichen Licht der Sterne.

»Du bist ein Egoist, cher.«

Giro Batol fuchtelte so heftig mit seinem gebogenen Kris vor Pierres Gesicht herum, dass dieser entsetzt zurückfuhr, und meinte grimmig:

»Wir werden sie überraschen und dann zuschlagen!«

»Es bleibt uns nichts anderes übrig – mon Dieu, kannst du nicht aufpassen, du Barbar?«, krächzte Pierre, befingerte besorgt seine Nase, um erleichtert festzustellen, dass sie noch vollständig vorhanden war.

Yoritomos Blicke streiften abschätzend über den Hügel. In Gedanken suchte er bereits den Weg aus, der es ihnen ermöglichen sollte, ungesehen das Gefängnis zu erreichen. Sehr langsam hob er eine Hand, griff hinter seinen Nacken und zog mit einem sirrendem Stahl-auf-Stahl-Geräusch eines der beiden Samurai-Schwerter aus der Umhüllung.

»Gehen wir«, befahl er rau, ohne den Blick von dem Hügel abzuwenden, und setzte sich als Erster in Bewegung. Sein Gang war lautlos, und seine Haltung glich der eines geschmeidigen Panters auf der Jagd nach Beute.

Die anderen Männer folgten ihm ebenso geräuschlos, jahrelang trainiert und erprobt – um des Überlebens willen.

Die rissigen Mauern der Hauswände warfen die Schatten der

Piraten bizarr verformt zurück. Unheimlich mutete es an – als wäre eine Armee von Riesen unterwegs, die Menschheit in unschuldigem Schlaf zu überraschen und auszumerzen.

»Für den Tiger!« – »Für die Prinzessin!« – »Für Mompracem!«, warfen die Häuser verzerrt flüsternd zurück, und das wispernde Echo folgte ihnen den Hügel hinan.

Jeden Strauch, jeden Busch, sei er noch so jung, nutzten sie zur Deckung, um zu dem abweisenden Bau zu gelangen, in dem man Tinuha festhielt. Wie Schemen huschten sie, Geradlinigkeit vermeidend, von Stellung zu Stellung und waren nicht wenig verwundert, als sie tatsächlich vor der niederen Tür anlangten, ohne dass von irgendwoher ein Alarmschrei der Aktion ein Ende bereitet hätte.

»Das gefällt mir nicht, Pierce!«, hauchte Pierre zu Yoritomo hinüber, welcher auf der linken Seite der Tür Stellung bezog, das *Murasama*-Schwert in kampfbereiter Position erhoben.

»Ich höre keine Wachen!«

Nun standen zu beiden Seiten des Tores je drei Männer und sahen sich ratlos an. Tatsächlich drang kein Laut aus dem Inneren des Gebäudes.

Maratua, der Inder, brach leichtsinnig laut das merkwürdige Schweigen:

»Und nun? Sollen wir höflich anklopfen?«

Yoritomo und Pierre lächelten sich, in stillem Einverständnis, grimmig zu.

»Warum nicht?«, murmelte der Krieger, fuhr mit der rasiermesserscharfen Klinge über das Holz, was ein kratzendes Geräusch verursachte und eine tiefe Scharte in den Bambusstäben hinterließ.

Sogleich drückten die Männer sich an die Hauswand. Endlich – Yoritomo entschloss sich gerade zu einer bemerkenswerteren Handlung, nämlich den Griff des Schwertes als Türklopfer zu benutzen –, da schlurften innen Schritte den Gang hinunter!

Ein verschlafener Sepoy in hastig übergeworfener Uniformjacke öffnete denkbar ungehalten einen Spalt das Tor. Mit einer blitzschnellen Bewegung, der das bloße Auge nicht zu folgen vermochte, schoss Yoritomos Hand hervor und zerrte den Soldaten am Hemdkragen heraus! Noch im Herausziehen wirbelte er den gründlich überraschten Mann herum und umfasste seine Kehle, damit er keinen Warnruf ausstoßen konnte. Nur ein krächzender Laut entrang sich diesem, als ihm unvermutet der Atem abgeschnürt wurde. Der Turban rollte den Hügel hinunter und hinterließ eine lange Stoffbahn, bis er sich schließlich im Geäst eines niederen Busches verfing.

»Ich versichere dir, ich würde liebend gerne deinen Kopf vom Hals trennen, doch du kannst dein elendes Leben retten, wenn du vernünftig bist«, zischte Yoritomo in das Ohr des Sepoys, dem die weit aufgerissenen Augen aus dem Gesicht zu quellen drohten!

Der Mann versuchte zu nicken. Pierre stellte sich genau vor ihn und betrachtete ihn interessiert, als hätte er eine seltene Spezies vor sich.

»Mit dem Schwert der Kobra an der Kehle würde ich nicht einmal atmen, sonst kann es sein, ein einziger Atemzug kostet dich gleich den ganzen Kopf, mon ami«, sagte er und schüttelte kummervoll selbst den Kopf. »Ich glaube nicht, dass es ein schöner Anblick sein wird, wenn du hier herumstehst und dein Kopf langsam in die Stadt hinunterrollt.«

Der Sepoy war schon bei dem Wort Kobra zusammengefahren, da ihm nun entgeistert dämmerte, *wer* ihn da im Würgegriff hielt! Jetzt begann er zusätzlich noch am ganzen Leib zu zittern.

Yoritomo ließ langsam Schwert und Hand sinken. Der Soldat gestattete sich einen winzigen Atemzug, der ihm zwar nicht die ausgepressten Lungen füllte, jedoch ein Quäntchen Erleichterung verschaffte und die ungesunde Gesichtsfarbe ein wenig verbesserte. Gleichzeitig begann sein Gehirn wieder, wenn auch äußerst unzureichend, zu funktionieren. Dies veranlasste ihn zu einem noch tieferen Atemzug, mit der Absicht, beim Herausstoßen der Luft einen lauten Hilfeschrei loszulassen!

»Du darfst einmal nach unten sehen, mon ami«, forderte Pierre ihn fröhlich und sehr gönnerhaft auf.

Dem armen Mann blieb der Schrei in der Kehle stecken, als seine riesigen Augen nun unwillkürlich an sich hinunterwanderten und den Kris beäugten, dessen gebogene Spitze genau den Punkt zwischen seinen Hoden anvisierte!

»Ich werde dir dein Gemächte in den Mund und in die Ohren stecken, bevor dein Kopf herunterrollt«, versicherte ihm der Franzose vergnügt und zwinkerte den umstehenden grinsenden Piraten zu, während der Sepoy gequält einen Moment lang die Augen schloss, um dem unangenehmen Anblick zwischen seinen Beinen zu entgehen.

»Was ... wollt ... ihr ...«, quetschte er endlich hervor und zog zischend die Luft ein, als sich der Kris nachdrücklicher gegen seine geheiligte Anatomie drängte.

»Wo ist das Mädchen?«

»Wir ... haben ... keine Frauen hier«, lautete die, in Anbetracht der Sachlage, erstaunlich sture Antwort, wenn auch unter Stöhnen und einem gedämpften Ausruf, da sein Verstand nun auf zweierlei Art attackiert wurde: einmal von der scharfen Klinge, die wieder an seine Kehle fuhr, und zum zweiten von dem hässlichen Geräusch, welches seine Salwar von sich gab, als die Nähte im Schritt aufgetrennt wurden!

»So kommen wir nicht weiter!«, knurrte es dumpf unter dem Tuch hervor, welches den unteren Teil von Yoritomos Gesicht bedeckte. »Kommt, ich töte das Schwein und wir sehen selbst nach.«

»Ich ... ich sage nichts ...«, murmelte der Sepoy schweißüberströmt.

Da trat Maratua vor, schob Pierre rigoros beiseite und sprach einige kurze Sätze auf Hindu zu dem Mann. Seine schwarzen Augen unter den breiten, blauschwarzen Brauen bohrten sich stechend in die des erbebenden Mannes.

Der Sepoy erstarrte!

Dann öffnete er plötzlich den Mund ..., und es quoll nur so aus ihm heraus: »Das Mädchen ist in Zelle fünf. Sie wird heute früh nach Labuan gebracht. Lord Guillonk will sie persönlich verhören. Außer mir sind noch neun Soldaten zur Bewachung hier. In zwei Stunden treffen andere englische Soldaten ein, um die Bewachung zu verstärken.«

Verblüfftes Schweigen senkte sich über die Gruppe. Die Piraten sahen sich an. Maratua trat bescheiden zurück und überließ Pierre wieder das Feld.

»Kann ich jetzt gehen?«, meinte der Sepoy hoffnungsvoll, doch niemand beachtete ihn. So ließ er die Schultern hängen und sah todunglücklich zu Boden. Keine Klinge hielt ihn davon ab.

»Was hast du zu ihm gesagt?«, fragte Pierre perplex. »Was ist schlimmer als Kopf und Schwanz abschneiden?«

Die Antwort des Inders lautete knapp und gleichmütig:

»Der Göttin Kali geopfert zu werden.«

»Aahh – ich verstehe! Ist das nicht diese Kreatur mit zu vielen Armen und Brüsten?«, sinnierte Pierre gedehnt, um vorwurfsvoll fortzufahren: »Ich muss dich schelten, cher – diesen Trick, einen Sepoy zum Reden zu bringen, hättest du mir schon eher verraten können!«

»Du hättest fragen können«, äffte der Inder den Akzent des Franzosen in einem selten humoristischen Anflug nach.

Die Männer starrten ihn konsterniert an.

Yoritomo unterbrach das Schauspiel, indem er sarkastisch bemerkte: »Könnten wir das nicht ein anderes Mal fortsetzen? Vielleicht sollten wir hineingehen und den anderen Hunden eine gute Nacht wünschen. Natürlich nur, wenn es den Gentlemen genehm ist und sie vorher nicht noch ein Tässchen Tee zu sich nehmen möchten!« Mit diesen Worten schlug er dem Sepoy leicht mit der Handkante seitlich gegen die Kehle. Der schwere Mann brach wie ein gefällter Baum zusammen!

Die Piraten grinsten, und Pierre erlaubte sich ein unbekümmertes Auflachen.

»Du hast recht, mon cher, machen wir also unseren Antrittsbesuch. Und erinnere mich bitte, mir diese charmante Weise zu zeigen, einen Mann außer Gefecht zu setzen, oui?« Vorsichtig, nach allen Seiten sichernd, betraten die Männer hintereinander den Gang. In regelmäßigen Abständen loderten Pechfackeln und wiesen ihnen den Weg über den festgestampften Lehmboden. Rechts und links befanden sich mit Bambusstäben vergitterte Zellentüren, wovon die meisten weit offen standen, da im Moment wohl keine Gefangenen in diesen Übergangskerker gesperrt waren.

Gleich vor der ersten Türe zur rechten Hand verhielten die Piraten wachsam. Sie bestand nicht aus leichtem Bambus, sondern aus groben Bohlen und war nur leicht angelehnt. Und dahinter ertönte lautes, grunzendes Schnarchen mehrerer Männer!

Pierre schob vorsichtig die Türe weiter auf und äugte hinein. Sogleich zog er den Kopf zurück!

»Parbleu!«, wisperte er und verzog das Gesicht. »Darin stinkt es wie unter den Röcken einer Pariser Hure!« Überflüssig fügte er hinzu: »Es ist die Kammer der Wachen.«

»Sollen wir wieder höflich anklopfen?«, fragte Maratua in vollem Ernst und zog bereits ein breites Entermesser aus dem Bund seiner Payamah.

»Wie viele sind es?«, erkundigte sich Sambigliong weitaus praktischer.

»Fünf«, raunte Pierre, »und alle sind betrunken!«

Yoritomo steckte sein Schwert fort und fluchte leise.

»Da fehlen uns also noch vier. Verdammt! Wir hätten den Bastard nach der Anzahl von Sepoys und Engländern fragen sollen!«

»Hier sind jedenfalls nur friedlich schlummernde Sepoys«, seufzte der Franzose und wandte sich mit leichtem Spott dem Freund zu: »Hätte es einen Unterschied gemacht?«

Yoritomo antwortete nicht. Er ging zur Tür und schob sie weiter auf. Die Männer verhielten in angespannter Kampfstellung. Nachdem er sich davon überzeugt hatte, dass die Wachen tatsächlich, auf Grund der herumliegenden leeren Weinschläuche, außer Gefecht gesetzt waren, öffnete er die Tür völlig, damit auch die anderen hineinschauen konnten. Drei Sepoys saßen an einem langen Tisch. Die Köpfe mit den verrutschten Turbanen ruhten auf der Tischplatte inmitten von Essensresten und schmutzigem Geschirr. Die anderen beiden schnarchten auf dem strohbedeckten Boden zwischen umgestoßenen Stühlen und leeren Bierkrügen.

»Was für ein Schmutz! Pfui Teufel! Und sie sind tatsächlich alle besoffen«, brummte Giro Batol, der sich an Yoritomo vorbeidrängte. Er hatte immerhin lange Jahre einem portugiesischen Gentleman namens Yañez de Gomerra gedient, welcher großen Wert auf Etikette und Sauberkeit legte.

Yoritomo drehte sich fast enttäuscht um.

»Das heißt, sie sind entweder äußerst dumm, oder es gibt einfach nichts Besonderes zu bewachen.«

»Oui. Vermutlich ist nur unsere Prinzessin hier. – Wartet! Habt ihr das gerade gehört? Die englischen Kerle müssen im hinteren Trakt sein!«

Alle lauschten angespannt. Doch außer dem Knistern der Fackeln und dem Grunzen der schlafenden Soldaten vernahmen sie nichts.

»Was denkst du, Maratua?«, wandte Yoritomo sich jetzt an den Inder.

Der zuckte mit den Schultern.

»Ich denke – beides. Ich kenne die Sepoys. Sie folgen nur stur den Befehlen und nichts anderes.«

»Das alles hättest du uns schon viel früher sagen können, du Holzkopf!«, flüsterte Pierre verärgert.

Maratua zuckte gleichmütig die Schulter.

»Du hast nicht ...«

»... Ich weiß! Ich habe nicht gefragt!«, unterbrach Pierre ihn und winkte säuerlich ab.

Giro Batol nahm den Blick von dem schmutzigen Raum und fragte unsicher: »Sollen wir schlafende Männer töten?«

»Nein. Das wäre ehrlos«, antwortete Yoritomo äußerst widerwillig, »obwohl die Hunde es verdienen würden. Gehen wir und holen die Prinzessin.«

Sie schlichen weiter und durchsuchten jede einzelne Zelle. Das Innere des Gefängnisses bereitete den Piraten instinktives Unbehagen, und sie umklammerten ihre Waffen, wie um sich daran festzuhalten.

Sambigliong stieß als Letzter eine der Zellen auf. Irgendetwas ließ ihn zaudern. Er betrat zögernd den nach verfaultem Stroh und etwas anderem Undefinierbarem stinkenden Raum. Dieser unterschied sich in keiner Weise von den anderen Zellen, mit der Ausnahme, dass in einer Ecke eine fast völlig heruntergebrannte Kerze flackerte. Sonst war auch diese Zelle leer, aber er durchmaß sie trotzdem wachsam. Er ging zurück zur Tür, um sich den anderen anzuschließen. Gerade wollte er hinaustreten, da tröpfelte etwas auf seine Schulter! Er stockte eine Sekunde, machte aber dann noch einen Schritt, um dem Ekel erregenden Geruch schnellstens zu entkommen, der diesem Raum anhaftete. Da tropfte es ihm aufs Gesicht! Er blieb wieder stehen und wischte sich mit dem Handrücken über die Wangen. Erstaunt sah er seine nun blutige Hand an. Und dann hob er steif – sein Gehirn mochte sich zwar weigern, doch die Bewegung war ein nicht zu steuernder Zwang – den Kopf, sah nach oben ... und taumelte zurück in die Zelle! In der Ecke, in welcher die Kerze am Verlöschen war, erbrach er sich stöhnend! Sambigliong, der hartgesottene Freibeuter, dessen Mutter dem Stamme der Khmer angehörte, wusste nun, was den abscheulichen Geruch verursachte: Es war der Gestank des Todes!

Die Männer auf dem Gang vernahmen das seltsame, würgende Geräusch und stürzten zurück!

Eine Minute später starrten sie entsetzt, mit aschgrauen Gesichtern, auf den durch grausame Folter entstellten und mit dem Kopf nach unten aufgehängten Leichnam eines alten Mannes!

Nur noch ahnen konnte man, dass es sich unter den zerfetzten Zügen um einen Chinesen handelte. Der ausgemergelte Körper wies kaum noch ein Stückchen ledrige Haut auf. Sie schien ihm bei lebendigen Leibe verbrannt und abgezogen worden zu sein! Doch diese Abscheulichkeit war nicht allein die Todesursache: Der alte Mann war verblutet, nachdem man ihm die Genitalien säuberlich abgetrennt hatte!

Yoritomo griff langsam, aber in völliger Entschlossenheit zu seinem Gesicht und zog mit einer endgültigen Geste seine Maske herunter. Das Spiel war beendet. Von nun an würde er, Yoritomo Shigehira/Pierce D'Irristru, seinen Feinden von Angesicht zu Angesicht gegenübertreten!

Plötzlich stieß der chinesische Pirat einen erstickten Laut aus, zog den Krummsäbel, drehte sich um und ging wie in Trance den Gang hinunter ... zurück zu der Wachstube mit den schlafenden Sepoys!

Giro Batol wollte ihm folgen, doch der Krieger hielt ihn zurück und sagte hart: »Lass ihn. Es ist Wan Su. Er ist einer seiner Neffen«, und setzte zögernd, mit einem Hauch von Zweifel, da es ehrlos war, hinzu: »Vielleicht ist es gut so. Dann kommen sie uns später nicht in die Quere.«

Sambigliong schlich mit grünlichem Gesicht aus der Ecke

hervor und vermied jeden Blick auf die Leiche. Er musste sich die Worte regelrecht aus der Brust schneiden, wobei er mehrmals schluckte, um nicht erneut herauszuwürgen, wo es nichts mehr herauszuwürgen gab ...

»Soll ... sollen wir ... ihn nicht ... herunterholen ...?«

Bleich sah Pierre Evereux erst ihn, dann Yoritomo an.

»Wir können ihn doch nicht so ... hängen lassen.«

»Wollt ihr ein feierliches Begräbnis veranstalten? Er ist tot, versteht ihr? Tot!«, antwortete Yoritomo mit beißendem Spott und einem Sarkasmus, den er gar nicht empfand. Im Gegenteil: Voller Besorgnis dachte er an Tinuha! Gerade wollte er seine Befürchtungen in Worte fassen, da hallte der entsetzliche Schrei einer Frau in höchster Todesnot durch die Gänge!

Die Piraten sahen sich nur kurz an und stürmten wie ein Mann aus der Schreckenszelle hinaus! Sie hasteten mit gezogenen Waffen den Gang hinunter, der tiefer in das Gebäude führte und weiter hinten abbog. Von dort gellte der zweite furchtbare Schrei! Und erst bei der Biegung verlangsamten die Männer ihre Gangart und schlichen vorsichtig weiter. Je näher sie kamen, umso deutlicher vernahmen sie das verzweifelte Schluchzen einer Frau, die sich verzweifelt gegen irgendetwas oder irgendwen zur Wehr setzte! Dazwischen tönte rohes Männergelächter!

Es bedurfte keiner Überlegungen – den Piraten war sofort klar, was diese schrecklichen Töne bedeuteten! Jeder Einzelne von ihnen rief heimlich und hastig seinen höchsten Gott an ...

Yoritomo vermochte Pierre, dank seiner atemberaubenden Schnelligkeit, noch gerade am Hemdsärmel ergreifen, als dieser kopflos in den nächsten Gang rennen wollte! Die Gesichter aller Männer verzerrten sich in ungezähmter, barbarischer Wut!

Aber Yoritomo mahnte sie alle mit einem zornsprühenden Blick aus seinen goldfarbenen Raubtieraugen zur Besonnenheit! Die Gefährten unterwarfen sich diesem Blick und der knappen Handbewegung ihres Anführers, dem Sensei der Insel Mompracem. Denn auch wenn keine Rangordnung bestand, so besaß Yoritomo Shigehira doch die Befehlsgewalt gleich nach dem Tiger selbst und vor Pierre Evereux, dem Hüter des Geheimnisses von Mompracem.

Der Franzose warf ihm einen entschuldigenden Blick zu und nahm sich zusammen. Aber parbleu! Es ging schließlich nicht um irgendein Mädchen, sondern um die Schwester des zukünftigen Prinzen von Sarawak! Wenn sie entehrt würde ...!

Pierre Evereux, der ehemalige Gassenjunge aus der finstersten Hafengegend von Marseille, hatte größte Mühe, die Sache hier mit kühlem Kopf anzugehen und sich der Logik des seit frühester Kindheit ausgebildeten Kriegers zu beugen! Es war ihm völlig klar, dass dieser recht handelte, aber es ging um Tinuha! Der Freund mochte ja das Herz einer Moräne besitzen und gegen die lodernden Flammen der Liebe gefeit sein, aber er, Pierre ...

Seine abschweifenden Gedanken nahmen ein jähes Ende, als der erneute Schrei in jämmerliches Wimmern überging!

»Fils ...!« Für einen Moment erschrak der Franzose mehr, weil er beinahe einen Fluch im niedersten Gassenjargon ausgestoßen hätte, als darüber, dass die Piraten ihn beinahe überrannten – samt dem souveränen Yoritomo Shigehira, alias Pierce D'Irristru!

Es war die letzte Zelle des Ganges!

Größer und mit sauberem Stroh bedeckt. An den Wänden steckten brennende Fackeln in schmiedeeisernen Haltern.

Vier Engländer! Zwei blutjunge Rekruten und zwei Offiziere. Letztere knieten auf den Handgelenken Tinuhas, hielten ihre Hände auf deren Mund gepresst und feuerten den jüngeren Rekruten, höchstens gerade siebzehn Jahre alt, an, sich des Körpers des malaiischen Mädchens in zerrissener Kleidung zu *be-*

mächtigen. Aufgerüstet durch die Rufe, zwängte sich der Junge mit heruntergelassener Uniformhose zwischen Tinuhas Beine, die von dem zweiten Rekruten gewaltsam festgehalten wurden ...

Alles geschah im selben Moment!!

Während der junge Rekrut in den Leib Tinuhas eindrang – er stieß einen animalischen Schrei aus, von dem niemand jemals erfahren würde, ob aus Leidenschaft oder Schmerz über den plötzlichen Tod, der ihn in der Sekunde des verfrühten Ergusses ereilte – schlug die Klinge Yoritomos bereits eine Bresche in die Selbstgefälligkeit der englischen Aufseher!

Ehe ein Auge es überhaupt zu erfassen vermochte, sank einer der beiden Offiziere lachend, mit durchtrennter Kehle, zur Seite!

Mit unglaublicher Präzision erreichten die hintereinander geworfenen Messer des Franzosen ihr Ziel in der Halsschlagader des anderen.

Als Einziger die Situation erfassend, wirbelte der Rekrut, der Tinuhas Beine auseinander hielt, herum! Zu seinem Unglück und unabänderlichem Schicksal vergaß er jedoch seine ebenfalls heruntergelassenen Beinkleider – und stürzte über dieselben direkt in das gezückte Entermesser Giro Batols!

Mit einem blutigen Schwall aus dem erstaunt geöffneten Mund verendete der achtzehnjährige, vielversprechende Erstgeborene eines englischen Lords ...

Pierre und Maratua beugten sich über Tinuha.

Ihre Augenlider flatterten. In ihrem Blick lag nicht die geringste Spur von Überraschung. Pierre beugte sich tiefer, um sie zu verstehen, da sie etwas sagen wollte. Sein sonst ewig heiteres Gesicht war grau. Tiefe Kerben umschnitten seine Mundwinkel.

»Holt ... Jana ...«, murmelte Tinuha fast unhörbar. Dann fiel ihr Kopf zur Seite.

Pierre sah Maratua an, dann zu Yoritomo hinüber.

»Hast du verstanden, was sie gesagt hat?«

Unbewegt nickte der Krieger.

Mit Hilfe des Inders schob Pierre seine kräftigen Arme unter Tinuhas erschlafften Körper, erhob sich mit ihr und ging zur Tür. Dort, wo Yoritomo steif und kerzengerade aufgerichtet stand, blieb er stehen.

»Der Junge scheint sich geirrt zu haben. Sie ist noch auf Cleary. Um die Wahrheit zu erfahren, müssten wir dorthin gehen, n'est ce pas?« Er sah Yoritomo mit verzerrtem Lächeln an. »Oder bist du nicht mehr an der Wahrheit interessiert, mon cher?«

Yoritomo wandte sich ab. Niemand vermochte mit Bestimmtheit zu sagen, was in ihm vorging. Seine Stimme hörte sich indes wie sprödes Glas an, als er kalt befahl:

»Du gehst mit den anderen voraus. Sambigliong bleibt bei mir. Ich habe noch etwas zu erledigen.«

Wie schon einmal, eine knappe Stunde zuvor, huschten die Männer durch die engen Gassen in die Richtung des Chinesenviertels. Ein erster Silberstreifen zeigte sich bereits am Horizont, über dem schneebedeckten Wipfel des Monte Matang, als sie an die grobe Tür eines niedrigen Hauses mit geschwungenem Dach und tiefer Traufe klopften.

»Wer ist da?«, erklang die brüchige Stimme einer alten Frau aus dem Inneren.

»Für den Tiger von Mompracem!«, lautete die gedämpfte Parole, und sogleich wurde die Tür geöffnet. Die Männer schoben sich lautlos hinein. Bald war der winzige Raum überfüllt. In einer Ecke erhoben sich verschlafene Gestalten von ihren Reismatten: eine junge Chinesin, zwei halbwüchsige Kinder und ein Kleinkind, das sich ängstlich greinend die Äuglein rieb. Pierre brachte Tinuha nach kurzem Umsehen zu einer unberührten

Schlafstatt und legte sie vorsichtig dort nieder. Die Augen der alten Frau fuhren über die bedrückten Gesichter der Männer, als suchten sie etwas. Dann eilte sie zu Tinuhas Lager und kauerte sich davor.

»Was ist mit ihr?«, fragte sie Pierre und strich mit der abgearbeiteten kleinen Hand über die Stirn der Ohnmächtigen.

»Soldaten haben sie ...« Pierres Stimme versagte. Er ergriff Tinuhas Hand und zog sie erschüttert an seine Lippen!

Die alte Frau verstand. Zornesfalten bildeten sich auf ihrer Stirn.

»Es ist genug! Wie können sie es wagen, Hand an eine Prinzessin zu legen? Diese elende Höllenbrut muss ausgelöscht werden!«

Und wieder sah sie sich merkwürdig suchend um. Endlich wagte sie, die schwerwiegende Frage zu stellen:

»Wo ist mein Ehemann?«

Betretenes Schweigen antwortete ihr.

Bis Yoritomo vortrat und mit festem Blick auf sie hinuntersah.

»Er rettete das Leben der Prinzessin – *Witwe* Wan Su.«

Der grauhaarige Kopf sank auf die Brust, und die halb blinden Augen füllten sich mit Tränen. Die Menschen um sie herum schwiegen respektvoll. Als sie nach einiger Zeit wieder aufsah, war ihr faltiges Gesicht tränenüberströmt – aber sie lächelte!

»Er musste so enden. Ich habe es immer gewusst. Seine Asche ..., ich möchte seine Asche zum Tempel bringen. Er war ein guter Mann.«

Yoritomo beugte sich hinunter, ergriff die alte Hand.

»Kommen Sie zur Tür, Witwe Su«, sagte er sanft, zog sie mit sich und winkte auch deren Schwiegergroßtochter und den Kindern zu, »ich möchte Ihnen zeigen, wie Wan Sus Seele gleich würdig und mit donnerndem Feuer zu den Göttern zurückkehrt.«

Er öffnete die Tür und schob die Chinesin vor sich. Dann trat er einen Schritt zurück und ließ die junge Frau und die Kinder vorbei. Über die schmalen Schultern hinweg deutete er in die Richtung des Gefängnisses, das ruhig und düster über die Dächer des Chinesen- und Dajakenviertels hinweg zu sehen war.

Einige Minuten lang geschah nichts. Dann erglühte auf einmal ein winziger Lichtschein im Inneren des Gebäudes, der sich rasch vergrößerte. Bruchteile von Sekunden danach detonierte das ganze Gefängnis mit einer gewaltigen Explosion! Feuerzungen rasten in den dunkelgrauen Himmel und hinterließen dämonisch leuchtende Spuren! Minutenlang waren Sarawak und der dahinterliegende Dschungel taghell erleuchtet!

Die Schatten der Flammen huschten gespenstisch über die Gesichter der herausschauenden Frauen und Kinder. Die Kleinen klammerten sich an die Röcke der Frauen. Ihre Münder standen weit offen. Niemand vermochte seine Augen von dem grausig schönen Schauspiel abzuwenden! Frau Su schloss rasch die Tür, als es in der Gasse laut wurde, Türen und Fenster geöffnet wurden und schreiende Menschen herausgelaufen kamen. Sie drehte sich zu den Piraten um und bedachte jeden einzelnen von ihnen mit einem dankbaren Lächeln, während helle Tränen aus den alten Augen strömten. »Eine würdigere Zeremonie hätte sich niemand wünschen können. Ich danke euch.« Sie wandte sich an die junge Frau. »Mai Ling, schüre das Feuer, und bereite eine kräftige Suppe. Die Freunde deines Schwiegergroßvaters werden sich für einige Zeit hier versteckt halten, bis die Prinzessin wieder zu Kräften gekommen ist.«

Die Chinesin nickte, warf einen scheuen Blick auf die Männer, die angelegentlich ihre Fußspitzen betrachteten, und eilte zu der Feuerstelle hin. Das kleinste Kind lief zu seinem Lager, rollte sich wie ein Kätzchen zusammen, gähnte herzhaft und schlief sofort wieder ein.

Witwe Su wandte sich jetzt an die beiden größeren Kinder und befahl ihnen knapp:

»Geht zur Nachbarin Wu, und bittet darum, bei ihr in den nächsten Tagen wohnen zu dürfen. Und holt später auch sie«, und deutete auf das kleine Kind. So übernahm die alte Frau Su ihr Regiment und ließ keine Zeit für Trauer aufkommen.

Aber Yoritomo meldete Bedenken an.

»Wir wollen euch keine Umstände machen, Frau Su«, wandte er ein und zeigte zu Pierre hinüber. »Nur er wird hier bleiben und ...« – sein Blick fuhr bezeichnend zu dem chinesischen Piraten hinüber, der gerade mit den Worten »Das ist doch zu schwer für dich, Cousine!« der hübschen Schwiegergroßtochter den gewaltigen gusseisernen Kessel aus der Hand nahm – »... und Li Lung. Sie werden beide über die Prinzessin wachen. Ich gehe mit meinen Männern über die Hinterhöfe zum Teehaus hinüber und werde euren Großneffen bitten, uns einige Tage zu beherbergen. Dann werden wir nach Mompracem zurückkehren. Es liegt an euch und eurer Familie, uns zu begleiten. Der Tiger wird euch willkommen heißen.«

Die junge Frau hatte nun das Feuer entfacht, und der helle Schein floss über die Gesichter der Anwesenden. Ehe Frau Su jedoch antworten konnte, erklang das Stöhnen Tinuhas aus der Ecke. Sie eilte dorthin und kniete sich wieder neben den Franzosen.

Tinuha blinzelte und sah beide verständnislos an.

»Was ist geschehen?«, fragte sie schwach und dann, vage erleichtert: »Ich bin nicht mehr im Gefängnis?«

Pierre bemühte sich um einen heiteren Ton, streichelte ihr über das verfilzte Haar und sagte liebevoll:

»Non, chérie. Du bist in Sicherheit.«

Tinuhas Blick fuhr weiter unstet herum, haftete schließlich erstaunt am Gesicht der alten Frau.

»Frau Su –?« Plötzlich ruckten ihre dunklen Augen bestürzt fragend zu Pierre zurück. »Koah ...? Jana ...?«

Pierre blickte sekundenlang unbehaglich zu den Männern hinüber, die krampfhaft an der Lagerstatt vorbeischauten. Da sie nicht wussten, wie sie sich verhalten sollten, beschäftigten sie sich mit der kleinen Goh, die von dem ganzen Durcheinander nun doch wieder erwacht war und mit den Männern spielte.

Pierres Augen trafen sich mit denen Yoritomos – doch der Krieger wandte sich ab!

»Ihr ... müsst ... Jana holen ...! Sie ...«, keuchte Tinuha; sie hielt erschöpft inne, als Pierre sie in den Arm nahm und beruhigend wiegte.

»Wir wissen nicht, wo dein Bruder und deine Freundin sind, ma chérie«, raunte er ihr behutsam zu. Erschrocken umklammerte er ihren schmalen Körper, als sie sich nun aufbäumte und außer sich aufschrie:

»Jana ... ist in ... Gefahr, sie ...!«

»Sie muss sich ausruhen!«, fuhr Frau Su dazwischen, drängte Pierre zur Seite und drückte Tinuha energisch bei den Schultern zurück aufs Lager – womit sie ungewollt die Möglichkeit vereitelte, Yoritomo hier und jetzt von der Unschuld der Engländerin zu überzeugen! Sie lächelte dem völlig erschöpften Mädchen aufmunternd zu, streichelte ihren Arm und fragte leise: »Glauben Sie, Sie sind verletzt?«

Im ersten Moment verstand Tinuha nicht, was die freundliche Frau Su meinte. Und dann begegnete sie ihrem Schrecken und Entsetzen ... schamvoll verbarg sie das Gesicht in den Händen!

Pierre reagierte bestürzt und ungewöhnlich zornig. Aufgebracht beugte er sich wieder über Tinuha, hob ihr Gesicht zu sich hoch und beschwor sie eindringlich und erzürnt:

»Non! Non! Du hast nichts getan, dessen du dich schämen musst, petite. Die Hunde dort oben sind tot! Sage der guten Frau Su lieber, ob sie dich verletzt haben!«

Tinuha schüttelte den Kopf. Ihre Lider senkten sich, und sie stammelte beinahe unhörbar:

»Sie ... konnten ... mich ... nicht mehr ...«

Das Gesicht des Franzosen wurde um einen Schein blasser und bekam einen entsetzt ungläubigen Ausdruck! Er beugte sich noch tiefer zu ihr hinunter.

»Was konnten sie nicht mehr? Sage es mir, ma chérie!«

Tinuha schloss erschöpft die Augen. Sie besaß keine Kraft mehr, sich gegen die eindringliche Frage zu wehren, und hauchte:

»McCleary ... schon vor langer Zeit ...«

Pierre fuhr zurück! Wut verzerrte sein hübsches dunkles Gesicht! Seine Hände bebten, als er Tinuha noch einmal sanft streichelte. Er sah Frau Su an, die ebenso fassungslos zurückblickte.

Yoritomo spürte, dass etwas Außergewöhnliches vorging. Mit wenigen Schritten war er beim Lager und sah Pierre, um eine Erklärung heischend, an.

»Was ist geschehen?«

»Nicht!«, schrie Tinuha gequält und beschämt auf! Ihre Augen flogen inständig zu Pierre und Frau Su. »Bitte, nicht ...!«

Frau Su erhob sich und scheuchte die Männer nun endgültig und sehr energisch von dem Lager fort.

»Schluss jetzt!«, forderte sie ungehalten. »Macht euch alle hinfort. Ich will sie untersuchen. – Mai Ling? Ist die Suppe fertig?«

Die Freunde fügten sich der höheren Gewalt und gingen ein paar Schritte beiseite.

»Später«, raunte der Franzose Yoritomo mit einem warnenden Seitenblick auf Tinuha und Frau Su zu. »Wir müssen gehen, bevor die Engländer das Viertel durchsuchen.«

Aber Yoritomo Shigehira war nicht der Mann, der sich mit Halbheiten abspeisen ließ. Er packte Pierre beim Arm, zog ihn in eine Nische.

»Was hat sie gesagt?«

»Sie sagte, die Soldaten hätten ihr nichts genommen, was sie nicht schon vor langer Zeit verlor!«

»McCleary!«

Pierre nickte.

»Warum hat sie nichts gesagt!«

»Weil sie ein kluges Mädchen ist! Sie hat mit ihrem Schweigen einen vorzeitigen Krieg verhindert! Was glaubst du wäre passiert, wenn der Prinz es gewusst hätte!«

»Er wird bezahlen! Das schwöre ich! Noch in dieser Woche nehme ich meine Männer, und McCleary wird bezahlen! Du bringst Tinuha so schnell wie nur möglich nach Labuan, wo Sandokan uns erwartet.«

»Und die Engländerin?«

Yoritomo erstarrte! Schließlich räumte er zögernd ein, wobei sein Herz ein paar hoffnungsvolle, heftige Schläge machte:

»Wenn sie sich tatsächlich noch in den Klauen McClearys befinden sollte, werde ich sie holen.«

Pierre sah ihn aufmerksam an.

»Du glaubst also nicht mehr an ihren Verrat?«

»Das wird sich zeigen!«, lautete die eisige Antwort. »Bringe Tinuha in Sicherheit. Wir kümmern uns um den Jungen und ... um sie.«

Der Duft des gut durchgebratenen Kapauns wollte irgendwie nicht zu der fensterlosen Unterkunft unter Deck passen. Schmutzig und verschwitzt betrachtete Jana teilnahmslos den Matrosen, der ihr bereits heute Morgen – oder war es gestern Abend? – endlich, auf Anordnung Normans, einen Laib Brot und dazu eine Flasche Wein brachte. Eine Flasche Rotwein. Und nicht einen einzigen Schluck Wasser! Sie war so ausgehungert und fast verdurstet, dass es ihr ziemlich gleichgültig war, was sie zu sich nahm, und sie den Brotlaib mit dem Alkohol herunterspülte.

Trotz des umnebelten Gehirns und der Beschwernis, ihre Augen dauerhaft auf einen bestimmten Punkt zu lenken, bemerkte sie dennoch, wie der schmuddelige Seemann in der Annahme, sie sei zu betrunken, die Tür weit offen stehen ließ. Ohne sie zu beachten, stellte er das dampfende Geflügel und eine neue Flasche Wein auf den Tisch.

Jetzt oder nie!, überlegte sie angestrengt, erhob sich vorsichtig, ohne den Matrosen aus den Augen zu lassen und bewegte sich langsam, den Rücken an der Wand abstützend, auf die Türe zu. Sie hatte sie fast erreicht und wollte mit einem Satz hinausstürzen, da wurde sie von einer schwieligen Hand bei der Schulter gepackt und herumgewirbelt!

Jana stieß einen enttäuschten Wutschrei aus, wehrte sich heftig und sinnlos! Der Matrose hielt sie mühelos, mit eiserner Hand fest, beobachtete sie völlig desinteressiert und schubste sie zurück auf das Lager. Dann drehte er sich einfach um und ging wieder hinaus.

»Bring mir Wasser ... wenigstens Wasser, du verdammter ...!«, kreischte sie ihm hinterher. Benommen starrte sie die Tür an. Das Geräusch des sich herumdrehenden Schlüssels brachte sie erneut in trunkene Rage! Sie sprang auf, riss das Laken von der lächerlichen Schlafstatt und schleuderte es zornig auf den Boden. Der Schwung ließ sie taumeln. Im letzten Augenblick umklammerte sie einen der Bettpfosten und fluchte wie ein Marktweib, weil sie trotzdem beinahe den Halt verlor. So plötzlich, wie die Wut sie erfasst hatte, so unvermittelt wandelte sie sich in heulendes Elend. Sie sank zurück auf das gepresste Stroh und weinte sich in gnädiges Vergessen.

»Nein! Das glaube ich einfach nicht! Wie konnte das passieren? Sind Ihre Leute nicht fähig, ein einzelnes Mädchen zu bewachen?«

Edmonds Gesicht verzerrte sich zu einer wutentbrannten

Grimasse. Krachend donnerte seine Faust auf die Platte des Schreibtisches. »Und dann verlieren Sie auch noch gleich ein ganzes Gefängnis!«, höhnte er.

Colonel Mathao schrumpfte.

Hinter ihm rang Esther die Hände und trat einen Schritt zurück, als fühle sie den Zorn Edmonds körperlich. Ihr Gesicht war kalkweiß.

Verlegen, kleinlaut und deprimiert wagte der indische Colonel einen Einwand, was angesichts des rasenden Hausherrn eine beachtliche Leistung darstellte:

»Meine Soldaten durchsuchen seit zwei Tagen jedes einzelne Haus in Sarawak, Mister McCleary.« Er fügte in lahmer Verteidigung, mit gekränktem Unterton hinzu: »Es waren auch vier englische Soldaten zur Bewachung abgestellt!«

»Und fünf Sepoys!«, brüllte Edmond mit überschnappender Stimme und spottete: »Sie glauben doch nicht etwa, diese Brut hält sich noch in Sarawak versteckt?«

Der Soldat senkte den Kopf. »Wir werden einige Männer abziehen und Ihren Palast wieder bewachen lassen, falls ...«

»... Unsinn!«, unterbrach Edmond ihn verächtlich. »Sie werden es nicht wagen, hierher zu kommen. Sie sind längst gewarnt. Nehmen Sie ihre unfähigen Männer, und lassen Sie sie die gesamte Küste durchstreifen!«

Esther wurde noch bleicher und knotete die Hände ineinander.

»Ich ...«, wagte sie sich vorsichtig Gehör zu verschaffen, doch Edmond fuhr mit einem Blick zu ihr um, welcher sie erschrocken noch weiter zurückwanken und ihn aus weit aufgerissenen Augen anstarren ließ!

»Halte deinen Mund!«, blaffte er sie an und wieder zu dem Colonel: »Nehmen Sie meinetwegen noch zusätzlich meine eigenen Männer!«

»Das ... das kannst du nicht tun!«, schrie Esther nun doch

entgeistert auf. »Du kannst nicht die Aufseher vom Haus abziehen!«

Mit wenigen, stampfenden Schritten durchmaß Edmond die Strecke zwischen ihm und ihr und brüllte ihr völlig außer sich ins Gesicht: »Ich sagte doch, du sollst den Mund halten!«

Esther hob angstvoll die Hände vor die Lippen und schwieg.

»Ihre englischen Soldaten durchkämmen heute Mittag das Chinesenviertel, Sir«, meldete sich Colonel Mathao eingeschüchtert wieder zu Wort. »Wenn Sie es wünschen, nehme ich auch noch Ihre Männer und schicke sie alle an die Küste.«

»So tun Sie das doch endlich! Stehen Sie nicht hier herum! Wenn es nicht längst zu spät ist, haben wir keine Zeit zu verlieren!«, geiferte Edmond zynisch und bösartig!

Nur wenige Stunden nach dieser Unterhaltung begann das grauenvollste Massaker in der Geschichte Sarawaks!

Nicht einmal der Tyrann James Brooke hätte seine Freude gehabt, denn auf seine Art hatte er Malaysia und alle seine Inselbewohner sogar geliebt.

Mit gezogenen Bajonetten bestürmten etwa dreihundert englische Soldaten um die Mittagszeit die völlig überraschten Menschen des Chinesenviertels! Rücksichtslos traten sie die Türen einfacher Hütten ein, schleiften kreischende Frauen an den Haaren hinaus, egal, ob wimmernde Kinder sich an deren Röcke klammerten! Ein kurzer Stoß mit dem Gewehrkolben genügte, ihnen die kleinen Schädel zu zertrümmern! Händler, die noch hastig ihre Ware und Existenz zu retten suchten, wurden brutal niedergeknüppelt! Qualm drang aus mehreren der verschlungenen Gassen, wo die leicht brennbaren, teils strohgedeckten Hütten sich in lodernde Flammenmeere verwandelten!

Aus einem der größeren Häuser kam ein grinsender Soldat und wischte mit einem abgetrennten Haarbüschel die blutige

Spitze seines Bajonetts ab. Ein schmächtiger Junge folgte ihm und ging heulend, mit erhobenen Fäusten, auf ihn los! Der Engländer versetzte ihm mit voller Wucht einen Boxhieb mitten ins Gesicht, dass die Nase und die Lippen des Kindes zerplatzten und es in das Innere des Hauses zurückfiel, aus dem bereits die hellen Flammen schlugen! Gleich daneben, verfolgt von zwei anderen Soldaten, stürzte eine sechsköpfige Familie aus den Trümmern ihrer brennenden Hütte! Sie wurde von anderen Engländern johlend in Empfang genommen und als Zielscheibe benutzt!

Als die Chinesen sich von ihrem Schreck erholten und zu wehren begannen, eskalierte der gesamte Überfall zu einem Blutbad, wie es die Männer, die diesen Befehl erteilt hatten, sicher nicht vorausahnen konnten!

Der alte, lange unterdrückte Hass zwischen den Eroberern und der unterdrückten Klasse brach sich an diesem Tage seine Bahn!

Es war längst zu spät, als sogar die Dajaken aus ihrem Viertel den missliebigen Chinesen zu Hilfe eilten!

Ebenfalls mit Verspätung kamen die aufgeschreckten englischen Bürger aus den besseren Stadtteilen Sarawaks, die nun fassungslos vor den rauchenden, mit Leichen übersäten Trümmern des Chinesenviertels standen.

Zahlreiche empörte Petitionen und Protestschreiben erreichten in den darauf folgenden Wochen den Gouverneur, der jedoch selbst vor Bestürzung nicht wusste, wie er sich verhalten sollte. Das Datum dieses Tages würde dem liberalen Mann für immer in grauenvoller Erinnerung bleiben. Man erfuhr niemals, wer denn nun wirklich für dieses Massaker verantwortlich gemacht werden konnte, wer den letzten Befehl erteilte. Das Ganze wurde eiligst zu einer politischen Angelegenheit erklärt. Und in den Akten, die der greisen Königin Viktoria in den Buckingham Palast nach London geschickt wurden, las man über das glorreiche Niederschlagen eines geplanten Aufstandes der Chinesen.

Den zahlreichen Schriftstücken folgten ebenso zahlreiche Orden und Auszeichnungen.

Pierre legte den Arm um Tinuha und sah den Freund an.

»Wir müssen aufbrechen, mon cher. Bald werden die Soldaten diesen Teil der Küste durchsuchen, und«, er machte eine ausholende Bewegung zu der mächtigen Dschunke hinüber, die in der Nähe dümpelte, »der Tiger erwartet uns.«

Sie standen an einem schmalen, steinigen Strand der Küste, umringt von zehn zu allem entschlossenen, bis an die Zähne bewaffneten Männern, die Yoritomo nach Cleary begleiten sollten.

»Du musst Jana holen und sie nach Mompracem bringen, falls sie noch dort ist«, flehte Tinuha schwach. Sie ließ den Kopf auf die Brust sinken. »Aber ich habe Sorge, dass es zu spät ist. Ich weiß auch nicht, wie viele Tage ich im Gefängnis verbracht habe. Und die Zeit bei der Witwe Su hat sicher ihr Schicksal und das meines Bruders besiegelt.«

»Wenn sie noch dort sein sollte, werde ich sie nach Mompracem bringen. Du hast mein Wort. Und sorgt euch nicht um Koah. Ich fühle, er befindet sich nicht in unmittelbarer Gefahr«, versicherte Yoritomo sanft und setzte grimmig hinzu: »Doch erst wird mit McCleary abgerechnet. Er ist einer der Drahtzieher des Überfalls auf das Chinesenviertel.«

Pierre drängte zum Aufbruch und trug Tinuha zu einem der beiden Boote, in denen bereits Maratua, Sambigliong und Li Lung warteten.

Giro Batol hatte sich zum Bleiben entschlossen, obwohl er die ruhig in der Nähe grasenden Pferde misstrauisch beäugte. Er fürchtete sich ein wenig vor diesen Tieren, was er natürlich niemals zugegeben hätte.

Tinuha bestieg das erste Boot, drehte sich jedoch noch einmal um und rief Yoritomo vorwurfsvoll zu:

»Jana liebt dich, Pierce! Wie konntest du nur auf den Gedanken kommen, sie hätte dich verraten? Gilt mein Wort und das meines Bruders nichts für dich, als wir dir versicherten, sie wäre unserer Sache ergeben?«

Yoritomos Miene wurde abweisend. Ausweichend rief er zurück:

»Wir sehen uns auf Mompracem! Lasst den Tiger nicht warten!«

Schon die bloße Nennung ihres Namens hüllte ihn in eine Flut von gegensätzlichen Gefühlen! Als ob Tausende von glühenden Nadelspitzen auf jede einzelne Pore seiner Haut einstachen, um sich dann in prickelnde Eiskristalle zu verwandeln, die seine Adern durchströmten! Denn der immer gleiche Gedanke rief blankes Entsetzen im Herzen des Kriegers hervor. Falls es stimmte, dass die ihn berauschende junge Frau tatsächlich unschuldig an dem Geschehen war, wäre er zum Verräter geworden! Dann hätte *er* ein gegebenes Wort gebrochen und das Mädchen, welchem er Vertrauen abgerungen hatte, ehrlos seinem Schicksal überlassen.

Sein Verstand weigerte sich indes, einen möglichen Irrtum anzuerkennen.

»Pass auf dich auf, cher!«, lenkte ihn Pierres besorgter Ruf aus einem der Boote ab, die nun auf die Dschunke zuhielten, an deren Deck die überragende Gestalt des Tigers von Malaysia erschien.

»Wir werden McCleary vernichten! Es wird ein Kinderspiel, da er so dumm war, die Wachen vom Palast abzuziehen!«, schrie Yoritomo seltsam heiser zurück. Er hob die Hand grüßend zur Dschunke hinüber. Der Tiger tat das Gleiche.

»Kobra!« Es war Giro Batol, der erschrocken in eine Richtung wies, wo aufwirbelnde Staubwolken das Herannahen mehrerer Reiter anzeigten!

»Zu den Pferden!«, befahl Yoritomo knapp.

Und nach weniger als zwei Minuten preschte der letzte der Piraten in die undurchdringliche Dichte des Dschungels.

Keine Sekunde zu früh, denn schon donnerte eine Gruppe Sepoys in gestrecktem Galopp über den Strand! Genau an der Stelle, wo eben noch die Piraten standen, rissen die Inder gefühllos an den Zügeln, bäumten sich jetzt die Pferde wiehernd auf! Glücklicherweise kam niemand von ihnen auf den Gedanken, sich umzusehen, denn ihr Augenmerk war voll und ganz auf die sich in den Wind drehende Dschunke gerichtet.

»Zu spät!«, schrie einer grimmig und hatte Mühe, sein nervöses Reittier zu bändigen. »Sie sind uns entkommen!«

Ein anderer meinte in fast schon andächtiger Bewunderung und mit einer Hand die Augen beschattend: »Bei Suyodhana! Es ist das Schiff des Tigers! Es ist Sandokan selbst! Und er nimmt Kurs auf Kap Taniong-Datu.«

Ratlos trabten die Sepoys am Ufer hin und her. Bis einer plötzlich den erstaunlichen Einfall hatte: »Habt ihr nicht gesehen? Es waren nur zwei Boote! Vielleicht verstecken sich noch einige von ihnen im Dschungel.«

So preschten die Sepoys wieder los, erleichtert, etwas tun zu können. Dass sie in die falsche Richtung galoppierten, ist eine andere Geschichte.

Normans Schiff segelte drei Tage länger als geplant. Denn oberhalb der Mündung des Flusses Palo, in der Nähe der holländischen Siedlung Sendang, wäre es beinahe mit einer ungewöhnlich aussehenden Brigantine kollidiert. Erst in letzter Minute erkannte der Mann im Krähennest den Namen der Brigg und die Flaggen an der Mastspitze: Die eine Flagge war rot und zeigte eine stoßbereite Kobra mit zwei gekreuzten Schwertern im weitaufgerissenen Maul, die andere Flagge trug das Zeichen des

Tigers. Die schwarzen Buchstaben an der Bordwand bildeten das Wort *Shimabara* ...

Norman ließ kurz entschlossen, was seiner feigen Natur entsprach, sein Schiff wenden, um der Brigg zu entkommen – welche übrigens lediglich dort ankerte – und umsegelte das gesamte Kap Sirit, wodurch er jene drei Tage verlor.

Als Jana aus dem bleiernen Schlaf erwachte, musste sie erst überlegen, wo sie sich befand. Erst nach einigen verwirrenden Sekunden setzte schlagartig die schreckliche Erinnerung ein! Benommen, aber mit großer Verwunderung, registrierte sie auf dem wackeligen Tisch eine Schüssel, Seife und ein frisches Leintuch. Ihr Kopf dröhnte, während sie sich mühsam von dem harten Lager erhob und zum Tisch hinüberschwankte. Ja, es befand sich tatsächlich klares, sauberes Wasser in der Schüssel! Wie ein Tier stürzte sie sich darüber her und trank aus der hohlen Hand, bis sie Leibschmerzen bekam und Mühe hatte, die Flüssigkeit nicht zu erbrechen! Die Seife lockte. So sehr, dass sie Angst und Vorsicht vergaß, sich das schmutzige Kleid vom Körper riss und es achtlos zu Boden gleiten ließ. Beinahe wohlig atmete sie den Duft des Seifenstücks ein, tauchte einen Zipfel des Tuches ins Wasser, seifte ihn ein und begann fahrig Gesicht, Hals und die Arme abzureiben, dann wusch sie sich hastig vom Kopf bis zu den Zehen. Allmählich klärte sich, trotz bohrender Kopfschmerzen, ihr Verstand. Mit dieser Klarheit kehrte auch die blanke Angst zurück. Nicht von ungefähr warnte ihr Instinkt sie vor einer lauernden Gefahr!

Es waren keine sich nähernden Schritte zu hören gewesen, bevor die Tür aufgestoßen wurde und krachend gegen die Wand schlug!

Zu Tode erschrocken fuhr Jana zurück und presste das kleine Tuch gegen den nackten Körper. Ihre Augen weiteten sich entsetzt!

Hinterlistig grinsend, stand Norman Will unter der Tür.

An seinem roten Gesicht und dem torkelnden Gang, mit dem er sich ihr langsam näherte, erkannte sie seine Trunkenheit. In der Hand hielt er einen groben Holzbecher, dem ein süßlich scharfer Geruch entströmte.

»Mi...Mister Will«, stammelte sie, sinnlos bemüht, ihrer bebenden Stimme Festigkeit zu verleihen. Ihr Blick flog gehetzt von ihrem Kleid zu dem Bettlaken, das noch immer neben der Tür lag.

Norman folgte diesem Blick, grinste noch breiter und stieß es mit dem Fuß zur Tür hinaus, wobei er sich fast in den Falten verhedderte.

Da Jana immer weiter zurückwich, blieb ihr auch keine Chance, nach dem Kleid zu greifen. Dann hätte sie auch das winzige Tuch fallen lassen müssen!

Norman blieb vor dem Tisch stehen und betrachtete sie gierig von oben bis unten. Seine Augen sogen sich an den Brüsten und den bloßen Schenkeln fest. Seine Zunge fuhr unablässig über die aufgeworfenen Lippen, von denen jetzt ein dünner Speichelfaden heruntertroff, ohne dass er es merkte.

»Wa...was wollen Sie«, wisperte Jana, wich noch einen kleinen Schritt zurück und spürte in ohnmächtigem Entsetzen die raue Wand im Rücken. »Warum haben Sie mich die ganzen Tage hier eingesperrt? Was bezwecken Sie damit? Ich hätte doch nicht von hier fliehen können.«

Das Schiff schlingerte. Die Deckenlampe begann heftig hin- und herzuschwingen und beleuchtete die Szene gespenstisch mit auf- und abflackernder Helligkeit.

»Vorsichtsmaßnahmen, meine Liebe«, erklärte Norman schwer atmend. Er ging langsam um den Tisch herum. »Meine Mannschaft ist ein ziemlich wilder Haufen. Strandgut, das ich billig in den Hafenkneipen der Inseln aufgelesen habe.«

Wie zur Bestätigung seiner heiseren Worte hörte das verängstigte Mädchen von oben her wüstes Gegröle und Gelächter! Einige Matrosen begannen sogar ein vulgäres Gossenlied zu brüllen.

»Und was ich von dir will, mein Schätzchen?«, lachte Norman meckernd. Er hatte sie beinahe erreicht. »Kannst du es dir nicht denken? Schließlich werde ich dich heiraten und jetzt –«, er blieb so dicht vor ihr stehen, dass sie seinen stinkenden Atem riechen konnte und angewidert das Gesicht zur Seite hielt, »möchte ich einen Vorschuss.«

Er hielt ihr den Becher entgegen.

Jana drehte den Kopf zur anderen Seite, um dem Geruch zu entgehen, aber Norman ließ nicht locker. »Hier, trink das! Es ist echter Rum. Ich habe meinen Männern befohlen, mit uns zu feiern, hörst du das?« Er drehte den Kopf nach oben, ohne sie aus den Augen zu lassen. Jana schüttelte heftig den Kopf. Alleine von dem Geruch drohte ihr erneut übel zu werden.

Das brachte ihn auf! Er presste ihr den Becher an die Lippen und versuchte, ihr den Rum mit Gewalt einzuflößen!

Abwehrend hob sie die Hände und schlug nach dem Becher. In diesem Moment fiel ihr das Tuch aus der Hand. Bestürzt kreuzte sie die Arme über ihrem schutzlosen Leib! In glitzernden Bächen lief der Rum über die zarten, rosafarbenen Brustspitzen.

Norman hielt inne und stieß zischend die Luft aus! Seine Augen drohten nun fast aus den Höhlen zu quellen. Norman Will hatte zwar geahnt, dass ihm da ein besonderer Leckerbissen beschert worden war, doch mit einer solchen prachtvollen, fast gereiften Schönheit hatte er nicht gerechnet! Er fühlte wohlig, dass sein Glied sich versteifte, wie schon seit Jahren nicht mehr, während er andächtig auf die bebenden festen Brüste schaute. Dann ließ er seine Augen über die schmale Taille und die weich gerundeten Hüften gleiten, bis hinunter zu dem goldblond schimmernden Dreieck!

Die dünne, zitternde Mädchenstimme riss ihn aus seiner andächtigen Versunkenheit. Sie brachte ihn dazu, sich aufmerksam ihrem furchtverzerrten Gesicht zu widmen – was ihm im Übrigen ungeheures Behagen bereitete.

»B... bitte, Mister Will ... Norman ... gehen Sie ... bitte ...« Er grinste verschlagen, hob erneut den Becher mit dem verbliebenen Rum an ihre Lippen und kicherte:

»Glaube mir, mein schönes Kind, durch den Rum wird es leichter.« Plötzlich fiel ihm etwas ein! Er stellte seiner sicheren Beute lauernd die Frage, zu der er McCleary gegenüber zu feige gewesen war: »Du bist doch noch Jungfrau?« Insgeheim haftete ihm nämlich diese Besorgnis an. Dieses Prachtstück hatte sich McCleary, über dessen seltsame Vorlieben hinter versteckten Mündern gemunkelt wurde, doch bestimmt nicht entgehen lassen? Aber dann lachte er selbstgefällig auf und gab sich selbst die Antwort: »Aber ja, natürlich! Das hätte selbst unser guter Freund Edmond nicht gewagt. Nicht, wo er dich doch ohne Mitgift an den Mann bringen wollte, nicht wahr?«

Zu Scham und Angst nun auch noch zutiefst gedemütigt, schlug Jana ihm in einer närrischen Aufwallung den Becher aus der Hand! Schneller, als jemand es diesem ungelenken, ohnedies betrunkenen Mann zugetraut hätte, griff dieser mit überraschender Kraft nach ihren Armen, packte sie und versuchte, seine Lippen auf ihren Mund zu zwingen.

In wilder Panik schlug Jana um sich, gleichgültig, wohin sie traf. Seine wurstigen Finger fassten nach ihren Brüsten, zogen an ihren Haaren, versuchten sich zwischen ihre Schenkel zu schieben – und bald erschien er ihr wie ein speichelndes Ungeheuer mit Hunderten Lippen und feuchten Händen.

»Du verdammtes Luder!«, schrie er schnaufend. »Ich werde dich lehren, dich mir, deinem künftigen Ehemann zu widersetzen!«

Wütend riss er sie wieder an den Haaren, packte sie um die Taille und schleuderte sie in ungehemmter Wut auf das Strohlager.

Noch ehe Jana nach einem verzweifelten Aufkreischen fähig war, ihre Lungen wieder mit Luft zu füllen, warf er sich auch schon mit seinem ganzen Gewicht auf sie und drückte sie auf das Stroh, das schmerzhaft in ihre zarte Haut stach. Sie zappelte, wand sich unter ihm, schlug mit den Fingernägeln nach seinem feisten Gesicht. Plötzlich gelang ihr ein tiefer Atemzug, und sie begann gellend zu schreien! Gleichzeitig gelang es dem Hechelnden, ihre Handgelenke einzufangen. Rücksichtslos kniete er sich darauf! Jana stieß vor Schmerz ein schrilles Heulen aus! Kurzatmig hielt Norman inne und japste bösartig, die Augen zu schmalen Schlitzen zusammengezogen:

»Willst du ... wohl ... ruhig sein, du verfluchtes Weibsstück? Oder sollen sich zuerst meine ... Männer mit ... dir beschäftigen? Einer nach dem anderen ..., glaube mir ..., ich werde ein guter Zuschauer sein! Ob ich allerdings ... danach noch Lust auf dich habe ...?«

Wie betäubt hielt Jana still, als der Sinn dieser heiseren Worte in ihren Verstand drang. Ungläubig starrte sie in das grinsende Gesicht über sich und zuckte entsetzt zusammen, als er wieder dieses meckernde Lachen ausstieß – und in der Tasche seines Anzuges zu nesteln begann, aus der er schließlich einen Strick zog, den er hämisch lächelnd vor ihren tränenglitzernden, panikerfüllten Augen tanzen ließ!

»Wie du siehst, habe ich schon mit einer kleinen Gegenwehr deinerseits gerechnet«, spuckte er ihr ins Gesicht, »achte nur gut darauf, was ich jetzt tun werde!«

Jana versuchte ein letztes Mal, sich aufzubäumen, doch vergebens!

Mit einer einzigen Bewegung umwand er erst das eine Handgelenk mit der Schnur, zog die gefesselte Hand brutal zu der anderen hinüber und band sie zusammen. Dann nahm er die Enden und zerrte sie, ihr absichtlich Pein zufügend, über ihren Kopf und band sie an einen der Pfosten.

Jana begann wieder zu schreien! Sie glaubte wahnsinnig zu werden! Denn nun begannen seine feuchten Finger langsam und genüsslich ihren Körper abzutasten. Er bewegte sich rhythmisch dabei auf und ab und rieb sich ächzend an ihr.

»Ja, ja ... schrei nur ...«, stöhnte er erfreut, »... meine Männer hatten lange keine Frau mehr. Sie werden begeistert von deinem schönen Körper sein. Sie sind wie Tiere, verstehst du ... wie wilde Bestien!«

Janas Kräfte schwanden. Sie verwandelte sich in ein bebendes Bündel Mensch. Hilflos schluchzte sie nur noch leise, unfähig, sich weiterhin zur Wehr zu setzen.

»Bitte ... Norman ... bitte, tun Sie das nicht, bitte ...«, flehte sie zutiefst gedemütigt. »Lieber Gott, hilf mir ...« Sie schloss die Augen und bewegte sich nicht mehr. Nur ein Schauer zuckte hin und wieder durch ihren erstarrten Leib. Sie spürte teilnahmslos seine Lippen, die gierig an ihrer Brust zu saugen begannen. Sie merkte, wie er seine Hose herunterstreifte, fühlte sein erregtes Glied, das an ihren Schenkeln auf und ab rieb. Sie hörte ihn stöhnen und keuchen! Das hier war ein Albtraum! Nur ein furchtbarer Albtraum! Es konnte nicht sein, dass sie sich auf diesem schmutzigen Schiff befand – in der rohen Gewalt eines abscheulichen Mannes! Aber es kam das Schlimmste! Ob sie wollte oder nicht, sie riss die Augen wieder auf und sah direkt über sich den trüben, farblosen Blick und das lüstern verzerrte Gesicht. Mit beiden Händen griff er nach unten und spreizte mit einem harten Ruck ihre Beine! Sie fühlte ein steinhartes Ding an ihrer unberührten Pforte, sah, wie er sich leicht anhob, um es ihr rücksichtslos in den Leib zu rammen! Sie kniff Augen und Mund fest zusammen. Sie wusste, wenn sie erneut anfangen würde zu schreien, würde sie nie mehr damit aufhören können ...

Nahezu besinnungslos vor Angst nahm sie zunächst nicht wahr ... dass Norman wie von einer Axt gefällt über ihr zusammenbrach! Ehe er sein schändliches Vorhaben in die Tat umsetzen konnte! Wie er so starr auf ihr lag und etwas Heißes, Klebriges an ihr hinunterrann, wagte sie, einen Blick durch die langen Wimpern auf ihn zu werfen.

Im gleichen Moment riss sie die Augen vollends auf!

Über die Schulter Norman Wills hinweg sah sie fassungslos nach oben. Ein schauerliches Krächzen löste sich aus ihrer wunden Kehle:

»Koah?«

Mit donnernden Hufen jagten die Piraten durch den natürlichen Tunnel, der zu Sultan Muda Hassins ehemaligem Sommerpalast führte, welchen sich Edmond McCleary vor Jahren aneignete. Jeder einzelne zeigte Entschlossenheit, den Tod zu bringen.

An der Spitze ritt, in einen schneeweißen Burnus gehüllt – und nach einem in Sarawak geleisteten Schwur, niemals wieder sein Gesicht zu verbergen –, Yoritomo Shigehira – die Kobra. Ein Name, welcher alleine durch seinen Klang Angst und Hass unter den Engländern verbreitete. Sein langes schwarzes Haar wehte ungebändigt, einem kriegerischen Banner gleich, hinter ihm her. Die beiden Schwerter auf seinem breiten Rücken blitzten und spiegelten Verderben wider. Hinter ihm, wenn auch in weitaus unwürdigerer Haltung, folgte Giro Batol, der sich krampfhaft an die Mähne eines hochbeinigen Falben klammerte, welcher keine Ermüdung zeigte, in seinem langausgreifenden Galopp mit dem Rappen Yoritomos Schritt zu halten.

Während die Vergeltung in furioser Geschwindigkeit auf Cleary zuhielt, maßregelte Edmond McCleary einmal mehr den unglücklichen Colonel Mathao. Die Hände in den Hosentaschen vergraben und im Mundwinkel ein halbgerauchtes Zigarillo, blickte er verächtlich auf den Sepoy.

Dieser betrachtete seine staubigen Stiefelspitzen, als gäbe es auf der ganzen Welt nichts Interessanteres. Die Soldaten auf dem Pferd schauten angestrengt in den Park, als sähen sie zum ersten Mal in ihrem Leben einen englischen Rasen.

Edmonds Blick fuhr grimmig von einem zum anderen und blieb schließlich wieder auf dem Colonel haften. Er dehnte mit Absicht seine Worte, um die Schärfe darin hervorzuheben:

»Was soll das heißen, Sie haben sie noch immer nicht gefunden?«

Mathao wand sich unbehaglich und wich weiter Edmonds Blick aus. Stattdessen schaute er hilfeheischend zu seinen Männern, die taten, als bemerkten sie diesen stummen Ruf nicht. Der Colonel seufzte schwer. Ihm blieb nichts anderes übrig, als Farbe zu bekennen.

»Ja ... also ... eh ...«, stotterte er verlegen und suchte krampfhaft der unsichtbaren Schlinge zu entkommen. »Meine und Ihre Männer suchen weiterhin die Küste ab. Bisher haben wir keine Spur von ihnen entdecken können.« Er zuckte schmerzlich zusammen und glaubte seinen Ohren nicht zu trauen, als einer seiner Männer plötzlich herausplatzte:

»Wir kamen nur um Sekunden zu spät, als das Schiff des Tigers ...«

Unter dem mörderischen Blick seines Vorgesetzten schwieg er erschrocken, während Edmond fassungslos explodierte!

»Wie? Wollen Sie etwa damit andeuten, Sandokan selbst hielt sich an der Küste auf? Und Sie ...«, er riss eine Hand aus der Tasche und richtete seinen Zeigefinger wie eine Dolchspitze auf den in sich hineinkriechenden Colonel. »... Sie haben ihn entkommen lassen?«

»Nun ja ...«, würgte der Offizier schluckend und schwieg wieder.

»Verdammt!«

Edmond wandte sich schockiert ab. Nach einem vernichtenden Blick drehte er sich vollends um und stampfte ohne ein weiteres Wort ins Haus zurück.

Nach einer ganzen Weile richtete sich der Colonel endlich wieder auf und brüllte:

»Zurück zur Küste! Wir suchen weiter!«

Widerwillig wendeten die Männer die Pferde, verließen den Vorplatz und ritten in den Weg hinein.

Geradewegs ihrem Verderben entgegen.

Mit verkniffener Miene durchmaß Edmond McCleary die Vorhalle. Er blieb stehen, als seine Gattin an der Balustrade erschien und ängstlich herunterrief:

»Haben die Soldaten sie erwischt?«

Edmond nestelte nervös ein Zündholz aus der Brusttasche, entzündete das erkaltete Zigarillo und schüttelte grimmig den Kopf.

»Diese unfähigen Kerle haben sie entkommen lassen!«

Langsam schritt Esther die Stufen hinunter. Mit schlecht verhohlener Erleichterung fragte sie:

»Dann sind sie also nicht mehr auf Sarawak?«

»Vermutlich nicht«, antwortete Edmond sarkastisch und musterte sie verdrossen. »Ich werde also die Wachen zurückbeordern – zu deiner Beruhigung.«

Yoritomo sah sie zuerst.

Dort hinten, wo der Dschungel sich lichtete und die helle Sonne in die grüne Röhre einfloss, ritten unerwartet fünf indische Soldaten, erkennbar an den roten Uniformen und den Turbanen, in den Weg ein. Die Sepoys nahmen die Piraten nicht sofort wahr, da sich ihre Augen nur allmählich an die Dämmerung des Dschungels gewöhnten. Wertvolle Sekunden verstrichen, in denen sie noch hätten umkehren und fliehen können. So vernahmen sie die furchtbaren Kampfschreie »Für den Tiger!« –

»Vernichtet sie!« – »Für Mompracem!« – erst, als die Piraten fast bei ihnen waren. Mit wütendem Gebrüll zogen sie ihre Gewehre und stürmten den abenteuerlichen Gestalten entgegen. Ein ungleicher Kampf entbrannte!

Schon stürzte der erste Pirat von einer Gewehrkugel getroffen vom Pferd. Er rollte sich jedoch behände in die Büsche, um nicht von den tobenden Hufen des Tieres zermalmt zu werden, zog trotz der Verletzung seinen Krummsäbel und stürzte sich auf die Soldaten, die nicht die geringste Chance besaßen.

»Kobra!«, schrie Giro Batol inmitten des Kampfgetümmels Yoritomo zu. »Reite voraus, damit er nicht vorbereitet ist!« Der Krieger verharrte, dachte nach, nickte und gab dem Rappen die Sporen. Noch im Vorbeireiten streifte das *Murasama*-Schwert wie zufällig Colonel Mathao, der sich erbittert gegen zwei halb nackte Männer mit Entermessern zur Wehr setzte ... und trennte ihm den Kopf von den Schultern!

Edmond drehte sich eher erstaunt um, als die ersten Schüsse fielen.

Doch Esthers Hand fuhr sofort leichenblass an die Brust! Türen öffneten sich, und schwarze wie malaiische Dienstboten drängten ängstlich in die Halle.

Ethel und Anabell stürzten aus ihren Räumen und rannten zur Treppe. Letztere furchtlos, mit geröteten Wangen.

»Vater! Was ist da draußen los?«

Esther fuhr hysterisch herum.

»Geht auf eure Zimmer! Sofort!«

Ethel stockte, nickte ernst und gehorchte. Anabell jedoch beachtete die Mutter überhaupt nicht und kam weiter herunter. »Vater?«

Edmond sah über alle hinweg und befahl knapp: »Ihr bleibt hier. Ich werde nachsehen.« Er ging auf das Portal zu, öffnete einen Flügel und ging wieder hinaus. Die Bewohner sahen ihm furchtsam nach.

Im ersten Moment blendete ihn die tiefstehende Sonne. Mit zusammengekniffenen Augen sah er sich um, dann blickte er zum Rande des Dschungels hinüber. Seine Pupillen weiteten sich überrascht. Aber sogleich hatte er sich wieder in der Gewalt und sah ausdruckslos dem weiß gekleideten Reiter auf dem Rappen entgegen, der am Ende des Weges verharrte. Unwillkürlich drängte sich Edmond das Bild von einem Todesengel auf.

Jetzt setzte sich der Reiter wieder in Bewegung. Er ritt auf dem kiesbestreuten Weg geradewegs auf das Portal zu.

Edmonds Hand zitterte, als er das Zigarillo aus dem Mund nahm und es fortwarf. Herausfordernd straffte er sich.

Yoritomo erreichte die Stufen, verhielt das Pferd und blickte mit unergründlicher Miene auf Edmond hinab. Nur seine goldgrünen Augen versprühten Funken mörderischer Wut und tiefsten Abscheus!

Edmond McCleary erkannte, wann er verloren hatte. Um seine Lippen spielte ein dünnes Lächeln. Er deutete eine Verbeugung an und sagte voller Ironie:

»Nun? Was möchten Sie, Mister... Kiuto? Ich nehme nicht an, dass Sie in geschäftlicher Mission unterwegs sind?«

In den Augen des Kriegers erschien Spott, doch auch die widerwillige Bewunderung, die man einem besiegten Feind einräumt, welcher sich in Würde geschlagen gibt. Die langen Haare umwehten das stolze schmale Gesicht, und die jetzt dunkelgrün schimmernden Augen blitzten, als er den Kopf in den Nacken warf und auflachte.

»Ihre Haltung ist bewundernswert, McCleary. Doch es wird Ihnen nichts nützen, weil«, er beugte sich vor und musterte Edmond beinahe belustigt, der um einen Schein blasser wurde, »ich Sie jetzt töten werde. Oder ...« Er lächelte grausam.

»Oder? Was schlagen Sie vor ... Kobra ... so nennt man Sie doch, nicht wahr?« McCleary versuchte spöttisch zu klingen, was ihm jedoch nicht gelang. Fieberhaft wägte er ab, ob dieser Hurensohn es gewagt haben könnte, ihn alleine, hier auf seinem eigenen Territorium herauszufordern.

Yoritomo lächelte noch immer. Aber seine dunkle Stimme vibrierte wie gehärteter Stahl, der eine Todesmelodie durch die Lüfte schnitt:

»Oder ich ziehe in Erwägung, ob ich Ihnen die nichtverdiente Ehre erweise, Sie hier, auf der Stelle, Seppuku begehen zu lassen.«

Edmond wich bleich, fassungslos zurück.

»Sie ... Sie sind verrückt! Glauben Sie tatsächlich, ich würde Selbstmord begehen?«

»Nein. Das glaube ich nicht«, erwiderte Yoritomo eisig. »Ich wusste, dass Sie einen ehrenvollen Tod nicht in Betracht ziehen, McCleary, denn Sie wissen nicht einmal, was das Wort *Ehre* bedeutet.«

Langsam bewegte Edmond sich rückwärts zum Portal.

Yoritomo griff hinter den Nacken, zog bedächtig das längere Schwert über den Kopf hinweg und richtete die noch blutige Spitze geradewegs auf Edmonds Kehle, der daraufhin taumelte.

»Sie sehen ein wenig blass aus, McCleary«, forderte er den Gegner spöttisch heraus. »Bereitet Ihnen mein Besuch etwa Kopfschmerzen? Ich kenne ein geeignetes Mittel, Mister Edmond McCleary – von James Brookes Gnaden – es nennt sich *Enthauptung*!«

Edmond stolperte in die Halle hinein.

Der Reiter stieß dem Pferd aufmunternd in die Flanke und folgte ihm die Stufen hinauf – ebenfalls in die Halle. Aus dem Augenwinkel beobachtete er wachsam, wer sich dort befand. Es entging seinem geschärften Blick auch nicht, wie Edmond mit einer Hand in seine Hosentasche fuhr.

Esther und Anabell standen in einer Ecke, inmitten der Dienstboten. Esther war leichenblass. Sogar Anabell schien nun doch nervös zu sein, denn ihre Hand hob sich an die Brust und befingerte einen Gegenstand, den sie unter dem zitronengelben Spitzenkleid versteckte. Alle blickten starr auf die Szene: auf Edmond McCleary und den Furcht einflößenden Krieger zu Pferd, der diesen mit gezogenem Schwert verfolgte.

Unvermittelt hielt Edmond eine Pistole in der Hand und richtete die todbringende Mündung geradewegs auf Yoritomos Herz.

»Touché«, sagte dieser gelassen, und die Spitze des Schwertes senkte sich langsam. Sein dunkles Gesicht zeigte keine Regung und nicht die geringste Spur von Überraschung.

Man konnte eine Nadel fallen hören.

Edmond fixierte den verhassten Feind. Ein siegessicheres Grinsen breitete sich über sein Gesicht aus.

Der Finger über dem Abzug krümmte sich ...

In derselben Sekunde, als der Schuss sich löste, stieß er ein wut- und schmerzerfülltes Heulen aus! Die Kugel drang in das Schnitzwerk des Portals ein! Edmond krümmte sich, ließ die Pistole fallen und umklammerte sein rechtes Handgelenk, aus dem ein gebogener Malaiendolch ragte!

Esther schrie auf.

Anabell rannte zu ihrem Vater hin.

Einige der Diener warfen sich verstohlene, triumphierende Blicke zu.

Noch immer regungslos, ohne sich umzudrehen oder den Blick von Edmond zu nehmen, sagte Yoritomo nahezu erheitert:

»Ich danke dir, Giro Batol.«

Grinsend trat der Hüne ein, ging geradewegs auf Edmond zu und griff, als hätte er ein Stück Holz vor sich, nach seinem Dolch und zog diesen mit einem Ruck, dem wieder ein Aufheulen folgte, aus der Wunde! Ungerührt wischte er das Blut an der Hose Edmonds ab und steckte ihn zurück in die breite Schärpe, die er als Gürtel trug.

»Das wirst du bereuen, du Hundesohn!«, zischte Edmond durch die zusammengepressten Zähne und richtete sich auf. Als Antwort zog Yoritomo die Augenbrauen ein wenig in die Höhe und sah mit mildem Vorwurf auf ihn hinab. Dann stieg er aus dem Sattel, näherte sich Edmond. Sein Schwertarm hob sich in unendlich gemächlicher Bewegung.

»Nein!«, kreischte Anabell und warf die Arme um den Vater!

Das blitzende *Murasama*-Schwert erzitterte in der Luft! Die ebenmäßigen, vormals gleichgültigen Züge des Kriegers verzerrten sich.

Edmond versuchte Anabell unwirsch abzuwehren – aber dann bemerkte er den seltsamen Ausdruck im Gesicht des Gegners ... Er folgte dem Blick und sah den Gegenstand, welcher der jüngsten Tochter aus dem Ausschnitt des Kleides glitt und nun an einer langen Kette herabbaumelte! Seine Augen fuhren hellwach zwischen dem Piraten und dem unbekannten, schimmernden Ding hin und her.

Es war das Medaillon mit dem Zeichen der Familie Shigehira, das der Krieger Lady Juliana Sinclair als Zeichen und Versprechen seiner Liebe am Abend des Balles übergeben hatte. Die glitzernden Smaragd-Augen der Kobra schienen Yoritomo zu verhöhnen!

Er deutete auf das Schmuckstück und fragte mit rauer Stimme:

»Woher haben Sie dieses Medaillon, Miss?«

Anabells Augen flackerten. Ihr Blick wurde tückisch, aber es gelang ihr vortrefflich, einen harmlos ängstlichen Ausdruck beizubehalten, während sie mit hoher, einfältiger Kinderstimme antwortete und dabei aufreizend mit der Kette spielte:

»Oh? Das? Das ist ein Geschenk meiner lieben Cousine Juliana. Ich glaube, Sie lernten sie an ihrem achtzehnten Geburtstag kennen. Sie waren doch unter den Gästen, nicht wahr? Sie sagte«, Anabell hatte nicht geringe Schwierigkeiten, das boshafte Lächeln zu unterdrücken, »sie benötigte es nicht mehr, da sie ja nun heiraten würde und es ihrem Ehemann sicher nicht gefiele, behielte sie alle die kleinen Aufmerksamkeiten ihrer Verehrer.« Unschuldig sah sie mit großen Augen zu Yoritomo auf, und ihr niederträchtiges Herz hüpfte vor Freude. Denn während dessen Augen sich in Wut und Schmerz verdunkelten, bemerkte sie den stolzen, bewundernden Blick, den der Vater ihr zuwarf. »Gefällt es Ihnen?«, fragte sie naiv, zog die Kette über den Kopf und hielt sie dem großen, muskulösen Mann hin. »Juliana sagte, es wäre nichts Besonderes und kaum von Wert, aber Sie können es ruhig nehmen, wenn Sie möchten.«

Automatisch griff er danach. Sein Schmerz und sein verfluchter Hochmut ließen ihn immer tiefer in die Falle tappen, die er sich selbst gestellt hatte! Habe ich es nicht gewusst?, schrie sein verblendeter Verstand triumphierend auf, während sein Herz sich zusammenzog. Er ignorierte die warnende Stimme in seinem Inneren und weigerte sich zu verstehen, was sie ihm zurief.

Die mahnende Stimme fragte nach dem Sinn: Das Wort dieses niederträchtigen Geschöpfes stand gegen die Versicherung der Prinzessin. Gegen den Einspruch seines sich verhärtenden Herzens. Und doch musste er der leiblichen Tochter seines Feindes Glauben schenken ..., denn wenn *er* es war, der irrte, dann hatte er die verraten, die ihm vertrauten – einschließlich des jungen Mädchens, in dessen wundervollen Meeresaugen er zum ersten Mal in seinem Leben die Liebe zu erkennen glaubte.

Nein!

Er weigerte sich, diese schmachvollen Gedanken weiter auszuführen! Die Prinzessin und ihr Bruder waren der Lady ergeben, weil sie hin und wieder, wahrscheinlich aus Langeweile, einen für Engländerinnen ungewöhnlichen Mut bewiesen und die beiden nicht wie Gesinde behandelt hatte. War es ein Wunder, wenn die zu Dienstboten degradierten Geschwister sich zu ihr hingezogen fühlten? Yoritomo, mit seinem allmählich zu Stein erstarrenden Herzen, wollte nichts davon wissen, dass er damit Tinuha und Koah der Lüge bezichtigte.

»Anabell!«, schrie Esther auf, entgeistert über solche unglaubliche Heimtücke, welche sie nicht einmal dieser Tochter zugetraut hätte! Sie rang die Hände und sah entgeistert zu ihr hinüber. Sie glaubte, nicht richtig gehört zu haben.

»Halte augenblicklich den Mund!«, herrschte Edmond sie an.

Yoritomo blickte noch immer mit gefrorenen Zügen auf das Medaillon nieder. Er, dem niemals etwas entging, überhörte Esthers überaus aufschlussreichen Ausruf! Jetzt sah er auf.

»Wo ist sie?«, fragte er dumpf.

»Eh? Wen meinen Sie? Etwa meine Nichte?«, fragte Edmond hämisch zurück und ignorierte das schmerzhafte Pochen in seinem blutenden Handgelenk. Bedauernd hob er die Schultern. »Leider kommen Sie zu spät zur Gratulation. Sie ist bereits vor sechs Tagen mit ihrem zukünftigen Gemahl zu dessen Plantage abgereist.« Theatralisch fügte er hinzu, in der sicheren Erkenntnis, eine verwundbare Stelle des verhassten Gegners gefunden zu haben: »Ich schätze, diese Verbindung ist mittlerweile gesegnet.«

Und Anabell stach in die geöffnete Wunde, indem sie die Augen albern nach oben verdrehte und seufzte:

»Und meine Cousine war sehr glücklich über diese Wahl. Ach, wie ich sie beneide. So ein großer, stattlicher Mann!«

Die Dienerschaft tauschte zornige Blicke, wagte indes nicht einzugreifen.

Esther aber durfte diese Farce einfach nicht zulassen. Zumal Julianas Schicksal sie erschütterte und sie sich ohne Unterlass Vorwürfe machte, das Geschehene nicht verhindert zu haben.

Sie überwand ihre Angst und ging quer durch die Halle auf Yoritomo zu.

»Sie dürfen das nicht glauben«, begann sie gequält. »Mein Gatte hat ...«

Wie von einer Viper gebissen, fuhren Vater und Tochter gleichzeitig zu ihr um und fauchten sie an:

»Schweig, Frau!« – »Aber Mutter!«

Da endlich erwachte der Krieger.

»Was geht hier vor?«, verlangte er schroff zu wissen und etwas sanfter, da er Schrecken und Verzweiflung auf Esthers Gesicht erkannte: »Was wollten Sie sagen? Sprechen Sie, Mrs. McCleary. Ich werde niemanden in diesem Haus töten, wenn ich die Wahrheit erfahre.«

Doch Esther senkte den Kopf und wandte sich ab. Ihr aufflackernder Mut schrumpfte unter Edmonds unbarmherzigem Blick.

»Es i ... st, wie mei ... ne Tochter sagt – Ju ... liana ist mit ihrem zukün ... künftigen Gemahl auf dem Weg nach Borneo«, plapperte sie gehorsam und kaum verständlich nach.

Schweigend sah Yoritomo auf ihren zitternden Rücken. Ihm dämmerte, in einer Anwandlung von Mitleid, was dieser Frau als Gemahlin McClearys alles zugemutet werden musste. Und er ahnte plötzlich, dass dieser sicher vor nichts zurückschreckte.

Abrupt wandte er sich Giro Batol zu, der alles gelangweilt beobachtete.

»Wir ziehen uns zurück.«

»Aber Kobra!«, empörte sich der Hüne verständnislos. »Du willst den Feind des Tigers ungeschoren davonkommen lassen?«

Yoritomo, der sich gerade auf sein Pferd schwingen wollte, stockte. Dann glitt ein mörderisches Lächeln über seine Züge.

»Ich versprach, niemanden in diesem Haus zu töten, aber ...«

Kein menschliches Reaktionsvermögen folgte der blitzschnellen Bewegung des Herumwirbelns und ...

... auf Edmonds Wange klaffte eine tiefe Wunde, aus der in hohem Bogen das Blut herausspritzte und das gelbe Kleid der wie von Sinnen kreischenden Anabell über und über besudelte! Die verbleibende Narbe würde Edmond McCleary sein Leben lang zeichnen.

Esther und die Diener schauten erschrocken, aber schweigend zu, wie Edmonds Hand an die Wange fuhr, und er verblüfft auf das viele Blut starrte, das sich auf dem Boden sammelte! Sein Mund öffnete und schloss sich tonlos.

Ohne ihn eines Blickes zu würdigen, schwang Yoritomo sich nun in den Sattel. Erst von hoch oben sah er verächtlich auf Edmond hinunter und sagte laut:

»Für das, was du der Prinzessin und allen anderen unschuldigen Geschöpfen angetan hast, einschließlich der sinnlosen Morde im Chinesenviertel, hättest du den tausendfachen Tod verdient! Hüte dich, mir noch einmal zu begegnen, Edmond McCleary, denn dann wirst du dir wünschen, niemals geboren worden zu sein!«

Er lenkte sein Pferd aus der Halle.

Giro Batol folgte ihm aufs Höchste verstimmt.

»Koah!«

In diesem Schrei waren alle Gefühle versammelt, welche Jana in diesem Augenblick durchströmten: Grauen, Erleichterung, Überraschung.

Tinuhas junger Bruder richtete sich auf und wischte angewidert das Messer an Normans Anzug ab. Er trug abgerissene Hosen und eine fleckige Jiba. Sein schmales Gesicht zeugte von Erschöpfung und Müdigkeit. Verheilte Striemen waren noch auf seinen bleichen Wangen zu sehen. Mit einer Mischung aus Stolz, Verlegenheit und Besorgnis sah er die englische Freundin an.

»Bist du verletzt?«

»Nein, nein!« Jana schüttelte den Kopf und brach gleichzeitig in Schluchzen und Lachen aus, als ihre Nerven nachgaben! »Wo kommst du nur so plötzlich her? Oder träume ich das alles etwa nur? Bitte, bitte ... nimm dieses ... Tier von mir herunter! Hilf mir, Koah, ich flehe dich an! Mich ekelt so sehr ...!« Das Schluchzen überwog.

Ächzend zog Koah den schweren Körper Norman Wills von Jana und ließ ihn einfach, eine breite Blutspur hinterlassend, zu Boden rutschen. Der fettleibige Mann stöhnte. Jana blickte hastig zur Wand, als Koah noch einmal mit seinem Messer zustieß. Sie unterdrückte die aufsteigende Übelkeit und sah ihren halbwüchsigen Befreier wieder an. »Wie hast du ...?«

»Ich bin kurz vor dem Ablegen durch das Hafenbecken zum Schiff geschwommen und auf der anderen Seite an Bord geklettert«, berichtete er atemlos, und es klang so einfach. »Dann habe ich mich die ganzen Tage im Laderaum bei den Vorräten versteckt gehalten.« Zorn übermannte ihn plötzlich und ließ sein stets gebändigtes Temperament zum Vorschein kommen. Heftig trat er in das entblößte Hinterteil Normans. Dann beugte er sich über Jana und durchtrennte mit einem Ruck die Schnüre, die ihre Hände an den Pfosten fesselten.

Mit schmerzlich verzogenem Gesicht setzte sie sich auf und rieb ihre Gelenke.

Koah wandte sich verlegen ab.

Sie sah an sich hinunter. Auch wenn Koah für sie wie ein Bruder war, sprang sie hastig auf, eilte zur Waschschüssel und begann sich hektisch zu waschen. Dann raffte sie ihr Kleid und die Unterwäsche vom Boden auf. Während sie mit fliegenden Fingern versuchte, wenigstens einige der Knöpfe zu schließen, raunte Koah mit abgewandtem Blick: »Ich konnte nicht eher kommen. Aber heute«, er sah bezeichnend nach oben, »sind sie total betrunken. Er hat ihnen Rum ausschenken lassen. Aber jetzt müssen wir von hier verschwinden, ehe noch einer von der Mannschaft herunterkommt«, drängte er nervös.

»Du bist noch voller Blut von ..., aber ... du bist ja verletzt!« Jana starrte verstört auf die Schusswunde an Koahs Arm, die sich wieder geöffnet hatte und blutete.

»Nur ein Streifschuss – nicht schlimm. Es ist so gut wie verheilt«, wehrte er ab und schob sie zur Tür. Vorsichtig schaute er um die Ecke und nach oben, die schmale Holzstiege hinauf.

»Wer hat auf dich geschossen?«, ließ Jana nicht locker.

»Norman Wills Männer?«

»Nein, es waren Soldaten.« Der junge Malaie seufzte ungeduldig. »Aber das erzähle ich dir später. Erst müssen wir hier fort, verstehst du?« Er bedeutete ihr mit der Hand, ihm zu folgen.

»Wie sollen wir denn vom Schiff kommen?«, wisperte sie hinter ihm unruhig.

»Sie haben ein Rettungsboot«, flüsterte Koah zurück. »Ich werde einfach die Seile durchtrennen, und wir springen hinterher ins Wasser.« Zweifelnd drehte er sich zu ihr um. »Du kannst doch schwimmen?«

»Ein wenig«, antwortete sie unbehaglich, »es ... es wird schon gehen.«

Vorsichtig schlichen sie hintereinander die Stiege hinauf. Das Grölen der betrunkenen Männer war leiser geworden. Nur vereinzelt vernahmen die beiden Flüchtlinge rohes Gelächter vom Vorderdeck her. Koah streckte den Kopf aus der Tür. Rechts neben ihm bewegte sich eine große Gestalt im Dunkeln! Erschrocken zog er den Kopf wieder ein und legte einen Finger auf den Mund. Janas Augen waren angstvoll aufgerissen. Sie biss sich auf die Knöchel, damit kein Ton über ihre Lippen kam, obwohl der Wind ziemlich heftig und laut, hoch über ihnen, in den geblähten, knatternden Wanten pfiff.

Die Wache schälte sich aus der Dunkelheit und ging pfeifend

direkt an der offenen Tür vorbei, ohne diese zu bemerken. Sie verhielten sich mucksmäuschenstill und regten sich nicht, bis der Seemann zwischen Tauen und Masten verschwunden war.

»Jetzt!«, zischte Koah und zog Jana hinter sich her. Geduckt liefen sie zur anderen Seite der Reling, wo das Boot an dicken Seilen direkt über dem Wasser schaukelte. Der Wind nahm an Stärke zu, was sich für die Fliehenden im Moment noch als Vorteil erwies. Später, im Boot, würde es wahrscheinlich sehr unangenehm werden. Die Böen zerrten an Kleidern und Haaren. Hastig begann Tinuhas Bruder mit dem Dolch an den Stricken zu säbeln, wobei er wachsam nach allen Seiten schaute. Eine Ewigkeit schien zu vergehen. »Halte dich bereit!«, befahl er halblaut über die Schulter hinweg. Jana klammerte sich an das niedrige Geländer und wagte nicht, in die finstere, brodelnde Schwärze unter sich zu sehen. Sie wusste, dass sie gleich springen musste, sonst würde sie das Boot aus den Augen verlieren! Sie schob ein Bein über die Stange, holte tief Luft und hoffte, tatsächlich bereit zu sein. Sie hatte furchtbare Angst. Ein letzter Streich und das Boot klatschte unten auf, in die hohen Wogen. Ohne Verzögerung sprang Koah hinterher und verschwand in der aufgewühlten Flut. Jana hatte plötzlich das Gefühl, als wären ihre Hände an der Reling festgeklebt.

»Jana! Spring!«, tönte es wütend von irgendwoher über das Tosen hinweg. Sie biss sich auf die Lippen, bis sie bluteten, um die gelähmten Glieder in Bewegung zu setzen ... und zögerte noch immer.

»Hey! Habt ihr das gehört?«, klang ganz in ihrer Nähe die rumheisere Stimme eines Matrosen auf!

Das gab den Ausschlag. Plötzlich war sie wieder Herr über ihren Körper. Sie schloss die Augen und sprang.

Im gleichen Augenblick dachte sie, sie müsse sterben! Das Wasser schlug über ihr zusammen und raubte ihr den Atem! Ihr schweres Kleid sog sich sofort voll und zog sie unaufhörlich in das unendliche Nichts hinab! Ihre Beine verfingen sich in den Röcken, sie bekam kein Wasser zu treten, um an die Oberfläche zu gelangen. Sie streckte hilflos die Arme nach oben aus – jedenfalls dorthin, wo sie ein *Oben* vermutete – und berührte etwas Raues, Warmes, an das sie sich klammerte. Es war Koahs Hand.

Er selbst krallte sich an den Rand des Bootes, das wie durch ein Wunder kielunten aufgekommen war. Mit letzter Kraft zerrte er Jana hinein! Sie blieb eine Weile erschöpft, halb tot am Boden liegen, bevor sie das ganze Wasser herauswürgte, das sie geschluckt hatte. Koah ließ sich neben sie fallen, rang ebenfalls nach Atem. Auch seine Lungen schmerzten und drohten zu bersten.

Viel zu langsam trieb das Boot vom Schiff fort – als ob es sich nicht aus dessen Fahrwasser trennen wollte.

Plötzlich hörten sie undeutlich die Stimmen mehrerer Männer vom Deck her und hielten beide unwillkürlich den Atem an!

»Du hast wohl geträumt?«, lachte einer ungläubig.

Die Stimme von vorhin antwortete zweifelnd: »Ich hole Mister Will und wecke den Kapitän.«

»Ja, tu das!«, höhnte der andere. »Er wird dir das Fell über die Ohren ziehen und dich kielholen lassen, wenn du ihn wegen nichts von seiner Braut runterziehst!«

Gelächter und unflätige, vulgäre Bemerkungen folgten diesen Worten, die einer Lady die Schamesröte ins Gesicht getrieben hätten. Den Rest verstanden die beiden unten im Boot glücklicherweise nicht mehr, da der Wind sich zu einem heulenden Sturm erhob und Koah sich jetzt in die Riemen legte, das Boot mit kurzen Ruderschlägen vom Schiff fortlenkte.

Vier volle Tage trieben sie in glühender, erbarmungsloser Sonne und eisig kalten Nächten auf dem malaiischen Meer. Der geringe Wasservorrat war schon am Abend des zweiten Tages verbraucht. Koah ruderte längst nicht mehr, sondern hielt nur noch die Pinne fest in der erstarrten Hand, um einen ungewissen Kurs zu halten, an den nur er felsenfest glaubte. Jana lag zusammengerollt auf den harten Planken. Selbst wenn sie es vermocht hätte, würde sie sich nicht mit Koah unterhalten wollen. Sie war zornig gewesen wie nie zuvor in ihrem Leben. Aber dass gerade dieser Zorn sie die ersten drei Tage am Leben erhielt, wurde ihr nicht bewusst. Der Grund war, dass Koah ihr am ersten Tag endlich seine wahre Herkunft und die seiner Schwester, Janas bester Freundin, erzählt hatte. Erst war sie wütend, dann zornig und schließlich traurig. Jetzt besaß sie überhaupt keine Kraft mehr, zu fühlen – sie wollte nur noch schlafen und sterben.

Dennoch rührte sie sich plötzlich. Von dem unerklärlichen Instinkt des menschlichen Überlebenswillen getrieben, öffnete sie ihre Augen.

Koah, der ebenfalls völlig erschöpft schlief, sah mühsam hoch, als sich ihre Hand an seinem Knie bewegte und er die krächzende, schwache Stimme hörte:

»Koah ..., sieh doch ..., kann das ... ein Schiff ...!«

Teilnahmslos blickte er in die Richtung, die Janas schmale, von der Sonne gerötete Hand wies. Er kniff die Augen zusammen und schaute eine Weile angestrengt dorthin. Plötzlich entfuhr ihm ein heiserer Freudenschrei, welcher seiner Kehle ungeahnte Pein zufügte. Aber er ignorierte den Schmerz und griff hastig, mit wunden Händen, wieder nach den Rudern. Mühsam wendete er das Boot und holte aus. Tränen, deren er sich nicht schämte, rannen wie Sturzbäche über seine Wangen, und er schluchzte:

»Es ist die Dschunke des Tigers! Bei allen Göttern! Sie haben meine Gebete erhört. Wir sind gerettet!«

Wie durch eine Nebelwand erkannte Jana jetzt auch den geschwungenen Bug einer ungewöhnlich großen Dschunke, die Kurs auf sie nahm. Und die sich bald wie ein riesiger Berg vor ihnen auftürmte! Koahs Jubel drang nur noch durch sanfte Nebelschleier: »Wir sind gerettet! Jana – wir haben es geschafft!«

Die Töne zerflossen in einer wohltuenden, stillen Schwärze ...

Sie spürte nicht mehr, wie sie von starken Armen hochgehoben und über eine schwankende Strickleiter an Bord getragen wurde. Nur einmal öffnete sie noch die Augen und nahm das dunkle Gesicht eines Mannes wahr, dessen samtbraune Augen sie besorgt musterten. Von weitem drang für einen Moment seine tiefe, ruhige Stimme zu ihr vor:

»Hören Sie mich, Miss Sinclair? Sie befinden sich in Sicherheit. Mein Name ist Sandokan. Man nennt mich auch den Tiger von Malaysia –.«

8. KAPITEL

Schwärze ... Dunkelheit.

Langsam anschwellendes Gemurmel, das sich allmählich als eine tiefe ruhige Stimme herausstellte.

Juliana öffnete einen winzigen Spalt die Augen. Nur langsam klärte sich das Bild, und die Stimme wandelte sich zu noch unverständlichen Worten. Sie öffnete die Augen weiter, obwohl sich ihr Verstand dagegen auflehnte. Schon zu oft war sie erwacht und befand sich an einem Ort, der Trauer oder Schrecken verhieß. Doch diesmal schien es anders zu sein – seltsam. Jana vermochte es nicht zu begründen, aber zum ersten Mal, seit sie vor vielen Monaten malaiischen Boden betrat, beschlich sie eine eigenartige Empfindung: Die Ahnung, endlich, nach langer Irrfahrt, daheim angekommen zu sein –.

Dabei war ihr das exotische Gesicht des Mannes, welcher sich über sie beugte, völlig fremd!

Oder nicht? Unsicher suchte sie in ihrem Gedächtnis danach, warum er ihr so vertraut schien. Nein, Tatsache blieb, sie hatte den Mann niemals vorher gesehen. Einen solchen Mann hätte sie auch nie und nimmer vergessen können – wäre sie diesem bereits begegnet! Besonders verblüffend fand Jana, dass er ihr eigentlich Furcht einjagen müsste. Denn das anziehende, ernste Gesicht unter dem wilden schwarzen Bart, der von silbrig schimmernden Fäden durchzogen war, seine ganze Haltung, strahlte Wildheit und Zorn aus. Und die Augen, die sie warm und besorgt ansahen, waren von einem sehr dunklen, sanften Braun, auch wenn darin etwas Bedrohliches glomm. Seine tiefe, wohltönende Stimme streichelte ihr aufgewühltes Gemüt wie eine warme Brise. Und jetzt verzogen sich seine vollen sinnlichen Lippen zu einem wunderbaren Lächeln ...

»Nun sind Sie endlich erwacht, Miss Sinclair. Wir sorgten uns bereits um Sie. Sie befinden sich auf meinem Schiff, in Sicherheit. Mein Name ist Sandokan. Verstehen Sie mich?«

Sie nickte mechanisch, ohne nachzudenken. Hatte sie diese Worte schon einmal gehört? Oder nur geträumt? Sandokan – Jana ließ diesen Namen in sich ausklingen. Sandokan. Allein der Name legte sich wie Balsam auf ihre gequälte Seele.

Sandokan!! Schlagartig wusste sie es wieder! Dieser Mann ist der leibhaftige Tiger von Malaysia! Der Pirat! Der Mörder!, fuhr es ihr benommen durch den Sinn ..., und sie kuschelte sich beruhigt tief in die wunderbar weichen Decken und schlief behaglich, beinahe glücklich wieder ein ...

Als sie das nächste Mal erwachte, brach die Sonne sich in den Fenstern der Kajüte. Sie schaute sich um. Die breite Schlafstatt, auf der sie tief geruht hatte, ähnelte nicht im Mindesten einer Koje, wie man sie auf einem Schiff gemeinhin erwartete, sondern stellte ein prächtiges Bett dar, wie man es in hochherrschaftlichen Häusern oder Palästen fand. Auch alle anderen Möbelstücke zeugten von erlesenem Geschmack.

Vor einem der runden Fenster stand Tinuha und blickte gedankenverloren auf die blaugrüne See hinaus. Sie hörte, wie Jana sich regte, und drehte sich um.

»Wie schön, du bist endlich aufgewacht«, lächelte sie erfreut und erleichtert hinüber. »Du hast bereits zwei volle Tage und zwei Nächte verschlafen.«

Jana setzte sich auf und betrachtete verwirrt ihre Freundin in dem hellgrünen, golddurchwirkten Gewand, das diese fremd und unnahbar aussehen ließ. Ein heller Schein flog über ihr blasses Gesicht, und sie rief inbrünstig aus, wenn auch ihre aufgesprungenen, trockenen Lippen noch brannten: »So habe ich also doch nicht geträumt! Tinuha! Wie, um alles in der Welt, kommst du hierher? Koah sagte doch ...« Sie stockte. Koah sagte ..., er erzählte ... Die Begeisterung über das unerwartete Wiedersehen kühlte jäh ab. Ihre Gedanken begannen sich zu ordnen. Jana verschloss sich! Mit ihr selbst fremdem Sarkasmus fuhr sie fort: »Verzeih, vielleicht sollte ich dich ja von nun an mit deinem richtigen Titel anreden: Prinzessin.«

Das freudige Lachen auf Tinuhas Gesicht erlosch ebenfalls. Sie kam zu der Schlafstatt herüber und hob hilflos die Hände, ließ sie wieder fallen.

»Jana ..., ich ... bitte ..., es tut mir Leid ...«

»Lass nur. Ich habe schon verstanden.«

»Nein, hör mir zu ... ich ... weißt du nicht mehr? Ich wollte es dir gerade erzählen, als Anabell ins Zimmer kam. Erinnerst du dich nicht?« Tinuha knotete nervös ihre schlanken Finger ineinander.

»Du schuldest mir keine Erklärung. Ich ...« Ein Klopfen unterbrach die beiden.

Tinuha ging zur Tür und öffnete.

Unwillkürlich versank Jana tiefer in die weichen Daunen und Pelze, als der berüchtigte Tiger von Malaysia, den Kopf unter dem Türrahmen ein wenig einziehend, eintrat. Aber neugierig betrachtete sie ihn: Er trug weite dunkelblaue Salwars, kurze Lederstiefel und eine knappe, goldbestickte Weste, die seine mächtige Brust kaum bedeckte. Mit federnden, kraftvollen Schritten kam er auf sie zu. Jana bemerkte, wie er überaus aufmerksam und etwas nachdenklich von ihr zurück zu Tinuha blickte, die an der Tür stehen blieb.

Diesem Mann entgeht sicher nie etwas, fuhr es ihr konfus durch den Sinn, während sie zaghaft zu ihm aufblickte.

Sandokan stemmte die großen Hände in die Seiten und sah auf sie hinunter. Die braunen Augen in dem dunklen Gesicht blitzten.

»Ich sehe, Sie haben sich erholt, Miss Sinclair. Ihre Freunde berichteten, sie wären geneigt, sich mir und meinem Rebellenvolk anzuschließen.« Er legte eine Hand auf sein Herz und verbeugte sich übertrieben. »Es wird mir eine Ehre sein, Sie auf Mompracem willkommen zu heißen, Mylady.«

Zweifelsohne besaß der berühmte Pirat Humor.

Und Jana rieselte ein wohliger Schauer bei diesem volltönenden Lachen über den Rücken!

In Wahrheit prüfte der Tiger die kleine Engländerin, von der die Geschwister unglaubliche Dinge erzählten. Das ist sie also, dachte er. Das ist also die junge Lady, die das stolze Herz unseres Freundes gebrochen hat und hoffentlich wieder zusammensetzen wird. Ein schmerzliches Ziehen in der Brust erinnerte ihn daran, wie sehr sie doch seiner geliebten Marianna glich! Er verstand Pierce – wenn er dieses seltene Juwel hier betrachtete –, nicht aber dessen unerklärliches Verhalten ihr gegenüber. In diesen ernst und abwägend auf ihn gerichteten Augen erkannte er keine verborgene Arglist. War Yoritomo denn ganz und gar verrückt geworden, diese erblühende Rosenknospe beiseite zu schieben, die ihm ihr Herz und ihr Vertrauen geschenkt hatte? Natürlich war er, Sandokan, über das ganze Drama informiert. Auch wenn er sein Wissen nicht direkt von dem Krieger bezogen hatte, was ihn sehr beunruhigte. Dieser erwähnte das Mädchen nämlich mit keiner einzigen Silbe. War sie ihm nun wichtig oder nicht? Zum wiederholten Mal konnte Sandokan nicht verstehen, was überhaupt in Pierce vorging. Dieses rührende schöne Geschöpf auf seinem Lager war doch alles, was sich ein Mann nur wünschen konnte! Wäre er selbst zwanzig Jahre jünger ... Er spann diesen Gedanken nicht weiter, denn diese junge Frau strahlte ihn plötzlich mit ihren herrlichen saphirblauen Augen an und rief spontan, als ob sie sich soeben erinnerte: »Sie sind Sandokan! Der Tiger von Malaysia!«

Sein Herz schmolz!

Noch einmal verbeugte er sich tief und antwortete heiter: »So nennt man mich. Wie fühlen Sie sich, Lady Sinclair?«

»Jetzt geht es mir gut. Und ich danke Ihnen auch, weil Sie mich und Ko ... ich meine – den Prinzen – gefunden haben.« Sein Blick flog wieder erstaunt zwischen ihr und Tinuha, deren Gesicht ausdruckslos wurde, hin und her. In seinem Leben gab es keinen Platz für versteckte Andeutungen. So fragte er offen:

»Warum so förmlich Ihren Freunden gegenüber?«

Jana senkte kurz die langen Wimpern und biss sich auf die Lippe. Sie warf einen winzigen Seitenblick zu Tinuha und antwortete bedrückt: »Bis vor kurzem wusste ich noch nichts über die wahre Herkunft meiner Freunde. Es ... ist ein wenig ungewohnt, da ich vorher noch nie einem echten Prinzen und einer echten Prinzessin begegnet bin.«

Ehe Sandokan darauf etwas erwidern konnte, sprudelte es wie früher aus ihr heraus:

»Ich freue mich, dass Sie mir gestatten, Mompracem zu besuchen. Ich habe nämlich gehört, Engländer sind nicht ...« Verwirrt brach sie ab.

»... Engländer sind nicht sonderlich beliebt bei meinen Leuten«, beendete Sandokan ruhig lächelnd den Satz für sie. »Machen Sie sich keine Gedanken darüber, Miss Sinclair. Man wird ihnen nicht den Kopf abschlagen, das versichere ich Ihnen.« Er streckte die Hand aus. »Ich denke, ein Spaziergang an Deck wird Ihnen gut tun, möchten Sie mich begleiten?«

Jana nickte ohne große Begeisterung.

»O ja, sehr gerne, nur – ich habe nichts anzuziehen.«

Sandokan lachte belustigt, als er das Dilemma in ihrem betretenen Gesicht erkannte. »Dem ist abzuhelfen«, meinte er gut aufgelegt und holte aus einer schweren Ebenholztruhe ein Kleiderbündel heraus, das er Tinuha überreichte.

»Sei ihr behilflich, Tinawa. Ich weiß nicht, ob sie sich mit diesen Kleidungsstücken auskennt.«

Tinuha lächelte ihn an, ging zu Jana hinüber und entfaltete das nachtblaue Etwas vor deren erstaunten Augen. Es handelte sich nämlich um ein malaiisches Gewand, welches man einfach um den Körper schlang und um dessen Bewegungsfreiheit Jana die Eingeborenen schon so oft beneidet hatte.

»Ach ja, beinahe hätte ich die Choli vergessen«, erinnerte sich Sandokan und warf noch ein anderes Bündel auf das Bett.

»Was ist das?«, fragte Jana neugierig und griff danach. Tinuha riss es ihr aus der Hand und warf Sandokan einen vernichtenden Blick zu, der ihm Spaß zu machen schien!

»Das erkläre ich dir später«, schluckte sie.

Jana zuckte die Schultern. Ihren Zorn auf die Freundin vergaß sie angesichts der neuen Eindrücke. Aber dann platzte sie wieder einfach mit den Gedanken heraus, die ihr gerade durch den Kopf flogen:

»Ich hätte nie erwartet, Frauenkleidung auf einem ...«

Am liebsten hätte sie sich die Zunge abgebissen!

»... einem Piratenschiff zu finden. Meintest du das?«, fragte Tinuha äußerst liebenswürdig und sah wieder zu Sandokan hinüber, der hochaufgerichtet, mit vor der mächtigen Brust verschränkten Armen – und krampfhaft unterdrücktem Lachen – dastand und die beiden Mädchen betrachtete. Er fand die kleine Engländerin ungemein erfrischend! Ob sie wohl auch Humor besaß? Sicher. Sie schien sogar intelligent zu sein. Welch eine interessante, seltene Mischung: Schönheit und Klugheit!

»Nun ja – ich meine ...«, seufzte Jana und kam sich, ganz im Gegenteil zu den geheimen Gedanken des Tigers, allmählich schrecklich dumm vor.

Sandokan ließ die Hände sinken und ging festen Schrittes wieder zu ihr hin. Jana rutschte unwillkürlich ein wenig tiefer, ohne wirkliche Furcht zu empfinden. Dabei wirkte seine Miene plötzlich sehr ernst. Er beugte sich zu ihr hinab und raunte in verschwörerischem Ton:

»Ich habe noch niemals etwas dem Zufall überlassen, Miss Sinclair. Wenn wir Piraten uns auf Raubzug und Plünderei befinden, kann es immerhin vorkommen, die eine oder andere Lady dabei zu erbeuten. Und für diesen Fall halten wir natürlich auch Kleidung bereit. Wussten Sie das wirklich nicht?«

Jana starrte ihn völlig verblüfft an! Ihre Lippen teilten sich, während Sandokan sich unvermittelt abwandte, ihr den Rücken zukehrte und in merkwürdiger Eile zur Tür ging. Ohne sich umzudrehen, sagte er noch, wobei seine Stimme eigenartig verzerrt klang:

»Ich erwarte Sie an Deck. Kleiden Sie sich bitte an, Lady Sinclair.«

Jana bemerkte nur noch, wie seine breiten Schultern verdächtig zuckten, dann war er auch schon verschwunden!

»Hat er ... hat er das ernst gemeint?«, flüsterte sie nach einer geraumen Weile entgeistert und blickte betroffen zu Tinuha auf. Dann riss sie verblüfft den Mund auf, denn die Freundin schlug eine Hand vor die Lippen und Tränen schossen in ihre Augen!

Der eiserne Ring um Tinuhas Brust hatte sich bei den Worten des Tigers gelockert. Und bei dem überaus komischen Ausdruck Janas vermochte selbst die beherrschte Malaiin sich nicht mehr zurückzuhalten, und so prustete sie unerwartet los!

»Bei Schiwa!«, stöhnte sie schließlich und wischte sich die Lachtränen aus den Augen. »Du müsstest dein Gesicht sehen!«

Jana begriff! Aber alles, was sie im ersten Moment hervorbrachte, war: »Oh ...!«

Über ihre ungläubige Miene zog langsam ein verstehendes Grinsen. Dann begann sie zu kichern. Schließlich brachen beide Mädchen in helles Gelächter aus – wie in früheren Zeiten!

»Er hält mich für ein ziemlich dummes Frauenzimmer«, schluckte sie.

»Nein, das denkt er nicht«, widersprach Tinuha. Sie fing sich und streckte das merkwürdige kleine Bündel vor. »Es ist seine

Art, und deshalb lieben ihn die Menschen auf Mompracem. Willst du nun aufstehen?«

»Was ist es denn?«, erkundigte Jana sich und deutete neugierig auf das, was Tinuha ihr entgegenhielt.

»Unterwäsche«, sagte diese lakonisch.

Jana erfasste nun die peinliche Berührtheit der Freundin von eben. Und der Tiger von Malaysia hatte sich den Spaß erlaubt, sie beide in Verlegenheit zu bringen! Sie wurde selbst im Nachhinein rot bis hinter beide Ohren und erhob sich eilig. Aufmerksam beobachtend, ließ sie sich von Tinuha das bequeme, miederähnliche Kleidungsstück anlegen, welches man unter dem Sarong trug. Anschließend zeigte Tinuha ihr, wie sie das Obergewand mit wenigen Handgriffen über den Brüsten befestigte. Endlich war sie fertig und drehte sich einige Male beschwingt um die eigene Achse. Sie fand es herrlich, sich frei bewegen zu können, ohne beengende Korsagen und dergleichen, aber zugleich fühlte sie sich auch ein ganz klein wenig schamlos – es war einfach himmlisch! Schlagartig überkam sie die eigenartige Erkenntnis, dass sie nun endlich, zum ersten Mal in ihrem bisherigen Lebensweg frei war. Richtig frei. Keine beengenden Kleider mehr, keine einschränkenden Vorschriften, keine Angst vor Männern, die ihr nachstellten und sie verletzen wollten ... Niemand, der sie verletzen wollte? Das erinnerte sie jäh an Yoritomo Shigehira! Wo war der Mann, der ihr Versprechungen machte und doch nicht zu Hilfe eilte, als sie ihn brauchte? Als Norman Will sie ... Um diesen trostlosen, mit aufsteigenden Tränen verbundenen Gedanken zu verdrängen, sagte sie nachdenklich: »Ich glaube, ich mag Sandokan. Er ist völlig anders, als ich ihn mir immer vorgestellt habe. Er wirkt so ... so aristokratisch. Eben nicht wie ein Pirat oder gar ... ein Mörder.«

Dieser Satz war ein Fehler! Erschreckt musste Jana einmal mehr erleben, wie sich die eben noch heitere Miene der Freundin verschloss. Und sie nahm endlich wahr, was sie schon die ganze Zeit über störte, aber nicht bemerkt hatte – etwas, das sie in ihrer Konzentration auf den Tiger und auf die neue Umgebung vernachlässigte: Tinuha! Tinuha war anders! Nicht mehr wie früher, als sie gemeinsam abends kichernd oder weinend auf dem Bett in Janas Zimmer gesessen und Geheimnisse ausgetauscht hatten. Oder wie sie, sich zuweilen krümmend vor Lachen, über Anabells neueste modische Kreationen hergezogen waren. Jana spürte deutlich die Veränderung und stellte traurig fest: Ihre wundervolle enge Freundschaft hatte einen Riss bekommen! Nichts würde mehr sein wie früher. Wer trug die Schuld daran? Sie selbst, die hochwohlgeborene Lady Juliana Roxan Benice Sinclair? War sie selbst nicht auch verwandelt, seit sie zum ersten Mal der Liebe begegnete? Hatte sie sich Tinuha gegenüber falsch verhalten? Sie war jedoch sicher, weder das eine noch das andere traf zu. Tinuha und Koah waren es, die ihr Vertrauen mit ihrer Verschwiegenheit missbraucht hatten. Warum konnten sie ihr, die sich wie eine Schwester zu den beiden hingezogen fühlte, nicht offen bekennen, dass sie keine entfernten Verwandten, sondern die einzigen, direkten Nachkommen des Sultans Muda Hassin waren, dem Beherrscher von Sarawak? Dass Koah der einzige erbberechtigte Prinz des Reiches war und Tinuha seine Nachfolgerin, sollte ihm etwas zustoßen. Jana gestand sich ein, wie wenig sie als Engländerin von den Menschen hier auf diesen Inseln verstand und wusste. Dennoch überraschte sie die Heftigkeit, mit der Tinuha reagierte:

»Der Tiger ist kein Mörder, Jana! Wenn er getötet hat, wurde er dazu gezwungen! Er ist genauso wenig ein gemeiner Mörder wie Pierre oder Pierce – ich meine – Yoritomo!« Jana schwieg unglücklich. Doch da gab es noch etwas, das ihr keine Ruhe ließ. Sie ärgerte sich über die Röte, welche ihr in die Wangen stieg. »Du ... du nennst ihn Pierce? Nennt man ihn auf Mompracem so? Es erstaunt mich, da es doch eigentlich ein englischer Name ist und ich dachte, er wäre halb französischer Herkunft?«

Tinuha schüttelte ihren Unmut so schnell ab, wie es ihr Naturell zuließ, und lächelte gezwungen.

»Nein. Eigentlich nennen ihn nur Pierre und einige andere auf der Insel so. Manchmal auch Sandokan. Es ist ihm, so glaube ich, völlig gleichgültig, wie man ihn nennt. Und der Grund, warum er einen englischen Namen erhielt, ist sehr einfach. Er spricht nicht oft über seine Vergangenheit. Es war schwierig für ihn, sich unserer Sprache anzupassen, nachdem er bereits zweisprachig aufwuchs. Ursprünglich sollte er auf den Namen Pierre von den Jesuiten getauft werden. Doch für seine japanische Mutter erwies sich dieser Name als unaussprechlich. So wurde eben Pierce daraus, weil es ähnlich klang. Welch ein Glück für Mompracem. Ein japanischer und ein französischer Pierre würden die Leute nur verwirren«, schloss sie mit einem ironischen Lächeln.

Jana war es leid, traurig zu sein. Besonders deshalb, da ihr interessante Informationen entgingen, wenn sie nicht mit Tinuha sprach. Wie zum Beispiel ein neuer, vergnüglicher Gedanke, den sie sofort wieder laut äußerte: »Gestehe! Könnte es sein, dass du Monsieur Evereux – sagen wir einmal – recht gut leiden kannst? Ich bemerke da so ein gewisses Leuchten, wenn du *Pierre* sagst ...!«

Sie schlug die Hände ineinander und musste lachen, als Tinuha wie ertappt den Blick senkte. »Das ist ja fantastisch!«, rief sie aus. »Du bist also auch verliebt! Weiß er es? Wann ist es passiert?«

Aber Tinuha wehrte ab. Sie sah die Freundin beinahe flehend an.

»Still! Es könnte dich jemand hören. Zu niemandem ein Wort, verstehst du?« Sie ließ die Schultern herabsinken und fügte leise hinzu: »Er hält mich für ein dummes Kind.«

Doch Jana ließ sich nicht so schnell von dem einmal eingeschlagenen Pfad abbringen. Sie stemmte verständnislos die Hände in die Seiten.

»Unsinn. Dann müsste Maître Pierre ja völlig mit Blindheit geschlagen sein. Du bist schön, Tinuha, weißt du das denn nicht?«

Die Reaktion war so überraschend, dass ihr der Mund offen stehen blieb. Tinuha sah sie nämlich verständnislos an und fragte ehrlich verblüfft:

»Ich soll schön sein?«

Im ersten Moment dachte Jana, die Freundin wolle nur kokett sein, doch dann erkannte sie die echte Verwunderung in deren Augen.

»Ja, weißt du das denn wirklich nicht?«

Tinuha sah nachdenklich an sich hinab und wieder auf Jana. »Vielleicht findest du mich hübsch, aber Pierre?«

Sie schüttelte den Kopf mit dem zu einer Krone geflochtenen Haar, holte tief Luft und sagte energisch, das Thema beendend: »Lass uns an Deck gehen. Du willst doch sicher nicht versäumen, wenn Mompracem in Sicht kommt, oder? – Außerdem wäre eine Verbindung zwischen ihm und mir unmöglich!«

Unmutig vernahm Jana den letzten Satz und meinte ungewollt sarkastisch: »Ich verstehe. Du bist schließlich eine echte Prinzessin und er ...« Sie sprach nicht zu Ende, weil sich Tinuhas Miene wieder versteinerte.

»Nein. Du verstehst überhaupt nichts, Jana!«, äußerte Tinuha kurz angebunden und heftig. Da ihr jedoch die Bestürzung der Freundin fast Leid tat, setzte sie sanfter hinzu: »Du willst wissen, wann es zum ersten Mal passiert ist? Wann ich merkte, wie sehr ich ihm zugetan bin? Das war, als er mich aus dem Gefängnis befreite!«

Impulsiv umschlang Jana erschreckt die schmalen Schultern Tinuhas und sprudelte hervor:

»Haben sie dich schlecht behandelt? Was ist dort geschehen? Du musst mir alles von Anfang an erzählen!«

»Nein.«

Dieses einfache kleine Wort, hart ausgestoßen, zerriss das ohnehin an einem seidenen Faden hängende Band der Freundschaft. Es zerstörte es zwar nicht völlig, aber die alte Vertrautheit würde nie wieder so bestehen, wie sie einmal bestanden hatte.

Jana schwieg. Ihre Hände fielen schlaff herab.

Beide Mädchen sahen sich nicht an, als sie nebeneinander in den grell blendenen Sonnenschein hinaustraten. Jana erinnerte sich, wie sehr sie die glühenden Strahlen zu hassen begonnen hatte, als sie und Koah hilflos in dem winzigen Boot auf dem Meer trieben. Sie hob die Hand und beschattete die Augen. Tinuha ging mit ausdruckslosem Gesicht an ihr vorbei zur Reling und blickte starr über die Küste der riesigen Insel Whales, die mittlerweile in Sicht gekommen war.

Pierre Evereux bemerkte sie zuerst. Da er das Herz eines streunenden Straßenköters besaß, brannte es sofort lichterloh für dieses zauberhafte Wesen, das dort stand, von gleißendem Licht umflossen, als wäre sie geradewegs den Tiefen des Ozeans entstiegen. Geschickt bahnte er sich einen Weg zwischen Tauen, Eisen und Masten hindurch und eilte auf sie zu. Den Gedanken, dass dieses Mädchen bereits in der Seele seines besten Freundes wohnte, legte er leichtfertig zur Seite. Aber Recht hat er, dachte er verwundert, der Vergleich mit einer Meeresprinzessin stimmt. Den Matrosen, die nun auch aufmerksam wurden und andächtig jegliche Arbeit einstellten, warf er im Vorübergehen tadelnde, amüsierte Blicke zu. Einen indischen Seemann hörte er ergriffen flüstern: »Devadatta!« (Himmlisches Wesen) Als er Jana erreichte, zeigte er ein strahlend weißes Gebiss hinter einem charmanten Grinsen. Er verbeugte sich und legte eine Hand auf die Brust unter dem halbgeöffneten Hemd.

Noch bevor er den Mund aufmachte, stieg in Jana heitere, erlösende Fröhlichkeit auf. Bei diesem Pierre – sie wusste schon, wen sie da vor sich hatte – konnte sicherlich niemand traurig bleiben!

»Bonjour, Madame«, begrüßte er sie mit einer Artigkeit, die ihm niemand abnahm, zumal seine Worte von feurigen Blicken aus tiefschwarzen Augen begleitet wurden. »Darf ich Ihnen versichern, Ihre Schönheit übertrumpft noch das Strahlen der Sonne! Gestatten Sie, dass ich mich vorstelle? Mein Name ist ...«

»Warten Sie! Lassen Sie mich raten«, unterbrach Jana ihn, silberhell auflachend, und legte dabei zart eine Hand auf seinen Oberarm. »Sie sind Monsieur Pierre Evereux, richtig?« Bares Erstaunen zeigte sich auf Pierres Gesicht.

»Madame! Sollten wir uns schon einmal begegnet sein? Das ist unmöglich! Ich hätte die schönste Blume des chinesischen Meeres gewiss nicht übersehen!«

Wieder lachte Jana auf, und Pierre starrte sie hingerissen an. »O ja, wir sind uns schon einmal begegnet«, klärte sie ihn vergnügt auf. »Damals war die Blume jedoch wohl eher noch eine Knospe. Bei meiner Ankunft auf Malaysia, vor etwa einem Jahr, begegneten sich unsere Boote auf einem engen Kanal in der Nähe von Sarawak. Es gab einen unglaublichen Aufruhr, da Sie und ... Ihr Freund ... die Tollkühnheit besaßen, sich in aller Öffentlichkeit zu zeigen.«

Dem Franzosen entging weder das leichte Zögern noch das Verdunkeln der blauen Augen während ihrer fröhlichen Worte. Doch er und Sandokan waren übereingekommen, an ein bestimmtes Thema nicht zu rühren. Aber auch Pierre verstand die Welt und den Freund einfach nicht. Und jetzt erst recht nicht, da er die kleine Engländerin endlich kennen lernte. Irgendwie kam sie ihm tatsächlich bekannt vor, so als wären sie sich schon einmal woanders begegnet. Er zerbrach sich vergebens den

Kopf. Mit dem Mädchen auf dem Fährboot damals hatte es nichts zu tun, das stand fest, da ihm zwar die Blicke Yoritomos aufgefallen waren, er sich aber deren Ziel nicht ausführlich gewidmet hatte. Und mit der hilflosen, blonden Schönheit im Hafen von Sarawak brachte er sie nicht in Verbindung. Nun, Pierre Evereux war nicht der Mann, der ein Problem zu lange herumwälzte. Überschwänglich ergriff er Julianas Hand und schmeichelte galant:

»Dann sind wir ja bereits alte Bekannte, Mademoiselle Soleil!« Er dachte überhaupt nicht daran, die kleine, sonnenverbrannte Hand wieder loszulassen. »Ich darf Ihnen ein Willkommen an Bord unseres Piratenschiffes bieten und möchte versichern, mir ist Ihre Anwesenheit sehr angenehm.«

Über Janas Lächeln rollte mit einem Mal eine winzige glitzernde Träne, die Pierre in ungeheure Aufregung versetzte. »Ist etwas nicht in Ordnung, ma petite chérie?«, fragte er bestürzt, um gleich darauf theatralisch die Arme auszubreiten und in gespieltem Zorn auszurufen: »Nennen Sie mir den Schurken, der Ihnen ein Unrecht zugefügt hat, und ich werde ihn zur Rechenschaft ziehen!«

Was Jana im Übrigen wieder zum Lachen brachte. Sie beruhigte ihn: »Es ist nur Freude, Monsieur Pierre. Sie müssen wissen, ich bin seit undenklichen Zeiten nicht mehr so herzlich aufgenommen worden. Meine Verwandten ...« Sie brach ab und schüttelte den Kopf.

»Nun, Miss Sinclair, Sie sollten diesen unangenehmen Abschnitt Ihres Lebens vergessen«, ertönte die tiefe Stimme Sandokans, welcher unbemerkt neben sie getreten war.

Jana sah ihn überrascht an. Auch wenn es nicht gerade leise an Bord der Dschunke zuging, hätte sie doch zumindest die Schritte des großen Mannes vernehmen müssen. Sie ahnte nicht, wie lautlos und geschmeidig sich der Tiger noch immer bewegte ...

»Ich versichere Ihnen nochmals, man wird Sie auf Mompracem mit offenen Armen empfangen. Dort werden Sie Ruhe und den Frieden finden, den Sie sich wünschen.«

»Ich danke Ihnen. Ich danke Ihnen allen«, hauchte Jana gerührt. Und impulsiv, wie es nun einmal ihre Art war, fügte sie hinzu, von einem zum anderen blickend: »Bitte – nennen Sie mich Juliana.«

Sandokan neigte zustimmend das Haupt und lächelte warm in ihre erwartungsvollen Augen, während Pierre einen Kuss auf ihren rauen Handrücken drückte.

»Sie haben Recht, Mademoiselle Julienne. Es wäre, so denke ich, auch etwas unpassend, sich auf einer kleinen Insel förmlich anzureden und ...«

»... Ich bitte dich, lieber Freund«, unterbrach Sandokan ihn amüsiert, mit hochgezogenen Brauen. »Soll unser Gast annehmen, wir wären alles Wilde auf Mompracem?«

»Sind wir das denn nicht?«, fragte Pierre unschuldig.

Jana brach in Gelächter aus.

Sandokan schmunzelte erst, lachte dann ebenso laut. Als er davonging, informierte er Pierre: »Ich werde das Ruder jetzt übernehmen.« Aber er blieb noch einmal kurz stehen und wies in die Richtung der Reling, wo die Prinzessin auf das Wasser starrte. »Gehen Sie zu ihr«, riet er über die breite Schulter hinweg. »Sie sollten miteinander sprechen. Es hilft, glauben Sie mir, Juliana.«

Während Pierre dem Tiger mit einem entsagungsvollen Seufzer folgte, blickte Jana zu Tinuha. Sie zauderte. Aber dann ging sie entschlossen zu ihr und stellte sich neben sie. Beide hingen sie ihren eigenen Gedanken nach. Bis Jana die bedrückende Stille zwischen ihnen nicht mehr aushielt und sie von der Seite her musterte.

»Tinuha?«

Die Malaiin war durchaus zur Friedfertigkeit gewillt. Jana konnte nicht ahnen, wie sehr sie, Tinuha, der Bruch ihrer

Freundschaft schmerzte. Viel weniger noch, welch eine zutiefst gequälte Seele sich hinter der gleichmütigen Maske verbarg! Hätte sie sich der Freundin nur anvertrauen können ... Aber sie fühlte sich außer Stande, über die furchtbaren Ereignisse im Gefängnis von Sarawak zu reden. So entfernte sie sich innerlich immer weiter von Jana – und auch von ihrem Bruder Koah. Nur drei Menschen wussten von der zweifachen Vergewaltigung: Yoritomo, der Tiger und ... Pierre Evereux. Ausgerechnet Pierre! Sie lehnte ihn nicht wegen ihrer oder seiner Herkunft ab, wie Jana annehmen mochte. Sie selbst war es, die sich beschmutzt und seiner nicht für würdig befand. So begrub sie ihre aufkeimende Liebe zu dem Franzosen und wand sich insgeheim in stummer Qual – Lippen und Gedanken fest vor *dem* verschließend, was sie im Gefängnis noch hatte erdulden müssen, wovon allerdings niemand etwas ahnte ...

»Du möchtest wissen, wo *er* ist?«

»Ja.«

»Ich habe mich schon gewundert, weil du noch nicht gefragt hast.«

»Ich wusste nicht, inwieweit man hier«, sie machte eine leichte Kopfbewegung zur Mannschaft hin, »davon weiß.«

»Es gibt keine Geheimnisse unter den Menschen von Mompracem. Die meisten waren sehr erstaunt. Gerade weil du ...«

»... weil ich eine Engländerin bin«, entgegnete Jana verdrossen. »Was denkst du«, sie holte tief Luft, »wird ... wird Yoritomo mich auf der Insel willkommen heißen? Oder ist alles, was auf dem Ball geschehen ist oder gesagt wurde, nichts als eine einzige große Lüge?«

»Er befindet sich zur Zeit nicht auf Mompracem. Er hatte noch ... etwas vor«, wich Tinuha leise aus und schaute wieder zur Küste.

Sie fuhren jetzt bereits so nahe, dass man die einzelnen Baumarten des Urwaldes unterscheiden konnte. Das Gewässer wurde immer unruhiger. Überall ragten plötzlich scharfkantige Korallenbänke aus dem glasklaren Wasser. Und mehr als einmal schrammte die Dschunke gefährlich über wucherndes Gestein unterhalb der Wasserlinie!

Jana warf einen besorgten Blick zum Ruder. Und sogleich löste sich ihre Ängstlichkeit auf, denn der Tiger persönlich führte mit ruhiger Hand das große Schiff. Verblüfft erlebte sie von neuem ihr unbegrenztes Vertrauen zu diesem Mann. Sie wandte sich wieder Tinuha zu, erinnerte sich an ihre düsteren Überlegungen und fragte bedrückt: »Warum hat er mich nicht vor Norman Wills gerettet? Beinahe wäre es zu spät gewesen! Wenn Koah nicht gekommen wäre, hätte ... er wollte mich gerade ...« Ihr ganzes erlittenes Elend fiel plötzlich über sie her, und sie jammerte aufgebracht weiter: »Er hat mich einfach meinem Schicksal überlassen. Nicht auszudenken, wäre dein Bruder auch nur eine Sekunde später gekommen ..., ich wäre für alle Zeiten entehrt gewesen!«

Tinuhas Gesicht verfinsterte sich. Sie stieß sich vom Geländer ab, das sie während Janas Tirade immer fester umklammert hatte. Halb kühl, halb mitleidig, fuhr sie Jana an:

»Jana! Dir ist doch nicht wirklich etwas geschehen!« Und sie ging einfach davon und ließ die Freundin stehen!

An der Grenze von Sarawak, dort, wo das britische Empire sich einige winzige Sultanate noch nicht einverleibt hatte – befand sich ein weitläufiger Sandstrand in einer vom Meer her uneinsehbaren Bucht. Vereinzelte Dattelpalmen mischten sich erst hoch oben mit den Bäumen des Dschungels und erschwerten das Heranschleichen etwaiger Angreifer. Genau hier lag Yoritomos *Shimabara*, das schlanke seltsame Schiff, wie kein zweites existierte. Trotz seiner merkwürdigen Form mit dem hohen, festen Bug, den beiden dreieckigen Masten und den riesigen Segeln, die gerade hastig aufgezogen wurden, überholte es jedes Schiff. Am

Strand herrschte ein ebenso hektisches Treiben wie auf der *Shimabara* selbst. Die Piraten verstauten in aller Eile Truhen, Säcke, blinkende Gegenstände und alles Mögliche, was dort im Sand aufgestapelt lag, wohlgeordnet auf drei lange Boote. Die Stimmung war launig und gelöst. Die Anspannung der letzten Wochen hatte sich mit dem letzten, lukrativen Überfall verflüchtigt.

Etwas abseits stand Yoritomo. Breitbeinig, eine Hand auf die ranke Hüfte gestützt, musterte er abwechselnd misstrauisch die Umgebung und aufgebracht den Gegenstand in seiner Hand. Er ballte die Faust, als plane er das schimmernde Schmuckstück mit den schlanken Fingern zu zermalmen. Das dunkle, schöne Gesicht verzerrte sich dabei in namenloser Wut! Seine Kiefer mahlten aufeinander, die Flügel seiner schmalen Nase blähten sich. Keine Zeit für solch unsinnige Gefühle! Ich muss wachsam sein, verdammt! Und wieder beobachtete er die Umgebung. Kleine Brecher rollten sich überschlagend am menschenleeren Strand. Die Wellen bewegten sich mit einer unaufhaltsamen Kraft, die ihn immer wieder aufs Neue faszinierte. Der Ozean ließ sich nicht beherrschen. Weder von Männern noch von einer unwiderstehlichen Frau ... Verdammt! Wohin schweiften seine Gedanken? Sein Instinkt raunte ihm zu, dass dort oben im Dschungel, hinter den Dattelpalmen mit den prallen reifen Früchten, etwas lauerte. Der Eindruck einer drohenden Gefahr ließ ihn nicht los. Er steckte das Medaillon ins Hemd, ohne noch einen letzten Blick darauf zu werfen, und konzentrierte sich auf die finsteren Stellen, wo kein Sonnenstrahl je die dichten Kronen durchbrechen konnte und das Unterholz braun und stinkend vor sich hin moderte. Völlig seine Sinne darauf gerichtet, fuhr er fast zusammen, als einer der Piraten sich herumdrehte und über die Schulter zu ihm herüberbrüllte:

»Kobra! Was werden wir nun tun? Segeln wir nach Mompracem zurück?«

Die Augen des Kriegers glitzerten wie Diamanten, die Hände

verkrampften sich. Dennoch war sein Gesicht wieder unbewegt, als er sich nun dem Rufer zuwandte. Auch andere Männer hielten inne und warteten gespannt auf die Antwort, die nach kurzer Überlegung, und für viele enttäuschend, hart und sarkastisch herüberschallte: »Noch nicht, meine Freunde. Erst gilt es noch ein wenig zu jagen und zu fischen!« Die Piraten sahen sich an. Jeder verstand, was gemeint war: Bevor sie zur Insel, zu ihren Familien und Freunden zurückkehrten, würden sie noch einmal auf die Jagd nach englischen oder spanischen Fregatten gehen und sie aufbringen! Irgendetwas trieb ihren Anführer dazu, die Engländer noch vehementer zu bekämpfen. Sein Hass auf diese hatte sich noch verstärkt, seit der lange vorbereitete Plan, das Haus McCleary auszulöschen, schief gegangen war. Sicher kursierten auch Gerüchte, die mit einer englischen Dirne zusammenhingen, doch das taten die Männer als Gerede ab. Und Giro Batol schwieg.

Plötzlich spürte Yoritomo, wie sich die feinen Nackenhärchen über dem Kragen seines Hemdes aufrichteten. Er verfluchte sich selbst dafür, nicht rechtzeitig auf sein Innerstes, das ihn niemals trog, gehört zu haben, setzte sich im selben Moment in Bewegung und brüllte den Männern zu: »In die Boote! Jetzt! Ich rieche die englischen Hunde förmlich!«

Während die Piraten sofort, aus reiner Gewohnheit, gehorchten und mit den letzten Stücken in den Händen in die überladenen Boote sprangen, schritt er selbst ohne Eile zu dem letzten Boot und stieg ebenso gelassen ein.

Sie stießen gemeinsam vom Ufer ab. Kaum hatten sie zum regelmäßigen Takt gefunden, da brachen auch schon zehn englische Soldaten genau dort zwischen den Bäumen hervor, wo Yoritomo sie vermutet hatte. Sofort eröffneten sie das Feuer!

»Willst du dich umbringen, Kobra?«, schrie Giro Batol, der mit ihm in dem letzten Boot saß, aufgeregt und versuchte, ihn in die Deckung zu ziehen. Doch Yoritomo schüttelte ihn ab, richtete sich auf, zielte kaltblütig mit einer Muskete auf die Soldaten und traf!

»Neun«, sagte er befriedigt und grinste zynisch auf den Riesen hinab, der sich hinter einer Truhe versteckte. Dessen vorwurfsvoller Blick war eindeutiger als das undeutliche Gemurmel in seiner eigenen Sprache, die nur wenige verstanden.

Jetzt erreichten sie die Bordwand, an der Seile und Strickleitern heruntergelassen waren. Oben standen die restlichen Männer der Besatzung und hievten hastig das Beutegut nach oben, das an den Tauen befestigt wurde.

Am Strand hob ein grimmiger Colonel mit blondem Bart das Gewehr, legte an und zielte ruhig und exakt, indem er ein Auge zusammenkniff und genau über den glänzenden, langen Lauf visierte. Dabei zischte er wütend durch die Zähne: »Tod und Teufel, du verfluchter Bastard! Du sollst mir nicht schon wieder entkommen!«

Er schoss ...!

Yoritomo schwang sich gerade elegant über das niedrige Geländer der Bordwand, da zuckte er zusammen und stürzte aufs Deck!

In Giro Batols rundem Gesicht zeigte sich blankes Entsetzen, als er nach oben brüllte, denn er stand noch in dem schaukelnden Boot: »Bist du verletzt Kobra?«

»Nur ein Streifschuss! Alles in Ordnung!«, kam die erleichternde Antwort.

Der junge Siamese, der neben Giro Batol stand, jubelte triumphierend und fuchtelte begeistert mit einem blitzenden Messer herum.

»Diese Engländer sind einfach zu dumm!«, schrie er aus vollem Halse zum Strand hinüber. »Wahrscheinlich waren sie zu feige, früher aus ihrem Versteck zu kriechen, diese Hu...« Er beendet den Satz nicht, sondern starrte völlig verblüfft auf seine schmutzig-graue Jiba, die sich über dem Herzen rot färbte! Genauso sah er zu Giro Batol auf, der nach ihm greifen wollte, ihn aber verfehlte – und dann kippte der Halbwüchsige ganz langsam, mit einem ungläubigen Ausdruck in den Augen über den Bootsrand ins Meer.

Sich mit einem blutüberströmten Arm am Geländer festhaltend, brüllte Yoritomo hinunter: »Was ist mit Sabau?«

Giro Batol starrte noch immer entgeistert auf die Stelle, an der der Junge soeben untergegangen war. Jetzt sah er hoch.

»Er ist tot, Kobra«, sagte er erstaunt.

Yoritomo presste die Lippen zusammen, nickte und wendete sich ab, um neue Befehle zu erteilen. Er konnte nichts anderes tun, als die Mutter des Jungen später auf der Insel zu trösten.

Endlich befanden sich alle Männer, die Beute und zwei der Boote an Bord. Schwerfällig schob Giro Batol sich zuletzt über die Bordwand. Die Piraten feuerten pausenlos zum Strand hinüber. Trotz der Nähe trafen sie nicht einen der Soldaten. Auch deren Kugeln peitschten das Wasser rund um das Schiff nur zu kleinen Fontänen auf oder prallten an der Bordwand ab. Aber sogar als der Anker gelichtet war und die *Shimabara* Fahrt aufnahm, verpulverten sie noch immer sinnlos ihre Munition hinter der entschwindenden Brigg her. Länger noch als die anhaltenden Schüsse vernahm man an Deck die wüstesten Flüche und Beschimpfungen, welche die Soldaten am Strand ausstießen!

»Sie entwischen, Sir.«

Kapitän Jon, Befehlshaber der *Francis Drake*, ließ das Fernrohr sinken.

Mit ungläubigem, hasserfülltem Gesichtsausdruck riss es ihm der gebeugte alte Mann neben ihm auf der Brücke aus der Hand und hielt es sich selbst an die schwachen Augen. Nach einer Weile setzte er das Glas zitternd ab und tobte mit kreischender Stimme:

»Ich will sie haben! Ich will sie alle tot sehen, diese verfluchte Höllenbrut! Nehmen Sie die Verfolgung auf! Sofort!«

»Das wird nicht möglich sein, Mylord Guillonk. Diese Prahos sind schneller und wendiger als Ihre Brigantine. Erst recht dieses Schiff«, erwiderte der Kapitän, ein besonnener Mann mittleren Alters, gelassen.

Lord Guillonk fuhr zu ihm herum!

»Sie wagen es, mir zu widersprechen?«, schrillte er überschnappend. »Muss ich Sie darauf aufmerksam machen, dass dieses Schiff mein Eigentum ist? Lassen Sie sofort Kurs setzen und die Kanonen laden!«

»Sir«, antwortete Kapitän Pieter Jon kühl, beugte sich über das Brückengeländer und rief hinunter: »Mister Abel!«

Der erste Offizier stand unterhalb der Brücke und überwachte die Mannschaft. Er drehte sich um, sah nach oben.

»Sir?«

»Setzen Sie zusätzlich das Toppsegel, Mister Abel. Kurs Ost-Nord-Ost. Und lassen Sie die Kanonen an Steuerbord bestücken!«

Mister Abel stutzte. Verständnislos sah er zu dem entschwindenden Piratenschiff hinüber, dann wieder zu seinem Kapitän hoch.

»Sir? Ich denke nicht, dass wir sie noch einholen.« Der Kapitän warf einen Blick auf Lord Guillonk, der unruhig von einem Bein aufs andere trat und durch das Fernrohr blickte. Verdrossen rief er seinem ersten Offizier zu:

»Denken Sie nicht, Mister Abel. Tun Sie es einfach!«

»Ay ay, Sir! Toppsegel klarmachen! Steuermann, Kurs Ostnordost! Kanoniere an Steuerbord!«

Die *Francis Drake*, die bereits den ganzen Tag hinter dem vorspringenden Kap gelauert hatte, drehte ächzend bei und nahm Kurs auf.

Die Deckkajüte der *Shimabara* war spartanisch eingerichtet. Ein Kartentisch und niedrige Hocker, ein niedriges Bett, unbestreitbar japanischer Herkunft. Die Aquarelle an den Wänden knitterten und verschwammen von der feuchten Seeluft, doch das immer wiederkehrende Motiv eines schneebedeckten Gipfels und die Schriftzeichen erkannte man noch deutlich.

Yoritomo Shigehira saß mit entblößtem Oberkörper auf der Kante des Lagers und ließ sich von Giro Batol verarzten. Dieser tupfte vorsichtig die Wunde mit einem sauberen Tuch aus. Die Kugel hatte den Oberarm des Mannes gestreift. Durch das herabfließende Blut sah die farbenprächtige Tätowierung, eine riesige Kobra, aus, als hätte jemand dem Tier den Todesstoß versetzt.

Giro Batol wusch das Tuch erneut aus und murmelte missmutig:

»Du hast großes Glück gehabt. Es ist nur ein Kratzer.«

Yoritomo nickte grimmig.

Der Hüne nahm die bereitgelegten sauberen Leinenstreifen und begann sie mit stoischer Ruhe um die Verletzung zu wickeln.

Heftiges Pochen an der Kajütentür ließ beide aufblicken.

»Kobra! Wir werden verfolgt! Eine Brigantine folgt uns. Ich glaube, es ist die *Francis Drake*, Lord Guillonks Schiff!«, schrie jemand aus der Mannschaft aufgeregt.

Yoritomo stieß Giro Batols Hände fort und griff selbst nach dem Verband. Mit einem Zipfel zwischen die Zähne geklemmt und gerunzelter Stirn rief er ärgerlich zur Tür hinüber:

»Das ist doch lächerlich!«

Etwas ängstlich und gleichzeitig verblüfft registrierte Jana, wie die Dschunke mit soeben heruntergelassenen Masten geradewegs auf die undurchdringbar scheinende Wand des

Dschungels zu manövrierte! Kein einziges Merkmal wies auf einen Spalt im Dickicht oder gar eine Einfahrt hin. Trotzdem schob die Dschunke mit ihrem Bug die über das Deck peitschenden Lianen und Schlingpflanzen beiseite und tauchte in eine düstergrüne, tote Welt hinter einem unsichtbaren Tor. Hinter dem Schiff schloss sich der natürliche Vorhang von selbst, und die glitschigen Gewächse platschten zurück ins Wasser. Stille breitete sich aus. Eine mystische Atmosphäre, die von jedem Einzelnen an Bord Besitz ergriff. Als ob die Seelen der Lebenden an diesem Ort geprüft wurden. Unendlich weit oben konnte man das Sonnenlicht hinter den Kronen uralter Baumriesen ahnen. Moder- und Leichengeruch lagen schwer in der Luft. Moskitoschwärme stiegen aus den Schatten des brackigen Wassers auf. Zu Janas höchster Verwunderung verirrte sich nicht eine der Mücken in die Nähe der Dschunke, die sich Meter für Meter in den toten Dschungel hineinschob. Später sollte sie erfahren, dass dem Anstrich der Piratenschiffe ein Pflanzensaft beigemischt wurde, den diese Fliegen verabscheuten.

Sie sah zum Ruder hinüber, wo der Tiger konzentriert das hölzerne Rad in der Hand hielt. Als hätte er ihren forschenden Blick gespürt, wandte er ihr das Gesicht zu und lächelte herüber. Sie gab das Lächeln beruhigt zurück und blickte wieder gedankenverloren über den Bug hinweg.

Pierre Evereux lehnte mit verschränkten Armen an einem der heruntergelassenen Mastbäume und beobachtete sie ungewohnt grüblerisch. Hin und wieder tauschten er und Sandokan Blicke in stillem Einvernehmen aus.

Die unwirkliche Gegend schien die Wahrnehmungen der Menschen zu schärfen, denn Jana drehte sich plötzlich, einem Gefühl folgend, zu Pierre hinüber, dessen plötzlich tintenschwarz wirkende Augen auch tatsächlich auf ihr ruhten. Er kam zu ihr herüber.

»Besitzen Sie auch ein Schiff, Pierre?«, wisperte Jana.

Pierre hob bedauernd die Hände, ließ sie fallen und zuckte die Schultern.

»Non. Ich habe kein Schiff«, antwortete er halblaut. »Ich habe andere Aufgaben.«

»Was für Aufgaben?«, raunte Jana neugierig.

Pierre zwirbelte seinen Schnurrbart und schenkte ihr ein schelmisches Lächeln, sodass sie ihm nicht böse sein konnte, als er ausweichend erwiderte und gleichzeitig ablenkte:

»Nun, das werden Sie noch früh genug erfahren. Sehen Sie«, er deutete nach vorn, »bald sind wir am Ziel. Dann lernen Sie Mompracem kennen.«

Jana vergaß ihre Frage und blickte gespannt nach vorn. Dorthin, wo die Erde wieder zu leben begann.

Im weißen Sand hockte ein kleines Mädchen von etwa drei Jahren und spielte selbstvergessen mit einem Ringelkrebs. Seine Finger schubsten das unwillige Tierchen durch einen Tunnel aus bunten Steinen, bis der Krebs sich schließlich in den Sand wühlte und verschwand. Das Kind gluckste enttäuscht und versuchte mit dicken Händchen hinter ihm herzugraben. Unvermittelt hob es den Kopf mit dem zu einer winzigen Krone geflochtenen Haar und deutete aufgeregt in eine Richtung.

Die Malaiin, die einen Berg Wäsche wusch, richtete sich auf und blickte zärtlich lächelnd zu dem Kind hinüber.

»Was ist denn, Minouh?«

Die Kleine deutete wieder dorthin und juchzte quietschend. Die Mutter beschattete die Augen und sah in diese Richtung.

Über ihr junges Gesicht flog ein Ausdruck freudiger Überraschung. Sie ließ alles fallen, was sie gerade in Händen hielt und eilte den Strand hinauf, auf die vereinzelten Hütten und Häuser zu, die zwischen den Palmen hervorlugten.

»Sandokan ist zurück!«, hallte ihr Ruf über den Strand und

setzte sich als vielstimmiges Echo in den Dschungel hinein fort, über dem ein feuerroter, halbmondförmiger Drachen schwebte.

Dies also war Mompracem.

Das geheimnisumwobene, unentdeckte Mompracem – ein Paradies.

In Janas Augen sammelten sich unmerklich Tränen, so überwältigte sie die märchenhafte Schönheit, die diesem Flecken Erde von einem gesonnenen Schöpfer zugewiesen worden war.

Die Dschunke glitt in eine ringförmige Bucht. Zur schmalen Seite lag sie zum glitzernden Meer hin offen, umgeben von schroffen Felswänden. Vorbeiziehende Schiffe mochten annehmen, es handele sich um einen kleinen Flusslauf, der irgendwo versickerte. Kein Grund also, ein Schiff durch die gefährlichen Korallenbänke zu manövrieren und das Leben seiner Mannschaft zu gefährden. Das Dorf, auf der Ostseite der Insel gelegen, wurde von dichtem Dschungel umsäumt. Während sich auf dieser Seite der Lagune ein weitläufiger Sandstrand sanft zwischen Dattelpalmen verlor, verschmolz das tiefblaue Wasser des natürlichen Beckens gegenüber mit den düsteren Sümpfen, wo sich jetzt die grandiose rotschwarze Dschunke des Tigers langsam herausschob. Die Mannschaft stand geschlossen an Deck und jubelte zum Strand hinüber, auf dem sich jetzt unzählige Menschen sammelten und begeistert winkend und rufend dem Schiff entgegenstürmten. Einige stürzten sogar ins Wasser und schwammen auf die Dschunke zu, andere stolperten lachend über die am Ufer aufgespannten Netze zu den Auslegerbooten hin.

Jana konnte die mit Palmblätter gedeckten Hütten aus Holz- und Bambusstämmen, die in der Nähe des Strandes standen, schon gut erkennen. Auf einer Anhöhe, scheinbar inmitten der grünen Wipfel schwebend, thronte ein rechteckiges Gebäude. Es war das einzige, welches erbaut war aus massivem, reinweißem Stein, und Jana ahnte, dass dies das Haus Sandokans sein musste, in dem auch, wie sie von Koah erfuhr, Yoritomo lebte! Das gesamte Anwesen umgab eine breite Chibutra, eine mit feinem Gitterwerk verkleidete Veranda, welches auch das flache Dach umgab und so – gleich dem Sommerpalast des Sultans Muda Hassin, dem heutigen Cleary – den Anschein erweckte, als besäße das großflächige Herrenhaus tatsächlich eine Krone. Und ebenso zierten auch dort Jalis die rundbögigen Fenster und das zweiflügelige Eingangstor. Die breiten Stufen führten steil nach oben und endeten in einer Veranda.

Die Dschunke ankerte an einem weit ins Wasser hineinragenden, hölzernen Steg. Ein wenig näher am Ufer würde der tief im Wasser liegende Kiel bereits den sandigen Grund der flachen Lagune berühren. Besonders Ungeduldige sprangen gleich über die hohe Bordwand ins Wasser und schwammen zum Strand hinüber. Auch Koah gehörte zu ihnen, und Jana verlor ihn im bunten Gewühl bald aus den Augen. Pierre ließ es sich nicht nehmen, Jana und Tinuha nacheinander mit einem Schwung über die Bordwand zu heben.

Als Sandokan endlich die Dschunke verließ und mit federnden Schritten das Ufer betrat, schwoll der Stimmenchor zu einem beinahe ekstatisch jubelnden »Tiger! – Tiger! – Tiger!« und »Sandokan! – Sandokan!« an. Er blieb stehen und hob beide Arme. Wie auf ein geheimes Kommando verstummte der vielstimmige Schrei und wich einer erwartungsvollen Stille! Sandokan drehte sich um, nahm Jana, die sich befangen hinter seinem breiten Rücken verbarg, bei der Hand und zog sie neben sich. Mit einer allumfassenden Geste sagte er so laut, dass die meisten es hören konnten:

»Willkommen auf meinem Mompracem, Juliana – dem heimlichen Reich des Tigers!«

»Danke«, brachte sie nur murmelnd hervor.

Ein junger, hoch gewachsener Dajake schaute Sandokan in unverhohlener Ehrfurcht an und warf ihr einen skeptischen Blick zu, den Jana etwas unsicher, doch mit einem freimütigen Lächeln zurückgab. Völlig überrumpelt und überrascht lachte der junge Mann zurück.

»Und das hier ist Karolo.« Sandokan deutete auf diesen und lachte leise. »Juliana – wenn Sie einem Dajaken ein Lächeln entlocken, erobern Sie mein Volk im Sturm.«

Diese aufmunternden Worte bewirkten, dass Jana ihre Schüchternheit ablegte. Aufmerksam blickte sie sich um. Sie sah, wie Tinuha und Koah von Männern, Frauen und Kindern umringt wurden. Ihr Herz zog sich zusammen, als sie den leuchtenden, herzlichen Blick der Freundin bemerkte, der in früheren Zeiten nur ihr vorbehalten war. Pierre Evereux wurde von den Männern mit freundlichem Schulterklopfen begrüßt. Geflissentlich übersah er die heimlichen, lockenden Blicke mancher Frauen. Aber Jana registrierte doch, wie er über die Schultern der Männer hinweg der einen oder anderen zuzwinkerte, die dann errötend die Augen zu Boden schlug oder sich kichernd abwandte! Sie selbst wurde mit freundlichen, wenn auch scheuen Blicken bedacht. Jana empfand große Erleichterung darüber, dass Sandokan nicht von ihrer Seite wich und ihr damit ein Gefühl von Geborgenheit vermittelte.

»Freunde!«, rief er noch einmal. »Das hier ist Miss Juliana Sinclair! Einige von euch kennen sie bereits!«

Jana warf ihm einen verdutzten Blick zu! Dann schaute sie sich erstaunt um und versuchte in dem Kreis einzelne, eventuell bekannte Gesichter auszumachen. Aber es waren zu viele.

Sandokan fuhr unbeirrt fort:

»Einigen von euch war Lady Juliana bei der Flucht aus den Fängen unseres Feindes McCleary behilflich.« Feindliches Gemurmel schwoll bei der Erwähnung dieses Namens auf. »Und nun ist sie selbst vor diesem Mann geflüchtet. Ich habe Miss Sinclair versichert, sie ist auf Mompracem willkommen und findet hier bei uns eine neue Heimat!«

Einige lächelten ihr anerkennend zu, während sich in anderen Gesichtern noch abwartende, nicht unbedingt freundliche Zurückhaltung zeigte.

Jana kaute nervös auf ihrer Unterlippe und sah wieder zu Sandokan auf. Der Tiger drückte beruhigend ihre Hand. Er verstand die Gefühle der kleinen Engländerin, die sich nun vielen fremden Menschen stellen musste. Tief in seinem Inneren aber ahnte er ihre Fähigkeit, Schwierigkeiten, gleich welcher Art, zu meistern. Sie glich Marianna sehr, deren Kraft und Zuversicht, die dem grazilen Körper innegewohnt hatte. Sandokan hoffte nicht zuletzt, Pierce käme zur Vernunft, wenn er heimkehrte und sie hier vorfand. Im Geiste sah er schon eine ausgelassene Hochzeitsfeier, wenn er den Bund der Ehe zwischen den beiden besiegeln würde. Diesem Mädchen könnte es tatsächlich gelingen, den stolzen Freund zu zähmen!

Aber hier griff der Tiger von Malaysia seinen Träumen beträchtlich vor. Ob Jana und Yoritomo jemals zueinander finden sollten, stand sehr vage in den Sternen, die sich dazu noch in einer sehr ungünstigen Konstellation befanden ...

Etwas zupfte an Janas Kleid. Als sie erstaunt nach unten sah, erblickte sie einen etwa vier- oder fünfjährigen Mischlingsjungen mit milchkaffeeheller Haut und großen dunklen Augen, die forschend und ernsthaft nach oben schauten. Entzückt sank sie vor ihm auf die Knie und lachte ihn an.

Sandokan beobachtete gerührt, wie Jana dem Jungen zärtlich über den krausen schwarzen Haarschopf streichelte und ihre ganze Aufmerksamkeit auf das Kind richtete. Vielleicht war sie sogar die Richtige, die begonnene Arbeit seiner geliebten Marianna fortzusetzen. Pläne, zu deren Ausführung es nie kam, weil eine verirrte Kugel von Brookes Sepoys sie tötete, als das erste

Mompracem fiel. Nur drei wunderbare Jahre waren ihnen vergönnt gewesen ...

»Bist du ein Feind?«, fragte der Junge ernsthaft.

Sandokan und die anderen, die diese Szene aus der Nähe mitbekamen, warteten gespannt auf Janas Antwort. Jetzt sah sie kurz zu ihm auf. Ihre blauen Augen funkelten belustigt.

»Sehe ich denn aus wie ein Feind?«

Sie wurde prüfend beäugt. Schließlich und endlich schien die Musterung beendet zu sein, die Jana geduldig über sich ergehen ließ. Heftig schüttelte der Kleine den Kopf und zeigte ein verschmitztes Lachen.

»Nein. Du bist schön.«

Jana lachte hell auf.

Die Umstehenden, einschließlich der Tiger, fielen ein. Jana nahm den Jungen in die Arme und küsste ihn. Auf einmal umdrängten sie lachende Menschen, die den Jungen streichelten. Der Bann war gebrochen. Eine Engländerin, die ihre Sprache verstand, *ihre* Kleidung trug und fremde Kinder wie selbstverständlich küsste – so etwas hatten sie noch nie erlebt. Glücklich lachend sah Jana sich um. Sie fühlte, die Menschen waren ihr freundlich und wohlgesonnen, und das erfüllte sie mit Selbstvertrauen.

»Miss Juanna! Miss Juanna!«

Fassungslos suchte sie in der Menge nach der ihr bekannten Mädchenstimme. Ihre Augen weiteten sich aber eher erschrocken als überrascht: Zwischen den Menschen hindurch, die willig beiseite rückten, drängte sich übermütig eine fünfzehnjährige Schwarze. Jana starrte sie ungläubig an!

»Milly!«, rief sie erstaunt, denn es handelte sich um niemand anderes als um Tante Esthers Zofe, die ihr noch am letzten Morgen auf Cleary beim Packen der Koffer geholfen hatte! »Wie, um alles in der Welt, kommst du hierher? Als ich von Cleary fortging, warst du doch noch dort?«

Millys kleines Gesicht verdüsterte sich einen Moment.

»Wir mussten alle fliehen, Miss Juanna. Piraten kamen auf Cleary. Master Edmond hat getobt und mächtig geblutet, er wollte uns alle totschlagen, er war wie verrückt!«

Jana blickte entgeistert zu Sandokan auf, dessen dunkles Gesicht nachdenklich und angespannt auf die kleine Schwarze gerichtet war, die er nicht kannte.

»Ein Überfall? Auf Cleary?«, wiederholte Jana tonlos und dachte an den wunderschönen weißen Palast mit seiner wertvollen Einrichtung. Sogleich schämte sie sich dafür, weil ihr erster Gedanke nicht der Tante oder den Cousinen galt. »Wurde jemand verletzt, Milly? So sag schon!«

Sandokan runzelte die dichten Brauen, da er bemerkte, wie sehr die Angelegenheit sie bewegte, und wandte ruhig ein:

»Da ich von diesem Vorfall noch nicht informiert bin, sollten wir dieses Thema vielleicht ...«

»Ich muss es *jetzt* wissen!«, unterbrach Jana ihn energisch. Die Umstehenden hielten den Atem an. Sie starrten auf die Engländerin, die es wagte, dem Tiger von Malaysia in solch unerhörtem Ton entgegenzutreten. »Was ist passiert?«, verlangte Jana zu wissen. Von der befangenen Stimmung merkte sie nichts, auch nicht Sandokans verstecktes Schmunzeln. »Nein, Miss Juanna. Es wurde niemand verletzt außer Master Edmond. Der Mann, den sie hier Kobra nennen«, Jana wurde blass, und Sandokan zeigte plötzlich konzentrierte Aufmerksamkeit, »hat das Gesicht des Masters mit dem großen Schwert zerschnitten. Der Master wollte ihn töten, aber ein anderer großer Mann hatte ein Messer.«

Jana glaubte sich einer Ohnmacht nahe. Tausende von Bildern wirbelten in ihrem Hirn durcheinander. Einerseits erfüllte sie das Gehörte mit Grauen, doch andererseits ... begann ihr Herz einen zaghaften, zuversichtlichen Takt zu schlagen, der da sang: Er ist doch gekommen! Er hat mich nicht verlassen! Er war gekommen, um sie zu holen, sogar notfalls mit Gewalt! Es musste am Zeitpunkt gelegen haben, oder die Nachricht war nicht eingetroffen, alles war nur ein schreckliches Missverständnis! Sie fühlte, wie die innige Zuneigung zu diesem Mann heiß in ihr Herz zurückkehrte, und bat ihn im Stillen um Verzeihung für alle ihre gehegten Zweifel.

Ein fataler Irrtum, wie sich später erbarmungslos herausstellen sollte ...

Doch zunächst einmal drang die tiefe Stimme Sandokans in ihre aufgewühlten Gedanken:

»Ich danke dir für diese Information, Mädchen«, sprach er ernst zu Milly. In seinem Gesicht stand keine Regung, als hätte ihm jemand einen alltäglichen Rapport erstattet und nicht einen kleinen Hoffnungshauch überbracht, dass McCleary, sein Erzfeind, vielleicht doch noch vernichtet worden war, wie er es sich nicht sehnlicher wünschte. »Da ich dich noch nicht kenne, möchte ich dich ebenso auf Mompracem willkommen heißen«, sagte er weiter zu Milly, die ihr Herz somit für ewig an den Tiger von Malaysia verlor!

Jana zwang sich zu einem Lächeln.

»Milly, ich freue mich, dass wir von nun an hier zusammenleben werden.«

»Miss Juanna, darf ich ab heute die Zofe von Miss Juanna sein?«

Jana runzelte die Stirn. Dann musste sie lachen! Eine Zofe? Was sollte jemand auf dieser Insel mit einer Zofe tun? Sollte sie eine Dienerin über den Strand an ein Lagerfeuer schicken, wenn sie im Bett zu frühstücken wünschte wie eine Königin?

Plötzlich fielen die anderen, angesteckt von ihrer erfrischenden Heiterkeit, in das Gelächter ein.

Nur Milly sah sich verständnislos um. Jana erklärte dem verdutzten Mädchen:

»Milly, du lebst jetzt hier auf Mompracem. Das heißt, dass du frei bist. Es gibt keine Herren und Diener hier. Du und ich – wir können Freundinnen werden. Das Einzige, was du fortan zu tun hast, ist ein fröhliches Leben zu führen, dich in diese Gemeinschaft einzufügen, die gewiss nie von dir irgendetwas anderes verlangen wird, außer deine Pflicht zu erfüllen in der Aufgabe, die du dir selbst aussuchen wirst, um zu helfen, nicht um zu dienen.« So jedenfalls hatte sie es aus den sehnsüchtigen Worten ihrer Freunde herausgehört, als diese ihr das Leben auf Mompracem schilderten.

Atemlose Stille herrschte plötzlich. Jana bemerkte das andächtige Schweigen nicht, mit dem sie alle anstarrten. Sie schaute noch immer Milly an. Ob diese wohl verstand, was sie damit sagen wollte? Erst als die große Hand Sandokans sich auf ihre Schulter legte, sah sie auf und war erstaunt über die merkwürdigen Gesichter.

»Habe ich etwas Falsches gesagt?«, erkundigte sie sich harmlos.

Sandokan räusperte sich und antwortete zögernd: »Niemals, noch niemals hat jemand vermocht, meine Gedanken und mein Anliegen an mein Volk so zum Ausdruck zu bringen und in Worte zu fassen, wie du es getan hast. Ich danke dir, Juliana.« Unter beifälligem Gemurmel, das zu lautem Jubel anschwoll, nahm er ihre Hand erneut und verbeugte sich vor ihr.

Jana wurde verlegen. Sie sah Tinuha und Koah in der Menge stehen, die ihr stolz zunickten. Sie hörte Pierre begeistert über die Köpfe hinweg brüllen: »Da muss eine Engländerin kommen ...« Der Rest ging im Lärm unter.

Sandokan gab ein Zeichen. Langsam löste sich die Versammlung auf. Die Bewohner der Insel kehrten zu ihren Aufgaben zurück. Er wandte sich ihr zu. »Lady Juliana, ich ...«

Hastig unterbrach sie ihn: »Bitte keine Förmlichkeiten mehr, Hoheit.«

Er lächelte beeindruckt.

»Nur *Sandokan*. Juliana, als ich deine Worte hörte, regte sich in mir die Frage, wer könnte dich gelehrt haben, so zu reden? Ich hörte viele Männer sprechen, die über Stunden die Lippen bewegten und dennoch nichts sagten. Du bist noch so jung, und es gelingt dir, meine Gedanken, meine Träume in wenigen Sätzen zu beschreiben. Du musst wissen, einige Menschen leben seit Jahren auf Mompracem und fühlen sich tief im Inneren noch immer als Untergebene. Hoffentlich haben sie dich gehört.«

Jana wehrte ab: »Es war nichts Besonderes. Auf Cleary versuchte man mir beizubringen, dass es sich für eine Lady – überhaupt für eine Frau – nicht schickt, aus Büchern zu lernen oder über etwas anderes zu reden als über die neueste Mode.« Sie sah betrübt auf und fuhr leise fort: »Mein Vater, mein Vater war da anderer Ansicht. Alle glaubten, er wäre ein Tagträumer, doch in Wirklichkeit war er ein gelehrter Mann, der zwar nichts davon verstand, wie man ein Gut führt, dafür umso mehr von den Wissenschaften. Er ließ mich an allem teilhaben. Er ... er brachte mir alles bei, bis meine Mutter starb.« Ihre Stimme versagte.

»Du solltest dich jetzt ausruhen«, meinte Sandokan gedankenverloren und erwog freudig erregt: Sie ist es! Sie wird eines Tages das Werk Mariannas fortführen! Juliana – dich haben die Götter hierhergeleitet, um mir beizustehen.

Er winkte zwei Frauen herbei und bat sie freundlich:

»Zeigt Lady Juliana das leer stehende Haus. Ich habe beschlossen, dass sie dort einzieht.«

Die beiden Frauen sahen sich an, dann wieder auf den Tiger – und rührten sich nicht! Sie sahen ihn an, als hätten sie ihn nicht verstanden. Sein Blick wurde hart und zwingend. Endlich nahmen sie Jana zögernd in die Mitte. Es war ihr unbehaglich, da sie sich die zweifelnden Blicke der Frauen nicht erklären konnte.

»Ich möchte dich an einem der nächsten Tage in meinem

Haus begrüßen!«, rief der Tiger ihr nach, und sie musste wieder lächeln. Sie winkte zustimmend, ging mit den beiden Frauen, die freundlich auf sie einsprachen, den Strand hinauf und verschwand mit ihnen zwischen den Bäumen.

Yoritomo lächelte humorlos. Er ließ das Fernrohr sinken und sagte, ohne sich umzuwenden: »Mir scheint, der Lord und sein Kapitän können sich über den Kurs nicht einig werden. Sieh selbst.« Er reichte das Rohr an Giro Batol weiter, der hinter ihm auf der Brücke der *Shimabara* stand und jetzt neben ihn trat. Der Hüne sah zur *Francis Drake* und verstand, was Yoritomo meinte. Lord Guillonk schien mit seinem Kapitän in einen äußerst heftigen Disput verwickelt zu sein. Der alte Lord tobte, und zwischendurch hob er die Faust und drohte einmal dem Kapitän und ein andermal zur *Shimabara* hinüber – was Yoritomo ziemlich erheiternd gefunden hätte, wäre er nicht so zornig auf alles und jeden gewesen! Nun erkannte man, wie der erste Offizier die schmale Leiter zur Brücke hinaufkletterte. Er sagte etwas und schüttelte dabei heftig den Kopf.

Giro Batol nahm das Rohr.

»Seit drei Wochen geht das nun schon so, Kobra. Begreift er nicht, dass er uns nicht einholen kann? Was will er überhaupt mit deinem Schiff?«

Yoritomo antwortete ebenso gelassen wie spöttisch, während er wieder durch das Rohr zur *Francis Drake* hinüberschaute: »Er will nicht das Schiff, mein Freund. Er will mich – oder nein – er jagt nach all den Jahren noch immer den Tiger, und er will Sandokan treffen, indem er mich oder Pierre tötet. Aber ich bin des Spielens müde ...« Zynisch lächelte er Giro Batol zu und konzentrierte sich weiterhin auf den Verfolger. »Schade, dass er nicht den offenen Kampf sucht, sonst hätte er uns bei der Bucht den Weg versperren können. Was glaubst du, mein Freund«, fuhr er fort, »ob dem König von Mompracem die Brigantine gefallen würde? Ich gebe Mylord Guillonk noch drei Tage – höchstens –, dann holen wir sie uns. Ich denke ... Was ist das?«

Er beobachtete verblüfft, wie der alte Lord sich plötzlich an die Brust fasste, taumelte, und versuchte, das Geländer mit einer Hand zu erreichen!

Der Kapitän und der Erste stürzten auf ihn zu, stützten ihn. Lord Guillonk wehrte sich noch schwach, glitt dann jedoch langsam auf die Planken! Die beiden Seemänner öffneten ihm hastig die Kleidung!

Yoritomo ließ wieder kurz das Fernrohr sinken, biss sich zornig auf die Lippen und hob es wieder an die Augen.

Giro Batol versuchte krampfhaft mit bloßen Augen zu ergründen, was die Kobra so erregte.

Der Kapitän des anderen Schiffes richtete sich auf. Nun sah er herüber zur *Shimabara* und schüttelte den Kopf!

Yoritomo verstand. Und er bewunderte unfreiwillig die respektable Haltung des Mannes drüben. Offenbar hatte dieser die ganze Zeit über gewusst, wie sinnlos die Verfolgungsjagd war. Und so musste er auch erkannt haben, dass er nichts gegen die Piraten ausrichten konnte, wenn diese sich zum Angriff entschlossen! Grimmig reichte er dem Hünen das Fernrohr, der es ihm beinahe aus der Hand riss!

»Mir scheint«, sagte er gedehnt, »das Problem hat sich von selbst erledigt. Der Tiger wird nicht erfreut sein, dass seine Feinde sich nicht von ihm persönlich verabschieden.«

»Sieh nur, Kobra! Sie drehen ab!«, rief Giro Batol aufgeregt. »Sollen wir ihn nun verfolgen und aufbringen?«

»Das habe ich erwartet. Der Kapitän scheint ein sehr vernünftiger Mann zu sein. Ich hatte die ganze Zeit über so eine Ahnung, dass ihm unser Katz- und Mausspiel nicht behagte. – Nein, Giro Batol, es gibt zu wenig vernünftige Männer auf dieser Welt. Lassen wir ihn ziehen.«

Giro Batol blickte der Brigantine bedauernd hinterher.

»Was hast du nun vor, Kobra?«

Dem Krieger war deutlich anzumerken, wie sehr er mit sich kämpfte! Endlich drehte er sich zu der erwartungsvoll heraufblickenden Mannschaft um und brüllte über das Deck:

»Kurs Mompracem!«

Die Männer schrien, johlten und warfen die Arme in die Luft! Ein paar zogen die Pistolen und knallten wild in den ungetrübt blauen Himmel. Mochten die Matrosen der sich entfernenden *Francis Drake* annehmen, die Piraten hätten es sich anders überlegt. Der Steuermann riss das Ruder so heftig herum, dass die Brigg eine Weile schwankte. Segel wurden eiligst gehisst und in den Wind gestellt.

Die *Shimabara* und die *Francis Drake* entfernten sich mit geblähten Segeln in verschiedene Richtungen.

9. KAPITEL

Wie ein Schatten huschte Jana die hellen, von hohen Büschen gesäumten Stufen zu Sandokans prächtigem, weißem Haus hinauf. Die Sonne versank bereits glutrot hinter der Bucht im Meer und versah jeden Strauch, jeden Stein mit einem ellenlangen, verschwommenen Schatten.

Jana war ziellos den Strand entlanggewandert, hatte tief die frische Luft nach dem heißen Tag eingeatmet, wobei ihr Augenmerk zum Hügel hinaufgerichtet war. Da sie sich der Einladung des Tigers erinnerte, bevor die beiden Frauen sie über verschlungene Pfade zu ihrer neuen, seltsamerweise entlegenen Behausung brachten, beschloss sie spontan, ihm endlich einen Besuch abzustatten. Bisher fand sie noch keine Zeit dafür, denn die Hütte, die sie beziehen sollte, befand sich in einem ziemlich verwahrlosten Zustand. Hier konnte schon lange niemand mehr gelebt haben. Auf ihre pausenlosen Fragen antworteten die beiden jungen Frauen nur ausweichend und unter sprachlichen Schwierigkeiten. Jana fand lediglich heraus, man hätte bei ihrer Ankunft damit gerechnet, sie käme bei den Pflegeeltern Koahs und Tinuhas unter, wo die beiden jetzt auch wieder lebten. Warum der Tiger ihr also dieses kleine Haus überließ, blieb vorerst rätselhaft!

Endlich stand sie außer Atem auf der breiten Terrasse. Mit heftig pochendem Herzen wanderte sie über die Fliesen. Die weißen Gitter rechts und links der rundbogigen Tür standen weit offen, die Tür selbst war angelehnt. Sie hob die Hand und zögerte plötzlich. Sollte sie einfach ...? Und wenn ihr Besuch ungelegen kam? Seit der Einladung waren einige Tage verstrichen, und sie hatte den Tiger nur wenige Male aus einiger Entfernung gesehen. Aber schließlich hatte er ihr jedes Mal freundlich gewunken und bedauernd die Schultern gehoben ...

Energisch klopfte sie an.

Sandokan hob unmutig den Kopf und seufzte.

Er stand neben einem gewaltigen Kartentisch, inmitten einer mit dicken Teppichen und geschnitzten Möbeln ausgestatteten Bibliothek. Hier hielt Sandokan sich besonders gern auf. Hier arbeitete, las er oder unterhielt sich mit Freunden, wobei er durch die hohen Rundbogenfenster weit über diesen Teil der Insel blicken konnte.

Die schweren Vorhänge ließen gerade noch die letzte Helligkeit herein. Der Tiger schickte sich eben an, eine Öllampe zu entzünden, als es klopfte. Er stellte sie beiseite, löschte das Zündholz und rief ein Willkommen, ohne dass man seiner Stimme die leichte Ungeduld anmerkte.

Sein Unmut über die Störung schwand augenblicklich, als er erkannte, wer da hereinkam ...

»Juliana«, sagte er überrascht, ging rasch auf sie zu, ergriff ihren Arm und zog sie vollends herein. »Ich habe nicht erwartet, dass du dich alleine hierher wagen würdest«, lächelte er. »Jedenfalls nicht zu dieser Stunde«, setzte er schmunzelnd hinzu.

»Wenn ich störe ...?«, murmelte sie befangen.

»Aber nein! Es ist mir eine Freude, dich zu sehen«, protestierte Sandokan.

Nachdem er sie einen Moment lang nachdenklich betrachtet hatte, verbeugte er sich lächelnd.

»Verzeihung. Es ist etwas ungewöhnlich für mich, mit einer englischen Lady Konversation zu betreiben. Ich glaube, wir müssen uns erst kennen lernen. Ich habe dein Interesse für Bücher bemerkt.« Ihm entging keineswegs, wie ihre blauen Augen strahlten, als sie die enorme Bibliothek, die sich da vom Boden bis zur geschnitzten Decke die gesamte Wand entlangzog, anschaute, die einen seltsamen Glanz auf ihrem Gesicht hervorrief. Er ließ sie gewähren, als sie wie verzaubert an den Reihen der Schätze entlangwanderte. Er ging zum Kartentisch zurück, öffnete eine bauchige Weinflasche und goss daraus in zwei herrliche Kristallpokale. Einen Schluck genießend, sah er schweigend zu, wie sie das eine oder andere Buch herausnahm, die Titel studierte und es vorsichtig wieder an seinen Platz zurückschob. Ihm fiel auf, dass sie der Einrichtung der Halle bisher kaum einen Blick gönnte, sondern sich nur für die Bücher zu interessieren schien. Dann nahm er die beiden Weinpokale und ging zu der jungen Engländerin hinüber, die völlig versunken schien.

»Man hat mir bereits einiges über deine Person zugetragen«, nahm er das Gespräch wieder auf und betrachtete sie seltsam angespannt.

Jana drehte sich zu ihm um, nahm abwesend den Pokal, den er ihr hinhielt und sah ihn fragend an.

»Tinuha?«, fragte sie zurückhaltend.

»Auch«, gab er zu und weiter: »Aber leider nicht von demjenigen, von dem ich erwartet hätte, etwas zu hören.«

»Oh!«, entfuhr es ihr verwirrt. Eigentlich hätte sie Sandokans Wissen über alles, was rundum geschah, voraussetzen müssen, schalt sie sich. Jana überlegte fieberhaft, was sie auf diese Feststellung erwidern sollte, und nippte an dem roten Wein. Sogleich verzog sie das Gesicht.

»Schmeckt er dir nicht?«

Fürsorglich nahm Sandokan ihr das Glas aus der Hand.

Jana spürte den Geschmack des Weines auf der Zunge und schüttelte sich heimlich.

»Doch. Er ist wunderbar ... nur ...« Sie stockte und schluckte.

»Es ist nicht nötig, irgendetwas zu erklären«, sagte Sandokan mild. Unübersehbar wandelte sich die Röte auf ihren Wangen in

Blässe, was ihn beunruhigte. Plötzlich drängte es ihn nahezu, das heitere Lachen auf Lady Julianas Gesicht wieder herbeizuzaubern. So legte er die Stirn in Falten und bedauerte zutiefst betrübt, indem er die mächtigen Schultern hängen ließ: »Wünschst du ein anderes Getränk? Ich fürchte, Limonade wird sich in diesem Haus nicht finden. Und mit Tee kann ich momentan auch nicht aufwarten, da mein guter Freund Giro Batol zur Zeit auf See weilt. Er versteht als Einziger auf der Insel, wie man englischen Tee zubereitet.«

Erfreut bemerkte er, wie sich die feinen Züge des Mädchens wieder entspannten, denn er glaubte, dass die Erwähnung von Pierce zu diesem Erschrecken geführt hatte. Doch als Jana ihm zögernd den wahren Grund offenbarte, verdüsterte sich seine lächelnde Miene abrupt.

»Es ist nur so«, erklärte sie beschämt, mit abgewandtem Gesicht, »man zwang mich ..., man zwang mich einmal ..., Wein zu trinken ... Seitdem ekelt der Geschmack mich an ... Ich bitte um Entschuldigung, Sandokan.«

Unterdrückter Zorn ließ seine tiefe Stimme rau klingen: »Glaube mir eines«, er sah sie durchdringend an, »wenn Koah diesen Hund nicht bereits getötet hätte, würde ich ihn verfolgen und zur Rechenschaft ziehen!«

Jana glaubte ihm aufs Wort. Eine Woge von Dankbarkeit stieg heftig in ihr auf. Sie rang darum, nicht in Tränen auszubrechen. Wie lange war es her, dass jemand sie, Jana, zu verteidigen bereit war?

»Trotzdem.« Sandokan lächelte rätselhaft und hob sein eigenes Glas. »Erlaube mir auf die ungewöhnlichen Frauen zu trinken, welche die Wege von uns Männern kreuzen.«

Er trank ihr zu, und Jana hatte sich wieder in der Gewalt. Es war vorbei. Was waren schon die Betrübnisse und Leiden der Vergangenheit? Am besten vergaß man die Vergangenheit.

»Und ich würde auf den Tiger von Malaysia anstoßen. Den

ungewöhnlichsten Freund, den eine Engländerin nur haben kann«, sagte sie leise.

Sie lächelten sich in stillem Einvernehmen an und bekundeten sich somit ohne weitere Worte die gegenseitige Zuneigung.

»Du kannst die Bibliothek so oft nutzen, wie du möchtest.«

»Damit machen Sie mir die größte Freude, Sandokan. Ich liebe Bücher. Seit meiner frühesten Kindheit.«

»Ich hörte auch von dem Ball, den man dir zu Ehren gab.«

»Es war schrecklich!«, entfuhr es ihr, keinesfalls ladylike, unumwunden, was ihn wieder schmunzeln ließ. Jana wandte sich hastig den Büchern zu und griff wahllos eines heraus. Noch ehe sie erfasste, was sie da in Händen hielt, vernahm sie ein unterdrücktes Lachen. Die amüsiert hochgeschobenen Brauen des Tigers ließen sie auf den Einband blicken – und das indische Werk mit einem erstickten Laut wieder zurück an seinen Platz schieben.

»Dieses stand auch in der Bibliothek meines Vaters!«, rief sie entzückt aus, die peinliche Situation vergessend, und schlug behutsam die erste Seite auf. »Dieses Buch gehörte einem Yañez de Gomerra«, sagte sie nachdenklich und sah zu ihm auf. »Ein Freund von Ihnen? Oder sind die Bücher alle ...« Sie hätte sich ohrfeigen mögen! Beinahe wären ihr schon wieder unbedachte Worte entschlüpft!

Aber Sandokan schien weiterhin gut aufgelegt, wenn auch ein Hauch von Wehmut in seine Augen schlich und sie sich unversehens verdunkelten.

»Nein. Die Gegenstände hier sind ein Teil meines Familienerbes. Und diese Bücher gehörten einem guten Freund. Brooke hat ihn getötet, bevor er selbst starb. – Du hast sicher schon von dem legendären James Brooke gehört?« Seine Stimme klang für einen Moment sehr erbittert und etwas mühsam.

Jana nickte bestürzt.

»Es tut mir Leid.«

Der Tiger zuckte düster die Schultern. »Es sind seither fast fünfzehn Jahre vergangen. Ich vermisse Yañez noch sehr.«

Eine kurze Zeit blieb es still in dem Raum.

Plötzlich fragte Sandokan aus heiterem Himmel:

»Hast du schon einmal Sake gekostet?«

»Was ist das?«, gewann ihre Neugierde die Oberhand.

»Komm mit!« Er griff nach ihrer Hand, stellte im Vorübergehen die beiden Pokale auf den Kartentisch und zog sie zu einer der Türen hinüber.

»Dies ist der Raum eines besonderen Freundes. Komm mit.« Jana ahnte plötzlich, dass sich hinter dieser Tür vielleicht das Reich eines ganz bestimmten Freundes befinden musste! Und obwohl sie innerlich lichterloh vor Neugierde brannte, verstörte es sie doch ein wenig, so unerwartet – aber endlich, einen Einblick in das Leben des rätselhaften Mannes zu erhalten, den sie zu lieben glaubte.

»Denken Sie ..., sollten wir wirklich ...«

Sandokan sah sie überlegend an. Schließlich nickte er und tat so, als ob er sich von der Tür abwenden wollte.

»Wenn du nicht möchtest –«, sagte er hinterhältig, »schade, es ist ein sehr interessanter Raum. Nun ja, dann eben ...«

»... Doch!«, entfloh es ihr nahezu entsetzt! »Eh ... ich meine, wenn ... wenn Ihr Freund nichts dagegen hat, würde ich gerne diesen Sake probieren ...«

Mehr als erheitert drückte er die Tür auf und schob sie kurzerhand hinein.

Bereits auf der Schwelle blieb sie wie angewurzelt stehen. Jana glaubte sich in ein Märchenreich versetzt!

Gedämpftes rötliches Licht drang weich durch die heruntergerollten Papyrusvorhänge. Es gab nur wenige kniehohe Schränke, in deren Regalen säuberlich gefaltet *seine* Sachen lagen. Ein ungewöhnlich niedriges Bett erregte zuerst ihre Aufmerksamkeit. Den Boden bedeckten Reismatten. Kaum zwei Fuß hohe eckige Tischchen mit rundum verteilten Sitzkissen vervollständigten die Einrichtung. Das wäre an sich nun nichts Besonderes gewesen. Was Jana faszinierte, verwunderte, entzückte und gleichzeitig in Bestürzung versetzte, waren die vielen getrockneten Blumen, die noch immer ihre leuchtenden Farben besaßen und auf den Tischen in kleinen – und auf dem Boden in großen – Porzellanschalen zusammengestellt waren. Ebenso verblüfften sie die zahlreichen Aquarelle und feinen Tuschezeichnungen von Landschaften, Gegenständen und fremdartig gekleideten Menschen. All dies deutete überzeugend auf eine zarte weibliche Hand hin ...

»Aahh, da ist er!«, schreckte Sandokans Stimme sie aus ihrer Versunkenheit. Aus einem der niedrigen Schränke zog er einen grauen Steinkrug, nahm an Ort und Stelle den Stöpsel heraus, roch daran und schauderte. »Also, ich bin gespannt, ob du ihn magst. Es ist ebenfalls Wein, allerdings aus vergorenem Reis. Für gewöhnlich trinkt mein Freund ihn sogar erwärmt.« Als Jana nicht antwortete, sah er hinüber und bemerkte die Blicke, mit denen sie die Blumen und die Zeichnungen betrachtete. Er trat neben sie, sah sich ebenfalls um und sagte mit tatsächlich fast ehrfürchtiger Bewunderung, die Jana veranlasste, behutsam, als könne sie etwas von der Mystik des Zimmers zerstören, einzutreten:

»Sie sind wunderschön, nicht wahr? Man möchte meinen, eine romantische Dame lebe hier.«

Damit sprach er genau Janas ratlose Gedanken aus. Sie sagte nichts, nur ihr Herz wurde seltsam schwer und ängstlich.

»Ich betrete nicht oft diesen Raum. Denn dies hier sind auch Dinge, von denen ich nur wenig verstehe – genauso, wie ich manchmal nicht die Gedanken meines Freundes verstehe«, fuhr Sandokan grüblerisch fort. »In Japan beschränkt man sich nicht darauf, einen Krieger in der Kunst des Kampfes zu unterweisen. Unser Freund versuchte mir begreiflich zu machen, es ginge nicht allein um die Beherrschung der Waffentechnik, sondern um das Streben nach Vollkommenheit und innerem Einklang. Obwohl es mir auf den ersten Blick fast lächerlich erschien, einen Mann solche weiblichen Dinge tun zu sehen«, er machte eine allumfassende Geste, während Jana ihn ungläubig anstarrte, »so bewundere ich ihn und glaube an seine Einstellung, seit ich ihn zum ersten Mal in einem Kampf beobachtete. Es gibt niemanden, der sich mit seiner Schnelligkeit und Perfektion messen kann. Nicht einmal ich selbst, der ich in jüngeren Jahren ein guter Kämpfer war und es noch immer bin.«

Jana kam zu der Überzeugung, er wollte ihr weismachen, es gäbe keine andere Frau im Leben Yoritomos.

Diese Gedanken standen ihr so deutlich ins Gesicht geschrieben, dass Sandokan leise auflachte, als er es sah.

»Du bist eine schlechte Heuchlerin«, bemerkte er heiter, um sogleich wieder nachdenklich zu werden. »Doch es ist die reine Wahrheit. Der Künstler dieser wundervollen Werke ist mein Freund selbst. Ich gebe zu, ich wollte dir dies alles zeigen, damit du verstehst, dass die Dinge immer zwei Seiten haben. Meistens ist die andere Seite – die, welche man nicht sieht – die unerwartete.«

Jana vermochte noch immer nichts zu sagen. Sie versuchte sich den stolzen, arroganten Krieger vorzustellen, wie er vor einer Leinwand stand oder Blumen arrangierte. Aber es gelang ihr nicht, diese Tätigkeiten mit seinem Bild in Einklang zu bringen. Stumm wandte sie sich um und ging in die Wohnhalle zurück. Sandokan schloss die Tür und folgte ihr. »Es tut mir sehr Leid um Ihren Freund Yañez«, sagte sie unvermittelt und blieb vor dem großen Tisch stehen.

Sandokan war ein wenig enttäuscht. Er hatte geglaubt – nein, erwartet – sie würde weitere Fragen stellen, ihm in dieser Weise etwas über ihre innere Beziehung zu Pierce offenbaren. Der Tiger konnte sich weder einmischen, noch wollte er es. Aber er wäre gezwungen, sich dieser Angelegenheit anzunehmen, sollte sie den Frieden von Mompracem nachhaltig beeinträchtigen. Außerdem gab er zu, selbst neugierig über den Verlauf dieser seltsamen Geschichte zwischen Yoritomo Shigehira und Lady Juliana Sinclair zu sein. Man hatte ihm die verschiedensten Gerüchte zugetragen, und es versetzte ihn nach wie vor in Erstaunen, dass Pierce – der im Übrigen von Pierre Evereux Frauen gegenüber als sehr entschieden und eiskalt berechnend eingestuft wurde – eine echte Zuneigung zu diesem sanften Mädchen gefasst haben sollte. Sanft? Nein!, verbesserte er sich. Diese Engländerin war alles andere als sanft, auch wenn ihr Engelsgesicht diesen Irrtum verbreiten mochte. Sie gaben ein perfektes Paar ab, wenn er es sich recht überlegte: diese energische, kluge junge Frau, deren lichte Schönheit es mit jeder anderen aufnahm und der dunkle Krieger, den er, Sandokan, im Grunde seines Herzens nicht zur Liebe unfähig hielt, wie es Pierres Überzeugung war. Dazu offenbarten die Zeichnungen, Gedichte und die sanften Bewegungen beim Arrangieren der Blumen, wobei er hin und wieder verblüfft zugesehen hatte, zu viel von dem wahren Ich seines besten Kämpfers.

»Es liegt lange zurück«, erwiderte er, nahm ein neues Glas und goss etwas davon aus dem Krug hinein. Dann entzündete er endlich die Lampe. Die Sonne war vollends untergegangen. Die kurze Zeit der Dämmerung war kaum der Rede wert, und es würde jeden Augenblick stockdunkel draußen. »Setz dich doch«, bat er, reichte ihr das Glas, an dem sie skeptisch schnupperte, bevor sie sich in einem der bequemen, hochlehnigen Stühle niederließ. Sandokan setzte sich ihr gegenüber, lehnte sich behaglich zurück und verschränkte die muskulösen Arme vor der Brust.

»Erzähle etwas über dich«, forderte er sie auf.

Jana kostete äußerst vorsichtig die wasserhelle Flüssigkeit. Im ersten spontanen Moment wollte sie das Glas zurückstellen.

Dann nippte sie noch einige Male und befand das Getränk von Schluck zu Schluck köstlicher.

»Ich glaube, ich mag Sake«, entschied sie schließlich und stellte das leere Glas zurück. Dann sah sie ihn verschlossen an. »Über mich gibt es nichts zu erfahren, was Sie nicht sicher längst wissen, Hoh... Sandokan. Aber ich würde gerne eine Frage stellen ...« Die blauen Augen sahen ernst und bittend über den Tisch hinweg.

Sandokan beugte sich gespannt vor. Also doch!, dachte er befriedigt.

»Natürlich. Du kannst fragen, wie es dir beliebt.«

Gleich darauf hätte er gerne diese Zusage zurückgezogen, denn die völlig unerwartete Frage lautete:

»Warum ist Edmond McCleary euer Feind?«

Im ersten Moment suchte der Tiger nach Worten. Dann lehnte er sich mit grimmigem Ausdruck wieder zurück und spielte mit den Edelsteinen, die vor ihm auf dem Tisch lagen, bis er bereit war, zu antworten:

»Er war ein Schüler Brookes. Mit ihm ist Brooke wieder auferstanden. Auch er will die Macht über Sarawak, und das muss verhindert werden. Es darf keinen zweiten James Brooke geben!«

»Was ist auf Cleary geschehen?«

Sandokan ließ die Steine fallen und hob kurz die Hände.

»Ich weiß nur, was dieses Mädchen erzählte. Sie kam vor neun Tagen mit einem anderen Schwarzen hierher und bat um Aufnahme.« Er verschwieg absichtlich, was der andere Schwarze, ein Teepflücker, berichtet hatte: Es habe auf der Plantage gebrannt, und das Haus sei von der Kobra und dessen Männern geplündert worden! Pierre und Tinuha hatten ihm zwar die Absicht des Freundes mitgeteilt, nach Cleary zu reiten, dieses Mädchen hier zu holen und McCleary zu töten – was nun in Wahrheit dort geschehen war, entzog sich seiner Kenntnis. Man konnte nur abwarten, bis dieser endlich zurückkehrte! Er war schon sehr lange überfällig, wie jedermann unwillig auf der Insel bemerkte.

»Wieso hat man Mompracem nie entdeckt?«, fragte Jana nach einem Moment.

»Du stellst ungeheuer viele Fragen für einen einzigen Abend«, stellte Sandokan freundlich, aber eigenartigerweise auch ausweichend fest. »Bist du mit deiner Hütte zufrieden?«

»Ja, nur«, Jana zögerte, »ich verstehe nicht, warum dieses Haus etwas abseits liegt und es mir allein überlassen wurde.«

»Eine neue Frage, verborgen in einer Feststellung!«, lachte der Tiger auf und nickte dazu anerkennend.

Jana kicherte plötzlich lautlos. Der Sake, so spürte sie, stieg ihr ein wenig in den Kopf. Jedoch sehr angenehm. Sie hörte aufmerksam zu, was Sandokan ihr erklärte:

»Diese Hütte wurde einmal von jemandem bewohnt, der – sagen wir – sich nicht in unsere Gemeinschaft einfügen wollte. Mir wäre es lieber, du würdest deine Freundin nach dieser Person befragen«, wich er aus.

Bei der Erwähnung Tinuhas senkte Jana unversehens den Blick. Ihre Stimmung schwand dahin. Sie hörte genau heraus, dass der Herrscher von Mompracem nichts weiter darüber sagen wollte. Was mochte es wohl mit dieser Person auf sich haben?

Sie eindringlich ansehend, lenkte der Tiger ruhig auf ein anderes Thema: »Ich glaube, gewisse Unstimmigkeiten zu bemerken. Ich war der Auffassung, dich und die Prinzessin verbindet eine enge Freundschaft.«

»Die Prinzessin!«, fuhr Jana unerwartet erbittert auf. »Das ist der Grund! Auch ich maß unserer Freundschaft einen hohen Wert bei, doch sie verschwieg mir diese Tatsache, obwohl wir uns schworen, keine Geheimnisse voreinander zu haben. Erst Koah erzählte mir die Geschichte ihrer Herkunft!«

»So erfuhrst du also erst jetzt die Wahrheit. Und Tinuha hat dir nie davon erzählt?«

Jana schüttelte so heftig den Kopf, dass die blonden Locken wild herumflogen und einzelne Strähnen golden im Lampenschein aufglänzten.

»Nein. Es gab Andeutungen, ihr Vater sei ein entfernter Neffe des Sultans Muda Hassin, und ich glaubte ihr jedes Wort! Bis Koah mich darüber aufklärte, dass sie keine entfernten Verwandten, sondern die direkten Nachfahren des Sultans sind. Sie hätte es mir sagen müssen! Bei allem, was uns miteinander verband!«, schloss sie aufgebracht.

Sandokan schwieg. Er sah sie nur an, bis sie sich schließlich unbehaglich zu fühlen begann.

»Nun, ich denke, es ist besser, du schläfst noch eine Nacht über deinen Zorn«, sagte er ruhig. »Morgen siehst du dich auf diesem Teil der Insel um.«

Jana vergaß über dem merkwürdigen Wortlaut beinahe ihren Unmut. Ihr Wissensdurst war schier unerschöpflich:

»Auf diesem Teil? Gehört nicht die ganze Insel zu Mompracem?«

Der Tiger lächelte und erhob sich.

»Du wirst beizeiten selbst alles herausfinden. Mompracem wird dein Gemüt besänftigen.«

Ihr blieb nichts übrig, als sich ebenfalls zu erheben, sie wandte jedoch etwas mutwillig ein: »Aber ich hätte noch so viele Fragen! Wo lebt Monsieur Pierre? Welche Aufgaben sind es, von denen er sprach? Was macht Yor...«

Sie brach ab, biss sich auf die Lippen und verabscheute sich jetzt geradezu für ihre schnelle Zunge! Jana wusste selbst nicht, weshalb eine innere Scheu sie davon abhielt, dem Tiger tausend Fragen über Yoritomo zu stellen. War sie sich seiner Liebe nicht sicher? Sie beantwortete diese Frage mit einem ehrlichen *Ja*! In der Tat war sie sehr unsicher, was die Gefühle dieses Mannes betraf, den sie nur wenige Stunden kannte. Und sie wollte sich keineswegs vor Sandokan lächerlich machen, wenn Yoritomo Shigehira – oder Pierce – ihre Gefühle nicht erwiderte! Hatte er denn eigentlich von Liebe gesprochen? Nein, das hatte er nicht. Er sprach nur davon, er würde sie schützen und sie ... irgendwie als sein Eigentum betrachten – was immer das für den seltsamen Mann bedeuten mochte ...!

Kopfschüttelnd trat Sandokan neben sie und blickte auf den hastig gesenkten Kopf mit den bis zur Taille herabfallenden, glänzenden Locken.

»Du bist eine sehr impulsive junge Lady, nicht wahr?«, stellte er amüsiert fest, statt zu antworten. Natürlich bemerkte er, wie nahe sie daran gewesen war, zumindest seinen japanischen Namen auszusprechen! Sie tat ihm Leid. Vielleicht gelang es ihm doch eines Tages, ein wenig Schicksal zu spielen und helfend einzugreifen. Plötzlich erkannte Sandokan klar:

Dieses Paar passte nicht nur zusammen, sondern gehörte zueinander! Nur Lady Juliana und keiner anderen Frau der Welt würde es je gelingen, das Herz seines stolzen Freundes zu bezähmen und gleichzeitig das Eiswasser in dessen Adern zu schmelzen! Nun, überlegte er, es sieht ganz so aus, als wäre ihr dieses bereits gelungen – nur ahnen beide noch nichts davon! *Er* erwähnte *sie* ihm gegenüber mit keiner Silbe – und sie verschluckte sich sogar an seinem Namen ... »Ich werde dich zu deinem Haus begleiten.«

»Danke. Doch ich finde den Weg schon alleine«, wehrte Jana ab. Sie wollte nachdenken. Um nicht unhöflich zu sein, setzte sie gequält grinsend hinzu: »Ich nehme nicht an, unterwegs von einer Horde blutrünstiger Piraten überfallen und verschleppt zu werden ...«

Sandokan stemmte die Hände in die Seiten, warf den Kopf in den Nacken und brach in volltönendes Gelächter aus! Dieses Mädchen!

»Ich bestehe darauf, dass du einige Bücher mitnimmst.«

Jana lachte klingend mit und ging beschwingt zur Tür. Sie stieß sie auf und winkte mit dem Buch, welches einst im Besitz von Yañez de Gomerra gewesen war und das sie die ganze Zeit über wie einen Schatz in der Hand hielt.

Sie ahnte nicht, wie hinreißend sie wirkte, so im Halbdunkel.

Der Tiger von Malaysia erbebte innerlich! Auch er war nur ein Mann aus Fleisch und Blut! Ein Mann in der Blüte seiner Jahre, der seit langem keine Frau mehr in den Armen gehalten hatte. Mit wenigen Schritten war er bei ihr! Sich mühsam beherrschend, legte er die Arme vorsichtig um ihre schmale Taille, anstatt sie an sich zu reißen, wie er es gern tun würde, und streichelte sanft mit seinem weichen, sinnlichen Mund ihre geschlossenen Lippen.

Jana erwiderte in aller Unschuld den Abschiedskuss eines Freundes. Sie zuckte nicht einmal zurück. Eine leichte Wärme breitete sich in ihr aus. Sie fühlte sich beschützt und endlich auch ... geliebt – im Sinne von familiärer Zuneigung!

Sandokan spürte diese naive Hingabe sofort und schob sie behutsam, schwer atmend von sich. Was – bei Schiwa – tat er hier?

Es kostete ihn unglaubliche Beherrschung, sein sinnliches Verlangen zu zügeln! Aber anstatt Bestürzung zu empfinden, erfüllte ihn diese Regung, die er seit langem verschüttet geglaubt hatte, mit Stolz und Freude.

»Gute Nacht und danke!«, rief sie noch, lief hinaus auf die Terrasse und sprang von dort leichtfüßig im jetzt fahlen Mondlicht die Stufen hinunter, bis die Dunkelheit des Strandes sie verschlang.

Sandokan blickte ihr aufgewühlt und wehmütig lächelnd hinterher.

Nach einer Weile lachte er plötzlich auf, drehte sich herum, schloss die Tür und schritt bis zur Mitte der Halle, wo er stehen blieb und die Augen auf die geschlossene Tür zu Pierce' Zimmer heftete. Weiterhin leise in sich hineinlachend, murmelte er: »Ich bin gespannt. Du wirst eine Überraschung erleben, wenn du heimkehrst, mein unnahbarer Freund!«

Jana wanderte derweil beschwingt am Ufer des Strandes entlang und ließ kleine Wellen über ihre Zehen rollen. Die Menschen gingen sehr früh zur Ruhe, denn schon in wenigen Stunden, kurz nach Mitternacht, erhoben sich die ersten Fischer und nur wenig später die Perlentaucher, um aufs Meer oder an die Klippen zu fahren. Fast bedauerte sie schon ihre Ablehnung Sandokan gegenüber, sie zu begleiten.

Plötzlich, ohne ersichtlichen Grund stockte ihr Schritt. Sie drehte sich rasch um, da sich jemand in der Nähe befand. Ich muss mich wohl geirrt haben, dachte sie beklommen. Sie kannte ja außer dem Strand, dem Weg zu ihrer Hütte und dem Haus dort oben auf dem Hügel, wo gerade das Licht erlosch, noch nichts von der Insel. Sie hob lauschend den Kopf. Nur der warme Nachtwind rauschte durch die Baumwipfel und streichelte ihr erhitztes Gesicht. Achselzuckend ging sie weiter, allmählich das Ufer verlassend und auf die Dunkelheit der Bäume zuschlendernd. »Es gibt nichts, wovor ich mich fürchte«, raunte sie sich Mut machend zu, beschleunigte gleichwohl ihre Schritte. Sandokan würde mich nicht alleine hier herumlaufen lassen, wenn es irgendetwas Gefährliches gäbe, schalt sie sich nervös – und setzte schneller einen Fuß vor den anderen. Warum erdrückte sie auf einmal die Dunkelheit der Büsche rundum? Die Einsamkeit dieses Pfades hatte sie doch in den vergangenen Tagen keineswegs beunruhigt? Schließlich war sie ganz außer Atem, als sie ihre aus einem einzigen großen Raum bestehende Hütte erreichte, hineinstürmte und mit fliegenden Fingern die kleine Öllampe entzündete!

Nachdem sie das Buch liebevoll auf den kleinen Tisch gelegt

hatte, löschte sie die Lampe, zog sich aus und kroch nackt unter die Felle und bestickten Decken.

Schlich da draußen nicht doch etwas um die Hütte ...?

»Unsinn!«, sagte sie laut in die Dunkelheit hinein, kniff fest die Augen zusammen und versuchte träumerisch, sich ihre Begegnung mit einem freudig überraschten Yoritomo vorzustellen, sollte er endlich auf die Insel zurückkehren.

Jana konnte nicht ahnen, dass sich die *Shimabara* mit dem sehnsüchtig, gleichzeitig ängstlich Erwarteten zu jenem Zeitpunkt noch auf der entgegengesetzten Route befand und es deshalb einige Zeit dauern würde, bis er die Küste dieser Insel ansteuerte.

Am nächsten Morgen lachte sie über die Furchtsamkeit des vorangegangenen Abends. Die frühe Sonne flirrte bereits verheißungsvoll durch die Bambuswände, als sie sich ausgeruht und glücklich reckte und streckte. Köstliche Düfte zogen vom Strand bis in ihre Hütte, die ihre Nasenflügel zum Vibrieren und den Magen zum fordernden Knurren brachten. Und da! War das nicht Tinuhas Stimme, die nach ihr rief? Mit einem einzigen Satz sprang sie von ihrem Lager, streckte ihren Kopf aus der Tür und sah Tinuha mit hüftlangem, offenem Haar den schmalen Pfad entlang herbeieilen. Ihr grünes Gewand hob sich kaum von den taubenetzten Farnen links und rechts des Weges ab. Einer Königin des Waldes gleich. Und sie lächelte froh gelaunt!

Jana griff nach ihren Kleidern und ging hinter eine Baumbuswand. Dort stand eine Schüssel mit frischem Wasser. Ob ich wohl jemals wieder in den Genuss eines heißen Bades und duftender Seife kommen werde?, ging es ihr seufzend durch den Kopf.

»Tinuha, komm herein!«, rief sie über die Schulter, und sie hörte die Freundin leichten Schrittes eintreten.

Wenig später gingen die beiden jungen Frauen, die eine goldblond, die andere schwarzhaarig, plaudernd, als hätte es niemals eine Unstimmigkeit gegeben, barfuß über den noch kühlenden feinen Sand des Strandes.

»Ich bin erstaunt, wie schnell du dich eingerichtet hast«, bemerkte Tinuha und zog sie zu einem ebenerdigen Haus hin, vor dem eine ältere Frau hockte und in einem Topf über einem offenen Feuer rührte.

»Ja«, erwiderte Jana, um mit spitzer Zunge, die sie sich danach am liebsten abgebissen hätte, hinterherzuschicken: »Doch dann kamen wildfremde Frauen und halfen mir.« Zornig überlegte sie, warum sie schon wieder so etwas sagte! Sollte sie nicht lieber dankbar sein, dass Tinuha ihr an diesem wunderschönen Morgen diesen Teil der Insel zeigen wollte? Warum störte sie schon wieder mit unbedachten Worten die Harmonie? Es war alles so friedlich und heiter: Die Menschen, die ihnen zulächelten, der warme Sand, das tiefblaue Wasser der versteckten Lagune, auf dem goldglitzernde Sonnenstrahlen tanzten, und die köstlichen Düfte nach gebratenem Fisch, frischem Brot, Tee und unbekannten Gewürzen, die sich mit der erfrischenden Brise des nahen Meeres vermischten. Warum also konnte sie ihr loses Mundwerk nicht ein einziges Mal im Zaum halten? Darum setzte sie hastig und kleinlaut hinzu: »Oh. Sicher musstest du viele Leute begrüßen und konntest mich in den beiden letzten Tagen nicht besuchen.«

»Nein, mir tut es Leid, Jana«, antwortete Tinuha freundlich. »Es ist, wie du sagst. Koah und ich wurden von Haus zu Haus gereicht.« Jana spürte, wie glücklich die Freundin darüber war, wieder zu Hause zu sein.

Die alte Frau sah kurz zu den beiden auf, nahm eine hölzerne Kelle und eine Schale und schöpfte etwas aus dem Kessel hinein. Dann reichte sie Jana beides mit einigen gutmütigen, gemurmelten Worten, die Jana nicht verstand. Mit dankbarem

Nicken nahm sie die Schale an, bemüht, nicht allzu argwöhnisch auf die graue brodelnde Masse in dem Topf zu äugen. Zögernd nahm sie den groben Löffel, schnupperte und kostete den heißen Brei vorsichtig. Sie schluckte, tauchte den Löffel wieder hinein – wieder und wieder, während ihr Gesicht einen entrückten Ausdruck annahm! Endlich kratzte sie unter dem munteren Blick Tinuhas den Boden aus und hielt die leere Schale bittend der Frau entgegen, die sie gerne noch einmal füllte.

»Es schmeckt köstlich«, murmelte sie. »Was ist das?«

Einmütige Blicke mit der auf dem Boden hockenden Frau tauschend, erklärte Tinuha gut gelaunt: »Es ist nur Reis, Hirse und Zuckerrohr.«

Die Frau sagte etwas zu ihr. Jana sah Tinuha fragend an. Diese antwortete rasch in merkwürdigen, abgehackten Silben und Lauten.

»Was sagte sie? Ich verstehe diesen Dialekt nicht.«

»Sie sagt, sie ist nie einer Hellhäutigen wie dir begegnet und wünscht dir ein langes Leben.«

Jana sah die alte Frau freundlich an. Dann fasste Tinuha die Freundin an der Hand, um ihr noch mehr zu zeigen.

Janas Neugierde kannte keine Grenzen. Sie erschöpfte Tinuha mit pausenlosen Fragen.

»Was ist das, Tinuha?«

»Wohin kommt man dort?«

»Oh! Schau mal, die Frauen dort, was tun sie?«

Bei der letzten Frage zog sie Tinuha ungeduldig in eine andere Richtung, da unter eng stehenden, Schatten spendenden Palmen drei sehr alte Frauen im Sand beieinander saßen. Sie warfen merkwürdig geformte, hellgraue Gegenstände in die Luft, um sich dann tief darüber zu beugen. Sie sahen nicht auf, als die beiden näher traten.

»Was tun sie da, Tinuha?« Jana beugte sich ebenfalls neugierig tief hinunter. »Was sind das für ...«, sie fuhr bestürzt, verwundert zurück! »Das ... das sind ja Knochen!«

Die Freundin nickte ernst.

»Diese drei Frauen sind Seherinnen. Sie bestimmen das Schicksal von Mompracem.«

Eine der Frauen blickte plötzlich auf. Ihr kleines faltiges Gesicht lächelte, doch die hellen Augen schienen bis auf den Grund ihrer Seele zu sehen. Ihre Stimme klang brüchig, aber klar verständlich: »Lady Juliana, kommen Sie!«

Ein unheimliches Gefühl beschlich Jana. Sie wich unwillkürlich einen Schritt zurück und sah Tinuha an. »Ich ... weiß ... nicht ...«, stotterte sie und wollte fast davonlaufen. Aber die Frauen warteten erst gar nicht ihre Antwort ab, sondern warfen erneut die Knochen in die Luft und murmelten Unverständliches. Dann beugten sie sich wieder darüber. Die geflüsterte Beratung dauerte lange. Jana warf Tinuha einen skeptischen Blick zu. Diese zuckte die Schultern, und ihr Gesicht spannte sich ein wenig.

Endlich sahen die Frauen gleichzeitig auf.

Jana stand wie angewurzelt auf der Stelle und musste einfach zuhören, was die Frauen ihr nacheinander, jede im gleichen beschwörenden Tonfall, mitteilten.

Die erste erkannte ernst:

»Sie haben viel Leid erdulden müssen.«

Die zweite lächelte:

»Sie sind der neue Stern auf Mompracem. Ich sehe viel Glück und ein von den Göttern gesegnetes Leben.«

Die dritte orakelte düster: »Ihre Reise ist noch nicht beendet. Hüten Sie sich, denn Sie werden Menschen begegnen, die Ihren Tod wollen. Und anderen, denen Sie unbedingt vertrauen müssen.«

Jana taumelte ängstlich noch einen Schritt zurück.

»Aber wie werde ich sie erkennen? Wer könnte meinen Tod wollen? Ich habe doch niemandem etwas getan? Und ...« Wieder sah sie Tinuha an, die ebenfalls blass wurde, und ihr Blick flog zu den Frauen zurück. »Werde ich für immer auf Mompracem bleiben können?«

Die drei Frauen sahen sich an.

Dann sagte die erste rätselhaft: »Die heiligen Knochen zeigen uns verschiedene Pfade der Zukunft. Welchen Sie einschlagen, liegt an Ihnen selbst.«

»Aber ...«, wandte Jana ein, doch die Freundin ergriff ihren Arm und zog sie fort. Die weisen Frauen hatten sich bereits abgewendet.

»Komm«, drängte Tinuha, »es gibt noch viel zu sehen.«

Verstört ließ Jana sich mitziehen und versuchte die Vorhersage aus ihrem Gehirn zu bannen. Wem – um alles in der Welt – sollte wohl an ihrem Tod gelegen sein?

Die beiden verließen bald den Strand und tauchten in den Dschungel ein. Sie wanderten über einen breiten, festgetretenen Pfad ... und wurden Opfer eines heimtückischen Überfalls!

Die zu Tode erschrockenen jungen Frauen ergaben sich auf der Stelle, da jeglicher Widerstand aussichtslos schien! Sie unterwarfen sich um Gnade flehend – wobei sie beflissen unsägliche Furcht zeigten – der Meute von etwa zehn Kindern verschiedener Rassen im Alter zwischen vier und elf Jahren! Mit ohrenbetäubendem Kriegsgeschrei, Stöcke und Stöckchen fuchtelnd, aus den Büschen und von niedrigen Ästen springend, umzingelten sie die hilflosen Spaziergängerinnen! Unter ihnen befand sich auch der Mischlingsjunge, welcher Jana bei ihrer Ankunft aufgefallen war.

Tinuha hob erschüttert beide Hände zur Kapitulation!

Jana tat das Gleiche und beherrschte sich meisterhaft, nicht in lautes Gelächter auszubrechen!

Sie wandte sich unterwürfig an den Kleinen. Es gelang ihr ausgezeichnet, Ängstlichkeit und Vorwurf miteinander zu verbinden.

»Sagtest du nicht, ich wäre kein Feind?«, fragte sie und deutete kummervoll auf seinen lehmverschmierten runden Bauch.

Einige Momente lang verzog sich sein kampflustiges Gesicht zu einer nachdenklichen Grimasse. Dann grinste er und warf sich in die Brust!

»Auch Freunde müssen Wegezoll zahlen«, erklärte er hochtrabend und sah sich Beifall heischend um. Die meisten Kinder, auch Mädchen befanden sich darunter, nickten gewichtig!

»Dürfen wir die Hände herunternehmen?«, erkundigte Tinuha sich flehend.

Das wurde ihnen nach eingehender Beratung großzügig gewährt.

»Was verlangt ihr denn, damit wir weitergehen dürfen?«, wollte Jana nun gespannt wissen.

Dieser Frage folgte wieder eine ausgiebige, noch länger andauernde Diskussion.

»Wenn ihr uns bis über Mittag hier festhaltet, steht uns eine warme Mahlzeit, eine Schlafgelegenheit, ein Advokat und eine Gerichtsverhandlung zu!«, rief Jana der Gruppe herausfordernd zu. Sie hörte Tinuha neben sich in die Hände kichern und krümmte sich innerlich vor Vergnügen, als das Gemurmel abrupt verstummte und sich ihr zehn entsetzte Augenpaare ruckartig zuwandten! Nur der kleine Junge, welcher wahrscheinlich der Anführer war, zeigte sich unbeeindruckt. Er erklärte hoheitsvoll: »Ihr seid unsere Gefangenen und habt keine Forderungen zu stellen, Miss!«

»Würdet Ihr uns vielleicht Euren Namen verraten ..., Sir?« Jana traten die Tränen vor unterdrücktem Lachen in die Augen, als der kindliche Schurke nun seine Hand auf die Stelle legte, wo er wohl das Herz vermutete – eine Geste übrigens, welche ihr seltsam bekannt vorkam –, sich höflich verbeugte und erwiderte: »Ihr habt recht, Mademoiselle. Verzeiht meine Unhöflichkeit. Mein Name ist Palu, und ich habe soeben entschieden, ihr dürft eures Weges ziehen. Seid unbesorgt, Mesdames, wir werden euch nicht länger behelligen.« Er verbeugte sich noch einmal in vollendeter Manier und winkte den anderen Mitgliedern der Bande befehlend den Rückzug. Wüstes Geschrei anstimmend, stürmten sie in den Wald zurück!

Tinuha wischte sich die Tränen aus den Augen, und Jana fragte: »Ich möchte wissen, woher der Junge das hat, wer sind seine Eltern?«

»Seine Mutter lebt nicht mehr«, schluckte Tinuha und wurde dabei um einen Hauch ernster. »Aber seinen Vater wirst du erkannt haben, oder? Er ist, zumindest was den Charakter angeht, sein Ebenbild.«

Jana hörte auf zu lachen und starrte sie an.

»Nein!«, stieß sie fassungslos feixend aus.

Tinuha nickte heiter, weil Jana sofort auf den Richtigen tippte!

»Davon musst du mir mehr erzählen!«, rief Jana begeistert und schob ihren Arm unter den der Freundin.

Kichernd gingen die beiden weiter den Weg hinunter, immer tiefer hinein in die grüne Wildnis. Für den Moment war alles so, wie es zwischen Freundinnen sein sollte, die sich ihre Geheimnisse anvertrauen.

Einige Male erklang ihr helles Lachen zwischen den Bäumen hindurch!

Plötzlich, an einer Stelle mitten auf dem Weg, blieb Tinuha unerwartet stehen! Sie legte, auf den erstaunten Blick Janas hin, geheimnisvoll lächelnd den Finger auf den Mund, als befürchtete sie, belauscht zu werden.

Jana sah sich um, entdeckte jedoch nichts anderes als die ganze Zeit über, nämlich hohe Büsche rechts und links vom Weg und die wogenden Kronen hoch oben über ihren Köpfen. Auch hörte sie nichts als die Gesänge der Vögel, das durchdringende Gefiepse kleiner Affenarten und in der Nähe das gedämpfte Tosen eines Wasserfalls. Also gab es keinerlei Hinweis auf den Grund der sonderbaren Unterbrechung. Aber gleich sollte sie um einiges klüger sein, denn jetzt bog Tinuha die Zweige eines dichten, mannshohen Strauches zur Seite und bedeutete Jana voranzugehen. Argwöhnisch machte diese einen Schritt ins Ungewisse – und betrat einen verborgenen, sehr schmalen, doch scheinbar oft begangenen anderen Weg. Nach etwa dreißig Metern endete er abrupt vor einer überwucherten Felswand!

Sie drehte sich fragend um, sagte aber nichts, sondern wartete höchst gespannt darauf, was das alles zu bedeuten hatte. »Ist da jemand?«, rief Tinuha verhalten die mit Schlingpflanzen bewachsene Felswand an!

»Du willst mich wohl ...«, begann Jana teils belustigt, teils ärgerlich, doch Tinuha winkte heftig ab und lauschte. Man hörte nichts außer Vogelgezwitscher.

»Gewöhnlich ist um diese Zeit niemand hier, doch man kann nie wissen«, sagte sie nebulös. Und dann schob sie zu Janas allerhöchster Verwunderung die Schlingpflanzen wie einen Vorhang beiseite und machte eine einladende Bewegung mit der anderen Hand!

Jana sperrte Augen, Ohren und Mund auf! Denn, verborgen hinter dem sich windenden Gestrüpp, klaffte der düstere Eingang zu einer Felsgrotte! Von irgendwo hoch oben fiel dämmriges Licht ein. So erkannte sie zunächst nur die Umrisse von Gegenständen, die hier gelagert waren. Ihre Augen gewöhnten sich jedoch rasch an den Wechsel von Sonne und Dunkelheit, nachdem sie eingetreten waren.

Beeindruckt sah sie sich um. Genauso stellte sie sich eine Schatzhöhle von Piraten vor! Die Schönheit und der offenkundige Wert dieser Gegenstände war überwältigend! Da gab es gestapelte Truhen, wunderschöne Möbelstücke, einen echten venezianischen Spiegel mit einem Rahmen aus schwerem Gold, ein mit kostbaren Stoffen abgedecktes, altmodisches ... Harmonium? Tatsächlich! Jana glaubte ihren Augen nicht zu trauen: Da stand doch wahrhaftig ein Harmonium! Diese Instrumente wurden bis vor wenigen Jahren nur in Holland hergestellt. Als kleines Mädchen wünschte Jana sich für kurze Zeit nichts sehnlicher auf der Welt, als einem solchen Wunderwerk Töne entlocken zu können! Ein Gutsnachbar schenkte so ein Instrument damals seiner Gattin zur Weihnachtszeit. Die Sinclairs waren an diesem Tage allesamt zum Punsch geladen. Der Dame des Hauses gelang es jedoch schon nach wenigen Minuten, dieses Begehren der kleinen Juliana im Ansatz zu ersticken: Einfach zu lächerlich sah es aus, als die Dame – mit der Statur einer Bäuerin, was sie im Grunde auch war – mit den großen Füßen auf den unteren Pedalen herumzustampfen begann und mit den dicken Fingern auf den Tasten herumdrückte! Das arme Harmonium ächzte, dröhnte, gab alles von sich, was es zu bieten hatte – nur eben nichts, das einer Melodie ähnelte!

Jana wanderte andächtig herum, blieb vor einem riesigen, fellbespannten Bett stehen, welches eher in einen Palast gehörte als in eine düstere Höhle auf einer Insel. Ein purpurfarbener Samthimmel spannte sich darüber. Die Pfosten waren in Form von Figuren geschnitzt – genauer von Paaren, die sich ... liebten!

»Stammen diese ... Sachen von ... eh ... Raubzügen?«, erkundigte sie sich stockend und wandte sich mit hochroten Wangen von den peinlichen Darstellungen ab.

Tinuha, die am Eingang stehen geblieben war, um Jana Gelegenheit zu geben, sich in Muße umzusehen, teilte geheimnisvoll raunend mit: »Zum Teil, ja. Aber das ist schon viele Jahre her. Sie stammen aus Sandokans Haus. Aus dem Haus des ersten Mompracem, meine ich ..., als Lady Marianna noch lebte.«

Jana begann von neuem einen Rundgang, eifrig bemüht, die Blicke nicht zu dem erotischen Möbelstück hinschweifen zu lassen, welches absonderliche Regungen in ihr auslöste! War ihr nicht plötzlich gewesen, als würden grüngoldene Augen sie herausfordernd ansehen? Und zogen sich als Folge dieser Halluzination nicht ihre Brustspitzen zusammen, während ein nie zuvor empfundenes, angenehmes Prickeln durch das Zentrum ihres Unterleibs fuhr?

»Unsinn!«, sagte Jana laut und deutlich in die Stille! Sie selbst und Tinuha fuhren erschrocken von dem Widerhall zusammen!

»Was ist Unsinn, Jana?«

»Hast du sie gekannt? Lady Marianna, meine ich.«

Tinuha schaute plötzlich sehr traurig aus. Sie nickte.

»Ich kann mich allerdings kaum an sie erinnern. Ich war noch ein Kind. Ich entsinne mich noch, wie schön sie war. Ihr Haar hatte die Farbe von Sonne und Honig, und ihre Augen glichen dem Meer nach Sonnenuntergang. Deshalb nannte man sie auch *Die Perle von Labuan*.«

Nachdenklich strich Jana über die schönen, mit der Zeit nachgedunkelten Möbelstücke und weichen Stoffe.

»Sicher kommt Sandokan sehr oft hierher?«

»Nein.« Tinuha schüttelte entschieden den Kopf. »Er kommt niemals hierher. Er leidet an der Erinnerung.«

Heißes Mitgefühl mit diesem wundervollen Mann überflutete Janas Gedanken. Um so aufmerksamer sah sie sich weiter um. Betrachtete Truhen und streichelte über die Felle seltener und unbekannter Tierarten, die frischen Laken – und stutzte! Sie drehte sich wieder in Tinuhas Richtung und erkundigte sich angespannt: »Irre ich mich, oder wohnt hier doch jemand? Sieh doch nur, diese Decken und Laken – sie sehen wie frisch gewaschen aus.«

Die Freundin setzte ihr geheimnisvolles Lächeln auf! Es verfehlte jedoch die beabsichtigte gleichmütige Wirkung, da eine purpurfarbene Wangenröte ihre Antwort begleitete:

»Dieser Platz dient seit vielen Jahren einem anderen ... Zweck«, wisperte sie so leise, dass Jana sie kaum verstand und geschwind näher trat, um nichts von den rätselhaften Dingen zu verpassen, die nun hoffentlich offenbart wurden. »Der Tiger hat strenge Gesetze auf Mompracem für Männer und Frauen erlassen. Doch hier«, Tinuha senkte die Stimme noch mehr, »treffen sich heimlich junge Leute, die ineinander verliebt sind.«

»Das ... aber ist das nicht so etwas wie eine Art ... Entweihung dieses Ortes?«, fuhr Jana konsterniert zurück. »Immerhin gehörten diese Sachen Lady Marianna! Weiß er von dieser ... dieser ...«

Tinuha lächelte nachsichtig.

»Alle wissen es. Nur redet niemand darüber.«

Jana beruhigte sich. Trotzdem empfand sie weiterhin Bestürzung darüber, wie dieser irgendwie geheiligte Ort zum ... Ehe sie den empörenden Gedanken weiterführen konnte, tauchten diese Goldaugen wieder vor ihr auf, diesmal noch unverschämter und spöttischer! Sie erregten und beschämten das Mädchen zutiefst. Sie konnte es nicht lassen! Schon wieder fällte sie spontan ein Urteil, welches ihr nicht zustand!

»Gehen wir, bevor uns noch jemand hier erwischt und denkt ...« Sie sprach nicht zu Ende, sondern flüchtete nahezu an Tinuha vorbei, fort von diesem Ort. Die Flucht mündete nach wenigen Schritten in einem schrillen, erschrockenen Aufschrei! Blind stieß sie gegen eine breite Männerbrust, und unversehens fühlte sie sich von kräftigen Armen umschlungen, die sie vor einem Sturz bewahrten, denn in ihrem Schrecken übersah sie die leichte Erhebung vor dem Eingang!

Pierre Evereux warf den Kopf in den Nacken und lachte aus vollem Halse! Er machte keinerlei Anstalten, sie aus der Umklammerung zu entlassen, und rief theatralisch aus:

»Ich bitte um Verzeihung, Mademoiselle! Aber ich sah Euch auf dem Pfad der Untugend wandeln und wollte wissen, welches arme Herz Ihr außer meinigem gebrochen habt!« Seine dunklen, feurigen Augen erfassten nun auch Tinuha, die überlegte, ob sie sich verstecken oder davonlaufen sollte! »Aah! Ich bin geblendet von so viel Schönheit, und mein verwirrtes Herz sieht meine teuerste Prinzessin!«

Tinuha entschied sich fürs Davonlaufen! Sie verbarg das glühende Gesicht in den Händen und rannte den Weg zurück. Die Freundin schmählich einem ungewissen Schicksal überlassend.

Diese erholte sich von ihrer Bestürzung und wand sich aus den Armen, die sie nur ungern entließen. Ungeachtet der heißen Blicke, die der Franzose ihr zuwarf, ging sie auf sein Spiel ein. Sie mochte Pierre wirklich gern. Ihm einen koketten Blick unter fächerförmigen Wimpern zuwerfend, erklärte sie dramatisch: »Nun, mein edler Herr, so wollen wir schnell diese Lasterhöhle hinter uns lassen und uns auf unschuldigere Pfade begeben. Nun, da ihr Euch von meiner Tugend überzeugtet und gesehen, dass kein gebrochenes Herz meiner harret.«

Pierre beugte sich bewundernd ihrer Schlagfertigkeit.

»Nun denn, teure Königin meines Herzens – so wollen wir die Bittsteller nicht länger verharren lassen ...«

Er reichte ihr, hoch angesetzt, den Arm wie bei Hofe. Geziert zaudernd legte sie die äußersten Fingerspitzen auf die kräftigen Muskeln, und sie schritten, grüßend zu den Büschen zur Linken, winkend zu den Bäumen zur Rechten, hoheitsvoll den Pfad hinunter. Aber schon bald prusteten sie beide vor Lachen! Schließlich ließ Jana zu, dass er ungeniert einen Arm um ihre Taille schlang, und so erreichten sie das Ende des Waldweges. Tinuha lachte ihnen ohne eine Spur von Eifersucht entgegen.

– Welch ein Unterschied zu den hasserfüllten schwarzen Augen, die das Intermezzo verfolgten, in denen sich Anzeichen eines beginnenden Irrsinns spiegelten ...!

»Da mich die Pflicht ruft und ich ahne, welchen Weg ihr einzuschlagen beabsichtigt, verabschiede ich mich jetzt schweren Herzens!«

Unter vielen komischen Verbeugungen und merkwürdigen Verrenkungen entfernte sich Pierre rückwärts in Richtung Strand.

Jana winkte ihm lachend zum Abschied.

Tinuha rief ihm hinterher, bevor er sich umdrehte:

»Wirst du nach ... nach ...«

Sie brach mit einem verlegenen Seitenblick auf die Freundin ab, deren Lachen daraufhin ein wenig gefror!

Nicht schon wieder irgendwelche Geheimnisse vor mir!, dachte Jana verzagt.

»Leider muss ich zu *Nachnach* gehen! Doch nicht für lange! Morgen komme ich wieder, so sicher wie die Sonne aufgeht!«, witzelte der Franzose und verschwand um die nächste Biegung.

»Wohin geht er?«, fragte Jana harmlos.

Sie setzten nebeneinander ihren Weg fort.

»In das Dorf am anderen Ende der Insel«, antwortete Tinuha zögernd.

Das Rauschen von Wasser wurde deutlicher und vermischte sich mit dem Lachen und Kreischen junger Frauen oder Mädchen.

»Es gibt noch ein Dorf auf Mompracem?«, staunte Jana.

Unmerklich verlor sich mit jedem Schritt die Unbekümmertheit Tinuhas. Mit aller Macht drängten sich ihr Erinnerungen auf, von denen sie in den letzten Tagen geglaubt hatte, es gelänge ihr, mit der Zeit darüber hinwegzukommen. Welch ein Irrtum! Ihr Hirn gewährte ihr nur eine Gnadenfrist während der Wiedersehensfreude mit Freunden und der Ziehfamilie. Sie sollte auf jeden Fall irgendwann, mit irgendwem darüber reden, das war notwendig. Wenn sie sich nicht bald jemandem mitteilte, verlor sie den Verstand! Aber dieser Jemand durfte nicht Jana sein. Obwohl die englische Freundin mehr Mut und Stärke besaß, als sie oder Koah es je für möglich gehalten hatten. Nein! Unwillkürlich schüttelte sie den Kopf. Sie liebte die Freundin. Was wäre es für eine Freundschaft, wenn sie andere an dem Grauen teilhaben ließe? Andererseits – falls Jana stark genug wäre, trotz ihrer Erziehung und ihrer andersartigen Denkweise das Geheimnis von Mompracem zu akzeptieren –, dann würde sie vielleicht auch einen Teil der Last von ihrer, Tinuhas, Seele nehmen können. Sie sollte es zumindest auf einen Versuch ankommen lassen. Früher oder später musste Jana ohnedies von den Tatsachen unterrichtet werden ...

»Das ist nur teilweise richtig, Jana. Mompracem ist dieser Teil der Insel. Sie ist ziemlich groß, und auf der anderen Seite gibt es ein Dorf, in dem nur Frauen leben ...«

Jana blieb stehen, sah sie stirnrunzelnd an.

»Und weiter? Ich verstehe nicht?«

Erleichtert, Zeit zu gewinnen, deutete Tinuha nach vorn.

»Sieh nur. Wir sind gleich dort. Es wird dir gefallen.«

Ein Stück weiter lichtete sich der Weg. Sie gingen weiter.

»Du willst mir wieder einmal etwas nicht sagen«, klagte Jana enttäuscht.

Tinuha zwang sich zu einem beruhigenden Lächeln. »Warte nur. Gleich erzähle ich dir alles, was du wissen möchtest.« Sie sah die Freundin von der Seite an und tarnte ihre Besorgnis mit einem scherzhaften Ton: »Aber ich warne dich. Wenn du schon über den Ort eben schockiert warst, wird das Geheimnis von Mompracem eine Lady wie dich vor Entsetzen in Ohnmacht fallen lassen.«

»Tinuha, mir gefällt es überhaupt nicht ... Oohhh!«

Ehe sie ihrem Unmut erneut voreilig freien Lauf ließ, traten die beiden aus dem Dschungel in blendende Helligkeit. Janas Mund blieb vor Begeisterung offen stehen. Langsam bog sie den Kopf in den Nacken und sah mit leuchtenden Augen nach oben, bis fast in den wolkenlosen, blauen Himmel. Sie hatte vermutet, Mompracem sei ein einzigartiges Paradies, doch nun stellte sie fest, auch mitten in einem Paradies konnte es noch ein verborgenes Wunder geben!

Von einem gewaltigen, baumbewachsenen Felsmassiv stürzte tosend, überwältigend und gischtsprühend, ein gigantischer Wasserfall in die Tiefe! Kaskadengleich, in milliardenfach aufgelösten, funkelnden Tropfen mündete er in einen kristallklaren, blaugrün spiegelnden See. Graue, in den Himmel ragende Felswände schützten das Gewässer von zwei Seiten. Die restlichen Ufer umsäumte dichter Urwald. Armdicke Lianen und verschwenderisch blühende Schlingpflanzen tauchten ihre losen Enden in den weichen Boden unter der schimmernden Oberfläche. An der Stelle, wo die beiden Mädchen nun aus der grünen Dämmerung traten, lichtete sich die Wildnis zu einem winzigen Gestade aus Kieselsteinen und Sand. Hier glitt das Ufer flach und allmählich in den See hinab.

Drei junge Malaiinnen mit hüftlangen Haaren planschten fröhlich herum, winkten ihnen zu und riefen etwas, das im donnernden Rauschen unterging.

»So etwas Schönes habe ich noch nie gesehen«, murmelte Jana andächtig, um die Worte lauter zu wiederholen.

»Komm, lass uns auch schwimmen«, forderte Tinuha sie heraus.

Wie erschlagen von dem zauberhaften Anblick schüttelte Jana den Kopf.

»Nein, das schickt sich nicht. Und ... und die Mädchen sind ganz nackt. Das schickt sich nicht ... Was sagte ich?«

Sie starrte verwirrt in das Gesicht der Freundin, die sie plötzlich seltsam von der Seite her ansah! Jäh verdrehte sie die Augen und brach in Gekicher aus. »Nein, das schickt sich doch nun wirklich nicht«, äffte sie sich selbst in affektiertem Tonfall nach.

Tinuha lachte ebenfalls, obwohl Jana sie immer noch merkwürdig anschaute. »So etwas habe ich noch nie von dir gehört, seit ich dich kenne«, sagte sie fassungslos.

»Ich auch nicht«, meinte Jana verblüfft erheitert. »Keine Ahnung, wie mir das in den Sinn kam.« Sie sah Tinuha in drolliger Verzweiflung an. »Aber ich möchte jetzt wirklich nicht schwimmen. Wenn du allerdings möchtest –?«

Tinuha ließ sich in den Sand fallen und zog die Freundin mit sich herunter.

»Später vielleicht. Erst möchte ich verhindern, dass du mir wieder vorwirfst, ich würde dir etwas verschweigen.«

Erwartungsvoll nahm Jana eine bequeme Position ein, zog die Knie an und umschlang sie mit den Armen. Es war ihr gleichgültig, ob die Sonne auf sie herniederstach und ihrer ohnehin *unschicklich* gebräunten Haut einen noch tieferen, warmgoldenen Farbton verlieh!

»O ja! Erzähle mir von diesem merkwürdigen Dorf ... nein, warte!! Was ist das nun?« Schon wieder abgelenkt, zeigte sie aufgeregt nach oben über die Felsen hinweg. Dahinter stieg gerade ein blau-grüner, halbmondförmiger Drachen auf und schwebte in den Himmel hinein.

Tinuhas Augen folgten dem ausgestreckten Finger.

»Das ist ein Signal«, erklärte sie. »Wenn dort im Norden ein Drachen in diesen Farben aufsteigt, bedeutet es, ein Schiff geht im Dorf der Frauen vor Anker.«

Jana blickte mit großen neugierigen Augen zu dem Drachen hinauf, der jetzt langsam heruntertaumelte.

Tinuha deutete in eine andere Richtung. »Wenn aber ein roter Drachen im Süden aufsteigt, kehrt eines unserer Schiffe zurück, sei es nun die Dschunke des Tigers, die *Shimabara* oder eines der Prahos.«

Shimabara!, fuhr es Jana wie von glühenden Nadeln gepeinigt durch den Sinn! Wieso ist mir eigentlich nie der Gedanke gekommen, Yoritomo könnte ein eigenes Schiff besitzen? Natürlich, so was Dummes! Sie stellte sich den weiß gekleideten Krieger noch immer, wenn sie an ihn dachte, auf dem Praho vor, auf welchem sie ihm zum ersten Mal begegnete. Als ob man mit einem solchen Boot die Meere überqueren konnte – so etwas Verrücktes! Ich habe das Hirn einer Engländerin, stellte sie unwirsch fest, dann verlangte sie aber endlich wissbegierig: »Und was ist nun mit dem Dorf? Welches Geheimnis hat es damit auf sich?«

»Du versprichst mir, nicht in Ohnmacht zu fallen?«, erkundigte Tinuha sich halb im Scherz, teils ernsthaft besorgt.

»Nun erzähle doch endlich!«, fuhr Jana gespielt empört auf. »Ich verspreche dir, mich kann nichts schockieren.«

Wieder einmal irrte sie gewaltig.

»Auch wenn es sehr unschicklich ist?«, vergewisserte Tinuha sich, die Freundin an ihre merkwürdigen Worte erinnernd. Als Jana ihr drohte, sie zu ertränken, wenn sie nicht auf der Stelle den Mund aufmachte, begann sie zögernd, sah auf den Boden und ließ den Sand durch ihre schlanken Finger rinnen:

»Hast du schon einmal etwas von der *Huren-Insel* gehört?« Diese Frage kam so unerwartet, dass Jana erst ein paar Mal schluckte und dann stotterte:

»N ... nein – das heißt ... eigentlich ja ..., aber was ...«

»... Natürlich hast du davon gehört. Du hast doch auf Cleary die Gespräche im Kontor mitgehört, auch die geheimen Herrenrunden, die dort stattfanden.« Tinuha lächelte verzerrt, nur scheinbar heiter. »Auch wenn es sich nicht schickte für die Ohren einer jungen Lady.«

»Was uns aber unbezahlbare Informationen bescherte.« Jana rümpfte die zierliche Nase. »Was Männer doch für Schwätzer werden, wenn sie unter sich sind! Gut – ich habe also von dieser ominösen Huren-Insel gehört«, gab sie befangen zu.

»Und was genau hast du gehört?«

Bemüht, ihre Stimme leichthin klingen zu lassen, obwohl ihr das Thema äußerst peinlich erschien, antwortete sie:

»Na ja, alles habe ich nicht verstanden. Sie redeten davon, auf der Insel gäbe es die besten Pferde im Stall, und diese Pferde wären allesamt frisch und sauber gestriegelt.« Sie zuckte die Schultern. »Was Pferde mit Huren zu tun haben, weiß ich auch nicht, denn sie sprachen über die Vorzüge gegenüber einem Bordell in der Stadt. Man bekäme erstklassige Getränke, die nicht mit Wasser gestreckt sind, und vorzügliches Essen.« Sie legte einen Finger an die Nasenspitze und dachte angestrengt nach. Daher entging ihr der ungläubige Blick, den Tinuha ihr zuwarf. »O ja – und da war da noch der alte Lord Summers, der davon sprach, seinem Sohn auf der Insel das Reiten beizubringen. Sie haben alle fürchterlich darüber gelacht. Verstehst du das?« Sie wandte sich fragend Tinuha zu und bemerkte erst jetzt deren merkwürdigen Ausdruck, den sie nicht deuten konnte.

Tinuha schaute ziemlich perplex drein. Sie hatte zwar geahnt, dass englische Frauen nur hinter vorgehaltener Hand – wenn überhaupt – über die Liebe zwischen Mann und Frau redeten, aber von Juliana Sinclair dachte sie stets, diese wüsste über einige Dinge Bescheid – zumal sie oft die Männergespräche belauscht hatte! So platzte sie fassungslos heraus:

»Sag mal, so unwissend kannst du doch nicht sein ... weißt du nicht, was mit den Pferden gemeint war? Es soll ein Scherz sein, nicht wahr?«

Jana zeigte sich verblüfft. »Warum sollte ich scherzen?«

Tinuha konnte es tatsächlich kaum glauben! Eine düstere Vermutung beschlich sie. »Du ahnst wirklich nicht, dass mit den Pferden natürlich die Frauen gemeint sind?«, vergewisserte sie sich.

Es dauerte lange, bis Jana ein Licht aufging! Aber dieses Licht explodierte in einer Helligkeit, welche die Sonne zu einer bleichen Scheibe verkümmern ließ! »Du willst doch nicht sagen ..., nicht etwa andeuten, ... das ist ...«, sie tippte derart heftig mit dem Finger auf den Boden, bis der Nagel splitterte, »... das hier ist die ... O nein, das glaube ich dir nicht!«

Tinuha, die ihre Befürchtungen bestätigt sah, nickte nachdrücklich.

»Doch. Wir befinden uns hier auf der so genannten, von den feinen englischen Gentlemen bevorzugten Huren-Insel. Jeder kennt diesen Ort. Er ist bekannt für besondere Genüsse und vor allem für Sauberkeit. Fast täglich legen Schiffe auf der anderen Seite der Insel an, die eigentlich Whales genannt wird. Sie ist die größte der kleinen Inseln Malaysias.« Eindringlich sah sie die Freundin an, die ausdauernd mit dem Kopf schüttelte. »Jana! Verstehst du, was ich damit sagen will? Diese Insel ist überall bekannt und wird gut besucht. Niemand käme je auf den Gedanken ...«

»... eben diese Insel ist auch gleichzeitig das von allen gesuchte und verfluchte Mompracem, nicht wahr?« Janas Mundwinkel zogen sich verächtlich nach unten. »Eine großartige Idee, wirklich! Der Friede des gelobten Mompracem beruht auf dem Ausnutzen wehrloser Frauen!« Sie stand auf und klopfte den nicht vorhandenen Sand vom Kleid, denn sie hatte das Gefühl, sie müsse sich reinigen.

Tinuha erhob sich ebenfalls. Niemand sah der Malaiin an, wie sich ihr Herz schmerzlich enttäuscht zusammenzog, als sie erbittert ausrief: »Warum siehst du nur immer alles schwarz oder weiß? Gibt es denn für dich nichts dazwischen?« Tinuha bemühte sich, die wie versteinert dastehende Freundin zu erreichen: »Jana, so hör doch zu! Und wenn du mich nicht hören willst, dann bitte den Tiger darum, dich in das Dorf zu führen, um die Frauen kennen zu lernen.«

Aber in flammender Empörung fuhr Jana zu ihr herum und rief – nein – sie schrie Tinuha an: »Niemals! Ich hätte niemals erwartet, du ... du verteidigst eine Ekel erregende Sache wie Prostitution! Aus welchem Grund auch immer!«

Sie wollte sich abwenden und gehen, doch Tinuha ergriff ihren Arm und hielt sie zurück. Obwohl ihre Stimme zwischen Erbitterung und Verzweiflung schwankte, versuchte sie noch einmal, Jana wenigstens dazu zu bewegen, darüber nachzudenken, dass es noch andere Dinge im Leben gab als die, die sie bisher kennen gelernt hatte.

»Diese Frauen sind mit ihrem Leben glücklich! Wenn du sie vorher gesehen hättest. Sandokan las jede einzelne von ihnen in den finstersten Gassen und schlimmsten Bordellen auf, befreite sie von brutalen Männern, und rettete sie vor dem sicheren Tod, sei es durch Prügel, Krankheit, Hunger und ...«

»Ich will nichts mehr davon hören!«, zischte Jana, riss sich los und rannte den Weg zurück!

Die drei jungen Malaiinnen im Wasser sahen erstaunt herüber. Natürlich hatten sie nichts verstanden, und da Tinuha der Engländerin schließlich mit hängenden Schultern langsam folgte, wandten sie sich wieder ihrem Spiel zu.

Schien es den ganzen Morgen, als wäre das Band der Freundschaft neu geknüpft worden, so vollzog sich der Bruch nun tiefer denn je, und es blieb die Frage der Zukunft überlassen, ob die Mädchen sich jemals wieder Vertrauen schenken konnten.

Jana ahnte nicht im Entferntesten, welchen Schmerz und welche Enttäuschung sie der Freundin mit ihrer starren und uneinsichtigen Haltung zufügte. Ihre Reaktion war ja im Grunde auch nur zu natürlich bei dieser ungeheuerlichen Entdeckung. Aber sie sah – wie Tinuha richtig erkannte – tatsächlich nur die eine Seite, die sie, Jana, sehen wollte, und nichts anderes ...

Am späten Nachmittag saß sie noch immer genauso da, wie sie am Vormittag in ihre Hütte gestürmt war, sich auf einen der Stühle geworfen und das Gesicht in den Händen vergraben hatte. Eine freundliche Frau, Chinesin oder Siamesin, brachte ihr zur Mittagszeit Früchte und getrockneten Fisch. Jana rührte sich nicht, sah kein einziges Mal auf und antwortete auch nicht auf die besorgten Fragen. Schließlich zog die Asiatin die Schultern hoch, in der Annahme, die Engländerin verstünde ihre Sprache nicht, und entfernte sich wieder.

Natürlich verstand Jana teilweise, was die Frau sagte. Doch ihre Kehle, ihr Magen, alles schien aus einem breiigen Kloß zu bestehen, den sie am liebsten ausgewürgt hätte. Das für sie erschreckende Geheimnis von Mompracem stellte ihr gesamtes Denken, ihr gesamtes bisheriges Leben in Frage! In ihrer Verstocktheit weigerte sie sich einfach strikt, überhaupt zu erwägen, ob Mompracem ohne gewisse Sicherheitsvorkehrungen existieren konnte. Prostitution und Hurerei waren für die junge Engländerin das Schändlichste und Niederste, was eine Frau tun konnte! Und dass Sandokan, der Tiger, dem sie als weisem Herrscher und gutem Freund in dieser kurzen Zeit all ihre Zuneigung entgegenbrachte, nichts weiter als ein schmutziger ...

Nein! Nein! Nein! Selbst Jana erschrak vor dieser widerlichen Vorstellung! Sie war sogar über sich selbst entsetzt! Schlich sich vielleicht da auch endlich ein winziges Alarmsignal in ihr Hirn, welches sie zumindest zur Überlegung mahnte? Jedenfalls atmete sie schon einmal tief ein ..., da pochte jemand gegen den Türrahmen.

»Darf ich hereinkommen?«, ertönte die tiefe, ruhige Stimme des Tigers. Ohne eine Antwort abzuwarten, die er ohnehin nicht bekam, trat er ein. Unter dem dichten, schwarzsilbernen Bart verzog sich sein Mund zu einem nachsichtigen Lächeln, als er sie sah: stur die Hände vor den Augen und mit trotzig zusammengepressten Lippen! Er ging um den Tisch herum, setzte sich ihr gegenüber und sah eine Weile nachdenklich auf ihren gesenkten goldblonden Schopf hinunter.

Jana nahm ihn störrisch nicht zur Kenntnis. Sicherlich hatte Tinuha ihm von ihrer Reaktion berichtet, und nun war er wütend auf sie!

Nach einer weiteren, unangenehmen Spanne des Schweigens, spreizte sie ein wenig die Finger und lugte hindurch. Von seinem freundlichen Lächeln ermutigt, ließ sie die Hände, nicht wenig verblüfft, herabsinken.

Sandokan lehnte sich zurück und sah sich zunächst in aller Ruhe um. Dann deutete er auf das Regal mit den gestapelten Büchern.

»Gefallen dir die Bücher, die ich aussuchte? Ich ließ sie heute Morgen hierher bringen.«

Jana folgte verwirrt seinem Blick. Sie erwartete entweder eine Predigt oder eine glühende Verteidigungsrede der bestehenden Maßnahmen zum Schutze der Insel – nicht aber ein gemütliches Plauderstündchen! Daher geriet sie unversehens ins Stammeln und schluckte: »Welche ... oh ... ich ... ich habe sie noch nicht bemerkt.«

Er lächelte in sich hinein, drehte den kraftvollen, von einer reichbestickten Weste umspannten Oberkörper und zeigte mit gespieltem Vorwurf in die Ecke, in welcher sich ihre Schlafgelegenheit befand.

»Und die Kleidung hast du dir auch noch nicht angesehen?« Sie wurde immer unsicherer. Wieder schluckte sie ein paar Mal und stotterte, nachdem sie das Kleiderbündel auf der Decke entdeckt hatte: »Welche ... oh ..., das tut mir Leid. Auch diese Sachen habe ich nicht gesehen.«

Der Tiger verspürte beinahe Mitleid angesichts ihrer verstörten, unglücklichen Miene und beschloss rasch, das brisante Thema als Erster anzuschneiden. Die Vermutung Janas, Tinuha hätte mit ihm gesprochen, war richtig. Gleich nach der Auseinandersetzung kam die Prinzessin – die er wie eine Tochter liebte, so wie Koah für ihn der Sohn war, den er nie bekommen konnte – völlig außer sich zu ihm ins Haus und erzählte unter Tränen, was geschehen war. Sandokan verstand die Beweggründe der Engländerin. Er begriff wohl, warum das Mädchen nicht anders zu denken vermochte – aber er wollte und durfte diese Einstellung nicht akzeptieren! Sie war noch viel zu jung und vermutlich nicht reif genug, die Zusammenhänge nachzuvollziehen. Aus diesem Grund stattete er umgehend diesen Besuch bei ihr ab.

»Was bedrückt dich?«, fragte er also. »Ich kann mir nicht vorstellen, du sehnst dich nach Cleary zurück.«

Jana schüttelte nahezu entrüstet den Kopf, wobei die Locken um ihr Gesicht flogen. »Nein, selbstverständlich nicht! Es ist wegen Tinuha ... sie sagte ...«, flehend richtete sie die Augen auf den großen Mann ihr gegenüber, dessen volle Aufmerksamkeit sie besaß. Jäh erkannte sie an seiner leichten Angespanntheit deutlich: Er weiß es! So brach es aus ihr heraus:

»Es ist nicht wahr! Tinuha hat einen Scherz gemacht, richtig? Bitte sagen Sie mir, es ist nicht so!«

Sandokan antwortete ruhig:

»Und wenn sie gescherzt hätte? Erkläre mir genau, was daran so schrecklich ist. Sicher hat man dir die Gründe dieser Maßnahme dargelegt.«

»Es kann auf der ganzen Welt nicht einen einzigen Grund geben, Frauen zur ... zur Prostitution zu zwingen!«, fuhr Jana erregt auf.

Die Stimme des Tigers klang jetzt gefährlich sanft:

»Wer hat behauptet, ich würde die Frauen zu dem zwingen, was sie für Mompracem tun?«

»Niemand, aber ...«

»Warst du nicht vorbereitet, deine bisherige Lebensauffassung zu ändern, wenn du dich meinem Volk anschließt?«, wischte Sandokan den Einwand fort.

Sie senkte den Kopf.

»Ich dachte, ich wäre es, aber ...«

Wieder ließ er sie nicht ausreden! In einer Härte, die sie nie zuvor von ihm vernommen hatte, sprach er weiter:

»Wer bist du, dass du erst wenige Tage auf Mompracem weilst und in Frage stellst, was unser Leben, unsere Sicherheit und Ordnung darstellt?«

Ruckartig warf sie den Kopf in den Nacken, in der Absicht, ihrer heiligen Entrüstung Nachdruck zu verleihen. Sie öffnete den Mund – und begegnete den glimmenden Augen des Tigers. Vorsichtshalber mäßigte sie ihren aufgebrachten Ton, jedoch nicht die Erbitterung darin. »Ich habe mir nichts angemaßt«, entgegnete sie starrköpfig, »außer eine glaubhafte Rechtfertigung dafür, dass es verwerflich ist, dass Frauen sich fremden Männern für Geld hingeben.«

Innerlich seufzte Sandokan tief auf. Diese kleine sture Engländerin erwies sich als ein harter Brocken. Wenngleich es ihm imponierte, wie sie sich nicht einfach von ihrem Standpunkt abbringen ließ und wie sie ihn verteidigte. Und aus ihrer Sicht mochte sie ja auch Recht haben. Dennoch blieb die Tatsache: Die Ansicht einer Engländerin war hier nicht bedeutsam. So stellte er kühl, ohne jegliche Geringschätzung fest:

»Ich denke nicht, dass eine Lady nur die geringste Vorstellung von wirklicher Prostitution haben kann, Juliana. Eine Ahnung von Brutalität, Erniedrigung und dem Verlust jeglicher Würde. Sämtliche Frauen in diesem Dorf hatten die Wahl und haben sie noch immer, seit ich sie aus einer Hölle hierher brachte, wie du sie dir in deinen schlimmsten Träumen nicht vorstellen kannst. Sie hätten auch Mompracem wählen können, aber die meisten wollten mir mit dem Einzigen danken, was sie lernten – was man ihnen von Kindheit an einprügelte! Für Mompracem. Für mich, den sie den *Tiger* nennen. – Denn ich bin die einzige Hoffnung, die das malaiische Volk jemals haben wird!«

Mit diesen Worten erhob er sich und sah ernst auf sie hinab. Aber Jana war noch nicht fertig! Eigensinnig, doch auch mit ersten Anzeichen von Müdigkeit schüttelte sie den Kopf.

»Ich habe am eigenen Leib erlebt, was es heißt, von einem mir widerlichen Mann berührt und beinahe ... fast ...« Beschämt hielt sie inne, räusperte sich und sprach dann leise weiter: »Kein Mann kann nachempfinden, was ich gefühlt habe. Und Tinuha – auch sie scheint es nicht zu wissen, obwohl sie eine Frau ist. Sie ... sie verteidigt das alles – es ist unfassbar!«

Ihr entging die Wandlung des Tigers! Sie sah nicht sein Gesicht, das sich zornig verzerrte! Auch nicht den Schmerz, der seine Augen dunkler werden ließ. Dafür registrierte sie, sehr erschrocken zusammenfahrend, um so deutlicher die unterdrückte Wut in den scharfen Worten, die er ausstieß:

»Ich wünsche, dass du dich in den nächsten fünf Tagen auf der Insel umsiehst und mit den Menschen hier sprichst. In exakt fünf Tagen kommst du zu mir, und wir werden uns über deine neuen Erkenntnisse unterhalten. Es sollte dir noch etwas klar sein, Juliana: Gleichgültig, ob du deine starre Haltung überdenkst oder nicht, du kannst Mompracem nicht mehr verlassen!«

Jana starrte ihn an, unfähig eine Erwiderung vorzubringen! Die letzte Bemerkung traf sie wie ein Schock! So war sie also eine Gefangene auf Mompracem? Auf dieser Insel, die ihr noch heute Morgen wie ein Paradies vorkam?

Sandokan drehte sich um, schritt zur Tür und blieb wieder stehen. Er fasste plötzlich einen Entschluss, obwohl Tinuha es vielleicht als Verrat ansehen mochte. Ohne sich umzuwenden, sagte er ruhig: »Und was Tinuha angeht«, Jana sah, wie er sich aufrichtete und hörte, wie er tief die Luft einsog. »Man hat ihr mehrmals Gewalt angetan! Äußere also niemals mehr die Vermutung, deine Freundin wüsste nicht, wovon sie redet! Hast du das verstanden?«

Ohne eine Antwort abzuwarten, verließ er die Hütte – und ließ Jana wie erstarrt und aschfahl im Gesicht zurück!

10. KAPITEL

Wieder einer dieser brütend heißen Nachmittage nach schier endlosen Wochen! Die Sonne stand hoch oben im Zentrum des wolkenlos blauen Himmels und schickte ihre, wie immer um diese Jahreszeit, unerträglichen Strahlen auf alles herab, was sie treffen konnte. Der Sand glühte praktisch, und es war unmöglich, den Strand barfüßig zu betreten, ohne sich die Fußsohlen zu verbrennen. Alle Lebewesen erwarteten sehnsüchtig das Eintreffen des Monsuns – den ersehnten Regen.

Weit oberhalb des Strandes, zurückgezogen unter dem Schatten der Palmen, umlagerten die meisten Kinder von Mompracem ihre neue Lehrerin, Miss Juliana Sinclair, der Einfachheit halber nur Miss Jana gerufen. Unter ihnen befand sich auch Palu, mitsamt seiner kriegerischen Horde, deren Mitglieder, mit je einem Bambusstöckchen bewaffnet, teils eifrig, teils missmutig Zahlen und Buchstaben in den nachgiebigen Sand malten.

Jana folgte am fünften Tag nach der Auseinandersetzung mit Sandokan nicht dessen eindeutiger Anordnung! Ob Mut, Dummheit oder Herausforderung – es war ihr gleichgültig. Sie mied ihn und auch Tinuha. Seltsamerweise schienen es beide zu akzeptieren! Aber sie war klug und wissbegierig genug, zumindest dem Rat, beziehungsweise der Instruktion nachzukommen, mit den Bewohnern der Insel zu sprechen. Unmerklich begann sich ihre Einstellung zu wandeln. Nicht etwa ihre Meinung über das Frauendorf, wohin sie niemals einen Fuß setzen würde, wie sie schwor, sondern über das Leben hier in der Abgeschlossenheit gemeinhin. So enthüllte sich ihr erstmals in ihrem Leben wahre Gelassenheit und innerer Frieden. Natürlich nagte es in ihr, Mompracem nicht verlassen zu dürfen. Aber bei aller Muße, die sie zum Nachdenken hatte, fiel ihr irgendwann verblüfft auf, dass sie überhaupt nicht den Wunsch verspürte, sich von hier zu entfernen. Jana konnte selbstverständlich keinesfalls ahnen, dass der Herrscher der Insel sie schlichtweg täuschte, als er ihr mitteilte, niemand könne Mompracem je verlassen! Allerdings lag der Tag, an dem sie dies erfahren sollte, noch weit entfernt. Gleichwohl würde es da zu spät sein – dann war sie bereits dauerhaft an Mompracem gefesselt! Indes – wie erwähnt – lag diese Erkenntnis noch in weiter Ferne.

Koah, der stets gute Freund – seltener auch Pierre Evereux – übernahm es, sie über die Insel zu führen, ihr auf mehr oder weniger geheimen Pfaden quer durch den Dschungel, über Hügel und durch Schluchten die verschiedenen Stellen zu zeigen, wo gepflanzt, getrocknet, gelagert und Stoffe gefärbt wurden. Um letzteren Platz machte sie neuerdings, sehr zur allgemeinen Belustigung, einen gehörigen Bogen! Sie selbst wurde an das, was dort geschah, noch tagelang gemahnt und schwankte zwischen Gelächter und Zorn über Pierre Evereux, der keine Gelegenheit ausließ, sie daran zu erinnern und zu hänseln, weil es ja auch wirklich zu komisch gewesen war: Nachdem sie eine Weile fasziniert dabeistand und beobachtete, wie die Färberfrauen ellenlange Stoffbahnen mit Hilfe selbst hergestellter Farben und Holzbretter bedruckten und die herrlichsten Ornamente dadurch entstanden, wollte sie es unbedingt auch ausprobieren! Es sah so einfach aus. Unbelehrbar wie je, hörte sie nicht auf Koah, der ihr versicherte, es bedürfe jahrelanger Übung, ein solches Muster herzustellen. Zu Beginn gelang es ihr tatsächlich, mit konzentriert eingeklemmter Zungenspitze, das schwere, vorher in leuchtendes Indigo getauchte Brett mehrmals hintereinander im richtigen Abstand auf den Stoff zu pressen. Sie wurde immer kühner und warf Koah, der feixend dabeistand, bereits triumphierende Blicke zu – als es passierte: Eine plötzliche Windbö trieb ihr Sand in die Augen! Mit einem wilden Aufschrei griff sie blindlings nach dem erstbesten Stück Stoff, das ihr in die umherrudernden Hände fiel! Fatalerweise handelte es sich hierbei ausgerechnet um jenes Stück, welches sie soeben noch mühe- und liebevoll bedruckt hatte! Heftig rieb sie sich solange die brennenden Augen, bis schließlich Wangen und Locken einen herrlich schimmernden Blauton aufwiesen! Zunächst schien Jana der unvermittelte Heiterkeitsausbruch rundum vollends unerklärlich, aber schon bald dämmerte ihr entgeistert, dass sie selbst der Grund dieser Fröhlichkeit sein musste! Mit einem neuerlichen Aufschrei warf sie das Tuch weit von sich und floh unter dem schallenden Gelächter Koahs und der Frauen bis zu ihrer Hütte, ohne innezuhalten. Dort rieb und schrubbte sie die halbe Nacht ohne sichtliches Ergebnis an sich herum. In den nächsten Tagen verließ sie die Hütte nicht ein einziges Mal. Sie ließ auch niemanden eintreten, obwohl ihre abgelegene Hütte niemals von so vielen Besuchern aufgesucht wurde wie in dieser kurzen Zeitspanne. Dann, als sie sich nach drei Tagen endlich wieder am Strand und an den Feuern zeigte, war es vor allem Pierre, der den *magnifique* und *bezaubernden* Blauschimmer in ihren Haaren bewunderte. Einmal warf sie ihm zum köstlichen Amüsement der Umstehenden eine Holzschüssel hinterher, worauf er erschrocken das Weite suchte und für mindestens eine halbe Stunde nicht mehr in ihre Nähe kam. Auf alle Fälle unternahm Jana seither größere Umwege beim Anblick von Farbbottichen und dergleichen.

Koah stillte auch ihre Neugierde hinsichtlich der besonderen Aufgaben, die der Franzose innehatte. Obwohl diesem auch ein Raum in Sandokans Haus überlassen war, lebte Pierre doch die meiste Zeit in dem mysteriösen anderen Ort im Norden der Insel. Er fungierte als Aufpasser und Vermittler zwischen dort und Mompracem selbst. Er schlichtete Streitigkeiten, achtete darauf, dass den Frauen kein Leid durch betrunkene, grobe Seeleute widerfuhr und teilte die Wachen ein. Da Pierre Evereux selbst nicht gesehen werden durfte, besaß er eine Art Stützpunkt über der Schänke, welche den Mittelpunkt des Dorfes bildete und von einer gewissen Rose geleitet wurde. Von dort oben übersah er alles, was im Dorf geschah, welches Mädchen mit welchem Mann in einer der sauberen Hütten verschwand, ob dieser Mann gefährlich aussah. Dann schickte er einen seiner riesigen Dajaken zur Beobachtung dorthin, bis die beiden wieder herauskamen und das Mädchen ein Zeichen machte, dass alles in Ordnung sei, und es wurde reell abgerechnet. Zunächst wollte Jana das alles nicht wissen, doch ihr Vorwitz siegte wie stets. So erklärte Koah ihr bereitwillig während ihrer Exkursionen alles, was er wusste. Und sie stellte mit einer gewissen Erleichterung fest, dass der junge Prinz, ihr Freund, selbst das Dorf nur von außen kannte und deshalb nie eine der Hütten aufsuchte. Ob Yoritomo es tat, wenn er auf Mompracem weilte, entzog sich ihrer Kenntnis, danach wagte sie nicht zu fragen. Juliana ahnte – dass ihr die Antwort nicht gefallen würde.

Ein anderes Mal ließ er sie einen steilen Hügel erklimmen. Außer Atem, sich an einen Baumstamm klammernd, blickte sie auf der anderen Seite verblüfft und seltsam beklommen hinunter auf die überwucherten Ruinen eines großflächigen, alten Gebäudes. So alt waren die verwitterten, aus Quadersteinen bestehenden Mauern, dass niemand sich an den Ursprung oder die Erbauer erinnerte. Obwohl der Dschungel das Areal seit undenklichen Zeiten zurückerobert hatte, erkannte man doch von hier oben die gewaltigen Ausmaße des Grundrisses. Wie man noch feststellen konnte, wurde das Gebäude dereinst um einen großen, rechteckigen Platz herumgebaut. Sehr erstaunlich fand Jana, dass diese steinerne Fläche sorgsam von Unkraut und Schlingpflanzen gesäubert war und einen benutzten Eindruck vermittelte. Auf ihre verwunderte Frage erklärte Koah mit gewissem Stolz, dies sei der Übungsplatz, auf welchem Yoritomo die Männer von Mompracem in geheimnisvollen, japanischen und chinesischen Kampfarten unterwies. Er lehrte sie den Umgang mit dem Schwert, im Kendo und auch den Kampf ohne Waffen. Außerdem hielt er Stunden in Pa Kua und Chi Gong ab, Atem- und Bewegungsabläufe, welche den Weg zur Harmonie wiesen. Dies wurde jedoch nicht von allen Männern angenommen, wie Koah bedauernd bemerkte. Er selbst nahm an jeder dieser Übungen teil, schließlich wusste er ja nicht, was das Leben für ihn bereithielt, sollte er eines Tages doch den Thron Malaysias besteigen. Jana verstand nicht viel von den Dingen, die der Freund ihr beschrieb, aber ihre schmerzhafte, vor allen sorgfältig verborgene Sehnsucht steigerte sich ins Unermessliche, als sie sich *ihn* dort unten mit seinen Schülern vorstellte. Des Nachts träumte sie oft von ihm, um schwitzend, von einer seltsamen Unruhe erfüllt, zu erwachen. Sie erinnerte sich dann nicht mehr genau an diese Träume, spürte nur, dass ihr Körper gereizt und angespannt war, als hätte er etwas erwartet und nicht erhalten, wonach er suchte.

Sie malte ein großes D in den Sand und wandte sich lächelnd an den krausköpfigen Jungen dicht neben ihr.

»Was denkst du, was das für ein Buchstabe ist, Palu?«

Der begutachtete das Zeichen von allen Seiten und hatte schließlich eine Eingebung! Er strahlte Jana an.

»Ich weiß es! Es ist ein halber Kürbis!«

»Aber nein, Palu. Das ist der Anfangsbuchstabe von einer Frucht, die besonders süß schmeckt.« Sie legte nachdenklich einen Finger an die Nasenspitze. »Was könnte das wohl sein?« Ernsthaft überlegend blickte sie rundum und deutete gespielt heimlich nach oben. »Es fällt dir bestimmt ein«, wisperte sie verschwörerisch.

Palu warf den Kopf in den Nacken und klatschte begeistert in die Hände.

»Eine Dattel!«, rief er entzückt und zeigte hinauf. »Eine Dattel und auch ein Drachen!«

Jana sah ihn bewundernd und erstaunt an.

»Das ist richtig! Das ist der Anfangsbuchstabe für Dattel und Drachen.«

»Drachen! Drachen!«, quietschte Palu aufgeregt, und die anderen Kinder fielen im Chor ein. Eine kleine Siamesin meldete sich aufgeregt zu Wort und zeigte ebenfalls nach oben. »Der rote Drachen, Miss Jana! Die Kobra kehrt zurück!«

Ihr Lachen erstarb! Sie fühlte, wie alles Blut aus ihren Wangen wich und zum Herzen strömte! Einen Moment lang starrte sie das Mädchen entgeistert an. Dann hob sie unendlich langsam die Augen zum wolkenlosen Himmel hinauf. Ja, dort schwebte heftig schwankend der blutrote, halbmondförmige Drachen! Das Signal für die Wiederkehr der eigenen Schiffe!

Jana langte nach ihren geflochtenen Sandalen und schnürte hastig die langen Bänder um ihre schlanken Fesseln. Sie erhob sich und klopfte den feinen Sand aus den Falten des lichtblauen Sarongs. Dann sah sie wieder nach oben und kreuzte, plötzlich fröstelnd, die Arme über den bloßen Schultern. Wie lange hatte sie diesen Augenblick herbeigesehnt? Wie oft schon hatte sie sich diese Begegnung ausgemalt? Und doch überkam sie jetzt eine seltsame Scheu. Daher verharrte sie an dieser Stelle und machte keinerlei Anstalten, den jetzt aus den Häusern zum Strand hinuntereilenden Menschen zu folgen.

»Ist der Unterricht jetzt beendet, Mademoiselle Jana?«, fragte Palu gespannt. Die Kinder verhielten sich erstaunlich diszipliniert und blieben auf ihren Plätzen. Obwohl sie vor Ungeduld bebten, wie Jana feststellte, als sie nun ihre kleine Schar überblickte.

»Aber ja«, antwortete sie, mühsam lächelnd. »Lauft nur!

Lauft nur alle hinunter, und begrüßt Yoritomo.« Alleine den Namen auszusprechen löste sehnlich-süßes Verlangen in ihr aus! Dennoch schienen ihre Füße wie angewurzelt.

Die Kinder sprangen auf und rasten jubelnd, sich nahezu überschlagend, den Strand hinunter.

Jana blickte ihnen selbstvergessen hinterher. Ein zaghaftes Lächeln formte ihre geschwungenen Lippen. Da fühlte sie, wie am Stoff des knöchellangen Tuches gezupft wurde. Sie sah erstaunt auf Palu hinunter, der sie ernsthaft anschaute.

»Warum läufst du nicht mit den anderen Kindern hinunter?«, fragte sie überrascht. Sie ging in die Knie, um mit dem Kind auf gleicher Höhe zu sein. Die Antwort verwirrte sie: »Weil du als unsere Lehrerin wissen solltest, dass wir die Kobra nicht begrüßen«, erklärte Palu unumwunden.

»Warum begrüßt ihr Pierce Yoritomo nicht?«, erkundigte sie sich ratlos. »Ich sehe aber doch, dass alle Kinder dort hinunterlaufen.«

»Die Kobra mag uns nicht. Weil wir noch zu klein sind für den Kampf«, erwiderte der Junge altklug, reckte sich jedoch gleich darauf stolz. »Aber bald bin ich groß genug, um mit den Älteren zum Übungsplatz zu gehen und Kendo zu lernen. Dann wird die Kobra mit mir sprechen!« Verschmitzt lachte er sie nun an. »Und jetzt muss ich laufen, um Giro Batol zu begrüßen. Er bringt uns nämlich immer Geschenke mit. Ich finde, das solltest du wissen, du als Lehrerin. Madame.« Er verbeugte sich galant, drehte sich um und stob davon, hinter den anderen her.

Jana wusste nicht, ob sie diese formvollendete Verbeugung belächeln oder entgeistert sein sollte über die Arroganz des Kriegers Kindern gegenüber. Sie richtete sich wieder auf, sah Palu nach und rührte sich noch immer nicht von der Stelle. Das Herz aber klopfte ihr bis zum Hals! Gespannt wie alle anderen, die sich nun am Ufer versammelten, blickte auch sie zur anderen Seite der Bucht hinüber, wo das erwartete Schiff aus dem Dickicht brechen würde.

Nach einer Ewigkeit, so schien es, brandete unten lauter Jubel auf! Genau wie bei ihrer Ankunft vor bald zwei Monaten, als die Dschunke des Tigers einlief, die jetzt sanft dort unten in der heißen Brise schaukelte.

Mit heruntergelassenen Mastbäumen schälte sich jetzt eine schlanke, hellgraue Brigg aus dem Dschungel und glitt mit eleganter Leichtigkeit zum Ufer herüber. Trotz der Entfernung vermochte Jana die schwarzen verschlungenen Buchstaben am Bug zu lesen, die den Namen *Shimabara* bildeten. Und sie erkannte die hohe, dunkel gekleidete Gestalt mit dem wehenden langen Haar, die stolz aufgerichtet auf der erhöhten Brücke stand! Neben ihr winkte ein halb nackter Hüne mit einem Turban heftig zum Ufer hinüber. Ebenso wie damals, sprang die Hälfte der Mannschaft bereits über Bord, bevor das elegante Schiff den Anleger erreichte.

Auch der Tiger schritt durch die Menschentraube am Steg. Jede seiner kraftvollen, elastischen Bewegungen drückte Hochstimmung aus. Jana entdeckte Tinuha in der Menge. Einen Augenblick lang ruhten ihre Blicke auf der schmalen Malaiin im hellroten Kleid. Dann aber zog der Mann auf dem Deck der anlegenden *Shimabara* wieder ihre volle Aufmerksamkeit auf sich. Erschrocken fuhr sie aus ihrer träumerischen Versunkenheit, als Pierre Evereux' muntere Stimme direkt neben ihrem Ohr ertönte! O ja, auch er beherrschte die Kunst des Anschleichens perfekt und machte oft und gerne Gebrauch davon. »Warum stehst du hier, Julienne? Willst du nicht hinuntergehen und unseren verlorenen Helden willkommen heißen?« Er betrachtete sie mit eigenartiger Anspannung, während sie ihn einen Moment lang tadelnd ansah, als hätte sie einen widerborstigen Schüler vor sich. Dann nickte sie befangen und setzte sich träge in Bewegung. Ihre Kehle war wie zugeschnürt. Nebeneinander gingen sie schweigend den Strand hinunter.

Das Schiff stieß sanft gegen den Steg.

Yoritomo schwang sich noch vor Giro Batol von Bord und erwiderte herzlich die Umarmung des Tigers, der ihm über die rauen Planken entgegeneilte.

Jana ließ kein Auge von ihm, während Pierre ihr einen Weg durch die Menge und die schreienden Kinder bahnte, die gerade über Giro Batol herfielen. Der Hüne ergab sich ihnen widerstandslos. Je näher sie kam, umso mehr wurde sie erneut in den Bann der überwältigenden Männlichkeit und der anziehenden Schönheit Yoritomos gezogen. Jeder Nerv ihn ihr vibrierte vor Verlangen nach einem Blick aus den goldgrünen Augen, einer Umarmung oder auch nur der Berührung seiner schlanken, starken Hände. Sie erfasste seine Gestalt, die alle anderen zu überragen schien, in jeder Einzelheit: Die langen, muskulösen Beine, die in engen Hosen und kniehohen Lederstiefeln steckten, die glatte dunkle Brust, über der das weitärmelige, schwarze Hemd bis zu den schmalen Hüften geöffnet war und eine bunte Tätowierung freigab – schließlich das bronzene Gesicht mit den hohen Wangenknochen, die beinahe um einen Deut zu weich für einen Mann waren, die leicht schrägen, blitzenden Augen und den vollen, spöttisch verzogenen Mund, um den ein befremdlicher Hauch von Zynismus spielte. Jana registrierte jedes Detail, nahm es in ihr jubelndes Herz auf und vermochte keinen klaren Gedanken mehr zu fassen! Sie empfand eine unstillbare Sehnsucht, die sie zu diesem Mann hintrieb. Dieses Gefühl durchströmte sie mit solch prickelnder Intensität, als würde sie in diesem Moment neu geboren!

Yoritomo Shigehira löste sich aus der freudigen Umarmung Sandokans, dessen Hände jedoch auf seinen Schultern verweilten. Sicher stimmte auch ihn das Wiedersehen heiter, doch wenn er an die kommenden geruhsamen Tage auf Mompracem dachte, wäre er viel lieber sofort umgekehrt und mit der *Shimabara* zu neuen, zerstreuenden Abenteuern aufgebrochen. Auch wenn er es nicht erkannte, so hatte seine Seele Schaden genommen. Sein inneres Gleichgewicht, das er für unangreifbar hielt, schwankte seit Wochen, seit ...

Aber er war sich seiner Pflichten als Sensei der Insel bewusst und würde schon morgen, noch vor Sonnenaufgang, mit dem Unterricht der neu hinzugekommenen Männer und Jungen beginnen.

»Wir haben dich früher erwartet, mein Freund«, dröhnte die tiefe Stimme Sandokans über das Geschrei hinweg. »Bringst du Neuigkeiten?«

»Keine sonderlich guten.« Yoritomo zuckte bedauernd die Schultern. »Es wird dir nicht gefallen, doch wieder verschied einer deiner Feinde, ohne das Schw...!« Er vermochte den Satz nicht zu beenden! Sein Gesicht erstarrte zu einer ungläubigen Maske! Über die breite Schulter des Tigers hinweg blickte er geradewegs in wohl bekannte, tiefblaue und tränenschimmernde Augen! Augen, derentwegen ihm die Ruhe abhanden ging ..., weshalb er mehr als einmal das französische Blut in seinen Adern verfluchte, welches für den süßen Aufruhr, den allein der Gedanke an *sie* in ihm entfachte, verantwortlich war. Wie viele Nächte hatte er sich schlaflos in seiner Kajüte herumgewälzt, die zarte Taille oder den schlanken Hals unter seinen Händen spürend? Und nun stand sie da! Keine Halluzination, kein Traum – sie war Wirklichkeit! Schmerzhaft und aberwitzig. Sein Herz raste, und sein Puls schlug so heftig, dass er glaubte, alle ringsum könnten ihn hören.

Ihre Blicke trafen sich, versanken ineinander – die Welt rundum wandelte sich in graue Schemen ...

Diejenigen, welche diese Begegnung bemerkten, verstummten in scheuer Andacht. Sie spürten förmlich, wie die Luft zwischen dem Krieger und dem zierlichen Mädchen vibrierte! Verblüfft bemerkten alle, dass hier etwas Großartiges geschah! Das hingebungsvolle Leuchten in den beiden Augenpaaren sprach für sich.

Sandokan schluckte! Genauso hatte er empfunden, als er damals Marianna, der Nichte Lord Guillonks, zum ersten Mal gegenüberstand. Nein, er lag in einem englischen Bett, als er sie sah, denn er war schwer verletzt und sie pflegte ihn, den fremden Einheimischen.

Pierre verlor sein ständiges Grinsen – und damit auch jegliche, geheime Hoffnung auf die schöne Engländerin. Das Schicksal bestimmte diese beiden Menschen füreinander, daran war nichts zu ändern! In der Menge standen Koah und Tinuha. Sie sahen sich an, ihre Hände fanden sich in stummer, ergriffener Einigkeit, und sie dachten das Gleiche. Um so unbegreiflicher war alles andere, das sich nun ereignete:

Meine Otohime!, durchzuckte es Yoritomo glückselig. Aber einige Sekunden später explodierten rote Blitze in seinem Verstand und formten das Wort: Verräterin! Er wollte die Arme nach ihr ausstrecken, doch seine Hände ballten sich zu Fäusten und blieben schlaff an den Seiten hängen! Auch Janas Hände hoben sich ihm entgegen. Sie wollte – musste – ihn berühren, ihn fühlen, seine Haut ertasten ... und taumelte wie von einem mächtigen Hieb getroffen, aschfahl zurück! Ihr Verstand drohte auszusetzen vom klirrenden Nachhall höhnisch hervorgestoßener Worte aus einem wutverzerrten Mund:

»Hat jemand eine Erklärung für die Anwesenheit dieses englischen Weibsstücks? Setzt ihr euch nun schon die Verräter freiwillig ins eigene Nest?«

Er schmetterte diese Beleidigung in die Menge. Er musste die Worte herausbrüllen, sonst hätten sie ihn in seiner qualvoll eingeengten Brust erstickt!

Jana öffnete den Mund, wollte fragen – verlangte eine Erklärung, wollte wütend aufschreien –, doch nur ein dumpfes Stöhnen quoll über ihre blutleeren Lippen!

Plötzlich stand Pierre Evereux zornbebend zwischen ihr und Yoritomo! Seine schwarzen Augen funkelten den Halbjapaner an, der in unnachahmlicher Arroganz und Selbstherrlichkeit dastand und mit geschmolzenem Gold in den Augen herausfordernd zurücksah. Die entgeisterte Menge wich zurück, denn es schien, als wollte der stets fröhliche Franzose nach dem Messer im Schaft der halbhohen Stiefel greifen ...

Sandokans Augen glühten wie Kohlen! Er rang um Selbstbeherrschung. Was sollte dieses Schauspiel, das Pierce den Anwesenden da bot? Er hatte doch soeben noch den seltenen Ausdruck im Gesicht des Freundes bemerkt, welcher eine tiefe Zuneigung für das Mädchen erkennen ließ! Der Tiger fühlte sich zum zweiten Mal in seinem Leben wirklich hilflos. Seine Hände schlossen und öffneten sich wieder. Durch die entsetzte Menschenmenge ging ein Raunen. Sandokan sah bestürzt zu, wie der Franzose nach dem Messer griff ... Freunde gegen Freunde?, dachte er erschüttert! Was tut ihr da, meine Freunde? Wisst ihr denn nicht, dass es das Ende des Friedens auf Mompracem bedeutet? Diese Erkenntnis löste die nahezu lähmende Fassungslosigkeit. Er richtete sich zu seiner vollen Größe auf, hob die Hand und donnerte:

»Halt! Was geht hier vor?«

Alle – ausgenommen Yoritomo – erschraken angesichts des schrecklichen Ausdrucks in den Augen des Herrschers! Das reglose Gesicht des Kriegers fixierte weiterhin mit aufreizender Gelassenheit den Franzosen, der widerwillig die Hand vom Stiefelschaft nahm.

»Wegen einer Frau?«, fragte er verächtlich. »Wegen einer Frau greifst du nach der Waffe, mein Freund, Bruder meines Blutes? Willst du mich vielleicht töten? Welch ein Scherz, nicht wahr?«

»Parbleu! Bist du wahnsinnig geworden?«, krächzte Pierre heiser, denn ihm ging auf, was er beinahe getan hätte!

»Du schuldest uns eine Erklärung! Du hast den Frieden von Mompracem gestört und bist uns eine Erklärung schuldig!«, dröhnte die tiefe Stimme Sandokans!

Jana stand kurz vor einem Zusammenbruch, das sah man ihrem totenbleichen Gesicht deutlich an! Noch immer starrte sie auf den Mann, dem sie vor wenigen Augenblicken noch ihr Leben, ihre Liebe, ihr Vertrauen erneut vor die Füße gelegt hätte! Plötzlich glaubte sie, aus ihrem Körper herauszutreten und alles, bis ins Kleinste, mit den Augen eines Unbeteiligten zu sehen: das wutverzerrte Gesicht Pierres, das fassungslose des Tigers – und seltsamerweise einen abgrundtiefen Schmerz hinter der zynischen Maske Yoritomos! Körper und Geist vereinigten sich wieder. Die Blicke, die man ihr zuwarf, Mitleid, Zorn, plötzlicher Argwohn und Misstrauen seitens vieler Männer, stachen wie glühende Nadeln auf sie ein. Sie wurden unerträglich! Wie durch Nebelwände sah sie Tinuha auf sich zukommen. Nur das nicht! Jana wirbelte herum, drängte sich durch die nur widerstrebend zurückweichenden Männer, Frauen und Kinder. Kinder ... die Kinder ...

Die Kinder betrachteten das ganze Geschehen, ohne zu begreifen, was da wirklich passierte. Aber auf wessen Seite ihre Sympathien lagen, war klar ersichtlich. Die meisten fürchteten den stolzen Krieger, der sich nichts aus ihnen machte und auch deutlich zeigte, wie lästig sie ihm waren, bevor sie das Alter erreichten, um auf dem Platz bei der uralten Ruine den Kampf zu erlernen und an den Meditationsstunden, auf denen er bestand, teilzunehmen. Die englische Miss hingegen mochten sie mit Hingabe. Sie war klug, wunderschön, immer fröhlich und vor allem: Sie kannte die abenteuerlichsten Spiele und kletterte sogar auf Bäume oder tauchte mit ihnen im See unter dem Wasserfall.

Das Lieblingsspiel der Kinder bestand darin, sich die Gesichter mit bunter Farbe zu bemalen, sich Federn in die Haare zu stecken und mit mörderischem Kriegsgeschrei durch den Dschungel zu toben. Dieses Spiel gewann an Popularität, nachdem Jana einem andächtig lauschenden Publikum die Geschichte des edlen Indianerhäuptlings Chingachgook vorgelesen hatte. Das brachte ihr übrigens die Ehrenmitgliedschaft in Palus Bande ein, woran sich dieser im selben Augenblick erinnerte, als Jana an ihm vorbeistürmte und davonlief. Er vermutete, dass sie dabei weinte, und wurde sehr zornig auf die Kobra. Denn so viel verstand er auf jeden Fall: Der von ihm verehrte Sensei trug die Schuld am Kummer eines seiner Bandenmitglieder, das es zu schützen galt! Und dass ausgerechnet der Demoiselle Lehrerin etwas zugefügt wurde, machte die Sache noch schlimmer! Er drängte sich bis zu seinem Erzeuger durch, studierte stirnrunzelnd Pierres grimmige Haltung, stellte sich neben ihn und ahmte ihn nach. »Monsieur ...«, begann er würdevoll von unten herauf, obwohl sein kleines Herz angesichts des Furcht einflößenden Kriegers heftig pochte! – Zu seinem Leidwesen jedoch blieb ihm die fürchterliche Erniedrigung der Nichtbeachtung nicht erspart.

»Wir warten noch immer auf eine Erklärung«, forderte Sandokan ergrimmt.

Zynisch auflachend zog Yoritomo das Medaillon hervor und hielt es hoch. »Das ist die Erklärung«, sagte er laut. Sandokan vernahm als Einziger das leichte Beben in der Stimme. »Diese Frau hat unseren Plan an McCleary verraten. Hier ist das Pfand, das ich ihr als Zeichen meines Vertrauens überließ. Doch sie warf es« – wieder bemerkte nur der Tiger, wie er leicht schwankte, als trüge er eine ungeheure Last, »achtlos fort, als wäre es ein Stück Unrat!« Bitter setzte Yoritomo hinzu, indem er sich umsah, aber fast nur auf Unverständnis und Entsetzen in den Gesichtern der Einwohner stieß: »Stellt euch vor, ich wollte sie zu meiner Frau machen! Eine Engländerin! Ist das nicht ein Scherz? Dabei konnte sie sich nicht schnell genug einem anderen versprechen, nachdem sie mich sicher gefangen wähnte!«

Sandokan ergriff seinen Arm. »Ich hoffe, du hast Beweise für diese Anschuldigungen!«

»Natürlich«, antwortete Yoritomo überheblich.

»Diese Beweise würden mich interessieren!«

Die Worte kamen von Koah, der mit seiner Schwester nun vor Yoritomo und den Tiger trat. Koah streckte sich und blickte Yoritomo furchtlos in die Augen. Nichts mehr erinnerte an einen halbwüchsigen Jungen. Hier stand plötzlich der junge Prinz des ehemaligen Königreiches Sarawak, der seinem Meister zornig die Stirn bot!

Yoritomo, welcher in der Vergangenheit stets den Moment ersehnte, der Junge Koah möge erwachsen werden und den ihm zustehenden Platz als zukünftiger Herrscher einnehmen, zuckte innerlich zusammen! Niemals hatte er sich diesen Augenblick so vorgestellt, dass ihm offene Feindseligkeit aus den dunklen Augen entgegenschlagen würde! Sein Instinkt schrie ihm zu, einen ungeheuren Fehler rückgängig zu machen ...

»Mon Dieu!«, ließ Pierre sich in die unangenehme Stille hinein vernehmen, »sollen wir das wirklich hier diskutieren?«

»Wir gehen zum Haus!«, befahl Sandokan mit eiserner Härte, die jeden Widerspruch im Keime erstickte. Da er noch immer Yoritomos Arm hielt, zog er ihn kurzerhand mit sich durch die Menge, die sich hinter ihnen ungehalten, und in zwei Parteien spaltend, auflöste. Der Franzose folgte mit den Geschwistern.

Zurück blieb nur ein kleiner, in Stolz und Ehre verletzter Palu, der mit den Tränen kämpfte. Nicht einmal sein Vater hatte ihn beachtet.

Der Sonnenaufgang vollzog sich, wie an jedem Morgen, mit einem spektakulären Farbenspiel. Die Strahlen tasteten den Strand ab, glitten über grüne Hügelketten, das tief schlafende

Dorf im Süden und überfluteten schließlich die gesamte Insel mit einem gelben, diffusen Licht, welches einen neuen heißen Tag versprach. Nichts wies darauf hin, dass an diesem Morgen etwas anders sein sollte, als an den vorangegangenen Tagen.

Brannten vor den Häusern nicht weniger Feuer als sonst? War es nicht stiller? War die Stimmung, die Atmosphäre nicht irgendwie angespannt?

Ja, etwas war durchaus ungewöhnlich:

Am Strand, unterhalb der Stufen, die zu dem alles überragenden weißen Haus des Tigers führten, standen etwa dreißig Männer und Frauen. Geduldig verharrten sie schon die ganze Nacht an dieser Stelle und lauschten den erregten Stimmen, die seit dem späten Abend von dort oben herunterschallten! Die Männer, die dort diskutierten, sich hin und wieder sogar anschrien, fanden ebenso keinen Schlaf. Zum ersten Mal in der Geschichte Mompracems befeindeten sich die Männer, von denen die Geschicke der Einwohner und der Frieden von Mompracem abhingen! Aus diesem Besorgnis erregenden Grund wachten die Menschen hier. Um zu erfahren, was dort oben vorging.

Der Tiger hatte sich mit den Gefährten, dem Krieger, dem Franzosen und den Geschwistern in die Halle zurückgezogen.

Hin und wieder warf man sich bedeutungsschwere Blicke zu, wenn der Streit dort oben immer lauter wurde. Doch immer wieder war es die ruhige, tiefe Stimme Sandokans, die zur Mäßigung mahnte!

Ein hoch gewachsener Dajake mit grimmigem Gesichtsausdruck ließ sich auf die erste Stufe fallen und sprach knurrend aus, was ein Teil der Einwohner dachte:

»Ich habe immer gesagt, es wird Unglück bringen, eine Engländerin nach Mompracem zu bringen. Noch nie hat es da oben Streit gegeben.«

»Sei ruhig!«, fuhr eine ältere Malaiin ihn an. »Die Lady ist keine Verräterin. Dafür lege ich meine Hand ins Feuer!«

Die meisten stimmten ihr aus vollem Herzen zu und warfen dem unbeeindruckten Mann, einem Mitglied der *Shimabara-Mannschaft* übrigens, warnende Blicke zu. Was maßte er sich an? Er kannte Miss Juliana ja nicht einmal! In einigen Augen stand das Bedürfnis, den Streit von dort oben hier unten fortzuführen. Plötzlich tönte laut und deutlich die erregte Stimme des jungen Prinzen herunter. Ein Fenster war geöffnet worden. Bisher hatten sie nur Bruchstücke von dem vernehmen können, was oben gesprochen oder gebrüllt wurde. Sofort richtete sich die Aufmerksamkeit wieder in diese Richtung.

»... Und ich sage es dir zum letzten Mal, Pierce! Das Medaillon befand sich in einem Beutel mit anderen Schmuckstücken, die sie mir anvertraut hatte. Es war unmöglich, noch einmal ins Haus zu gelangen, um es zu holen. Dieses Biest von Anabell muss meine Sachen durchwühlt haben!«

»Aber es besteht noch immer die Tatsache, nur du, deine Schwester und *sie* kannten meine Identität«, entgegnete Yoritomo. Und es klang müde.

Koah schrie wütend zurück: »Wie oft habe ich dir erklärt, und auch Tinuha hat es versucht, es war ein Soldat, der dich erkannte!«

Und nun erreichte die angestrengt Lauschenden die spöttische Stimme des Franzosen:

»Mon Dieu! Du bist ein Holzkopf, mon cher. Hättest du mehr Verstand für l'amour, hättest du gesehen, was ich gesehen habe, bevor du deine impossible scène gemacht hast. Vous comprenez?«

Einige Frauen nickten beifällig. Die ältere Malaiin meinte entzürnt: »Recht hat er! Dieser Mann hat einen Stein in der Brust.«

Nun meldete Sandokan sich ruhig zu Wort:

»Ich hoffe, du erkennst, welch einem schwerwiegenden Irrtum du erlegen bist. Es wird nicht leicht sein, die junge Lady zurückzuerobern.« Ein leises, tiefes Lachen begleitete die folgenden Worte: »Leider befürchte ich, du musst einen Gegner hinnehmen, dem du noch niemals gegenübergestanden hast. Wirst du es versuchen?«

»Ja! Nein! Keine Ahnung! Verdammt!«

Mit diesem zornigen, unsicheren Ausbruch stürzte Yoritomo unerwartet oben aus dem Tor und kam die Stufen heruntergerannt! Ohne die überraschten Leute zu beachten, lief er mit steinernem Gesicht an ihnen vorbei und verschmolz mit seiner dunklen Kleidung mit den Schatten des Dschungels. Kaum war er verschwunden, erschien Pierre auf der Terrasse, die Hände in den Taschen der grauen, abgeschnittenen Baumwollhose vergraben. Er blieb vor der ersten Stufe stehen, nahm eine Hand aus der Tasche und wedelte damit in der Luft herum, wobei er einen leisen Pfiff ertönen ließ. »Parbleu! Was für ein tempête!«, rief er aus und entdeckte die Gesellschaft, die nun wie ein Mann die Köpfe herumdrehte und interessiert zu ihm heraussah. »Diable! Was ist das?« Er musterte verblüfft und beeindruckt die übernächtigten Gesichter.

»Das würden wir auch gerne wissen!«, murrte ein junger Khmer zu ihm auf.

Der Franzose warf den Kopf in den Nacken und lachte lauthals!

»Geht nach Hause, und erschreckt nicht, wenn es ein großes Bumm macht. Dann ist nur England auf Japan getroffen – und beide befinden sich augenblicklich im Krieg!«, schrie er nach unten, drehte sich um und ging wieder hinein. Das Tor fiel hinter ihm ins Schloss. In sein Gelächter mischte sich das tiefe Auflachen des Tigers!

»Dann können wir ja wohl endlich gehen«, murmelte der Dajake. »Es scheint alles wieder in Ordnung zu sein.«

Müde und erleichtert verteilten sich die Leute in alle Richtungen.

Er stand da – verschmolzen mit dem frühmorgendlichen, düstergrünen Hintergrund des Urwaldes – in seiner ganzen Selbstherrlichkeit, welche soeben im Begriff stand, zu einem Häuflein Asche zu werden. Er suchte Schutz hinter einem mächtigen Pisangbaum und schaute mit brennenden Goldaugen dem Mädchen mit den honigblonden Locken nach, welches – lediglich ein hellrosafarbenes Tuch um den schlanken, wohlgeformten Leib gewunden – langsam auf das sandige Ufer des Sees zuging. Er presste die Zähne aufeinander, duckte sich wie ein Feigling hinter den Stamm, als sie sich jetzt aufmerksam umblickte, das Tuch dann achtlos in den Sand fallen ließ und ihm den erschütternden Anblick eines makellosen Körpers bot! Ihre Haut schimmerte wie matte Seide in der Morgensonne. Die festen Brüste und eine überaus zarte Taille über sanft gerundeten Hüften, welche in tadellose, schlanke Beine überleitete, deuteten bereits jetzt an, dass sie sicher auch noch in zwanzig Jahren diese feminine Ausstrahlung behalten würde. Aber ihm fiel aus der geringen Entfernung auch die geisterhafte Blässe in ihrem Gesicht auf, und er ahnte die dunklen Schatten unter ihren, wie er sich schmerzhaft erinnerte, ozeanblauen Märchenaugen. Er entsann sich wehmütig an deren Aufleuchten bei seinem Anblick. Genauso wie seine Seele mehrere Atemzüge lang erglühte, als er ihre Anwesenheit ausgerechnet hier, auf Mompracem, bemerkte! Seine Wangenmuskeln zuckten. Nicht zum ersten Mal, seit er sie traf, wurden seine Hände feucht, verspürte er jenes wunderliche Ziehen in der Brust. Sein Magen verkrampfte sich in der qualvollen Überlegung, ob sie womöglich doch keine Schuld am Scheitern des Planes trug und er sie zu Unrecht vor allen Menschen gedemütigt und beschimpft hatte! Einen Augenblick lang wurde ihm regelrecht elend zumute! Wie konnte er nur einer ausgeklügelten Intrige anheim fallen? Besaß er kein Hirn? Er war ein Schuft, ein gemeiner ehrloser Lump, nichts anderes! Und lebte er noch auf Japan, geböte ihm die Ehre, Seppuku zu begehen. Aber er befand sich nicht mehr dort. Hier war nun seine Heimat. Und dort unten schickte sich eine Göttin, die er begehrte wie nie zuvor eine Frau, gerade an, splitternackt in das kristallklare Wasser zu gleiten!

Die Hände um die raue Rinde klammernd, fühlte Yoritomo die heiße Reaktion seines Körpers, als er beobachtete, wie Juliana das Wasser mit weit ausholenden Armbewegungen durchschnitt und an die Stelle schwamm, wo das Wasser von hoch oben in das Becken stürzte. Dort, unterhalb des Wasserspiegels, gab es einen flachen Felsen, den die Fluten im Laufe der Jahrhunderte geglättet hatten und der somit einen sicheren Standplatz gewährte. Da er diese Stelle seit langem kannte, ahnte er, welcher Anblick sich ihm gleich offenbaren würde und versuchte, seiner brodelnden Erregung zuliebe, sich abzuwenden. Kein einziger Muskel schien sich seinem Willen unterwerfen zu wollen. Gebannt sah er zu, wie Jana auf diesen Stein kletterte, sich unter den stürzenden Wassermassen aufrichtete, den Kopf in den Nacken bog und mit erhobenen Armen die schweren Locken nach hinten warf. Glühende Blitze durchzogen seinen angespannten Körper. Jeder Nerv gebot ihm, ihr nachzustürzen, jeden Millimeter ihres grazilen Leibes mit den Lippen zu erforschen und sie zu lieben! Das tiefe, gequälte Stöhnen, das ihm entfuhr, da es ihm endlich unter Aufbietung aller Kräfte gelang, sich abzuwenden, ging im steten Rauschen unter. Schwer atmend lehnte er den Rücken an den Stamm. Was hatte er sich selbst und ihr angetan? Was hatten ihm die Mönche mit ihren Ritualen und ihrer Erziehung angetan, dass er nicht mehr zu unterscheiden wusste, wo eine unschuldige Seele ihm Vertrauen entgegenbrachte oder wo die Heuchelei sich einschmeichelte? Nein, das war alles falsch, gestand er ein. Es war nicht richtig, den guten Männern der Seiken-ji-Schule, in welcher er aufwuchs, die Schuld zu geben. Die Kriegermönche von Seiken-ji hatten ihn gelehrt, die Lüge von der Wahrheit zu trennen. Er selbst ignorierte das Offensichtliche, wenn auch nicht zur Gänze aus eigener Schuldigkeit. Es gab da eine dunkle Seite in seinem Leben, die er verdrängte. Ein düsteres Kapitel, dessen er sich nicht erinnern wollte. Das er aus seinem Gedächtnis vertrieb, wann immer es in seinen Gedanken auftauchte. Und doch erhob es sich stets aus blutroten Nebeln, sobald er gegen einen Feind zu Felde zog. Die beispiellose Kälte und Gleichgültigkeit, mit der er den Gegner ausmerzte – ohne die Lehren der Meister zu berücksichtigen, einen Gegner nur außer Aktion zu setzen, nicht aber umzubringen –, verdankte er seinem Eintritt in einen uralten Geheimbund, dessen Angehörige sich die *Yakuza* nannten. Diese Organisation durchzog und infiltrierte das gesamte Reich. Die Mitglieder wurden aus Furcht hoch geachtet, doch insgeheim verfemte die Bevölkerung sie, weil sie beispiellose Grausamkeit an den Tag legten. Wer sich einmal in den Netzen dieses Bundes verfing, durfte und konnte sich nie mehr aus ihnen befreien, es sei denn durch den Tod. Fünfzehn Jahre zählte er, als er in ihre Fänge geriet. Das Leben der Mönche hatte ihn zu langweilen begonnen, und er suchte nach neuer Erfahrung und Anwendung für das Wissen, das ihm vermittelt worden war. Schon in diesem Alter beherrschte er die Schwerter, das Kendo und alle anderen Kampfarten nahezu vollendeter als die alten Meister des Klosters. Zum ersten und einzigen Male in der tausend Jahre alten Geschichte des Klosters wurde der Stil eines fünfzehnjährigen Schülers zum Maßstab, an dem künftig alle anderen gemessen wurden! Man ließ ihn jedoch keinesfalls freiwillig ziehen. Die weisen Männer erkannten, dass er innerlich längst nicht gereift und gefestigt war, wie es den Anschein erweckte, wenn man ihm bei den Kampfübungen zusah. Denn der junge Yoritomo Shigehira vermochte sich nicht in Demut zu unterweisen! Selbst die härtesten Anforderungen brachten ihn nicht dazu, sich zu unterwerfen, wie es einem echten japanischen Krieger zukam. So entfloh er des Nachts heimlich dem alten Gemäuer, trieb sich mit knurrendem Bauch in den Straßen Edos oder anderswo herum und bewunderte von weitem die Daimyos und Samurai, wenn diese auf ihren stolzen Rössern, in prächtigen Brustharnischen über edelsteinbestickten Kimonos vorbeiritten und dem gemeinen Volk, das sich vor ihrem Anblick in den Staub warf, keinen Blick schenkten. Im Grunde gab es diese Titel offiziell nicht mehr, doch das japanische Volk brach trotz des Einfalls der Europäer und Jesuiten nicht mit seinen uralten Traditionen. Einer dieser adligen Krieger schaute aber zufällig einmal doch zur Seite. Ein schwerer, grobgesichtiger Mann, vollgepackt mit Arroganz und Hochmut. Er sah den mageren Jungen, dem man sein unreines, vermischtes Blut deutlich ansah, dort stehen und registrierte dessen Respektverweigerung, als er vorbeiritt! Dabei lag es gewiss keinesfalls in der Absicht des jungen Yoritomo, sich nicht respektvoll zu verneigen. Er war vertieft in ehrliche, andächtige Bewunderung für diese Männer, die keinem mächtigeren Herren dienten als dem Shogun persönlich. Es gab einen Ausdruck für Mischlinge seiner Art. Ein hässliches Schimpfwort, das dieser fürstliche Krieger, der am Ende des Zuges ritt, mit einigem Abstand von seinen Gefährten, nun Yoritomo gegenüber benutzte. Dieser entbrannte schlagartig in Wut. Das jähzornige Blut, das französische Erbe, vor dem die Mönche ihn stets gewarnt hatten, siedete! Ehe sich der träge, fettleibige Daimyo von seiner Überraschung erholen konnte, sprang der halbwüchsige, zerlumpte Bastard ihn an, riss ihn, unbemerkt von den anderen Kriegern, die in ihrer Blasiertheit nicht nach hinten sahen, vom Pferd und brach ihm ungewollt dabei das Genick! In Sekundenschnelle schien die gesamte Straße wie leergefegt – bis auf einen einzigen Mann in einfachem Kimono, der dem Fassungslosen, dem erst jetzt dämmerte, was er da angerichtet hatte, eine Hand auf die Schulter legte. Überzeugt, hinter ihm stünde der Tod in Gestalt eines fürstlichen Präfekten, fuhr der Junge herum! Doch zu seiner

Verwunderung lächelte der Mann und nickte anerkennend auf den Leichnam herab.

»Gut, mein Junge. Ich habe deine Schnelligkeit bewundert. Du bist ein ausgebildeter Kämpfer, nicht wahr?«

Yoritomo nickte misstrauisch.

»Bist du hungrig?«

Wieder nickte er, diesmal ein wenig entspannter. Wenn er verurteilt werden sollte, bekam er wenigstens vorher noch etwas in den seit Tagen leeren Magen, so dachte er resignierend.

Da hob der Mann eine Hand, deren Finger ein Zeichen bildeten, ohne den Jungen jedoch aus den Augen zu lassen oder das stete, eigentümlich beobachtende Lächeln aus dem Gesicht zu entfernen. Plötzlich, wie aus dem Boden gestampft, standen fünf schwarz gekleidete, bis auf die Augenschlitze vermummte Gestalten neben ihm! Auf eine unmerkliche Geste hin zogen sie blitzende Schwerter aus ihren Umhängen und begannen den verrenkten Körper des Toten methodisch in kleine Stücke zu zerhacken ...!

Das reglose, unbeteiligte Gesicht des jungen Halbbluts während dieser wahnwitzigen Tat imponierte dem Meister. Zur Belohnung schenkte er ihm seine erste eigene Waffe: Ein echtes *Murasama-Schwert!* Yoritomo nahm das Schwert, kniete überwältigt nieder und bezeugte seinen Dank damit, dass er seine Stirn in das frische Blut presste. Der neue Meister war zufrieden und entließ ihn mit einer Adresse, bei der er sich am nächsten Tage einfinden sollte. Kaum war Yoritomo aus dem Sichtfeld der Yakuza-Krieger, rannte er hinter den nächsten Busch, weil sich sein leerer Magen umstülpte. Am nächsten Morgen ging er zu der angegebenen Adresse. Er blieb drei lange Jahre dort.

Aus seinen finsteren Erinnerungen erwachend, sah Yoritomo, dass Jana mittlerweile zum Ufer zurückgeschwommen war, sich das dünne Tuch um den nassen Leib gewunden hatte und nun langsam in seine Richtung schlenderte. An jeder feuchten Stelle des Tuches schimmerte die Haut hindurch. Fast, als liefe sie nackt durch die Gegend! Entweder war es ihr völlig gleichgültig, wer sie so sah, oder sie rechnete nicht damit, zu dieser sehr frühen Stunde jemandem zu begegnen. Nun – soweit er sich erinnerte, schlief um diese Zeit auch normalerweise jedermann, der nicht längst zum Fischen oder Perlentauchen aufgebrochen war. Dennoch kam ihm der amüsiert-verwunderte Gedanke, dass eine englische Lady gewiss niemals in einem solchen Aufzug herumlief, nicht einmal in den eigenen vier Wänden. Er beobachtete erzitternd, wie sie wenige Fuß entfernt von ihm stehen blieb, die schlanken Arme mit einer überaus sinnlich anmutenden Geste hob und das Wasser aus den tropfnassen Locken wrang! Jetzt ging sie weiter, geradewegs auf ihn zu und so in sich gekehrt, dass sie an ihm vorbeigelaufen wäre, ohne ihn zu bemerken – wenn er sich ihr nicht mit einem Schritt in den Weg gestellt hätte!

Jana stieß einen schrillen Schreckensschrei aus, als er unvermutet wie ein Geist plötzlich vor ihr stand! Unwillkürlich kreuzte sie die Hände vor der Brust unter den geradezu unverschämten Blicken, die an ihr herunterglitten, und dem amüsierten Grinsen, das er zur Schau stellte. Dieses, wie sie fand, abscheulich harmlose Grinsen, als hätte es den gestrigen Tag überhaupt nicht gegeben, brachte sie auf, bannte den Schock über diese unerwartete Begegnung. Sie hatte die ganze Nacht nicht geschlafen, bis zur völligen Erschöpfung in die Kissen geschluchzt und sich wieder und wieder gefragt, was diesen grenzenlosen Zorn, diese ungezügelte Wut in ihm hervorgerufen haben mochte. Und nun war sie müde. Sie befand sich in einem Zustand der Lethargie, aus dem sie vorerst niemand mehr herauszureißen vermochte. So glaubte sie jedenfalls, als sie beschloss, zum See zu gehen, wo sie um diese Zeit niemals jemanden antraf. Bis heute. Bis zu diesem Moment, als ausgerechnet der Mann ihr entgegentrat, den sie weniger zu sehen wünschte als eine Giftviper in ihrem Bett! Sie ahnte nicht, welch grandiose Wirkung sie erzielte, wie sie nun den Kopf in den Nacken warf, ihm sengende Blitze aus den blauen Augen mitten ins Herz schoss und in einer Arroganz, die sich nur mit seiner eigenen messen ließ, spröde verlangte: »Lass mich vorbei!«

Doch schon im selben Augenblick, da sich seine Hände wie Eisenklammern um ihre Arme legten, ihre Wärme die auskühlende feuchte Haut versengte, brach diese aufgesetzte Haltung in sich zusammen!

»Was willst du? Lass mich gehen«, forderte sie noch einmal leiser und gequält. Die Wunde, die er ihr gestern zufügte, brannte so tief, dass vorläufig nichts sie schließen konnte. Nicht einmal, wenn er jetzt und hier auf die Knie fiele und sie um Verzeihung bäte.

Sie konnte ja nicht wissen, wie nahe er daran war, genau dieses zu tun!

Stattdessen sagte er rau und völlig missverständlich, weil seine Gedanken sich in dem berauschenden Duft ihrer Haut nach Blüten und Frische verwirrten:

»Du bist mir noch eine Erklärung schuldig ... Lady Sinclair. Wie kommt ...«

Doch Jana ließ ihn nicht ausreden! Nach den ersten Worten wurde sie blass vor Wut!

– Und die Götter schienen noch immer kein Einsehen mit den beiden zu haben, obwohl sie bereits die erste Begegnung selbst herbeigeführt hatten, um sich an dem Spiel zu ergötzen, das sie damit in Gang setzten –

»Ich?«, schrie sie ungläubig auf und versuchte sinnlos, sich von ihm und aus seiner betäubenden Nähe zu befreien. »Ich bin *dir* eine Erklärung ...?«

Ihre Stimme versagte, weil er sie ruckartig näher zu sich hinzog! Sein Körper strahlte eine betörende Hitze aus. Sein Geruch stieg in ihre Nase, umspülte ihre Sinne. Er roch nach Meer und auch nach Sake, wie sie verwirrt feststellte.

Und Yoritomo spürte deutlich ihre verhärteten Knospen an seiner Brust und merkte, wie sich sein Glied erregt versteifte. Nicht jetzt!, flehte er verzweifelnd. Er musste behutsam vorgehen, wenn er zurückerobern wollte, was er in seinem verfluchten Stolz weggeworfen hatte. Aber da war noch ein einziger, unklarer Punkt in der ganzen Angelegenheit, und diesen konnte nur sie allein klären:

»Wer sonst?«, flüsterte er an ihrem Mund, und jedes Wort klang wie Hohn für sie, obwohl es nicht so war. »In den letzten Stunden habe ich mir anhören müssen, welchen edlen Charakter du besitzt, und ich möchte nur noch von dir erfahren, wie dieses«, endlich ließ er zumindest einen Arm los und zog das Medaillon unter dem Hemd hervor, »Medaillon in den Besitz einer McCleary gelangen konnte. Ich gab es dir als Zeichen meiner Zuneigung und glaubte diese auch in dir zu erkennen. Doch die Dinge nahmen einen anderen Verlauf.«

In dem Mädchen ging plötzlich eine Wandlung vor, das nahm er überdeutlich wahr, nur in welche Richtung? Packten sie Schuldgefühle? Oder beging er erneut einen verdammten, nicht wieder gutzumachenden Fehler? Er ließ sie los, und sie trat einen Schritt zurück. Aber sogleich griff er hastig wieder zu und hielt sie fest, da er annahm, sie wolle sich im Eingeständnis ihrer Schuld davonmachen.

Jana sah ihn schweigend an. Sie glaubte, zumindest endlich einen Teil von dem zu verstehen, was ihn bewog, sie so zu behandeln: Eitelkeit! Nichts als männliche Eitelkeit! Eine McCleary? Das konnte nur Anabell gewesen sein. Diese hatte also das Medaillon entdeckt und vermutlich auch den ganzen restlichen Schmuck, den sie vor ihrer Abreise nicht mehr in Sicherheit bringen konnte, nachdem die Ereignisse sich überstürzten. Und dieser Mann hier, dem sie vertraut hatte wie nie zuvor einem Menschen, war in Cleary eingefallen, zerstörte das schöne Haus und entdeckte nebenbei das Medaillon in den Händen der jüngeren Cousine! O ja! Sie konnte sich gut vorstellen, welche Lügengeschichten dieses kleine Miststück ihm wohl aufgetischt hatte. Wie bereitwillig mochte er ihr zugehört haben? Wegen nichts, nur aus gekränkter, männlicher Eitelkeit! Und dann gab er sie, Juliana, dem Verderben preis! Niemals hatte auch nur eine Absicht zu ihrer Rettung vor Norman Will bestanden! Jana wollte ihn dafür hassen, aber sie konnte nicht. Stattdessen überflutete eine Kälte ihr Innerstes, die jedes Gefühl auslöschte. Ihre Mundwinkel zogen sich verächtlich herab.

»Du tust mir weh.«

Fast hätte sie gelacht, als er absurderweise sichtlich erstaunt fragte:

»Willst du dich nicht verteidigen? Mir erklären ...«

»Welchen Grund hätte ich wohl, mich zu verteidigen?«, floss es sarkastisch über ihre Lippen. »Dafür, dass du mir die versprochene Hilfe verweigertest, als man mich mit einem widerlichen alten Mann verkuppelte? Dafür, dass ich dich rechtzeitig warnen ließ, als deine Identität entdeckt wurde? Yoritomo Shigehira – oder Pierce – oder ... Narr – wie auch immer –!«

Yoritomo hörte mit wachsender Bestürzung zu, doch die Beleidigung ließ seinen unseligen Jähzorn wie eine glühende Fackel aufflammen! Sie hatte Recht! Verflucht! Sie sagte die Wahrheit! Aber es stand ihr nicht zu, es auszusprechen! Wer war sie denn, dass sie den besten Krieger Japans derart beleidigen durfte?! Nur eine Frau! Seine Kiefermuskeln mahlten aufeinander. Seine Hände griffen nach ihrem Hals, wie er es sich an die hundertmal schon vorgestellt hatte! Seine Finger krallten sich in ihre Kehle ... Aber irgendetwas hielt ihn zurück, durchdrang die roten Nebel des Zorns. Ein peinigender Stich in seinem Herzen alarmierte sein Gewissen und bedeutete ihm, dass er tatsächlich im Begriff stand, sich erneut wie ein Verrückter aufzuführen! Er wollte Juliana Sinclair – nur sie.

»Nur zu, töte mich!«, klang die Stimme der Frau, der er alles gestatten würde, schmerzverzerrt durch die höllischen Schwaden. »Trotzdem warst du es, der sein Wort gebrochen hat.«

»Bei allem, was mir heilig ist! Verzeih mir …«, krächzte er und wankte. »Verzeih – ich wollte nicht … ich …« Seine mörderischen Finger streichelten die blutroten Male auf ihrer Kehle. Nacktes Entsetzen verzerrte sein schönes Gesicht. Unsägliche Qual und die Bitte um Vergebung sprachen aus seinen Augen! Jede andere Frau hätte sich spätestens jetzt erweichen lassen – nicht aber Juliana, Lady Sinclair! Im selben furchtbaren Moment, als sich die Finger des Mannes, den sie liebte, mörderisch in ihre Kehle gruben, brach etwas in ihr entzwei – es starb das junge, unbedarfte Mädchen. Und sie wurde zu einer Frau, die nur noch den Wunsch besaß, für sich selbst zu kämpfen. Sie war es leid, gedemütigt, angefeindet und aller Hoffnungen beraubt zu werden! Sie liebte diesen Mann, doch sie verschloss diese Liebe vorerst in den hintersten Winkel ihres Herzens. Sie liebte ihn, aber nicht um jeden Preis. »Ich werde dir nicht vergeben. Niemals!«, sagte sie mit einer Kälte, die sie eigentlich nicht empfand, drehte sich herum und lief den Weg zurück, den sie gekommen war. Jana rannte vor ihm und auch vor sich selbst davon.

So offen wie auf dem Ball damals würde sie Yoritomo Shigehira ihre Gefühle nie mehr zeigen!

Dieser sah ohnmächtig zu, wie sie zwischen den Bäumen verschwand, und hatte das Gefühl, nie wieder einen Muskel rühren zu können. Als seine Glieder und seine Gedanken sich endlich regten, sah er mit bestürzender Klarheit, dass er sie ausgerechnet jetzt für immer verlieren könnte, wenn er sich nicht vorsah – wenn es ihm nicht gelang, sein ungezähmtes Blut zu beherrschen. Doch leicht vermochte er dies nicht. Über zwanzig Jahre seines Lebens war er nur auf sich allein gestellt gewesen. Nur er wusste, welche Schwierigkeiten es ihm bereitet hatte, die echte Freundschaft anzuerkennen, die ihm Sandokan, der Tiger von Malaysia und Pierre Evereux entgegenbrachten, nachdem sie ihn vor acht Jahren halb tot aus dem Ozean fischten. Und sich nun auch noch an die Liebe zu gewöhnen brachte ihn beinahe um den Verstand. Es bedurfte nur einer Kleinigkeit, um die wahre, einmalige Liebe, die sein Herz dieser jungen Frau zaudernd und voller Zweifel entgegenbrachte, wieder tief zu verschütten. Alles, was er bisher von seinen seltsamen Gefühlen erkannte, war, er begehrte mit allen Fasern, sie in den Armen zu halten und nie mehr loszulassen. Ob er zu echter und tiefer Liebe fähig war, vermutete er nur. Aber der Gedanke machte ihn sonderbar glücklich. Ich werde um sie kämpfen. Er seufzte in der Vorahnung des schweren Weges, der ihm bevorstand.

– Nicht einplanen aber konnte er die Grausamkeit der Götter, welche sich ein neues Spiel ausdachten, bei dem Yoritomos Stolz und Misstrauen erneut die Spielregeln bestimmten, die ihn und andere ins Verderben stürzen sollten –

Langsam machte er sich auf, Jana zu folgen. Und wenn er sie zwingen musste, ihn zumindest anzuhören, dann musste es eben sein. Anders sah er keinen Ausweg, ihr seine Handlungsweise zu erklären. Ob sie jedoch verstehen würde, was in ihm vorging? Es meldeten sich doch bereits die leisen Bedenken wieder. Sie ist Engländerin. Und dazu eine Frau, die noch nicht einmal den Kinderschuhen entwachsen ist. Womit seine Irrtümer und Fehleinschätzungen neue Nahrung fanden.

– Die Würfel des Schicksals rollten wieder und lagen bereits nach der nächsten Biegung mitten auf seinem Weg –

Jana war natürlich längst verschwunden. Bitterlich schluchzend und weinend um das, was sie verloren glaubte, rannte sie zu ihrem Haus und verbarg sich dort wieder – während Yoritomo langsam den Weg entlangschlenderte und ein leichtes, nachdenkliches Lächeln plötzlich um seinen Mund spielte. Er würde alle Missverständnisse und Irrtümer beseitigen. Von diesem Gelingen war er überzeugt. Er kam nicht auf die Idee, dass ihn seine Selbstüberschätzung wieder überwältigte. Sie ist an Mompracem gebunden, dachte er selbstgefällig. Und bald wird sie es auch an mich sein. Du kannst mir nicht davonlaufen, Miss Sinclair!

»Pierce ...«

Der lockende, raue Klang einer Frau ließ das zuversichtliche Lächeln auf seinen Zügen gefrieren! Yoritomo blieb widerstrebend stehen und drehte sich in die Richtung der Stimme. »Rajina ...«, murmelte er steif und sah der nahezu dunkelhäutigen Schönheit unwillig entgegen, die mit aufreizendem Hüftschwung hinter einem hohen, weiß blühenden Gebüsch hervortrat. Sie schritt mit lasziven Bewegungen auf ihn zu und schmiegte sich an seine Brust. Pralle Brüste quollen aus dem nachlässig geschnürten Mieder des safranroten Kleides, dessen hochgeschürzte Röcke die langen geraden Beine schamlos enthüllten. Sie ging – wie immer – barfüßig, und er ahnte, dass sie nichts unter ihrem Kleid trug – auch wie immer!

»Oho«, gurrte sie und rieb sich an ihm, wohlweislich nicht beachtend, wie er sich merklich verspannte. »Meinen Namen hat mein schöner Geliebter also nicht vergessen! Als ich gehört habe, dass du endlich zurück bist, konnte ich es nicht erwarten, dich zu sehen, Liebster. Ich bin stundenlang durch die Nacht gerannt.« Vorwurfsvoll schürzte sie die vollen roten Lippen. Ihre nachtschwarzen Augen funkelten und lockten. »Warum bist du nicht selbst gekommen? Warum musste ich den weiten Weg machen? Hier«, sie hob die Röcke bis weit über die Schenkel, und Yoritomo bereitete es Mühe, den Ansatz des schwarzen gelockten Dreiecks zu übersehen, den sie dabei wie unbeabsichtigt offenbarte, »siehst du diese Wunden? Ich wollte den Weg abkürzen, um rasch bei dir zu sein, und dabei verletzte ich mich.« Sie hob die Röcke noch ein wenig höher, damit er auch gewiss die drei kleinen Striemen auf den Innenseiten eines rundlichen Schenkels genau betrachten konnte, die ihr ein allzu heftiger, junger Matrose beigebracht hatte. Sie hob dabei das rechte Bein ein wenig an, spreizte es und ergötzte sich triumphierend an dem starr auf ihre Spalte gerichteten Blick des Mannes mit dem aufreizend steinernen Gesicht.

Yoritomo sah plötzlich Janas Brüste vor sich, wie sie sich durch das nasse Tuch drängten, mit aufgerichteten Spitzen ...

Verdammt! Vor über einem Jahr hatte er das Verhältnis zu Rajina gelöst, nachdem ihm klar geworden war, dass sie es mit jedem trieb, der sie auch nur freundlich angrinste. Seit diesem Zeitpunkt hatte er nicht mehr das Bedürfnis verspürt, eine Frau zu berühren ..., bis zu jenem Abend auf dem Ball, an dem er die kleine, jungfräuliche Engländerin am liebsten auf der Stelle verführt hätte!

Jana!, schrie es in ihm, und er starrte hypnotisiert in die feuchte Öffnung. Jana! Ihm fiel verwundert auf, dass ihr Name einen zärtlichen Nachhall in ihm auslöste, und er spürte gleichzeitig, wie er eine unaufhaltsame Erektion bekam. Jana!! Seine Blicke versanken in der klaffenden Höhle, die sich ihm darbot, um ihn von seinen Leiden zu befreien. Wie einfach es wäre, wenn er ..., es würde nur ein paar Minuten dauern ..., er brauchte nur nachzugeben ..., und seine Qual würde beendet sein ..., ein paar Minuten nur ... ihm brach der Schweiß aus!

»Es ist dir nicht erlaubt, hierher zu kommen, Rajina«, krächzte er heiser und zwang seine Augen in ihr hämisch grinsendes Gesicht, das sie nicht schnell genug kontrollierte. Und ihm deshalb der lauernde Ausdruck darin nicht entging. Schlagartig ernüchterte ihn dieser Blick. Wie hatte er auch nur im Entferntesten auf den Gedanken kommen können ..., er ... ihm wurde fast übel. Ein bitterer Geschmack breitete sich in seinem Mund aus.

Rajina nahm sofort Notiz von diesem jähen Umschwung. Sie stellte sich gerade hin und zog den Rock mit einem Ruck über die Schenkel. Ihr leidenschaftliches Gesicht verzerrte sich in hemmungsloser Wut. »Ah, ich verstehe«, zischte sie gehässig. »Es ist die dünne blonde Hure, die mir mein Haus gestohlen hat, nicht wahr? Sie ist dir zu Kopf gestiegen wie auch dem edelmütigen Sandokan und dem selbstlosen Franzosen!«

In Yoritomos Augen begann ein gefährliches, gelbes Feuer zu glimmen! Er brachte, eingedenk seiner Unbeherrschtheit, einige Schritte Abstand zwischen sich und seine ehemalige Geliebte.

»Hüte deine Worte, Rajina!«, knurrte er gereizt.

Rajina, von ihrer Mutter schon in allerfrühester Jugend nur an feine Gentlemen verkauft, erkannte blitzschnell, wann sie einen wunden Punkt traf. Und offensichtlich war diese englische Hexe, die sie seit Wochen beobachtete, sein wunder Punkt. Sich innerlich vor Wut krümmend, zuckte sie gleichgültig die nackte Schulter und warf das rabenschwarze, gekrauste Haar zurück. »Wenn du es so willst, Liebster, es ist auch nur eine Frage der Zeit, bis sie ebenfalls auf der anderen Seite der Insel landet«, stichelte sie und drehte ihm langsam den Rücken zu. »Mich verbannte man, weil einige Frauen klagten, natürlich unberechtigt, ich hätte es auf ihre Männer abgesehen.«

Mit einem Satz war Yoritomo bei ihr, packte sie und schleuderte sie zornig herum! »Unberechtigt, sagst du? Geh in das Dorf zurück, bevor Pierre dich dort vermisst. Du kennst die Strafe, die dich erwartet, sollte Sandokan von deiner Anwesenheit hier erfahren.« Er ließ sie los und stieß sie von sich. Dann drehte er sich um und ging einfach davon.

Rajinas Gesicht verzerrte sich. Abgrundtiefer Hass loderte in den schwarzen Augen, in denen sich jäh aufkeimender Wahnsinn spiegelte ...

»Du wirst schon sehen, du verfluchter Bastard!«, kreischte sie ihm nach. »Du wirst sehen, wie Recht ich habe! Schon in der ersten Woche kam sie mit Monsieur Pierre engumschlungen aus einer gewissen Höhle. Und die Nächte verbringt sie mit dem edlen Sandokan. Sie küssen sich sogar in seinem Haus ... Sie bietet sich schamlos jedem an ...«

Yoritomo blieb in der Mitte des schmalen Weges ruckartig stehen.

Sie lachte schadenfroh und höhnte:

»Ja, denkst du wirklich, diese kleine raffinierte Hure hätte nicht genau gewusst, dass du sie unten am See beobachtet hast? Oder hast du jemals erlebt, wie eine englische Lady nur mit einem winzigen Tuch am Leibe herumrennt, wenn sie nicht will, dass man sie beobachtet?« Sie wollte sich ausschütten vor irrsinnigem Lachen! »Wer weiß? Wahrscheinlich hat sie sich mit dem großherzigen Sandokan sogar in deinen eigenen Laken gewälzt – ein erregender Gedanke ...!«

Rajina kannte den gefährlich schönen Eurasier lange genug, um das Aufziehen eines verheerenden Orkans selbst aus der Entfernung rechtzeitig zu deuten. Vorsichtshalber tauchte sie zwischen die Büsche. Als sie bemerkte, dass er keinerlei Anstalten machte, sie zu verfolgen, rannte sie hohnlachend davon.

Yoritomo ging langsam weiter. Nein. Nicht schon wieder, dachte er und versuchte sogar über seine neue Erfahrung, nämlich die der Eifersucht, zu lachen. Rajina war schon immer etwas verrückt gewesen. Aber seit wann mochte sie schon über diesen Teil der Insel schleichen, ohne bemerkt zu werden? Und wo trieb Pierre sich eigentlich herum, der doch die Aufgabe hatte, darauf zu achten, dass sie ihre Unterkunft im Frauendorf nicht verließ?

Das Gift, mit dem die einstige Geliebte ihre Pfeile verschossen hatte, zeigte bereits unmerklich seine Wirkung.

Zwei Wochen nach diesem bedeutungsschweren Vorfall klopfte es eines Abends zaghaft an Sandokans Tür. Er ging quer durch die Bibliothek, öffnete sie einen Spalt, um sie dann überrascht vollends aufzureißen. Draußen stand Jana, beladen mit Büchern und einigen Papierrollen und lächelte ihn scheu an. Sofort ergriff er ihren Arm, zog sie herein und scherzte, um ihr das offenkundige Unbehagen zu nehmen:

»Aha! Wie ich bemerke, widersetzt du dich meinen Anordnungen. Hatte ich dir nicht befohlen, am fünften Tag deine Aufwartung zu machen?«

Längst der Furcht entwachsen, sein grimmiges Gesicht für bare Münze zu nehmen, verspürte Jana aber doch einen Anflug von schlechtem Gewissen. Daher senkte sie die langen Wimpern und meinte zögernd:

»Ich wäre früher gekommen, weil ... weil die Bücher für den Unterricht nicht ausreichten, aber ... ich konnte doch nicht ...« Sie brach ab, biss sich auf die Lippen und sah ihn um Verständnis bittend an.

»Aber in Anbetracht der ungewöhnlichen Sachlage sei es dir noch einmal verziehen«, half Sandokan ihr über die Verlegenheit hinweg, denn er wusste sehr gut, warum das Mädchen sein Haus, zumindest in den letzten vierzehn Tagen, nicht betreten hatte. Woher sollte sie auch geahnt haben, dass *Er* lediglich zum Schlafen seine Räume aufsuchte und sich ansonsten auf dem Übungsplatz aufhielt? »Du hast dich ja auch um nicht mehr als etwa fünf Wochen verspätet«, lächelte er sie daher an.

Jana erkannte erleichtert, dass er ihr nichts nachtrug, und ging energischen Schrittes an ihm vorbei zu der Bücherwand, wo sie sorgsam die mitgebrachten Bücher einordnete. Sandokan betrachtete sie. Zu gerne hätte er gewusst, was in ihr vorging. Sie schien ihm verändert. Das Naiv-Kindliche war aus ihren Zügen verschwunden und der Nachdenklichkeit einer ernsthaften jungen Frau gewichen. Er wanderte zum Karten- und Schreibtisch hinüber und nahm einen Krug in die Hand.

»Möchtest du ein Glas Wasser?«, fragte er zuvorkommend. Jana, die aufmerksam die Buchreihen inspizierte, drehte sich mit einem halben Lächeln um und schüttelte den Kopf.

Dann kam sie herüber und legte die Papierrollen auf den Tisch.

»Du benötigst also neue Bücher«, stellte er fest. »Was führt dich sonst noch her? Möchtest du reden?«, fragte er behutsam, setzte sich und deutete auffordernd auf den anderen Stuhl. Jana nahm Platz. Sie begann unschlüssig an den Ecken der Papierrollen zu zupfen.

Sandokan wartete geduldig. Als sie nach einer Weile noch immer herumzupfte und nichts sagte, meinte er ernst: »Ich greife nicht gerne in die Angelegenheiten meiner Freunde ein. Aber ich bin der Ansicht, wir sollten klare Worte aussprechen.«

Endlich zeigte Jana eine Reaktion: Sie schüttelte viel zu heftig den Kopf.

»Ich möchte nicht über Yoritomo reden, falls es das ist.«

»Aber warum nicht? Ich habe Augen im Kopf und sehe, wie unglücklich ihr beide seid. Glaube mir, er bereut zutiefst, jemals angenommen zu haben, du hättest den Plan weitergegeben ...«

»... Wie ...?«

Janas Kopf ruckte hoch! Mit weit aufgerissenen Augen starrte sie den Tiger an, welcher nun eine Alarmglocke in seinem Inneren dröhnen hörte!

»Soll ... soll das heißen, du weißt überhaupt nicht ...« Der Tiger brach unsicher ab. Verflucht. In welche Lage brachte er sich da?

»Was ist mit dem Plan? Welcher Plan?«, fragte Jana verständnislos. Ihre Stimme klang wie gesprungenes Glas.

»Den Plan, McCleary zu vernichten, von dem Pierce glaubte, du hättest ihn verraten«, antwortete Sandokan, mühsam um Beherrschung ringend, da nun doch nichts mehr am ausgesprochenen Wort zu ändern war. Höchst beunruhigt sah er zu, wie Jana, entgegen seiner Erwartung, scheinbar vollkommen gelassen blieb.

»Du weißt also wirklich nichts davon?«, vergewisserte er sich noch einmal zweifelnd. Ihre Ruhe wurde ihm jetzt unheimlich.

»Nein!« Sie lachte düster auf, was ihn zusätzlich erschreckte! »Ich höre zum ersten Mal von irgendeinem Plan. Man sprach jedoch verschiedentlich davon, es gereiche zu meinem Schutz, wenn ich nichts erführe ... Und ich Närrin glaubte, sein unverzeihliches Verhalten bezöge sich auf gekränkte Eitelkeit oder sogar auf falsche Eifersucht, da er sein Medaillon ausgerechnet bei meiner Cousine Anabell fand ... Kann ich jetzt ein Glas Wein haben?«, fragte sie übergangslos.

Stirnrunzelnd reichte er ihr das Glas.

»Seit wann trinkst du Wein?«, erkundigte er sich leichthin.

»Ich weiß nicht, mir ist danach«, tat sie gleichmütig.

Still entschied er, dieses ihn verwirrende Thema vorerst nicht mehr zu berühren, bis er gründlich darüber nachgedacht hatte. Wenn keiner der beiden sich ihm anvertrauen wollte, so war das ihre Sache. Nur, Julianas Ahnungslosigkeit gab der Sache wiederum eine gänzlich andere Sichtweise. Ich werde abwarten, überlegte er verstimmt. Mir scheint jedoch, Pierce ist der komplette Narr, für den ich ihn halte.

»Wie mir zu Ohren kam, hast du dich bereits auf Mompracem eingelebt?«, plauderte er unverfänglich. Erleichtert registrierte er ein winziges Aufblitzen in den erloschenen blauen Augen Janas, welches ihm anzeigte, dass sie erriet, worauf er hinauswollte.

»Oh«, tat sie ihm den Gefallen und lächelte ein Lächeln, das ihm wehtat, weil es so echt und heiter aussah, »ich hoffe doch nicht, Ihnen sind meine vergeblichen Bemühungen, weibliche Talente zu zeigen, zu Ohren gekommen.«

Sandokan lehnte sich zurück.

»Meinst du etwa dieses unvergleichliche Stück Tuch, dergleichen mir nie ein zweites vor die Augen gekommen ist?«, fragte er harmlos.

»Man hält nichts vor Ihnen geheim, Sandokan, nicht wahr? Ich gebe zu, ich war etwas zu vorwitzig. Es sah so einfach aus, wie die Frauen die Stoffe bedruckten. Koah versuchte mich zu warnen, aber ich musste es selbst ausprobieren. Nun«, sie nahm eine Locke, hielt sie hoch und seufzte reumütig, »die Strafe für meinen Vorwitz war sehr deutlich. Meine Haare, Hände ... alles schimmerte in magnifique Blautönen, wie Pierre sich auszudrücken pflegt. Sogar mein Kleid ist ruiniert, obwohl es ursprünglich blau ist. Die Kinder hatten natürlich ihren Spaß und an Unterricht war nicht mehr zu denken. Pierre tauchte einige Tage später mitten im Unterricht auf und wollte allen Ernstes wissen, wie man denn nun das Wort *blau* buchstabierte?« Sie versuchte ein Lachen, was jedoch gründlich misslang. Stattdessen verdüsterte sich ihre Miene, und sie setzte erbittert hinzu: »Und dabei wollte ich mich nur endlich ein wenig nützlich machen ...«

»Du fühlst dich unnütz? Du?«, entfuhr es dem Tiger bestürzt. Alles, was Juliana Sinclair für die Kinder tat, entsprach doch seinen ureigensten Plänen, denen sie unabsichtlich folgte. Eiligst setzte er hinzu: »Du hast die Aufgabe übernommen, den Kindern von Mompracem Lesen, Schreiben und sogar Mathematik nahe zu bringen. Wie kannst du dich unnütz fühlen? Macht dir der Unterricht keine Freude mehr?« Er mäßigte sich und deutete auf die ihm noch immer rätselhaften Papierrollen. »Hast du dich aus diesem Grunde jetzt der Malerei zugewendet?«

Das erinnerte Jana an den wirklichen Grund ihres Hierseins, obwohl sie sich innerlich gegen diesen Besuch gesträubt hatte, solange sie *ihn* hier vermutete. Doch die Angelegenheit duldete keinen Aufschub. Ihre eigenen Belange waren hier schlichtweg unwichtig.

Wenn sie ehrlich war, begann sie ihre eingefrorenen Gefühle beinahe zu mögen. Wie sonst ertrug sie die niederschmetternde Erkenntnis der ganzen Wahrheit? Wie sonst verkraftete sie die erheiternde Aufklärung des ganzen spaßigen Rätsels: »Wie lautet die Erklärung für das unerklärliche Verhalten eines Mannes?« Die Antwort ist einfach: »Du bist diesem Mann völlig gleichgültig!« Ja. Du hast es endlich begriffen, Jana. Kein Kopfzerbrechen mehr. Die Sache ist ausgestanden. Es war doch nur ein Spiel, das jeden Tag aufs Neue gespielt wird. Ein kleines Intermezzo, das den Preis eigentlich kaum wert ist, den du dafür erhalten hast, nämlich die Erkenntnis: »Vertraue diesem Mann, und er wird dich des Verrats bezichtigen!«

»Natürlich nicht! Der Unterricht bereitet mir große Freude, und ich bin der Ansicht, er macht auch den Kindern Spaß«, begann sie ohne Umschweife, die bitteren Erkenntnisse und sarkastischen Gedankengänge ausschaltend, »aber es gibt ein kleines Problem.« Du lieber Himmel, was heißt kleines Problem?, sann sie doch schon wieder. Sie war nahe daran, in Tränen auszubrechen, weil sie stets Yoritomo vor sich sah, in seiner ganzen, unerträglichen Arroganz. Sah er sie nicht auch an? Auf seltsam eindringliche Weise, fast wie um Verständnis flehend? War sein finsterer Spott nicht doch eher ein Zeichen der gleichen Empfindung, welche sie beherrschte? Der Gedanke, niemandem auf der Welt zugehörig zu sein? Das Gefühl der vollkommenen Einsamkeit, die sich keinem Lebewesen mitzuteilen wusste? Lieber Gott, so schreite doch ein! Ist es nicht dein Wille, dem der Lauf der Natur unterliegt, dass sich Mann und Frau zusammenfinden? Hilf doch, lieber Gott!

»Und das wäre?«, fragte Sandokan gespannt und fest entschlossen, ihr alles zu bewilligen, was sie nur fordern würde!

Jana stand auf, strich mit einer müden Geste die Haare hinter die Ohren und beugte sich über die Rollen. Sie breitete sie aus und bedeutete dem Tiger, um den Tisch herumzukommen, denn die widerspenstigen Papiere wollten nicht liegen bleiben.

Heimlich in sich hineinlachend, kam er ihrer gedankenlos energischen, schulmeisterhaften Handbewegung nach.

»Es geht um die Aufmerksamkeit«, erklärte Jana fest.

»Sicher, die Unterrichtsstunden am Strand sind für die Kinder sehr vergnüglich, aber für mich ist es ungeheuer anstrengend, ihnen das *ABC* beizubringen, wenn sie ständig durch irgendetwas abgelenkt werden und ich von vorne beginnen muss. Sei es nun durch Drachen, Seemöwen, reife Datteln, die uns auf die Köpfe fallen oder besorgte Mütter, die unbedingt erkunden wollen, was ihre Sprösslinge treiben. Und da habe ich mir gedacht ...« Jana schob die noch immer widerspenstige Rolle mehr der Mitte des Tisches zu, was allerdings kein Resultat brachte und Sandokan deshalb jetzt beide Hände hilfreich zur Verfügung stellte.

»Wenn ich dich recht verstehe, möchtest du ein eigenes Schulhaus errichtet haben?«, fragte er – gespannt auf die ersehnte Antwort lauernd.

Zu seiner anfänglichen Enttäuschung verneinte sie und deutete auf das sich ständig zusammenrollende Papier.

»Es ist kein neues Gebäude vonnöten«, gab sie an. »Ich habe an einen Umbau meiner Hütte gedacht. Sie liegt abgelegen und wäre der ideale Platz für den Unterricht.« Sie deutete auf den Papieren nach hier und dort, sah ihn an, und ihre Hände berührten sich bei dem Bemühen, die Rollen am Zusammenwickeln zu hindern. Kurz entschlossen nahm er die eigenwilligen Papiere samt Janas Hand und zog sie herab auf den weichen Teppich.

»Ja, so geht es«, sagte Jana ernsthaft, sich der Intimität der Situation nicht bewusst werdend, und kniete sich ohne weiteres neben den Tiger, der sich, einem plötzlichen jugendlichen Übermut folgend, bäuchlings auf den Boden warf und so die von ihrer Hand gezeichneten Pläne studierte. »Hier könnte man eine Wand entfernen und den Raum vergrößern«, erläuterte sie. »Und hier«, sie zeichnete mit dem Finger eine Linie nach, »könnte man einen Vorhang vor meinem Bett aufhängen.«

In dem Eifer, der sie erfasste, lebte Jana auf.

Und nicht nur sie! Was sie Sandokan hier vorschlug, waren genau seine Pläne gewesen, als er ihr ausgerechnet das abgelegene Haus überließ und damit die Inselbewohner verwirrte. Aber das sagte er ihr nicht, sondern gab vor, dies wäre allein ihre Idee. Gemeinsam beugten sie sich über die Zeichnungen.

»Ist es möglich?«, fragte Jana besorgt.

»Aber sicher«, antwortete er und neigte sich tiefer über die wiederauferstandenen Pläne. Ihm war zumute, als würde seine geliebte Marianna hier neben ihm auf dem Boden hocken und sie ihm erläutern.

Einträchtig besprachen sie den Umbau der Hütte. Jana vergaß sogar zeitweise ...

Yoritomo hatte genug gesehen. Oder glaubte es zumindest. Zornbebend und mit einem dumpfen Schmerz in der Brust wandte er sich von der um einen winzigen Spalt geöffneten Tür ab.

Aufatmend nahm Sandokan eine aufrechte Position ein und überkreuzte die langen Beine.

Jana überflog mit einem letzten zufriedenen Blick die Zeichnungen, bevor sie diese zusammenlegte und ihn erwartungsvoll ansah.

Er nickte. »Ich werde gleich morgen einige Männer mit dem Umbau beauftragen, das heißt«, gedankenvoll stützte er das bärtige Kinn auf eine Faust, »wenn genügend Zeit vor dem Fest bleibt.«

»Ein Fest? Was wird gefeiert?«, fragte Jana verblüfft.

Und er antwortete ebenso erstaunt:

»Ja, hat dir niemand von dem alljährlichen Blütenfest berichtet? Es findet jedes Jahr statt, bevor der Monsun eintritt. Wir erfreuen uns noch einmal an der Blütenpracht, bevor der Regen alles vergehen lässt, und besänftigen die Seelen. Es wird Opferrituale geben, Tänze ..., eigentlich habe ich erwartet, Tinuha würde dir von alledem erzählen,« unterbrach er sich leicht schmunzelnd, »denn das Fest wurde im Laufe der Zeit den Religionen der verschiedenen Inselvölker angeglichen und läuft im Grunde nur noch auf eines hinaus, nämlich, dass junge Leute zueinander finden und sich vielleicht noch vor der Regenzeit verheiraten. Der Regen dauert sehr lange, und die meisten Menschen sind wochenlang an die Häuser und Hütten gefesselt. Weder die Fischer noch die Perlentaucher können hinausfahren.«

Jana hörte mit offenem Mund zu. Jetzt schüttelte sie den Kopf und meinte traurig: »Ich weiß noch nicht allzu viel von den Gebräuchen und Ritualen hier. Auf Cleary verbot man sogar die Beschwörungszermonien der Arbeiter. Und mit Tinuha habe ich schon lange nicht mehr gesprochen. Sie weicht mir aus. Aber ich verstehe sie. Es ist allein meine Schuld, dass unsere wunderbare Freundschaft auseinander brach.« Sie sah mutlos zu ihm auf. »Was kann ich nur tun? Ich war so egoistisch, dass ich nicht gemerkt habe, wie sie leidet!«

Der Tiger antwortete nicht sofort. Geschmeidig erhob er sich jetzt von dem weichen Teppich und reichte ihr die Hand, um sie hochzuziehen. Er hielt ihre Hand fest, als sie vor ihm stand, und sah ihr tief in die Augen.

»Mache dir keine Gedanken«, sagte er ernst. »Die Zeit heilt zwar nicht alle Wunden, doch sie verschließt sie zumindest. Eure Freundschaft und das Glück der Prinzessin werden zurückkehren, spätestens auf dem Fest. Das verspreche ich dir, und ich hoffe, du glaubst mir.«

Nach einer Weile nickte sie.

»Wenn du es sagst, wird es so sein.«

Etwas unruhig sah sie sich um. »Ich gehe nun lieber. Ich möchte Yoritomo keineswegs begegnen. – Jedenfalls noch nicht«, setzte sie mit zaghaftem Lächeln hinzu. »Wenigstens bis zum Blütenfest.«

Es war in den letzten beiden Stunden eine solch innige Vertrautheit zwischen ihr und dem Tiger entstanden, dass Jana überhaupt nicht merkte, wie sie ebenfalls in das formlose *Du* überging. Ihr war, als würde sie den ruhigen Mann schon ewig kennen. Sandokan registrierte diese Veränderung mit Freuden und äußerte sich nicht dazu. Er sagte nur bedächtig:

»Er bedauert sehr, was geschehen ist. Meiner Meinung nach hat er sich selbst genug bestraft. Er kennt sich mit der Liebe nicht aus. Er versteht sie einfach noch nicht. Sein Leben bestand immer nur aus Kampf und Selbstbeherrschung – und dann begegnete er dir.« Er lachte leise auf. »Da ist die Welt unseres Freundes vermutlich gewaltig aus den Fugen geraten. Wie würde Pierre wahrscheinlich sagen ›faux chemin d'amour‹ – oder etwas Ähnliches dieser Art. Leider bin ich der französischen Sprache nicht sehr mächtig. Komm, ich werde dich diesmal zu deiner Hütte begleiten. So können wir uns noch ein wenig unterhalten.«

»Erzählst du mir etwas darüber, wer vorher dort gelebt hat? Ich finde es merkwürdig, weil sie so abseits steht. Und wenn ich jemanden frage, weicht man mir aus. Warum?«

Sandokan zögerte, seufzte schließlich und nickte. Er zog sie zur Tür.

»Nun gut. Du hast das Recht dazu, diese unrühmliche Geschichte zu erfahren. Ich werde sie dir auf dem Weg dorthin erklären.«

Sie gingen hinaus, überquerten die Terrasse und stiegen hintereinander die Stufen hinab. Das fahle Licht des fast vollen

Mondes spiegelte sich auf der gekräuselten Wasseroberfläche. Die Dschunke und die *Shimabara* schaukelten leicht und schienen wie von unsichtbaren Lichtern angestrahlt. Aus den Häusern und Hütten im Dschungel von oberhalb des Strandes drang kein einziger Laut. Nur die kleinen Wellen zu ihren Füßen plätscherten leise, als sie nun Seite an Seite, den ausgespannten Fischernetzen ausweichend, am Ufer entlangschlenderten und schweigend die laue, sternenfunkelnde Inselnacht genossen.

Plötzlich stolperte Jana über eines der Seile, an denen die langen schmale Boote vertäut waren.

Rasch griff Sandokan zu und bewahrte sie vor einem Sturz. Er zog sie nahe zu sich und sah ihr dabei in die Augen.

»Danke«, stammelte sie erschrocken. »Ich habe die Seile nicht gesehen.«

»Ich hätte darauf achten müssen«, sagte Sandokan ruhig und gab sie frei, ergriff aber fest ihre Hand, und sie gingen weiter. Sie bemerkten Yoritomo nicht, der sie verfolgte, zwischen den Bäumen stehen blieb und sie mit brennenden Augen beobachtete. Schließlich drehte er sich um und machte sich auf zu einem langen Fußmarsch durch die düsteren Mangrovenwälder, die niemals ein Europäer mit Ausnahme von Pierre Evereux betreten würde, hinüber zur anderen Seite der Insel.

»Was ist nun mit der Hütte?«, fragte Jana und brach das auf ihnen lastende, eigenartige Schweigen.

Der Tiger informierte sie nun ohne Zögern: »Dort lebte für kurze Zeit eine Frau, die wir mit anderen Sklaven von einem Schiff befreiten. Sie war jedoch keine Sklavin, sondern die Geliebte des Kapitäns, wie sich erst später herausstellte. Sie bat uns inständig, sie mitzunehmen, da sie vorgeblich geschunden wurde. Hätten wir geahnt, welchen Unfrieden sie hier stiften würde, hätten wir ihr gleich von Anfang an nicht die Wahl gelassen und sie in das Frauendorf gebracht, wo sie hingehörte. Das beschlossen wir jedoch erst, nachdem sich die Klagen häuften, sie würde verheirateten Männern nachstellen. Damit brach sie eines der ungeschriebenen Gesetze, die den Frieden Mompracems erhalten. Zuerst versuchten wir es im Guten, weil es hier einen Mann gab, der für sie bürgte. Wir errichteten ihr eine Hütte etwas abseits, da keine Familie sie in ihrer Nachbarschaft duldete. Leider änderte sich damit nichts.«

»Ihr Name war ... Rajina?«, fragte Jana leise.

Sandokan blieb stehen und sah erstaunt auf sie nieder.

»Du weißt es?«

Jana nickte und blieb notgedrungen ebenfalls stehen. Tinuha hatte es ihr erzählt. Sie verspürte einen schmerzhaften, eifersüchtigen Stich in der Brust.

»Sie war Yoritomos Geliebte, nicht wahr?«

Er suchte einen Moment nach Worten. Dann erklärte er vorsichtig, wobei er den Weg fortsetzte:

»Ich denke, er betrachtete das Arrangement einfach nur von der praktischen Seite, denn er besucht ungern das Dorf im Norden. Aber das ist vorbei. Es war schon vorbei, ehe du kamst. Du brauchst dir wegen Rajina keine Sorgen zu bereiten. Es ist ihr verboten, Mompracem zu betreten.«

»Habt ihr nicht die Befürchtung, sie könnte alles verraten? Es wäre doch nahe liegend, da so viele fremde Männer die Insel besuchen«, meinte Jana besorgt.

Die Antwort des Tigers klang hart und endgültig:

»Sie weiß wie alle anderen, dass die Strafe nur der Tod ist.«

Sie wandten sich jetzt vom Ufer ab und gingen den Strand hinauf, wo sie den Pfad zwischen den Bäumen betraten, der zu Janas Hütte führte.

»Ich möchte noch immer, dass du irgendwann einmal dorthin gehst und mit den Frauen sprichst. Sei nochmals versichert, dass jede einzelne sich freiwillig dort befindet. Die meisten von ihnen wären längst geschändet und verstümmelt in irgendeiner

Gasse gestorben, hätten meine Leute sie nicht dort fortgeholt. Ich will, dass du glaubst, dass es diesen Frauen gut geht.«

»Ich will es versuchen«, sagte Jana zweifelnd.

»Das genügt vorerst«, meinte er, und sie gingen den Rest des Weges, ein jeder in seine Gedanken versunken, bis zur Hütte. Vor der Tür drehte Jana ihm das Gesicht zu.

»Gute Nacht.«

Aber der Tiger schüttelte den Kopf und hielt ihre Hand fest.

»Möchtest du nicht doch über dich und Pierce reden?«

»Nein.«

»Liebst du ihn?«, gab er nicht auf und musterte sie eindringlich.

Jana wollte sich unwillig abwenden, doch er ließ es nicht zu. Es verlangte ihn danach, wenigstens Klarheit darüber zu erlangen, wie sie zu seinem besten Kämpfer stand. Er musste es erfahren – auch um seines eigenen Seelenfriedens willen ...!

»Ich weiß es nicht mehr!«, brach es aus ihr heraus, und es klang verzweifelt. »Ich weiß nicht einmal, was ich noch denken soll! In der einen Minute habe ich das Gefühl, auf Wolken zu schweben, in der anderen bezichtigt er mich des Verrats, und ich stürze in einen bodenlosen Abgrund!«

»Willst du mir nicht sagen, wie ihr euch kennen lerntet? Was auf Cleary geschehen ist?« Sandokan fragte dies, weil er spürte, wie sie sich ihm öffnete. Dass sie Willens war, ihm ein wenig von der Last mitzuteilen, die sie mit sich herumtrug.

»Er gab mir das Medaillon an jenem Abend«, begann Jana zögernd, »und versprach, meine Freunde und mich bald von Cleary fortzuholen. Falls Gefahr drohte, noch eher. Am nächsten Morgen belauschte ich ein Gespräch zwischen Edmond und einem indischen Colonel. Jemand hatte Yoritomo auf dem Ball erkannt. – Aber diese Geschichte kennst du doch bereits von Koah.« Sie sah ihn forschend an.

»Ich möchte sie von dir hören«, verlangte Sandokan ruhig.

Jana seufzte und betrachtete die im Mondlicht glänzenden Nägel ihrer Zehen.

»Ich wollte ihn doch irgendwie warnen«, schilderte sie stockend. »Was sollte ich tun? Ich habe seinem Schwur geglaubt und dachte, er liebt mich. Ich konnte nicht zulassen, dass er sich in Gefahr begibt, nur um mich von Cleary fortzuholen, nachdem Edmond meine Ehe mit Norman Will beschlossen hatte. Tinuhas und mein Plan war, ihm dieses erst mitzuteilen, wenn die Soldaten von Cleary abgezogen waren. Erst dann sollte er uns holen. Gefahrlos für ihn und seine Männer.«

Sandokan rieb sich nachdenklich das Kinn. »Eine ziemlich verworrene Geschichte.«

»*Er* hat sie erst dazu gemacht!«, regte Jana sich auf. »Mit seinen dummen Anschuldigungen und verrückten Vermutungen! Wie habe ich auf dem Weg nach Sarawak gebetet, die Kutsche würde angehalten und er brächte mich, wie versprochen, nach Mompracem! Doch er kam nicht«, sagte sie verbittert. »Niemand kam mir zu Hilfe! Ich war diesem widerlichen Kerl ausgeliefert! Als dann plötzlich Koah auf dem Schiff dastand, dachte ich, ich wäre gestorben und träumte nur.«

»Und was war nun mit dem Medaillon? Es ist ein besonderes Stück, das seiner Familie gehörte. Er gab es vorher noch niemals aus der Hand.«

Jana wandte sich müde ab. Resigniert zuckte sie die Schultern und antwortete:

»Ich habe nicht die leiseste Ahnung, wie es in Anabells Besitz gelangen konnte. Ich überließ es Koah zusammen mit anderen Schmuckstücken, die ich vor Edmond verborgen hielt. Es gelang mir nicht mehr, in den Dienstbotentrakt zu kommen und es zu holen. Aber es wäre dann ohnehin Norman Will in die Hände gefallen. – Ich möchte mich jetzt zurückziehen. Ich will darüber nachdenken, wie es weitergehen soll.« Sie versuchte ein schiefes Lächeln. »Gute Nacht.«

»Es wird sich alles zum Guten wenden. In drei Tagen ist das Blütenfest. Bis dahin solltest du dich entschieden haben, ob du einem Narren verzeihen kannst«, lächelte Sandokan, wandte sich ab und schritt den Pfad zurück. Jana sah ihm hinterher und fühlte sich mit einem Mal ein wenig erlöst.

»Tinuha!«

Beinahe schluchzend vor Freude und Überraschung sprang Jana von ihrem Bett, wo sie den Unterrichtsplan für die kommende Woche zusammenstellte. Sie warf die Zettel mit den Notizen auf die Decke, rannte quer durch den mittlerweile vergrößerten Raum zur Tür und wollte die mit einem umfangreichen Kleiderpaket bepackte, lange entbehrte Freundin umarmen. Im letzten Moment stockte sie, und ihre Arme fielen schlaff an den Seiten herunter.

Tinuha lächelte undurchschaubar und hob das Bündel ein wenig an.

»Das hier schickt dir Sandokan.«

Sie legte es auf den Tisch.

»Tinuha, ich ...«

Die Malaiin wandte sich ihr zu, legte einen Arm um ihre Schulter.

»Es ist alles gut, Jana«, sagte sie schlicht.

Überwältigt umschlang Jana die Taille der Freundin und barg ihr Gesicht an deren Schulter. »Wie habe ich dich vermisst«, schluckte sie. »Verzeih mir – kannst du mir verzeihen?«

Auch Tinuha kämpfte mit den Tränen.

»Zwischen Freundinnen gibt es nichts zu verzeihen. Auch ich sollte Abbitte leisten. Ich habe dich allein gelassen, als du meine Hilfe brauchtest.«

Jana protestierte, und so lagen sich die Mädchen schließlich in den Armen, schluchzten, lachten und versicherten sich immer wieder gegenseitig ihrer Freundschaft!

Nach einer Weile löste sich Tinuha aus den Armen der wieder gefundenen Freundin und deutete mit der einen Hand auf das Bündel, das sie mitgebracht hatte. Mit der anderen rieb sie sich die verweinten Augen. »Sandokan hat sie für dich ausgesucht. Für das Fest heute Abend«, schniefte sie.

Jana begutachtete selig die drei malaiischen Kleider, die das Bündel enthielt. Alle waren sie aus feinstem leichten Stoff und aufwendig mit Gold- und Silberfäden bestickt: das rote Kleid mit kleinen bunten Vögeln, so kunstvoll, dass man annahm, sie schwängen sich jeden Moment in die Lüfte; ein mitternachtblaues Kleid, welches durch die silberfarbenen Tröpfchen darauf einem Sternenhimmel glich und ein türkis schimmerndes Seidengewand, dessen Farben sich zauberhaft bei jeder Bewegung veränderten.

»Sie sind alle wunderschön«, murmelte sie hilflos und entschied sich keinesfalls leichten Herzens für das nachtblaue. Woraufhin Tinuha verwundert auflachte und ein kleines Ledersäckchen hervorzauberte, das sie Jana mit den Worten übergab: »Es ist mir rätselhaft, woher der Tiger das wusste. Er sagte, du würdest dieses Kleid wählen, und schickt dir dies als kleinen Trost für den Verlust deines Schmuckes.«

Voller Neugierde entknotete Jana das Bändchen und schüttete den Inhalt in die hohle Hand. Anschließend beugten sich die beiden andächtig über die blitzenden, diamantgefassten Ohrgehänge mit einem Topas in der Mitte.

»Ein Piratenschatz«, scherzte Tinuha und fragte bittend:

»Soll ich dir beim Ankleiden helfen?«

Jana zögerte, sah abwechselnd auf das wunderschöne Kleid und auf den Schmuck. »Ich weiß doch gar nicht, ob ich an dem Fest teilnehme.«

In nahezu heftiger Empörung fuhr Tinuha auf:

»Aber natürlich wirst du! Alle nehmen daran teil!«

Bedrückt schüttelte Jana den Kopf.

»Ich verstehe nichts von solchen Festen. Ich hörte, es sei eher ... für ... verliebte Paare.«

»Komm her.« Tinuha setzte sich auf einen Stuhl. »Ich werde dir etwas über das Fest erzählen, willst du?«

Erfreut bemerkte Tinuha den gespannten Ausdruck im Gesicht Janas, als diese nickte und brav, wie einer ihrer Schüler, die Hände im Schoß faltete.

»Hast du dir schon einmal Gedanken darüber gemacht, wie viele Rassen und damit auch Religionen sich hier auf Mompracem zusammengefunden haben?«, begann sie, und Jana sah sie mit großen Augen an und schüttelte den Kopf. »Feste sind die Grundlage einer jeden Gemeinschaft«, fuhr Tinuha fort, »und alle damit verbundenen Traditionen der verschiedenen Stämme zusammenzubringen war keine leichte Aufgabe für Sandokan. Er selbst ist ursprünglich Moslem und einige der Dajaken auch, aber da sind noch die Buddhisten, die Hindi und, nicht zu vergessen, die Naturvölker von den kleinen Inseln, die an Baumgötter und andere mythische Figuren glauben. Koah und ich beten zu der dreigeteilten Gottheit, Brahma, Schiwa und Wischnu, wie du weißt, und so hat jeder von uns seine eigene Ansicht vom Leben und Sterben. Denke nicht, du wärst die einzige Christin auf der Insel. Einige Frauen auf der anderen Seite sind ebenfalls Getaufte. Nun – es ist dem Tiger also im Laufe der Zeit gelungen, ein Fest auszurichten, das jedem und allem gerecht wird. So sind zum Beispiel die Männer der Buschleute aus Java letzte Nacht in den Dschungel gezogen und haben mystische Pflanzen gepflückt, die in traditionellen Riten verbrannt werden, andere werden Tieropfer darbringen. Es werden verschiedene Tänze und Gesänge folgen. Aber eine Gemeinsamkeit hat das Fest, wir alle begrüßen die Ankunft der Regenzeit und feiern damit auch die Wiedergeburt allen Lebens nach und durch den Regen. Deshalb schmücken wir uns mit Blüten, essen und trinken gemeinsam die ganze Nacht hindurch. Und zum Abschluss wird den

Frauen und Mädchen die Wahl des Mannes überlassen, mit dem sie diese Nacht und vielleicht auch ihr weiteres Leben verbringen werden. Dazu haben sie in den letzten Tagen Kränze hergestellt, die sie dem Mann ihrer Wahl heute Morgen vor die Türen legen. Wenn er sich einverstanden erklärt, wird er es damit bezeigen, indem er diesen Schmuck heute Abend trägt.«

Die englische Freundin fand das alles höchst erstaunlich und bewundernswert. Nach einer Weile fragte sie leicht verschmitzt:

»Und du? Hast du für Pierre einen solchen Kranz geflochten?«

Lange Wimpern senkten sich verlegen über die dunklen Augen und warfen lange Schatten auf rötlich angehauchte Wangen.

»Nein.«

Jana legte ihr eine Hand auf die Schulter und meinte scherzhaft, doch sehr unüberlegt, wie ihr sofort klar wurde:

»Wir beide werden sicher die einzigen alten Jungfern ... oh, mein Gott! Tinuha ..., was habe ich schon wieder gesagt ..., ich ... ich ...«

Tinuha sah auf und lächelte tapfer.

»Es ist schon gut, Jana. Es ist schon gut. Was geschehen ist, ist geschehen. Wie es scheint, sind uns beiden im Moment die Götter nicht gesonnen. Ich hörte, Yoritomo ist seit drei Tagen bei ... in ... bei Pierre.«

»Sprich es ruhig aus«, meinte Jana bitter und erhob sich. »Er ist in dem Dorf. Sicher bei dieser Rajina.« Unvermittelt schlug sie die Hände vors Gesicht. »Es ist vorbei«, flüsterte sie gequält. »Ich muss mich damit abfinden, dass es vorbei ist, noch ehe es begonnen hat. Alle Träume, alle Hoffnungen ... Ich frage mich nur, was ich hier verloren habe.« Und dann brach es aus ihr heraus: »Was soll ich hier auf Mompracem tun? Ich gehöre nicht hierher. Am liebsten würde ich nach Cleary zurückkehren und mich meinem Schicksal fügen, wenn Edmond mir einen neuen Ehemann bestimmt!«

Bis ins Mark getroffen, sprang Tinuha auf die Füße und umarmte sie erschüttert! »So darfst du nicht reden, Jana! Alle hier lieben dich! Hast du das denn nicht bemerkt? Man spricht mit Respekt von dir, weil du den Kindern etwas beibringst. Sandokan sagt, die Bildung der Kinder ist die Tür zu einem neuen Malaysia, und du bist der Schlüssel dazu.« Verblüfft ließ Jana die Hände sinken.

»Das ist seine Meinung?«

»Aber ja!«, rief Tinuha eifrig aus. »Du wirst gebraucht. Und niemand würde je zulassen, dass dir ein Leid geschieht. Komm, wir wollen uns auf das Fest vorbereiten. Wer weiß? Vielleicht wendet sich noch heute Nacht unser Geschick zum Guten. Bisher ist vor dem großen Regen noch immer aller Missklang beseitigt worden.«

Janas Blick glitt in die Ferne.

»Vielleicht. Du hast sicher Recht.« Sie straffte sich und versuchte ein zuversichtliches Auflachen. Dabei nahm sie beide Hände Tinuhas und sagte: »Also, lass uns heute Nacht feiern!«

Die Sonne stieg schon herab und warf ihre restlichen glutroten Schatten über den Urwald, als die beiden jungen Frauen festlich geschmückt, beide in blauen Sarongs und mit leuchtenden Blüten als Haarschmuck, den Strand betraten. Überall brannten bereits Feuer am gesamten Ufer entlang. Aus riesigen Kesseln duftete es verlockend. Riesige Spieße mit jungen Schweinen oder kürzlich erlegtem Wild wurden von Zuckerrohr lutschenden Kindern gedreht, die erwartungsvoll die braunen und schwarzen Augen auf die kommende Nacht richteten, in der sie so lange aufbleiben durften wie sie mochten, oder bis ihnen die Augen zufielen. Auf meterlangen Palm- und Bananenblättern hatte man Fische, Früchte, eingelegte Knospen und andere Köstlichkeiten, welche die Insel den Menschen in Überfluss schenkte, bereitet. Eine große Zahl von Booten und Flößen, mehr als üblich, einige von abenteuerlicher Bauart, schaukelten neben den beiden Schiffen auf den kleinen Wellen. Viele verschiedenstämmige Malaien von den ungezählten winzigen Nachbarinseln ließen sich Jahr für Jahr das große Fest des Tigers von Malaysia nicht entgehen. Mädchen und junge Männer standen in getrennten Gruppen beieinander und sahen teils verlegen, teils verschämt zueinander hin und kicherten, wenn sich die Blicke trafen. Eine Horde kreischender Kinder jagte Giro Batol, den gutmütigen Hünen, den Strand hinauf. Musiker stimmten ihre seltsamen Instrumente nahe bei einem besonders großen, hoch auflodernden Feuer, um das in einem riesigen Kreis Decken, Felle und andere Sitzgelegenheiten ausgebreitet lagen. Dort saßen bereits Sandokan und Pierre, beide in ein angeregtes Gespräch miteinander vertieft.

»Er ist nicht gekommen«, sagte Jana resigniert, nachdem sie ängstlich, doch auch erwartungsvoll den ganzen Strand abgeforscht hatte.

Jetzt entdeckte der Franzose die beiden. Er stieß Sandokan an, welcher sich herumdrehte und winkte. Pierre stand auf und lief ihnen entgegen. Er trug, im Gegensatz zu allen anderen, die festlich gekleidet umherwanderten, seine üblichen, abgeschnittenen Seemannshosen und ein – wie immer – weit über der Brust geöffnetes, heute jedoch weißes Hemd.

»Da kommt Pierre«, bemerkte Tinuha, und Jana verkniff sich ein Lächeln, denn sie hatte den Eindruck, als wolle sich die Freundin hinter ihr verstecken.

Aber Pierre war eben Pierre! In seiner Gegenwart gab es keine Chance, Verlegenheit aufkommen zu lassen, was nicht mit Vergnügen zu tun hatte. Kaum erreichte er sie, ließ er sich noch im Laufen vor ihnen auf die Knie fallen und breitete die Arme aus, als müsse er ein enormes Publikum unterhalten!

»Überwältigt von so viel Schönheit sinke ich vor eure Füße, allein um zu sterben!«, rief er in schmachtendem Ton, der beide

Mädchen zu lautem Gelächter reizte! Gespielt beleidigt erhob er sich, klopfte geziert den Sand von der Hose und reichte höfisch galant jeder Dame einen Arm. Er sah nach rechts, er sah nach links in die lachenden Gesichter und fuhr verschmitzt fort: »Aber noch nicht! Das steht fest.«

Gemeinsam schritten sie über den feinen Sand auf das große Feuer zu, wo Sandokan sich lächelnd erhob. Der Tiger bot einen prächtigen Anblick mit den roten Salwars und der goldbestickten Weste. Zur Feier des Tages trug er einen Turban aus gebrochener roter Seide mit einem Feuer versprühenden Rubin in der Mitte. Er war wirklich ein sehr schöner, kraftvoller Mann und strahlte eine ungeheure Vitalität aus!

Erfreut musterte er erst Tinuha, dann, intensiver, Jana, die ihre Augen in plötzlich aufkommender Beklommenheit senkte und murmelte: »Ich danke dir für die Geschenke, Sandokan.«

»Ich freue mich, dass du an unserem Fest teilnimmst.«

»Sollen wir nicht endlich beginnen, bevor der Monsun uns einholt?«, erkundigte sich Pierre, um dann zu jammern: »Ich bin völlig am Verdursten!«

Sandokan lachte.

»Das können wir natürlich nicht zulassen.«

Er winkte den Musikern, ihr Spiel zu beginnen. Und alle ließen sich fröhlich auf die ausgebreiteten Kissen fallen. Die ersten dumpfen, fast unheimlichen Töne, hervorgelockt durch das Schlagen mit Bambusstöcken auf die Rinden ausgehöhlter Bäume, dröhnten über den Strand und lockten immer mehr Menschen um das große Feuer herum, in das einige Männer noch mehr Holz warfen, damit die Flammen noch höher schlugen. Nacheinander setzten andere Instrumente ein, und bald war die Luft von dem Stakkato merkwürdiger, aufwühlender Töne erfüllt, die sich allmählich zu einem geheimnisvoll stampfenden Rhythmus vereinten! Die Sonne ging in diesem Moment vollends unter. Sie hinterließ lediglich einen schwachen, blutroten

Schein über dem Wasser. Junge Frauen in den verschiedensten Gewändern begannen frohgestimmt und unermüdlich Speisen und Getränke zu verteilen. Einige trugen sogar nur bunte Federn und Ketten aus Tierzähnen! Jana bemühte sich, nicht allzu offensichtlich auf die bemalten, blanken Brüste zu starren, zumal sie sich der beobachtenden Blicke, die ihr galten, durchaus bewusst war. Sie kostete von allem, was ihr angeboten wurde, und fragte bei den meisten Speisen nicht danach, woraus sie bestanden. Auch den Getränken sprach sie eifrig zu. Etwas zu eifrig, denn auch hier fragte sie nicht lange, ob sie Alkohol enthielten oder nicht. Sie stürzte sich hektisch in die aufregende und zugleich süße Spannung der Nacht, beseelt von beunruhigenden Gefühlen, die sie nicht zu deuten wusste ...

Bald schlenderten die ersten Paare auf das Feuer zu. Im wiegenden Rhythmus und im Takt der seltsamen Musik bewegten sie sich aufeinander zu. Noch berührten sie sich nicht, hielten die Hände sittsam hinter dem Rücken verschränkt. Allmählich veränderte sich die Musik, ging in ein erregendes Stakkato über, wie auch der schwarzblaue, samtene Himmel sein Erscheinungsbild neu gestaltete und der volle Mond die Sterne wie Diamanten um sich sammelte. Immer mehr Paare tanzten alsbald um die lodernden Flammen, kamen sich näher, berührten sich mit den Händen, tauschten provozierende Blicke miteinander ...

Mit starrem, fasziniert auf die Tänzer gerichtetem Blick gab Jana eine leere Getränkeschale zurück und trank die neue, die ihr von irgendwoher gereicht wurde, in durstigen Zügen aus. Verwirrt sah sie auf, als sich eine große dunkle Hand auf ihren Arm legte.

Sandokan beugte sich ihr zu und raunte besorgt: »Du solltest etwas vorsichtig sein. Dieses Getränk besteht aus einer Mischung von Blüten und vergorener Kokosmilch. Die Wirkung ist sehr ungewohnt für dich.«

Sie lachte und warf den Kopf herausfordernd in den Nacken, das wunderbare, herrlich erregende Gefühl auskostend, das ihre Glieder prickeln ließ! Trotzdem vernahm der Tiger die leichte Resignation in ihren Worten, als sie antwortete:

»Wenn es mich nur fröhlich macht!«

Er lehnte sich zurück und beobachtete ihr feines Profil, während sie sich wieder dem Geschehen um das Feuer zuwandte. Ihre Augen leuchteten wie im Fieber. Winzige Schweißperlen bildeten sich auf ihrer Stirn. Ihre kleinen, festen Brüste hoben und senkten sich unter heftig ausgestoßenem Atem beim Anblick der windenden Hüften, stampfenden Füße, glänzenden Muskeln und lachenden, erregten Gesichter im Feuerschein. Sandokan verspürte ein Ziehen in seiner Brust. Wenn sie nicht dem besten Freund gehören würde ...

Er verbot sich diesen Gedanken und zwang seinen Blick auf Tinuha und Pierre, die sich soeben, selbstvergessen dem Rhythmus folgend, unter die Tanzenden mischten.

Das Fest nahm seinen Fortgang. Bald wirbelte auch Jana ausgelassen umher – von Pierre und anderen jungen Männern, denen der reichlich fließende Alkohol Mut einflößte – von ihrem Platz an des Tigers Seite emporgerissen! Ihr silberhelles Lachen übertönte fast das orgiastische Hämmern der Instrumente, als Pierre sie plötzlich umfasste und mit einem Schwung hochhob! Wieder warf sie den Kopf herausfordernd in den Nacken, klammerte sich an seine Oberarme! In glänzenden Kaskaden flogen die von Tinuha so mühsam hochgesteckten, längst aufgelösten Locken um ihr lachendes Gesicht. Sie registrierte nicht, wie er sie langsam an seinem Körper heruntergleiten ließ – wie seine Blicke sie feurig verzehrten. Jetzt zog er Tinuha, die an ihnen vorbeiquirlte, mit der anderen Hand zu sich heran, und zu dritt folgten sie, eng umschlungen, dem Crescendo des wilden Rhythmus! Bis Jana sich unter atemlosem Gelächter von den beiden löste.

»Lasst mich ..., ich habe genug ..., lasst mich ...!«

Sie ließ sich neben Sandokan auf die Felle zurückfallen, trank hastig die Schale leer, die ihr sofort wieder gereicht wurde, und schaute aufgelöst dem Treiben rundum weiter zu. Sie ahnte nicht, welches Bild sinnlicher Unschuld sie bot! Unbewusst fuhr sie mit der Zungenspitze über die halbgeöffneten Lippen, um die restlichen Tropfen des süßen Getränks aufzufangen, die auf der geschwungenen Oberlippe glänzten. In ihren dunkelblauen Augen schimmerte ein eigenartiger Glanz.

Diesmal gelang es Sandokan nicht, seinen Blick zu lösen. Und ebenso erging es dem Mann, der vor einer Weile aus dem Dschungel getreten war und sich dem Feuer näherte! Janas Blickwinkel war leicht getrübt. Sie befand sich in einem seltsamen Zustand zwischen Euphorie und Sehnsucht nach etwas, was sie nicht zu deuten wusste. Die fühlbare Erotik, die die Luft um sie herum erfüllte, erschloss sämtliche Sinne, die bisher in ihr verborgen schlummerten! Sie sah Pierre und Tinuha, die ihr beinahe fremd erschienen in ihren wilden, ungebärdigen Bewegungen, als sie miteinander davontanzten ...

... an ihre Stelle trat plötzlich ein der Hölle entstiegener, faszinierender Gott! Ein Dämon des Feuers mit nackten, im Widerschein der Flammen glänzenden Muskeln. Animalisch und erregend begehrenswert, mit langem schwarzen Haar und sprühenden Goldaugen, die ihre Seele versengten! Ja!, schrien sämtliche aufgepeitschten Sinne! Ein Zucken durchschauderte ihren Leib! Ihre Hände hoben sich in stummer Verzauberung zu dem Höllenfürsten auf. Ja! Er würde dieser Nacht den Höhepunkt schenken! Nur er konnte ihr geben, wonach sie so heiß verlangte. Verlangte nach ... wonach ...? Jana blinzelte verwirrt, schüttelte den Kopf, um die rosafarbenen, verzückenden Nebel daraus zu tilgen.

Die Atmosphäre um sie herum lud sich mehr und immer weiter auf! Blitze ekstatischer Spannung schossen in ihr Gehirn, was den Effekt auslöste, dass sie endlich sah, wer da in der Gestalt des sinnlichen Feuergottes vor ihr stand!

Breitbeinig, die Hände auf die schmalen Hüften gestützt, starrte Yoritomo auf sie hinunter. Er trug nichts weiter am Körper als enge dunkle Hosen. Das bronzefarbene Gesicht schien aus Granit gemeißelt, doch seine Augen verglühten in Zorn und Wut! Außerhalb seiner Kontrolle vor rasender Eifersucht und dem sengenden Begehren, das der sinnliche Anblick der aufgelösten, lichtblonden Elfe in ihm auslöste! Und er war betrunken, wie Jana überrascht registrierte. Aber war es nicht gleichgültig? Zählte nicht nur, dass er hier war? Dass ihre Sinne nach ihm verlangten und erwarteten, dass er sie nahm und in den Strudel der Ekstase rundum zog?

Jana sah nur ihn!

Und bemerkte nicht die entgeisterten Blicke, die der Riese Giro Batol dem Tiger zuwarf, der sich langsam, mit vor Zorn verdunkeltem Blick dem Krieger zuwandte. Sie spürte nicht die Fassungslosigkeit, mit welcher die in der Nähe Tanzenden innehielten und herübersahen.

Denn sie alle bemerkten, was Jana in ihrer leidenschaftlichen Forderung, hervorgerufen durch den Alkohol und die ungebändigte erotische Atmosphäre, übersah. Noch immer hoben sich ihre Hände ihm entgegen, bot ihr Gesicht einen entrückten, glücklichen Ausdruck.

Er reichte ihr keinesfalls die Hand. Stattdessen warf er das Kinn hoch und brach in Gelächter aus. In ein bösartiges, zynisches Gelächter, das jeder Freude entbehrte, nur unheilvoll und höhnisch an ihr Ohr schallte. Jäh erwachte sie aus ihrem Traum! In ihrem noch nicht gänzlich geklärten Verstand war sie willens, ihm ihr Herz zu reichen. Ihm zu versichern, dass sie alles verzieh – wenn er sie nur von der süßen Qual befreite, deren Ursprung sie in ihrer Unschuld noch immer nicht deuten konnte. Mit weit geöffneten Augen beobachtete sie fasziniert, wie eine plötzliche Windbö Funken aus dem Feuer hochsteigen ließ und ihm das lange Haar ins Gesicht peitschte, das er unwillig, geradezu gebieterisch über die breite Schulter zurückwarf.

Janas Hand sank wie gefällt herab. Ihr Verstand weigerte sich zu begreifen, was die Augen Ungeheuerliches mitteilten:

Eine weibliche Hand schob sich von hinten über Yoritomos schweißglänzende, gespannte Brust! Die braunen Finger streichelten mit langen Nägeln abwechselnd die dunklen Brustwarzen, um dann in aufreizender Langsamkeit und schamloser Obszönität hinunter zu seinen Lenden zu gleiten ...

Die unbeschreibliche Szene ging vor aller Augen weiter:

Der Hand folgte der sich schlangenartig um den reglosen Mann herumwindende Leib einer schönen dunklen Frau, die sich im Rhythmus der langsam ersterbenden Musik an ihn schmiegte. Es schien ihm zu gefallen. Er ließ dieses Schauspiel diabolisch grinsend zu und erhob keine Einwände, als sich das nackte Bein der Frau nun um seine Schenkel schlang und sie sich mit unzweideutigen Gesten an ihm rieb!

Was Jana jedoch letzten Endes mit einem Schlag fast ernüchterte und maßlose Wut in ihr auslöste – war der Blick aus den schwarzen Augen der Frau, den diese ihr, Juliana Sinclair, zuwarf. Dabei schnellte deren Zunge heraus und glitt betont langsam über die pulsierenden Aderstränge unterhalb seiner Halsbeuge! Diese Augen, die in bösartigem Triumph auf sie herabgerichtet waren, ließen sie sich erheben und jegliche gebotene Vorsicht und die gefährliche Warnung ignorieren, die ihr aus der Miene des Kriegers entgegensprang. Schmerz und Zorn nahmen ihr den Atem, beraubten sie jeden vernünftigen Gedankens. Einen winzigen Augenblick lang forschte sie in seinen Zügen, gewaltsam nach einem Zeichen suchend, welches erkennen ließ, dass es sich hierbei um einen makaberen Scherz handelte. Vergebens. Mühsam um Haltung ringend, wandte sie sich ab, um diesem demütigenden Theaterstück zu entfliehen ..., da geschah es!

Mit einer einzigen blitzschnellen Bewegung griff Yoritomo, der ihre Absicht erriet, nach ihr und schüttelte gleichzeitig mit einem heftigen Ruck die andere Frau von sich ab.

Jana sah gerade noch Sandokan wütend aufspringen, da fühlte sie sich brutal an den Armen gepackt, herumgewirbelt und so gnadenlos an eine nackte, felsenharte Brust gepresst, dass es ihr noch einmal den Atem verschlug. Sein loderndes Gesicht berührte fast ihres mit den schreckensweit aufgerissenen Augen!

Die Musik verstummte! Einige Männer machten Anstalten, sich auf Yoritomo zu stürzen, wurden aber von einer Handbewegung des Tigers zurückgehalten. Noch erlaubte dieser sich die Position des zornigen Beobachters, unschlüssig, ob ihm das Recht zum Eingreifen zustand.

Bevor Rajina sich wieder in Szene setzen konnte, wurde sie von aufgebrachten Frauen zurückgedrängt. Tobend und kreischend setzte sie sich zur Wehr, schlug wie eine Wahnsinnige um sich und schrie, in hysterisches Gelächter ausbrechend, während sie fortgeführt wurde, über die Schulter zurück: »Lasst mich los, ihr verfluchten ..., er gehört mir! Mir, hört ihr? Ich bin seine Frau! Er gehört mir ...!«

Jana versuchte seinem alkoholisiertem, nach scharfem Rum riechenden Atem auszuweichen. Aber sein eiserner Griff umklammerte ihre Handgelenke und zwang sie, ihn anzusehen!

Unheilvolle Spannung senkte sich über das vor wenigen Minuten noch ausgelassene Geschehen! Nur die Äste im Feuer knackten und knisterten.

Sie blickten sich an und rangen lautlos mit- und gegeneinander; bestritten ahnungslos jenen heimlichen Kampf, der seit Anbeginn der Zeit zwischen Mann und Frau ausgefochten wurde! Jana spürte nicht mehr den Schmerz in ihren Gelenken, die er noch immer umklammerte. Vielleicht löste er auch die verkrampften Hände ein wenig. Fassungslos gestand sie sich ein, dass er ihr niemals grausamer und ... begehrenswerter erschienen war! Bezeichnungen wie – fremd – gewalttätig – unergründlich – wirbelten durch ihren Kopf. Begann nicht der aufreizende Zynismus um seine Mundwinkel nachzulassen? Doch dann zerstörte der Mann in einem Herzschlag alles, was sich hätte vereinigen können ...

– Wieder rollten die Würfel der Götter, und der Wurf Schiwas, des alles Vernichtenden, übertrumpfte die Augenzahl des Wischnu, des alles wieder Zusammenfügenden –

Seine funkelnden Augen verengten sich zu schmalen Schlitzen, und von seinen sinnlichen Lippen floss es höhnisch und gehässig:

»Ah, die hochwohlgeborene weiße Lady! Das gefällt Ihnen doch, Madame, nicht wahr?« Und er neigte sich ihr noch näher zu, bis seine Lippen fast ihren bebenden Mund berührten: »Ich weiß es, denn ich habe dich beobachtet, als du dich wie eine läufige Hündin aufführtest. Wo sind denn deine Blüten für mich? Oder willst du mich etwa auslassen?« Über ihrem Mund flüsterte er rau weiter: »Komm mit mir zur Höhle. Du kennst sie ja gut.«

Der Kreis um die beiden schloss sich enger. Empörtes Gemurmel brandete auf. Wieder war es Sandokan, der zur Zurückhaltung mahnte, obwohl seine Hand bereits unauffällig zu dem Griff des edelsteinbesetzten Kris am breiten Gürtel seiner Salwars fuhr.

Jana begann am ganzen Leib zu zittern! Ungläubigkeit und lodernde Wut rasten erneut durch sie hindurch und erteilten den Impuls zu einem womöglich tödlichen Fehler! Der furchtbare Schmerz einer vor allen Menschen gedemütigten Frau erstickte jegliche Vernunft – als sie jetzt hochmütig den Kopf in den Nacken warf und dem justament gefährlichsten Mann Mompracems mit eisiger, vor Verachtung triefender Stimme Paroli bot:

»So ist es. Doch leider konnte ich dir meine Gabe nicht vor die Tür legen, denn zum Ersten warst du nicht da und zum Zweiten ...«, eine neuerliche Woge blinden Zorns überrollte sie und machte sie sekundenlang – Sekunden, die über ihr Leben oder ihren Tod entscheiden sollten – blicklos für das alarmierende Aufglühen in den Augen des Kriegers, »... sind mir die Glasperlen ausgegangen, welche ich in solchen Fällen für Wilde und Barbaren bereithalte!«

Er stieß sie, wie vom Blitz getroffen, von sich. Sie taumelte zurück, und das brachte sie halbwegs zur Besinnung. Aschfahl im Gesicht beobachtete sie, wie seine Hand zu der Stelle hinzuckte, an der er sein Schwert vermutete. Seine Faust schloss und verkrampfte sich. Das Gesicht entstellte sich zu einer Maske blinder Wut. Die Kiefer mahlten aufeinander, und die jetzt gelbgrünen Augen verschossen höllische Blitze. Die Faust holte zu einem alles zerstörenden Hieb aus ..., der Kris an seiner hämmernden Halsschlagader ließ sie in der Luft erzittern ...!

»Das ... das wollte ... ich ... nicht ..., nein ... Nein!«

Mit diesem entsetzlichen Aufschrei wirbelte Jana herum und floh, die Hände vor den Mund pressend, davon – das grausige Bild vor Augen, wie der Tiger von Malaysia seinem besten Freund den Dolch an den Hals hielt! Meine Schuld!, hämmerte ihr tief verwundetes Herz! Durch meine Schuld wird die Eintracht auf Mompracem zerstört! Wenn Sandokan ihn meinetwegen tötet, stoße ich mir denselben Dolch eigenhändig ins Herz!

Sie sah nicht mehr, wie Yoritomos Kopf herumruckte, ungeachtet der blutigen Spur, welche die Spitze des Kris über die Kehle schrammte! Und auch nicht, wie sich, zornsprühend, goldene und braune Augen ineinander bohrten! Eine weitere, heftige Bö ließ die Haare der Männer sich ineinander verfangen.

»Sie gehört mir!«, zischte er durch die Zähne.

»Sie gehört dir«, bestätigte Sandokan, und die Umstehenden zuckten, ungläubig über das Schauspiel, das sich ihnen bot, und die Worte des Tigers zusammen! »Sie gehört dir ..., doch du bist des Todes, wenn du ihr auch nur ein Haar krümmst.«

»Sie ist meine Angelegenheit – Freund!«, spuckte Yoritomo wütend aus. Gottlob formten sich in seinem Kopf vage Bedenken, Mutmaßungen über Janas Tugend keinesfalls noch einmal anzusprechen. Es drängte ihn, ihr nachzustürzen und sich mit Gewalt zu nehmen, was andere höchstwahrscheinlich vor ihm gekostet hatten. Wie schön sie eben gewesen ist. Welche Sinnlichkeit – welch ein Mut ... Welch eine Leidenschaft. Solche Leidenschaft kann nicht von ungefähr kommen. Sie, die Engländerin um Gnade betteln zu lassen, war – so glaubte er – das Einzige, was diesen fürchterlichen Schmerz in seiner Brust noch lindern konnte! Dann würde er es genau wissen. Dann würde er wissen, ob Rajina die Wahrheit sprach am frühen Nachmittag ..., als er, sinnlos betrunken, versuchte mit ihr zu schlafen und sie ihn wegen seiner Unfähigkeit verspottete. Er würde nur an die blonde Hure denken, hatte sie ihm Hohn lachend ins Gesicht geschleudert! Er hatte sie ergriffen und den ganzen Weg quer durch den Busch hierhergeschleift. Wenn Rajina nicht log, würde er die Engländerin anschließend, wenn er mit ihr fertig war, wie einen Lumpen vor die Füße des Tigers schleudern.

»Bleib!«, peitschte die Stimme des Tigers an sein Ohr, als er Anstalten machte, ihr nachzusetzen.

»Nein!« Er schüttelte die Hand ab und hetzte los, ehe ihn irgendjemand aufhalten konnte.

Blindlings schlug Jana den Weg zum Felsen-See ein. Sie rannte, bis ihre Lungen zu bersten drohten und sie vor Tränen kaum mehr den mondbeschienenen Pfad zu erkennen vermochte! Am Ufer verhielt sie endlich. Mit jagendem Puls legte sie die heiße Stirn an die raue Rinde eines Baumstammes und weinte lautlos – nichts ahnend von der Katastrophe, die sich mit weit ausgreifenden Schritten näherte. Als sie das Geräusch brechender Äste vernahm, war es bereits zu spät.

Von unbarmherzigen Händen herumgerissen, starrte sie schreckensbleich in seine bösartig lächelnde Miene. Ihr zarter Kiefer drohte zu zerbrechen unter den stählernen Fingern, die ihn umspannten und ihr Gesicht in die Höhe zwangen. Die andere Hand fing ihre kleinen, sich gegen die eiserne, schweißnasse Brust stemmenden Fäuste ein. Sanft – zu sanft, raunte er:

»Hast du geglaubt, du könntest mir entkommen?«

Er gab ihren schmerzenden Kiefer frei, bewegte sich jedoch keinen Deut zurück. Er war so übermächtig, dass Jana seine faszinierend maskuline Ausstrahlung förmlich zu schmecken glaubte. Unvermittelt wich ihre erschrockene Furcht einer ungeheuren Resignation.

»Wenn du mich töten willst, dann mache es gleich hier ... und schnell«, murmelte sie mühsam. Und da ohnedies alles gleichgültig schien, setzte sie kaum vernehmlich hinzu:

»Mein Leben ist nichts wert, ohne dich.« Denn dies war ihr in dem grauenvollen Moment überdeutlich klar geworden, als des Tigers Kris an seine Kehle fuhr ...

Eine heiße Welle der Hilflosigkeit drohte Yoritomo jäh zu überschwemmen. Wie schön sie ist ..., wie wunderschön ... Er beugte er sich über sie, presste seinen Mund auf die bleichen, unberührten Lippen und küsste sie in verzehrender, alles ausschaltender Wut. Heftig, leidenschaftlich, brutal.

Elektrische Ströme durchzuckten ihre schlaffen Glieder. Seine suchende Zunge durchbrach die Sperre ihrer Zähne und bohrte sich tief in die warmen, geheimsten Winkel ihrer Mundhöhle. Janas Beine drohten unter ihr fortzugleiten, so explosiv war diese völlig neue Empfindung. Ihr ganzes Sein schien nur noch aus prickelnden Adern und jagendem Herzen zu bestehen.

Abrupt löste er sich einen winzigen Schritt von ihr und ließ seinen im Mondlicht glitzernden Blick dreist an ihr herabgleiten, bis er auf dem Ansatz ihrer bebenden Brüste hängen blieb.

»Dich töten?«, flüsterte Yoritomo ungläubig, um ein heiseres, abgehacktes Lachen auszustoßen. »Ich denke nicht daran. Es gibt Besseres.«

Der Wind nahm zu, und sein Heulen übertönte bereits das Rauschen des Gewässers. Seine Stimme war kaum noch zu verstehen. Schon klatschten die ersten schweren Tropfen auf den Sand, erreichten aber noch nicht die Heftigkeit, um das Dach des Dschungels zu durchdringen.

Ihr Atem stockte, als er nun langsam, fast wie unbeabsichtigt, eine Hand über ihre Hüfte nach oben gleiten ließ. Unwillig und ängstlich versuchte sie noch einmal, ihn von sich zu stoßen. Aber die heiße schamlose Hand, die damit begann, ihre Brüste sanft zu streicheln, das sehnsüchtige Ziehen in den Knospen, die sich unter dem dünnen Tuch ohne ihr Zutun den schlanken, liebkosenden Fingern entgegenreckten, und das befremdliche, wunderbare Gefühl, das sie dabei durchströmte, raubten ihr die Sinne!

»Warum? Erkläre mir doch endlich, was ich getan haben soll? Warum bist du so gefühllos ..., ich verstehe das alles nicht! Hör auf ..., lass mich, bitte ...«, stöhnte und flehte sie gleichzeitig und wand sich schwer atmend.

Für einen Moment nahm er tatsächlich die Hände fort und lachte wieder zornig und spöttisch, da ihm ihre Reaktion keineswegs entging. Diesen ernüchternden Augenblick nahm Jana wahr, einen von vornherein zum Scheitern verurteilten Fluchtversuch zu unternehmen. Sie duckte sich unter seinen Armen hindurch ... und lag im nächsten Augenblick, erschrocken zappelnd, unter ihm begraben auf dem Rücken. Keuchend rangen sie miteinander auf dem sandigen Boden und fochten einen ungleichen Kampf aus. Mühelos fing er ihre Hände wieder ein und hielt sie mit einer Hand über ihren Kopf ausgestreckt. Das verzweifelte Winden des weichen Körpers unter ihm erregte ihn unsäglich. Yoritomo glaubte, seine Lenden müssten bersten! Aber im hintersten Winkel seines Verstandes registrierte er auch die feinen, zarten Knochen unter den seidigen Rundungen und griff unwillkürlich vorsichtiger zu.

»Du fragst nach dem Warum?«, keuchte er, sich instinktiv vorsehend, ihr keine weiteren Schmerzen zuzufügen. »Weil es kein Vergnügen für mich bedeutet, der Spielball einer Engländerin zu sein, Miss Hochwohlgeboren«, und verächtlich: »– Lady Sinclair. Weil ich dich als Einziger durchschaue, während du meine Freunde blenden konntest. Und jetzt will ich haben, was alle anderen vor mir auch bekommen haben, meine Lady!«

Gott im Himmel ...! Wie konnte sie nur so naiv sein, die ganze Zeit nicht zu ahnen, was er vorhatte? In namenlosem Entsetzen starrte Jana zu ihm auf, in sein zorniges, lüsternes, schönes Gesicht. Dann bäumte sie sich auf, als würde sie von irgendwoher doch noch eine Kraft erreichen, welche das, was nun unabänderlich kommen musste, verhinderte! Und sie schrie verzweifelt gegen ihn an:

»Du bist nicht bei Sinnen! Halt ein ..., bitte ... Yoritomo ..., so lass mich doch gehen! Du weißt nicht, was du tust. Ich habe dich niemals hintergangen, hörst du? Ich liebe dich! Bei allem, was mir heilig ist, ich schwöre! Ich liebe dich ..., hörst du? Ich liebe dich!«

Das Resultat ihres verzweifelten, demütigenden Geständnisses war, dass sein Zorn für einen Moment schmerzlicher Resignation wich und er an ihrem Mund raunte:

»Könnte ich dir nur glauben!«

Wieder küsste er sie mit verzehrender Leidenschaft, als könne dieser Kuss die Eisenbande um sein Herz brechen. Seine Hand streichelte ihre Kehle, tastete sich weiter hinunter ..., und mit einem einzigen Ruck riss er das Gewand von der Mitte an entzwei und gleichzeitig auch die dünne Choli darunter ...

Jana empfand blanke Furcht und unerwartet ... das Aufsteigen einer hitzigen Sehnsucht! Der Eindruck, den das Zusammentreffen von nackter Haut in ihr bewirkte, ließ sie erstarren. Zu verwirrend waren diese neuen Empfindungen. Sollte sie dies nun wundervoll finden oder sich in Grund und Boden schämen? Zunächst einmal sah sie ihn nur an, reglos. Und statt des vorangegangenen Entsetzens und der Abwehr sah Yoritomo sich überrascht einem grenzenlos naiven Staunen aus ihren herrlichen saphirblauen Augen gegenüber, in denen sich das Mondlicht spiegelte! Dieser Blick schnürte ihm die Kehle zusammen. Es war falsch, was er tat – so grenzenlos falsch. Warum war sie nur so schön?

»Sieh mich nicht so an!«, knurrte er fast ernüchtert, und es hörte sich an, als käme seine Stimme aus den tiefsten Regionen seiner Brust. »Zum Teufel! Sieh mich nicht so an, als hättest du vor mir noch niemals einen Mann auch nur geküsst. Ich weiß es schließlich besser. Ich wurde gewarnt und habe es mit eigenen Augen gesehen!« Der raue, schmerzliche Ton bewirkte, dass Janas Angst sich verflüchtigte. Trotz der neuerlichen Anschuldigung, die sie nur mit halbem Ohr vernahm. Aber noch törichter als Yoritomos Worte waren ihre eigenen Gedanken: Sie wünschte sich in diesem Moment nichts sehnlicher, als für immer so von seinen starken Armen umfangen zu sein ... Er ist verrückt, fuhr es ihr verwundert durch die entrückten Sinne, total verrückt! Er ist der aufregendste Mann auf der ganzen Welt ..., wenn er nur nicht so verrückt wäre ... Ungewöhnlich sanft, nahezu liebevoll, drang seine Zunge wieder in ihren Mund ein – der sich ihm völlig unerwartet willig öffnete!

Das alles ist Irrsinn!, dachte Jana erstaunt und überließ sich widerstandslos dem berauschenden Fühlen seiner Lippen, liebkoste scheu mit ihrer Zungenspitze seine samtige, angenehm leicht nach Rum schmeckende Zunge. Sie schloss die Augen. Ihr Atem vermischte sich schwer mit seinem.

Der Regen gewann an Heftigkeit, und die Tropfen durchstießen nun auch das schützende Blätterdach über dem für einen kostbaren Augenblick ineinander versunkenen Paar.

Warum war sie nur so süß und zart? Warum duftete ihre Haut nur so berauschend und fühlte sich wie Seide an unter seinen rauen, tastenden Händen? Warum ... warum ... liebte er sie so sehr ...? Die Erkenntnis brach ihm fast das stolze Herz!

Abrupt löste er sich von ihr, schwang sich geschmeidig auf die Füße.

Grenzenlose Enttäuschung breitete sich in Jana aus. Das konnte unmöglich alles gewesen sein! Ihr Körper schrie doch geradezu nach noch unentdeckten, fremden Verlockungen. Es gab doch sicher noch etwas, das sie von dieser schier unerträglichen, süßen Qual befreite, die in heißen Schauern ihre Brüste, ihre Lenden durchströmte. Sie öffnete fragend die Augen ... und geriet augenblicklich in Panik. Mit einem erstickten Aufschrei versuchte sie aufzuspringen. Im selben Moment aber war er schon wieder über ihr! Splitternackt. Yoritomo bemerkte nur vage die Furcht in ihrem Blick. Er vermochte sie nicht wegzuwischen, dafür war ihre Panik zu deutlich! Irgendwo, in sehr weiter Entfernung, meldete sein Verstand, dass sie ihn gerade so ansah, als erblicke sie zum ersten Mal in ihrem Leben einen Mann mit einem stolz aufragenden, erigierten Glied! Ungeduldig erstickte er diese Aufwallung von Vernunft unter unnachgiebigen Küssen, bei denen er nicht in ihre verängstigten Augen zu schauen brauchte. Aber Jana erwiderte die Küsse nicht mehr, sondern begann wieder mit heftiger Gegenwehr! Von unnachahmlichem Entsetzen erfasst, er könnte tatsächlich versuchen ..., er würde wirklich probieren ..., das riesige Ding zwischen ihre Beine zu stecken! Er würde sie auseinander reißen, ganz gewiss! Er wollte sie also doch töten! Wie dieser schreckliche Norman Will damals ..., aber diesen Mann hier liebte sie doch ..., das durfte er ihr nicht antun ...! An allen Gliedern bebend, versuchte sie mit beiden Händen seinen eisernen, muskulösen Körper von sich zu schieben und beschwörte ihn verzweifelt: »Bitte tu mir das nicht an! Yoritomo ... Pierce ... bitte nicht ...!« Ihr nasses Gesicht, von Regen und Tränen überströmt, hob sich Yoritomo flehentlich entgegen, als er die Küsse abbrach und damit begann, quälend zart die Innenseiten ihrer Schenkel zu liebkosen. Endlich schienen das Betteln und Wimmern träge durch die Windungen seines Gehirns zu dringen und dämpften sekundenlang die rasende Lust, die seinen kraftvollen Körper vibrieren ließ. Er sah in ihre Augen ... und war flüchtig zutiefst bestürzt über den unverhüllten Schrecken, welcher ihm entgegenschlug! Der Regen trommelte auf seinen Rücken. Sein aufgelöstes, feuchtes langes Haar umhüllte ihre hellen Brüste und bot einen wahnwitzigen Kontrast zu den rosafarbenen Spitzen, die sich zwischen den Strähnen hindurchdrängten. Yoritomos Sinne vergingen bei diesem unbeschreiblich sinnlichen Anblick wieder in einer übermächtigen Aufbrandung von Leidenschaft!

»Ich sage die Wahrheit. Ich habe noch niemals ...«, ging Janas letztes, hoffnungsloses Schluchzen in den Sturzbächen des herabstürzenden Regens unter.

»Beweise es! Jetzt!«, schrie Yoritomo außer sich. Ich kann nicht glauben, was ich sehe! Du bist zu schön für nur einen Mann! Er zwang sie roh, sich ihm zu öffnen, drängte ihre weichen Schenkel auseinander und nahm sich hart fordernd – in der festen Überzeugung, kein Hindernis vorzufinden – wonach ihn so rasend verlangte!

Und Jana schrie! Sie schrie ihren Zorn, ihre Angst, den

Schmerz und die Demütigung in den Dschungel hinaus, bis ihre Stimme versagte ...

... und er innehielt, bevor er das Werk der Zerstörung vollendet hatte!

Yoritomo vermochte im ersten Moment seiner schrecklichen Erkenntnis keinen Muskel zu rühren. Er legte nur seine Lippen auf ihren Mund, um das in seinen Ohren dröhnende, leise, unerträgliche Wimmern zu beruhigen. Höllische Schmerzen durchzuckten ihn, denn sein Körper verkrampfte sich aufgebracht und verlangte nach Erfüllung.

»Verzeih mir ... bei allem ..., verzeih mir, meine Liebe ... meine einzige Liebe ...«, flüsterte er versagend an ihrem Mund. Jana sah ihn an ... mit einem Blick, den er sein Leben lang nicht mehr vergessen würde.

»Ich ... kann ... nicht ..., verzeih mir!«, stöhnte er! Er bäumte sich auf und beendete sein unseliges Werk, indem er mit einem heftigen Zustoßen das unberührte, zarte Hindernis aufbrach und gleich darauf zuckend seinen Samen in sie verströmte. Hilflos erschöpft brach er über ihr zusammen!

Jana blickte abwesend auf seine bebenden Schultern, von denen der Regen in glitzernden Bächen herablief. Plötzlich erzitterte sie ebenfalls, spürte jetzt das heiße schmerzhafte Brennen zwischen ihren Beinen, fühlte das welkende Glied, das noch immer in ihr steckte. Blutrote Flammen loderten plötzlich auf ihren soeben noch bleichen Wangen, als sie sich jetzt vorsichtig unter seinem erschlafften, trägen Körper hervorschob. Sie stand schwankend auf und zog fröstelnd, mit klammen Fingern das zerrissene Kleid um sich.

Yoritomo setzte sich langsam auf. Er stützte die Arme auf die Knie und blickte zu Boden. Die langen nassen Haarsträhnen umgaben seine Nacktheit wie ein Mantel. Müde schob er einige der Strähnen aus dem Gesicht.

Jana zögerte sekundenlang, wandte sich dann ab. Nur fort

von hier – der Stätte ihres Schmerzes und der Demütigung. Und fort von dem teuflischen Krieger, der ihr diese unbeschreiblichen Qualen zugefügt hatte.

»Warte!«

Das einzige Wort ließ ihren Fuß unsinnig stocken. Seine Stimme klang heiser. So unendlich mutlos, so voller Schmerz. Wie auch seine dunkelgrünen Augen, die sich langsam zu ihr aufschlugen und in denen kein goldenes Fünkchen mehr vorhanden schien.

»Bitte ...«, flüsterte er gebrochen. Jana wollte nicht wissen, erahnte jedoch tief in ihrem Inneren, wie mühsam es für ihn sein musste, die Worte auszusprechen:

»Bitte ..., geh nicht fort ..., bleib bei mir ..., für immer ..., Jana.«

Sein Blick flehte sie an! Bat um eine Vergebung, die nicht in Worte zu fassen war. Fast schon war sie geneigt, dem winzigen Pochen ihres Herzens nachzugeben ..., aber hatte sie nicht auch gefleht? Ihn gebeten, ihr zu glauben? Wie oft wohl in den letzten, unendlichen Minuten? Jana verschloss sich ihren Gefühlen. Verächtlich sah sie auf ihn hinab. Von ihren blutleeren Lippen rannen erbitterte Worte, die ihn bis ins Mark erschütterten und wieder erbeben ließen:

»Und wenn es auch meinen Tod bedeutet – ich werde einen Weg finden, Mompracem zu verlassen! Das schwöre ich!«

Sie drehte sich um und tauchte ein in die Finsternis des Dschungels.

Unfähig sich zu rühren, blieb Yoritomo sitzen und starrte mit erloschenen Augen auf die Stelle, an der sie verschwand. Als sein Blick sich nach langer Zeit wiederbelebte, war es Furcht, die sich darin spiegelte – nackte Furcht –, denn er ahnte plötzlich, dass sie versuchen würde, ihre Drohung wahrzumachen! Und ihm dann keine Chance blieb, sie um Vergebung zu bitten.

11. KAPITEL

Zu dieser frühmorgendlichen Stunde, als Pierre Evereux den Tiger aus dem erst kurzen, unruhigen Schlummer riss, hatte es am Horizont so ausgesehen, als ob ein karmesinroter Streifen den Trübsinn des Regens gewaltsam zu durchbrechen versuchte. Aber die Zeit war noch nicht gekommen, und so versteckte sich das sparsame Licht wieder hinter den tief herabhängenden, die Hügelspitzen der Insel berührenden Wolken und beließ alles weiterhin in nasses, dunstiges Grün und Grau getaucht.

Seit sechs Wochen regnete es, war der Himmel verhangen und zerrissen und machte das Luftholen schwer.

Sechs Wochen waren vergangen, seit dem unrühmlichen und verhängnisvollen Abschluss des Blütenfestes. Triefend vor Nässe, wie auch die Männer des Suchtrupps, die sich vor Stunden in die warmen Hütten zurückgezogen hatten, bat Pierre den Tiger um Hilfe. Die beiden Männer machten sich zornig und besorgt durch den Dschungel auf, zu dem Dorf auf der anderen Seite der Insel. Der Weg war beschwerlich, denn die meterhoch unter Wasser stehenden Mangrovenwälder zwangen sie zu einem Umweg von mehr als zwei Stunden.

Endlich betraten sie beide durchnässt die Lichtung an der Küste und hielten einen Moment schwer atmend inne. In der feuchten Wärme des Dschungels konnte der rasche Lauf, den die Männer vorgelegt hatten, das Todesurteil für Menschen bedeuten, die dieses Klima nicht gewohnt waren. »Mon Dieu – ich hasse es!«, stieß Pierre hervor. »Es ist, wie ich es sagte. Seit Wochen betrinkt er sich, und es ist kein einziges Wort mit ihm zu reden.«

Die Augen des Tigers funkelten.

»Wir werden sehen«, meinte er hart.

Sie setzten sich wieder in Bewegung und gingen auf die Schänke in der Mitte des wie ausgestorben daliegenden Dorfes zu. Kleine, saubere Hütten umstanden das rechteckige, zweigeschossige Bauwerk. Jede der Frauen, die hier lebte, besaß ein Haus für sich.

Und dieses Haus, nach dajakischer Bauart auf Stelzen errichtet, bildete den Treffpunkt aller Männer, die genügend Geld besaßen und die Seereise hierher auf sich nahmen, um Genüssen besonderer Art zu frönen. Eine breite, überdachte Veranda, gesäumt von einem Geländer aus lackierten Bambusstangen, führte rundherum. Die Stufen der steilen Treppe, die zum Eingang führte, waren aus rohen Baumstämmen gefügt.

Die beiden tropfnassen Männer betraten den Schankraum. Ein Geruch von gebratenem Fleisch, säuerlichem Ale und starkem Tabak schlug ihnen entgegen. Die Einrichtung bestand aus einem Sammelsurium von englischem und einheimischen Möbeln, aus runden, gescheuerten Holztischen und bequemen Polstermöbeln. Verhangene Nischen luden zur Zweisamkeit. Auf dem gescheuerten Fußboden in der Mitte des großen anheimelnden Raumes, befand sich gewöhnlich ein großer, flauschiger Teppich, welcher jedoch während der Regenzeiten anderswo aufbewahrt wurde, um das wertvolle Stück vor Feuchtigkeit zu schützen. Obwohl in dem riesigen, gemauerten Kamin an der Stirnseite der Gaststube ein Feuer flackerte, das die Klammheit vertrieb. Hier wurden Geschäfte getätigt, Absprachen getroffen, gefeiert und vor allem wertvolle Informationen ausgetauscht! Viele hochrangige Offiziere, die sich des Vergnügens und dem Trunke hingaben, prahlten nicht selten vor den Frauen mit ihrer Position und verrieten in zärtlichen, weichen Armen so manches Geheimnis – sei es militärischer oder privater Art –, auf jeden Fall nützlich auch für den unwahrscheinlichen Fall, dass die Lage Mompracems eines Tages entdeckt würde. Wenige Frauen hielten sich heute hier auf. Sie beschäftigten sich in dieser Mußezeit mit Näherei, Spielen, Schönheitspflege oder unterhielten sich einfach. Sie wirkten gut genährt, sauber, und die Tätigkeit, der sie nachgingen, sah man den heiter-gelassenen Gesichtern nicht an.

Eine sehr schöne, hoch gewachsene Frau – bemerkenswert jeder Zoll eine Lady, welche ebenso gut die Hausherrin eines Gutes oder einer Plantage sein könnte – blickte ihnen bekümmert entgegen. Ihr hochgestecktes, rötlich schimmerndes Haar und die warmen, blaugrünen, leicht schrägen Augen ließen deutlich das gemischte Blut in ihren Adern erkennen. Sie stand hinter der langen Theke und polierte einen riesigen Spiegel in einem Messingrahmen. Sandokan strich sich die nassen Haare aus dem Gesicht und nickte ihr zu. Sein ein wenig müder Blick traf sich mit ihrem besorgten. Ein Funke des Einvernehmens und die Bestätigung einer alten Freundschaft sprangen stumm zwischen ihnen über.

»Gut, dass du kommst, Sandokan«, sagte sie ernst.

»Guten Tag, Rose. Wo ist er?«, kam er sofort zur Sache und sah sich um, während Pierre sich wie ein nasser Hund schüttelte und grinste.

»Mische uns etwas Heißes in deiner Hexenküche. Es ist ein bisschen feucht da draußen.«

Rose zeigte ein kleines Lächeln, das sofort wieder verschwand, als sie mit dem Kinn in eine schummerige Ecke am Ende des Raumes deutete.

Tief über ein Glas gebeugt, saß dort ein schlanker Mann mit nachlässig offenem Hemd und schien zu schlafen. Langes blauschwarzes Haar umgab seine breiten, nach vorn gesackten Schultern wie ein Umhang aus wirren Fäden.

Pierre zuckte bezeichnend seine tropfnasse Schulter.

Ohne Verzögerung ging Sandokan mit langen, schweren Schritten dort hinüber. Er blieb vor dem Tisch stehen und sah eine Weile äußerst verärgert auf den reglosen Mann hinab. Plötzlich krachte seine Faust auf den Tisch. Alle Anwesenden zuckten erschrocken zusammen! Ausgenommen Yoritomo Shigehira/Pierce D'Irristru, der sich hier schon seit dem gestrigen Abend dem Suff hingab – wie auch in den Tagen zuvor. Jetzt hob er träge das Gesicht und blinzelte aus rotumränderten, übernächtigten Augen.

»Was willst du hier?«, murmelte er ungnädig unter enormer Mühe, sich zu artikulieren.

Im Gesicht des Tigers glomm Wut auf! Aber noch beherrschte Sandokan sich und zog bedächtig einen Stuhl heran, auf dem er sich dem verwahrlosten Krieger gegenüber niederließ. Seine Stimme bebte in unterdrücktem Zorn!

»Sie ist noch immer verschwunden!«

Yoritomo blickte ihn verständnislos an.

»Wer?«

Dieses kleine, arglose Wörtchen bewirkte, dass die mächtige Faust des Tigers zum zweiten Mal in dieser Minute auf die Tischplatte krachte!

»Wer?«, brüllte Sandokan ungläubig und drehte sich heftig in Pierres Richtung. »Komm her, zum Teufel der Christen! Er fragt, *wer* verschwunden ist!«

Der Franzose schlenderte gemächlich hinüber, eine Tasse mit Kaffee in der Hand, die er auf dem Tisch absetzte. Er schüttelte betrübt den Kopf und sah abwechselnd auf die beiden hinab.

»Ich habe es dir gesagt, mon cher. Er hört nicht zu. Ich denke, er hat es nicht begriffen.«

»Habt ihr alle hier befragt, ob jemand sie gesehen hat?« Sandokan stellte diese Frage wohl zum zehnten Mal in den letzten beiden Tagen.

Währenddessen schüttelte Yoritomo sich benommen. Er richtete sich stöhnend auf, strich mit beiden Händen die langen Strähnen aus dem übermüdeten Gesicht und schlang sie locker im Nacken zusammen. Es schien fast, als erwache er schleppend aus seiner trunkenen Lethargie. Er befand sich bereits seit fast sechs Wochen hier auf der anderen Inselseite und bewohnte Pierres Räume über der Schänke. Seit jener unglückseligen Nacht.

»Oui, naturellement«, bestätigte Pierre noch einmal geduldig. Auch wenn man es ihm nicht ansah, machte er sich doch ebensolche großen Sorgen wie fast alle Menschen auf der Insel.

– Drei Tage und Nächte lang war die kleine blonde Engländerin nun bereits verschwunden. Einfach fort! Als hätte der Erdboden sich geöffnet und sie verschlungen. Niemand hatte sie gesehen. Niemand wusste etwas über ihren Verbleib oder gar den Grund ihres Verschwindens ...

»Wir haben alle befragt«, erklärte der Franzose noch einmal.

»Das heißt alle, nicht Rajina. Denn sie ist seit vorgestern besoffen wie unser Freund hier und nicht ansprechbar. Ich habe es für sinnlos gehalten. Was soll sie mit dem Verschwinden der Kleinen zu tun haben?«

Yoritomo rieb sich über die Augen, streckte sich mit schmerzlichem Ausdruck auf den scharflinierten Zügen und fragte gereizt:

»Würde mir jemand erklären ...«

Zornig auffahrend unterbrach Sandokan ihn:

»... Das versucht man bereits seit geraumer Zeit, du Narr! Aber entweder wälzt du dich auf deinem Lager oder bist nicht ansprechbar! Vor drei Tagen ist Juliana verschwunden!«

Yoritomo schüttelte vorsichtig das gemarterte Haupt mit dem vernebelten, schwammigen Gehirn darin. Seine beharrende Antwort lautete dumpf und undeutlich: »Das ist Unsinn! Seit Beginn des Monsuns sind keine Schiffe mehr gelandet, also muss sie sich irgendwo befinden. Warum sucht ihr sie nicht einfach?«

Sandokan hob gerade zu einem überaus wüsten und unflätigen Fluch an, da meldete sich eine kecke Mädchenstimme in breitem, fürchterlichen Pidgin-Englisch aus dem Hintergrund:

»Ich weiß nicht, ob es wichtig ist, aber ...«

Zwei der Männer am Tisch fuhren herum!

Yoritomo riss sich zusammen. Irgendwo keimte der Verdacht durch seine gallertartige Hirnmasse, dass tatsächlich etwas geschehen sein musste. Aber noch war er viel zu benommen, um das Zusammenkrampfen seines Magens als das zu deuten, was sich in ihm breit machte: Schiere Panik! Unsägliche Furcht um *sie*, der er sich seit der tragischen Nacht nicht mehr zu nähern gewagt hatte. Stattdessen hatte er sich wie ein Feigling auf- und davongemacht! Hierher in das Frauendorf, womit er den vorwurfsvollen, abfälligen Blicken der Bewohner von Mompracem entfloh, welche zwar nicht genau wussten, was wirklich damals geschah, es dennoch im Stillen mutmaßten. Was den schönen Eurasier jedoch zutiefst beschämte – ihn hingegen kaum verwunderte: Jana ließ nichts über die schreckliche Nacht verlauten ..., und er schwieg ebenfalls.

Rose sah verblüfft zu der jungen Hure hinüber, die mit einem höchstens vierzehnjährigen Negermädchen an einem runden Tisch Domino spielte und in plötzlichem Unbehagen die Augen niederschlug. Sie besaß eine reine weiße Haut, die in seltsamem Kontrast zu den negroiden Zügen stand.

Pierre schob behutsam die Kaffeetasse zu Yoritomo hinüber, der sie derart angewidert, heftig beiseite stieß, dass die schwarze Flüssigkeit sich über die Platte ergoss. Mühselig und steif stand der Krieger auf. Er klammerte sich einen Moment lang schwankend an die Tischkante, bis der Raum seine rasanten Drehungen um ihn herum allmählich einstellte.

Roses Stimme klang scharf wie ein Peitschenknall! Sie fasste die junge Frau streng ins Auge und rief:

»Was weißt du, Jahrah?«

Yoritomo torkelte quer durch den Raum, gefolgt von einem

wachsamen, ernsten Pierre. Die Krämpfe in seinem Magen nahmen zu. Er stützte sich schwer auf den Tisch und herrschte die erschrockene Hure mit glühenden Augen an:

»Rede, Mädchen!«

Sie fuhr eingeschüchtert zurück. Ihre dunklen Augen wanderten dennoch keck über seine schlanke Gestalt und blieben schließlich bewundernd an der farbenprächtigen Tätowierung auf der glatten Brust hängen.

»So geht das nicht, cher!«

Pierre schob den reizbaren Mann energisch beiseite und beugte sich selbst zu ihr hin.

»Nun sage uns alles, was du weißt, weil ...« Er zauderte, sah sie nachdenklich an und fuhr fort: »Aber hatte ich dich nicht schon gestern gefragt?«

Sie schluckte und antwortete aufsässig, nach einem vorsichtigen Seitenblick zu der mittlerweile ergrimmten Rose hinüber: »Ihr habt mich gefragt, ob ich die Miss gesehen habe? Ich sagte nein. Aber vor zwei Tagen, in der Nacht, da war ein Schiff ganz nah, ganz nah am Ufer, was nicht selten ist.« Pierre richtete sich enttäuscht auf. Er blickte hilflos dem Tiger entgegen, der sich jetzt gedankenvoll erhob und ebenfalls hinzukam.

»Sie hat Recht. Das ist nicht ungewöhnlich.«

Sandokan wandte sich gezwungen ruhig an Jahrah: »Bist du sicher, das war alles? Was für ein Schiff hast du gesehen?

Einen Frachter? Ein Handelsschiff? Ist dir sonst wirklich nichts aufgefallen?«

Jahrah legte den Kopf zur Seite und nickte träge.

Yoritomo spürte, wie ihn das nahezu unbezähmbare Verlangen überkam, sie zu packen und die Antworten aus ihr herauszuschütteln. Kalter Schweiß brach ihm aus! Sämtliche Sinne brüllten ihm erbarmungslos zu: Du hast sie verloren! Du elender Narr hast sie verloren! Warum bist du feige davongelaufen und hast dich hier verkrochen. Du hast ihr nicht geglaubt, dass sie die Insel verlassen würde. Was ist, wenn sie nun für immer fort ist?

»Ich habe in der Nacht nicht geschlafen«, bequemte sie sich schließlich zu sagen. »Wollte etwas trinken und kam her und Rajina auch. Ich trank eine Limonade und Rajina eine ganze Flasche Rum, und sie lachte böse.« Jahrah drehte sich zu Rose um und verteidigte sich: »Ich bin nicht die Nurse von der Verrückten!«

»Rajina!«

Yoritomo stieß diesen Namen aus, als wollte er etwas ausspucken. Wenn man Rajina nicht vor ihm geschützt hätte, wäre er längst während der letzten Wochen in ihre Behausung geeilt und hätte seine eisernen Finger um ihren Hals gelegt!

Aber sie blieb ihm fern und erschien nur in der Schänke, wenn er im ersten Stock seinen Rausch ausschlief, wie jeden Abend, seit er hier im Dorf plötzlich und ohne jegliche Erklärung eingetroffen war.

Die Augen des wendigen Franzosen verengten sich zu Schlitzen. Seine Unbekümmertheit verschwand! Er erkannte eindeutig den Vorwurf in den Augen des Tigers und hatte mit einem Mal das beklemmende Gefühl, leichtfertig gehandelt und sich zu wenig Sorgen um dieses irre, seit Wochen betrunkene Frauenzimmer gemacht zu haben. Er fühlte Wut auf sich selbst aufsteigen. War er schuld, wenn der jungen Engländerin, die er sehr lieb gewonnen hatte, etwas zugestoßen war?

»Weiter!«, beschied Sandokan hart der Dirne, und Pierre wand sich unter dem Blick, den dieser nicht von ihm ließ. Jahrah sah von einem zum anderen und wünschte sich inbrünstig, den vorlauten Mund gehalten zu haben. Alle drei Männer starrten sie verärgert an. Gleich so, als träfe sie, Jahrah, die Schuld am Verschwinden dieser Verrückten.

»Total betrunken war Rajina. Schwankte und lachte. Ich bin in meine Hütte gelaufen, um nicht nass zu werden.«

»Und sie hat nichts gesagt?«, fragte Sandokan weiter.

Jahrah wurde trotzig: »Sie war betrunken, und ich hörte nicht richtig, was sie sagte. Kapitän Jardes oder Lardes, was weiß ich.«

Sandokan trat, wie vom Blitz getroffen, einen Schritt zurück! Seine Augen trafen die von Pierre, dessen Gesicht unter der tiefen Bräune fahl wurde. Der sprach es heiser aus:

»Vardes! Diable! Es ist meine Schuld! Ich habe nicht erkannt, wie gefährlich dieses Weib wirklich ist ...!«

Schweißperlen rannen über Yoritomos Stirn. Noch nie zuvor fühlte er sich so elend, wurde ihm derart der Boden unter den Füßen fortgerissen! Nicht einmal in dem Augenblick, als er die vollkommene Reinheit der geliebten Frau anerkennen musste ... Aber endlich, diesmal im rechten Moment, gewann er seine kühle Gelassenheit zurück. Er ignorierte den bohrenden Schmerz in seinem Inneren und legte Pierre die Hand auf die Schulter.

»Sprich nicht von Schuld, mein Freund. Nur ich bin für alles verantwortlich.« Sein Blick wurde steinhart. Seine Kiefermuskeln zuckten in kontrollierter, eisiger Wut! »Ich werde sie umbringen«, sagte er rau und meinte Rajina. »Bei allen Heiligen! Ich werde sie umbringen, wenn es tatsächlich Vardes Schiff war und sie ihm Jana ausgeliefert hat!«

Sandokan schien nach außen die Ruhe selbst. – Wenn man nicht in seine Augen sah, die jetzt denen eines hungrigen Tigers ähnelten!

»Pierre wird jetzt Rajina befragen. Noch wissen wir nicht genau, ob es tatsächlich ein Sklavenschiff war, das in der Nacht hier vorbeizog. – Du gehst nicht zu ihr«, sagte er zu Yoritomo. »Ich will nicht, dass du sie tötest ..., ehe sie gesagt hat, was sie weiß.«

Yoritomo reagierte nicht. Hatte er die Worte des Freundes überhaupt verstanden?

Die Augen des Tigers fielen plötzlich auf das schreckerstarrte, noch halbe Kind am Tisch. Erst jetzt fiel ihm auf, dass sie nicht hierhergehörte und er sie noch niemals vorher sah.

»Was ist mit dir, Mädchen?«, fragte er so sanft wie nur möglich.

Die Kleine zuckte zusammen, wich seinem Blick furchtsam aus. Rose legte schützend die Arme um die schmalen, bebenden Schultern. Auch sie war erbleicht. Sie sah Sandokan an und erklärte zornig:

»Es ist der Name dieses Scheusals, der sie so erschreckt hat:

Vardes!«

Angstvoll aufheulend klammerte sich das Mädchen an Rose! Begütigend und mütterlich streichelte die schlanke Frau über den krausen Kopf. Vorsichtig zog sie das Mädchen vom Stuhl hoch. »Sie heißt Marylou«, sagte sie. »Hab keine Angst, Kind. Er wird dich nie mehr in die Hände bekommen. Zeige dem Tiger, was dieser Teufel dir angetan hat.«

Während das Mädchen den Männern den Rücken zukehrte und sich von Rose das Kleid aufschnüren ließ, warf diese ihnen einen bedeutsamen Blick zu und erzählte leise: »Ein portugiesischer Frachter hatte sie an Bord. Der Kapitän kaufte sie Vardes ab und entdeckte erst später, was mit ihr geschehen war. Eigentlich wollte er nur ihre Wunden hier versorgen, doch ich konnte ihn mit einer gefüllten Börse davon überzeugen, dass sie ihm zu nichts mehr nütze war und bald sterben würde.«

Und dann starrten die Männer auf den entblößten, zarten Rücken. Grausen und Abscheu spiegelte sich in den Gesichtern der kampferprobten Piraten.

Yoritomos Gesicht verzerrte sich. Seine Nasenflügel bebten. So sehr er es auch versuchte – es gelang ihm nicht, das entsetzliche Bild, welches sich in seinem Hirn festsaugte, zu verscheuchen: Er sah, wie Janas zarter Körper sich unter den grausamen Hieben einer Katze wand, die ihre weiche helle Haut zerfetzte und marterte, bis nichts weiter davon übrig blieb wie die kaum vernarbten Fleischwülste auf dem Rücken des Mädchens hier …

»Warum ist sie hier? Sie soll nach Mompracem gebracht werden. Was tut dieses Kind hier?«, fragte Sandokan mit unüberhörbarem Schwanken in der tiefen Stimme.

Rose zog das Kleid wieder behutsam über den entstellten Körper. »Das hat Pierre schon versucht, aber sie fürchtet sich vor dir, Tiger.« Zögernd setzte sie hinzu, gewollt abfällig: »Ihr solltet sie mitnehmen. Wir können sie nicht brauchen.«

Sie ignorierte den entsetzten Blick des Mädchens, das sich nun wieder an sie klammerte:

»Oh, bitte, Madame Rose! Schicke mich nicht fort. Bitte!«

Angesichts dieses Flehens sagte Rose sanft:

»Dies hier ist kein Ort für dich, Kind.«

Sandokan betrachtete die verängstigte Kleine nachdenklich. Dann ging er um den Tisch herum und stellte sich in seiner ganzen imposanten Größe vor sie hin.

»Sieh mich an.«

Seine Stimme war weich wie Samt. Sie legte sich wie Balsam auf die entzürnten Gemüter und schien auch die Angst der Kleinen zu durchdringen. Sie hob das tränennasse Gesicht zu ihm auf und sah ihn angstvoll und verwirrt an.

»Nur meine Feinde fürchten mich. Ich will, dass du noch heute nach Mompracem gebracht wirst, auf die andere Seite der Insel. Ich verspreche dir, niemand wird dich zwingen, dort zu bleiben, wenn es dir nicht gefällt. Glaubst du mir das?«

Sie ließ keinen Blick von dem warmen Lächeln, mit dem er sie ansah, nickte und wischte sich die Tränen aus den Augen.

»Und nun wird Madame Rose dir helfen, deine Sachen zu suchen. Wenn wir herausgefunden haben, was mit Miss Jana geschehen ist, kehren wir zurück. Die englische Lehrerin wird dir gefallen. – Alle Kinder der Insel mögen sie sehr«, setzte er leise hinzu und fuhr sich mit der Hand über die Stirn. Er wollte sich wieder den Freunden zuwenden, da flehte die dünne Stimme des Mädchens:

»Ich kenne die Miss nicht ..., aber wenn sie bei Vardes ist ..., bitte ..., holt sie schnell zurück. Er ...«, ihre Hände sanken herab, und sie wisperte: »Er ist der Satan!«

Yoritomo stöhnte qualvoll auf. Er sprang auf und rannte mit langen Schritten zur Tür, riss sie auf und stürmte in den strömenden Regen hinaus!

Ohne ein Zeichen des Tigers abzuwarten, spurtete der Franzose ihm nach!

Auf dem glitschigen Boden des finsteren Verschlages, tief unten im Schiffsbauch, regte sich ein zusammengekrümmtes Bündel Mensch. Manchmal glitt der Schein einer Fackel von außen durch das vergitterte Fenster und beleuchtete sekundenlang ein bleiches, tränen- und schmutzverschmiertes Gesicht. Lange Wimpern unter geschlossenen Augen warfen dann seidige Schatten über die eingefallenen Wangen. Dumpfes Stöhnen entrang sich blutleeren Lippen und mischte sich mit den qualvollen Schreien und dem Wimmern der Sklaven, die nebenan im Rumpf des Schiffes übereinander lagen. Das modrige Holz ächzte und knarrte, übertönte das Klirren und Aneinanderrasseln der Ketten, mit denen die gepeinigten Kreaturen an die Bordwand gefesselt waren – und welche auch Janas Handgelenke umschlossen! Die Handknebel erlaubten ihr gerade fünf kleine Schritte, damit sie den Eimer für die Notdurft benutzen konnte. Das hieß jedoch, *falls* sie fähig war, sich zu erheben. Was sie bisher vergeblich versuchte. Sie lehnte, erschöpft den Kopf mit den schmutzstarrenden Locken an die ebenso verdreckte Bordwand. Ihr geschundener Körper fühlte sich an wie in glühende Kohlen getaucht, dennoch schlugen ihre Zähne vor Kälte aufeinander.

Allmächtiger! Wie dumm war sie gewesen! Wie einfältig! Wie

hatte sie die Sicherheit Mompracems verlassen und ihr Leben aufs Spiel setzen können? Und nicht einmal allein ihr eigenes Leben, sondern ...

»Lieber Gott, hilf mir!«, krächzte sie. »Sie wollen uns hier sterben lassen. Hilf mir, lieber Gott, bitte hilf mir!« Bevor sich die Gedanken in ihrem schmerzenden Kopf durch einen neuen Fieberanfall verwirrten, schweiften Janas quälende Erinnerungen wieder und wieder zurück zu jenem verhängnisvollen Tag vor zwei Wochen ...

... Die Unterrichtsstunde war einschläfernd, in der zum Schulhaus umgebauten Hütte, ebenso der Regen, der unaufhörlich vom Himmel kam. Lediglich zehn Kinder hockten heute auf den ausgelegten Reismatten und malten lustlos auf grauen Tafeln herum. Jana selbst hockte vor ihrem Tisch und starrte geistesabwesend zur Tür hinaus.

Tinuha saß in der Ecke und tat so, als lese sie in einem Buch. In Wirklichkeit beobachtete sie Jana nachdenklich und sehr besorgt.

Alle fuhren zusammen, als die Malaiin unvermittelt das Buch zuschlug! Sie stand auf und kam herüber. Sie legte Jana eine Hand auf die Schulter und rief mit fröhlichem Lachen den Kindern zu:

»Was meint ihr? Sollen wir die Lehrerin nicht fragen, ob wir den Unterricht heute nicht etwas früher beenden können?« Die Kleinen nickten begeistert, die älteren legten unverzüglich Stifte und Tafeln beiseite. Gespannt sahen sie aber alle erst Miss Jana an ..., die jedoch mit gerunzelter Stirn auf einen Punkt vor der weit geöffneten Tür starrte. Sie hatte überhaupt nicht hingehört, denn ihre Gedanken drehten sich um etwas, das sie weit von sich wies und nicht akzeptierte – welches sie aber hartnäckig verfolgte!

»Jana?«

Endlich nahm sie die sanfte, melodiöse Stimme neben sich wahr und sah verwirrt hoch.

»Wir sollten den Unterricht für heute beenden.«

Jana überlegte und wandte sich dann mühsam lächelnd den Kindern zu. »Ja. Gut. Vielleicht sollten wir das tun.« Sie drohte mahnend mit dem Finger. »Und rasch alle nach Hause.«

Tinuha machte sie auf Palu aufmerksam, der nicht mit den anderen hinauslief, sondern sich vor den beiden aufbaute und ernsthaft zu Jana aufsah.

»Nun, Palu? Hast du etwas vergessen?«, fragte sie freundlich. In kindlicher Besorgnis musterte er sie und erkundigte sich:

»Bist du krank, Mademoiselle Jana?«

Mit einem etwas gequälten Lachen nahm Jana ihn hoch und setzte ihn auf ihren Schoß. Sie drückte ihm einen Kuss auf die runden Bäckchen, was er mit einer Grimasse quittierte, und antwortete betont heiter: »Aber nein, mein kleiner – Verzeihung – mein großer Palu, ich bin nicht krank. Es ist nur der Regen. Er dauert nun schon so lange, und ich habe lieber die schöne Sonne. Du nicht auch? Da kann man schon einmal trübe Gedanken bekommen, nicht wahr?« Pierre Evereux' Sprössling nickte sichtlich erleichtert und rutschte von ihrem Schoß herab. »Und nun beeile dich, nach Hause zu kommen«, mahnte sie und rief ihm hinterher: »Aber keine Umwege über den Strand, hörst du?«

Jana und Tinuha sahen sich an. Sie wussten beide ganz genau, alle Ermahnungen würden nichts fruchten und sämtliche Kinder, einschließlich Palu, würden in den nächsten Stunden durch die nassen Wälder toben, statt in ihre Hütten zurückzukehren. Dort erwarteten sie nämlich Aufgaben wie Netze knüpfen oder Kräuter wenden.

Resigniert die Schultern anhebend, nahm Tinuha das Buch wieder zur Hand und drehte sich unschlüssig hin und her.

»Hast du Hunger? Möchtest du etwas von dem Schinken,

den Palus Pflegemutter ihm heute mitgegeben hat?« Jana deutete auf das Paket neben dem Bücherregal. Da Jana nur ungern kochte, hatte es sich ergeben, dass man sie für den Unterricht, den sie den Kindern erteilte, großzügig in Naturalien bezahlte. Da sie darüber hinaus auch mit der Kochstelle auf Kriegsfuß stand, hatte sie wiederholt bei dem Versuch, ein Feuer zu entfachen, beinahe das neue Schulhaus in Brand gesetzt!

»Ich bin nicht hungrig, danke«, lehnte Tinuha ab. Plötzlich riss sie entgeistert die dunklen Augen auf und eilte konsterniert zu Jana hin.

»Was tust du da? Warte, ich mache das für dich!«

Dabei tat Jana nichts anderes, als die Stifte und Tafeln vom Boden aufzusammeln. Sie richtete sich, im ersten Moment verblüfft, auf.

»Lass mich die Sachen aufsammeln«, bat Tinuha.

»Warum soll ich das Schreibzeug nicht aufheben?«, fragte Jana zurück.

Tinuha schlug die Augen nieder. Es entstand ein unbehagliches Schweigen. Jana sah sie mit zusammengezogenen Brauen an und flehte innerlich, die Freundin möge das Schreckliche – das Entsetzliche nicht aussprechen! Nein! Nein! Nein! Doch ihr stilles Gebet wurde nicht erhört: »Warum redest du nicht mit mir darüber? Sind wir nicht Freundinnen? Ich dachte, es könnte wie früher sein, auf Cleary ..., doch so ist es nicht – oder?«

Jana wich ihrem traurigen Blick aus.

»Wovon redest du?«, fragte sie steif.

»Du redest mit niemandem darüber, was damals nach dem Fest geschehen ist, obwohl ...«, sie zauderte und fuhr sehr leise fort: »Obwohl du es selbst nicht mehr lange verheimlichen kannst.«

»Tinuha! Wovon redest du?«, fragte Jana tonlos erneut, obwohl sie die Antwort genau kannte! Erschüttert sah sie die

Wahrheit – die schreckliche Gewissheit auf sich zustürzen. Nein, sie wollte nicht ..., auf keinen Fall wollte sie ... Sie schüttelte unwillkürlich heftig den Kopf, was ein leichtes Schwindelgefühl verursachte.

Tinuha sah sie eine Weile schwermütig an, während über Janas Züge eine Art von Panik huschte! Schließlich hob Tinuha die Hände und legte sie behutsam auf Janas Leib.

»Ich spreche von dem Baby, das du erwartest. Ich weiß, du willst es nicht wahrhaben ...«

Jana hob jäh abwehrend die Hände – aber sie fielen sofort wieder herab! »O Gott!«, flüsterte sie, wandte sich verstört ab und ging wie in Trance zu ihrem Lager hinüber. Dort sank sie nieder und vergrub das Gesicht in den Händen. Tinuha folgte ihr voller Mitleid, setzte sich daneben und legte einen Arm um sie. Die Malaiin spürte die unsägliche Furcht und Verzweiflung der Freundin.

»Du hast Recht«, klang es nach einer geraumen Weile dumpf und hoffnungslos zwischen den Fingern hervor. »Jedes Mal, wenn ..., aber nun hast du es ausgesprochen ..., ich kann es nicht mehr verleugnen ... Oh, wie ich ihn dafür hasse!« brach es aus ihr heraus – und endlich begannen die heißen Tränen zu strömen! Sie lehnte sich an die Schulter der Freundin und weinte sich Kummer und Wut aus der Seele – verdammte das unbarmherzige Schicksal, weil der einzige Mann, den sie jemals lieben würde, ihr diese Schande aufzwang, deren Folgen sie – und nur sie allein – zu tragen hatte!

Tinuha begann erschüttert, sie wie ein Kind zu wiegen.

»Es ist schrecklich, wenn einem der Mann Gewalt antut, den man über alles liebt«, bohrte sie sanft. »Nicht wahr, du liebst ihn doch?«

»Er hat mich behandelt wie eine Hure«, gestand Jana plötzlich erstickt.

Fassungslos hielt Tinuha inne! Geschockt schob sie die

Freundin ein wenig von sich und sah ihr zweifelnd in die Augen.

»So ist es also die Wahrheit, was hinter vorgehaltener Hand erzählt wird? Er hat ... hat dir Gewalt angetan? Ich wollte es nie glauben! Nein!« Sie schüttelte heftig den Kopf! »Yoritomo würde dir niemals ein Leid zufügen. Nicht dir – ausgerechnet dir!«

»Ausgerechnet mir?«, wiederholte Jana bitter. »Ich dachte, ich könne ihm bedingungslos vertrauen. Doch in Wahrheit weiß ich gar nichts über ihn. Er ist wie ein Fremder!« Sie rückte noch ein Stückchen weiter von Tinuha ab und sah sie verzweifelt an. »Sag es mir, Tinuha. Was hat ihn zu dem Mann gemacht, der er heute ist?«

Tinuha faltete die Hände in den Schoß.

»Es muss mit seiner Kindheit zusammenhängen und mit dem, was geschah, kurz bevor er Sandokan begegnete.« Hilflos hob sie die Schulter. »Du wirst Zeit genug haben, ihn zu befragen.«

Die blauen, rotumränderten Augen flammten auf!

»Niemals werde ich ihn fragen! Ich will ihn niemals wiedersehen! Und wenn ich mich in dieser Hütte einschließe!«

Im Gesicht der Malaiin spiegelte sich auf einmal ein sonderbarer Ausdruck, den Jana in ihrer Erregung zunächst nicht wahrnahm. Als sie dann doch der Freundin einen Blick zuwarf, sah sie das mitfühlende, wissende Lächeln um deren Mundwinkel!

»Du verheimlichst etwas, Tinuha!«, schluckte sie erbleichend. »Sag mir, was Sandokan tun wird, wenn er von ... von dem ... dem ... Baby erfährt.«

Es fiel Tinuha sehr schwer, zu sprechen. Die Freundin tat ihr unendlich leid. Aber die ausdrückliche Anordnung des Tigers lautete, Jana jegliche Erwartungen zu nehmen, sie könne die Insel verlassen! Zu deren eigenem Schutz, wie er diese harsche

Maßnahme begründete. Denn er war noch immer überzeugt, der starke Charakter Julianas würde das Herz seines aufbrausendes Freundes bezwingen. Und der Tiger irrte niemals.

Und so erklärte Tinuha zögernd, weil es ihr zutiefst unangenehm war, die niedergedrückte Freundin anschwindeln zu müssen:

»Du wirst nichts dagegen tun können, Jana. Yoritomo wird gezwungen sein, dich als seine Ehefrau anzuerkennen. Es ist das Gesetz von Mompracem. Es hält die Ordnung aufrecht.«

Jana starrte sie ungläubig an. Sie konnte nicht fassen, was sie da hörte. Halberstickt rief sie aus: »Das würde Sandokan mir doch nie und nimmer antun! Niemals würde er auf einem solchen Gesetz beharren, wenn einer Frau Gewalt angetan wurde. Niemals!«

»Ein solcher Fall ist auch noch nie auf Mompracem eingetreten, aber ...«

Das neuerliche Zögern ließ einen Funken Hoffnung aufkeimen!

»Aber?«

Tinuha biss sich auf die Lippen und sah auf ihre Hände hinab.

»Nun?«, drängte Jana.

»Du ... du könntest natürlich allen erzählen, was wirklich in dieser Nacht geschehen ist und verlangen ..., du kannst seine Verbannung fordern«, antwortete Tinuha vorsichtig, sah dann aber fest in die Augen der anderen. »Der Tiger kann sich nicht gegen seine eigenen Gesetze stellen. Aber dann wäre Mompracem verloren. Pierce ist der beste Kämpfer auf der Insel, verstehst du? Er ist der Sensei – der Meister aller Männer hier, die ein Schwert handhaben können. Wir brauchen ihn!«

Jana brauchte Zeit, um den Kloß in ihrer Kehle herunterzuwürgen! Enttäuscht, entmutigt und mit Grabesstimme murmelte sie:

»Dann muss ich gehen. Ich will nicht seine Frau werden und

kann nicht ertragen, wenn es alle erfahren. Wie soll ich erklären, warum ich ihn nicht will? Wenn es doch bald offensichtlich wird, dass ich ... dass er ...« Sie brach ab. Und mit der festen Antwort Tinuhas schwand auch der letzte, winzige Hoffnungsfunken endgültig dahin:

»Du kannst nicht fort. Es gibt keinen Ort auf Malaysia, an welchem du dich vor dem Tiger verstecken könntest. Du hast die Wahl. Es liegt in deiner Hand, ob Mompracem weiter existieren wird.« Tinuha stand auf und streichelte der Niedergeschmetterten sanft über die hellen Locken. »Prüfe deine Gefühle, liebste Freundin. Liebe schlägt nicht von heute auf morgen in Hass um. Ein kleiner Rest bleibt immer vorhanden, vielleicht reicht ja dieser Rest, um euch und Mompracem eine Chance zu geben. Ich werde jetzt gehen, und du solltest über alles nachdenken.«

Jana sah nicht auf, als Tinuha sich nach einem letzten, bedauernden Blick umwandte und hinaus in den Regen ging. Regungslos verharrte sie in der gleichen Haltung. In ihrem Kopf schwirrte es. Würde Sandokan sie wirklich zwingen, Yoritomo zu ehelichen? Und wenn es zutraf – was würde dann aus ihr? Wie würde dieser überhaupt reagieren? Er mochte doch nicht einmal Kinder! Der letzte Gedanke brachte das Fass zum Überlaufen! »Ich muss fort!«, stöhnte sie verzweifelt und merkte nicht, dass sie es laut ausstieß. »Lieber Gott, zeige mir einen Weg, Mompracem zu verlassen!«

Und genau diesen Zeitpunkt benutzte das ungnädige Schicksal zu einem noch verhängnisvolleren Wandel! Denn diese inbrünstigen Worte fanden einen sehr geneigten Zuhörer: jemanden, der seit Monaten wie ein Schatten unbemerkt herumschlich. Eine Person, deren geistiger Zustand täglich verwirrter wurde, was aber niemand bemerkt hatte.

»Nichts leichter als das«, drang eine spöttische, weibliche Stimme in Janas Elend. Und weiter: »Dazu braucht man nun wirklich nicht die Götter anzurufen.«

Im ersten Moment erschrak sie fürchterlich, aber im selben Atemzug wich ihre Mutlosigkeit einem gesunden Zorn! Diese Stimme hätte sie aus Tausenden wiedererkannt, obwohl sie dieselbe erst ein einziges Mal vernommen hatte!

»Was wollen Sie hier? Gehen Sie, bevor Sie jemand sieht!«, verlangte Jana eisig und beobachtete, wie Rajina sich überheblich lächelnd zur Tür hereinschlängelte!

Einen winzigen Augenblick lang wandelte sich das niederträchtige Lächeln in grenzenlose Wut, als die braunhäutige Frau in dem schmutzigen, nassen Kleid sich umsah. Erst mitten im Raum verharrte sie und richtete ihren dunklen Blick träge auf Jana, die aufstand und sich ihr entgegenstellte. »Machen Sie sich keine Sorgen um mich, Miss«, raunte sie, Janas Worte absichtlich missdeutend. Dreist begutachtete sie die zierliche Engländerin in dem malaiischen Gewand und rümpfte angewidert die Nase. »Es ist niemand in der Nähe. Sandokan sitzt oben in seinem Haus mit Pierre, die Leute hier bleiben bei dem Regen in ihren Hütten, Ihre Freundin hat sie soeben verlassen, und Pierce (Jana verabscheute sie allein dafür, weil sie seinen Namen aussprach), nun ...« Rajina betrachtete Jana mit falschem Mitgefühl. »Sie wissen ja sicher, dass er seit einiger Zeit wieder bei mir lebt?«

Nein!, schrie es in Jana auf – obwohl sie vor einigen Minuten noch schwor, sie würde ihn hassen! Ihre steife Haltung brach merklich zusammen – was die Hure genugtuend vermerkte!

»Was wollen Sie von mir?«

Rajina tat irritiert. Ihre dichten Brauen hoben sich.

»Ihnen helfen, meine Liebe, was sonst? Ich habe Ihren Wunsch gehört und will Ihnen die Flucht von Mompracem ermöglichen. Schon allein deshalb«, ihr Blick glitt für einen Moment wieder in unverhüllter Rage an Janas Körper herab, »um Ihnen und auch mir Verlegenheiten zu ersparen. Denn Pierce hat mich gebeten, endlich seine Frau zu werden.«

Der Boden unter Janas Füßen schien zu schwanken. Trotzdem hielt sie sich aufrecht.

»Sie lügen!«

Rajina lachte kehlig und warf herausfordernd das feuchte, schwarze Haar in den Nacken.

»Aber meine Liebe! Ich verstehe selbst nicht, was in ihm vorging, Sie auf solch abscheuliche Art und Weise zu behandeln. Ich jedenfalls kenne ihn nur als einen sehr zärtlichen Liebhaber und war entsetzt, als er mir diesen dummen kleinen Fehltritt gestand.«

Eine Welle von Übelkeit erfasste Jana! Sie hielt sich an der Tischkante fest. Ich habe es gewusst!, marterte ihr Verstand sie.

Rajina barst innerlich vor Gelächter! Nun zahlte sie es dieser Person heim, die ihr alles stahl: ihr Haus, die Zuneigung der Dorfgemeinschaft und die Liebe des stolzesten und schönsten Mannes, den sie je besessen hatte! Sie begann einen Rundgang durch den Raum, wobei sie heimlich vergnügt das schneeweiße Gesicht der Rivalin fixierte. Unaufhörlich bohrte sie die Dolche der Intrige direkt ins Herz der verhassten Engländerin.

»Sorge bereitet ihm diesmal natürlich, ob es ... nun ... Folgen hatte ...«

»Wenn eine Möglichkeit besteht, Mompracem zu verlassen, warum haben Sie diese nicht längst genutzt? Auch Sie hatten allen Grund dazu, wie ich hörte!« Janas Stimme klang wie gesprungenes Glas. Noch kämpfte sie zäh um Selbstbeherrschung.

Rajina drehte sich so, dass Jana ihr Gesicht nicht sah. Denn unvermutet durchbrach ein winziges Flackern von Klarheit ihren vor Eifersucht und Hass zerfressenen Geist. Sogar so etwas wie Trauer huschte über ihre rassigen Züge.

»Wohin hätte ich wohl gehen sollen?«, murmelte sie. Beinahe furchtsam kämpfte sie diese dumme Regung sofort nieder und drehte sich ruckartig um. »Warum sollte ich fortgehen, wenn mein Geliebter hier ist. Doch nun ist alles vergeben und vergessen. Es hat sich nichts geändert zwischen Pierce und mir.« Ihre Stimme erhob sich: »Er hat mir immer gehört und wird mir auch immer gehören!«

Der Todesstoß saß perfekt! Sie wählte den rechten Zeitpunkt, die richtige Stimmung ...

Janas Erwiderung war nunmehr ein Hauch, als sie sich auf dem Stuhl niederließ. Die Kraft zum Streiten gegen etwas, das ohnehin nicht besiegt werden konnte, schwand dahin.

»Ich will fort. Helfen Sie mir.«

Bedauerlich, dass sie Rajinas Gesicht nicht sehen konnte, welches sich zu einer triumphalen Maske aus Wahnsinn entstellte! Die dunklen Augen leuchteten, die Hände krümmten sich zu Klauen, die nicht erwarten konnten, sich um den schlanken Hals der schönen Engländerin zu schließen. Aber das, was diese erleiden sollte, sollte tausendmal grausamer sein als ein schneller Tod! Der Plan reifte, nahm endgültige Gestalt an. Sie trat hinter die zusammengesunkene Gestalt und verlieh ihrer Stimme einen honigsüßen Tonfall: »Wenn Sie es wünschen, kann ich bereits in der nächsten Woche arrangieren, dass ein alter Freund von mir, der diese Passage regelmäßig nimmt, in einer dunklen Nacht etwas näher die Küste entlangfährt. Er wird Sie sicher dorthin bringen, wohin Sie es möchten, sogar ohne Bezahlung. Er schuldet mir noch einen Gefallen.«

»Gut. Nächste Woche also. Erst einmal fort von hier, dann sehen wir weiter«, flüsterte Jana erstickt.

Rajina hatte sie besiegt ...

... Schweißgebadet erwachte Jana aus ihrem Dämmerzustand. Das Wimmern der Sklaven zerrte an ihren Nerven. Noch schlimmer als das Gefühl der Hilflosigkeit und die grässliche Furcht war die Einsicht, dass sie sich selbst in diese jämmerliche Lage gebracht hatte! Sie kniff die Augen fest zusammen und dachte verworren: Mein eigener Fehler wird uns das Leben kosten ..., es sei denn ... Sie riss die Augen wieder auf! Ihr Magen zog sich zusammen. Gab es nicht doch noch einen winzigen Schimmer der Hoffnung auf Rettung? *Es gibt keinen Platz, wo du dich vor dem Tiger verstecken kannst*. Diese Worte hatten sie damals empört. Und nun fiel ihr dieser Satz ein, nährte einen glimmenden Funken von Zuversicht, an den sie sich klammerte und welchen sie nährte – sonst würde sie den Verstand verlieren!

Jana legte eine Hand auf ihren Leib und flüsterte in die Dunkelheit hinein:

»Sie sagten alle, Sandokan lässt nicht zu, dass sich jemand ohne Erlaubnis von der Insel entfernt ... Hörst du, Kind? Sandokan wird uns finden. Ganz gleich, was geschieht ..., der Tiger von Malaysia wird uns finden!« Müde fuhr sie mit dem freien Handrücken über die Augen. Sie weigerte sich, ihrem geschwächten Körper nachzugeben und einzuschlafen. Sie musste gewappnet sein, wenn der Satan erneut kam, sie zu quälen! Er sollte sie nicht im Schlaf überraschen. Wie lange mochte sie bereits in diesem entsetzlichen Verschlag gefangen sein? Aber spielte Zeit eine Rolle?

»Aber ja«, dachte sie laut und lauschte aufmerksam dem heiseren Klang ihrer eigenen Stimme. »Wir müssen ihm sagen, dass Rajina verrückt ist, Kind. Vielleicht hat sie ja auch alles nur erfunden, was sie über deinen Vater sagte. Vielleicht ... vielleicht liebe ich deinen Vater noch, Kind ...« Ihr Kopf sank zur Seite. Zeit, überlegte sie verworren. Zeit ist wichtig, aber warum?

»Hier, ziehen Sie dies an. Wir haben einen weiten Weg quer durch den Busch vor uns. Ich kenne die Pfade, aber sie können unmöglich dieses Kleid anbehalten. Das hier gehört übrigens Pierce. Und er schickt es Ihnen sozusagen als Abschiedsgeschenk.«

Rajina hielt Wort: Kaum eine Woche später tauchte sie völlig durchnässt des Nachts wieder im Schulhaus auf und rüttelte Jana unsanft aus dem Schlummer. Sie hielt ihr lange dunkle Hosen und ein weitärmeliges, graues Hemd vors Gesicht, die sie aus einem feuchten Segeltuch gewickelt hatte. Beides befand sich in einem nicht eben sauberen, aber trockenen Zustand. Und dem Hemd entströmte unverkennbar *sein* Duft nach Salzwasser, Tabak und Schweiß! Dieser Geruch löste in Jana die Vision eines nackten Mannes aus, der bittend die Arme nach ihr ausstreckte und flehte: »Geh nicht ..., bleib bei mir ..., für immer ...« Sie spürte, wie ihre Lippen zu beben begannen, presste sie zusammen und sprang hastig von ihrem Lager. Warum sollte sie Rajinas Worte anzweifeln? Aber sie kannte diesen Geruch – sein männliches, wundervolles Aroma. Hegte sie in den letzten Tagen leisen Zweifel an Rajinas Gerede, so bewiesen die Kleidungsstücke endgültig, dass Yoritomo bei ihr lebte. Jana war viel zu benommen, um sich weitere Gedanken darüber zu machen, als sie die Hose und das Hemd überstreifte. Wie sollte sie auch ahnen, mit welcher Raffinesse diese Person die Kleidung aus den Wäschekörben gestohlen hatte? Wie verblüfft die Frauen waren, als ausgerechnet Rajina ihre Hilfe beim Wäschewaschen anbot? Und staunend ließ man Rajina gewähren.

Mit der Sensibilität des fortschreitenden Irrsinns bemerkte Rajina sehr wohl den träumerischen Ausdruck auf dem schmalen Gesicht der Engländerin, als diese die Sachen an sich nahm. Wut und Eifersucht drohten sie zu ersticken!

Zu ihrem Unglück bemerkte Jana wieder nicht die hassverzerrte Miene der anderen Frau. Sie bändigte die goldene Flut der Locken mit einem einfachen Lederband, beugte sich hinab, um die Bänder der Sandalen zu schnüren. Dabei umspannte die enge Hose die weichen Formen ihrer Hüften wie eine zweite Haut.

Innerlich berstend vor Neid beobachtete Rajina sie und sagte schärfer als beabsichtigt: »Können wir jetzt gehen?«

Jana richtete sich auf, warf einen letzten Blick in die ihr vertraute Umgebung. Mit nichts war sie hergekommen. Mit nichts, außer bitter-süßen Erinnerungen, geliehenen Kleidungsstücken und ... einem Bastard von einem Bastard im Bauch – würde sie nun Mompracem verlassen!

»Gehen wir«, murmelte sie hohl. Es waren die ersten Worte, die sie sprach, seit Rajina die Hütte betrat.

Die Deckkajüte auf Etienne Vardes Schebecke glich einem herrschaftlichen Salon: bestechende Eleganz, rote Samtvorhänge, funkelndes Kristall und Silber auf einer mit erlesensten Speisen überladenen Tafel und rundum gepolsterte Stühle mit hohen, geschnitzten Lehnen. Echte Wachskerzen in goldenen Leuchtern und zwei Gaslampen tauchten den Raum in unwirkliches Licht. Teppiche, so hoch dass Janas schmutzige Füße darin versanken, bedeckten den Boden. Das pompöseste Möbelstück bildete ein breites, mit Seide bespanntes Bett, über welchem Kristallspiegel in die edlen Holzvertäfelungen eingelassen waren.

Vardes saß an der Stirnseite der Tafel und spielte nachdenklich mit dem Stiel eines geschliffenen Pokals. Trotz seiner gelangweilten Miene war er darauf gespannt, welches Vögelchen ihm da so unvermutet von der Hureninsel ins Nest geflogen war! Der Preis entbehrte jeder Grundlage, doch sollte es sich hier tatsächlich um Lady Juliana Sinclair handeln, wie diese verrückte Hure versicherte, erwartete Vardes eine Rechtfertigung des Betrages. Die Schönheit dieses Mädchens war zwischen den Inseln in aller Munde gewesen, bevor sie vor einigen Monaten plötzlich verschwand. Natürlich hatte man ihm berichtet, sie sei mit einem Pflanzer aus Borneo verheiratet worden, aber – wie um alles in der Welt – gelangte eine weiße Lady ausgerechnet auf die Hureninsel? Seine hellen Augenbrauen hoben sich überrascht, als Jana nun sanft von einem gelbhäutigen Riesen in die Kajüte geschoben wurde, der nichts weiter am Leib trug als ein Verti, einen Lendenschurz und Federn, Muscheln und Tigerzähne über der mächtigen Brust. Außerdem war er von den Füßen bis hin zu dem glänzenden Kahlschädel über und über mit merkwürdigen Symbolen tätowiert. Vardes war ein ausgesprochener Frauenkenner. Trotz der aufgelösten, wirr um die Schultern fallenden Locken erkannte er auf Anhieb, welches Juwel ihm eine himmlische Fügung da an Bord gebracht hatte! Entzückt gewahrte er das Feuer in den märchenhaften blauen Augen, die sich ernst und dunkelumschattet auf ihn richteten und ihn seinerseits befangen musterten. Rasch errechnete er die exquisiten, sanften Rundungen unter der absonderlichen Männerbekleidung.

Jana fühlte sich müde, hungrig und vor allem sehr schmutzig in dieser luxuriösen, gepflegten Umgebung. Die unwiderstehlichen Düfte nach gebratenem Huhn, gratinierten Kartoffeln, Honigkuchen und anderen Speisen löschten fast ihr Denken aus. Dabei gellte noch immer das wahnsinnige Gelächter Rajinas in ihren Ohren, dessen Grund sie nicht begriff. Es war alles so schnell gegangen: Kaum hatten sie, völlig durchnässt, fast ertrunken in den unbarmherzigen, von allen Seiten einhüllenden Fluten, eine sehr abgelegene Stelle der Küste erreicht, wurde sie auch schon von diesem entsetzlichen Riesen, der wie ein Geist aus der Dunkelheit auftauchte, gepackt und in ein Boot verfrachtet. Ihre Füße schmerzten und bluteten, denn die Sandalen hatte sie bei dem Gewaltmarsch durch den Dschungel, gnadenlos von Rajina angetrieben, irgendwo verloren. So registrierte sie nur noch benommen vor Erschöpfung, was um sie herum geschah. Irgendwann erwachte sie in einer Kajüte unter Deck aus ihrer Lethargie und musste resigniert feststellen, dass man sie schon wieder einmal eingeschlossen hatte! Gleichwohl nur für wenige Stunden, in denen die Kleidung leidlich am Körper trocknete, dann kam dieser gelbe Riese und brachte sie wortlos in diesen überwältigenden Raum, der nichts mit der Kajüte eines Kapitäns gemein hatte. Ebenso wenig wie der Mann etwas mit einem Kapitän zu tun hatte. Er war schlank, elegant und überaus attraktiv mit seinen schmalen, aristokratischen Zügen, der langen geraden Nase und den grauen Augen unter exakt geformten hellen Brauenbogen. Das dunkelblonde Haar wellte sich über den Kragen eines bestickten Hemdes, dessen Ärmel in weiten, spitzenbesetzten Manschetten endeten. Jedes Detail, nach neuester französischer Mode, stimmte überein: Die geblümte Weste harmonierte zu den hohen Stulpenstiefeln über der safrangelben Kniehose, und die perfekt gebundene Krawatte mit der goldenen Nadel vervollständigte das Bild des Edelmannes. Aber da war der leicht zynische Schwung um die zuvorkommend lächelnden, schmalen Lippen, der Jana daran erinnerte, dass man sie bis vorhin eingesperrt hatte. Unwillkürlich stieg Ärger über diese Behandlung in ihr auf. Schließlich befand sie sich freiwillig an Bord dieser Schebecke! Was gab es für einen Grund, ihre Kajütentür zu verschließen? Sie warf kriegerisch den Kopf in den Nacken. Mompracem war Vergangenheit! Ab heute war sie auf sich alleine gestellt, und sie würde um alles, jede Kleinigkeit, zu kämpfen wissen! Was blieb ihr auch übrig? Den bestürzenden Gedanken, dass sie als Frau, mittellos, und darüber hinaus auch noch mit einem Bastard unter dem Herzen, kaum eine Chance hatte, ihr Ziel zu erreichen, drängte sie furchtsam beiseite. Dass sie eine Närrin war, konnte sie sich einfach nicht eingestehen, obwohl dieser Gedanke ihr in dem Moment kam, als sich die Kajütentür hinter ihr schloss!

Vardes blieb vor ihr stehen. Über ihren Kopf hinweg sprach er zunächst den Riesen an, der mit über der Brust gekreuzten Armen unter der Tür stehen blieb: »Du kannst gehen, Kará-Oló.«

Der Riese verbeugte sich, keinesfalls übermäßig unterwürfig, wie Jana feststellte, und ging hinaus.

Unbehaglich fühlte sie sich von dem eleganten Mann wieder gemustert. Es hätte sie kaum verwundert, wenn er ein Spitzentüchlein aus dem Ärmel zöge und sich dieses geziert angewidert vor die feine Nase hielte.

Aber nichts dergleichen geschah. Stattdessen nahm er ihre Hand, beugte sich formvollendet darüber und deutete einen Handkuss an.

»Ich bin entzückt, endlich Ihre Bekanntschaft zu machen, Miss Sinclair. Mein Name ist Vardes – Kapitän Etienne Vardes – zu Ihren Diensten.« Er richtete sich auf, ließ ihre Hand wohlgesittet fahren und sagte ehrlich bedauernd: »Mir scheint, mein Diener hat mich in Bezug auf Ihre Unterbringung völlig missverstanden. Ich werde ihn für diese Unachtsamkeit auspeitschen lassen. Hätte ich auch nur im Entferntesten geahnt, welche reizende Schönheit sich an Bord meines Schiffes befindet, hätte ich Sie selbstverständlich sofort an meine Tafel gebeten.«

Erschöpfung, Hunger und Müdigkeit ließen Janas Stimme anklagend verlauten, als sie antwortete: »Verzeihen Sie, Monsieur, doch ich vermag nicht an einen Irrtum zu glauben. Ich kam freiwillig an Bord dieses Schiffes, und man behandelt mich wie eine Gefangene.«

In ernsthafter Bestürzung legte Etienne eine gepflegte Hand auf die Brust.

»Madame!«, rief er aus. »Sie müssen mir vertrauen! Es handelte sich hier nur um ein Versehen, wie ich bereits andeutete.« Eine allumfassende Bewegung mit der anderen Hand unterstrich die Lauterkeit seiner Worte: »Betrachten Sie es als Wiedergutmachung der Unbill, die Sie erlitten haben, und bewohnen Sie fortan meine bescheidene Kajüte.«

Auf ihrer Miene spiegelten sich noch immer Zweifel. Aber was sollte sie anderes tun, als das offensichtlich ehrlich gemeinte Angebot anzunehmen? Hatte sie denn überhaupt eine andere Wahl, als Monsieur Vardes sogar zu tiefstem Dank verpflichtet zu sein? Ihre Augen glitten über die Einrichtung und blieben scheu an dem voluminösen Bett haften. Sie spürte, wie das Blut in ihre bleichen Wangen schoss, und wandte sich hastig ab.

Vardes beobachtete sie interessiert.

»Wenn ... wenn es so war, wie Sie es sagen, Monsieur Vardes ..., ach ... verzeihen Sie mir ebenso, denn ich bin schließlich diejenige, die Ihnen zu großem Dank verpflichtet ist, da Sie mich aus einer unerquicklichen Situation errettet haben.«

»Sicher möchten Sie sich vor dem Dinner noch etwas frisch machen«, umging Vardes großmütig und galant ihre Entschuldigung.

Überrascht sah Jana zu ihm auf. Dann senkte sich ihr Augenmerk verlegen auf ihre Füße, die eine hässliche dunkle Spur auf dem kostbaren Teppich hinterließen.

Vardes deutete ihre Gedanken richtig. Er deutete auf eine verborgene Tür am Ende des Salons und verbeugte sich andeutungsweise.

»Dort finden Sie sicher alles zu Ihrer Zufriedenheit vor, Madame. Nur«, seine Augen glitten höflich zurückhaltend an ihr herab, »kann ich Ihnen leider nicht mit geeigneter Kleidung dienen. Aber ich werde Sorge tragen, dass diese hier gereinigt wird, wenn Sie es wünschen.«

Schmerzlich und ungebeten stieg ein Bild vor ihrem geistigen Auge auf: eine andere Kajüte, ebenfalls erlesen ausgestattet, wenngleich nicht mit solchem Pomp überladen. Ein großer, bärtiger Mann beugte sich über eine Truhe, zog ein Kleiderbündel hervor und lachte. »Wir Piraten überlassen nichts dem Zufall ...«

Jana verschloss rasch ihr Herz und konzentrierte sich auf die Gegenwart. In ihrer Brust fochten zwei Seelen einen gleichstarken Kampf aus. Die eine verlangte nach einem reinigenden Bad, sich die Kleider vom Leibe zu reißen und den überwältigend männlichen Duft daraus zu verbannen, die andere ließ peinlicherweise ihren Magen laut knurrend dagegen protestieren, sich von den Köstlichkeiten der Tafel zu entfernen! So blickte sie zwiespältig abwechselnd auf den gedeckten Tisch und an sich hinunter. Der unerwartet besorgte Gedanke an das Kind in ihr beendete die Streitigkeit.

»Ja, ich danke Ihnen. Später vielleicht ..., ich bin sehr hungrig.« Zögernd wies sie zum Tisch.

»Wenn das Ihr Wunsch ist, Miss Sinclair, werden Ihre Sachen später gereinigt. Gehen Sie nun, ich werde Sie mit Ungeduld erwarten. Und ich hoffe, Sie werden mir die Einzelheiten Ihrer abenteuerlichen Odyssee berichten.«

Jana eilte etwas zu hastig durch den Raum, damit er ihr plötzliches Erschrecken nicht bemerkte! Allmächtiger! Sie musste sich eine plausible Geschichte ausdenken! Warum hatte sie nicht vorher daran gedacht? Aber hatte sie überhaupt an irgendetwas anderes gedacht, als Mompracem zu verlassen?

»Natürlich«, murmelte sie und ging rasch auf die Tür zu.

Vardes schaute ihr gedankenvoll nach, wie sie im Nebenraum verschwand. Ein sonderbares Lächeln spielte wieder um seine Mundwinkel, welches sich allmählich zu einem widerwärtigen, bösen Grinsen wandelte!

Es dauerte doch eine geraume Weile, bis Jana wieder erschien. Vardes hatte in der Zwischenzeit wieder Platz genommen und bereits mit dem Essen begonnen. Er ließ verblüfft die Gabel sinken. Dachte er vorhin, der Schönheit seines Gastes wäre nichts hinzuzusetzen, so sah er sich angenehm getäuscht: Einer duftenden Wolke gleich umschwebten nunmehr schimmernde Locken das feine, gesäuberte Gesicht und fielen bis fast zur schmalen Taille herab. Die schüchterne, eigenartige Traurigkeit ihres Blickes gab der liebreizenden Erscheinung ein geheimnisvolles Flair, dessen sogar er sich unschwer entziehen konnte.

»Ich war so frei, Ihre Haarbürsten zu benutzen«, murmelte Jana, verlegen die seidigen Wimpern senkend.

»Aber nehmen Sie mein aufrichtiges Kompliment dafür, wie Sie es verstehen, mit den einfachsten Dingen solch eine Wirkung zu erzielen. Ich hätte Sie beinahe nicht wiedererkannt. Doch nun setzen Sie sich, Miss Sinclair, und greifen Sie zu. Sie müssen völlig ausgehungert sein. Und verzeihen Sie, dass ich mein Mahl bereits begonnen habe.«

Jana nahm ihm gegenüber, mit dem Rücken zur Kajütentür, Platz. Ohne sich zu zieren, füllte sie sich reichlich auf den goldumrandeten Teller und begann zu essen.

Vardes schob seinen eigenen, halb vollen Teller beiseite. Er lehnte sich bequem zurück, schlug elegant die Beine übereinander und zündete sich ein Zigarillo an. Er vermochte den Blick nicht von der anmutigen Gestalt zu lassen und beobachtete sie träge, unter halbgeschlossenen Augenlidern. So recht erfasste er sein Glück noch immer nicht. Er glaubte an einen Scherz, als man ihm mitteilte, eine der Huren stünde am Strand und winke mit etwas, das einem weißen Unterkleid ähnelte. Und dann die unerwartete Nachricht, die Dirne böte ihm eine weiße Frau an, wenn er keine weiteren Fragen stellen würde. Erst wollte er ablehnen, doch so, wie die Nachricht lautete, sollte es sich um ein besonderes Exemplar handeln – nämlich um die verschwundene Lady Juliana Sinclair! Das mochte er natürlich nicht für wahr halten, aber schließlich siegte die Neugierde, und sein Frachtraum war ohnehin nicht zur Gänze gefüllt. Welch eine Überraschung, als sein Diener ihm eine Beschreibung der Frau gab, die genau Lady Sinclair entsprach.

»Erzählen Sie«, forderte er Jana auf. »Wie kommt jemand wie sie auf die Hureninsel? Was ist geschehen?«

Jana sprach den Gerichten eifrig zu und erzählte eine Geschichte, welche sie sich in der Zwischenzeit zurechtgelegt hatte. Zu guter Letzt legte sie aufatmend die Gabel beiseite und lächelte ihn arglos an, obwohl sie vor Furcht bebte, ob die Erzählung sich glaubhaft genug anhörte.

»Eine wirklich merkwürdige Geschichte, die sie da erlebt haben, Miss Sinclair, in der Tat«, sagte Vardes auch ziemlich gedehnt.

Bedächtig benutzte Jana die Serviette, tupfte sich geziert und ausdauernd die Mundwinkel. Um noch mehr Zeit zu gewinnen, griff sie nach dem vollen Rotweinglas und trank in durstigen Schlucken daraus. Warum sieht er mich nur so merkwürdig an?, überlegte sie in zunehmender Panik und sah ihm unschuldsvoll in die Augen. »Ja, nicht wahr?«, bestätigte sie und schüttelte sich in gespieltem Entsetzen. »Ich hatte niemals vorher etwas davon gehört, dass man über Monate hinweg sein Gedächtnis verlieren kann. Wenn diese freundlichen Fischer nicht gewesen wären – nicht auszudenken!«

Vardes beugte sich vor und zog seinen Pokal zu sich herüber. Er trank jedoch nicht, sondern drehte ihn nachdenklich hin und her. Beklommen registrierte Jana den spöttischen Unterton, als er ihre Worte wiederholte:

»Und nachdem Sie Ihr Gedächtnis ...«, es folgte eine seltsame Pause, in der er sie mit Blicken durchbohrte, »dank göttlicher Fügung wiedererlangten, setzten die freundlichen Leute sie ausgerechnet auf der Hureninsel ab!«

Sie verschluckte sich an dem letzten Rest im Glas und war praktisch dankbar für den Hustenanfall. Als es ihr gelang, wieder regelmäßig zu atmen, entrüstete sie sich:

»Sie ahnen nicht, wie entsetzt ich war. Habe ich doch niemals im Entferntesten vermutet, es gäbe einen solchen Ort! Ich kann Ihnen nicht genug danken, dass Sie sich bereit fanden, mich von dieser ... dieser ...« Gekonnt verschämt stockte sie, hob das leere

Glas in Vardes Richtung und bat: »Kann ich noch von diesem Wein bekommen? Er ist so köstlich erfrischend.«

Der Sklavenhändler erhob sich lächelnd, griff nach der Karaffe und kam zu ihr herüber.

»Er kommt aus Frankreich. Es ist ein Bordeaux. Er eignet sich am besten zu einem hervorragenden Dinner«, plauderte er charmant und goss ihr Glas erneut voll.

Erleichtert griff Jana nach dem Anker einer harmlosen Konversation. Was war nur mit ihr los? Der Kapitän war doch freundlich, zuvorkommend und galant – und trotzdem schauderte es sie, als seine Hand ihre streifte. Sie mahnte sich, auf der Hut zu sein. Höflich antwortete sie: »Dafür bewundere ich die Franzosen umso mehr. Ihre Küche, ihre Weine – alles ist exzellent.«

»Oui, Mademoiselle. Auch ich bin dieser Ansicht.« Er wollte gerade zu seinem Stuhl zurückkehren, da schien ihm etwas einzufallen. Er blieb stehen und bemerkte beiläufig:

»Verzeihen Sie meine Unachtsamkeit – ich vergaß, Ihnen gegenüber zu erwähnen, es befindet sich noch ein zweiter Gast an Bord. Bedauerlicherweise scheint dies der Grund für den unglücklichen Fehler meines Dieners zu sein. Sie zuerst in einem so unpassendem Raum unterzubringen, da die andere Kajüte bereits belegt ist. Ich werde ihn dafür strafen, dass er eigenmächtig handelte und Sie nicht sofort zu mir führte.«

Ihre Hände umfassten den zarten Stiel des Weinglases so fest, bis ihre Knöchel weiß heraustraten. Nicht etwa die Ankündigung, es hielte sich noch ein Gast an Bord auf, ließ sie erbleichen, keineswegs, sondern es war die befremdliche Art, in welcher er ihr dieses mitteilte! Sie konnte nicht benennen, was ihr daran nicht gefiel. Vardes Stimme klang höflich, einen Hauch gelangweilt, wie die eines jeden Edelmannes und dennoch ...

»Noch ein Gast?«, lachte sie nervös auf, »Oh, wie nett! Aber bitte, strafen Sie Ihren Diener nicht. In Anbetracht der Situation, dass meine Passage unangemeldet war, verstehe ich die Verwirrung des Mannes sehr wohl. Ich vergebe ihm auch, dass er mich versehentlich eingeschlossen hat.«

Vardes verbeugte sich in vollendeter Manier.

»Sie sind sehr verständnisvoll, meine Liebe. Umso mehr bin ich entzückt, Ihnen eine Freude mit meinem Gast machen zu können, der gleich hier erscheinen wird. Leider war er zum Dinner etwas indisponiert, da er kürzlich einen kleinen Unfall hatte.«

Er beließ die Karaffe neben ihrem Teller und ging zurück zu seinem Platz, wo er sich ein neues Zigarillo entzündete und den würzigen Rauch tief inhalierte. Befriedigt lächelnd beobachtete er sie weiter.

Zerfahren nippte Jana an ihrem Glas und suchte nach einem unverfänglichen Gesprächsthema. Der Mann schien intelligent, belesen und besaß die besten Manieren, überdachte sie ihre unerklärliche Abneigung. Doch gerade in dem Augenblick, da sie vorsichtig beschloss, ihren Argwohn zu unterdrücken, geschah das Unerwartete, völlig Absurde:

Vardes charmantes Lächeln änderte sich um keinen Deut! Auch sein gepflegt plaudernder Tonfall wies nicht die geringste Nuance einer Unsicherheit auf, als er nahezu heiter, interessiert die groteske Frage stellte:

»Sind Sie noch Jungfrau, Miss Sinclair?«

Vardes betrachtete gespannt ihr sich purpurn färbendes Gesicht und ignorierte ihren völlig fassungslosen Blick.

»Oh! Sollte ich Sie mit meiner Frage etwa gekränkt haben, Mademoiselle?«, fragte er gut gelaunt. Die Spur von Bosheit, die in seiner Stimme schwamm, war durchaus nicht mehr zu ignorieren!

Ebenso wenig entging dem sprachlosen Mädchen das Öffnen der Tür hinter ihrem Rücken. Sie verspürte jäh, wie sich die kleinen Härchen in ihrem Nacken warnend sträubten, obwohl sie nicht wissen konnte, wer dort eintrat! Sie wollte sich umwenden, gleichwohl gehorchten ihre Muskeln nicht mehr! So starrte sie Vardes weiter mit halbgeöffneten Lippen über den Tisch hinweg an und versuchte die Fassung wiederzuerlangen. Sie sah reglos zu, wie Vardes sich höflich andeutungsweise erhob und dem Besucher hinter ihrem stocksteifen Rücken zuwinkte.

»Ah, da ist ja unser zweiter Gast!«

Das Blut gerann in ihren Adern! Eine furchtbare Ahnung überfiel sie! Hier wurde etwas gespielt, aber man teilte ihr die Spielregeln nicht mit.

Jetzt zwinkerte Vardes ihr vertraulich zu, grinste dann wieder über ihren Kopf hinweg und rief sichtlich aufgelegt:

»Treten Sie ein, lieber Freund! Gesellen Sie sich zu unserer fröhlichen Plauderrunde – Edmond!«

Mit sturzflutartigem Aufklatschen ergoss sich ein Kübel eisigen Wassers über die im Alkoholrausch liegende Rajina! Das Geräusch verband sich mit ihrem durchdringenden, schrillen Kreischen, als sie sich triefend vor Nässe aufrichtete und dabei wild um sich schlug! Dabei krachten die geleerten Flaschen aus den übel riechenden Decken und kullerten scheppernd über den schmutzstarrenden Boden ihrer Hütte.

Breitbeinig, wutschnaubend ragte Yoritomo Shigehira – jeder muskulöse Zoll ein auf Rache sinnender Mephisto – vor ihrem nun klatschnassen Lager auf. In der einen Hand hielt er den erhobenen Kübel, welchen er über seine ehemalige Gespielin geleert hatte. Pierre Evereux stand wachsam neben ihm und blickte ebenso angewidert wie der Freund auf die fast entblößte Frau hinab. Ihre Brüste fielen vollends aus dem offenen, schmutzigen Mieder, als sie sich endlich beruhigte und mit dem Gekreische innehielt.

Rajina blinzelte. Sie nahm weder die Nässe noch ihre Blöße

wahr. Mit einer trägen Bewegung schob sie die feuchten, klebrigen Haarsträhnen aus dem Gesicht. Offensichtlich erkannte sie zumindest, wer da vor ihr stand, denn sie versuchte vergeblich die nackten Arme Yoritomo entgegenzustrecken. Ihr gedunsenes Gesicht verzerrte sich zu einer Grimasse, welche wohl ein Lächeln darstellen sollte.

»Mon Dieu«, krächzte der Franzose erschüttert.

Yoritomo hingegen verzog keine Miene. Mit der Rage einer gereizten Viper schmetterte er den Kübel quer durch den verdreckten Raum, wo das Holz erst krachend aufschlug, dann zerbarst!

Rajina lächelte einfältig zu ihm hoch.

»P ... Pierce, m...mein schöner starker Mann. Bi ... bist du also zu d ... deiner Rajina z ... zurückge ... gekom ... men.«

Die Zunge gehorchte ihr nicht mehr, und sie drohte inmitten des Schmutzes und der Nässe wieder sanft zu entschlummern.

Noch ehe Pierre eingreifen konnte, stürzte Yoritomo sich auf sie, packte sie bei den Schultern und schüttelte sie in überschäumender Wut!

»Wo ist sie?! Was hast du getan?!«, brüllte er wie von Sinnen!

Ihr Kopf flog schlaff von einer Seite auf die andere, als wäre ihr Genick bereits gebrochen!

»So hat es doch keinen Sinn, mon ami!«, schrie Pierre und bot seine stämmigen Muskeln auf, um dem Rasenden in den Arm zu fallen. »Nur sie kann uns sagen, wo die Kleine ist! Ich bitte dich, cher, du bringst sie um!«

Yoritomo hielt abrupt inne! Angeekelt stieß er Rajina zurück und wandte sich schwer atmend, um Beherrschung ringend, ab. Sein Herz hämmerte in einem wilden, sich überschlagenden Stakkato! Was hätte er da fast getan? Aus Furcht ließ er sich beinahe dazu hinreißen, einen Mord zu begehen! Einen niederträchtigen Mord hier auf der Insel! Zwar keine heimtückische Bluttat, wie er schon zu viele ausführte, als er noch unter dem

Killerkommando der Yakuza stand – dies hier wäre zweifellos etwas anderes gewesen. Rajina war kein Gegner, der ihn angriff und gegen den er sich verteidigen musste. Oder doch?, kam es ihm unvermittelt in den Sinn. Hatte sie ihn nicht angegriffen, wenn auch auf andere Weise als mit blankgezogener Waffe? Stieß sie ihm etwa keinen unsichtbaren Dolch mitten ins Herz, als sie Jana, *seine* süße Jana, einem Satan wie Vardes auslieferte? Er schien alles falsch zu machen! Er hatte den falschen Zungen Glauben geschenkt – den verkehrten Instinkten vertraut –, sich den einzigen Freunden, die er je besaß, entgegengestellt – das Vertrauen eines engelsgleichen Wesens auf dem Gewissen! Entsetzen umkrallte seine Eingeweide in zweifacher Hinsicht: einmal, weil die grauenvolle Szene eines zarten Körpers unter der unmenschlichen Sklavenpeitsche permanent in seinem Gedächtnis haften blieb! – Zum anderen krallte sich die Höllenangst vor sich selbst in seine Magengrube: Er musste gerade feststellen, dass Gefühle in ihm geweckt wurden, die er längst überwunden zu haben glaubte. Gefühle, die seinen Reflexen befahlen, gnadenlos und unbarmherzig zu töten – töten – töten! Ohne nach Sinn, Grund, Warum zu fragen! Es schüttelte ihn! Er wagte nicht, sich herumzudrehen, und überließ Pierre das Feld. Yoritomo ahnte – würde er diese Hure auch nur einmal ansehen –, niemand könnte ihn davon abhalten, sie zu töten! Denn es gab nichts, außer dem eigenen Tod, was ihn davon abhielte. Das war eine der Lehren, die ihm in den finstersten Jahren seines Lebens eingeimpft wurden!

Nachdem Pierre sich überzeugt hatte, dass Rajina nichts fehlte, außer einem Brummschädel, setzte er sich, seinen heftigen Widerwillen unterdrückend, zu ihr und nahm sie in die Arme, in denen er sie wie ein Kleinkind wiegte und auch genauso auf sie einsprach:

»Rajina, mein Liebling, kannst du mich verstehen?«

Für einen Augenblick, wahrscheinlich auf Grund der heftigen Vibrationen ihres umnachteten Gehirns, lichteten sich die trunkenen Nebel. Aus geschwollenen Augen zwinkerte sie Pierre an. Ihr Grinsen erstarb. Stattdessen blinzelte sie argwöhnisch rundum, als wolle sie sich vergewissern, mit wem gesprochen wurde. »G ... geh weg. Du bi ... bist wie all ... lle anderen. Du m ... magst mich nicht –«, versuchte sie sich ungehalten aus Pierres kräftigen Armen zu winden.

Doch der hielt sie weiter fest umklammert und wiegte sie.

»Aber wie kannst du so etwas nur denken, ma chérie. Ich liebe dich doch, das musst du doch gemerkt haben. War es nicht so, dass du immer Pierce mir vorgezogen hast?«

Rajina begann träge zu lächeln.

Im Hintergrund, mit abgewandtem Gesicht, ballte Yoritomo die Fäuste! Seine Beherrschung hing an einem seidenen Faden.

Unvermittelt brach Rajina in hämisches Gelächter aus! Sie wollte sich ausschütten vor Lachen, klammerte sich an Pierre und schrillte überschnappend: »A ... alle hat sie ver ... verhext, dieser blonde E ... Engel! Jetzt kommen al ... le wieder zu Rajina!«

Yoritomos Gelenke knackten beim steten Öffnen und Schließen der Fäuste. Die Goldaugen versprühten unheiliges Feuer!

Pierre warf einen warnenden Blick zu ihm hinüber, obwohl der Freund ihn nicht sah. Die Hure war die einzige winzige Chance zur Rettung Juliennes! Unablässig streichelte er Rajina, bis sie mit dem irren Gelächter aufhörte und ihn triumphierend ansah.

»Warum sagst du das, mein Herzblatt? Ist sie denn fort? Ist sie nicht mehr auf der Insel? Komm, und erzähle deinem Pierre, was du gemacht hast. Kommt sie denn auch wirklich nicht mehr zurück?«

Rajina warf den zotteligen Kopf in den Nacken. Die schmeichelnden Worte fanden reichlichen Boden und Glauben. »Dieses Weibsbild gla ... glaubt, er bringt sie zurück ...«, sie unterbrach sich, sah Pierre groß an und rief mit quengelnder Kinderstimme: »Ab ... aber Rajina hat nichts ver ... verraten. O nein, Rajina ist klug. Sie hat nichts von Mom ... m ... pracem verraten.«

»Mach ein Ende, Pierre! Ich werde sie eigenhändig erwürgen!«, knirschte Yoritomo durch die Zähne!

Der Blick des Franzosen verriet Besorgnis. Würde der Freund sich beherrschen können, bis sie die Wahrheit herausfanden? Er ahnte, was jetzt in ihm vorging, wenn er auch dessen ganzes bisheriges Verhalten absolut nicht begriff. Er war in die Engländerin verliebt, das sah sogar ein Blinder. Und falls Juliana etwas geschah, so war es einzig seine Schuld, nach dem, was sich in der Nacht des Festes zugetragen hatte. Pierre hätte ihn am liebsten zum Kampf gefordert, als Tinuha sich ihm anvertraute, nachdem Jana verschwunden blieb. Er wusste nicht genau, ob er Mitleid für den geschlagenen Krieger empfinden sollte. Wie gerne würde er ihm seinen Grimm ins Gesicht schleudern, ihn anbrüllen: Du verdammter Narr! Hast nicht ausgerechnet du uns beigebracht, die Frucht d'amour ohne Folgen zu genießen? Was hast du getan? Aber Pierre schwieg. Er wandte sich Rajina zu und zog sie enger an sich, bevor sie sich wieder an die Anwesenheit von Yoritomo erinnerte. »Naturellement hast du nichts verraten. Ich glaube dir. Aber wer hat sie nun mitgenommen?«

»Vardes, der gute alte Vardes«, sagte Rajina klar und deutlich, mit leuchtenden Augen und Beifall heischendem Ausdruck!

Mit einem erstickten Laut stürzte Yoritomo zur Tür!

»Wo willst du hin?«, rief Pierre ihm unruhig nach.

Pierre zog Rajina vorsichtig von dem tropfnassen Bett auf die Füße. Er schluckte. »Gehen wir zum Strand hinunter und sehen nach, ob sie auch wirklich fort ist, chérie, oui?«

Rajina hing wie ein nasser Sack an seinen Armen und nickte strahlend. Ihr Gehirn schien wieder in Auflösung begriffen. Auch deswegen beeilte Pierre sich, dem unglaublichen Gestank in der Hütte zu entkommen! Halb trug er – und halb schleifte er sie hastig an die frische Luft.

Trotz des steten Regens gruppierten sich einige in Decken gehüllte Frauen um die Hütte. In deren Mitte stand zornig der Herrscher der Insel, dem das Wasser in feinen Bächen aus dem schwarzen Bart über die behaarte, breite Brust rann. Man konnte fast annehmen, es wären Tränen, die sein Gesicht nässten. Und vielleicht kam es der Wahrheit auch nahe. Sandokan liebte Juliana. Nie vorher war ihm dies so deutlich geworden wie in den letzten drei Tagen, als die Piraten von Mompracem, ein Suchtrupp nach dem anderen, unverrichteter Dinge aus dem Dschungel zurückkehrte. Vielleicht liebte er sie auch nur ihrer Ähnlichkeit mit Marianna Guillonk wegen – wer wusste das schon? Trotzdem hegte der Tiger Yoritomo gegenüber ähnliche Gedanken wie der Franzose – nur dass ihn das Alter weiser und besonnener machte. Wäre er allerdings um nur zehn oder fünfzehn Jahre jünger, hätte er den närrischen Krieger, der Mompracem den Frieden und die Einigkeit raubte, unweigerlich zum Kampf gefordert! Womöglich hätte er sogar gesiegt. Was Yoritomo an Technik und Schnelligkeit besaß, glich der Tiger von Malaysia durch Ausdauer und Kraft noch heute aus. Er gehörte zu den wenigen Menschen – genauer gesagt, es gab nur zwei auf den Inseln –, welche einem wütenden Tiger mit nur einem Messer entgegentraten.

– Sicher wäre ein Zweikampf ungefähr so verlaufen, wie Sandokan ihn sich vorstellte – und unleugbar besaß er die Chance, Yoritomo zu besiegen ..., aber wirklich nur eine äußerst geringe Chance! Denn auch der Tiger war nicht allwissend. Genauso wenig wie Pierre Evereux ahnte er etwas von der dunklen Vergangenheit des Kriegers, über die Yoritomo Shigehira niemals sprach. Niemand ahnte, zu welch gnadenlosem Killer der vertraute Freund ausgebildet worden war! Dem sich kein Mann im

Kampf zu widersetzen vermochte! Vermutlich war es gut so, wenn dies ein gehütetes Geheimnis des Eurasiers blieb. Einige Menschen auf Mompracem fürchteten ihn ohnehin mehr als nur respektvoll –

Dem Franzosen gelang es mittlerweile, die Verrückte zur Anlegestelle zu schleifen. Er warf einen neidvollen Blick hinüber zum Saum des Dschungels, wohin Yoritomo sich zurückgezogen hatte. Rajina drohte den Halt zu verlieren und wäre fast gestürzt. Im letzten Augenblick stützte er sie. Er unterdrückte ein Stöhnen und war froh, dass der Regen ihm den Schmutz abwusch, den Rajinas klebriger Schweiß auf seiner Haut hinterließ.

»Jetzt zeigst du Pierre brav, welche Richtung der gute Vardes genommen hat, nicht wahr, ma chérie?«

Sie versuchte sich irre kichernd zu orientieren. Pierre war gezwungen, ihr die strähnigen Haare aus dem Gesicht zu streifen, da sie nicht bemerkte, dass diese ihr die Sicht nahmen. Endlich, nach einer atemlosen Spanne, hob sie langsam den Arm und deutete in eine bestimmte Richtung über das Meer hinaus.

»Da ist sie hin, die blonde Hexe. Sie wird niemals zurückkehren«, sagte sie wieder überraschend klar. Und es klang wie ein endgültiges Todesurteil!

Dem stämmigen Mann rann ein Schauer über den Rücken. Das reichte! Wie von einer Natter gebissen, zog er die stützenden Arme zurück und ließ sie einfach auf den steinigen Boden fallen. Mit großen Sprüngen stürmte er zurück.

Sandokan eilte ihm auf halbem Wege entgegen.

Yoritomo rührte sich nicht von der Stelle, sah auch nicht herüber. Mit geschlossenen Augen hielt er sein Gesicht dem Regen entgegen.

Sandokan stieß nur ein einziges knappes Wort hervor, als der Franzose keuchend vor ihm stand:

»Vardes?«

Pierre vermochte lediglich erschüttert mit dem Kopf zu nicken. Es hatte den Eindruck, als dämmere ihm erst jetzt die schaurige Wirklichkeit, welch hässliches Schicksal die junge Engländerin ereilt hatte ..., als hätte er die schrecklichen Ahnungen bisher nicht wahrhaben wollen.

Der Tiger ging langsam zu der beieinander stehenden Gruppe zurück, um die besorgten Frauen zu informieren, damit sie sich auch um das Bündel Irrsinn am Anlegeplatz kümmerten.

Rose legte vertraulich eine Hand auf seinen Arm.

»Du wirst wieder kämpfen?«

Sandokan nickte grimmig, schenkte ihr seine Aufmerksamkeit – und strich Rose wie unbeabsichtigt über die blasse Wange. Diese Geste ließ die attraktive Frau freudig erbeben. Und die anderen, die es sahen, lächelten verhalten. Sie wussten, dass die großherzige Wirtin dem Tiger von Malaysia mehr als nur eine tiefe, freundschaftliche Gesinnung entgegenbrachte.

»Sei unbesorgt, Rose. Wir werden alles tun, um die kleine Juliana zu finden.«

Dass ihre Bangigkeit nicht alleine der verschwundenen Engländerin galt, ahnte Sandokan ebenfalls. Und er war der Freundin unendlich dankbar für ihre taktvolle Zurückhaltung in den letzten Jahren. Niemals versuchte sie, ihm etwas anderes als Kameradschaft anzudeuten. Doch die stille Hingabe und Bewunderung, der offene Blick aus den schönen Augen der Eurasierin, zeigten ihm deutlich, wie sie wirklich empfand. Es würde sich einiges ändern, wenn es ihm gelungen war, Juliana und Pierce zu vereinen. Das gebot er sich insgeheim. Er war in der Blüte seiner Jahre, und ihm fehlte eine Gefährtin. Schon viel zu lange verschloss er sich seinen natürlichen Bedürfnissen, aus Trauer um seine wunderschöne Gattin Marianna, der *Perle von Labuan*. Fraglos würde er niemals wieder dieses rasende Herzklopfen der ungestümen Liebestollheit verspüren – aber er vermochte

Rose jene abgeklärte Liebe entgegenzubringen, die das Dasein in der Mitte des Lebens beglückte ..., dieselbe Liebe, die er auch Marianna Guillonk nach diesen Jahren entgegengebracht hätte – wären sie vereint geblieben.

Pierre hatte sich bereits abgewandt und schritt schwerfällig hinüber zu dem schlanken Krieger, dessen niedergeschlagene Haltung ihm auffiel und ihn berührte. Yoritomo blickte ihm zwar entgegen, doch in seinem Gesicht rührte sich kein Muskel. Auch nicht, als Pierre ihm mitfühlend eine Hand auf die Schulter legte und ihm in die erstmals erloschenen Augen sah.

»Welcher Kurs?«

Auch seine Lippen bewegten sich kaum.

Pierre antwortete nicht sofort, sondern fuhr fort, ihn besorgt anzusehen. Schließlich fragte er:

»Bist du bereit, mein Freund?«

»Welcher Kurs?«, wiederholte Yoritomo, und seine eben noch raue, flüsternde Stimme klang plötzlich wieder metallisch und hart! Leben erreichte seine Augen, ließ sie endlich in gewohnter Weise aufglimmen!

Der Blick des Franzosen glitt an ihm vorbei über das Meer. »Nordost.«

Yoritomo nickte. »Es ist keine Zeit zu verlieren!« Plötzlich drehte er sich um. Jetzt loderte sein Blick in tödlicher Gier, Vergeltung zu üben! Vardes! Dieser ahnte höchstwahrscheinlich noch nicht einmal, *wen* er da herausforderte! Und in rasender Vorfreude auf das Gesicht des widerwärtigen Sklavenjägers, wenn er ihm die Kehle durchtrennte, brüllte er:

»Tiger!! Bist du bereit zum Kampf?!«

Sandokan nickte den Frauen zu, wandte sich ihm zu. Die Augen des Tigers funkelten gelb und unheilschwanger durch den seidigen Vorhang der Regenfluten!

»Ich bin bereit, mein Freund!«, brüllte er zurück, und es klang nach dem wütenden Fauchen der gestreiften Bestie, welche ihm, dem Herrscher von königlichem Blut, ihren Namen verliehen hatte! Er ging mit langen, federnden Schritten zu den beiden hinüber.

Drei große Krieger, gemeinsam unbesiegbar, sahen sich in stummer Übereinstimmung, mit gefährlich wildem Lächeln an. Scheinbar vergessen war der ursprüngliche Grund, warum dieser Feldzug gegen den Sklavenhändler stattfinden musste. Es galt jetzt, einen längst fälligen Gegner aufzuspüren ... und zu vernichten!

»Bist du bereit, Kobra?«

»Ich werde es sein«, kam die Antwort siegessicher.

Pierre stemmte entschlossen die Hände in die Seiten, zeigte zwei Reihen grimmig gebleckte, weiße Zähne.

»Sambigliong wird meine Stelle hier einnehmen. Und gnade Gott demjenigen, der in dieser Nacht die Wache hatte!«

»So lasst uns keine Zeit verlieren. Mein Säbel lechzt nach dem Blut des Hurensohnes Vardes.« Diese Worte des Tigers kamen aus tiefster Kehle.

»Auf nach Mompracem! Es ist ein langer Weg!«, schrie Pierre, zu seinem alten leichtfertigen Ton zurückfindend. So war alles beim Alten, als die Männer nun kampflüstern in den Dschungel eintauchten.

So war es immer gewesen, wenn es galt, den gemeinsamen Feind zu stellen: Gereizte Wut und Leichtsinn – zusammen unschlagbar!

Endlich gehorchten die tauben Muskeln den Befehlen. Dafür entwich schlagartig jeder halbwegs vernünftige Gedanke aus ihrem Hirn! Ihr Kopf wirbelte herum und ihr war, als würde die Kajüte vor ihren ungläubigen, entgeisterten Augen rotieren!

Da stand er! Edmond McCleary! Wie der Leibhaftige höchstpersönlich – und grinste sie aus einem grässlich entstellten Gesicht an! Die linke Wangenhälfte hing, auf Grund einer riesigen

Scharte, deren Hälften nicht richtig zusammengeheilt waren, schief herab. Die Narbe zog sich über das Kinn, streifte knapp den Mundwinkel und verlief quer über das Auge bis zum Haaransatz. Derjenige, welcher ihm diese Verletzung beibrachte, musste entweder ein Stümper – oder ein vollkommener Meister der Waffe gewesen sein – ansonsten hätte ein solcher Hieb den Kopf in zwei Hälften gespalten! Aber das grausame Bild vervollständigte sich erst mit der gekrümmten Haltung seines Körpers: Das linke Bein schien kürzer zu sein. Dazu stützte er sich schwer auf einen Stock mit silbernem Knauf. Ohne Zweifel ..., der große McCleary war zum halb blinden, lahmen Krüppel geworden, seit Jana ihn zuletzt sah! Seiner Bösartigkeit hatten diese körperlichen Gebrechen offenbar keinen Abbruch getan – im Gegenteil!

Das Weinglas entfiel Janas klammen Fingern und hinterließ auf dem hellen Teppich einen hässlichen roten Fleck, der sich sternförmig ausbreitete. Ihre Adern füllten sich mit Eiswasser!

Edmond musterte sie mit der entsetzlichen Karikatur eines Lächelns und hinkte herein. Die Tür schloss sich wie von selbst hinter ihm. Wahrscheinlich wachte dort dieser barbarische gelbe Koloss. Edmond war schon immer ein guter Schauspieler gewesen. Diesem Charakterzug fügte sein abstoßendes Äußeres gleichfalls keinerlei Schaden zu, denn betont überschwänglich begrüßte er Jana mit den Worten:

»Meine liebe Nichte! Wie danke ich Gott, dich wiederzusehen! Wähnte ich dich doch ebenso tot wie meinen guten Freund Norman.« Er senkte mit theatralischer Geste das Haupt. »Gott hab ihn selig«, und schaute sie diabolisch grinsend an. »Ah, unser Zusammentreffen macht dich ebenso glücklich wie mich, nicht wahr, meine liebe Juliana?«

Janas Kehle war in lähmendem Entsetzen wie zugeschnürt! Sie vermochte ihn nur erschüttert anzustarren! Ihr Denkvermögen war wie ausgelöscht.

Vardes stand auf und kam um den Tisch herum. Erheitert schüttelte er den wohlfrisierten Kopf, wobei nicht ein Haar seiner kunstvollen Frisur verrutschte. »Aber natürlich ist sie begeistert. Sie sehen doch, mein Freund, es hat ihr vor Glück die Sprache verschlagen!« Teilnahmsvoll beugte er sich über das bewegungslose Mädchen, deutete auf den Flecken am Boden und wisperte gönnerhaft: »Oder sind Sie schockiert über das kleine Missgeschick? Aber nicht doch, Mademoiselle. Mein Diener hat bisher noch alles aus diesem Teppich beseitigen können, was die Farbe Rot besaß. Blut ist allerdings hartnäckiger als Rotwein, das muss ich leider einräumen. Also machen Sie sich keine Gedanken um den kleinen, belanglosen Fleck, meine Liebe.« Er tätschelte jovial Janas Schulter und ließ seine Hand dort liegen, während er sich Edmond zuwandte und ihn noch einmal aufforderte: »Nehmen Sie doch Platz in unserer bezaubernden Gesellschaft, Edmond, und plaudern Sie ein Weilchen mit uns.«

Die Berührung von Vardes Hand, dessen lange Finger wie unbeabsichtigt über die empfindliche Stelle unterhalb ihrer Kehle strichen, verursachte in ihrem Körper einen Schüttelfrost! Von den Zehenspitzen ausgehend, den Rücken hoch – erlöste er Jana aus ihrer Erstarrung!

Edmond setzte sich schwerfällig auf den Stuhl zu ihrer Rechten. Den Stock legte er behutsam neben sich auf den Boden. Wieder grinste er ihr bösartig zu und angelte nach der Weinkaraffe.

Unwillkürlich schrak sie zusammen, als die klauenartigen Hände auf sie zufuhren! Edmond hatte darüber hinaus auch sehr an Gewicht verloren, stellte sie konfus fest. Die Erinnerung an Lord Guillonk tauchte aus dem Hintergrund auf. Irgendwie sah er nun diesem bösen alten Mann ähnlich. Ihre verkrampften Muskeln entspannten sich, denn Vardes nahm endlich die Hand von ihrer Schulter und ging auflachend zu seinem Platz zurück. Dort ließ er sich lässig nieder, sog an dem Stummel des Zigarillos und betrachtete die ganze Szene interessiert, als befände er sich in einem Theaterstück.

Dieser Vergleich brachte Jana auf eine vielleicht rettende Idee! Sie hatte Angst ..., erbärmliche, bibbernde Angst wie nie zuvor in ihrem Leben! Allmählich begriff sie die Falle, in der sie sich befand – welcher sie nur mit dem Bruchteil einer Chance entrinnen konnte, wenn es ihr gelang, sich zusammenzureißen und um ihr Leben zu spielen!

»Wie bedauerlich, doch ich habe den Eindruck, mein Erscheinen hat dich irgendwie erschreckt. Was ist mit dir, meine liebe Nichte?«

McCleary ließ sie nicht eine Sekunde lang aus dem gesunden Auge.

»Keineswegs, Onkel Edmond!«, versicherte Jana hastig ... Eine Spur zu laut, wie sie sofort bemerkte! »Natürlich freue ich mich, dich zu sehen. Ich ... ich bin nur überrascht, wie du sicher verstehst.« Sie legte alle Teilnahme in ihre Stimme.

»Was ist mit dir geschehen? Wer hat dir so etwas Furchtbares angetan? Ist« sie schluckte, »auf Cleary etwas passiert?«

Wenn Edmond verblüfft war, merkte man es ihm jedenfalls nicht an. Sein Auge verengte sich zu einem schmalen Spalt. »Cleary?«, fragte er hohntriefend. »Cleary existiert nicht mehr!«

Beinahe verlor sie wieder die Fassung! Jana wusste zwar von der ehemaligen Zofe Milly, dass etwas auf Cleary geschehen war, aber ...

»Und Tante Esther? Und Ethel? Und Anabell?«

»Tot!«, zischte Edmond tückisch zu ihr hinüber, und sie erbleichte bis unter die Haarwurzeln. »Tot und begraben! Ermordet von *deinen* Freunden! Der verfluchte Tiger von Malaysia überfiel Cleary, plünderte und vernichtete es!« Seine Tonlage bekam plötzlich einen schrillen, jähzornigen Klang, der ihr schlagartig bedeutete, der Onkel konnte unmöglich völlig bei

Sinnen sein! Sie schwieg und lauschte angstvoll seinem nahezu hysterischen Gekrächze. »Soll ich dir erzählen, was die Piraten mit deinen Cousinen gemacht haben? Möchtest du hören, wie Anabell geschrien hat, als Sandokan ihr persönlich die Kleider vom Leibe riss, ihr die Beine auseinanderzwang und ... Und ...«

»Genug!! Ich glaube dir nicht!! Ich weiß ...«

In flammender Empörung war Jana zornbebend aufgesprungen ..., um in derselben Sekunde bestürzt ihren wahrscheinlich nicht rückgängig zu machenden Fehler zu erkennen! Genau einen solchen Fehler, den Edmond soeben machte, der ihr einen Moment lang den vagen Trost vermittelte, dass er log – schamlos, gehässig und widerwärtig log!

Vardes Augenbrauen hoben sich. Er lehnte sich noch bequemer zurück und schlug die Beine wieder übereinander. Ihm gefiel das Schauspiel ungemein, welches sich ihm bot! Und diese herrliche junge Frau – die Hauptdarstellerin –, die mochte er am liebsten. Er verspürte bereits ein wohl bekanntes, angenehmes Kribbeln in den Handflächen, wenn er an den Fortgang des Abends dachte ...

Wie eine Schlange ihre Beute fixiert, ehe sie diese lebend verspeist, beugte Edmond sich ein wenig mehr über die Tischplatte zu ihr hinüber. Dass sich dabei sein unbeholfen gebundenes, lose herabhängendes Krawattentuch an den Spitzen mit der Soße in einer Schüssel vollsog, ignorierte er.

»*Was* weißt du?«

Jana pokerte konzentrierter um ihr Leben, nachdem sie sich beinahe verraten hätte! Die Furcht presste ihre Gedärme zusammen. Gleich wird mir schlecht! Gott im Himmel ..., gleich! Ergeben schlug sie die Augen nieder, in denen gewiss die blanke Panik geschrieben stand!

»Verzeih mir, Onkel Edmond. Ich dachte ..., ich glaubte zu wissen, Koah und Tinuha ..., ich dachte, die beiden würden niemals etwas zulassen, das Cleary schadet.«

Mit reuevoller Unschuldsmiene gelang es ihr aufzuschauen.

Edmond fuhr, völlig überrascht von dieser unerwarteten Wende, zurück!

Und Jana setzte wohlnuanciert, verhalten fort: »Tinuha erklärte mir immer wieder, der Palast fiele eines Tages an sie und Koah zurück.« Sie musste zumindest einiges von ihrem Wissen preisgeben, um glaubwürdig zu wirken.

Edmond suchte seine aufkeimende Unsicherheit mit Zorn zu bekämpfen. Sollte Juliana etwa nicht – wie stets angenommen – von diesem japanischen Bastard von Wills Schiff geholt worden sein? Wer sonst tötete dann diesen schmierigen, armseligen Pflanzer? Etwa das Mädchen selbst? Nein, unmöglich!

»Du wusstest also die ganze Zeit, dass die beiden mit den Piraten unter einer Decke steckten? So dankst du es deiner Familie, die dich aufgenommen, gekleidet und verköstigt hat?«, erkundigte er sich lauernd.

Sie schüttelte entrüstet den Kopf.

»Nein, Onkel Edmond! Ich dachte stets, Tinuha sei meine Freundin. Sie verriet sich an dem Tag, als du mir Norman Will zum Ehemann bestimmt hast.« Tragisch hob sie die Hände zu ihm auf. »Ich wollte Norman zuerst nicht zum Gatten. Tinuha bot mir an, mich zu diesem Mompracem zu bringen, doch ich lehnte natürlich ab. Bitte verzeih mir, Onkel Edmond (sie gebrauchte diese Anrede absichtlich immer wieder, um ihm ihre verwandtschaftliche Beziehung vor Augen zu führen). Heute weiß ich, du wolltest nur mein Bestes. Wäre da nicht dieser entsetzliche Mörder auf dem Schiff gewesen, der es auf mich abgesehen hatte, wäre ich jetzt glücklich verheiratet, wie es sich gehört. Es war einer seiner eigenen Leute, Onkel Edmond. Ich glaube, der arme Norman besaß keine gute Hand in der Auswahl seiner Mannschaft. Lass dir berichten, wie ich dank glücklicher Fügung fliehen konnte.« Mit wohldosierter Trauer berichtete sie noch einmal von ihrer angeblichen Rettung durch ein Fischerboot, nachdem sie über Bord geflüchtet war, und von ihrer monatelangen Umnachtung.

Vardes und McCleary tauschten derweil absonderlich enttäuschte Blicke miteinander. Dies war jedoch nicht besonders eigenartig, wenn man in Betracht zog, welch hohe, von der englischen Regierung ausgeschriebene Belohnungen auf die Köpfe des Tigers, des Japaners und des Franzosen standen ...

»Und du hattest nie etwas mit den Piraten zu schaffen?« vergewisserte Edmond sich zweifelnd.

Jana erprobte neuerliche Empörung. Zusätzlich schlug sie entrüstet die Hände zusammen. »Aber Onkel Edmond! Der Himmel möge mich behüten! Wenn du mir nicht glaubst, dann werden wir die Fischer suchen, die mich in den letzten Monaten pflegten. Ich bin niemals auch nur einem einzigen Piraten begegnet!«

Etienne Vardes wurde merkwürdig unruhig und rutschte auf seinem Sitz hin und her. Sein stechender Blick galt nunmehr in befremdlicher Besorgnis Edmond, welcher seine Nichte verdammt nachdenklich ansah!

»Lieber Freund«, meldete er sich zu Wort. »Auch wenn sie die Wahrheit sagt – es ändert doch nichts an unserer Abmachung, nicht wahr?«

Argwöhnisch sah Jana von einem zum anderen. Irgendetwas ging zwischen den gerissenen Geschäftsmännern vor, und sie ahnte mit der Hellsichtigkeit eines in die Falle gelockten Tieres, es ging dabei um sie!

»Natürlich nicht«, bestätigte Edmond, wieder sein tückisches Lächeln aufsetzend.

Janas Magenwände schrumpften.

Zufrieden und aufreizend genüsslich entzündete Vardes ein neues Zigarillo, obwohl das vorherige noch auf dem kleinen silbernen Teller vor ihm qualmte.

Jana stellte fest, dass Edmond noch kein einziges seiner ebenfalls geliebten Tabakröllchen aus der Brusttasche gezogen hatte. Aber sein schreckliches Gesicht gewann einen hinterhältigen und gemeinen Ausdruck, als er sie wieder ansprach, betont langsam:

»Niemals, sagtest du? Erinnerst du dich nicht mehr an den japanischen Abgesandten?«

Sie dachte angestrengt nach und riss dann die Augen erstaunt auf. »Doch, ich weiß noch – ein unangenehmer Mensch, wenn ich mich recht entsinne ... Oohhh!« Ihre Hand fuhr zum Mund, und sie sperrte die Augen noch weiter, erschreckt, auf! »Ich sollte das nicht sagen, er ist schließlich dein Geschäftspartner, Onkel Edmond. Entschuldige bitte!«

McCleary geriet allmählich aus der Fassung! Nichts lief mit Juliana so, wie er es sich vorstellte. Dabei hatten er und Vardes sich Informationen über die Lage Mompracems erhofft. Er selbst, Edmond, brachte den Kapitän auf diese lukrative Idee – nachdem er sich mühsam von der Überraschung erholt hatte, dass man die verschollene Nichte ausgerechnet auf der Hureninsel vorgefunden hatte! Schon seit geraumer Zeit war er der Geschäftspartner Vardes im Sklavenhandel. Ein Geschäft, an dem er sich mit den letzten vorhandenen Geldmitteln beteiligte – seit Cleary nicht mehr existierte! Cleary, seine stolze Plantage, in deren blühende Felder, Scheunen und Ställe er persönlich – in wahnsinniger Wut über die Niederlage, in einem Anfall von Umnachtung, auf Grund der unmenschlichen Qualen seiner Verletzungen – die lodernden Pechfackeln geschleudert hatte!

»Dieser Geschäftspartner war kein anderer, als Pierce D'Irristru oder auch Yoritomo Shigehira!«, fuhr er sie an!

Jana brachte ihn fast zur Weißglut, indem sie unschuldig höflich fragte:

»Und wer sind diese beiden Herren?«

Er gab keine Antwort. Sein krankes Gehirn arbeitete, während er die Nichte angewidert fixierte. Diesen Ausdruck kannte er doch! Hatte sie nicht auf Cleary schon genauso mit ihm gespielt? Machte sie sich über ihn lustig? Oder ahnte sie wirklich nicht, in welcher aussichtslosen Lage sie sich befand? Undeutlich erinnerte er sich, wie seine Lenden früher permanent auf ihren Anblick reagiert hatten. Nichts auf der Welt hätte ihm damals mehr Entzücken bereitet, als sich gewaltsam zwischen die weichen Schenkel zu stoßen! Aber das war vorbei. Für immer. Unterdessen war er nicht nur ein Krüppel an Augenlicht und Gliedmaßen, sondern auch seiner männlichen Fähigkeiten beraubt! Der Gedanke daran ließ ihn die Kontrolle über sich verlieren! Würde sein Bein nicht derart schmerzen, hätte er sich auf sie gestürzt, seine Faust in das liebliche Gesicht geschmettert und ihr anschließend sämtliche zarten Knochen zertrümmert! So hieb diese Faust nur in ohnmächtiger Wut auf den Tisch, dass die Schüsseln klirrten und zwei Gläser zersprangen!

Jana zuckte mit keiner Wimper.

Feindselig brüllte er sie an: »Ich rede von einem einzigen Mann! Von der rechten Hand dieses aufständischen Mörders! Und das, was du hier vor dir siehst, hat er mir angetan, als ich deine Tante schützen wollte ...« Seine Stimme brach unter gemartertem Aufstöhnen. Zitternd griff er nach seinem Stock auf dem Boden und erhob sich mühsam.

»Es tut mir Leid, mein Freund«, krächzte er heiser zu Vardes hinüber, der seinen Wein amüsiert in kleinen Schlucken genoss. »Ich werde mich etwas ausruhen. Mein Bein ...«

Der Kapitän deutete eine Verbeugung an, hob verabschiedend eine Hand und sagte liebenswürdig: »Aber das verstehe ich doch, lieber Freund. Ich veranlasse Kará-Oló, Ihnen einen neuen Schmerztrank zu brauen. Zu Ihrem Troste seien Sie versichert, irgendwann wird irgendjemand diesen japanischen Hund finden.«

Edmond humpelte an Jana vorbei, ohne sie eines Blickes zu würdigen. Er war schon fast bei der Tür, da hörte er hinter sich tatsächlich ihre verhasste, sanfte Stimme, die ihn ansprach! Er geriet er ins Stolpern, weil er ruckartig anhielt, fing sich in letzter Sekunde am Türrahmen ab.

»Warte, Onkel Edmond. Werden wir zusammen nach England reisen? Ich dachte ..., jetzt, da Cleary nicht mehr existiert.«

Edmond drehte sich langsam um und sah ungläubig auf sie hinab. Dann glitt sein Blick verblüfft fragend zu Vardes.

Dieser erhob sich geschmeidig und schritt amüsiert lächelnd auf ihn zu. Über Janas Kopf hinweg beantwortete er beinahe vergnügt Edmonds ungestellte Frage: »Sie ist der Meinung, wir befinden uns auf dem Kurs nach England.«

»Aber diese Frau auf der Insel versicherte mir, dieses Handelsschiff führe zwischen England und Malaysia!«, rief Jana niedergeschmettert dazwischen. Ihr Kopf begann unerträglich zu schmerzen. Sie fasste sich an die Stirn. Vor einigen Minuten sah es noch so aus, als ob ihre Taktik Erfolg versprach – bis Edmonds jäher Wutausbruch sie bis ins Mark schockierte! Es war kein Mut gewesen, der sie nicht mit einer Wimper zucken ließ – sondern schwärzeste Furcht, die ihre Muskeln und Glieder betäubt hatte!

Die beiden Männer beachteten sie nicht. Sie sahen sich an und grinsten. Am Ende stieß Edmond ein teuflisches Gelächter aus und verschwand durch die Tür, die sich abermals wie von selbst öffnete und schloss. Sein Lachen und das unregelmäßige Tock ... Tock ... Tock des Stockes auf den regennassen Planken hallten noch eine Zeit lang in ihren gequälten Ohren nach. Genau wie jene rätselhaften Worte, die er noch voller Häme durch die bereits geschlossene Tür zurückrief: »Fünfzig Prozent für jeden, mein Freund! Vergessen Sie es nicht!«

Jana starrte Vardes an, der sie von oben bis unten musterte. Täuschte sie sich, oder sah es so aus, als taxierte er ihren Wert? Welch ein Unsinn! Was tat er nun? Was sollte das? Sie beobachtete ängstlich, wie er in aller Seelenruhe die Tür neuerlich um einen Spalt öffnete, und wunderte sich über die eigentümliche Heiserkeit seiner Stimme, als er mysteriös hinaus in die Dunkelheit raunte:

»Kará-Oló! Es ist soweit.«

Gleich darauf gehörte ihm wieder derselbe milde, etwas gelangweilte Tonfall eines Gentlemans.

»Bedauerlich, was einem in diesen Breitengraden widerfahren kann.«

Verstört beschloss Jana, fortan noch wachsamer zu sein und alles genau zu beobachten, was er sagte oder tat. Edmond und er hatten etwas vor, und es betraf sie! Dessen war sie sich so gewiss wie des baldigen Endes des Monsuns. Am Schaukeln der Schebecke ermaß man bereits das Abflauen der regengepeitschten Böen. Wenn sie doch nur nicht so erschöpft wäre! Die Begegnung mit Edmond hatte an ihren letzten Kräften gezehrt.

Zunächst unachtsam, dann immer deutlicher, registrierten ihre Sinne auf einmal den mit ihrem eigenem Geruch vermischten Duft des schmutzigen Hemdes auf ihrem Körper. Und plötzlich vermochte sie kaum noch, die Tränen zurückzuhalten! Mit aller Macht überfiel sie die Erinnerung an *seine* amüsiert verzogenen Lippen – an den geschmeidigen, raubtierhaften Gang, mit dem er sich ihr auf Cleary genähert hatte – an seine Augen, die ihr einen unendlichen Ozean voller Liebe versprachen ..., seine grünen Augen, die zornig und doch in ungezähmter Leidenschaft auf sie herabblickten ..., seine goldfarbenen Augen, die mit ihren verschmolzen ... im Augenblick seiner Erfüllung, der grenzenlosen Selbstaufgabe in dem Moment, als er ...

»Möchten Sie noch etwas Wein, Lady Juliana?«, zerriss Vardes den Schleier der entsetzlichen Einsamkeit, die sie übermannte und in eine leere Hülle verwandelte.

Sie bemerkte, dass sie ihn noch immer anstarrte. Warum entdeckte sie erst jetzt jenen bösen Sarkasmus in seinem Gesicht?

Die zynischen Furchen um den überdrüssigen Mund? Und warum erst jetzt die weibische Anmut, mit der er sich verbeugte, bevor er weitersprach:

»Ich hoffe, Ihr verzeiht einem alten Seebären wie mir die Gedankenlosigkeit im Hinblick darauf, dass Ihr von Geburt eine Lady seid. Demoiselle? Mylady? Welche Anrede ist Euch genehm?«

Jetzt redete er, als befände man sich bei Hofe. Ihm schien einfach alles Vergnügen zu bereiten.

»Welche Abmachung haben Sie mit meinem Onkel? Wohin segeln wir, wenn nicht nach England? Fünfzig Prozent von was? Erklären Sie es mir!«, forderte sie brüchig zu erfahren.

Im selben Moment ertönten die entsetzlichsten Geräusche, die sie jemals in ihrem ganzen Leben vernommen hatte – und auch nie wieder vergessen würde! Jedes Mal, wenn sie sich später daran erinnern sollte, würden ihr die verzweifelt gellenden Schreie aus den untersten Decks der Schebecke, gepaart mit dem Grauen erregenden Klatschen einer mehrschwänzigen Katze auf unzählige Rücken menschlicher Wesen, in den Ohren klingen – und die folgenden schrecklichen Stunden für alle Zeit in ihr Gedächtnis bannen!

»Wir plaudern später weiter. Jetzt habe ich erst einen anderen Appetit!«

Sie erhielt nicht einmal die Chance, einen erschrockenen Schrei auszustoßen ..., da riss Vardes sie hoch, presste sie brutal an sich und knebelte sie mit seiner Zunge, die sich tief in ihren geöffneten Mund schob! Sie glaubte zu ersticken und versuchte zuzubeißen! Er stieß sie zu Boden, packte sie und zog sie mit einem Ruck wieder auf die Beine. Jana wehrte sich! Sie schlug heftig um sich und kreischte, als er sie an den Haaren zum Bett hinüberzerrte und bäuchlings darauf warf! Keuchend gelangte sie auf die Knie, versuchte auf der anderen Seite zu flüchten! Er lachte, zog sie am Fußgelenk zurück und warf sich mit seinem ganzen Gewicht auf ihren Rücken! Ihr Aufschrei wurde zu einem erstickten Schluchzen! Sie konnte sich nicht mehr rühren! Schwer atmend tastete seine Hand über ihren Rücken. Das Gefühl des Streichelns war nicht einmal unangenehm, denn er benahm sich überraschend sanft dabei.

Sie dachte plötzlich an das Baby in ihrem Leib!

»Bitte«, wimmerte sie in die samtene Decke, in welche ihr Gesicht vergraben war, »halten Sie doch ein ... einen Moment, bitte ... habt doch Erbarmen ..., bitte ...« Jana wollte es kaum glauben – aber er verlagerte tatsächlich sein Gewicht, und sie durfte atmen! Allerdings war sie noch immer bewegungsunfähig und vermochte die sinnlich weiche Hand nicht abzuwehren, die jetzt damit begann, gefühlvoll ihr kleines, rundes Hinterteil durch das dünne Tuch der engen Männerhosen hindurch zu massieren!

»Glauben Sie mir, meine Liebe«, bemerkte er freundlich an ihrem Ohr. »Nichts und niemand wird mich davon abhalten, Sie zu besitzen. Ich möchte Sie nur darauf hinweisen, es ist sinnlos, sich dagegen aufzulehnen, Mylady.«

Sie schluckte und suchte zu begreifen, warum er sich derart intensiv mit ihrer Rückenpartie beschäftigte. Jana glaubte zu wissen, dass Männer es normalerweise doch darauf absahen, als Erstes die Brüste einer Frau zu begrabschen. Unverhofft fiel ihr etwas ein: Es gab da etwas, was ihm wichtig zu sein schien, wenn sie auch nicht ahnte warum, doch vielleicht ...

Sie schluckte noch einmal trocken und wand sich unter den zartfühlenden, knetenden Fingern.

»Bitte ..., ich werde mich nicht zur Wehr setzen. Aber ... seien Sie behutsam ..., ich ... ich bin noch Jungfrau.«

Einen Augenblick lang hielten die streichelnden Hände inne, einen erleichterten Moment lang glaubte sie schon, Zeit gewonnen zu haben.

Das grauenvolle Schreien aus dem Unterdeck schwoll infernalisch an, sowie auch das Prasseln der Peitschenhiebe, und dröhnte gemeinsam mit dem Rauschen des eigenen Blutes in ihren Ohren!

Sein schwerer Atem senkte sich ein wenig ... Dann lachte er leise und gemein auf!

»Ich danke Ihnen für diese Auskunft, Lady Juliana. Das entbindet mich von der herben Aufgabe, mich selbst davon zu überzeugen.«

Was meinte er damit? Hatte er denn nicht vor, sie zu nehmen? Was, um Himmels willen, hatte er mit ihr vor? Die ungewisse Furcht raubte ihr nahezu den Verstand! – Aber diese Furcht war ein unbedeutendes Nichts gegen das, was ihr noch bevorstand! Was er ihr nämlich nun keuchend in die Ohrmuschel raunte, flößte ihr solch ungläubiges Entsetzen ein, dass sie wieder begann, sich wie eine Wildkatze zu wehren und dabei gellend schrie ..., bis ihr in panischer Fassungslosigkeit aufging, dass ihn dies noch mehr erregte! Vardes brach ihr fast die Gelenke, um sie in seiner brutalen Umklammerung zu behalten.

»Sie müssen wissen«, plauderte er, als betriebe er höfliche Konversation bei einer Teegesellschaft, »es bereitet mir kein Pläsier, den wertvollsten Teil meiner Mannhaftigkeit zwischen noch so süße weibliche Lippen zu schieben. Nichts für ungut, Mademoiselle – ich bin überzeugt, Sie verbergen unvergleichlich hübsche und geradezu honigsüße Lippen zwischen Ihren Schenkeln.« Was er aussprach, klang noch vulgärer und Ekel erregender, eben weil er sich dieser gepflegten, höflichen Sprache bediente! Jana spürte kaum noch den eisernen Griff um ihre Handgelenke – dafür um so deutlicher die unerträgliche Hitze seines pochenden Geschlechtsteils in der Höhe ihrer Schenkel. Alles in ihr sträubte sich, seinen liederlichen, abstoßenden Worten weiter zu folgen:

»Und ach ... würden Sie, meine liebste Lady, nicht diese faszinierenden, wunderlichen Hosen tragen – welche Sie zugegebenermaßen ausgezeichnet kleiden – wäre mir womöglich niemals dieser überaus interessante Gedanke erschienen, dass sich ihr entzückender Hintern grundsätzlich kaum von dem eines niedlichen Knaben unterscheidet. Und es vermindert nicht im Geringsten Ihren Wert. Verstehen Sie? Oder möchten Sie mir erlauben, dass ich Ihnen weitere Einzelheiten schildere, was ich mit Ihnen zu tun gedenke?« Er schmunzelte niederträchtig, als Jana sich nicht rührte.

Sie war viel zu betäubt. Sie begriff noch immer nicht, was er meinte – was er sagte – was er von ihr wollte. Was fing ein Mann mit Knaben an?

Das gequälte Schreien der eingepferchten Sklaven unter Deck ging allmählich in monotones Jaulen über ..., als würden dort Tiere und keine Menschen gefoltert!

Geheimnisvoll wispernd fuhr er fort:

»Wir segeln in den Orient. Um genau zu sein, nach Candia. Ein sehr malerisches Fleckchen Erde, glauben Sie mir. Dort werden die größten Geschäfte getätigt.«

»Welche Geschäfte?«, stieß Jana heiser hervor. Sie wagte nicht mehr, sich gegen seine nun an ihrem Hosenbund nestelnden Hände zu verteidigen. Um des Babys willen wollte sie sich keinesfalls noch einmal der Brutalität aussetzen, die sie soeben glaubte kennen gelernt zu haben! Dieser Mann kannte keine Skrupel und würde sie sich wahrscheinlich sogar mit harten Schlägen gefügig machen! Das wollte sie verhindern!

– Arme naive Juliana Sinclair! Noch immer ahnte sie nicht, was wirkliche Brutalität – was Sadismus und Perversion bedeuteten – obwohl ihr selbst in ihrer Unschuld langsam eine Ahnung dämmern müsste. Spätestens seit dem Moment, als Vardes, um des eigenen Vergnügens willen, Anweisung zum Auspeitschen der armseligen Kreaturen unter Deck gegeben hatte! Redete sie sich etwa immer noch ein, der Pirat Yoritomo hätte sie ernsthaft vergewaltigt? Indem er mit unmenschlicher Selbstbeherrschung danach trachtete, ihr den geringsten Schmerz zuzufügen, als er ihr die Unschuld raubte? Dumme kleine Jana –

»Sklaven natürlich«, sagte Vardes in gespieltem Erstaunen. »In Candia befindet sich seit undenklichen Zeiten der größte Sklavenmarkt der Welt.«

»Und was hat das mit mir zu tun?«, flüsterte Jana erschaudernd, denn seine Hand glitt jetzt unter den lockeren Stoff und streichelte sanft die zarte Haut darunter.

»Was denken Sie wohl, was dort für eine blonde Europäerin mit Ihrem ansprechendem Äußeren gezahlt wird? Etwas mehr als der Wert eines Schiffes, erstaunt Sie das? Und wenn sie obendrein noch unberührt ist, sogar das Mehrfache. In Ihrem Fall, Madame«, plauderte er, heftiger atmend, weiter, »hoffe ich überdies die Aufmerksamkeit eines Emirs zu gewinnen. Vielleicht sogar die eines Obereunuchen, der ein neues Spielzeug für seinen Herren, den Sultan sucht. O ja, ich bin überzeugt, Sie werden uneingeschränkte Aufmerksamkeit bei den Kunden erregen.«

»Nein!«

Ehe Jana nachdachte, wand sie sich wie eine giftige Natter unter ihm und kämpfte sinnlos um ihre Freiheit! Zu sehr erschütterte sie das barbarische Schicksal, welches dieser entartete Bastard ihr zudachte! Sie erprobte alles nur Erwägenswerte, drehte sich unter anderem keuchend, bis seine Hand aus ihrer Hose rutschte, womit sie keinen Erfolg verbuchte, denn mit der Hand rutschte auch der Hosenbund herab.

Und Vardes lachte dazu. Ein gefühlloses Gelächter!

Wie, um alles in der Welt, konnte jemand gleichzeitig so eiskalt und triebhaft lachen? Zuerst schlang er die Arme wie Schraubstöcke dermaßen erbarmungslos um ihre Taille, dass ihr mit einem Stoß der Atem aus den Lungen gepresst wurde! Ihre

Rippen verschoben sich, und der jähe Schmerz machte sie einen Moment lang bewegungsunfähig! Nun setzte er sich bequem auf die Kante des Bettes, öffnete hastig die Ösen seiner Beinkleider, griff in den klaffenden Schlitz und rollte anschließend ihren gelähmten, federleichten Körper bäuchlings über seinen harten Schoß. Janas Kopf fiel nach unten, und die Locken schleiften über den Teppich. Sie hechelte nach Atem, wimmerte verängstigt, fuchtelte und strampelte, um sich irgendwie aus dieser entwürdigenden Haltung zu befreien! Ein eisenharter, samtiger Gegenstand drückte sich gegen ihre gequetschten Rippen. Es dauerte, bis sie begriff, was es war!

»Komm ...«, keuchte Vardes, »... ich will ...« Mit einem einzigen Ruck schob er nun ihre Hose bis zu den Knien hinab!

Ungeschützt lag sie über seinen Beinen und streckte ihm das entblößte Hinterteil entgegen. Scham, Wut und Angst weckten ungeahnte Kräfte in ihr, deren sie sich nie bewusst gewesen war. Vielleicht hätte sie sich trotz des Luftmangels noch einmal befreien können ..., doch Vardes stieß ihr so heftig das Knie in den Magen, dass sie endgültig zusammenbrach und reglos liegen blieb! Halb besinnungslos fühlte sie seine Hände, die wiederum in seltsamer Zärtlichkeit über ihre weichen Hügel glitten. Schon verlangte ihr gefolterter Körper, sich dem sanften Kitzeln und Streicheln zu ergeben, da entrang sich ihrer wunden Kehle ein dermaßen gellendes Kreischen, dass es die Stimmen der gepeinigten Seelen unten im Schiff noch übertönte! Ihre Lungen drohten zu zerreißen! Sie schrie weiter, und ihre Stimme brach! Und jetzt winselte sie, flehte und heulte in hilfloser Qual – überwältigt von unsäglicher Pein, die verursacht wurde von zwei Fingern des sadistischen Sklavenhändlers, welche sich, glühende Qual erzeugend, in ihr ... Gesäß bohrten!

»Ich glaube, du weißt nicht, auf welche Weise sich Männer gegenseitig beglücken, meine Kleine, nicht wahr?«, keuchte Vardes. Sein Unterleib zuckte rhythmisch unter ihrem Bauch vor und zurück. »Warte ..., gleich ... wirst du in den richtigen Genuss kommen!« Keuchend bewegte er in seinem Takt die folternden Finger ..., bis das geschundene Fleisch nachgab! Dann stieß er Jana unvermittelt heftig von sich hinunter! Sie rollte über den Boden und versuchte fortzukriechen. Hektisch, mit rasselndem Atem und stierem Blick riss Vardes sich die Hose weiter herunter. Er fiel hinter seinem kraftlosen, leise wimmernden Opfer auf die Knie, packte mit beiden Händen ihre Hüften und zog sie zu sich ...

Ein allerletztes Mal weckte die grauenvolle Erkenntnis seines Vorhabens, auf diese perverse, widernatürliche Art in ihren Körper zu dringen und sie dabei unweigerlich zu zerreißen, ihre angeschlagenen Lebensgeister! Einen Versuch war es wert. Vardes heulte in maßloser Enttäuschung auf, als sie plötzlich gänzlich erschlaffte ...

Im selben Moment erstarben die unmenschlichen Geräusche aus dem Schiffsbauch!

Mit wutverzerrtem Gesicht zog er sich die Hose über und sprang auf. Er stampfte zur Tür und stieß fast mit Kará-Oló zusammen, der sich stoisch verbeugte und ruhig sagte: »Zwei Sklaven tot, Gebieter. Weitermachen?«

Vardes brauchte eine Weile, seiner Wut und Erregung Herr zu werden. Heftig Luft in seine Lungen pumpend, schloss er zunächst seine Hose. Der gelbhäutige Riese warf nicht einen einzigen Blick zu Jana hinüber, die eine tiefe Ohnmacht vortäuschte.

Sie hatte es nicht gewusst. Nur irgendwoher geahnt, dass der ekelhafte Geschlechtsakt ihm keine Freude bereiten würde – ohne ihre jämmerlichen, gequälten Schreie! So hörte sie aufmerksam zu, was gesprochen wurde. Hass loderte flammend in ihr auf! Hass auf diese Bestie, die andere aus purer Freude quälte und folterte. Anscheinend waren ihre Rippen nicht gebrochen. Das hätte sie jedoch nicht davon abgehalten, jetzt

Stück für Stück, verdeckt vom Tisch, auf den Platz zuzurobben, an welchem vorhin Edmond saß. Sie erinnerte sich genau, dort ein Obstmesser gesehen zu haben. Sie schob die Hand über die Tischkante und tastete. Nichts. Fast hätte sie das Weinglas umgestoßen! Jana hätte hysterisch aufschreien mögen vor Enttäuschung! Jetzt war es zu spät. Sie hörte, wie Vardes sagte: »Nein, gebt dem Vieh unten Wasser. Es soll sich erholen – für eine halbe Stunde, dann beginnst du pünktlich wieder von vorn. Und diesmal mit Sorgfalt! Habe ich mich klar genug ausgedrückt?«

Diese Verächtlichkeit, mit der er über Menschen sprach, brachten das Fass zum Überlaufen! Bittere Galle sammelte sich in Janas Kehle. Lauernd wartete sie, bis die Tür sich hinter dem Goliath schloss.

Vardes rechnete wohl mit allem Möglichen ..., nur nicht mit einem Angriff seitens der zierlichen jungen Frau, die er eben noch quälte und bewusstlos wähnte! Deshalb hob er nur verblüfft instinktiv eine Hand zur Abwehr, als sie wie eine gereizte Tigerin auf ihn zustürzte und ihm wutentbrannt mit der kleinen geballten Faust mitten ins Gesicht schlug! Völlig überrascht taumelte er! Bebend stand sie vor ihm, mit verzerrtem Gesicht, lodernden Augen und verächtlich heruntergezogenen Lippen. Seine Hand fuhr an die Wange ... und über die zwei leuchtenden Striemen, die ihre Nägel hinterlassen hatten! Er starrte auf blutige Tropfen auf seiner Handfläche. Dann sagte er ruhig, mit einer Eiseskälte, die jedes Lebewesen hätte gefrieren lassen:

»Das hätten Sie nicht tun sollen, Madame.«

Aber Juliana ignorierte die Todesdrohung in diesem Satz! Rote Blitze tanzten vor ihren Augen! Sie warf den Kopf in den Nacken und schrie ihn, bar jeglichen gesunden Menschenverstandes, an:

»Sie Schwein! Sie widerwärtiges Schwein! Sie ... Glauben Sie wirklich, mein Onkel würde es zulassen, mich auf einem Sklavenmarkt zu verkaufen?«

Vardes betrachtete abwechselnd das Blut auf seiner Hand und ihr flammendes Gesicht. Plötzlich spielte ein unheimliches Lächeln um seine Mundwinkel.

Dieses entsetzlich kalte Lächeln bohrte sich nun doch endlich wie nadelspitze Eiszapfen in ihr Hirn! Entgeistert wich sie einen winzigen Schritt zurück!

Sich weiterhin dieser beklemmenden Ruhe befleißigend, sagte er gedehnt: »Von welchen fünfzig Prozent Anteil hat Ihr Onkel wohl gesprochen?«

Jana öffnete den Mund, wollte etwas sagen ..., da holte er gemächlich aus ... und versetzte ihr einen Hieb mit dem Handrücken mitten ins Gesicht! Die Wucht hob sie von den Füßen, schleuderte ihren leichten Körper quer durch die Kajüte auf den Boden, wo sie benommen liegen blieb. Sekunden später spürte sie den Absatz seines Stiefels im Nacken!

– Zwischen Schlag und Aufprall schien ein unermesslicher Zeitraum zu liegen! Wertvolle Zeit, instinktiv die Arme um den Leib zu schlingen, um das Ungeborene zu schützen – wenn es überhaupt noch lebte. Jana lag da und registrierte erstaunt, wie Zorn und Wut unerwartet starben ... Jetzt wird er mich töten, dachte sie still. Und wehmütig: Mich und das Kind, das nicht einmal seinen ersten Schrei tun darf. Verwundert lauschte sie in sich hinein. Sie empfand tatsächlich auch keine Angst mehr ..., nur unendliche Traurigkeit ... und ein wenig Verachtung für sich selbst ..., weil sie die Mutter war, die ihr Kind tötete ..., nicht Vardes, für den sie beinahe so etwas wie Erbarmen empfand in seiner abgrundtiefen Niedertracht –

»Du wirst mir jetzt die Stiefel lecken und um Vergebung betteln!«, vernahm sie seine Stimme dumpf durch einen buntflimmernden Nebel.

Er nahm den Stiefel herunter und beobachtete sie wie ein lästiges Insekt. Jetzt wird sie winseln wie alle anderen, mutmaßte er und hätte fast sogar geseufzt. Schade um sie. Sie war wirklich ein einzigartiges Juwel. Einer Frau wie ihr könnte es möglicherweise sogar gelingen, seine Lust auf Knaben eine Zeit lang zu unterdrücken. Aber sie ist doch genau wie alle anderen vor ihr, glaubte Etienne zu wissen, eben eine Frau! Und so wartete er auf das übliche, tränenreiche Flehen um Gnade.

Er irrte!

Wohl erstmals in seinem Leben wankte er fassungslos ..., als sein Opfer nun das Haupt erhob und ihm ein bleiches Gesicht zuwandte. Von den aufgeplatzten, anschwellenden Lippen sickerte Blut ..., dennoch zeigte ihre Miene nicht die geringste Furcht! Nichts anderes erkannten seine ungläubigen kalten Augen, als die höchste Geringschätzung, zu welcher ein menschlicher Ausdruck nur fähig sein mochte! Aber dort reflektierte auch eine Andeutung eigentümlicher Melancholie, die sein verderbtes Hirn nicht begriff.

»Niemals!«

Obwohl ihre Stimmbänder wie rostiges Eisen aneinander rieben, klang dieses einzige, tollkühne Wort so sicher, dass es Etienne die Sprache verschlug! Unglauben verzerrte seine gutgeschnittenen Züge. Sie wagte es ..., sie wagte es, ihn ...! Er vermochte den ungeheuerlichen, geradezu absurden Gedanken nicht zu vollenden, sondern stürzte zum Tisch, goss mit zitternder Hand Wein in einen der Pokale und schüttete ihn in einem Zug hinunter. Sie wagte es ...

»Kará-Oló!«, brüllte er plötzlich mit überschnappender Stimme!

Wie immer erschien der Riese auf der Stelle.

Vardes deutete zitternd auf Jana hinunter und brüllte: »In den Laderaum mit ihr! Zu den Sklaven! In die dunkelste Kammer! Kette sie in der dunkelsten Kammer an! Und zwanzig Peitschenhiebe!«

Noch während er tobte, ging der Riese zu der halb nackten jungen Frau hinüber und beugte sich über sie.

Jana sah ihn einen Moment an. Ihre ozeanblauen Augen trafen sich mit unergründlichen schwarzen, aus denen sie sich nicht befreien konnte. Es war, als blicke sie in einen finsteren Schlund, der sie magisch anzog – aber es wohnte kein Stumpfsinn darin, wie sie gleichgültig erwartet hatte – und noch viel weniger eine Bedrohung! Und dann spürte sie etwas, was sie kaum glauben konnte: Die riesige Pranke dieses barbarischen Ungetüms strich sanft und behutsam über ihr Haar! Nachträglich berührte er hauchzart ihre geschwollene Wange, wobei ein eigentümlicher Glanz in seine Augen trat. Jetzt richtete er sich auf und sah sich suchend in der Kajüte um. Neben dem Bett entdeckte er, was er suchte. Er stampfte festen Schrittes dorthin und kam mit ihrer Hose zurück.

Vardes achtete nicht auf sie. Er schenkte sich ein Glas Wein nach dem anderen ein, schüttete ihn wie Wasser herunter.

Jana war zu unbeholfen, sich selbst anzuziehen. Die Muskeln gehorchten ihr einfach nicht. Kará-Oló streifte ihr das Kleidungsstück wie einem hilflosen Säugling behutsam über. Kurzerhand hob er sie anschließend auf die Arme, drückte sie an seine muskelbepackte Brust und trug sie hinaus.

Vardes sah über den Rand des Glases zu ihnen hinüber – und erstarrte mit geöffnetem Mund! Diese unglaubliche Kreatur erdreistete sich, ihm über die mächtigen, Furcht einflößenden Schultern Kará-Olós hinweg noch einen letzten, verächtlichen Blick zuzuwerfen! Die wildesten, perversesten Gedanken spülten sein Hirn, was er mit ihr noch alles anstellen würde, bevor er sie auf dem Markt von Candia feilbot ...

Laute Befehle und Rufe, Lärm und Unruhe erfüllten die feuchtwarme, dunstgeschwängerte Luft über dem Strand von Mompracem. Noch waren die Schleusen des Himmels geöffnet.

Doch die graue Atmosphäre über den Köpfen der gefechtsbereiten Piraten und der Frauen und Kinder wandelte sich allmählich in sichtbare Wolkenformationen, deren bizarre Umrisse an die erhabenen Häupter alter Götter gemahnten. Am Horizont zeigte sich sogar bereits ein Streifen Orange, welcher die Sonne zumindest andeutete. Die schwere Dschunke und die *Shimabara* wurden mit Waffen und Proviant für mindestens vier Wochen beladen und würden in Kürze zum Auslaufen bereit sein. Jeweils mit einer bis an die Zähne bewaffneten Mannschaft. Die abenteuerlichen Gestalten, die sich auf und über Bord schwangen, trugen zum größten Teil nichts weiter am Leibe als Dhotis oder Vertis, Hulwars und breite farbige Stirnbänder. Dazu Entermesser, Krummschwerter, Dolche oder altmodische Pistolen. Obwohl das Treiben am Strand und auf den Schiffen einem völligen Chaos ähnelte, so kannte doch jeder Einzelne seine Aufgaben, und jeder Handgriff saß perfekt. Jede Bewegung geschah absichtlich und war wohl an die Hunderte Male geübt worden. Fast unbemerkt lichtete sich das augenscheinlich heillose Gemenge, und es entstand bald das geordnete Bild zweier Gruppierungen: die kampfbereiten Mannschaften, die sich anschickten, endgültig an Bord zu gehen, und die Zurückbleibenden, um ihnen Glück zu wünschen. Unvermittelt brandete der vielstimmige Schrei auf:

»Tiger!« – »Tiger!« – »Tiger!«

Unter lautem Jubel schritt Sandokan hinzu und mischte sich unter seine gerüsteten Männer. Der mit einer breiten Schärpe befestigte, gewaltige Krummsäbel an seiner Seite schimmerte düster auf dem blauen Samt der weiten Salwars. Auch er trug sonst nichts weiter, außer des gewundenen Tuches, das die schulterlangen dunklen Haare aus der Stirn hielt. Die Augen des Tigers von Malaysia funkelten über dem dichten Bart unheilvoll in die Richtung, in welcher er den Feind vermutete.

Zur völligen Überraschung seiner Gefährten bestieg er jetzt nicht die Dschunke, sondern begab sich ohne Zögern an Bord der schlanken Brigg.

Normalerweise zog Sandokan seine eigene Dschunke vor, deren raue Planken ihm zur zweiten Heimat geworden waren. Der Grund für die ungewöhnliche Abweichung war, er wollte einen Ausbruch des drohenden Streits zwischen Yoritomo und dem Franzosen abwenden. Pierre Evereux gab sich keine Mühe, den Grimm auf den Gefährten zu unterdrücken. Er zürnte dem Freund, weil dieser die Schuld an dem Unheil trug. Sandokan kam erst vor wenigen Stunden hinzu, als der Franzose dem Krieger bissig vorwarf: »Was soll das heißen, cher, ›Du willst Juliana‹, hattest du sie denn nicht schon?« Er ahnte sofort, was vorging und trat dazwischen, und kurz entschlossen übergab er Pierre und dem jungen Prinzen das Kommando über die Dschunke.

Nun bestieg er also die *Shimabara* und winkte Koah zu, der selbstbewusst neben Pierre das Deck der Dschunke erklomm. Nun brauchten nur noch die Segel gesetzt zu werden und ..., natürlich müsste Yoritomo Shigehira endlich erscheinen, der bereits Stunden in seinen Räumen zubrachte, sich für den Kampf vorzubereiten.

Er suchte in seinem Herzen nach Satori, der Erleuchtung ... Der Krieger, und Taoist, hockte, die Beine im Lotossitz übereinander geschlagen, inmitten des Zimmers auf einer Tatami-Matte. Die lose auf den Knien ruhenden Handflächen deuteten nach außen. Seine Augen waren geschlossen, und sein Atem ging flach. Er befand sich im Zustand der Meditation. Es hatte diesmal wesentlich mehr Zeit in Anspruch genommen, seinen Geist zu leeren, und erst vor einer halben Stunde hatte ihn die Schwärze endlich erreicht. Sein nackter Körper glich einer polierten Bronzestatue im trüben Tageslicht. Die Kobra, die sich über

Brust und Schulterblätter wand, schien lebendig in ihrer schillernden, gefährlichen Pracht! Vor ihm lag ein längliches, von schwarzem Samt umhülltes Paket.

Als er nun die Augen öffnete, war seine Miene entspannt wie auch die Bewegungen, mit denen er den zeremoniellen Ritus ausführte. Er beugte sich vor und begann das Tuch in vorgeschriebener Haltung und Reihenfolge auseinanderzufalten. Endlich enthüllte sich der Inhalt: Kalt schimmernd, warteten zwei Schwerter auf dem dunklen Grund. Die eine Klinge, um etwa eine Handbreit kürzer, war das *Murasama*-Schwert, welches ihn stets an die dunkle Seite seines Lebens gemahnte; das andere jedoch vergegenwärtigte ihm die Flamme der Freude und Dankbarkeit, als er diese wundervolle Klinge in fairem Kampf während einer intensiven Ausbildung in Daibutsu-ji eroberte. Er besiegte den Tengu, den Schwertmeister, der ihm daraufhin das prächtige Langschwert, einen *Felsspalter* überreichte. Mit diesem kehrte er stolz als Vierzehnjähriger zum Seiken-ji-Tempel zurück.

Yoritomo nahm die längere Klinge auf und drehte sie verspielt in der Hand. Ein leises, etwas müdes Lächeln umspielte seine Lippen, als er sich zu diesem seltenen Augenblick des überschäumenden Glücks zurückversetzte ...

... Mit dem Erringen des Schwertes wurde er der jüngste Tengu aller Zeiten und durfte sich bereits jetzt auf seine letzte Ausbildung vorbereiten. Er war berechtigt, die Kampftechnik zu wählen, welcher er sich künftig zu widmen wünschte. Die Entscheidung fiel nicht leicht. Nachdem er drei Stufen absolviert hatte, indem er die traditionellen Techniken des Ninjitsu studierte; das Schleudern von Shaken, der rasiermesserscharfen, sternförmigen Scheiben beherrschte; und in uraltem Kendo-Stil die Schlagwaffen perfekt nutzte, fand er zum Kampf mit den zwei Schwertern zurück, die fortan sein Leben bestimmten. Es gab viele Schüler, die ihm seinen Erfolg neideten, zumal Yoritomo in ihren Augen nicht einmal Japaner war, sondern ein ...

Bei dem Gedanken an dieses Schimpfwort, was schwach übersetzt so viel bedeutete wie Bastard, verhärteten sich seine entspannten Züge, und er kehrte in die Realität zurück. Ohne wirklich mit seinem inneren Gleichgewicht in Einklang zu sein, setzte er die Zeremonie formell fort. Er legte den *Felsspalter* zurück und nahm zwei andere Dinge auf: ein langes Tuch aus roher, weißer Seide mit sonderbaren Schriftzeichen, welches er sich um die Stirn und in das hüftlange, blauschwarze Haar flocht ... und das schimmernde Medaillon der Familie Shigehira, bei dessen Anblick er noch immer keine Miene verzog! Er befestigte die Kette im Nacken und spürte seit Monaten zum ersten Mal wieder die Kühle des Metalls auf seiner Brust. Nun veränderte er seine Haltung, vollzog einen Kotau, wobei er mit der Stirn den Boden berührte. Dann sprach er das Nembutsu, das Gebet, welches das nächste Leben im reinen Land des Paradieses verhieß. Eine Weile fühlte er den Frieden, den das Gebet mit sich brachte, doch eine hartnäckige innere Stimme verlangte seinem Glauben mehr ab! Was nützte das bloße Aufsagen der Worte? Musste man sich den Weg ins Paradies nicht erst verdienen? Er dachte an den Priester Goro Koremori, einen seiner Meister, der ihm die Ch'an-Lehre vermittelt hatte, und fragte sich, ob dessen Lehre die Antwort auf seine Frage enthalten würde. Yoritomo hatte vieles studiert, doch die Amida-Sekte tränkte seine Seele. Honen, der Gründer, behauptete, Disziplin und persönliche Verdienste seien jenseits der Fähigkeiten der meisten Menschen. Das war eine Herausforderung! War die Bemühung, sich selbst zu verstehen und ehrenhaft zu leben, nicht der Belohnung wert? *»Shigata-ga-nei«*, seufzte der Krieger (Was sein wird, wird sein, das braucht mich jetzt nicht zu kümmern) ...

Wieder in aufrechter Haltung begann er mit einer Aufzählung, welche nicht dem traditionellen Teil angehörte:

Ganjin-san, Midori-san, Obuko-san, Yosuke-san, Yoshi-san, Annen-San, Myozen-san, Benkei-san, Uo-san, Mura-san –

Er verbeugte sich erneut.

So ehrte Yoritomo respektvoll seine zehn japanischen Gefährten, welche von englischen Soldaten kompromisslos niedergemetzelt wurden.

Dieser Pflicht war Genüge getan. Er erhob sich und nahm seine Kleidung auf: dunkle Hosen, kniehohe, schaftlose Lederstiefel. Zuletzt streifte er ein weißes rohseidenes Gewand über. Es ähnelte einem Kimono, reichte jedoch nur bis zu den Schenkeln und besaß keine Verschlussschlaufen oder Knöpfe. Dafür umband er die Taille mit einem breiten Gürtel, der so lang war, dass er ihn um eine Schulter winden konnte. Dort hinein steckte er die Futterale der Schwerter. Wenn es zum Kampf kam, würde er lediglich über seinen Nacken greifen und die Waffen bei der Hand haben. Die Schwerter selbst blieben bis dahin in ihrer samtenen Hülle.

So gerüstet, betrat Yoritomo Shigehira, der Streiter, hocherhobenen Hauptes den Strand und ignorierte in seiner unnachahmlichen Arroganz die finsteren Blicke, vor allem der Frauen und Kinder, die seiner Person galten. Selbst Tinuha wandte sich ab – was ihn mehr schmerzte, als er zugeben konnte. Denn sie war ein Bindeglied zu seiner zukünftigen Gattin – wenn Jana gefunden wurde ..., wenn es nicht bereits zu spät war!

Ohne weitere Verzögerung drehten sich die Schiffe kurz darauf nebeneinander in dem weiten Becken und trieben auf die gegenüberliegende Seite zu. Knapp vor der Einfahrt in die finsteren Sümpfe wurden die Mastbäume gesenkt. Und im selben Augenblick, in dem der hohe Bug der *Shimabara* die ersten Schlingpflanzen über der unsichtbaren Fahrrinne berührte, brach eine orangegelbe, feurige Lohe aus den Wolken, die sich rasch verbreiterte und die Insel wie mit einem Baldachin aus purem Gold übergoss! Die Menschen am Strand und auf den beiden Schiffen sahen darin ausnahmslos ein gutes Omen der Götter. Und als Yoritomo zum letzten Gruß das Langschwert in die Höhe hielt und es von den gleißenden Strahlen getroffen wurde, galt der Jubel auch ihm.

Immer finsterer und übel riechender wurde es, je tiefer sie in den Bauch der Schebecke eindrangen. Der beißende Gestank von Blut und Schweiß legte sich schwer auf die Lungen. Das qualvolle Stöhnen der Gefangenen wurde lauter. Jana besaß nicht die Kraft, sich an den gewaltigen Schultern festzuhalten, doch der Riese trug sie sicher die schmalen, glitschigen Stiegen herab. Sie schloss die Augen und verspürte nur noch das dringende Bedürfnis nach Schlaf. Der Gang hinab in die Hölle erschien ihr unendlich. Sie öffnete sie erst wieder, als Kará-Oló sie sanft absetzte und vorsichtig auf den ekelhaft schleimigen Boden eines winzigen Verschlages hinuntergleiten ließ. Sie vermochte kaum zu atmen, aber auch das war ihr gleichgültig. Kaum hatte er die Zelle verlassen, da sank sie auch schon in einen todesähnlichen Schlaf, mitten auf den feucht-schmierigen Holzplanken. Sie bemerkte nicht mehr, wie Kará-Oló unter der niedrigen Tür stockte, sich noch einmal zu ihr umwandte und besorgt auf sie herunterschaute. Dann verschwand er, um nach geraumer Zeit mit einem Kübel, einem Laib Brot und einem Becher frischen Wassers wiederzukehren.

Als sie endlich wieder die Augen aufschlug, hatte sie jegliches Zeitgefühl verloren. Jede Faser ihres Körpers brüllte vor Schmerz auf, als sie benommen versuchte, sich aufzurichten. Verständnislos sah sie auf die rasselnden Ketten, welche an eisernen Haken in der Schiffswand befestigt waren. Ihre Handgelenke umspannten schwere, mit den Enden der Ketten verbundene Eisenbänder!

Wie viel Zeit mochte vergangen sein? Warum herrschte eine solch drückende Hitze?

Juliana ahnte nicht, dass sie bereits die Nacht, den Tag und wieder die Nacht, hier an dieser Stelle verbracht hatte.

Plötzlich hustete sie und wurde fast ohnmächtig bei dem Gefühl, ihre Lungen würden zerrissen! Gewaltsam kämpfte sie die aufkommende Panik nieder. Wieso fühlte sich ihr Kopf nur so leicht an, wenn doch jeder Knochen, jeglicher Muskel in ihrem Körper ein einziger Schmerz war? Sie wendete den Kopf ein wenig, konnte sich jedoch noch immer nicht orientieren. Dieser Raum schien riesig. Verwundert stellte sie fest, wie die Wände sich in einem helleren, stets wiederholenden Lichtschein auf sie zu bewegten, während sie wieder in unendliche Fernen rückten, wenn es dunkler wurde. Ein seltsames Zimmer. Auch müsste es doch kalt hier sein. Warum nahm sie dies an – es war irgendwie nicht richtig. Es war heiß. Sogar stickig heiß. Und es stank entsetzlich. Und was wimmerte und stöhnte da so fürchterlich?

Beim zweiten Erwachen lichtete sich der Nebel in ihrem Kopf. Zumindest ahnte sie, wo sie sich befand. Ihre Glieder schmerzten jetzt nicht mehr so stark, wie ... wie vor ... seit wann? Trotz der behaglichen Wärme schlugen ihre Zähne aufeinander. Kräftezehrend suchte sie eine bequemere Position und stützte erschöpft den Rücken an das angenehm kühle Holz. Hatten sich nicht vorhin die Wände bewegt? Jetzt schienen sie jedenfalls bedrohlich näher gerückt zu sein. Nicht, dass sie etwas Genaueres ausmachen konnte, was möglicherweise auch besser so war. Aber im flackernden Schein einer brennenden Fackel vor dem vergitterten, winzigen Fenster erkannte sie genug, um schlagartig ihre Situation zu erfassen! Plötzlich wurde ihr schlecht. Der Brechreiz überfiel sie derart unvermittelt, dass sie wie eine Gliederpuppe nach vorn sackte. Genauso rasch war es vorüber.

»Dem Himmel sei gedankt!«, murmelte Jana inbrünstig in die schemenhafte Dunkelheit hinein und richtete sich wieder auf. Demzufolge hatte die brutale Tortur des Kapitäns dem Baby vielleicht nicht geschadet. Die Frucht des Kriegers wuchs also weiter unter ihrem Herzen. Allmählich gewöhnten ihre Augen sich an die zwielichtige Finsternis, und sie gewahrte den halben Laib Brot, den Kübel und den Becher. Schwerfällig kroch sie auf allen vieren dorthin. Das Brot war nass und roch verdorben, aber das abgestandene Wasser rann wie Nektar durch die wunde Kehle. Erschöpft fiel sie an Ort und Stelle wieder in warmen Schlaf. Zuletzt murmelte sie noch: »Schlimmer kann es nicht kommen, mein Kind. Deine Großmutter sagte immer: ›Wo Finsternis herrscht, kann es nur wieder hell werden. Das ist der Lauf aller Dinge.‹ Hast du das gehört, Kind? Welch ein Glück, dass es hier so warm für uns beide ist. Für dich und mich.« Janas umnebeltes Gehirn nahm nicht wahr, dass ihre persönliche Hölle hier unten nahezu gefror.

Schritte ...

Drängte da nicht die teuflische, modulierte Stimme an ihr Ohr, wäre sie womöglich nicht einmal aufgewacht. An das Wimmern und Kettenrasseln hinter der Wand des Verschlages war sie längst gewöhnt. In einem Aufflackern von Klarsicht hatte sie verzweifelt gegen diese Wand geschlagen und gerufen, doch keine Antwort erhalten. Für diese gequälten Kreaturen dort mochte sie nicht der Mühe einer Erwiderung wert sein.

Die Stimme erfüllte sie mit Furcht. Ein größeres Licht näherte sich ihrem Gefängnis. Die Tür wurde aufgestoßen! Hinter einer Gaslampe erschien Vardes Gesicht, dahinter das von Kará-Oló. Der Kapitän stellte die Lampe auf den Boden, sodass das grelle Licht ihre Augen schmerzte. Sie hörte das abscheuliche Lachen und dann die widerwärtige Stimme: »Nun, Mademoiselle – haben Sie sich besonnen? Sind Sie jetzt geneigt, um Vergebung zu ersuchen?«

Vardes fühlte, wie erneut die Wut aus lodernden Flammen in sein Gehirn schoss!

... Denn dieses verdreckte, wehrlose Ding auf dem Boden schüttelte nur stumm den Kopf!

»Kará-Oló!«

Wie ein Peitschenknall hallte der Befehl in dem engen Verschlag wider. Er würde sie zerbrechen! Er würde den unbegreiflichen Willen dieser kleinen, bedeutungslosen Kreatur brechen!

Jana fühlte, wie man sie hochriss, und war sekundenlang dankbar, dass das grelle Licht von ihren Augen genommen wurde. Auch für die harte, willkommene Brust des Riesen, an die sie geschleudert wurde, dessen Arme sie mühelos auffingen und vor einer weiteren Verletzung bewahrten. Die Ketten spannten sich nicht allzu sehr.

Aber da war die Stimme wieder, dieses hysterische Kreischen: »Warum hat sie die Peitsche nicht bekommen, wie ich es befahl?«

Sie schmiegte sich an die wunderbar kühle Haut mit den Glasperlen, scharfkantigen Fischzähnen und Tigerkrallen.

Aus weiter Entfernung versetzte Kará-Oló gleichmütig:

»Hohes Fieber, Herr. Ware soll unbeschädigt sein, wenn verkauft wird. Viel zu kalt hier unten. Sie wird sterben.«

»Oh, nein! Diese dort stirbt nicht, ehe sie das tut, was ich von ihr verlange!«, brüllte Vardes hasserfüllt. »Halte sie fest!«

Der erste Peitschenhieb zerfetzte das Hemd vom Halsansatz bis zur Hüfte! Und drang eher als auflebende Verwunderung in ihr Gehirn, anstelle des jähen Schmerzes, den er verursachte. Diesen registrierte sie erst, als der zweite brutale Schlag die blutigen Striemen des ersten kreuzte! Ruckartig fuhr ihr Gesicht nach oben! Fassungslos begegnete ihr entgeisterter Blick dem unergründlichen Kará-Olós, der sie mit seinen Armen fesselte und es zuließ, dass Vardes sie auspeitschte! Beim dritten begann sie zu schreien und merkte nicht, dass nur ein Krächzen aus ihrer Kehle drang! Bunte Kreise tanzten vor ihren Augen, verwoben sich zu gleißenden Spiralen ..., dann verlor sie das Bewusstsein und sank an der breiten Brust zusammen. Sie sah nicht mehr, wie der vierte, außer Sinnen geführte Hieb, eben diese Brust statt ihren Rücken traf – weil der schwerfällige Riese sich zur Seite bewegte und den Schlag abfing!

Yoritomo stand neben dem Tiger auf der Brücke der *Shimabara* und starrte reglos über das Wasser mit der glitzernden Gischt, welche die Brigg hinter sich herzog. Seit einem Tag umkreiste bereits kein Seevogel mehr die dreieckigen Mastspitzen. Sie waren schon zu weit von den Küsten entfernt, als dass sich auch nur die Feder eines Sturmvogels am Himmel gezeigt hätte.

»Ich komme immer mehr zu der Ansicht, Vardes hat die Route nach Candia eingeschlagen«, sagte er düster. »Ich spüre es. Und ich spüre auch, dass wir uns ihm nähern.«

Sandokan bestätigte dies mit bernsteinfarben funkelnden Augen: »Deine Ahnung trügt nicht, Pierce, denn ich empfinde das Gleiche. Ich rieche ihn förmlich! Falls er weiß oder herausfindet, wer sie ist, wird er sie auf dem schnellsten Wege loswerden wollen und versuchen, dabei noch einen Gewinn einzustreichen.« Er sah den Freund von der Seite her an und beobachtete dessen scharfes, sich vom graublauen Hintergrund abhebendes Profil. »Juliana wird einen hübschen Gewinn auf dem Sklavenmarkt herausschlagen, denkst du nicht?«, provozierte er ihn unerwartet.

Yoritomos Hände umkrampften die Reling, bis die Knöchel weiß hervortraten. Für den Bruchteil von Sekunden verlor er die innere Haltung und wurde aschfahl! »Ich werde ihn eigenhändig in Stücke reißen, wenn er ihr auch nur ein Haar krümmt!«, schwor er gepresst.

Sandokan blickte wieder nach vorn.

»Die Gelegenheit wirst du haben, mein Freund. Denn lebend wird er keinesfalls nach Malaysia zurückkehren.«

Er beschattete mit einer Hand die Augen und blinzelte über das flirrende, unendliche Gewässer.

»Pierre dürfte mit der Dschunke jetzt etwa sieben Meilen südöstlich kreuzen. Wir nehmen Vardes in die Zange.«

Der Wind wehte gleichmäßig und stark. Aber unerwartet änderte das Element jäh seine Strömungen – von erfahrenenen Seeleuten mit einem Achselzucken quittiert. So auch der schwarzgekleidete Malaie am Ruder: Er riss die *Shimabara* mit einem harten Ruck leewärts, brachte sie zurück in den Wind und wendete sie zuletzt um achtzig Grad. Er grinste zu den beiden großen Männern hinüber und stellte enttäuscht fest, dass sie sein perfektes Manöver nicht würdigten.

»Seine Schebecke ist das einzige Schiff, das meiner Brigg an Schnelligkeit fast ebenbürtig ist.«

»Mit seiner menschlichen Fracht fährt er unterhalb der Wasserlinie. Wir werden sie also ohne weiteres einholen«, dämpfte Sandokan die Besorgnis in Yoritomos Worten.

Eine gute Weile herrschte wieder Schweigen. Bis der ungewöhnlich blasse Krieger ebenso ungewöhnlich verhalten fragte: »Hast du schon daran gedacht ..., sie könnte preisgeben, wo Mompracem ...?« Er ließ seinen schaurigen Gedanken nicht weiter verlauten.

»Bei Schiwa ...!«

Der zornig hervorgestoßene Fluch des Tigers brachte einige Männer dazu, erschrocken innezuhalten. Erbittert fuhr er Yoritomo an: »Ist es denn noch immer nicht genug mit deinen unsinnigen Verdächtigungen? Sind deine Anklagen nicht der Anlass, weshalb wir nun Vardes hinterherjagen?!«

»Du missverstehst mich, mein Freund. Ich habe längst meine Fehler eingesehen. Ich ... ich denke an die Katze, die Vardes mit Vorliebe gebraucht. Und wenn er auch nur den geringsten Zusammenhang zwischen Mompracem und der Hureninsel hat, wird er ...«

Seine Kiefer knirschten aufeinander!

»Ich verstehe«, murmelte Sandokan. Dann sah er wieder von der Seite her auf das ebenmäßige, starre Profil Yoritomos.

»Was war in jener Nacht? Willst du nicht endlich reden? Niemand läuft einfach auf und davon. Was ist geschehen, Pierce? Du weißt, ich hätte dich längst fragen müssen. Man sagt, du hättest dich ihr ... gewaltsam genähert.«

Yoritomo stieß hörbar die Luft aus, senkte kurz den Blick und sah wieder in die Einsamkeit hinaus. Schleppend gestand er: »Ich habe ihr nicht wehgetan ..., jedenfalls nicht mehr, als notwendig war, um ...«, er stockte kurz und fuhr betroffen fort: »Sie erwartet ein Kind. Pierre sagte es mir. Ich wollte sie gewiss nicht ... nehmen, nur ein wenig ängstigen ..., mich rächen! Ich war wie von Sinnen vor ...«

»... Eifersucht«, beendete Sandokan den Satz für ihn mit dem Wort, welches auszusprechen der Krieger sich schämte. »Ich weiß.« Er nickte und sprach gedehnt weiter. »Ich kann dich natürlich nicht zwingen, doch die Gesetze von Mompracem ...«

»... Ich kenne die Gesetze! Und ich habe nicht vor, mich dagegen aufzulehnen«, unterbrach Yoritomo ihn gereizt und mit einem Anflug von Verdrossenheit, die jedoch der Skepsis des Tigers galt und nicht der zwingenden Pflicht, die Engländerin zu ehelichen.

Doch der Tiger hakte unbeeindruckt nach:

»Nur um der Gesetze willen? Oder nimmst du Juliana ... aus Liebe?«

Eine Zeit lang bekam er keine Antwort. Schließlich offenbarte er ruhig: »Ich war ein Narr. Ich liebte sie vom ersten Moment an, als ich ihrer ansichtig wurde – als sie wie eine Königin die Treppe in Sultan Hassins Palast herunterschritt und dabei so unendlich verloren wirkte. Ich dachte, jedermann in der Halle müsse früher oder später auf meinen Herzschlag aufmerksam werden. Dieses Gefühl war so seltsam, so neu für mich ..., ich denke, ich füchtete und erwehrte mich der ungeheuerlichen Tatsache, meine Seele an eine Engländerin – überhaupt an einen anderen Menschen – verloren zu haben. – Ich will sie wiederhaben! Verflucht!« Der Tiger klang unerwartet amüsiert.

»Ich hoffe doch, du meinst Juliana und nicht deine Seele, die du wiederhaben willst.« Er musterte den Freund gedankenvoll. »Gäbe es da nicht diese beiden Probleme! Ersteres ist etwas kleiner, doch das nächste ...!« Er schüttelte in gespielter Betrübnis das Haupt und sprach nicht weiter.

Yoritomo war unempfänglich für die unterdrückte Heiterkeit.

»Was sollte es für Schwierigkeiten geben? Wir werden sie finden und aus Vardes Klauen befreien. Und wenn wir bis Candia segeln und sie persönlich ersteigern müssten!«

Noch immer entging ihm in seiner Besorgnis die humorige Stimmung des Tigers, denn dieser wandte sein Gesicht ab und sah aufs Meer hinaus.

»Nun, mein Freund«, antwortete Sandokan gemächlich, »du sprichst das kleinere Problem an. Das weitaus kompliziertere, dein ganz persönliches Problem wird sein«, er sah wieder zu Yoritomo hin, und um seine Augenwinkel gruben sich kleine Lachfältchen, »wie bekommst du diesen kleinen Sturkopf dazu, dich auch zu wollen?«

Yoritomo fuhr überrascht herum. Konsterniert schob er die Brauen zusammen. Er klappte den Mund auf ..., da wurde seine Aufmerksamkeit von einem entfernten Schemen auf dem Meer abgelenkt! Seine Züge verhärteten sich und nahmen einen angespannten, konzentrierten Ausdruck an.

»Kammamuri! Mein Fernrohr! Schnell!«

Sandokan wandte sich in die Richtung, konnte indes nichts erkennen. Aber die Augen des Kriegers waren scharf wie die eines Alks. Er vertraute deren Unfehlbarkeit. Seine eigenen begannen wieder bedrohlich zu glimmen!

Der halb nackte Inder sprang hurtig herbei und reichte Yoritomo das Rohr, der es ihm aus den Händen riss! Sandokan und Kammamuri sahen ihm gespannt zu. Schließlich ließ er es langsam sinken.

»Es ist nur ein englisches Kanonenboot«, stellte er enttäuscht fest.

»Gib es mir«, forderte Sandokan ihn auf. Yoritomo reichte es ihm. Er blickte ebenfalls hindurch und fluchte, nachdem er das entfernte schwarze Ungetüm mit seinen riesigen Bugkanonen eine Weile beobachtet hatte.

»Bei den Propheten! Hast du den Kurs nicht bemerkt? Es wird Pierres Route kreuzen!«

»Pierre ist kein Dummkopf«, erwiderte Yoritomo unwillig, wobei jedoch Unsicherheit in seiner Stimme schwang. »Er wird verschwinden, wenn er das Boot sichtet. Oder sollen wir beidrehen?«

Sandokan ließ das Fernrohr sinken, sah ihn an, las die stumme Frage. Kammamuri sah atemlos von einem zum anderen. Eine schwere Entscheidung, die dem Tiger hier abverlangt wurde.

»Wägen wir doch die Aussichten ab«, schlug der Inder vor.

»Deine Dschunke, Tiger, hast du auch dem Kumaraja, dem Prinzen, anvertraut. Die Sahiba hingegen« ... Er beendete vieldeutig den Satz nicht.

Die schweren Lider des mächtigen Piraten senkten sich einen Moment über die dunklen Augen. Als er sie wieder hob, erkannten die beiden anderen Männer dessen Entschlossenheit.

»Die Chancen stehen einzig und allein dafür, die Verfolgung Vardes fortzusetzen. Angenommen, Pierre und Koah bemerken sie nicht rechtzeitig, können auch wir nichts gegen das Kanonenboot mit seinen Maschinen ausrichten. Es würde die Dschunke und die *Shimabara* in Stücke reißen, ehe wir auch nur einen einzigen Schuss abgegeben haben. Und Vardes käme davon! Sieht er es aber rechtzeitig, kann er zwischen die Romaden tauchen. Das Boot ist zu schwer, um ihm in die Riffs zu folgen. Wir könnten nicht helfen, und Vardes wäre ebenfalls verschwunden.«

War Yoritomo über diese Entscheidung auch erleichtert, teilte er doch die unausgesprochene Besorgnis Sandokans. Pierre Evereux war ein guter Navigator – aber auch leichtsinnig! Wenn er nun nicht auf das Kanonenboot reagierte, sondern einfach den Kurs beibehielt und auf sein sprichwörtliches Glück vertraute? Dabei die Zuversicht hegend, die Engländer würden ausgerechnet die auffällige Dschunke des Tigers von Malaysia unbehelligt lassen? Dann wäre das kein Leichtsinn mehr!

»Pierre ist kein Narr«, wiederholte Yoritomo fest. »Und er hat nicht das alleinige Kommando, wie Kammamuri sagt. Der junge Prinz scheint mir in den letzten Monaten erwachsen geworden zu sein, und ich vertraue Koahs Instinkten, eine Gefahr zu wittern.« Zu Kammamuri gewandt, sagte er: »Wir behalten den Kurs bei. Der Hund wird uns nicht entkommen!«

Edmond starrte wutentbrannt und schockiert zugleich auf die Nichte hinunter!

Nachdem man Jana noch drei volle Tage und Nächte lang ohne Wasser und Brot, verwundet und vom Fieber geschüttelt, dort unten in der eisigen Kälte angekettet ließ, rang sie nun in der spärlich eingerichteten, immerhin sauberen Kajüte um das letzte Quäntchen Leben!

»Haben Sie vollends den Verstand verloren, Vardes?«, brüllte Edmond über die Schulter und musterte entgeistert das abgemagerte, völlig verdreckte und zerlumpte Bündel mit dem bleichen, kleinen Gesicht, unter dessen Augen sich bereits die ersten dunkelvioletten Schatten des Todes abzeichneten! »Sehen Sie sich das an! So ist sie nicht einmal die Schraube eines neuen Schiffes wert!«

McCleary hatte in den letzten Tagen lediglich angenommen,

man hielte Juliana in einer der Deckkajüten gefangen und Vardes vergnügte sich mit ihr ... Aber dies!

Irgendetwas tief Verborgenes regte sich in ihm bei dem schnarrenden Geräusch, das ihre Lungen beim Atmen verursachten. Als der hässliche Diener Etiennes vor wenigen Stunden bei ihm anklopfte und ihm tonlos mitteilte, was Vardes mit dem Mädchen tat, wollte er es zunächst nicht glauben.

Kará-Oló war ohne Erlaubnis, nach eigenem Ermessen, zu Edmond gegangen! Er hatte wiederholt versucht, seinen Herrn zur Einsicht zu bringen, dass die kleine Engländerin im Sterben lag. Aber der wollte nichts hören. Er verlangte, dass sie grausam litt! Schon die Andeutung brachte ihn zur Weißglut! Er verlangte sogar die Herausgabe des eisernen Schlüssels zu dem Verschlag. So konnte Kará-Oló ihr nicht einmal Wasser bringen oder den Kübel ausleeren. Der Riese mit dem Gemüt eines Walfischs sah keinen anderen Ausweg, als Edmond zumindest von der Unverkäuflichkeit der Ware zu unterrichten, wenn dieser nichts tat.

Vardes hielt sich ein mit Eau de Cologne benetztes Spitzentüchlein vor die Nase und antwortete wegwerfend: »Es bleibt genügend Zeit, sie wiederherzustellen. Ein wenig Sonne, frische Luft.« Nach einem letzten missfälligen Blick zu dem schmalen Lager hinüber wandte er sich ab und ging hinaus.

In der folgenden Zeit kümmerte Kará-Oló sich um die Schwerkranke. Wiederum ohne die Genehmigung des Kapitäns einzuholen, der dies ignorierte. Er rieb Jana regelmäßig mit einem feuchten Tuch ab, flößte ihr behutsam Brühe ein und wachte bei ihr, wenn sie sich fiebergebeutelt herumwarf und nach Tinuha, Sandokan und – öfter noch – nach Yoritomo schrie!! Der Riese mochte zwar das Gemüt eines Fisches besitzen, doch er hatte zumindest die Intelligenz eines ungebildeten Barbaren. Seine Götter hatten ihm befohlen, auf das Mädchen zu achten. Gleich am ersten Tag, als sie an Bord kam, hatte er die Knochen befragt. Zuerst wusste er nicht, was er tun sollte, denn das Orakel offenbarte nichts weiter an diesem Tage. Dann befahl der Herr ihm, die Sklaven foltern zu lassen, und er wusste zumindest, was *dies* bedeutete! Bevor er den Befehl weitergab, befragte er noch einmal die Knochen, und so erkannte er überrascht, dass die junge Frau ein Kind trug. Er ging in den Laderaum, gab dem Sklavenaufseher den Befehl und wartete geduldig, bis dieser sich, erschöpft vom Tanzen der Katze auf zerfetzten Rücken, eine kleine Pause gönnte. Unbemerkt schlich er zu den gequälten, halb toten Männern und erlöste zwei von ihren Qualen. Sein Instinkt sagte ihm, der Verlust der beiden Sklaven würde den Kapitän wenigstens für den Moment von seinem Spiel abhalten. Als er die Kajüte seines Herrn danach betrat, stellte er bedauernd fest, sicher zu spät gekommen zu sein. Das Mädchen lag auf dem Boden und rührte sich nicht mehr. Doch dann nahm er ihre leichte Bewegung wahr, sah aus den Augenwinkeln, wie sie zum Tisch hinüberkroch und dann eine kleine Hand darübertasten ... mehrmals an einem scharfen Schälmesser vorbei.

Während der Pflege Janas erfuhr er sehr viel über die Engländerin. Natürlich kannte er die Namen derjenigen, nach denen sie im Fieberwahn verlangte. Es überraschte ihn auch nicht, wenn sie das sagenhafte Mompracem erwähnte. Besonnen achtete er darauf, dass Edmond nichts davon zu Ohren kam, der sich oft nach ihrem Befinden erkundigte. Wenn die Gefahr eines unwillkommenen Lauschers gegeben war, begann er mit einem eigenartigen Singsang, der die Kranke auf geheimnisvolle Weise beruhigte. Jedenfalls lag sie dann still.

Endlich schien die Krise überwunden. Sie richtete die trüben Augen auf ihn und sah ihn an. Sie sah ihn nur an – ohne Regung in dem hohlwangigen, farblosen Gesicht.

»Es ist gut, dass Herrin aufwacht. Gerade rechtzeitig«, sprach er sie mysteriös an.

Sie nickte, ohne zu begreifen.

»Baby lebt«, sagte er eindringlich und legte eine Pranke auf ihren mageren Leib. Ein nervöses Zucken verriet ihm, dass sie verstand. Kará-Oló stand auf und holte den Becher mit einem Trank, welchen er selbst aus Kräutern, Extrakten und unaussprechlichen Dingen hergestellt hatte. Er schob vorsichtig eine Hand unter ihren Kopf und hob ihn an. Kraftlos versuchte sie, die übel riechende Flüssigkeit abzuwehren, doch er ließ nicht locker und drängte: »Ist sehr wichtig. Du darfst nicht einschlafen. Nicht heute. Dann die nächsten Tage wirst du lange schlafen.«

Jana war zu hilflos, um sich länger zu sträuben, und trank die Brühe aus. Während der Riese sie aufmerksam beobachtete, verspürte sie zu Beginn ein leises Kribbeln im Magen. Es wand sich durch ihren Körper und erreichte schließlich ihren Kopf – wo es donnernd explodierte!

Jana wurde hellwach!

»Was ... was ist passiert? Du ... du bist nicht Giro Batol ...«, krächzte sie zusammenhanglos. Sie fühlte sich wundervoll. So leicht – so sorglos!

Sie versuchte, sich aufzurichten, und stellte erschrocken fest, dass ihre Muskeln den Befehlen nicht gehorchen wollten! Sie fiel zurück und starrte Kará-Oló verstört an.

»Ich ... kann mich nicht bewegen!«

»Herrin ist noch immer sehr krank. Herrin wird gesund, dann wieder alles gut. Kopf denkt nur, Körper ist gesund.«

»Und warum soll ich nicht schlafen?«, erkundigte sich Jana merkwürdigerweise beruhigt, obwohl sie den Sinn der nebulösen Worte überhaupt nicht begriff.

»Werden sehen«, antwortete der Riese wieder rätselhaft und ging zur Tür. »Kará-Oló sagen, du erwacht.« Er ging hinaus und ließ Jana zwischen Bangigkeit und Euphorie, letztere hervorgerufen durch den geheimnisvollen Trank, den er ihr verabreicht hatte, zurück.

Wenige Minuten später kamen Vardes und McCleary herein. Edmond blieb, schwer auf seinen Stock gestützt, in der Tür stehen. Der Kapitän verbeugte sich spöttisch vor ihr und sagte, während er wieder sein parfümiertes Tuch hervorzog:

»Wie freundlich von Ihnen, wieder unter den Lebenden zu weilen, Ihre Ladyschaft. Ich gebe zu, wir machten uns nicht geringe Sorgen um Ihr Wohlergehen. Übrigens – Ihr braucht keine Bedenken zu haben, den Wunsch nach einem Bad zu äußern ... Ihr duftet abscheulich!«

»Mein Körper mag vielleicht nicht sonderlich gut riechen, Monsieur«, konterte Jana abfällig, »doch Ihr und er«, sie nickte mit dem Kinn zu Edmond hinüber, »stinkt nach Unehre, Geldgier und Unmenschlichkeit.«

Das Gesicht des Kapitäns verzerrte sich wieder. Jetzt hinkte auch Edmond näher und beugte sich über sie. Sein gesundes Auge funkelte sie an.

»Ehre, liebste Nichte«, zischelte er ihr zu, »Ehre ist ein Luxus, den man sich in unserem Geschäft nicht leisten kann.« Er richtete sich ächzend wieder auf.

Jana wandte verächtlich das Gesicht ab.

Vardes stampfte sprachlos und schäumend zur Tür zurück! Er riss sie auf und brüllte nach dem Diener, der sogleich erschien, als hätte er dahinter gewartet.

»Trage sie an Deck in die Sonne. Wir werden etwas Farbe auf ihr Gesicht zaubern, ehe wir sie auf dem Sklavenmarkt anbieten!« Natürlich erwähnte er den Markt absichtlich. Irgendwann musste sie doch vor Angst wimmern! Und das wollte er erleben! Koste es, was es wolle!

Kará-Oló verneigte sich mit über der Brust gekreuzten Armen, ging zu dem Lager hinüber und erwähnte beiläufig: »Wache sagt, Schiff backbord.«

Edmond fuhr zu Vardes herum.

»Ist die Flagge zu erkennen?«

Kará-Oló schob seine Arme unter Janas federleichten Körper, hob sie auf und antwortete gleichmütig:

»Ist Flagge des Tigers.«

Jana riss die Augen auf, begegnete dem unergründlichen Blick des Riesen und presste die Lippen zusammen, um nicht erleichtert aufzuschreien!

Auch Etiennes und Edmonds Augen trafen sich und zeigten für den Bruchteil einer Sekunde die gleiche Empfindung: Schrecken und Furcht!

Doch der Kapitän hatte sich scheinbar mühelos wieder in der Gewalt. Betont gleichmütig zuckte er eine Schulter und meinte mit gleichwohl nervösem Vibrieren der Stimmbänder:

»So, Sandokan also. Nun, ich liege nicht im Streit mit dem Malaien. Ich bin nur Händler. Mal sehen, was sie wollen.« Edmond fühlte sich äußerst unbehaglich.

»Ich bleibe lieber in meiner Kajüte. Es ist zwar nicht anzunehmen, dass er Juliana kennt, aber falls er durch die Geschwister eine Beschreibung von ihr besitzt, könnte er auf meine Anwesenheit schließen ..., und ich möchte ihm eigentlich nur ungern begegnen.«

Kará-Oló ging mit Jana an Vardes vorbei.

»Wie weit ist die Dschunke noch entfernt?«

»Ist nicht Dschunke. Ist die Brigg von Japaner.«

Edmond erbleichte.

Jana gelang es jetzt nur noch, den überraschten Aufschrei in ein dumpfes Stöhnen zu verwandeln! Was Vardes ungemein zu erfreuen schien, da er den Ton und den triumphierenden Glanz in ihren Augen gänzlich falsch deutete – und damit seinen Untergang besiegelte!

Er sah bösartig auf sie hinab und höhnte vergnügt:

»Jetzt bekommst du es endlich mit der Angst, du verdammtes Miststück, nicht wahr? Mir kommt da eine grandiose Idee ... Ich werde den Piraten sagen, wer du bist!«

Edmond stierte bestürzt zu ihm hinüber und riss den verstümmelten Mund zum Protest auf!

Etienne winkte ungeduldig ab und fuhr hektisch fort, in der beglückenden Annahme, Juliana damit zu quälen: »Die Nichte von Edmond McCleary, ein Feind des Tigers! Sandokan weiß nicht, dass ihr keine sonderlich enge verwandtschaftliche Beziehung zueinander hegt. Und er ist reich! Er wird auf jede Forderung eingehen, die ich ihm stelle, um dich in die Hände zu bekommen!« Er beugte sich ihr hämisch grinsend zu. »Vielleicht sollte ich ja ein Gentleman sein und dir zum letzten Mal die Wahl lassen. Eventuell ziehst du ja doch meine Stiefel vor. Soll ich dir verraten, was die Piraten mit dir machen werden, du verdammtes Luder? Das kannst du dir in deinen kühnsten Träumen nicht vorstellen!« Und dann begann er ihr genüsslich, in den obszönsten Worten auszumalen, was die Piraten mit ihren gefangenen Frauen anstellten! Jetzt wird sie um Erbarmen winseln! Er beobachtete entzückt, wie Tränen in die herrlichen Blauaugen stiegen und ... »Bei Gott! Sie hat den Verstand verloren!«, kreischte Vardes entgeistert und federte zwei – drei Schritte zurück, als hätte ihn etwas Gemeines gebissen ..., denn sie lachte! Sie lachte!

»Geh!«, krächzte er bebend und sah atemlos zu, als erwarte er noch irgendetwas Unvorhergesehenes von dieser Irren, wie sein folgsamer Diener sie hinaustrug. – Und tatsächlich warf sie ihm einen nahezu vergnügten Blick über Kará-Olós Schulter zu! – Welcher ihn an seinem eigenen Verstand zweifeln ließ!

»Was versprechen Sie sich davon, Etienne? Wenn der Bastard mich hier entdeckt, bringt er mich um!«

Edmond humpelte empört zu Vardes hinüber, der noch immer perplex den Kopf schüttelte. Plötzlich glomm ein berechnendes, grimmig-heiteres Funkeln in seinen hellen Augen auf.

»Lieber Freund, beruhigen Sie sich. Erstens sparen wir so den Weg nach Candia und zweitens«, er grinste bösartig, »werden diese Halsabschneider über den Triumph, Ihre Nichte in die Hände zu bekommen, sich nicht weiter mit unserer Ladung beschäftigen. Begeben Sie sich in meine Kajüte, ich beteuere Ihnen, niemand wird sie betreten.«

Edmond zog ein Tuch aus der Tasche seines Anzuges und tupfte die Schweißperlen ab. Bemüht, sich vor Vardes keine weitere Blöße zu geben, sagte er zweifelnd:

»Die Zeitersparnis ist nicht von der Hand zu weisen. Doch ich warne Sie, Etienne, wenn diese Hundesöhne auch nur den geringsten Verdacht hegen, ich könnte an Bord sein ...«

Vardes maß ihn mit herablassendem Lächeln und ging hinaus.

Edmond ließ langsam das Tuch sinken.

Pierre Evereux war keineswegs einfältig oder leichtsinnig. Es war auch durchaus nicht sein Verschulden, dass er unmittelbar in die finstere Stahlmündung einer auf ihn gerichteten Kanone schaute!

Sie hatten ihm nicht einmal Zeit gelassen, die schwerfällige Dschunke zu wenden, um bei den Romaden in seichtere Gewässer zu entkommen.

Sie – das waren die fein aufgeputzten, in blütenreinen Uniformen steckenden Marinekadetten Ihrer Majestät, Königin Viktorias, welche in exakter Reihe auf dem matt glänzenden Oberdeck des Kanonenbootes standen. Alle in bewundernswerter Habachtstellung. Und natürlich auch der Rädelsführer dieser schnittigen Truppe: ein knapp dreißigjähriger Kapitän zur See, dessen schneeweiße Hosen so steif geplättet waren, dass man sich unwillkürlich fragte, ob er die Knie beim Gehen überhaupt noch zu beugen vermochte.

Offensichtlich nicht, wie Pierre ironisch bemerkte, denn der Offizier bewegte sich marionettenhaft an der Reihe der Matrosen vorbei und kam praktisch im Stechschritt auf ihn zu. Die Absätze der hochglanzpolierten Schuhe klackten auf dem Stahl des Schiffs und bildeten einen verlangsamten Trommelwirbel, der wenige Meter vor dem Franzosen endete. Seine eigene Mannschaft, eine widerborstige Trauergemeinde, stand mit steil in den grauen Himmel gestreckten Händen hinter ihm.

Auch Koah, dem er vorher heftig bedeutet hatte, sich weder einzumischen noch sonst irgendetwas Unüberlegtes zu tun. Glücklicherweise sah der junge Prinz, mittlerweile nicht mehr so ungestüm, ein, dass sein Land nichts gewann, wenn ihm etwas zustieße. Trotzdem zitterte er vor Zorn!

In strammer Haltung sprach der Kapitän Pierre artig an. Kein einziges seiner hellblonden Haare bewegte sich in den rauen Nachböen des Monsuns.

»Sir. Ich ersuche Sie im Namen Ihrer Majestät, der Königin, sich zu ergeben. Dieses Schiff wurde eindeutig als das Eigentum des Piraten Sandokan identifiziert. Mein Name ist Kapitän zur See, Terence Lynch.«

Jegliches Leugnen wäre völlig sinnlos gewesen. Die Flagge des Tigers, der goldfarbene Tigerkopf auf rotem Grund, die hoch über ihren Köpfen am Mast flatterte, sprach für sich. Pierre neigte seinen Kopf leicht, wie zur Bestätigung, und antwortete sarkastisch:

»Der Tiger von Malaysia befindet sich nicht an Bord. Wenn Sie so freundlich sein wollen, mit mir vorlieb zu nehmen und dafür meine Mannschaft unbehelligt segeln lassen, wäre ich Ihnen sehr verbunden.«

»Und wie ist Ihr Name, Sir?«

»Pierre Evereux, zu Diensten.« Pierre verneigte sich anmutig. Seine Haltung drückte Respekt aus, den er überhaupt nicht empfand. Es ist nicht meine Schuld, sagte er sich niedergeschlagen. Auch Sandokan hätte nichts mehr unternehmen können, angesichts der geballten Macht dieser englischen Maschine.

Einen winzigen Moment lang schien der hölzerne Kapitän aus der Fassung zu geraten. Auf ein winziges Fingerschnippen hin eilte ein anderer Offizier, ein Stakkato auf dem Stahl verursachend, herbei. Die beiden flüsterten miteinander. Pierre spitzte die Ohren, konnte jedoch nichts verstehen.

»Kapitän«, wisperte der erste Offizier, »dieser Mann ist einer der drei gesuchten Piraten.«

»Das weiß ich selbst, Mister Poul. Die Frage ist nur, was wir mit den anderen tun sollen. Wir können sie nicht alle an Bord nehmen.«

»Mit Verlaub, Sir – diese Männer sind Abschaum. Sie würden die Gerichtsbarkeit nur unnötig belasten. Dieser Franzose ist ein Pfand zur Vernichtung des Tigers von Malaysia. Wenn wir seinen Gefährten in unserer Gewalt haben, wird er sich aus seiner Deckung wagen. Vielleicht befindet sich der Tiger ja doch an Bord. Sollten Sie die Dschunke nicht durchsuchen?«

Der Kapitän zögerte. Er warf einen Blick zu Pierre hinüber, dann auf die Kadetten hinunter.

»Ich glaube nicht, dass er sich an Bord befindet. Ich kann mir nicht vorstellen, dass dieser Sandokan sich verkriecht. Und wir wollen doch auch nicht vergessen, dieses ist ein Schulschiff auf Testfahrt. Die Männer sind noch viel zu unerfahren. Sollten sich noch weitere Piraten unter Deck befinden, und wir würden angegriffen ..., nein, ich gehe kein Risiko ein. Wir werden lediglich ein Exempel statuieren, das den Anführer dieser Bande aus seinem Versteck locken wird.«

Er wandte sich zu Pierre und rief ihm zu: »Monsieur Evereux! Befehlen sie Ihren Männern, die Rettungsboote zu besteigen und das Schiff zu verlassen! Sie, Sir, verhafte ich hiermit wegen Piraterie! Sie werden der Gerichtsbarkeit in Fort Viktoria unterstellt! Ich ersuche Sie höflich, ohne Widerstand an Bord zu kommen!«

Pierre fiel ein Stein vom Herzen! Seine Leute und vor allem der junge Prinz würden nicht gefangen genommen! Er zweifelte nicht, dass sie es schaffen würden, die Küste zu erreichen.

Und er zweifelte auch keine Sekunde, dass der Kapitän ihn *und* die prächtige, einzigartige Dschunke als Pfand gegen Sandokan behielt.

»Sir! Mit Verlaub, Sir! Wollen sie wirklich alle davonkommen lassen?«, zischte der erste Offizier dem Kapitän zu. »Es sind Piraten! Lassen Sie sie erschießen!«

»Ich bin kein Schlächter«, antwortete Terence Lynch frostig. Durch ein kurzes Nicken zu Koah hinüber befahl Pierre diesem, den Anordnungen des Kapitäns Folge zu leisten. Der Junge fügte sich zum Glück – samt der heimlich meuternden Mannschaft. Die Boote wurden von Bord gelassen. Pierre selbst begab sich auf das glatte Deck des Kanonenbootes und ließ sich von einem der Kadetten Eisenfesseln um die Handgelenke legen. Unvermittelt verspürte er ein bleiernes, warnendes Gefühl in der Magengrube ...

Bald entfernte sich das Kanonenboot von der Dschunke.

Was sollte das! Pierre beobachtete verwirrt, wie sich die vollbesetzten Boote mit seinen Männern ebenfalls von der Dschunke entfernten. Warum nahmen sie die Dschunke nicht ins Schlepptau? Das war doch unsinnig ... völlig unsinnig! Seine Magenwände zogen sich zusammen, als ihm dämmerte, was sie vorhatten! Sein Kopf fuhr zu dem Kapitän herum, der mit unbewegter Miene ein Zeichen gab.

»Non!«, brüllte er zutiefst verwundet auf! »Non! Captain, das können Sie nicht tun!« Eine glühende Woge der Wut schaltete jeden Gedanken aus! Er versuchte, sich trotz der Handschellen auf den Kapitän stürzen! Ein kräftiger Stoß mit einem Gewehrkolben mitten in die Magengrube vereitelte diesen Plan abrupt und ließ ihn wie ein Rasiermesser auf den Stahlplanken zusammenklappen! Hilflos und blutspuckend musste er aus dieser unwürdigen Stellung heraus mit ansehen, wie die stolze Dschunke unter einem einzigen, donnernden Treffer aus der Bugkanone explodierte und in Flammen aufging! Mehrfache

Detonationen zeigten wenig später an, dass die Flammen das Waffenarsenal erreicht hatten. In Bruchteilen von Sekunden lag über der Stelle, wo sich eben noch dieses einmalige Schiff aus dem Wasser emporhob, nur noch ein undurchsichtiger, feuerwabernder, stinkender Nebel, durch welchen das entsetzte und rasende Geheul der Freunde und Gefährten in ihren Booten drang ...

Erschüttert ließ Pierre die Stirn auf das kalte Metall sinken. Er fühlte sich elend wie nie zuvor in seinem Leben. Und er schwor bei Gott, dem Tiger das Schiff zu erstatten, falls er selbst unbeschadet davonkam!

– Aber vermochte er auch die Erinnerungen an Lady Marianna ersetzen, welche Sandokan an diese Dschunke banden –?

»Du siehst, Pierce, deine Befürchtung war umsonst. Er hat fast voll geladen und muss sich uns stellen!«

Sandokan setzte das Fernrohr ab und wandte sich in grimmigem Triumph Yoritomo zu, dessen Gesicht maskenhaft gefasst war.

Da er keine Antwort bekam, schaute er wieder durch das Rohr und stellte fest: »Der Tiefe nach hat er mindestens fünfzig Sklaven an Bord.«

»Siehst du *sie* irgendwo?«, hörte er endlich die gepresste Stimme des Freundes neben sich. Er suchte das Deck der Schebecke ab.

»Nein«, sagte er schließlich ruhiger, als ihm zu Mute war, »doch ich fühle, sie ist an Bord. Mein Gefühl hat mich noch nie getrogen.« Er setzte aufmunternd, mit schiefem Grinsen hinzu: »Deshalb lebe ich noch.«

Yoritomo nickte. Er starrte hinüber, als könne er *sie*, durch die muschel- und tangbesetzten Schiffswände hindurch, selbst ausmachen.

»Pierre wird es bedauern, wenn er zu spät kommt.«

»Und der junge Prinz ebenfalls«, stimmte Sandokan zu und

fühlte ein eigenartiges Gefühl der Besorgnis in sich aufsteigen, das nichts mit dem Seelenverkäufer dort drüben zu tun hatte. »Ich hole die Waffen«, informierte Yoritomo ihn und stieß sich von der Reling ab.

»Wir werden dem hinterhältigen Hund nicht unvorbereitet entgegentreten«, nickte Sandokan und machte der bereits erwartungsvollen und kampfhungrigen Mannschaft ein Zeichen, worauf sich die Männer an Deck verteilten und ihre Positionen einnahmen. Der Tiger verspürte ein altbekanntes Kribbeln in der Nackengegend ...

Ihre an die Dunkelheit gewöhnten Augen erblickten im ersten Moment nichts weiter als eine Pforte hellen Lichts. Doch dann nahm sie stückweise die purpurne Scheibe am Himmel wahr, deren sengende Strahlen von den schäumenden Wellen tausendfach zurückgeworfen wurden und tausendfach in ihre Augen stachen.

»Bitte, Kará-Oló, ich kann alleine gehen.«

Er sah zweifelnd auf sie hinab, fügte sich aber behutsam ihrem Wunsch. Kaum berührten ihre Füße den Boden, knickten die Beine unter ihr fort, und er nahm sie vorwurfsvoll wieder auf den Arm.

»Ich habe gesagt, Körper nicht gesund. Nur im Kopf. Nur jetzt!«

Er schwieg, da Vardes hinter ihnen aus der Luke stieg und sofort neben sie trat. Geringschätzig bedeutete er dem Riesen: »Wirf sie achtern auf die Taue. Man darf sie nicht vorzeitig bemerken. Vielleicht kann ich den Preis noch höher treiben. Halte ihr, wenn nötig, den Mund zu.«

»Ich werde gewiss keinen Laut von mir geben«, murmelte Jana, klammerte sich an den breiten Nacken des Riesen und vergrub das hysterische, unterdrückte Lachen in den Muskelbergen. So hörte Vardes nur den ersten Teil – und zwar den, welchen er fälschlicherweise für angstvollen Gehorsam hielt – und nicht den kichernden Rest: »Von dieser Vorstellung möchte ich nicht einen Ton verpassen!«

Sein Blick streifte sie angewidert und gleichzeitig mit hämischer Schadenfreude, als wäre sie ein Insekt, das zu zertreten er gerade im Begriff stand.

»Halte ihr trotzdem den Mund zu. Sie ist von Sinnen vor Furcht. Ist das nicht wundervoll?«

Kará-Oló nickte und trug Jana hinüber zum Heck.

Vardes sah ihr hasserfüllt nach. Dann wandte er sich aufmerksam dem anderen Schiff zu.

Die Schebecke und dic Brigg schoben sich nebeneinander.

Schlagartig ging eine unerwartete Veränderung in Vardes arrogant aufgesetztem Gesicht vor! Er vergaß sogar seine Gefangene für einen Augenblick! Es war nicht die überraschende Anwesenheit des Tigers, die ihn verstörte und zutiefst beeindruckte – es war das Gesicht des Kriegers, das er zum ersten Mal unverhüllt sah ... unfähig zu irgendeiner Reaktion, betrachtete er bewundernd den raubtierhaft geschmeidigen Eurasier mit den seltsam golden schimmernden, grünen Augen, dessen Gesichtszüge eine unglaublich attraktive Verschmelzung von Ost und West ergaben. In eigenartiger, dennoch widernatürlicher Wehmut verkrampfte sich sein Herz.

Yoritomo deutete die gezierte Haltung und das Aufblitzen in den Augen des gut aussehenden, etwa gleichaltrigen Mannes durchaus richtig! Und befände man sich in einer anderen Situation, hätte es ihn vielleicht amüsiert. Er kannte genau die Begehrlichkeit dieses Ausdrucks und der verschleierten Blicke, die seiner Person galten! Nicht nur einmal hatten wohlhabende Daimyos versucht, sich der Gunst des hübschen Klosterschülers zu bemächtigen, und ihm Avancen gemacht. Nun, er wird ihr wenigstens keine Gewalt angetan haben ..., dachte er erleichtert ...

Vardes indes riss seine Augen gewaltsam von diesem unvergleichlich schönen, männlichen Gesicht und schaute zu Sandokan, welcher ihn aus nahezu gelb leuchtenden Augen belauerte.

»Warum stoppen Sie meine Fahrt? Ich habe keine Schätze an Bord.« Er lachte zynisch auf. »Ich handle nur mit Vieh.« Die Männer standen sich nun Auge in Auge gegenüber. Hinter Yoritomo und Sandokans Rücken wachte Giro Batol über jede Regung der Mannschaft auf dem anderen Schiff.

»Wir interessieren uns tatsächlich für Ihre Ware, Vardes – insbesondere Frauen!«, knurrte Sandokan, und seine Stimme klang wie die eines gereizten Tigers.

Mit diesem Satz gelang ihm etwas, was nur wenige vor ihm vermocht hatten: Nämlich Etienne Vardes sichtbar zu verblüffen!

»Eh ... ach ... nun, damit kann ich dienen. Kommen Sie herüber auf mein Schiff. Ich werde Ihnen die Ware gleich vorführen lassen.«

Die Wände der Schebecke waren höher als die der *Shimabara*, aber sie lag auf Grund ihrer Fracht tief unter der Linie. So konnten die beiden Piraten sich mühelos über die Geländer schwingen.

Die Mannschaften verhielten sich abwartend. Es fiel nicht auf, als die Hälfte von Yoritomos Männern nacheinander verschwand.

Vardes begann sich allmählich unbehaglich unter dem unverwandten undeutbaren Blick des Halbjapaners zu fühlen und strengte krampfhaft sein Hirn an, um den tatsächlichen Grund für das Erscheinen der beiden größten Freibeuter Malaysias herauszufinden. Natürlich glaubte er nicht, sie seien an den Sklaven interessiert. Was mochte es sein? Aus den Augenwinkeln bemerkte er noch unbehaglicher, wie sich hinter dem hünenhaften Malaien auf dem anderen Schiff einige schwerbewaffnete, schwarzgekleidete Dajaken versammelten. Er rieb nervös die Hände und wartete ab. Auf seine Gefangene konnte er später zu sprechen kommen. – Auf seine Gefangene? Eine vage Ahnung streifte ihn. Die Gewässer waren unendlich, trotzdem verbreiteten sich Nachrichten beinahe schneller als auf dem Landweg. Sollten die Piraten etwa von seiner wertvollen Fracht erfahren haben? Vielleicht brauchte er sie überhaupt nicht mehr anzupreisen. Möglicherweise hatte sich das Problem von selbst gelöst, und diese Männer waren bereits erpicht darauf, McClearys Nichte in die Hände zu bekommen? Er blieb vorerst bei dem Entschluss, abzuwarten. Begierig, ein Geschäft zu machen, entging ihm fatalerweise die mörderische flirrende Wut in den Augen der beiden Männer und auch, dass sich die rechte Hand des Tigers gefährlich nahe am Heft des bedrohlich glänzenden, schartigen Krummsäbels befand!

»Was bevorzugen Sie, meine Herren? Tiefschwarz? Braun? Aah – da kann ich Ihnen besonderes Material anbieten!«

Die beiden sahen sich kurz an.

»Wir hatten an eine etwas hellere Hautfarbe gedacht –«, dehnte Sandokan die Worte wie Kautschuk.

»Oh, natürlich!« Der Kapitän tat, als müsse er überlegen, legte nachdenklich einen Finger an die Nasenspitze und hatte – welch ein Zufall – einen Einfall! Er grinste überaus verschlagen, sich seines Sieges und des lukrativen Geschäftes sicher. »Eine gütige Fügung des Schicksals, meine Herren«, fabulierte er. »Ihr kommt gerade zum rechten Zeitpunkt. Ich habe tatsächlich eine weiße Sklavin an Bord!«

Yoritomos Hand fuhr zum Nacken ... an das Heft des *Murasama*-Schwertes! Er machte einen Schritt nach vorn. Die eiserne Linke des Tigers stoppte ihn! Langsam sank seine Hand wieder hinab.

Vardes fuhr um dieselbe Schrittlänge zurück und befeuchtete sich mit der Zunge die plötzlich spröden Lippen. »So warten Sie doch erst ab, welches Vögelchen mir da zugeflogen ist!«, beschwerte er sich. Was geht hier nur vor? »Es dürfte Ihnen sicher das Doppelte von dem wert sein, was ich auf der Auktion in Candia dafür bekommen würde. Und darüber hinaus möchte ich ...«

»... Hören Sie schon auf, wie eine Krämerseele zu jammern, Vardes, und zeigen Sie uns das Mädchen!«, unterbrach Sandokan ihn barsch und wohlwissend, dass er die Kobra nicht ein zweites Mal zurückhalten durfte!

Der Menschenhändler in der Maske des Gentlemans verstummte! Er schnippte nur noch einmal mit dem Finger und ließ die beiden, ihm plötzlich mehr als gefährlich erscheinenden Männer nicht mehr aus den Augen. Noch wähnte er sich halbwegs siegreich, doch seine Selbstsicherheit geriet allmählich gehörig ins Schwanken. Wenn ich nur herausfände, was hier nicht stimmt, dröhnte es in seinem Kopf. Zu handeln wagte er jetzt nicht mehr. So brüllte er gebieterisch, sich ein letztes Quäntchen Überheblichkeit bewahrend, über das Deck:

»Kará-Oló! Bringe sie her!«

Äußerlich beherrscht sahen Yoritomo und Sandokan in Richtung des Hecks, wo ein muskelstrotzender, gelber Riese erschien. Die beiden kampferprobten Männer, die schon alles Mögliche erlebt hatten, zuckten zusammen! Einerseits respektvoll vor dem Anblick dieses kahlköpfigen, glasperlen- und tigerzahnbehangenen Riesen und andererseits ..., weil sich an den unglaublichen Nacken dieses ... Mannes ... ein mageres, zerlumptes Bündel klammerte, wobei dieses dürre, augenscheinlich menschliche Wesen eher einem verängstigten Äffchen glich!

Trotz der Schmutzschicht erkannte Yoritomo zumindest die Hose als sein Eigentum an.

Wer oder was sich unter den Lumpen befand, erkannte er nur an einem Paar weit aufgerissener, schwimmender Blauaugen, die abwechselnd ihn und den Tiger anstrahlten ...

»Bei den Propheten ... bei Wischnu!«, hörte er neben sich Sandokan, den großen, berühmten Tiger von Malaysia, heiser und völlig erschüttert flüstern! Sein eigenes Herz krampfte sich vor Mitleid zusammen ..., und er merkte, wie sich Tränen in seinen Augen bildeten, denen er sich keineswegs schämte ..., und im selben Augenblick überkam ihn die wildeste Wut, die er je in seinem ganzen Leben verspürt hatte! Es war nicht zu verhindern: Die dunkle Seite in ihm suchte die Übermacht! Schweiß begann in seinem Nacken zu fließen, doch Eiseskälte durchströmte seinen Körper und forderte ihn, seiner Beherrschung zu folgen! Reglos blieb er hoch aufgerichtet stehen. Gold wurde zu gleißendem, tödlichen Silber!

Ähnliches mochte in dem stolzen Herrscher von Mompracem vorgehen, dessen Muskeln sich anspannten – dessen Augen mörderisch, rachedurstig und ... nach Blut lechzend funkelten!

Aber noch war die Farce nicht vorbei ...

Vardes, im Vorgefühl seines Triumphes, böse Ahnungen um des ersehnten Profites willen unterdrückend, übersah die Anzeichen des Todes, der grinsend seiner harrte! Selbstherrlich deutete er auf Jana.

»Gentlemen. Ich biete Ihnen hiermit ein unvergleichliches Schmuckstück an. Darf ich bekannt machen –«, er legte eine kunstvolle Pause ein, »– Lady Juliana Sinclair. Die Nichte von Edmond McCleary! – Lass sie herunter!«, herrschte er Kará-Oló an. Der gehorchte und ließ Jana vorsichtig von seinen Armen herabgleiten.

Jana fühlte sich stark, doch sie stellte verstimmt fest, dass es ihr nicht gelang, auf den Beinen zu bleiben. Dankbar sah sie zu dem Riesen auf, der sie sehr sanft auf die Planken gleiten ließ. Sie spürte seine Besorgnis und schaute forschend zu ihm auf. Der Trank schien ihr eine doppelte Sicht zu vermitteln ..., denn sie sah etwas, was einem normalen Sterblichen entgehen musste: Eine dunkle Aura um den Körper des Riesen! Und sie begriff!

»Nein!«, flüsterte sie vergehend.

Sie erkannte plötzlich, was er für sie getan hatte und was ihm bevorstand! Aus den Augenwinkeln nahm sie jetzt noch mehr von diesen unheimlichen, grau bis schwarz nuancierten Schatten wahr, welche die meisten Männer an Deck drohend umwaberten! Ihr Blick hetzte umher. Die Zeit schien sich für sie träger zu bewegen. Vardes! Die finstere Schwärze der Aura dieses gefühllosen Menschen erfüllte Jana mit unbändiger Genugtuung. Grenzenlose Erleichterung packte sie, als sie zu Sandokan sah. Den stolzen Tiger umgab ein helles, violettes Licht, das ihr anzeigte, er würde als Sieger hervorgehen und hatte den Tod nicht zu fürchten! Und dann wagte sie ihre Augen zu dem angespannten Mann daneben aufzuheben ...

»Nein!«, schrie sie noch einmal auf, ehe sie kraftlos auf das Deck glitt!

Tiger und Kobra tauschten Blicke. Mörderische, übereinstimmende Blicke. Langsam, unbemerkt von Vardes, zogen sie ihre Waffen!

Dieser verstieg sich gerade darin, seine Begierde erfüllt zu sehen: Juliana Sinclair litt! Illusorisch kostete er ihre wahnwitzige Angst aus. Gleich ... gleich würde sie ihn um Gnade und um Schutz vor den Piraten anbetteln! Deshalb übersah er noch immer seinen unwiderruflichen Tod ...

»Zugegeben, sie befindet sich nicht in dem Zustand, in dem sich eine Lady schicklicherweise einzustellen hat«, sagte er bedauernd. »Doch seien Sie versichert, sie ist jeden Preis wert. Vor allem *sie* –«, endete er hämisch.

Seine Männer jedoch, wie auch Kará-Oló und Jana sahen es, jeder auf seine Weise. Kará-Oló schwieg. Und die Mannschaft der Schebecke hatte keine Gelegenheit, sich verständlich zu machen, da jeder einzelne von ihnen die Spitze eines Messers, eines Dolches – auf alle Fälle etwas Spitzes – an der Halsschlagader fühlte!

Die Piraten, von denen gut ein Drittel gewöhnlicherweise der Perlenfischerei nachgingen, hatten sich auf der anderen Seite der *Shimabara* ins Meer gleiten lassen. Von dort tauchten sie unter den beiden Schiffen hindurch, um unbemerkt, da alle Augen sich auf das Geschehen vor ihnen konzentrierten, über das Geländer der tief liegenden Schebecke zu klettern, wo sie sich rückwärts an die feindliche Mannschaft herangeschlichen hatten. Vardes beugte sich hinab, krallte eine Hand in Janas Haare und grinste sie voller Schadenfreude an.

»Genieße die Furcht, du verdammtes Lu...!« Der Rest ging im Keuchen unter! Seine Augen weiteten sich in maßlosem, fassungslosem Staunen. Er wirkte sogar recht hilflos.

Sie lachte schon wieder! Und es war nicht das Gelächter einer vor Angst Irrsinnigen! Sie vermochte die zarten Gliedmaßen kaum zu bewegen, doch sie lachte unverkennbar sarkastisch zu ihm auf. Helle Tränen rannen über ihr Gesicht, die jedoch von nervlicher Anspannung zeugten und nicht von Wahnsinn. Keinesfalls von Wahnsinn! Und da gab es nicht die Spur von Angst in den klaren, blauen Augen, die ihn erschöpft, indes sichtlich erheitert und voller Schadenfreude musterten!

Da war es wieder! Da kroch wieder das Gefühl in ihm hoch, welches sich bereits im hintersten Winkel seines Gehirns gemeldet hatte! Die Warnung im Hinterkopf, die besagte, etwas war verkehrt – verdammt verkehrt! Nur – was?

Abrupt ließ er sie los, mühte sich um Haltung. Er streckte sich gerade und sah alarmiert von einem zum anderen und wieder hinunter auf Jana, deren verdammtes Gelächter sich in krächzende Hysterie zu steigern schien. Dieses Geräusch machte die Atmosphäre noch bedrohlicher. Seine Fäuste lechzten danach, ihr für alle Zeiten das verfluchte Gelächter aus dem kleinen Gesicht zu prügeln! Schon zuckte die Rechte auf ..., da bemerkte er die gezogenen Waffen in den Händen des Tigers und des schönen Yoritomo!

Vardes schluckte, suchte nach Worten. Schließlich stammelte er:

»Ich ... ich fürchte, ich habe zu viel des Guten getan, Gentlemen. Sie scheint den Verstand verloren zu haben. Sie müssen wissen, ich gab ihr die Peitsche zu schmecken ...«

Ein dumpfer, mörderischer Laut aus der Kehle des Kriegers unterbrach seinen abschweifenden Redefluss! Er riet ihm unvermittelt, besser zu schweigen. Stumm sah er dem Krieger entgegen, welcher mit ausholenden Schritten auf seine Gefangene zuging und sich zu ihr hinabbeugte. Verwirrt begriff er nun überhaupt nichts mehr: Denn seinem innigsten Wunsche entsprechend, wandelte sich ihre sarkastische Heiterkeit jetzt doch in namenlose Furcht ..., oder doch nicht?

Yoritomo ergriff ihren Arm und zog sie behutsam mit der freien Hand hoch, umschlang ihre Taille und hielt sie fest. Schon bei seiner ersten Berührung schreckte sie zusammen, starrte ihn an, als wäre es Vardes und nicht *er* ... Ihr abgemagerter Rücken presste sich an seine Brust. Das Gefühl, sie in den Armen zu halten, durchströmte ihn einen Moment lang mit einer unermesslichen Woge des Glücks. Sie lebte! Bei allen Göttern über und unter der Welt: Sie lebte! Ihr vormals seidiges Blondhaar war schmutzig und verfilzt, dennoch vergrub er, unbemerkt für alle anderen, für den Bruchteil einer Sekunde sein Gesicht in den Locken.

Jäh hob er den Blick frostklirrend zu Vardes, der ihn und Jana verständnislos, mit aufkeimender Furcht, beobachtete. »Was verlangen Sie für sie?«

Jana sah ihn jetzt ebenfalls an. Und während die Tränen, die nicht versiegen wollten, helle Spuren auf dem schmutzigen Gesicht hinterließen, lächelte sie ihn verächtlich und ... mitleidig an! Seine Furcht wandelte sich in eine Nervenkrise. Seine Magenwände schrumpften, bis sich nur noch ein geballter Klumpen in seiner Bauchhöhle befand. Die Antwort blieb ihm im Halse stecken.

Yoritomo blickte über Jana hinweg zu Sandokan.

»Ich denke, sie ist unbezahlbar«, meinte der Tiger äußerst mokant. Er ließ Vardes nicht aus den gnadenlos funkelnden Augen.

Die Männer spielten mit dem Menschenhändler wie die gesättigte Raubkatze mit ihrem Opfer, welche noch keine Lust verspürte, die Beute zu vertilgen. Offensichtlich verstörte dieses Spiel ihn gewaltig.

»Ich ... ich überlasse sie Ihnen. Ne ... nehmen Sie sie ..., als Geschenk sozusagen ...«

Er wich rückwärts, wähnte die trostreiche Anwesenheit seiner Mannschaft hinter sich. Aber vorsichtshalber tastete er doch nach dem Degen an seiner Seite.

»Ich danke Ihnen«, spöttelte Yoritomo so eisig, dass die Kälte auf Etiennes Gemüt schlug! Gleichzeitig verbrühten die folgenden, unendlich gedehnten Worte des Kriegers sein Innerstes wie siedendes Öl:

»Andererseits ..., weshalb sollte ich auch wohl für meine eigene Gemahlin bezahlen –?!«

Nicht nur Juliana fuhr überrascht zusammen!

Vardes Gesicht bekam einen grünlichen Schimmer. Wut und Entsetzen schlugen wellenartig über ihm zusammen. Er zog den Degen blank!

Wieder erklang das Unheil drohende Knurren des gereizten Tigers aus Sandokans Brust, während er langsam den todbringenden Krummsäbel hob.

Das war wie ein Signal!

Vardes fuhr schreckensbleich herum, als hinter ihm wüstes Kampfgeschrei aufbrandete! Schreckerstarrt musste er mit ansehen, wie sich über die Reling noch mehr Piraten ergossen und auf seine Männer eindrangen, die sich nun verbissen zur Wehr setzten!

Jana drohte Yoritomos Armen zu entgleiten, als er einen der

Männer Vardes mit der Klingenspitze abwehrte, welcher die Situation wohl nicht so recht verstand und um den Anteil seiner Beute fürchtete. Der Dolch in der hocherhobenen Hand des Einfaltspinsels flog in hohem Bogen über das Geländer ins Meer ..., ohne dass die umklammernde Hand diesen losgelassen hätte! Kará-Oló versuchte, nach Jana zu greifen, sie vor einem Abgleiten zu bewahren. Yoritomo verstand diese fürsorgliche Geste falsch. Noch ehe Jana begriff, sank der Riese wie ein gefällter Baum vor ihr auf die Knie! Zum ersten Mal spielte ein Lächeln um die wulstigen Lippen, während das Leben aus seiner durchtrennten Kehle wich ... Yoritomo reichte Jana, die sich – für ihn völlig unverständlich – dagegen wehrte und zum Steinerweichen schluchzte, hastig auf die *Shimabara* hinüber zu Giro Batol, der sie unter Deck tragen wollte. Aber Jana widersetzte sich verbissen auch dem gutmütigen malaiischen Hünen, soweit es ihre Kräfte zuließen. Aus Angst, sie zu verletzen, gab er schließlich auf und fügte sich ihrem atemlos hervorgestoßenen Schrei: »Lass mich hier, Giro Batol! Bitte ... ich ... muss sehen ..., wie dieser Kerl ... stirbt ..., bitte ...!« Ihre »zweite Sicht« ließ allmählich nach. Es wäre auch kaum möglich gewesen, die Todeskandidaten voneinander zu unterscheiden, denn die düsteren Schemen schienen jetzt das gesamte Deck zu umschließen! Angstvoll beobachtete sie vor allem Yoritomo, dessen seltsame Aura sie vorhin in tiefen Schrecken versetzt hatte: Er war vollkommen in ein blaues Licht getaucht, das sich von hell zu dunkel wandelte! Aber zögerlich griff auch die entsetzliche Schwärze nach ihm – unentschlossen, ob dieser Tag auch seinen Tod forderte! Giro Batol umklammerte und stützte sie so, dass sie dem folgenden Gemetzel grauenerfüllt zusehen konnte ...

... Sandokan hatte Vardes im Visier und drang auf ihn ein. Als erprobter Degenfechter verteidigte dieser sich recht gut, war andererseits machtlos gegen den schweren Krummsäbel, mit dem der Tiger ihn wuchtig ausholend zurückdrängte, mitten hinein in das wogende, mörderische Gedränge. Immerhin gelang es dem schäumenden Kapitän, den Piraten auf Leibeslänge von sich zu halten. Dessen war Vardes in seiner Arroganz zumindest überzeugt – nicht ahnend, dass der Tiger von Malaysia noch immer mit ihm spielte!

Die Planken der Schebecke waren bereits glitschig von den Blutströmen. Die Piraten, wie auch die Gegner, mussten sich vorsehen, nicht über abgetrennte Gliedmaßen zu stolpern. Die hartnäckigen Lehren und Weisungen des Senseis von Mompracem trugen überreichlich Früchte: Bisher hatten seine eigenen Männer nur unbedeutende Blessuren davongetragen. Die ungewöhnliche Art zu kämpfen brachte den Feind ins Stocken und verwirrte ihn.

Yoritomo selbst stand wie ein Felsen in einer sich rötenden Brandung! Sein weißes Gewand schaute aus, als hätte ein irrsinniger Maler voller Zorn seinen in Scharlachrot getauchten Pinsel nach ihm geworfen! Die grotesken Tupfer vermehrten sich, als fünf Seeleute gleichzeitig mit gewaltigen Entermessern auf ihn einstürmten. Er bewegte sich mit unbegreiflicher Geschwindigkeit. Seine Angriffe kamen präzise, kaum wahrnehmbar. Lediglich das stete Aufblitzen der beiden Schwerter verriet seine Aktionen. Die langen Haare hatten sich längst der Fessel des Stirnbandes entledigt und umwehten ein Gesicht, auf dem eine grauenvolle Lust am Töten lag! Somit enthüllten sich für Jana wieder neue und gänzlich fremde Züge an ihm, die ihre Seele in tiefstes Entsetzen stürzten! Doch ebenso groß war die grenzenlose Bewunderung, die sie für diesen Krieger hegte. Erschüttert berührten ihre durch den Trank des gelben Riesen ungewöhnlich gewordenen Sinne seine furchtbaren Gefühle ... und sie, Juliana, fühlte sich der Kobra in ihrem Rachedurst verbunden, als führte sie die für Tod und Gerechtigkeit verantwortlichen Waffen mit eigener Hand!

Der Krieger schien sogar über weitere geheimnisvolle Wahrnehmungsfähigkeiten zu verfügen: Einem Mann, der hinter seinem Rücken auf ihn eindrang, stieß er, ohne hinzusehen, mit einem atemauspressenden Schrei das *Murasama-Schwert* in den Bauch! Gleichzeitig hielt er drei seitlich und von vorn angreifende Gegner mit dem *Felsspalter* auf Distanz.

Unvermittelt mischten sich donnernde Pistolenschüsse in nervenzerfetzendes Kreischen und das hässliche Geräusch brechender Knochen. Von einer aus nächster Nähe abgefeuerten Waffe getroffen, fiel ein junger Siamese, dessen Stirnband das Zeichen des Tigers trug, über Bord! Sogleich stürzten sich drei Dajaken auf den Schützen, der vergeblich versuchte, die Waffe nachzuladen. Sie hieben mit Säbeln und langen Messern auf ihn ein, bis er aufgab!

Ein anderer Seemann focht mit einem der Piraten einen aussichtslosen Zweikampf, Messer gegen Kris, aus. Der Kris des Malaien bestimmte den Sieg, und brüllend wandte sich Yoritomos Mann bereits einem andern Gegner zu, bevor der ausblutende Körper des Feindes auch nur den Boden berührte.

Sandokan drängte Vardes mittlerweile gegen die Schiffswand. Dessen Rücken neigte sich bedrohlich über das Geländer, doch er hieb weiterhin wild um sich. War der Kapitän närrisch – oder umfing ihn noch immer die Fehleinschätzung, er hätte jemals auch nur die geringste Chance besessen, den *Tiger von Malaysia* in die Enge zu treiben? Der Trank begann seine Wirkung zu verlieren. Noch entfernt, doch deutlich spürbar, durchtosten erste, derzeit erträgliche Schmerzwellen ihren misshandelten, bisher empfindungslosen Körper.

Jana starrte paralysiert in das Blutvergießen, das nur um ihretwillen geschah! Durch ihre Schuld kam es dazu, dass die Männer, die sie zu lieben glaubte, sich in reißende Bestien verwandelten und ihr völlig fremd waren in ihrem rasenden Blutdurst!

– Arme, noch immer dumme Jana. Hast du wirklich geglaubt, die berüchtigten Piraten von Mompracem wären schnurrende Kater? –

Wie gebannt hing ihr Blick weiterhin an Yoritomo Shigehira. Das frostige Feuer lupenreiner Diamanten flammte aus seinen Augen! Er lachte! Breitbeinig stand er da, während der blaue Stahl der Klingen unaufhörlich durch die dunstige, blut- und gewaltdurchtränkte Luft sirrte und Todesbotschaften raunte! Ein Gott der Rache – sich ergötzend am grausamen Abschlachten seiner Opfer – und prachtvoll in seiner unmenschlichen Schönheit!

Ihr Herz zog sich zusammen und weitete sich wieder. Wie ein Rausch überfiel sie der stolze, überwältigende Gedanke, dass er es war, dessen Kind sie im Leibe trug! Beinahe zu spät lüftete sich der Schleier ihrer Zukunft, erkannte sie den Weg, den sie selbst eingeschlagen hatte, als sie sich den Piraten anschloss! Viel zu lange war sie vom Frieden Mompracems eingehüllt gewesen. Endlich nahm sie die Wirklichkeit in sich auf. Die brutale, gnadenlose Wahrheit – und fügte sich. Es gab kein Zurück. Diese Männer hier waren ihre Familie. Sie erstachen, mordeten und gaben ihr eigenes Leben, um sie, die selbstherrliche Engländerin, vor einem grauenvollen Schicksal zu bewahren, das sie sich selbst in ihrer unglaublichen Naivität und Ignoranz bestimmt hatte!

Ihr Blicke glitten hinüber zu dem Herrscher der Insel, dem besonnenen, väterlichen Freund, dessen Augen in höllischem, gelbem Feuer leuchteten!

Sandokan war des Spielens müde. Er umfasste den edelsteinbesetzten Griff seiner furchtbaren Waffe mit beiden Händen. Die gewaltigen, schweißglänzenden Muskeln spannten sich ..., er hob den schartigen Krummsäbel, um diesem unwerten Leben das Aus zu bereiten ...

... Der grauenhafte Aufschrei einer Frau ließ ihn innehalten und wutentbrannt herumfahren! Der erhobene Säbel erzitterte in seiner Hand ...

– Wie in Trance, schockiert und bewegungsunfähig musste Jana zusehen, wie sich hinter Yoritomo heimlich die Tür zur Deckkajüte öffnete! Panikerfüllt sah sie auch die meuchlerische Klinge, die vor einem verzerrten Grinsen in die Höhe fuhr! Wo verblieb der rätselhafte Instinkt des Kämpfers? In diesem folgenschweren Moment, der über sein Leben richtete?

Auch Giro Batol hielt die Luft an und ließ das Mädchen beinahe fallen! Er schnappte wie ein Fisch nach Luft – gleichfalls gelähmt und unfähig einen Ton herauszubringen, um das Unabänderliche zu verhindern ...

Beide starrten ohnmächtig dort hinüber, zu dem Ort des katastrophalen Geschehens – wo in diesem Augenblick die Klinge wuchtig, auf den ungeschützten Nacken des Kämpfers zielend, heruntersauste und ... einen halben Zentimeter vor der pulsierenden Schlagader sirrend auf Stahl traf!! Sie schabte über die abgeflachte Seite des *Felsspalters,* der sich unerklärlicherweise plötzlich an eben dieser Stelle befand! Unendlich langsam wandte Yoritomo sich um.

Mit maskenhaftem Gesicht. Jedoch mit einem Ausdruck in den Augen, der den letzten Rest von Edmonds Verstand vernichtete!

Der Dolch entglitt den kraftlosen Händen.

Nach und nach wurde es stiller an Deck. Immer mehr Männer, Gegner wie Gefährten, wandten sich dem grandiosen Schauspiel zu. Dem Anblick des Kriegers vor seinem zurückweichenden, schreckensbleichen Opfer! Zuletzt war es geradezu beängstigend still! Und durch diese unheilige Stille grollte aus Yoritomos Kehle rau ein einziges Wort:

»McCleary ...!«

Stück für Stück, in quälender Gemächlichkeit, richtete sich die Spitze des tod- und finsternisbringenden *Murasama-Schwertes* empor. Der *Felsspalter* glitt zu Boden. Mit beiden Händen, fast liebevoll, umfasste Yoritomo das mit ledernen Bändern umwundene Heft ..., holte aus ...

»Er gehört mir!«

Wie ein Peitschenknall hallte dieser nachdrückliche Befehl über das atemlose Geschehen! – Und flirrte noch ein wenig in der blutgeschwängerten Atmosphäre, bis er die ungeheuerliche Konzentration des Kriegers durchbrach!

Die hocherhobene Klinge begann zu vibrieren! Kalter Schweiß strömte über den höchst angespannten Körper darunter. Yoritomos Kopf drohte zu zerspringen, infolge der unbeschreiblichen, unmenschlichen Belastungsprobe ..., den gedanklich bereits ausgeführten Streich zu unterlassen! Bebend neigte sich der Stahl hinab.

Plötzlich schien jeglicher Zeitablauf erneut zu stocken! Sein gemarteter Blick begegnete den Augen Janas ... und versank in ihnen! Er sah Grauen und Furcht darin. Angst um *ihn*. Angst um *sein* Leben! Und da war noch etwas anderes: Etwas, das seinen Herzschlag beschleunigte, weil es wilde Hoffnungen in ihm weckte, an die er nicht einmal zu denken gewagt hatte ...

Seine finstere Seite begann zu schwinden, sich aufzulösen – vielleicht für alle Zeiten ...

... dann sah er, wie sie in den Armen Giro Batols zusammenbrach.

Pierce schämte sich nicht für seine tränenfeuchten Wangen, als der viel zu magere Körper auf seinem Bett zusammenzuckte. Noch ahnte er nicht, was ihr solchen Schmerz bereitete, dass dieser bis tief in die dunkelsten Kammern ihrer tiefen Ohnmacht drang. Aber es ging nicht anders. Er drehte Jana behutsam auf den Bauch und machte sich daran, ihr nach der Hose jetzt das Hemd abzuschälen. Und dann gerann das Blut in seinen Adern! Sein schlimmster Albtraum bewahrheitete sich! Schockiert starrte er auf die kaum verheilten, hässlichen Wunden, die Vardes Peitsche auf dem schmalen Rücken hinterlassen hatten! Seine Zähne knirschten aufeinander! Seine hohen Wangenmuskeln begannen zu zucken!

Vardes!, dachte er wutentbrannt! Wäre ich nicht sicher, du verfluchtes Schwein erhältst in diesem Moment deine gerechte Strafe, würde ich umkehren und dich eigenhändig tausendmal töten!

»Bei Schiwa! Was hat man mit der kleinen Lady gemacht, Kobra!«

Giro Batol war neben ihn getreten und starrte ebenso fassungslos auf die verkrusteten Striemen hinunter. Er brachte eine Schüssel mit Wasser und Tücher, damit Pierce sie behutsam säubern konnte – und nun das! Entsetzt stellte er alles heftig auf den Boden und hastete wieder hinaus, um eine seiner geheimnisvollen Mixturen anzurühren, die den Heilungsprozess beschleunigen würden.

Die Abendsonne spiegelte sich in den bunten Fenstern und warf die letzten Feuerstrahlen in den spartanischen Raum, während der Krieger den geschundenen Körper mit dem feuchten Tuch behutsam wusch.

Vor weniger als einer Stunde hatte die *Shimabara* den Kampfplatz verlassen. Die Schebecke überließ man nach reiflicher Überlegung den befreiten Sklaven – samt dem vor Angst wahnsinnigen Kapitän und seinem Freund Edmond McCleary. Selbst jetzt schauderte es noch jeden einzelnen der hartgesottenen Piraten bei der Erinnerung an die halb toten, ausgemergelten Gespenster, die nacheinander an Deck erschienen waren. Die meisten von ihnen konnten sich nicht einmal auf den dürren Beinen halten. Sogar junge Frauen mit Kleinkindern befanden sich darunter. Und alle trugen sie die Spuren von barbarischen, abartigen Torturen. Aber diese Menschen hatten noch etwas gemeinsam. Etwas, was in Sandokan seinen Entschluss hatte reifen lassen: Nachdem sich die zunächst leeren Augen an die Helligkeit gewöhnt hatten, richteten sie diese ausnahmslos in alles verzehrendem, blindem Hass auf den Sklavenschinder und seinen Geschäftspartner. In diesen Blicken stand alles andere als der kompromisslose Tod, welcher den beiden grausamen Kreaturen von den Piraten vergönnt gewesen wäre.

»Yuma«, sagte Giro Batol.

Pierce blickte verständnislos auf. Er hatte nicht bemerkt, dass der Hüne wieder eingetreten war.

»Yuma«, wiederholte Giro Batol. »Jemand hat der Miss Yuma gegeben. Und der muss viel Wissen haben, denn das benützt nicht mal die schwarze Rhona. Eine Prise zu viel – und Miss Jana ist tot. Zu wenig – und es wirkt nicht.«

»Wie kommst du darauf?«

»Die Miss ist krank, schwer krank. Auch an der Seele. Ich habe ihre Augen gesehen beim Kampf. Zu groß. Zu viel Brand. Der Jemand wollte, dass sie wach ist.«

»Wir brauchen neues Wasser«, sagte Pierce heiser.

Giro Batol nahm die Schüssel auf und ging wieder zur Tür.

»Warte.«

Der Malaie hielt inne und sah ihn fragend an. Er fand die goldgrünen Augen in leiser Furcht auf sich gerichtet und verstand die stumme, quälende Frage darin. Schließlich diente er der Kobra seit acht Jahren, wie er früher dem Portugiesen Yañez de Gomerra diente. Betrübt schüttelte er den Kopf.

»Ich weiß nicht.«

Er schlurfte hinaus.

Pierce fuhr sanft mit den Fingern über die hervorstehenden Rippen unter der seidigen Haut ... und weinte!

– Er erschrak und sah verstört zu Sandokan auf, der ihm eine Hand auf die Schulter legte. Es war finster in der Kajüte, und er musste wohl über dem Kartentisch eingeschlafen sein. Er reckte die verkrampften Muskeln, dann flog sein Blick gehetzt zu der schmalen Gestalt unter dem weißen Laken hinüber.

Sandokan näherte sich lautlos dem Lager und blickte auf das regungslose Mädchen hinab. Unnatürliche Blässe überzog das eingefallene Gesicht, gleichwohl atmete sie gleichmäßig, und das furchtbare, rasselnde Geräusch der Lungen war auch leiser geworden.

»Wie geht es ihr?«, raunte er leise über die Schulter zurück. Pierce stand auf, kam herüber. Um den harten Mund hatten sich tiefe Kerben gebildet.

»Die Wunden sind nicht tief, aber sie hat sehr hohes Fieber«, flüsterte er.

Erneut sank er auf die Knie vor dem niedrigen Bett, wrang das Tuch in der bereitstehenden Schüssel aus und kühlte damit ihre heiße Stirn.

Sandokan beobachtete ihn verwundert und auch gerührt, als er sah, zu welch zärtlichen Gesten der Kampfgefährte fähig war. Schließlich sagte er halblaut:

»Sie ist sehr ruhig für jemanden, der fiebert.«

»Das bereitete mir anfangs auch Sorgen. Giro Batol sagte, es wäre das Yuma. Wer immer es ihr verabreichte, hat gewusst, was er tat. Es hilft ihr. Doch vor einigen Stunden begann sie im Fieber zu sprechen. Ich musste sie festhalten, denn sie wollte aufstehen.«

»Konntest du verstehen, was sie sagte? Haben Vardes und McCleary ihr noch mehr angetan ... als dies?«

Pierce presste die Lippen fest zusammen. Die Kerben um seinen sonst herrischen Mund vertieften sich. Es waren die fürchterlichsten Minuten seines Lebens gewesen, als sie plötzlich anfing kläglich zu jammern: »Es tut so weh ..., bitte mach, dass es aufhört, Papa, ja? Bitte ..., es soll aufhören ... Amalie ... so heiß ...

du musst keine Angst haben, Kind ... Sandokan wird kommen ... niemand verlässt Mompracem, Kind ... Sandokan holt uns zurück, Kind ...« Jeder einzelne Ton hatte Yoritomo wie ein Dolchstoß mitten ins Herz getroffen! Schließlich versuchte sie sich aus seinen beschützenden Armen zu winden. Es kostete ihn übermenschliche seelische Kraft, sie in die Laken zu pressen und dabei ihre furchtbare Angst zu erleben, in der sie schrie: »Nein! Geh weg ... geh weg! Er will uns nicht haben, Kind! Sie soll aufhören, zu lachen ... Angst ... ich hab solche Angst! Er darf das nicht tun ... mich ... nicht ... anfassen!« Das Schreien ging wieder in undeutliches Wimmern über. Sie wehrte sich nicht mehr gegen ihn und weinte an seiner Brust: »Ich will nicht, dass du ihn totschießt, Papa ... Mamas Schmuck ... nicht ... aufhören ... aufhören ... Sandokan!«

Er kühlte weiter Janas Stirn und sah nicht auf.

»Sie rief nach ihrem Vater und nach dir, Tiger. Und sie redete mit dem Kind. Und ...«

Er brach ab, weil seine Stimmbänder versagten. Wieder legte Sandokan seine schwere Hand auf die niedergebeugte Schulter.

»Und?«, fragte er ruhig.

»Sie fürchtet sich vor der Peitsche und ... vor mir!«

Der Druck auf seine Schulter verstärkte sich und gab ihm das gute Gefühl, dass der Freund ihn verstand. Auch dessen milde Worte spendeten ihm ein wenig Trost in seiner Niedergeschlagenheit: »Sie fiebert, Pierce. Kaum ein erwachsener Mann hätte dieses Erlebnis unbeschadet überstanden. Und sie ist stark. Stärker als wir annehmen, weil sie eine Frau ist.«

Aber nach einer Weile setzte er leise, kaum verständlich hinzu: »Aber ist es das Kind auch? Ist das Kind auch stark? Nicht einmal Giro Batol weiß, wie Yuma sich auswirkt.«

Darauf wusste der Tiger diesmal auch keine Antwort.

Im ersten Moment begriff Jana überhaupt nichts. Die Sonne

stach durch die Bugfenster in ihre Augen und blendete sie derart, dass sie diese sofort wieder fest zusammenkniff. Da sie nicht wusste, wo sie sich befand, geriet sie in Panik und richtete sich ruckartig auf! Im selben Augenblick spürte sie eine schwere Hand, die sie sanft zurückschob. »Du bist in Sicherheit«, hörte sie eine wundervoll vertraute, tiefe Stimme! Verwirrt öffnete sie die Augen wieder und sah groß zu Sandokan auf, der sich aufmunternd lächelnd über sie neigte und ihr die wirren Haarsträhnen aus dem Gesicht schob. »Es ist alles gut, kleine Jana. Du bist in Sicherheit«, wiederholte er gefühlvoll.

Mit einem abgrundtiefen Seufzer entspannte sie sich.

»So ist der Albtraum endlich vorüber.«

Unvermittelt wich das Lächeln in seinem Gesicht! Bestürzt kroch sie tiefer unter die weiche Seidendecke, welche eigenartigerweise auf einmal mit glühenden Nadeln gespickt schien!

Sandokan richtete sich aus der unbequemen Stellung auf und verfluchte einmal mehr insgeheim die Vorliebe der Japaner, knapp über dem Boden zu schlafen. Seine Muskeln schmerzten. Schon lange hatte er keinen solchen Kampf mehr ausgefochten, wie auf Vardes Schiff. Ich werde alt, dachte er leicht wehmütig und sah indes streng auf das schmale Gesicht hinunter.

»Du wirst uns einiges zu erklären haben, kleine Lady!«, äußerte er nachdrücklich. Innerlich seufzend gestand er, dass seine Stimme längst nicht so hart klang, wie er es sich vorgenommen hatte.

Aber als Jana unversehens trotzig die Lippen zusammenpresste, zur Seite schaute und nicht die geringsten Anstalten machte, seinen Worten Aufmerksamkeit zu schenken, wurde er ungeduldig.

»Ich kann und will dir den Vorwurf nicht ersparen, Juliana! Ich war der Ansicht, uns bindet gegenseitiges Vertrauen. Warum kamst du nicht zu mir und batest um Hilfe? Du hättest dir selbst und Pierce viel ersparen können!«

Diese berechtigte Anklage und Frage brachte Jana dazu, ernsthaft über sich selbst nachzusinnen. Sie mühte sich, ihre verworrenen Gedanken zu sammeln, und stellte beklommen fest, sie konnte es nicht. Was empfand sie überhaupt? Aber vor allem war wichtig: Welche Stimmung gegenüber dem Mann, dem die größte Verantwortung anzulasten war, wohnte in ihr? Konnte sie ihm überhaupt verzeihen? Wie wahnwitzig hatte er gekämpft, um sie zu befreien! Sie entsann sich seines grandiosen Anblickes während dieses Kampfes und des Momentes, als Edmond hinter ihm erschien. Sie schauderte. Ihr Kopf begann zu schmerzen. Sie sah den Tiger bitter an.

»Yoritomo oder Pierce – ich weiß nicht einmal, wer er tatsächlich ist. Ich glaube fast, es existieren zwei Männer. Der eine ist Yoritomo, dem ich mein Vertrauen schenkte, der andere heißt Pierce, der mir alles nahm, was ich besaß, und meine Gefühle mit Füßen trat.«

Sandokan wollte ihr sagen, wie Recht sie damit hatte – dass es wirklich zwei Männer gab. Dass der Krieger innerlich zerrissen war, auf Grund seiner Abstammung gänzlich gegensätzlicher Kulturen. Die Jesuiten hatten versucht, den Japaner in dem Knaben zu vernichten, während man im Kloster das französische Erbe leugnete. Aber nicht richtig war Julianas Annahme, der Franzose Pierce sei böse und der Japaner Yoritomo in ihm gut und edel. Dies war eher umgekehrt. Doch musste sie es nicht selbst herausfinden? Sollte er ihr einen Anstoß geben? Er schob den Gedanken zur Seite. Vorerst.

»Kann ich mit Tinuha sprechen?«

»Wie kommst du auf den Gedanken, sie könnte an Bord sein?«, fragte er ehrlich verblüfft.

Hinter der gerunzelten Stirn arbeitete es. Dann weiteten sich ihre Augen.

»Aber wer hat mich ..., ich meine ..., wer hat mich gewaschen und ...« Sie brach ab, als ihr die peinliche Antwort dämmerte!

Sie wurde purpurrot. »Lieber Himmel – nein«, flüsterte sie beschämt.

Um die Lippen des Tigers spielte ein karges, amüsiertes Lächeln, doch seinem Tonfall entnahm sie deutlich eine gewisse Schärfe:

»Wer anderer als dein künftiger Ehemann sollte wohl einer solchen Beschäftigung nachgehen.«

Er drehte sich um, ging zur Tür.

»So weißt du also ...?«, hörte er sie verstört fragen. Er wandte sich unter der Tür noch einmal um und nickte.

In ihrem Kopf hämmerte es. Sie war vollkommen durcheinander. Wie kamen all diese Männer dazu, über sie hinweg ihre Zukunft zu bestimmen? Auch Pierce hatte vor Vardes wie selbstverständlich behauptet, sie sei seine Gattin! Dabei war sie sich nicht einmal sicher, ob sie überhaupt je wieder etwas für ihn empfinden konnte. Und hatte er nicht in den letzten Wochen das Lager mit dieser Verrückten geteilt? Nein, sie wollte nicht von ihm geheiratet werden! Sie wollte überhaupt keinen Mann an ihrer Seite, der sie anfassen durfte und ...

Furcht und Empörung gaben ihr die verletzenden Worte ein: »Warum rettest du mich erst aus den Klauen des einen Wolfes, um mich dann dem anderen in den Rachen zu werfen?« Sie wurde hitzig, funkelte in altem Kampfgeist zu ihm hinüber. »Nein!! Ich will ihn nicht heiraten! Ich will ihn nicht einmal sehen! Ich will nicht, dass er sich mit seiner Geliebten über mich und meinen dicken Bauch lustig machen kann! Niemals!«

Mit wenigen Schritten war er wieder bei ihr und starrte verärgert auf sie hinab.

»Du hast keine Wahl«, sagte er unerbittlich. »Nach den Gesetzen von Mompracem werde ich dich und Pierce zu Mann und Frau erklären!« Ein wenig sanfter unter dem geradezu entsetzten Blick fügte er hinzu: »Du bist doch nicht dumm, Juliana. Du musst doch wissen, dass Rajina Lügen verbreitete. Ihr Geist

ist verwirrt, und wir waren gezwungen, sie einzusperren, ehe sie noch mehr Unheil anrichtete. Niemand auf der Insel bemerkte, wie es um sie stand, daher trägt auch niemand und jeder die alleinige Schuld an dem ganzen Geschehen. Sogar ich bekenne mich schuldig, weil ich mich auf andere verließ, die es eigentlich hätten sehen müssen.«

Janas Aufregung wich tiefer Resignation. Sie rief sich ins Gedächtnis, dass sie selbst diesen Weg erkor – in dem Augenblick, als sie sich in Yoritomo verliebte und ihm enthusiastisch nach Mompracem folgen wollte.

»Was ist mit Vardes? Und Edmond? Mit den armen Menschen auf dem Schiff?«, fragte sie schließlich ermattet.

In den dunklen Augen des Tigers glomm jäh unbändiger Hass und Widerwillen auf! Sein Ausdruck erinnerte Jana wieder an den fremden, mächtigen Korsaren, der den Sklavenhändler auf der Schebecke unbarmherzig in die Defensive trieb. Gnadenlos und mörderisch!

»Wir töteten weder Vardes noch McCleary!«, erklärte er zurückhaltend. »Der Tod durch einen kurzen Schwertstreich wäre zu gnädig für diese Kreaturen gewesen. Nein! Wir überließen sie dem Urteil derjenigen, die gequält und gefoltert wurden. Nun liegt die Mannschaft des Schiffes angekettet im Bauch der Schebecke.«

Sandokan forschte angespannt auf Janas Reaktion. McCleary gehörte immerhin zu ihrer Verwandtschaft. Doch sie überraschte ihn, als sie erst überlegte und schließlich grimmig nickte. »Das ist Gerechtigkeit«, sagte sie einfach. Und dann, flehend: »Ich möchte wissen, was wirklich auf Cleary geschehen ist, Sandokan. Edmond behauptete, meine Tante und meine Cousinen wären tot. Sie wären auf grausame Art durch deine Hand gestorben!« Erschauernd setzte sie hinzu: »Er sparte nicht mit Einzelheiten.«

»Und du glaubtest dies?«, fragte Sandokan sichtlich bestürzt.

»Natürlich nicht!«, rief Jana aufgebracht und funkelte ihn zu seinem Entzücken an! Aber dann schränkte sie wahrheitsgemäß verhalten ein: »Vielleicht, wenn er«, sie zögerte, sah ihn befangen an, »nicht darauf bestanden hätte, du wärst an dem Überfall beteiligt gewesen. Doch selbst du kannst nicht an zwei Orten zugleich sein – auch wenn man dies von dem berühmten Tiger behauptet.« Ihr leises Lächeln erstarb sofort wieder. Fast unhörbar berichtete sie weiter: »Aus diesem Grunde erkannte ich die Lüge. Ich begann um mein Leben Theater zu spielen, indem ich mich als reuevolle Nichte ausgab. Aber meine Hoffnung war vergebens – es stand bereits fest: Er und Vardes wollten mich auf dem Sklavenmarkt feilbieten. Ich war dumm. So unverzeihlich dumm!« Sie biss sich gequält auf die Lippen.

Sandokan beugte sich hinunter und griff nach der verlorenen Hand auf ihrer Brust.

»Es ist vorbei, kleine Jana. Ruhig, ganz ruhig. Deine Familie befindet sich wohlauf und ist auf dem Weg nach England. Sie flüchteten, als McCleary zu wüten begann. Er ist wahnsinnig geworden damals, denn er steckte die Plantage in Brand.«

Blankes Entsetzen stand in ihr Gesicht geschrieben.

»Aber ... und diese furchtbaren Verletzungen?«

»Er wollte Pierce töten«, berichtete der Tiger ohne Beschönigungen. »Pierce schlitzte ihm daraufhin die Kerbe ins Gesicht. Alles andere hat McCleary selbst fertig gebracht. Er stürzte vom Pferd, und es trampelte ihn nieder. – Wo wolltest du eigentlich hin, als du die Insel verlassen hast?«, lenkte er unvermittelt ab.

Jana schluckte und gestand kleinlaut:

»Ich war so durcheinander und glaubte fest daran, Yoritomo – oder Pierce ...! Entschuldige – ich weiß einfach nicht, wie ich ihn nennen soll! Jedenfalls war ich gewiss, er wäre bei dieser Verrückten. Sie kannte sogar Einzelheiten über ... über die

Nacht ... Warum sollte er ihr solche Dinge erzählen, wäre er nicht mit ihr zusammen? Angeblich wollte er sie sogar zu seiner Frau machen. Jetzt ahne ich natürlich, dass sie Tinuha und mich bespitzelte und das Gehörte für ihre Zwecke ausnutzte. Ich ... ich wollte zuerst nach England und von dort nach Deutschland, wo eine Freundin lebt.«

Im Brustton der Überzeugung äußerte Sandokan dazu:

»Das ist verrückt.«

»Ich weiß«, bestätigte Jana betreten. Sie schloss erschöpft die Lider.

Sandokan schritt beruhigt wieder zur Tür.

»In zwei Tagen werden wir wieder auf Mompracem sein. Übrigens – bereite dich auf eine Überraschung vor – nur für dich, kleine Jana.«

Sie riss noch einmal gewaltsam die Augen auf.

»So sicher war man, ihr würdet mich finden?«, fragte sie leise.

»Natürlich!«

Er öffnete die Tür und ging hinaus.

Natürlich!, wiederholte sie fassungslos in Gedanken. Als ob es völlig ausgeschlossen gewesen wäre, sie *nicht* zu finden! Ein wohliges Gefühl von Geborgenheit durchströmte sie. Und nach einigen Minuten fiel sie in einen tiefen, gesundenden Schlaf.

Währenddessen stieg Sandokan aus der Deckkajüte und schritt nach kurzer Überlegung hinüber zu dem Freund, welcher mit hartem, konzentriertem Ausdruck selbst das Ruder der *Shimabara* führte und starr nach vorn blickte. Die Mittagssonne glänzte auf seinem Körper. Die warmen Strahlen tanzten auf den schweißglänzenden, angespannten Muskeln unter der gebräunten Haut. Er bewegte nur kurz die Augen in die Richtung des Tigers, der neben ihn trat, und sah dann wieder geradeaus über die nach Wochen wieder spiegelglatte See.

Nur noch vereinzelte kleine Wölkchen trieben am azurfarbenen Himmel.

»Nun?«

Sandokan sah ihn nicht an, sondern beobachtete gleichfalls die endliche Weite, wo sich fern ein Küstenstreifen in dunstigem Grau abzeichnete.

»Sie ist aufgewacht.«

Yoritomo stieß hörbar den Atem aus.

»Hast du es ihr gesagt?«

»Sie will nicht.«

Der große schlanke Mann nickte grimmig. Seine kraftvollen Hände umfassten das hölzerne Rad fester.

»Das dachte ich mir.« Er lachte freudlos auf. »Sie wird sich fügen müssen – und ich habe eine Gemahlin, die ich niemals anrühren darf, weil sie sich vor mir fürchtet!«

Sandokan sah ihn jetzt von der Seite her an und legte eine Hand über den Rachen der Kobra auf der harten Brust. Dabei versuchte er seine unversehens aufsteigende Belustigung nicht zu zeigen.

»Vertraue auf die Macht der Natur, mein Freund. Ich bin überzeugt, Lady Juliana Sinclair reift zu einer leidenschaftlichen Frau heran, deren Temperament sogar mir schon Kopfzerbrechen bereitet. Auf die Dauer wird sie weder dir noch ihren eigenen Gefühlen widerstehen können.« Jetzt gelang es ihm doch nicht, ein leises Auflachen zu unterdrücken. Er sah wieder hinaus und raunte aufgelegt: »Vielleicht solltest du es dann der Lady nicht gar so einfach machen.«

Allmählich wandelte sich die vereiste Miene des Kriegers zuerst in verstehendes, dann in zärtliches und ausnehmend siegessicheres Lächeln!

Längere Zeit schwiegen die beiden Freunde. Ihre Gedanken kreisten um ein und denselben Punkt.

Plötzlich kniff Yoritomo alarmiert die Lider zusammen.

»Sieh doch. Etwa zwei Strich Steuerbord. Kannst du das erkennen?«

Der Tiger beschattete die Augen mit einer Hand und schüttelte den Kopf.

»Nein, ich ... halt, doch! Es scheint ein Boot zu sein. Nein, es sind drei Boote. Was zum ...?«

»Kammamuri! Mein Fernrohr!«, schrie Yoritomo, welcher noch vor dem Tiger ungläubig die rufenden und winkenden Gestalten erkannte.

Ehe Kammamuri herbeigeeilt war, wurde Sandokan fahl unter der dunklen Haut!

»Ich ahnte es!«, stieß er heiser aus. »Ich fühlte es die ganze Zeit!«

Yoritomo brauchte nicht mehr durch das Fernrohr zu blicken. Auch weitere Worte waren nicht notwendig. Heftig riss er das Ruder herum und nahm einen neuen Kurs!

12. KAPITEL

Monsieur Pierre Evereux. Sie haben die Anschuldigungen vernommen, welche die Krone Ihnen zur Last legt? Piraterie, Verschwörung gegen das britische Empire, Mord und Brandschatzung. Haben Sie etwas zu Ihrer Verteidigung anzufügen?«

Der dunkle Schnauzbart erzitterte leicht. Trotzdem zwang Pierre sich zu einem Lächeln und fragte verwundert:

»Meine Herren! Ich verstehe nicht ganz – wenn Sie mich in allen diesen Punkten anklagen, dann müssten Sie sich doch selbst vor dieses Gericht stellen, oui?«

Die Richter und Nebenrichter auf ihren erhöhten Plätzen, bekleidet mit burgunderroten Roben und weißgepuderten Perücken, tauschten scheinbar nichts sagende Blicke miteinander. Angespannte Stille senkte sich ob dieser frechen Erwiderung über den ehrwürdigen Saal. Nicht einmal auf den vollbesetzten Zuschauerbänken wagte man mit den Stühlen zu knarren. Schließlich räusperte sich der oberste Richter und sagte streng:

»Erklären Sie sich, Angeklagter!«

»Nun«, sagte Pierre in gespielter Naivität, die er sich leisten konnte, da ihm völlig klar war, dass er nur mit einem ein wenig zu fest gezogenen Strick um den Hals dieses erlauchte Gemäuer wieder verlassen würde, »– wie nennen Euer Gnaden das Überfallen fremder oder einheimischer Schiffe in malaiischen Gewässern sonst, wenn nicht Piraterie von Eurer Seite aus? Es sind Eure Soldaten, die diese Schiffe angreifen, nicht die des Tigers von Malaysia. Und Mord? Brandschatzung? Euer Ehren, ich verstehe nicht – wer hat das chinesische Viertel von Sarawak in Brand gesteckt? Frauen vergewaltigt? Kinder gemordet? Kurz gesagt – über eintausend unschuldige Menschen getötet? Ich etwa? Oder Sandokan? Und überhaupt, Monsieur, wer hat ...«

»Schluss jetzt!«, donnerte die eisige Stimme des Richters! Er schlug energisch mit einem hölzernen Hammer auf das Pult vor ihm, da das beifällige Geraune von den Zuschauerbänken bedrohlich anschwoll!

»Ich rufe Sie hiermit zur Ordnung, Pierre Evereux. Wenn Sie nichts weiter zu den Anklagen, die Ihnen zur Last gelegt werden, zu sagen haben, verkündige ich jetzt im Namen der Königin das Urteil.«

Pierre verbeugte sich höflich.

»Non, euer Gnaden. Ich erwarte Ihr Urteil, obwohl ich es bereits kenne, da man mir keine Gelegenheit gibt, mich zu verteidigen.«

Die Richter tauschten einvernehmliche Blicke und erhoben sich wie ein Mann.

»Im Namen Ihrer Majestät, der Königin Viktoria, wird folgendes Urteil über den Verbrecher Pierre Evereux, Gefolgsmann des berüchtigten Feindes des Empires, Sandokan, genannt der Tiger von Malaysia, gesprochen: Er wird am Halse aufgehängt, bis der Tod eintritt – Wache! Führen Sie den Gefangenen ab!«

Pierre verbeugte sich nochmals galant und grinste – obwohl ihm die schwärzeste Furcht seines Lebens im Nacken saß!

Tinuha ließ die Purdah, den Brautschleier, über Jana herabsinken, zupfte hier und dort noch etwas zurecht und betrachtete zufrieden ihr Werk. Tiefe dunkle Ringe zeichneten sich unter den übernächtigten Augen ab.

»Wenn du nicht solch ein Gesicht machen würdest, verdientest du den Namen *Perle von Mompracem,* Jana. Genau wie man Lady Marianna Guillonk *Perle von Labuan* nannte.«

Den Vorwurf in diesen Worten vermochte Jana nicht zu überhören, obwohl die Freundin sie ebenso andächtig betrachtete wie damals auf dem Ball – seitdem Jahrhunderte vergangen zu sein schienen.

Auch heute war sie festlich gekleidet. Und wieder galt die Ehre des Festes ihr, Juliana Sinclair. Nein – nicht ihr allein: Sie galt auch Pierce D'Irristru – dem Mann, dem sie in kurzer Zeit von dem Tiger von Malaysia persönlich übergeben werden würde – als dessen Ehefrau!

Sie spürte Koahs scheue, bewundernde Blicke auf sich gerichtet. Nur die Geschwister, ihre ältesten Freunde, befanden sich bei ihr, in ihrer ehemaligen Hütte, die vom heutigen Tage an nur noch das Schulhaus sein sollte. Wo sie in Zukunft mit ihrem Gemahl leben sollte, wusste sie nicht. Sie fragte auch nicht danach. Es war nicht wichtig! Vielleicht würden sie gemeinsam in Sandokans Haus leben.

Das hauchzarte, gold- und silberdurchwirkte Brauttuch verhüllte andeutungsweise ihre Gestalt bis hinunter zu den Füßen, die in zierlichen Schnürsandaletten steckten. Das entsprang natürlich einer Absicht. Es war nur ein Symbol, ähnlich des weißen Schleiers in England. Darunter trug sie ein zweiteiliges, malaiisches Hochzeitsgewand, welches ihr die Frauen von Mompracem als Zeichen ihrer Wertschätzung in langen Nächten gefertigt hatten. Es bestand vollständig aus reinweißer, chinesischer Seide: weite Hosen, den indischen Hulwars nachempfunden, an den Knöcheln eng zulaufend und knapp – von einer Schnur aus Perlen gehalten – unterhalb des Nabels endend. Der Rubin, der diesen bedeckte, mochte für englische Verhältnisse ein Vermögen wert sein! Er stellte eine überwältigend großzügige Hochzeitsgabe des Herrschers der Insel dar, welche man keinesfalls aus peinlicher Verlegenheit ablehnen durfte! So empfand Jana nämlich, als die Frauen sie ernsthaft darüber aufklärten, an welcher Stelle des Körpers man dieses kostbare Schmuckstück befestigte. Nun denn ... Sie hatte Mompracem selbst gewählt. Daran gemahnte sie sich stets aufs Neue und nahm sich fest vor, dieses Schauspiel – wie sie es nannte – klaglos über sich ergehen zu lassen. Das Oberteil des Gewandes bedeckte die nun wieder runden Brüste nur knapp. Vielleicht würde die schimmernde Perlenstickerei ein wenig von der blanken Haut ablenken, hoffte Jana unbehaglich. Seufzend überlegte sie weiter, dass der Geldwert dieses Brautgewandes eine zehnköpfige chinesische Familie über Jahre hinaus versorgen könnte. Und zwei Familien, wenn man die goldenen, smaragdbesetzten Schnüre, die ihren Hals und die Taille umwanden, wie auch den schulterlangen, feingehämmerten Silberschmuck an den Ohren dazurechnete. Als der Tiger ihr den Rubin überreichte, hatte sie, wie immer, ihre Meinung laut ausgesprochen. Er wollte sich ausschütten vor Lachen und meinte amüsiert, es wäre doch gänzlich untypisch für eine Frau, den Wert von Geschmeide an hungrigen Mäulern zu messen! Sie sollte sich keinerlei Gedanken machen, denn es gäbe auf Mompracem ein seltenes Juwel, welches den einzig wahren Wert besaß ..., was immer das auch zu bedeuten hatte ...!

Vor etwa einer Stunde hatten die zahlreichen Frauen, welche sie auf die Zeremonie vorbereiten sollten, ihr Haus verlassen. Zuerst waren die drei alten Wahrsagerinnen, die man nur selten zu Gesicht bekam, hereinspaziert. Sie lebten abgeschieden irgendwo in einer Höhle zwischen dem Frauendorf und diesem Teil der Insel. So recht wusste es niemand. Auf geheimnisvolle Weise waren sie immer zur Stelle, wenn es nötig wurde. Sie bezeugten Jana, es werde sich nun alles zum Guten wenden, wiesen jedoch besorgt auf eine noch ausstehende Bedrohung hin, auf die sie nicht näher eingingen! Jana reagierte mit Gleichgültigkeit. Nachdem die drei verschwunden waren, kamen die verheirateten Frauen der Insel, brachten ihr das Gewand, welches Jana mit strahlendem Lächeln würdigte. Sie steckten ihr das Haar zu einer Krone auf, flochten frische Blüten hinein und schminkten sie, indem sie ihr eine duftende, rosarote cremige Masse auf die Lippen strichen und die blauen Augen mit Khol umrandeten. – Nur diese Augen vermochten die Bangigkeit und den Zorn, der in ihr tobte, nicht verheimlichen! Der Zorn galt Sandokan, der sie dazu zwang, sich heute mit einem Mann zu vereinen, dessen Berührungen sie gewiss in Panik versetzen würden! Und dies war der Grund ihrer bangen Befürchtungen: Allein der Gedanke an eine Berührung, der sie glaubte nicht entgehen zu können, wenn sie erst einmal Yoritomos Gattin war, ließ sie erschauern! Sie ängstigte sich natürlich nicht vor Pierce/Yoritomo selbst, der ihr Herz und ihre Sinne mehr in Aufruhr brachte, als sie zugeben konnte! Der in den letzten vier Wochen nicht ein einziges Mal Annäherung zu ihr suchte, sondern seine Tage in der alten Ruine verbrachte und die neuen Männer trainierte – die neuen Männer und – o Wunder – seit ihrer Rückkehr auch die Kinder der Insel! – Es lag vielmehr daran, dass sie glaubte, schreien zu müssen, sobald sie nur daran dachte, irgendein Mann könnte ihren Körper anfassen! Denn sogleich stiegen in ihr die Bilder aus Vardes Kajüte auf, wie er versuchte ... Jana erzählte niemandem davon. Keiner Menschenseele vertraute sie ihre geheime Not oder ihre Albträume an ...

So war sie dankbar, als sich die allgemeine Aufmerksamkeit bei ihrer Rückkehr auf Tinuha konzentrierte, obwohl sie die Freundin von ganzem Herzen bedauerte. Als die Prinzessin nämlich von der Gefangennahme des Franzosen erfuhr, brach sie zusammen! Unter sintflutartigen Tränenbächen offenbarte sie, wie tief sie Pierre liebte und diese Liebe erwidert wurde. In der dramatischen Nacht des Blütenfestes hatten die beiden endlich begriffen, wie sehr sie einander wollten. Niemand hatte etwas von diesem stillen Ereignis bemerkt. Die heftigsten Vorwürfe machte sich Sandokan. Auch er war vollauf damit beschäftigt gewesen, Juliana und Pierce zu vereinen, sodass ihm die zarten Gefühle seines Ziehkindes und des Freundes entgingen. Aber es lag zugleich eine Tragik über diesem Paar. Nachdem sie einander näher gekommen waren, begannen Tinuhas Albträume von neuem! Und auch sie teilte sich niemandem mit. Ließ nichts verlauten über diese eine entsetzliche Nacht im Gefängnis von Sarawak, in der man sie zwang mit anzusehen ... wie der herzensgute alte Wan Su zu Tode gefoltert wurde!

»Ich habe eine Leere in mir, als ob mich das alles hier nichts anginge«, antwortete Jana teilnahmslos.

Die Freundin reagierte resolut.

»Es sollte der glücklichste Tag in deinem Leben sein, Miss Juliana!«

»Es hätte auch deiner sein können, liebste Freundin«, sagte sie leise und schämte sich zutiefst, weil sogar Tinuhas schrecklicher Verlust sie in dieser Stunde nahezu unberührt ließ – in ihrer eigenen nagenden Furchtsamkeit vor dem Kommenden.

Tinuha sah zu ihrem Bruder hin. Der begegnete ihrem Blick schuldbewusst wie so oft in den letzten Wochen, als ob er Mitschuld am Leid der Schwester trüge. »Pierre ist nicht hier«, sagte sie leise und sah Jana wieder an. »Lass mich heute an deinem Glück teilhaben. Es wird mein Herz besänftigen.«

Jana bewunderte nicht zum ersten Mal die Beherrschung der Freundin, welche diese an den Tag legte. Ich könnte Yoritomos Tod niemals verwinden, dachte sie und erschrak bei diesem unerwarteten Gedanken! Wie kam sie darauf? Zum ersten Mal seit der Szene auf dem Sklavenschiff, als Edmond danach trachtete, Yoritomo den Dolch in den Hals zu stoßen, kam ihr der schreckliche Gedanke, was sie wohl empfunden hätte, wenn dem Onkel die blutige Tat gelungen wäre ...

Nein! Nein! Nein!, hämmerte sie dieses grauenhafte Bild nieder! Stand sie nicht bereits genügend Sorgen und Ängste aus? Sie straffte sich. Geh zum Teufel, Furcht!, befahl sie. Und auch das Schicksal des besten Freundes – gleich nach Sandokan – war noch völlig ungewiss! Warum tat Tinuha so, als wäre er bereits tot? Der Tiger jedenfalls machte keinen allzu besorgten oder trauernden Eindruck! Nicht einmal um den Verlust der Dschunke, an die ihn, wie sie nach und nach erfuhr, Erinnerungen an gemeinsame Nächte mit Lady Marianna gebunden hatten. Yoritomo übrigens auch nicht, wie ihr verblüfft auffiel. Entsann sie sich nicht mehr, wie behutsam und zärtlich dieser Mann, der ihr zukünftiges Leben bestimmen sollte, sein konnte? Vielleicht gelang es Pierce sogar, die grausamen Erinnerungen an Vardes zu tilgen! Warum konnte sie sich heute nicht freuen, wo sie doch die glücklichste Braut der Welt sein könnte und ihr eigener Albtraum vielleicht ein Ende fand?

»Gehen wir«, sagte sie tonlos.

Vor dem Schulhaus bildete sich ein Spalier ausgelassener Menschen, deren Blicke sich erwartungsvoll auf die Tür richteten. Im selben Moment, als die Braut, zur Rechten und Linken die beiden Freunde, heraustrat, begannen einige Männer auf zylinderförmigen, bunt bemalten Kalebassen, die sie an Schnüren um den Hals trugen, ein Stakkato zu schlagen. Blütengeschmückte, junge Frauen stimmten ein wehmütiges Lied an, welches vom Sterben der Kindheit handelte, und begannen zu tanzen, wobei die Geta-Bere einfiel – die Handtrommel, die den Takt bestimmte. Tanz und Gesang würden, je näher die Zeit der Übergabe der Braut an den Bräutigam rückte, schneller und lebendiger werden und der Text von der wunderbaren Wiedergeburt als Frau erzählen. Die Männer und Frauen, die sie zum Ort der Zeremonie begleiten sollten, hatten zur Feier des Tages die ureigensten Trachten angelegt, die ihre Stammeszugehörigkeit belegten: Die Dajaken erschienen fast splitternackt, dafür mit unzähligen, aus Gold geflochtenen Reifen, Tiger- und Haifischzahnketten um den Hals und um die schlanken Gliedmaßen; die Malaien hüllten sich in weich fließende, sariähnliche Gewänder, die Frauen trugen zusätzlich winzige, klingelnde Silberglöckchen an Hand- und Fußgelenken, und die Chinesen glänzten in farbenprächtiger, fußlanger Seide. Am Rande nahm Jana wahr, dass die Brüste der tanzenden Sängerinnen mit wunderschönen Ornamenten aus Henna und Indigo gefärbt waren.

Mit Tinuha und Koah an der Seite schritt sie nun durch das Spalier und hielt ihre Augen krampfhaft geradeaus gerichtet. Die tanzenden Frauen schlossen sich ihnen zuerst an. Dann folgten die trommelnden Musiker und zuletzt die anderen Gäste.

Wie eine farbige, sich tanzend windende Schlange zog die Hochzeitsgesellschaft frohgemut, ausgenommen die verschleierte Braut, unter den mächtigen Baumkronen einher, durch welche hin und wieder glitzernder Sonnenstaub flirrte und dem heiteren Treiben eine besondere Note verlieh.

Den Strand bevölkerten Massen von Menschen, die eine noch gewaltigere Kulisse bildeten, vom Saum des Urwaldes angefangen, bis hinunter zum Ufer der Lagune. Jana fragte sich bestürzt, wo alle diese Leute herkamen, bevor sie durch eine Lücke die unzähligen Boote und kleineren Schiffe bemerkte, die dort ankerten. Und dort erhob sich eine Art Tribüne, konstruiert aus Bambusstämmen. Stufen führten auf die erhöhte Plattform hinauf. Diese wurde von einem riesigen Baldachin aus rot- und goldgemustertem Brokat überdacht, der sich von dem blauen und dunkelgrünen Hintergrund abhob. Von den eingefassten Säumen des enormen Tuches baumelten Troddeln und unzählige, silbern zirpende Glöckchen.

Oben auf der Plattform wartete bereits Sandokan, der König von Mompracem. Nachtblauer Samt kleidete ihn heute. Auf der Vorderseite des Turbans prangte ein kinderfaustgroßer Rubin, ähnlich dem, den er Jana verehrte. Genau wie Pierce, sah auch er dem Brautzug, der sich lautstark mit Musik und Gesang ankündigte, gespannt entgegen. Keiner der beiden Männer hatte auch nur die geringste Vermutung, wie die gezwungene Braut sich verhalten würde ...

Der Bräutigam verharrte noch unterhalb der Stufen. Das rohseidene, weitärmelige Hemd und die knapp unterhalb der schmalen Hüften endenden, salwar-ähnlichen Hosen unterstrichen die atemberaubende, männliche Schönheit, seine Abstammung von einer japanischen Mutter und einem französischen Vater. Sein einziger Schmuck bestand aus dem Medaillon, das auf der glatten, bronzefarbenen Brust schimmerte. Das blauschwarze Haar wurde von einem Seidenband im Nacken gehalten und fiel in leichten Wellen hinab, bis knapp zu den breiten Schultern.

Durch Yoritomos Adern raste das Blut wie glühende Lava, als der Zug, mit seiner zukünftigen Gemahlin und den hochgeborenen Geschwistern an der Spitze, sich durch die Menschenmenge auf das Ufer zuwand. In diesem Augenblick hätte er mit Freuden sein Leben verschenkt – gelänge es ihm, einen einzigen ihrer Gedanken zu erraten! Ihm gefiel dieses Arrangement ebenso wenig. Es wäre vielleicht besser gewesen, wenn die Zeit es zugelassen hätte, behutsam erneut um Juliana zu werben. Doch nachdem feststand, dass dem Kind in ihrem Leib nichts geschehen war, drängte der Tiger auf eine rasche Eheschließung. Und wenn er es ehrlich zugab, konnte er es kaum noch erwarten, dass sie ihm gehörte und nicht mehr entweichen konnte.

Plötzlich stockte der ganze Zug!

Und mit ihm der heftige Atem des ungeduldigen Bräutigams! Im ersten Moment schwante ihm, seine unberechenbare Braut würde es wagen, sich im letzten Augenblick der unausweichlichen Zeremonie zu entziehen – und in seinen grünen Augen zuckten bereits gefährliche, goldene Flämmchen auf! Jedoch die Blicke richteten sich in den makellosen Himmel, wo soeben blutrot der halbmondförmige Drachen aufstieg, der die Ankunft eines ihrer eigenen Schiffe oder Boote ankündigte, obwohl alle Gäste längst eingetroffen waren. Der Gesang und die Musik verstummten. Alle sahen angespannt zur anderen Seite des Hafens. Nach einer geraumen Weile schob sich langsam die Spitze eines langen schmalen Prahos, gerudert von zwei malaiischen Fischern, durch die schmutzig-grünen Schlingpflanzen.

Das ungläubige Raunen schwoll unversehens zu einem einzigen, ohrenbetäubenden, vielstimmigen Überraschungsschrei!!

Jana und Koah griffen gerade noch rechtzeitig nach Tinuha, welche fassungslos die Hände vor den Mund hielt und kraftlos schwankte! Doch die Malaiin schüttelte die stützenden Arme des Bruders und der Freundin ab und rannte, entgegen ihrer Art, zum Ufer hinunter, wobei sie alle, die ihren geraden Weg kreuzten, einfach heftig beiseite schob!

Tinuha hatte nur noch Augen für die ausgemergelte Gestalt, die mit einem typischen Grinsen breitbeinig in der Mitte des Bootes stand. Sie bemerkte nicht einmal, wie ihr helle Tränen über die Wangen flossen, als sie sich einfach ins Wasser stürzte und dem Boot entgegenschwamm!

Jana fühlte Neid und überschäumende Freude gleichzeitig bei der folgenden, anrührenden Szene: Pierre sprang nun ebenfalls kopfüber ins Wasser und tauchte Tinuha entgegen – und sie umschlangen einander, bis das Wasser über ihren Köpfen zusammenschlug und sie erst nach einer Weile prustend und lachend wieder auftauchten!

Ihr Blick durch den Schleier glitt zu Yoritomo hinüber. Gütiger Himmel, ist dieser Mann schön!, durchzuckte es sie wie ein Blitzschlag! Ihr Herz hämmerte, als versuchte es ihre Brust zu sprengen, denn er sah ebenfalls zu ihr hin! Schlagartig erkannte Jana, dass er und sie in diesem Augenblick ein und denselben Gedanken hegten: Da lieben sich zwei Menschen und zeigen es vor allen. Warum kann es mit uns nicht so sein? Jana wandte ihre Augen von seinem Gesicht, und sie folgte langsam den

Gästen, die zum Ufer hinunterstürmten und dort Pierre und Tinuha umringten, die engumschlungen aus dem Wasser stiegen. Sie schob sich durch die Menschenmenge und hörte, wie Pierre atemlos rief:

»Non! Ich weiß es wirklich nicht! Ich hatte den Henkerstrick schon um meinen wertvollen Hals, da ließen sie mich plötzlich gehen! Einfach so! Naturellement habe ich mir das nicht zweimal sagen lassen!«

Jana sah sein altbekanntes, leichtfertiges Lachen. Aber sie bemerkte noch deutlich das Entsetzen, das ihn bis vor kurzem noch in den Klauen hielt. Jetzt entdeckte er sie. Seine Augen funkelten in heller Freude, sie wohlauf zu sehen. Ohne Tinuha von der Hand zu lassen, drängte er die anderen beiseite und schrie: »Ma petite chérie! Du hast doch nicht vor, den heutigen Tag ohne Pierre zu feiern! Ich habe, wie du siehst, extra für dich frei genommen!« Er umarmte Jana durch den Schleier hindurch und flüsterte ihr besorgt ins Ohr: »Ist alles wieder gut? Hat das Schwein dir auch nichts angetan?«

Jana konnte nur schlucken und gerührt über seine Fürsorge, obwohl er selbst erst dem Strick entronnen war, den Kopf schütteln. So gerne sie die heftige Umarmung erwidert hätte, so war ihr dies unmöglich unter dem fesselnden, durchsichtigen Tuch, das sie vorhin, als sie Tinuha hastig stützte, schon beinahe zerrissen hätte.

Pierre ging einen Schritt zurück und betrachtete sie von oben bis unten. »Chérie«, raunte er bewegt, und dieses eine Wort sagte genügend aus, was er empfand.

Plötzlich spürte sie *seine* Anwesenheit!

Pierce trat neben sie. Heimlich betrachtete sie ihn und dachte das Gleiche wie vorhin: Grundgütiger! Er ist wundervoll! Wenn sie doch nur nicht diese Furcht beherrschen würde – dies könnte tatsächlich der beglückendste Tag in ihrem Leben sein! Hilfloser Zorn drohte einen Moment lang in ihr aufzusteigen –

Vardes! Dieser Unmensch hatte ihr für alle Zeiten die Freuden des Lebens genommen! Sie sah still zu, wie die Freunde sich ergriffen umarmten – auch ein vollkommen neuer Zug bei dem Krieger, der nichts von überschwänglichen Gefühlsausbrüchen hielt, außer im Jähzorn! Der Franzose sah abwechselnd von ihm zu Jana und wirkte für einige Sekunden ungewöhnlich ernst. Aber dann blickte er sich um und schrie übermütig:

»Was ist mit euch? Ich glaube, hier soll gerade eine Hochzeit stattfinden, oui? Oder irre ich mich?«

Lachend strömten alle nun zur Tribüne hin, angeführt von Pierre und einer überglücklichen Tinuha. Das Paar nahm unterhalb der Stufen Aufstellung. Sandokan, der sich während der ganzen Aufregung nicht von der Stelle gerührt hatte, nickte dem Franzosen eigenartigerweise nur kurz, jedoch überaus zufrieden, zu. Noch seltsamer war, wie Pierre Evereux vergnügt zurückblinzelte, die Fröhlichkeit aber seine pechschwarzen Augen nicht erreichte ...

Während die Gäste erneut eine Gasse bildeten, durch welche jetzt Pierce und Jana nebeneinander auf die Tribüne zuschritten, beugte Sandokan sich ein wenig vor und rief halblaut zu Pierre hinunter:

»Schön, dass du es noch rechtzeitig geschafft hast, mein Freund. Ich bitte dich – keine Gedanken an die Dschunke.« Und er scherzte: »Du wirst sie bei mir abarbeiten müssen.«

Pierre sah zu ihm hoch. Sein Schnauzbart zitterte!

»Aber um welchen Preis hast du mein erbärmliches Leben gerettet, mon ami.«

Sandokan richtete sich in seiner ganzen majestätischen Größe auf. »Ich habe den Preis bestimmt, und so soll es sein! Wir wollen heute feiern und fröhlich sein, n'est ce pas?« Er lächelte dem Franzosen heiter zu.

Das Brautpaar erreichte die Tribüne und verharrte vor den Stufen.

Jana hielt den Kopf tief gesenkt.

Pierce blickte nachdenklich auf sie hinab. Nach einem Moment neigte er sich ihr zu und sagte leise, sehr bestimmt:

»Sieh mich an!«

Sein Herz zog sich schmerzhaft zusammen, als Jana unendlich langsam das Gesicht zu ihm aufhob und ihre Augen sich unter dem Schleier auf ihn richteten. Er hatte insgeheim Trotz und Ablehnung befürchtet ..., aber nicht diese unverhüllte Angst! Er zwang sich zu einem verzerrten Lächeln, hob die Hand und strich mit einem Finger sacht über ihre bleiche Wange. Noch leiser raunte er ihr zu:

»Entsinnst du dich noch unserer ersten Begegnung, kleine Prinzessin Otohime?«

Jana senkte überrascht für eine Sekunde die Lider und hob sie erstaunt und fragend wieder zu ihm auf. Ebenso überraschte sie die ungewöhnliche Trauer in der Stimme des schönen Kriegers, der gleich ihr Ehemann werden sollte, und sie lauschte verwirrt seinen verhaltenen Worten: »Jana, damals vertrautest du mir. Denkst du nicht, ich könnte dein Vertrauen eines Tages wiedererlangen? Was ich getan habe, war unverzeihlich, und ich kann es nicht ungeschehen machen. Ich kann dir nur mein Versprechen geben, dass niemals wieder etwas geschieht, das du nicht von ganzem Herzen selbst wünschst. Ich bitte dich, gib mir – nein *uns* – eine Möglichkeit, neu zu beginnen.« Forschend blickte er sie durch den Schleier an.

Jana antwortete nicht. Aber nahezu unmerklich wandelte sich ihre Angst in Nachdenklichkeit, und sie musterte ihn ernsthaft. Zum Glück konnte er nicht sehen, wie ihr Herz ungläubige Kapriolen schlug bei diesen Worten. Sie selbst vermochte nur zu ahnen, wie schwer es dem stolzen Mann gefallen sein musste, zu bitten!

Resigniert richtete Yoritomo sich auf! Wenn dieses verstockte kleine Wesen ihn nötigen wollte, es auf Knien um Vergebung anzuflehen, dann ... dann würde er diesem Wunsch eben entsprechen!

Er ergriff ein wenig zu fest ihren Arm und zwang sie an seine Seite. Unter den anschwellenden, harmonischen Tönen einer einsetzenden Rohrflöte stiegen sie langsam die Treppe empor. Beim Erreichen der letzten, oberen Stufe verklang das Spiel mit dem Schlagen eines zirpenden Gongs. Sandokan erwartete sie mit einem prüfenden Blick und einem herzlichen und erleichterten Lächeln.

Die Menschen von Mompracem und die unzähligen Gäste hielten den Atem an. Einige Frauen tupften sich gerührt mit den Zipfeln ihrer Kleider die Augen. Unter ihnen befanden sich auch ausnahmslos alle Mädchen und Frauen aus dem anderen Dorf. Und natürlich die schöne Rose, die hochaufgerichtet, bekleidet mit einem schmalgeschnittenen grünen Sarong, welcher ihre aufregende Figur und den feurigen Glanz ihres ungebändigten Haares unterstrich, die Zeremonie verfolgte. So recht verstand sie die Sorge der wichtigsten Männer der Insel um eine einzige Frau – eine Engländerin obendrein – noch immer nicht. Niemals hätte sie vermutet, der arrogante, selbstgefällige Yoritomo würde jemals vor den Tiger treten, um das Ehegelöbnis zu sprechen! Sie lauerte sehr neugierig darauf, wann der Schleier der Braut gelüftet wurde und sie endlich erfuhr, welchem Wesen es gelungen war, den hochmütigen Krieger zu zähmen ... und Pierre Evereux, den Tiger persönlich und etliche andere Menschen, Männer wie Frauen, vor lauter Anbetung beinahe auf die Knie zu zwingen! Einige Männer grinsten und schubsten sich freundschaftlich gegenseitig an. Auch der junge Prinz befand sich unter den Schaulustigen und lachte befreit. Sein Blick galt nicht so sehr dem Geschehen auf der Tribüne, sondern seiner Schwester und Pierre, die sich vor allen Leuten bei den Händen hielten – zwischen sich einen krausköpfigen Jungen, der abwechselnd zu ihnen hochstrahlte. Die machtvolle Stimme des

Tigers lenkte seine Aufmerksamkeit wieder zu dem anderen Paar, das im Begriff stand, verheiratet zu werden.

Sandokan sah noch einmal argwöhnisch die junge Braut an. Beruhigt stellte er fest, wie sich die schlanke Hand seines Freundes um ihren Oberarm schloss. Hegte dieser etwa die gleiche Skepsis? Er erinnerte sich nur zu gut an die stumme, sprühende Wut in den meerblauen Augen, als er ihr das heutige Datum kundgab! Endlich begann er mit dem feierlichen Akt. Und seine Stimme trug bis in den entferntesten Winkel des Strandes:

»Als Herrscher und Gesetzgeber von Mompracem ist es an mir, diesen Mann und diese Frau einander zu geben. Selten wurde mir eine größere Freude zuteil, als dieses bei einem meiner besten Freunde und einer jungen Lady, die von uns allen hoch geschätzt wird, zu tun.«

Nach einer kleinen, bedeutungsvollen Pause wandte er sich zuerst an Yoritomo.

»Pierce D'Irristru. Ich frage dich vor allen diesen Menschen als Zeugen: Willst du die hier anwesende Juliana Sinclair zu deiner Ehefrau nehmen?«

»Ja. Das will ich!«

Die Antwort des Mannes neben ihr klang so unabdingbar fest, zuversichtlich und in einer völlig unnötigen Lautstärke, dass Jana ihn erstaunt anschaute!

Was Yoritomo ungemein gefiel. Dachte sie etwa, ich würde im letzten Augenblick kapitulieren? Er warf ihr ein maliziöses Lächeln hin.

Jana wandte sich ziemlich verwirrt Sandokan zu, der nun sie ansprach:

»Juliana Sinclair, willst du Pierce zu deinem Ehemann nehmen und ihm in guter und schlechter Zeit zur Seite stehen?«

Sie zögerte nicht einen Wimpernschlag lang. Wenn er mit diesem eigenartigen, boshaften Lächeln bewirken wollte, dass ein

Anflug von Zorn hinsichtlich seiner Überheblichkeit in ihr aufstieg – so hatte er es geschafft!

»Ja. Ich will auch!«

In guten und vor allem in schlechten Zeiten ...

Ebenso klang eine Kriegserklärung!

Dagegen hörte sich Sandokans endgültige Verkündigung an, als hätte er soeben permanent den Atem angehalten:

»Nun, so sei es. Ihr dürft den Bund mit einem Kuss vor Zeugen besiegeln.«

Während Jubel aufbrandete und die Musik in ein wildes Stakkato aus Trommeln, Flöten und Gesang ausbrach, kehrten sie einander die Gesichter zu. Jäh erwachte in Jana Furcht und vertrieb den Mut, den seine Arroganz soeben herausgefordert hatte!

Yoritomo-Pierce hob die Hände und streifte ihr bedächtig den Schleier herunter. Sie sah ihn groß an. Ihr Blick verriet ihm nichts von ihren Gefühlen, wie er unwillig feststellte. Mit einem letzten Ruck entfernte er das Tuch und schleuderte es gleichzeitig hoch in den wolkenlosen Himmel, wo es sich sanft entfaltete und auf die ausgestreckten Arme der Menge zuschwebte ...

Unter beträchtlichem Gelächter glitt es auf Rose nieder, welche abwesend, mit leicht geöffneten Lippen das zauberhafte blonde Mädchen dort oben neben dem großen düsteren Krieger anstarrte.

Rose – ausgerechnet Rose wurde tatsächlich feuerrot! Äußerst verlegen nahm sie das Brauttuch und wagte einen geradezu schüchternen Blick zu Sandokan hinüber.

Im Blick des Tigers stand plötzlich eine stille Nachdenklichkeit ...

Pierce legte sanft einen Finger unter das zarte Kinn seiner verschlossenen Gattin und hob ihr blasses Gesicht zu sich auf. Er versank tief in ihren Augen, bevor er sich hinabneigte und seine Lippen gefühlvoll auf ihre legte. Die Berührung glich dem

Hauch eines Schmetterlingsflügels – doch er erschauerte bei dieser sachten Annäherung wie ein jungfräulicher Knabe unter einer Woge von unbeschreiblichem Glücksgefühl!

Du musst es doch auch fühlen, Liebste. Du musst doch spüren, wie sehr ich dich liebe ..., dachte er niedergeschlagen, als ihm erst nach einer geraumen Weile bewusst wurde, wie stocksteif sie dastand. Dennoch tat er so, als bemerke er ihre Zurückhaltung nicht, und richtete sich auf.

Unverhofft änderte sich ihre lethargische Haltung! Plötzlich musterte sie ihn ratlos. Schon vorhin war ihr aufgefallen, irgendetwas an ihm war anders, sie hatte es nur nicht wahrgenommen. Jetzt sah sie es.

»Deine Haare«, sagte sie befangen. »Du hast dir die Haare abgeschnitten.«

Pierce zuckte die Schultern und lächelte erfreut über ihre, wenn auch belanglose Feststellung bezüglich seiner Person. Immerhin nahm sie ihn jetzt wenigstens aufmerksam zur Kenntnis!

Zum ersten Mal huschte ein winziges Lächeln über ihr Gesicht und verharrte vorsichtig.

»Aber warum?«, fragte sie ratlos.

Er wurde ernst, nutzte aber die interessante Offerte sofort, sich wieder in ihren wunderschönen Augen zu verlieren.

»Weil ich mich mit dem Haar von meinem japanischen Erbe gelöst habe. Der Stolz, den man mir seit frühester Jugend einbläute, beschwor nur Unglück herauf. Ab heute will ich nur noch Pierce D'Irristru sein – der Sohn meines Vaters und nicht mehr der Sohn Japans.«

»Erzählst du mir darüber?«

Eine bodenlose Freude überströmte ihn mit dieser kleinen zaghaften Anfrage! Er nahm ihre Hand und drückte sie an sein Herz.

»Jetzt gleich?«, scherzte er belegt.

Noch immer lächelnd schüttelte Jana den Kopf.

Nach einem langen Blick wandten sie sich nun endlich den Gästen zu. Hochrufe und donnernder Jubel folgten! Sandokan beobachtete das vollkommene Paar. Er war zufrieden mit sich ... und gleichzeitig ein wenig schwermütig.

Die Musik wechselte zu zarteren Weisen. Die Menschen rückten beiseite für Musiker und Tänzer, die sich nun vor der Tribüne formierten. Mit zauberhaftem Gesang, wiegenden oder aufreizenden Tänzen und märchenhaften Klängen huldigten sie nun dem Brautpaar.

Die Augen Pierce' und Sandokans trafen sich einen Augenblick lang über Janas Kopf hinweg.

Die Sonne tauchte hinter die saftigen Hügel und Berge der großen Insel. Den Strand beleuchtete nunmehr der Widerschein unzähliger kleiner Feuer, um welche sich fröhlich die Gäste scharten. Es herrschte eine glückliche, entspannte Atmosphäre wie vor nahezu drei Monden bei dem Fest, das für das gegenwärtige Brautpaar so tragisch endete. Die Musiker wanderten zwischen den Feuerstellen umher und entlockten ihren seltsamen Instrumenten immer neue Variationen einer gleichförmigen Melodie. Die Töne schwebten über Täler und Höhen und verklangen in den Schatten der hereinbrechenden Nacht.

Allein schlenderte Jana ziellos hierhin und dorthin. Von Feuer zu Feuer. Sie blieb mal hier und da stehen. Aber jetzt sah sie sich suchend um, obwohl sie eigentlich nach niemandem Bestimmten Ausschau hielt. – Solch ein Unsinn! Warum belog sie sich selbst? Vermisste sie nicht den grandiosen Anblick ihres Ehemannes? Als sie ihn zuletzt bei einer Gruppe halb nackter, barbarischer Männer vom Stamme der Khmer entdeckte, entledigte er sich gerade des Hemdes, um den Gästen einige Variationen seiner Kampftechniken vorzuführen. Gefesselt hatte sie aus dem Verborgenen heraus das faszinierende Spiel seiner im Feuerschein glänzenden Muskeln beobachtet, die erregende Geschmeidigkeit seiner harmonischen Bewegungen. Als sein Blick während der Vorführung plötzlich magisch angezogen zu ihr herüberglitt, war sie geflüchtet. Betroffen über die Gefühle, die sie überschwemmt hatten.

Indes entdeckte sie jetzt Tinuha und Pierre, die sich etwas abseits unter einer Palme selbstvergessen einen Becher Wein teilten. Jana setzte sich erneut in Bewegung und wollte auf die beiden zugehen. Fragen nach Pierres überraschender Befreiung brannten auf ihrer Zunge. Doch ohne sie zu bemerken, standen die beiden plötzlich auf und verschwanden in der Dunkelheit. Enttäuscht blieb sie wieder stehen, und ihr war auf einmal noch einsamer zumute zwischen den ausgelassen feiernden Menschen.

»Miss Juliana?«

Jana drehte sich erstaunt nach der unbekannten Frau im grünen Sarong um, deren eurasische Gesichtszüge denen ihres Gatten ähnelten.

»Ich möchte nicht versäumen. Ihnen zu Ihrer Hochzeit zu gratulieren«, sagte diese warm.

Jana fühlte sich unauffällig, dafür um so intensiver gemustert. »Wer sind Sie?«, fragte sie etwas verwirrt. »Ich habe Sie noch nie hier gesehen.«

Die Frau lachte heiter auf. Feiner Humor zeigte sich in den Augen, welcher Jana spontan für die Unbekannte einnahm. Bei den nächsten Worten krauste sie jedoch unmerklich die Stirn:

»Das glaube ich Ihnen gern. Ich leite das Dorf auf der anderen Seite der Insel.« Sie zeigte keinerlei Verärgerung für Janas versteifte, ablehnende Haltung und stellte stattdessen, gleich bleibend freundlich, unverblümt klar: »Ich kenne Ihre Meinung über das Dorf.«

»Daran hat sich nichts geändert«, antwortete Jana distanziert.

»Deshalb möchte ich mit Ihnen sprechen. Ihre Einstellung

und Ihr Nichtbegreifen beeinträchtigen die Stimmung eines Mannes, der meinem Herzen nahe ist. Deshalb will ich versuchen, ihnen darzulegen, wie wir alle der Sache des Tigers dienen und somit unserem Volk. Unsere Aufgabe ist es, die Sicherheit Mompracems zu gewährleisten.« Rose bemerkte feinfühlig, dass sie nicht zu der jungen Frau vordringen konnte, und sprach eindringlich weiter: »Bedenken Sie bitte – diese Mädchen brauchen doch nur den Wunsch zu äußern, lieber auf dieser Seite leben zu wollen. Warum tun sie es dann nicht? Sie haben doch die Wahl.«

Sie ließ Jana Zeit, über diesen verwirrenden Aspekt nachzusinnen. Diese Frage hatte sie sich noch nie gestellt. Warum eigentlich zogen die Frauen ihr Dasein als Huren der friedvollen Sicherheit Mompracems vor?

»Das begreife ich auch nicht«, gab sie schließlich zögernd zu.

Rose trat näher zu der Jüngeren und betrachtete sie wieder. Seit langem wünschte sie diese Begegnung. Sie wollte unbedingt herausfinden, welche Besonderheiten diese Engländerin besaß, dass ausgerechnet Pierce – in dessen Adern sie bestenfalls Eiswasser vermutete, geradezu nach ihr gierte! Und nun sah sie diese endlich vor sich und war im ersten Moment fast enttäuscht. Sicher, sie war so hübsch, wie man es von ihr sagte, wenn auch ein wenig zu mager, was wohl von ihrer Gefangenschaft auf dem Sklavenschiff herrühren mochte und woran sie im übrigen selbst die Schuld trug! Ob sie das überhaupt weiß, welch schreckliche Dummheit sie da begangen hatte? Rose war eine begabte Menschenkennerin. Sie blickte tiefer und korrigierte ihren ersten Eindruck: Anmut, gepaart mit Intelligenz; Sanftheit, hinter der das Feuer der Leidenschaft brodelte. War dies der Typ Frau, der den Krieger fesselte? Seltsam. Rose dachte an Rajina, die diesen Mann als Einzige in ihr Bett locken konnte – und diese besaß nichts von dem, was die Anziehungskraft dieses Mädchens hier ausmachte. Aber dann schaute Juliana Sinclair sie fest aus ihren blauen Augen an ..., in denen sich absurd nahezu dieselbe Unergründlichkeit der Malaien spiegelte, die einem Europäer üblicherweise niemals zugänglich werden konnte! Und noch dahinter erkannte die großherzige Rose erschüttert eine furchtbar zugerichtete, verwundete Seele, die um Hilfe flehte! Impulsiv legte sie einen Arm um die schmalen hellen Schultern der schönen Engländerin!

Zu späterer Stunde würde sie ernst zu Sandokan sagen:

»Sie ist verletzt, hier drinnen!« Dabei würde sie sich auf die Brust schlagen und dem betroffen lauschenden Tiger offenbaren, was sie sah: »Sie wird viel Zeit brauchen. Die Engländerin trägt den gleichen Ausdruck in den Augen wie unsere kleine Prinzessin. Beide Mädchen verbergen etwas Entsetzliches tief in ihrer Seele, das keine von beiden aussprechen kann.«

Jetzt aber tat sie zunächst einmal, als ob sie das Zurückweichen der jungen Frau nicht bemerkte, und erklärte ihr ernst: »Weil sie noch träumen. Die meisten von ihnen sind noch jung genug und dazu fähig. Manche wollen eines Tages weg von hier. Sie, Miss, mögen es vielleicht als Ihr persönliches, hohes Glück ansehen, hier auf Mompracem zu leben, aber viele meiner Mädchen können sich ein Leben in dieser Abgeschiedenheit einfach nicht vorstellen. Und es sind ehrliche Mädchen, Lady Juliana, ich sehe Ihnen an, was Sie denken. Keine von ihnen käme auf die Idee, Sandokan zu verraten, wenn sie die Insel verlassen. Fast alle werden sie weiterhin seiner Sache dienen, so wie die, die bereits seit Jahren Etablissements auf Sarawak, Borneo oder in Fort Viktoria besitzen. Sie gehören zu dem dichten Spionagenetz des Tigers, ohne das nicht einmal Sie hier friedlich stehen könnten.«

Rose holte tief Luft nach dieser langen Rede.

Jana wehrte sich nicht mehr gegen den weichen Arm, der sie umschlang. Etwas Wesentliches verwirrte sie.

»Ich ...«, sie schluckte, »... ich denke, niemand darf die Insel je wieder verlassen!«

Roses Arm glitt herab. Ehrliche Verblüffung überzog ihre Miene.

»Wie kommen Sie denn darauf?«

Der Becher in Janas Hand schwankte gefährlich.

»Sandokan selbst hat es mir gesagt und Tinuha, meine beste Freundin, die ...«

Sie brach ab, starrte die erstaunte Frau an.

»Ach?«, machte Rose nachdenklich und meinte dann, eher als Jana begreifend: »Vielleicht wollte man nur zu Ihrem Besten, dass Sie bleiben –?«

Janas Gemüt geriet ins Wanken über die Wahrheit, die ihr langsam dämmerte! Fassungslos rief sie, um die sich nähernden Musiker zu übertönen, aus: »Dann hätte ich also jederzeit gehen können, wenn das mein Wunsch gewesen wäre?!«

»Sicher«, sagte Rose einfach.

»Sie haben mich also alle belogen?«, vergewisserte sich Jana noch einmal ungläubig. »Ich muss Sandokan suchen!«, rief sie zornig, drückte Rose den Becher einfach in die Hand und rannte davon.

Rose sah ihr nach. Wusste ich's doch! Welch ein Temperament hinter der sanften Fassade! Oh – ich möchte jetzt nicht in Sandokans oder Pierce' Haut stecken! Auflachend schlenderte Rose ebenfalls davon.

Aufgebracht drängte Jana sich durch die feiernden Menschen! Hin und wieder blieb sie stehen, sah sich um. Wo waren sie nur alle? Sie rannte über den Strand, näherte sich den Stufen zum Haus des Tigers. Atemlos blieb sie stehen und überlegte. Ob er sich dort oben aufhielt? ... durfte sie den Herrscher von Mompracem überhaupt zur Rede stellen? Plötzlich kam ihr die bemerkenswerte Einsicht, dass sie einmal mehr im Begriff stand, etwas Unüberlegtes zu tun! Hatte sie nicht das Recht verwirkt, Sandokan oder sonst jemandem Vorwürfe zu machen? Außerdem: Sie war verheiratet! Sie konnte nicht mehr so einfach wie früher die Stufen hinaufspringen und dem Tiger von Malaysia ihre spontanen Einfälle übermitteln! Höchstwahrscheinlich würde Yor ... nein Pierce, verbesserte sie sich in Gedanken, darauf bestehen, ihn zukünftig bei jedem ihrer Schritte um Erlaubnis zu fragen! In altem Überschwang stampfte sie aufgebracht mit einem Fuß auf und wollte den Weg zurücklaufen, den sie gekommen war. Sie drehte sich um ..., stieß gegen eine warme, harte Brust und fühlte sich von stählernen Armen umklammert!

»Ich habe dich überall gesucht«, flüsterte Pierce rau.

Überwältigt von der weichen Haut unter seinen unwillkürlich tastenden Fingern, und dem berauschenden, weiblichen Duft seiner Gemahlin ließ er jede Besonnenheit außer Acht und versuchte sie zu küssen.

Sie stieß ihn mit beiden Händen von sich!

Aufmerkend gewahrte er das kriegerische Funkeln in ihren Augen!

»Was ist geschehen?«, erkundigte er sich, seinen aufflackernden Jähzorn über diese brüske Zurückweisung mühsam unterdrückend. Diese Frau würde ihn sicher noch einmal um den Verstand bringen! Hatte es nicht noch vor wenigen Stunden so ausgesehen, als ob ihre Stimmung zu seinen Gunsten umschlug? Anstelle einer Erklärung starrte sie ihn so wütend an, dass er vorsichtshalber ein wenig Abstand nahm. Drohte der Krieg etwa erneut auszubrechen? Aber er war sich keiner Schuld bewusst, so sehr er auch sein Gehirn zermarterte, während seine Leidenschaft für dieses glühende Geschöpf vor ihm unaufhaltsam in die Höhe schoss! Ihre grimmig hervorgestoßene Frage brachte ihn dann völlig aus dem Konzept:

»Sage mir die Wahrheit, Pierce! Gibt es ein Gesetz auf Mompracem, das einen Mann oder eine Frau zur Heirat zwingt?«

Erst war er tief betroffen – dann verstand er und begann zu grinsen – was er besser unterlassen hätte. Aber jetzt ist es zu spät, meine süße Gattin – jetzt gehörst du mir! Die Regeln des Tigers besagten eindeutig: Eine Frau, die gesegneten Leibes war, konnte auf eine Vereinigung mit dem Vater des Kindes bestehen. Konnte! Dann hatte der Mann keine Chance, sich zu entziehen. Umgekehrt existierte keine derartige Verordnung! War sein hübsches Weibchen denn noch nicht darauf gestoßen, dass Pierre Evereux schließlich einen Sprössling sein Eigen nannte und keineswegs in Ehefesseln lag? Palu war das Erzeugnis einer einzigen Nacht mit einer dunkelhäutigen Hure, die kein Interesse an dem Kind gehabt hatte. Der Freund, das musste leider angeführt werden, fand auch keine Beziehung zu dem aufgeweckten Knaben, dessen er sich jedoch pflicht- und schuldbewusst annahm und ihn nach Mompracem brachte. Hier wuchs der Junge glücklich und behütet bei Pflegeeltern auf, die ihn über alles liebten.

Sie trägt mein Kind unter dem Herzen!, dachte er sprunghaft beglückt.

Sein – wie sie fand – unverschämtes Grinsen brachte sie noch mehr auf! Und seine folgende, gespielt harmlose Entgegnung ließ sie vor Entrüstung beben:

»Aber nein! Wie kommst du auf einen solchen Gedanken, teure Gemahlin? Niemand, jedenfalls keine Frau, wird zu irgendetwas gezwungen.«

»Oh!«, war alles, was Jana herausbrachte! Diese Männer!

Amüsiert haben sie sich über mich! Jawohl! Man sollte sie allesamt ...! Sie drehte sich ruckartig um und setzte sich in Bewegung. Nur weg von ...

Doch das ließ Pierce nicht zu! Blitzschnell fing er sie ein, umfasste ihre Taille und hob sie auf die Arme, noch ehe sie einen empörten Schrei ausstoßen konnte! Mittlerweile waren sie nicht mehr allein. Ein ungemein neugieriges Publikum rückte allmählich näher, um zu schauen, ob das Paar bereit war, das Geschenk aller zu besichtigen.

»Willst du alle diese Leute hier enttäuschen?«, raunte er ihr zu. »Sie warten darauf, dass du dir die Überraschung ansiehst, die sie für dich vorbereitet haben.«

Sie spürte erschauernd, wie ihr Zorn sich in Nichts auflöste und sie in einen gänzlich anderen Aufruhr versetzt wurde, als Pierce sie, eng an die nackte Brust gepresst, die Stufen hinauftrug.

Die Zuschauer blieben zurück. Sie applaudierten und stießen sich gegenseitig an. Die nächsten Stunden gehörten dem frischvermählten Paar.

Janas Haut rieb sich an seiner, und wie unbeabsichtigt legte sie die Arme eine Spur fester um die breiten Schultern! Am liebsten hätte sie in diesem Moment sogar ihre Lippen auf die pochende Ader an seinem muskulösen Hals gelegt – an die Stelle, an der Edmond ihm damals den Todesstoß versetzen wollte ...

Pierce' Atem ging wesentlich schneller, als sie die letzte Stufe erreichten, was jedoch nicht an ihrem Gewicht lag, denn sie war noch immer erschreckend mager. Was geht in ihr vor? Hält sie sich nur fest, oder ...?

Zu ihrer Verwunderung überquerte er die Terrasse und ging mit ihr um das große Haus herum. Dort tauchte er auf einem erst kürzlich angelegten Pfad in die Dunkelheit des Dschungels.

»Was soll das?«, fragte sie endlich und versuchte, sich von seinem Arm herunterzuwinden.

»Warte es ab«, raunte er an ihrem Ohr, und sie hörte sein Lächeln mehr, als sie es sah. Außerdem umfasste er sie ebenfalls eine Spur heftiger, dass sie ihre törichte Gegenwehr einstellte und sich resignierend ergab.

Der Weg war nur kurz und endete bei einer frisch geschlagenen Lichtung. Dort blieb er stehen und fragte sich spannungsgeladen, wie sie dieses Geschenk der Bewohner von Mompracem wohl aufnehmen würde.

Jana sagte zunächst gar nichts, was ihn zu dem humorigen Einfall verleitete, wie nett es doch war, endlich einmal keinen spontanen Widerspruch zu vernehmen!

Sie war tatsächlich sprachlos. Jetzt verlangte sie heftig, heruntergelassen zu werden. Diesmal erfüllte er ihren Wunsch widerwillig und folgte ihr langsam, als sie überwältigt auf das fast fertige Haus zulief, welches ein kleineres Abbild von Sandokans Heim darstellte!

Die Grundmauern bestanden ebenso aus massivem Stein, und die große, um das Haus verlaufende Veranda war schon in groben Umrissen zu erkennen. Ein allerletzter, sich zwischen den Baumkronen hervorstehlender Sonnenstrahl schien auf die frischen, verflochtenen Blätter des provisorischen Nipalblattdaches. Hier sollten in Kürze richtige Schieferscheiben aufgelegt werden, wie auf Sandokans Haus.

Jana erschien es wie ein Traumpalast! Sie war zu Tränen gerührt, fassungslos, ergriffen! Sie vergaß alles andere um sich herum. Ein eigenes Haus ... ein eigenes Heim! Ein richtiges Zuhause! Sie hatte sich in Rajinas ehemaliger Hütte niemals so recht wohl gefühlt. Es war gut so, dass dort jetzt die Schule untergebracht war, welche sie nie mehr daran erinnerte, wie viele verzweifelte Stunden sie dort verbrachte.

Neugierig betrat sie die unbehauenen Stämme, welche die Treppe zur Veranda noch ersetzten. Vor der geschlossenen, schön geschnitzten Tür blieb sie stehen. Heißer Atem in ihrem Nacken erinnerte sie jäh daran, dass sie dieses Haus nicht alleine bewohnen würde!

»Lass uns hineingehen«, raunte Pierce merkwürdig belegt. Er sandte insgeheim ein Stoßgebet an alle Götter, dass Janas offenkundig beglückte Stimmung anhielt – und sie nicht vor seiner sich deutlich abzeichnenden Leidenschaft zurückschreckte, wenn sie diese bemerken sollte! Geduld, mahnte er sich, denn die erste Hürde war bereits überschritten, als er bemerkte, wie sehr sie das Geschenk froh stimmte. Aber er sah auch mehr als Beglückung auf ihren Zügen: wehmütige Freude und Melancholie. Sie muss sich mehr als alles andere nach einem Heim gesehnt haben, dachte er bestürzt und ahnte nicht, wie richtig er mit seiner Vermutung lag. Das unbezähmbare Begehren, seine liebliche Gattin heißblütig in Besitz zu nehmen, legte sich. Er spürte nur noch das Bedürfnis, sie zärtlich in die Arme zu schließen und ihr zu versichern ... ihr zu versichern ... ja was ...? Sollte er sie mit einer Liebeserklärung überfallen und dabei Gefahr laufen, sie könne ihn schon wieder missverstehen? Oder würde sie ihn mit verächtlichem Blick sogar abweisen? Das könnte er nicht ertragen, so viel stand fest. Und so schwieg er und wartete angespannt auf seinen nächsten kleinen Sieg, wenn sie entdeckte, was ihr zukünftiges Heim noch für sie bereithielt. Offenbar war es Jana bisher nicht aufgefallen, dass sie von ihrem Gemahl bisher keine Hochzeitsgabe erhalten hatte – oder sie rechnete überhaupt nicht damit. Pierce hatte absichtlich auf diesen Zeitpunkt gewartet. Er hörte – was ihn auch wieder völlig überrascht hatte – von Sandokan, Juliana interessiere sich nicht für Geschmeide und wertvollen Schmuck. So setzte er nun seine ganze inbrünstige Hoffnung darauf, ob jenes, was er für sie bereithielt, ihn einen Schritt näher zu ihrem Vertrauen brächte und ihre Liebe gewähren würde! Seltsamerweise bewahrte er diese Dinge schon seit Monaten nur für sie auf – obwohl Yoritomo Shigehira vorgab, die Engländerin zu hassen!

Jana nickte beklommen.

Er griff über ihren Kopf hinweg und stieß die Tür auf.

»Ich werde ein Schloss an der Tür anbringen, wenn es dir lieber ist«, sagte er dabei.

»Das ist unnötig«, erwiderte sie und trat rasch ein, weil ihr der stetig heißer werdende Atem im Nacken die Haut zu versengen drohte!

»Warte«, bat Pierce und drängte sich an ihr vorbei. Er vermied es nicht, ihren Körper zu streifen. Jana gehorchte nervös. Ihre Augen versuchten das dämmrige Licht zu durchdringen. Das Einzige, was sie erkennen konnte, waren Umrisse von Möbelstücken. Der große Raum schien bereits vollständig eingerichtet zu sein, was sie nur am Rande verwunderte, denn sie beobachtete die schemenhaften Bewegungen ihres Mannes, der sicher umherwanderte.

Kurze Zeit später erstrahlte das Zimmer im hellen, warmen Schein einer Gaslampe.

Alleine das Gesicht seiner Frau war die Geheimnistuerei wert, fand Pierce erfreut. Er blieb mitten im Raum auf dem wunderschönen, weichen Teppich mit den indischen Mustern stehen und wartete gespannt, bis sie *es* entdeckte.

»Das sind Lady Mariannas Sachen«, murmelte Jana scheu und trat bis zur Mitte ein.

»Gefallen sie dir nicht hier?«, fragte Pierce besorgt. »Sie sind ein Geschenk Sandokans. Jetzt gehören sie uns.«

»Ich liebe sie«, sagte Jana schlicht, und sein Herz machte einen kleinen Purzelbaum. Sie strich behutsam über das polierte Holz der Stühle, des Tisches und des kleinen Sekretärs unter dem großflächigen Fenster. Sie erkannte jedes Stück, welches sie damals in der Grotte bewundert hatte.

»Und das Bett?«, entschlüpfte es ihr! Unverzüglich biss sie sich auf die Lippen, und sie wurde brennend rot. Wie konnte sie nur!

»Das ist das einzige Möbelstück, das er uns nicht überlassen wollte«, erwiderte Pierce amüsiert und betrachtete sie weiterhin nahezu belauernd. »Hättest du es gerne besessen?«

»Warum tut er das?«, wich Jana geschickt aus. »Warum gibt er diese Dinge her, nachdem er sie nicht einmal ansehen konnte in all den Jahren?«

»Ich vermute, mit dem Verlust der Dschunke und den Erinnerungen, die sie barg, ist er endlich gewillt einzusehen, dass sie niemals zurückkommt«, meinte Pierce nachdenklich. Er ließ kein Auge von ihr. Wie schön sie ist!, durchfuhr es ihn wohl zum hundertsten Mal an diesem Tag. Das brennende Verlangen, sie zu berühren, sich mit ihr körperlich zu vereinen, stieg übermächtig wieder in ihm auf! Sie war so zart, so zerbrechlich. Ihr Haar hatte sich längst gelöst und umrahmte die sanften Züge ihres schmalen Gesichts wie ein Feenschleier. Die nackte, schimmernde Haut zwischen den Salwars und dem spärlichen Oberteil drohte ihn schier wahnsinnig werden zu lassen! Aber er beherrschte sich. Erst musste er den Schlüssel zu ihrem Herzen finden!

Wie vertraut das *uns* klingt, dachte Jana und sah sich weiter im Raum um. Ihr Blick glitt über die Wände ..., und plötzlich drohte ihr Atem auszusetzen! Ihre Hand fuhr an die Kehle, und sie gab einen krächzenden Laut von sich! Tränen schossen in ihre Augen und verdunkelten ihre Sicht! Das ist doch nicht möglich! Ich träume! Ich wusste, dass ich diesen Tag nur träume! O bitte, lieber Gott, lass es Wirklichkeit sein! Es musste ein Traumbild sein, das sie narrte und von dort mit den Zügen Lady Julias aus einem wunderschönen, goldenen Rahmen auf sie herabsah!

Jana schwankte und ließ es sich fassungslos gefallen, dass ihr Mann herbeisprang und sie zärtlich umklammerte. Gemeinsam sahen sie ergriffen zu dem Gemälde auf.

Pierce hatte eine helle Freude erwartet – jedoch nicht eine solch heftige Reaktion! Fast stiegen ihm selbst die Tränen in die Augen, und er schluckte heftig. Im Stillen dankte er für die klare Einsicht im Moment der Wut, als er damals Janas Zimmer auf Cleary betrat! – Und er zollte auch der ernsten Klugheit Janas älterer Cousine Respekt.

Nachdem er überzeugt war, dass Jana wieder stehen konnte,

löste er, wenn auch unwillig, seinen Griff und ging auf eine geschnitzte Truhe neben dem Sekretär zu. Er entnahm ihr eine Schatulle und kam zurück. Sie starrte noch immer das Porträt der Mutter an, während glitzernde Tränen über ihr Gesicht stürzten. Jana hatte dieses Bild längst für immer verloren geglaubt! In der Asche des Sommerpalastes untergegangen oder durch die Bosheit der Bewohner zerstört. Nur langsam drang die merkwürdig heisere Stimme ihres Gatten zu ihr vor. Er hielt ihr ein Kästchen entgegen. Sie sah zu ihm auf – und war nun völlig erschüttert! Eine kleine Ewigkeit versanken goldgrüne und meerblaue Augen endlich wieder ineinander. Keines Wortes mächtig legte Pierce ihr die Schatulle in die Hand und öffnete noch den Deckel für sie. Jana wagte kaum hineinzusehen ..., tat dies natürlich doch. Sie ahnte, was sich darin befand ..., es war nur so furchtbar schwer ..., weil sie nicht wahrhaben wollte, dass solche Gesten nur aus einem Grunde geschahen: aus Liebe ...

Bleich tastete sie nach der langen feinen Silberschnur mit dem Jadestern, den die Geschwister ihr zum achtzehnten Geburtstag verehrten. Auch Isolde von Steinmarks Gabe, die Kette mit dem kleinen Eiffelturm befand sich zwischen den Kostbarkeiten, die der Familie der Mutter gehörte ...

Lieber Gott, mach, dass es kein Traum ist!

»Ich glaube, es ist alles dein Eigentum, was sich darin befindet«, sagte Pierce mühsam.

»Es ist der Schmuck meiner Mutter und die Geschenke von Tinuha, Koah und Isolde von Steinmark, einer deutschen Baronin –«, bestätigte Jana flüsternd. Sie sah ihn wieder an. »Ich ... ich danke dir so sehr«, stammelte sie. Ich will keine Angst mehr haben! Ich verfluche dich für alle Ewigkeiten, Vardes!

»Nein – du darfst mir nicht danken ..., du bist meine Ehefrau ... ich ... es ... ach verdammt ...!« Er geriet selbst ins Stammeln, dachte weiter, was er nicht in Worte fassen konnte: Ich will dich mit meiner Liebe umhüllen, Jana! Ich will dein Gesicht, deine furchtbar bleichen Lippen, deinen ganzen Körper mit Küssen streicheln und für alle Zeiten jedes Leid aus deinen Gedanken tilgen! Nie werde ich gutmachen können, niemals werde ich vergessen, mein armer Liebling ...

Es gab keinen Grund dafür, dass sie ihm dankte! Denn er hatte es doch mit eigenen Augen gesehen – er war in ihrem Zimmer gewesen und hatte die schäbige Garderobe wahrgenommen, mit der man sie dort ausstattete. Wie habe ich jemals glauben können, du wärst eine McCleary?

»Sag mir, wie diese Dinge hierhergelangten«, bat sie heiser. »Erzähle mir, was auf Cleary wirklich geschehen ist.«

Ihre wunderschönen Augen flehten ihn an. Er konnte sie nicht länger ansehen. Sein Blick glitt in die Ferne, und seine Gesichtszüge verhärteten sich bei der Erinnerung.

»Ich konnte McCleary nicht ungeschoren davonkommen lassen«, begann er ...

... In rasendem Galopp entfernten sich die Piraten von der ehemaligen Sommerresidenz des Sultans Muda Hassin, die heute einfach *Cleary* hieß.

Yoritomos Gesicht war wutverzerrt. In ihm nagte das unbedachte Versprechen, niemanden in dem Palast zu töten, somit an Edmond McCleary keine Rache üben zu dürfen, dem er liebend gern statt des Gesichtes den Hals aufgeschlitzt hätte!

Schon wieder war dieses englische Mädchen an dieser Niederlage schuld! Wäre er nicht so irritiert gewesen, als er das Medaillon bei McClearys Tochter entdeckte, läge dieser Bastard jetzt in seinem eigenen Blut auf den Marmorfliesen der Eingangshalle!

»Nein! Verdammt«, knurrte er unhörbar für die anderen Männer, denn die Worte wurden von seinen Lippen gerissen. Abrupt zügelte er den großen schwarzen Hengst, den er sich in Sarawak ausgeliehen hatte. Das Tier stieg ungebärdig auf, und die Hufe sprühten Funken beim Absetzen auf dem steinigen Weg!

Die anderen donnerten noch etliche Meter an ihm vorbei, bis sie ihre Rösser zum Stehen brachten und zurücktrabten. Giro Batol erreichte ihn zuerst und sah ihn fragend an.

»Wir können ihn nicht einfach davonkommen lassen!«

Der Krieger wendete den Hengst, stellte sich in den Steigbügeln auf und rief den anderen Männern zu:

»Zurück, Männer! Wir haben etwas vergessen!«

Es bedurfte keinerlei Erklärung. Die Piraten waren seinem Befehl, Cleary zu verlassen, zwar gehorsam gefolgt, murrten jedoch über die entgangene Beute. So brüllten sie jetzt erfreut und sprengten den Weg zurück, noch einmal vorbei an den Leichen der toten Sepoys.

Einzig Giro Batol starrte den anderen verblüfft hinterher und fragte begriffsstutzig, während er sein Pferd unbeholfen neben den schwarzen Hengst lenkte:

»Was haben wir vergessen, Kobra?«

»Sind wir jemals ohne Beute heimgekehrt?«, gab Yoritomo grimmig lächelnd zurück. Er verdrehte die Augen, als der Riese ernsthaft nachdachte und schließlich das kahle Haupt mit dem Turban schüttelte.

»Nein. Aber du hast dein Wort gegeben ...«

»Ich gab mein Wort, diesen Bastard nicht zu töten«, unterbrach Yoritomo ihn ungeduldig, »doch ich versprach nicht, ihn nicht ein wenig zu kitzeln.«

Damit gab er seinem Tier einen Tritt in die Flanke und folgte den Männern. Giro Batol bildete die Nachhut. Die entfernte Nachhut, weil er erst noch in Ruhe nachsann.

Edmond war außer sich!

Er tobte, brüllte unzusammenhängende Sätze, schlug auf die Diener ein, die seiner Reitgerte nicht schnell genug entkamen, und verspritzte überall sein Blut auf den hellen Fliesen, das aus der entsetzlichen Scharte in seinem Gesicht und der durchbohrten rechten Hand troff! Die Dienstboten flohen angesichts des Rasenden in abergläubischer Scheu aus der Halle! Sogar Anabell drückte sich – welch seltsamer Anblick – in einer Nische an die Mutter. Esthers Entsetzen war unbeschreiblich! Nun raste Edmond auf sie zu! Schreckgelähmt starrte sie ihm entgegen, als er mit überschnappender Stimme brüllte: »Die Peitsche! Wo ist meine Peitsche? Ich werde euch alle ...«

Außer sich schlug er auch auf Esther ein! Anabell fiel ihm aufheulend in den Arm. Er versuchte, halb blind von dem vielen Blut, das die Sicht des linken Auges trübte, sie wie ein lästiges Tier von sich zu schütteln, da ließ ihr markerschütterndes Kreischen ihn innehalten! Anabell deutete grauenerfüllt durch das weitgeöffnete Portal nach draußen. Ihr Kreischen steigerte sich in hysterisches Gejammer:

»Sie kommen wieder! Sie kommen wieder! Sie werden uns alle umbringen!«

Edmond blieb wie angewurzelt stehen. Unendlich langsam ließ er die noch erhobene Reitgerte sinken und drehte sich noch langsamer dabei um seine eigene Achse. Sein zu einer Maske des Irrsinns verzerrtes Gesicht nahm plötzlich den Ausdruck naiven Erstaunens an.

Esther sank seufzend, mit dem Rücken an der Wand, in eine gnädige Ohnmacht.

Plötzlich rannte Edmond, wie von Furien gehetzt, quer durch die Halle zum Arbeitszimmer hinüber, stürzte hinein, fegte die Tür krachend hinter sich zu und drehte den Schlüssel zweimal im Schloss herum!

»Vater! Du kannst uns doch nicht ...«, schrie Anabell entgeistert auf und erstarrte, als die Piraten durch das Portal in die Halle strömten – ohne sich vorher aus den Sätteln gehoben zu haben!

Dies taten sie erst mitten in der Halle.

Yoritomo ritt zum zweiten Mal herein. Er nickte spöttisch in Anabells Richtung.

»Ich hoffe, Sie verzeihen unser nochmaliges Eindringen, doch ...«

Die aufgeregte Stimme Giro Batols unterbrach ihn:

»Sieh nur Kobra! Der Feigling flieht!«

In der Tat war Edmond kopflos vor Angst und Schmerz aus der Hintertür des Arbeitszimmers geflüchtet und zu den Ställen gerannt. Er schlug den verdutzten Stallburschen nieder und schwang sich auf das erstbeste Pferd, ohne es vorher zu satteln. Nun stob er über den weiten Rasen vor dem Palast ...

»Lass ihn!«, zischte Yoritomo. »Sehen wir uns lieber um.«

»Jetzt ist er vom Pferd gefallen. Es trampelt auf ihm herum«, meldete Giro Batol lakonisch.

Gleichgültig wandte Yoritomo sich wieder an Anabell und herrschte sie an: »Wo ist das Zimmer Ihrer Cousine?«

Anabell glotzte ihn mit hervorquellenden Augen an.

Er maß sie verächtlich, stieg von seinem nervös tänzelnden Ross und sagte spöttisch:

»Lassen Sie nur, ich finde es selbst.«

Die Piraten schwärmten aus. Er selbst stürmte die Treppe hinauf, wo er in den Flur zu den Schlafräumen einbog und jede einzelne Tür mit wütenden Fußtritten attackierte, bis sie weit aufsprang oder – durch die Wucht aus den Angeln gerissen – in den jeweiligen Raum geschleudert wurde! Unvermutet öffnete sich eine einzige Tür von selbst, bevor er sie zerstören konnte. Eine junge Frau in einem farblosen Kleid sah ihn forschend, erstaunlich mutig an. Yoritomo stutzte, kümmerte sich aber nicht weiter um sie und fuhr in glühender Wut mit seinem Berserkerwerk fort! Die meisten Räume erkannte er sofort als Gästezimmer, und er machte sich nicht erst die Mühe, den Inhalt zu inspizieren. Außer dem Zimmer der jungen Frau schienen nur noch zwei Räume bewohnt: Das große Schlafzimmer von Edmond und Esther McCleary, welches er ebenfalls nicht betrat, und ein Mädchenzimmer, das er aufmerksam inspizierte. Zum Teufel! Woher wusste er so genau, dieses Zimmer konnte nicht *ihres* sein?! Er warf noch einen geringschätzigen Blick über die verschnörkelten, plüschbezogenen Möbel, den unglaublichen Tand, der auf den Tischchen und Stühlchen lag, und zog zornig weiter, zur letzten Tür des Flurs, die wenig später beinahe die Fensterscheibe auf der gegenüberliegenden Seite durchschlug, von der Wucht eines einzigen gezielten Trittes.

Ja, das ist es, dachte Yoritomo und sog den Duft, der diesem Raum anhaftete, in tiefen Zügen ein, worüber er sofort schmerzlich ergrimmte! Er durchmaß das Zimmer, strich, verwirrt die Stirn runzelnd, über die zahlreichen Bücher und wandte sich schließlich aufmerksam dem Porträt einer schönen Frau zu, deren sanfte Züge ihn sogleich an Jana erinnerten. Er betrachtete dieses Bild lange, das wühlende Chaos in seinen Eingeweiden ignorierend.

»Es ist Julianas Mutter.«

Fast erschrocken fuhr er herum, die Hand instinktiv zum Schwertgriff legend. Er war derart versunken in das Gemälde, dass er nicht hörte, wie die junge Frau von eben das Zimmer betrat. Sie blieb unter der Tür stehen. Wieder verspürte er sich von den ernsten Augen ausgeforscht, in denen nur geringe Furcht stand. Er entspannte sich.

»Wer sind Sie?«

»Ethel McCleary, Julianas Cousine«, stellte sie sich vor und kam langsam auf ihn zu, wobei sie ihm eine perlmuttbelegte Schatulle entgegenhielt. »Wir sind uns übrigens auf dem Ball vorgestellt worden.«

Yoritomo erinnerte sich nicht an sie. Er erinnerte sich überhaupt an kaum jemanden der anwesenden Gäste des Festes, denn er hatte nur Augen für *sie* gehabt. Er sah misstrauisch auf die Schatulle, ohne sie anzunehmen.

»Was ist das?«

Ethel hielt ihm das Kästchen weiterhin geduldig hin.

»Ich fand das im Zimmer meiner Schwester. Ich denke nicht, dass es ihr gehört. Es ist Julianas Eigentum, da bin ich mir sicher.«

»Und warum glauben Sie, es *mir* geben zu müssen?«

»Das weiß ich auch nicht«, zuckte Ethel die Schulter. »Mein Gefühl sagt mir, es ist richtig. Sie sollten auch alles andere mitnehmen, was sich in diesem Raum befindet und ihr gehörte. Die Bücher, die Kleider und vor allem das Bild dort. Mein ... Vater erlaubte ihr nicht, irgendetwas von hier mitzunehmen. Sie wird es vermissen.«

In einer plötzlichen Eingebung nahm Yoritomo ihr die Schatulle aus der Hand und beschloss der Empfehlung von Janas Cousine zu folgen. Auf seinen Einwand hin: »Ihre Cousine wird es Ihrer Schwester geschenkt haben«, schüttelte Ethel heftig den Kopf. »Das glaube ich nicht. Meine Schwester hasste Juliana. Nehmen Sie es an sich, bitte. Es wird sowieso alles zurückgelassen.«

»Was soll das heißen?«

Ethels Gesicht verzog sich einen Moment traurig. Warum fiel ihm jetzt erst auf, dass sie genauso zarte Wangenknochen wie ihre Cousine Jana hatte? Und die ernsten Augen einen schimmernden Silberglanz aufwiesen? Andere Männer mochten blind für verborgene Schönheit sein, jedoch nicht der Krieger, der sich seiner Macht über Frauen wohl im Klaren war.

Sie sah ihn an und errötete, was ihrem Gesicht einen rosigen Schein verlieh, denn er musterte sie nun so aufmerksam, wie es nie zuvor ein Mann getan hatte.

»Meine Mutter hatte längst die Absicht, nach England zurückzukehren, nur fehlte ihr bisher der Mut. Doch nach dem heutigen Tag ...«

Interessiert hakte er nach:

»Sie scheinen kein besonderes Verhältnis zu Ihrem Vater zu haben.«

Abermals schüttelte sie den Kopf und antwortete bitter:

»Nein. Er glaubt, ich weiß nicht, was hier in diesem Haus vorgeht, doch wir alle wissen es und schweigen aus Angst. Außer Anabell. – Sie ist wie er.«

Yoritomo legte eine Hand auf ihre Schulter und spürte deutlich, wie sie zitterte. Also war ihre Furchtlosigkeit nur gespielt? Der Krieger in ihm bewunderte diesen Mut. Sollte er sie fragen? Er entschied sich dafür.

»Würden Sie mir eine Frage beantworten?«

Ethel sah ihn überrascht an. Mit weiblichem Gespür vernahm sie die leichte Unsicherheit in der Stimme des erschreckend schönen Mannes.

»Glauben Sie ..., glauben Sie, Ihre Cousine könnte ein falsches Spiel spielen?«

Ethel, der festen Meinung, er sei über alles im Bilde, was Jana betraf, war erstaunt. Sie ahnte ja nicht, warum er diese merkwürdige Frage stellte. Und hätte er sie nicht so sehr verwirrt, würde sie ihm gegenüber vielleicht diesen Norman Will und andere Dinge erwähnt haben ..., aber so überlegte sie lange. Zu lange für Yoritomos Geschmack. Also doch!, dachte er und merkte, wie der Zorn von Neuem in ihm aufstieg. Dieser wollte sich auch nicht mehr beschwichtigen lassen, als Ethel endlich erwiderte:

»Ich schäme mich, es zugeben zu müssen, aber ich habe mich sehr gleichgültig Jana gegenüber verhalten und sie daher nicht einmal richtig kennen gelernt.« Sie überlegte wieder und sagte dann entschieden: »Sie hatte zwar ihre Heimlichkeiten, doch sie ist keine Lügnerin. – Ich muss jetzt gehen und mich um meine

Mutter kümmern.« Ethel wollte sich abwenden, wurde aber von dem sanft zupackenden Griff gehindert!

Yoritomo zog sie ein wenig näher heran. Er sah ihr in die Augen. Ethels Furcht schmolz zu einem jämmerlichen Häuflein Asche, und sie spürte die brennende Glut, die ihre Wangen überzog unter dem Blick aus diesen faszinierenden Goldaugen.

»Danke für Ihre Hilfe«, sagte Yoritomo, beugte sich vor und küsste sie leicht auf den Mund! Verzerrt lächelnd sah er ihr nach, wie sie aus dem Zimmer lief. Nun habe ich tatsächlich eine McCleary hoch beglückt – schalt er sich sarkastisch. Es war eine spontane Geste gewesen, als Belohnung für den Mut, mit dem sie ihm gegenübergetreten war. Sicher hatte diese junge Frau noch niemals die Lippen eines Mannes auf ihren gespürt. – Genauso sicher, wie Juliana Sinclair falsches Spiel trieb ...

»... so nahm ich schließlich wider besseren Wissens alles mit, was sich in diesem Raum befand. Und als wir davonritten, lag McCleary ziemlich zugerichtet vor dem Palast. Wir wähnten ihn tot«, schloss er in grimmiger Erinnerung.

Jana hatte ihm schweigend zugehört und ihn dabei verstohlen betrachtet. Überrascht stellte sie fest, dass sie sich am liebsten jetzt und auf der Stelle in seine Arme geworfen und die zornigen Falten von seiner Stirn fortgestrichen hätte. Doch sie seufzte nur und sagte leise, gleichgültiger, als ihr tatsächlich zu Mute war:

»Du hast niemandem geglaubt, nicht wahr? Du warst so verbissen in die Idee, nur ich hätte dich verraten können.«

Pierce wandte sich ihr wieder zu. Die flehende Bitte in seinen Augen war ihr nahezu unerträglich. Seine Hände ballten sich zu Fäusten.

»Glaubst du, du könntest mir jemals verzeihen?«

Jana zuckte die Schulter und gab vor, den Raum weiterhin zu

inspizieren. In Wirklichkeit wappnete sie sich vor dem Aufschrei ihres Herzens, alles zu vergeben und zu vergessen und sich ihrer Liebe hinzugeben. Womöglich würde sie dies auch getan haben, wären da nicht die noch übermächtigen Erinnerungen an das Schiff und an Vardes gewesen!

»Was ist das für ein Zimmer?«, lenkte sie heiser ab und deutete auf irgendeine der verschlossenen Türen, deren es vier gab. Sie ging darauf zu und blieb stehen. Wieder nahm sie seinen Atem wahr, wie er ihren Nacken streifte, und sekundenlang schloss sie die Augen.

»Sieh selbst«, raunte er hinter ihr.

Viel zu heftig stieß sie die Tür auf und spürte seine Blicke flammend auf sich ruhen.

Es war vollkommen leer.

Seine zärtliche leise Stimme sandte Schauer über ihre Haut. »Ich dachte, du würdest diesen Raum gerne selbst einrichten. Er ist für das Kind gedacht.«

Mit einem Ruck schloss sie diese Tür wieder! Zum ersten Mal wurde das Kind zwischen ihnen erwähnt. Jana verharrte steif, bis seine Hände auf ihren Schultern sie zwangen, sich zu ihm umzudrehen. Nah standen sie sich gegenüber – und jeder Versuch, nicht in seinen Augen zu versinken, erwies sich als zwecklos.

»Jana ...«, flüsterte Pierce rau. Er hob sanft ihr Gesicht zu sich auf. Sein Mund kam immer näher, berührte fast schon ihre Lippen ... Sie wandte den Kopf zur Seite!

»Nein.«

Im ersten Moment verengten sich seine Augen zornig über die wiederholte Zurückweisung! Aber in der nächsten Sekunde überwog seine Beherrschung nach außen hin. Verlangen und Ärger kämpften in seiner Brust miteinander. Jana versuchte sich mit gesenktem Kopf an ihm vorbeizudrängen, doch er hielt sie eisern fest und zwang sie erneut, ihn anzusehen. Es verlangte ihn nach Gewissheit, obwohl sein Herz sich in Mitleid über ihre aufrichtige Bestürzung verkrampfte.

»Was ist es?«, herrschte er sie schonungslos an. »Ich weiß, ich habe dir Schmerzen verursacht, aber glaube mir, dies ist beim ersten Mal für eine Frau völlig normal. Und so wie ich dir versprach, nichts zu tun, was du nicht selbst wünschst, versichere ich dir hier und jetzt, dass du nie wieder leiden wirst. Die Liebe zwischen Mann und Frau ist etwas Wunderbares. Ich würde es dir beweisen, ließest du dich von mir überzeugen!« In seiner Erregung schüttelte er sie leicht und beachtete weder ihre Blässe noch die entsetzliche Angst, die den schmalen Körper versteifte. Er spürte nur den Schmerz in seinem eigenen Herzen, der sich mit der Qual seiner Lenden mischte, die leidenschaftlich nach einer Frau – seiner Frau – verlangten! Dieses unerträgliche Gefühl brachte ihn dazu, sie anzuschreien: »Zum Teufel! Du brauchst keine Angst vor mir zu haben! Nicht vor mir – nie mehr!« Er hörte endlich auf, sie zu schütteln, und kam zur Besinnung, sodass Jana ihm tonlos antworten konnte:

»Ich habe keine Angst vor dir.«

»Was ist es dann?«, rief er verständnislos, gleichzeitig unbeschreiblich erlöst und überrascht von diesen Worten.

»Was ist auf dem Schiff noch geschehen? Sage es mir. Vardes konnte dich nicht vergewaltigen, oder ...« Er stockte und forschte nun erschrocken in ihrem totenbleichen Gesicht, aus dem sie ihn jetzt in unverhülltem Grauen anstarrte!

»Oder etwa doch?«, fragte er ungläubig.

Plötzlich riss Jana sich gewaltsam von ihm los! Ihre Hände ballten sich zu Fäusten! Sie brach beinahe zusammen, wehrte jedoch seine erneut zugreifenden Arme in solch namenlosem Entsetzen ab, dass sie herabsanken. Eisige Krallen zerquetschten seine Brust!

»Du willst wissen, was auf dem Schiff geschah?«, schrie sie ihn an. »Du glaubst, Vardes wäre nicht in der Lage gewesen, mich zu vergewaltigen?! Kam dir niemals der Gedanke, er könnte versucht haben, mich wie ... einen ... Knaben zu ... benutzen? Ich ekele mich vor ... jeder ... Berührung ...«

Der Rest des Satzes ging in ersterbendem Krächzen unter!

Pierce war unfähig, auch nur einen Muskel zu rühren! Und außer Stande, sie aufzuhalten, als sie nun erbärmlich aufschluchzend an ihm vorbei hinausrannte!

Nur ein Aufschrei folgte ihr, der in ihren Ohren nachgellte: »Lass es nicht zu, Jana! Lass ihn nicht doch noch gewinnen!«

13. KAPITEL

Als sie erst in der frühen Morgendämmerung wieder vorsichtig das Haus betrat, sich leise orientierte und nach dem Schlafzimmer fahndete, fand sie ihn schlummernd auf seinem eigenen Bett vor. Eine kleine Gaslampe war fürsorglich entzündet worden, und Jana erkannte im schwachen Schein zu ihrer grenzenlosen Verwunderung ihr eigenes Lager in die gegenüberliegende Ecke gerückt. Mit sorgfältig aufgeschlagenen Decken! Für sie! Still betrachtete sie ihn, nicht ahnend, dass er nur vortäuschte zu schlafen. Selbstverständlich hatte Pierce sie gehört, mochten ihre Schritte mit bloßen Füßen auch noch so hauchzart sein.

Nach einer Weile wandte sie sich ab und schlich zu ihrem Bett hinüber. Jedes Geräusch vermeidend, begann sie sich zu entkleiden. Ihr Herz klopfte wie rasend, und ihre Gedanken verwoben in verwirrender Zärtlichkeit: Wer bist du wirklich – Pierce oder Yoritomo? Aber im Grunde war dies mittlerweile gleichgültig. Jana wusste jetzt genau, sie liebte diesen Mann, egal wie er sich nannte!

Nachdem sie am Abend zuvor fortgelaufen war, schlich sie im Schatten der Bäume an den Gästen vorbei, von denen glücklicherweise niemand die Rückkehr der Brautleute zu erwarten schien. Sie lief bis zum Schulhaus hinüber. Dort saß sie die ganze restliche Nacht und weinte bis zum Morgengrauen! Irgendwann war sie eingeschlafen. Mit dem Nachhall seiner Worte im Herzen: *Lass es nicht zu* ... Und als sie erwachte, war eine Veränderung in ihr vorgegangen: Sie stellte verwundert fest, die Vergangenheit schreckte sie plötzlich überhaupt nicht mehr!

Damit, dass sie ihre Qual herausschrie, ihr somit einen Namen gab, verlor das ganze Geschehen nahezu seine Schrecken. Und jetzt sehnte sie sich danach, von den Armen ihres Ehemannes umfangen und gehalten zu werden! Mit diesem beglückenden Gedanken machte sie sich auf den Weg in ihr eigenes Heim ..., in dem wundervollen Bewusstsein, sich ihm aus freien Stücken schenken zu wollen!

Der Albtraum war beendet.

»Wo warst du?«

Jana ließ vor Schreck die Sandalen fallen, die sie in den Händen hielt, und fuhr herum! Pierce, den sie eben noch in tiefem Schlaf wähnte, saß aufrecht da und blickte streitsüchtig herüber!

Der Zorn in seinen Augen wich schlagartig einer grenzenlosen Verblüffung, als Jana sich nun nicht, wie schicksalsergeben erwartet, eiligst aus dem Zimmer entfernte, sondern leichten Schrittes zu ihm kam!

Pierce rieb sich heftig die Augen. Was er sah, konnte doch nur ein Traum sein! Innerlich hatte er sich bereits darauf eingestellt, über längere Zeit eine Ehe ohne körperliche Freuden zu führen, denn nach ihrer grauenvollen Schilderung wollte er es vorerst nicht wagen, sie auch nur anzurühren! Die ganze Nacht war er wie ein gereizter Panter im Haus herumgelaufen, malte sich die grauenhaftesten Foltern aus, die er Vardes hätte zukommen lassen, wenn er nur geahnt hätte, was dieser seiner süßen kleinen Frau zugefügt hatte! Auch war er nicht schlüssig, ob er ihr folgen sollte. Doch da sie guter Hoffnung war, setzte er auf ihren Verstand. Irgendwann mitten in der Nacht entdeckte er den halb vollen Krug mit Sake, und während er trank, grübelte er über die Situation nach. Er hatte sich doch jede Mühe gegeben – wollte sie nicht weiterhin ängstigen –, deshalb ließ er auch ihre beiden eigenen Lagerstätten herbeischaffen. Vielleicht äußerte sie den Wunsch nach einem gemeinsamen Ehebett. – Mach dir nichts vor, Pierce! – Sie sollte sich hier wohl fühlen. Es sollte ihr Zuhause sein. Um sie nicht zu beunruhigen, stellte er sogar ihr Bett weit ab von seinem. »Alles umsonst!«, entfuhr es ihm zornig! Er warf den geleerten Krug heftig in eine Ecke, wo er zersprang! Todmüde wankte er gegen Morgen in das Schlafzimmer und fiel aufs Bett. Seitdem hatte er die groben Balken der Decke beobachtet. Und nun stand sie vor ihm!

Und er starrte sprachlos zu ihr hinauf, nicht begreifend, was ihr Blick und ihr Mund ihm verriet:

»Es ist vorbei ..., Pierce. Es ist vorbei!«

So stand sie nun tatsächlich da, sah aufgelöst auf ihn hinab – und er starrte weiterhin zu ihr auf. Grotesk! Pierce schüttelte benommen den Kopf, erhob sich langsam, ohne sie aus den Augen zu lassen, befürchtete, sie könnte nur ein Traumbild sein, welches sich jeden Augenblick verflüchtigte. Er musste sich trotzdem ungläubig vergewissern:

»Du willst ... mit mir ..., ich meine ... wir ...?«

Er taumelte! Denn Jana – seine Frau – seine Sehnsucht – umschlang plötzlich so heftig seinen Nacken mit ihren weichen Armen, dass es ihn fast von den Füßen riss!

»Liebe mich«, hörte er sie verhalten flüstern!

Das war zu viel! Ungestüm umklammerte er sie, hob sie zu sich hinauf, um ihr rosiges Gesicht mit wilden Küssen zu bedecken! Und dann wagte er endlich leidenschaftlich und gierig ihren Mund in Besitz zu nehmen, den sie ihm unsicher darbot und willig öffnete.

Befreit von allen Fesseln der unseligen Vergangenheit, verspürte Jana die alles verzehrende Lohe des Verlangens, die sie schon einmal ansatzweise verspürte, als Yoritomo sich am Ufer des Sees in sie ergoss – und das gemeinsame Kind in dem Augenblick zeugte!

Sie hatte sich entsetzlich ihrer keimenden Lust geschämt!

Und jetzt? Jetzt konzentrierte sich diese unbekannte, wundersame Empfindung auf den Mittelpunkt ihrer Weiblichkeit, und genau an diese Stelle drängte sein hartes Glied gegen sie. Statt ängstlich zurückzuweichen, schmiegte sie sich noch dichter an seinen gestählten Leib! Janas erwachender, urweiblicher Instinkt wisperte ihr zu, dass sie an diesem Punkt seine empfindlichste Stelle für ihre süße Rache fand! Die aufreizenden Bewegungen der weichen Hüften seiner Gattin brachten Pierce nahezu um den Verstand! Seine Lippen verließen ihren Mund, strichen über die Vertiefung an ihrer Kehle. Sie warf den Kopf zurück und bot sich ihm dar, jede Berührung, jedes Streicheln seiner langen schmalen Finger auskostend ...

»Ich kann ... nicht ... warten ..., verzeih ...«, stöhnte er auf, ergriff das Oberteil ihres Hochzeitsgewands und zerriss es mit einem einzigen kräftigen Ruck! Aus Sorge vor Protesten küsste er sie wieder, während seine bebenden Hände die runde Pracht ihrer Brüste umfassten. Er drängte sie auf sein Lager und schmiegte sich an sie. Er sah ihr tief in die Augen. Das ungeheure Glücksgefühl drohte ihm die Brust zu sprengen – denn er las nichts anderes als Sehnsucht und vollkommene Hingabe in den blauen Augen.

»Liebe mich«, flüsterte ihr Mund noch einmal.

»Hilf mir ...«

Ohne Scheu entkleideten sie sich gegenseitig, unterbrochen von ungeduldigen Küssen. Peinigend sachte tasteten seine Finger über den noch flachen Bauch und ihre Hüften, die sich ihm willfährig entgegenhoben. Endlich ergründeten sie unter dem weichen krausen Haar zwischen den Schenkeln das geheime Zentrum – und Pierce erschauerte vor Freude und Lust, als er seine süße Gattin mehr als bereit fand! Mit übermenschlicher Beherrschung hielt er seine eigene Begierde im Zaum, um den Anblick ihres glühenden Gesichtes auszukosten und das Heranreifen ihrer ersten wirklichen Lust zu erfahren.

Jana wand sich hilflos, von wonnigen Strömungen erfasst,

unter der leidenschaftlichen Berührung. Ihr Körper drängte sich ohne ihr Zutun seinen streichelnden und liebkosenden Fingern entgegen! Sie bettelte und bat in unverständlichen Worten, die unerträglich süße Folter zu beenden ..., nicht zu beenden ... oder ...! Jetzt schob er diese schrecklichen, wunderbaren Finger tief in sie hinein – und begann gleichzeitig sanft an einer Brust zu saugen. Sekunden später verging Jana glückselig im Rausch der ersten Erfüllung ihres Lebens ... und schrie in zorniger Enttäuschung auf, als Pierce sich von ihr löste! Aber im selben Augenblick war er keuchend über ihr, spreizte mit dem Knie ihre Schenkel weiter auseinander und drang mit einem einzigen Stoß tief in ihren verglühenden Leib – füllte sie völlig aus! Ihre samtene Hitze umschloss ihn so eng, dass er sich sofort verschenkte, sie gleichzeitig mit seinem animalischen Schrei zu einem zweiten, noch gewaltigeren Höhepunkt treibend ...!

»Oh, mein Gott!«, keuchte Jana beim Eintritt in das normale Kontinuum des Universums.

»Und wie sie alle heißen mögen«, bestätigte Pierce undeutlich in die weiche Haut ihrer Brüste hineinmurmelnd, auf den sein Kopf nach dem unglaublichen gemeinsamen Höhenflug durch Myriaden Spiralnebel mit explodierenden Sonnen gesunken war. Daher stammte wohl auch das überirdische Leuchten in beider Augen, als er sich nun mühselig anhob und auf sie hinuntersah.

Jana bemerkte kaum, dass sie unablässig mit beiden Händen sein Haar, seine Schultern, seine Muskeln auf den entspannten Oberarmen streichelte. Sie war zutiefst erschüttert über das unglaubliche Ereignis, dessen Nachwirkungen sich noch immer zuckend ihrem Unterleib mitteilten.

»Machen wir das noch einmal?«, erkundigte sie sich interessiert, nachdem ihre Stimme wieder einen normalen Klang angenommen hatte.

Pierce' Augen weiteten sich entsetzt.

»Was? Jetzt?«, keuchte er entgeistert und vergrub das Gesicht aufstöhnend wieder zwischen ihren Brüsten. Seine Schultern zuckten. Zuckten immer heftiger!

Ruckartig fuhr sein Kopf wieder nach oben! Er stützte sich zitternd mit den Armen ab und schaute sie eigentümlich an. Jetzt zuckten die Mundwinkel ebenfalls.

Endlich bemerkte Jana, dass er innerlich vor Lachen barst!

– »Du hast gemogelt!«, beschwerte sich Wischnu verstimmt. »Ach, ja?«, antwortete Schiwa gedehnt und warf Brahma ein listiges Grinsen zu. »Der Wurf muss wiederholt werden!«, verlangte Wischnu. Gleichgültig nahm Schiwa den Becher aus Sternenstaub wieder auf und rüttelte erneut die Schicksalswürfel –

»Weil ...«, sagte Pierce, »ach, es ist egal ... weil ich alles tue, was in meiner Macht steht, deine Unersättlichkeit zufrieden zu stellen, Lady Juliana. Nur ein wenig Geduld noch ..., dann möchte ich, dass du mich lieb darum bittest.«

Das reichlich freche Grinsen lud zur Vorsicht.

»Worum sollte ich dich bitten?«, fragte sie argwöhnisch.

Sein Grinsen vertiefte sich, denn plötzlich erinnerte er sich an die Worte Sandokans: »Ich an deiner Stelle würde es der Lady nicht gar so einfach machen ...«

Er neigte sich an ihr Ohr und flüsterte etwas hinein.

»Oh«, entfuhr es Jana und noch einmal heftiger: »Oh!« Wobei lichte Glut in ihre Wangen schoss! Aus ihren herrlichen Augen flammte die helle Empörung! Die Glut überzog zollweise ihren ganzen Körper.

»Niemals! Niemals werde ich dich je darum anbetteln!« Pierce legte sich wohlig entspannt auf den Rücken, absichtlich sein schon wieder halb erregtes Glied nicht bedeckend. Seine Nacktheit würde sie nie mehr erschrecken, nachdem sie sich solche Wonnen geschenkt hatten. Schamlos glitt sein Blick an ihrem vollendeten Körper entlang, erfasste zärtlich die schmale Taille, den hübschen Teil, welcher weitere Freuden verbarg, und streifte zurück über die wogenden, straffen Brüste bis zu dem zauberhaft wütenden Gesicht. Kaum eine Sekunde später erhob sich sein Glied zu erneuter männlicher Pracht!

Jana lauerte noch einen Moment, ob er diese ungeheuerliche Forderung zurücknahm. Doch abgesehen von seinen unverschämt wandernden Augen und dem erschreckend prächtigen Schaft zwischen seinen schamlos gespreizten, langen Beinen regte er sich nicht!

Abrupt wandte sie ihm den Rücken zu und schritt hoheitsvoll zu ihrem Lager und kletterte hinein. Bevor sie heftig die Decke um sich schlang, sah sie noch einmal hinüber.

»Niemals!«, bekräftigte sie zornig. Sie warf sich herum, drehte ihm den Rücken zu und hörte ihn leise kichern!

Erneut fand ein Kampf zwischen ihnen statt – doch diesmal von galanter Natur.

Aus den versprochenen zwei Tagen wurde eine Woche. Dann zwei Wochen! Natürlich ließ es sich an solch einem kleinen Ort nicht lange verheimlichen, dass zwischen dem Paar etwas vor sich ging, und bald fanden die Einwohner heraus, um was es sich diesmal handelte. Anfangs betrachtete man die Angelegenheit mit Besorgnis, lag doch die Vermutung nahe, es hätte sich nichts zwischen den Eheleuten geändert und sie stünden sich noch immer feindselig gegenüber. Einige sprachen mit dem Tiger darüber, der jedoch verärgert abwinkte. Es gab im Augenblick bedeutend Wichtigeres! So alarmierten sie Pierre Evereux, welcher eiligst zu der neuen Wohnstatt der beiden hinrannte, die neue Treppe hinaufstob ... und vor der Tür abrupt anhielt! Pierre war kein Gentleman. Pierre spitzte neugierig beide Ohren und lauschte, was im Inneren des Hauses lautstark vor sich ging: »Ist es denn so schwer, einmal nur *Bitte zu sagen*?«, vernahm er die unglückliche Stimme des Freundes. »Nein!«, gab dessen Gemahlin jetzt hitzig zurück! »Du wirst dich bei mir entschuldigen, so was überhaupt gesagt zu haben!« Pierre zwirbelte nachdenklich seinen Schnauzbart. »Was habe ich denn gesagt?«, hörte er Pierce betont harmlos fragen. »Das weißt du ganz genau!«, schrie Juliana erbost zurück. Der Franzose riss die Augen verblüfft auf, denn Pierce' Entgegnung klang geradezu flehentlich: »Weißt du nicht mehr, wie wunderbar unsere Hochzeitsnacht war? Wie ich dich ...« Alles Weitere veranlasste Pierre Evereux zu einem breiten Grinsen!

Ganz Mompracem, einschließlich des Frauendorfes, wo man bereits Wetten abschloss, beobachtete heimlich voller Entzücken diesen Ehekrieg! Und bemerkte selbstverständlich *nicht* die Leichenbittermienen, mit denen beide umherschlichen und sich gegenseitig verfolgten – um sich vor den Augen des anderen fröhlich und gut gelaunt zu produzieren! Am lautesten lachten Sandokan und Rose, als sie es erfuhren. Und diejenigen, die entsetzlich bedauerten, die Pointe der Geschichte verpassen zu müssen, waren Tinuha, Koah und Pierre Evereux, die auf eine geheime Mission für den Tiger nach Labuan gesandt wurden!

Es wurde mit harten Bandagen und jeglicher List gekämpft, den anderen zum Zurücksetzen seines Stolzes zu bewegen! Sie wechselten liebenswürdige Worte über die Belange des Tages, und ihre Blicke verschlangen einander in unverhüllter Gier – wenn der andere nicht Acht gab! Pierce verfluchte übrigens den gut gemeinten Rat des Tigers bereits nach einem einzigen Tag! Seine hübsche Gattin ließ sich nämlich von nun an regelmäßig nach dem Unterricht, am helllichten Nachmittag, genüsslich in die eigens für sie herbeigeschaffte Wanne sinken – und rieb dann schamlos mit einem Schwamm den Seifenschaum über die rosafarbenen Spitzen, die sich daraufhin demonstrativ aufrichteten! Genauso, wie sich in Pierce' plötzlich viel zu enger Hose etwas anderes erhob – woraufhin er schleunigst die Flucht ergriff und für den Rest des Tages in der alten Ruine Sandsäcke verprügelte.

Allerdings nicht einmal an diesem abgelegenen Ort war er sicher. Immer häufiger, wenn er mit den Männern oder Kindern die Übungen von Kampfvariationen absolvierte, alarmierten ihn seine ausgeprägten Sinne, dass er beobachtet wurde! Er wurde unsicher, bis er eines Tages schließlich oben auf dem Hügel den kurzen Blick auf den Zipfel eines hellen Kleides erhaschte!

Er revanchierte sich auf seine Art, indem er fast täglich, lässig an den Türrahmen gelehnt, ihrem Unterricht beiwohnte, sie mit Blicken auszog und verschlang. Oft wurde zur Freude der Kinder der Unterricht vorzeitig beendet, weil sie nicht mehr auf die Lehrerin achteten, sondern sich gegenseitig kichernd anstießen, um hinter vorgehaltener Hand zu flüstern, was sie heimlich bei den Eltern erlauscht hatten.

Auch zeigte er sich, statt sich wie früher noch vor Sonnenaufgang seiner Meditation zu widmen, an jedem Morgen Jana ostentativ splitterfasernackt in seiner faszinierenden Männlichkeit und achtete darauf, dass sie auch jeden einzelnen Muskel seines wundervoll geformten Körpers bemerkte. Jeden!

Es begann die vierte Woche jeglicher Abstinenz. Die Wettquoten im Frauendorf standen letzte Woche zwei zu fünfzehn zu Gunsten der Engländerin.

Pierce wusste längst, dass Sandokan es wusste.

Die beiden saßen in bequemen Korbstühlen auf der breiten Terrasse. Sie beobachteten den Strand, der sich allmählich mit Menschen füllte, die alle gleich gespannt in den Himmel blickten. Nur ein Mann zeigte kein Interesse an dem wolkenlosen, herrlich strahlend blauen Himmel: Pierce! Er starrte zu seiner Gemahlin hinunter, die ebenfalls aufgeregt, barfüßig und in einem kurzen malaiischen Gewand am Ufer hin und her lief, verfolgt von der Bande Palus, in welcher sie mittlerweile zum *Sonderehrenmitglied* avanciert war.

Sandokan sah ihn hin und wieder an und versuchte zäh, sich ein anzügliches Lächeln zu verkneifen, das seine vollen Lippen unter dem sauber gestutzten Bart immer wieder heimsuchen wollte. Und zwar jedes Mal, wenn der Krieger ein versagendes Seufzen ausstieß.

»Willst du darüber reden?«, fragte er endlich beiläufig.

Sein Gegenüber zerrte die Augen gewaltsam vom Strand fort. »... Was? Worüber?«

»Über das Wetter, das Eheleben, die Mission, den Fortgang der Übungen mit den neuen Männern ...«, zählte der Tiger auf und zuckte betont gleichgültig die mächtigen Schultern. »Also gut! Punkt zwei eben!«, seufzte Pierce resigniert. »Da mein Eheleben ohnehin bereits ein offizielles Theaterstück zu sein scheint. Ich ... also ich habe mich schon wieder selbst zum Narren gemacht, als ich glaubte, sie wäre soweit, sich von meiner Hand füttern zu lassen.« Angesichts einer vorgeblich mitfühlenden Miene brach die seit drei Wochen aufgestaute Enttäuschung aus ihm heraus, und er klagte: »Sie will einfach nicht in mein Bett kommen ..., eine persönliche Sache, verstehst du? Aber was macht sie? Sie wackelt mit ihrem kleinen Hinterteil vor mir herum und erwartet, dass ich einlenke! Ich soll mich bei meinem eigenen Weib für meine Gelüste rechtfertigen ..., soweit käme es noch! Und sieh dir das an –« Er rollte entzürnt die weiten Hemdsärmel hoch und zeigte einen tiefen blutroten Kratzer, der sich vom Handgelenk bis über die Elle zog.

»– das hat mir der Spross von Evereux beigebracht, als ich ihm die Grundzüge des Schwertkampfes zeigte«, fuhr Pierce verbittert fort.

»Was ist ... passiert?«, quetschte der Tiger mühsam heraus.

»Auf dem Übungsplatz! Ich sah sie plötzlich oben auf dem Hügel stehen und zusehen. Da verlor ich für einen Moment die Konzentration, und schon war es geschehen!«

Unter den schockierten Blicken des Partners löste sich ein schallendes, tiefes Gelächter aus Sandokans Brust! Er lachte, bis die Tränen in seinem Bart versickerten und so markerschütternd, dass die Menschen unten am Ufer erstaunt zu den beiden hinaufsahen!

Allmählich dämmerte es Pierce, dass der Freund die ganze Zeit über seinen Spaß mit ihm trieb!

»Tröste dich«, rang Sandokan nach Atem und legte beschwichtigend eine große Hand auf den Arm des Freundes, »mich sieht sie übrigens seit eurer Hochzeit auch kaum noch an.«

Pierce nickte. Und plötzlich kam ihm selbst die ganze Situation grotesk vor. Sein grimmiges Gesicht erhellte sich zögernd.

»Sie nimmt noch immer übel, weil wir sie bezüglich der Gesetze ein wenig angeschwindelt haben«, bestätigte er und grinste schon wieder.

»Aber du warst auch nicht gerade untätig, es deiner hübschen Lady zu vergelten.«

»Nun, um der Wahrheit die Ehre zu geben – es bereitet mir Vergnügen, Jana während des Unterrichtes zu beobachten. Nur um zu sehen, wie fahrig und reizbar sie wird«, sagte er so selbstgefällig wie ehedem.

»Derlei Dinge, die nur sie und mich betreffen, bleiben sicher unter uns?«

Ein wenig zu heftig und entschieden zu eifrig nickte Sandokan. Er dachte dabei an die Wetten unter den Frauen des Dorfes auf der anderen Seite der Insel, die seit drei Tagen Juliana Sinclair/D'Irristru als absolute Favoritin mit zwei zu sechsundzwanzig notierten! Sicher – ihm gefiel dieser Unsinn nur mäßig, doch sollten die Mädchen ihren Spaß haben, bevor das Dorf aufgelöst wurde.

»Es bleibt alles unter uns«, versicherte Sandokan mit unwohlem Gewissen.

»Es ist eigenartig. Wie du dich erinnerst, dachte ich oft über Monate nicht an Frauen, aber plötzlich ist alles anders. Seit ich mit meiner eigenen Frau ..., nun ... jedenfalls entstehen in mir die wildesten Fantasien, und ich vermag mich kaum zu beherrschen! Vor drei Tagen besuchte ich zur Ablenkung das Dorf ..., Juliana hätte mich ja doch nicht vermisst ..., diese Mädchen waren so verdammt zuvorkommend und bestanden nur aus Brüsten und willigen Schenkeln und, ... ich musste mir Erleichterung verschaffen!« Er sah reuevoll auf. »Glaubst du, dies kann vor Jana geheim gehalten werden?« Sandokan beschloss in Anbetracht der exakt vor drei Tagen gestiegenen Wetten das Thema zu wechseln. »Vielleicht«, antwortete er vage, einen verräterischen Seufzer unterdrückend. Ablenkend sagte er: »Was denkst du, Pierce, werden die Kinder und Pierre erfolgreich von ihrer Mission heimkehren?«

»Das werden wir gleich wissen!« Pierce deutete auf das Zeichen, auf welches alle harrten: zu dem roten, über dem Dschungel einen wilden Tanz vollführenden, halbmondförmigen Drachen, der die baldige Ankunft der *Shimabara* anzeigte. Sein persönliches Dilemma rückte jetzt ins Abseits. Wie so oft in den letzten Wochen stellte er dem Tiger, dessen Gesicht sich angespannt verhärtete, zweifelnd die Frage: »Bist du wirklich sicher, die einzig richtige Alternative getroffen zu haben?«

Entschieden bestätigte Sandokan seinen folgenschweren Entschluss noch einmal: »Ich bin es müde, einen Kampf zu führen, den ich niemals gewinnen kann. Einige verstehen es, andere fühlen sich von mir verraten. Dabei gibt es auf Dauer keine Lösung. England ist zu einflussreich für das malaiische Volk. So sehe ich mich gezwungen, Kompromisse zu schließen, solange dies noch möglich ist! Aber dank einer Engländerin wird mein Volk sich – von Mompracem aus – eines Tages wieder aufrichten und diesmal gewappnet sein gegen Bürokratie, Bevormundung und Übervorteilung. Ich werde es möglicherweise sogar noch erleben. Die Kinder sind unsere einzige Hoffnung, denn sie werden befähigt sein, die Zusammenhänge zu verstehen, und werden dieses Wissen an ihre eigenen Stämme weitergeben. Irgendwann besitzen alle Völker Malaysias die gleiche Einsicht und befehden sich nicht länger gegenseitig, sondern treten vereint den Invasoren entgegen, mit demselben Ziel: Malaysia!«

Der Krieger ehrte mit respektvollem Schweigen den außergewöhnlichen, großartigen Herrscher – den Tiger von Malaysia!

... Bis seine Aufmerksamkeit sich zwanghaft wieder seinem wichtigsten Thema zuwandte:

Seine Gattin kam munter die Stufen heraufgeeilt, überquerte die Terrasse und verschwand um das Haus herum – ohne die Männer eines Blickes zu würdigen!

»Siehst du? Das meinte ich«, seufzte Pierce und sah den verblüfften Tiger indigniert an. »Sie rächt sich bitter. Ich habe sogar das Gefühl, sie führt mich an der Nase herum, und sie bekommt überhaupt kein Baby. Siehst du, wie schmal sie noch ist?« In dem mageren Versuch, zu scherzen, setzte er mit einer Grimasse hinzu: »Vielleicht hat sie es ja nur erfunden, um mich einzufangen, und wir beide sind darauf hereingefallen.«

Sandokan blickte grüblerisch zu der Stelle, wo Jana eben verschwand.

»Hast du sie gefragt?«

Als Entgegnung ächzte Pierce in nicht geringem Selbstmitleid: »Einmal. Da wurde sie fuchsteufelswild und warf einen tropfnassen Schwamm nach mir.«

Sandokan biss sich auf die Lippen, um nicht erneut in Gelächter auszubrechen! Rasch erhob er sich.

»Ich sollte mich geziemend kleiden, wenn unsere Gäste eintreffen – meinst du nicht auch?« Seine Augen glitten über den Freund und Kampfgefährten, dessen endlos scheinende, muskulöse Beine in provozierend engen, dunklen Hosen steckten. Darüber trug dieser kniehohe weiche Lederstiefel und dazu ein blütenweißes Hemd. Das halblange Haar fiel offen auf die breiten Schultern. Sogar Sandokan stellte nicht zum ersten Mal fest, dass der Eurasier ein besonderes Exemplar an verwegener Männlichkeit darstellte. Nur die herben Falten um die früher stets zynisch verzogenen Lippen gehörten nicht mehr zum Bild des Freibeuters, welchen er kannte. Er glich deswegen auffällig eher einem ... einem ...? Sandokan wandte sich nachdenklich dem Eingang zu. Dort fiel ihm das Wort ein, wonach er suchte! Er grinste über die Schulter zurück und warf einen prüfenden Blick zu dem Freund hinüber. Richtig: Dessen Miene ähnelte eindrucksvoll der eines geplagten Ehegatten!

Auf der gegenüberliegenden Seite brach sich jetzt die Brigg ihren Weg durch das Dickicht und trieb auf die von erwartungsvollen Menschen gesäumte Anlegestelle zu. Am Bug standen Pierre Evereux und in selbstbewusster Haltung: Tinuha und Koah. Daneben – untadelig, trotz verbundener Augen – drei hochrangige Offiziere Ihrer Majestät, der Königin Viktoria. Sie trugen düstere Paradeuniformen.

Sandokan hatte sich mittlerweile seinem Status entsprechend umgekleidet. In weiße Seide gewandet, erwartete er die ungewöhnlichen Gäste ernst und hocherhobenen Hauptes an der letzten Stufe vor der Terrasse. Die Juwelen des kostbaren, gebogenen Dolches an seiner Seite funkelten in demselben Maße wie die Diamanten auf dem Turban. Dieses und die schwere, mehrfach kompliziert verschlungene Goldkette auf seiner mächtigen Brust galten als Zeichen seiner königlichen Herkunft.

Die Offiziere kletterten gemessenen Schrittes, ihre Mützen unter den Arm geklemmt, die Stufen hinauf. Dicht gefolgt von den malaiischen Geschwistern und dem Franzosen. Natürlich trugen die Offiziere die Augenbinden nun nicht mehr.

Der erste Brite, ein betagter, gravitätischer Mann mit schlohweißem Haar, setzte seinen Fuß auf die weite helle Fläche, salutierte respektvoll vor dem berühmt-berüchtigten Tiger, dem König von Mompracem, und nickte knapp und höflich dem verwegenen, schlanken Mann daneben zu. Er war klug genug zu ahnen, dass es sich bei dem Eurasier offensichtlich um die nicht minder berüchtigte Kobra handeln musste. Ein wenig schauderte es ihm bei dem Gedanken. Aber Sandokan streckte ihm ohne Umschweife die beringte Hand entgegen, die er überrascht nahm.

»Sie ahnen nicht, wie sehr es mich freut, Ihnen in friedlicher Mission die Hand reichen zu dürfen, Hoheit.«

»Nun«, gab Sandokan zurück, wobei ein leichtes Schmunzeln den Worten die Spitze nahm, »ein weiser Mann sagte: ›Wenn du eine Hand nicht abhacken kannst, musst du sie schütteln.‹«

Van Brest ließ seine Hand ein wenig hastig los, trat zur Seite und sah sich geradezu begeistert um. »Sie haben sich ein wunderschönes Stückchen Erde ausgesucht, Hoheit.«

Dieser erwiderte zuvorkommend, mit einem leichten Neigen des Hauptes: »Ich habe den Titel des Sultans längst abgelegt, Gouverneur van Brest. Nennen Sie mich der Einfachheit halber Sandokan. Mein Name ist mir der liebste Titel.«

»Ich danke Ihnen«, antwortete der Gouverneur weitaus weniger förmlich als noch vor einer Minute und lächelte. »Darf ich Ihnen meinen Adjutanten vorstellen?« Er deutete auf einen rotblonden, grobschlächtigen jungen Mann, der seine wasserhellen Augen auffallend geringschätzig über das schöne Haus des Tigers schweifen ließ und ihm offenbar nur ungern seine

Referenz erwies. Pierce beachtete er überhaupt nicht – was ein alarmierendes Funkeln der goldenen Augen in dem reglosen Gesicht hervorrief! »Dies ist Leutnant William O'Brien. Und dort Leutnant John Hurst, mein Sekretär.« Damit wies er auf den anderen, dunkelhaarigen jungen Mann, welcher äußerst nervös wirkte, aber dennoch ehrfürchtig aus seelenvollen, dunkelblauen Augen den berühmten Tiger von Malaysia anstarrte! Er blickte auch zu Pierce hinüber und verbeugte sich in dessen Richtung, was dieser leicht mokant zur Kenntnis nahm.

Sandokan hob die Hand zu einer einladenden Geste zum Tisch hinüber.

»Kommen Sie, meine Herren. Bei einem guten Tropfen bespricht sich alles besser.«

Während sie alle Platz nahmen, fügte er hinzu:

»Und verzeihen Sie die kleine Unannehmlichkeit auf der Reise hierher. Wenn wir uns einigen sollten, werden wir natürlich auf diese Maßnahme verzichten.«

Erstmalig meldete sich Pierce zu Wort. Dass seine Stimme keine spöttische Untermalung aufwies, wäre stark untertrieben! Er deutete auf die düsteren Uniformen, die ihm nicht entgangen waren – so wie ihm niemals etwas von Bedeutung entging (außer ... doch dies wäre ein anderes Thema!). »Ihre betrübliche Aufmachung bedeutet doch nicht etwa Trauer um den Verlust der malaiischen Staaten?«, erkundigte er sich sarkastisch.

Die Offiziere sahen sich an, senkten die Köpfe, hoben sie wieder und sahen in die Runde. Es entstand ein unbehagliches Schweigen, bis van Brest sich umständlich räusperte und erklärte:

»Meine Herren – werte Dame. Ich bedauere zutiefst, Ihnen das Ableben Ihrer Majestät, der Königin Viktoria, bekannt geben zu müssen.«

Während die Engländer wieder die Köpfe senkten, verständigten Pierce und Sandokan sich mit einem kurzen, gleichmütigen Blick. Die Geschwister und der Franzose sagten kein Wort.

Unbeeindruckt äußerte Sandokan:

»Ich bedauere den Verlust Ihres Landes außerordentlich. Wer ist die nächste Königin oder der nächste König?«

»Man hat den Prinzen von Wales zum König berufen«, teilte van Brest bedächtig mit und hob das von Sandokan höchstpersönlich eingeschenkte Glas zum Toast. »Lang lebe König Eduard!«

»Kommen wir zum Punkt«, sagte er anschließend und gab John Hurst einen Wink, welcher hastig die Papiere auf dem Tisch ausrollte. »Ich habe einen Vorvertrag anfertigen lassen, nachdem die einzelnen Vereinbarungen mit diesem jungen Mann hier« der Gouverneur nickte zu Koah hinüber, »und mit Ihrem Beauftragten«, er sah zu Pierre, der sich übertrieben höflich verbeugte und grinste, »im Groben abgesprochen sind. Sie wünschen die Generalamnestie für sich und die Bewohner von Mompracem. Diesem Punkt wurde bereits entsprochen, indem wir Ihren Beauftragten Pierre Evereux auf freien Fuß setzten. Fernerhin verlangen Sie, die Insel Mompracem zum eigenständigen, nicht der britischen Oberhoheit unterliegenden Staat auszurufen.«

An dieser Stelle nickte der Tiger lächelnd!

Van Brest fuhr etwas hilflos fort: »Und als Gegenleistung ...«, er beugte sich über den Vertrag. Sein Adjutant verzog blasiert die Mundwinkel, »... als Gegenleistung versichern Sie, keine englischen Schiffe anzugreifen und den Frieden zu bewahren in ... in einem festgesetzten Zeitraum von fünfzehn Jahren!«

Höhnisch platzte O'Brien heraus:

»Das scheint mir ein schlechter Tausch! Auf den Kopf des Tigers von Malaysia sind mittlerweile einhunderttausend Pfund in

Gold ausgesetzt! Womit könnten Sie wohl dem Empire drohen? Mit einem einzigen Schiff, das Ihnen geblieben ist? Eines Tages bekommen wir Sie ja doch zu fassen!«

O'Brien war arrogant. Sehr arrogant ..., jedoch mit der Arroganz der Kobra konnte sich niemand messen!

Pierce' Kinn hob sich. Er lächelte O'Brien mit gefährlich funkelnden Augen zu und meinte leichthin: »Ich hoffe, Ihnen ist bewusst, dass Sie momentan zu Gast an einem Ihnen unbekannten Ort weilen?«

»Wer sind Sie?«, knurrte William O'Brien anmaßend.

»Wenn es beliebt«, antwortete Pierce zynisch und neigte verächtlich das Haupt, »mein Name ist Pierce D'Irristru oder auch, was Ihnen geläufiger erscheinen dürfte – Yoritomo Shigehira – zu Ihren Diensten.«

Sekundenlang verschlug es O'Brien tatsächlich die Sprache! Van Brests und John Hursts Augen flohen unruhig hin und her. Ersterer sah seine Vermutung bestätigt, denn bisher kannte niemand das Gesicht des legendären japanischen Kriegers, dessen angenehmes Äußeres ziemlich überraschend war.

Sandokan beendete die peinliche Situation, indem er dem Vernehmen nach friedfertig – für jemanden, der ihn nicht kannte und das zornige Glimmen in seinen dunklen Augen übersah – sagte:

»Sie scheinen sich nicht im Klaren darüber zu sein, dass sich das Netz des Tigers über ganz Malaysia verbreitet. Wenn ich den Befehl gebe, könnte ich innerhalb einer Woche eine ganze Armada von Prahos und Dschunken herbeirufen. Die Anzahl würde den alten Spaniern nicht nachstehen. Ganz zu schweigen von den Booten der Fischer«, er machte eine Pause, um O'Brien die Gelegenheit nicht zu nehmen, kurz und spöttisch aufzulachen, »welche zwar nichts ausrichten ... aber ich frage Sie, meine Herren – wie würde das mächtige Empire wohl in der Weltöffentlichkeit dastehen, wenn die Gazetten berichten, die Briten griffen nunmehr mit Kanonenbooten harmlose Eingeborene an ..., nachdem es sicher bereits schwierig genug war, das Abschlachten von über eintausend Chinesen in Sarawak zu vertuschen?«

Der Gouverneur schaute betreten drein.

O'Brien war gedämpft, aber noch nicht geschlagen!

»Und warum haben Sie es nicht längst getan, wenn Sie sich Ihres Sieges so gewiss sind?«

Das einnehmende Lächeln des Tigers schwand! Er lehnte sich zurück, kreuzte die Arme über der Brust und fixierte den unangenehmen Leutnant, der eher einem Bauern glich denn einem Offizier.

»Weil ich, der Tiger von Malaysia, nicht so rasch mit sinnlosem Blutvergießen zur Hand bin wie ihr Engländer!«, erwiderte er scharf.

Und schon wieder entstand ein unfreiwilliges, peinliches Schweigen, das allen Anwesenden verdeutlichte, welche Erschwernisse allein bei dem Versuch zu Tage traten, eine geringe Übereinstimmung zwischen unterschiedlicher Rasse und Mentalität zu erzielen!

»Ich glaube Ihnen, Hoheit«, schwebte die Stimme des Gouverneurs verhalten über den drohenden Eklat. Er warf seinem Adjutanten einen strengen Blick zu, bevor er sich Sandokan zuwandte: »Premierminister Disraeli scheint in dieser Angelegenheit weiser als die Königin gewesen zu sein«, sagte er mühsam lächelnd. »Er riet seit langem dazu, mit Euch Frieden zu schließen.« Und ironisch bemerkte er weiter: »Leider war die Königin stets geneigt, ihre Ansichten durchzusetzen. Sie dachte, sie verliere an Prestige, wenn sie die einmal gefasste Meinung ändere.« Jetzt seufzte er. »Nun gut – ich habe die Vollmacht, den Vertrag in Ihrem Sinne abzuschließen, Sandokan. England verliert nichts durch die Abgabe einer kleinen Insel. Kommen wir also zum nächsten Punkt. Das Anwesen des ehemaligen Sultans Muda Hassin von Sarawak ...« Abermals seufzte der Gouverneur tief auf. Er suchte in den Papieren herum und schob die helfende Hand seines Sekretärs unwirsch beiseite. Endlich zog er das richtige, ein ziemlich vergilbtes Schriftstück hervor und studierte es stirnrunzelnd. »Hier steht, das Anwesen geht nach dem Ableben des letzten Eigentümers an den nächsten Verwandten über. Hmmm – eine verworrene Geschichte. Der Palast gehört rechtens den Nachkommen des Sultans, doch erst, wenn der letzte Verwandte, in diesem Falle der des Edmond McCleary, seinen Verzicht erklärt. So viel ich in Erfahrung bringen konnte, sind McCleary und seine Familie verschwunden, und die Besitzung steht leer. Es soll auch gebrannt haben dort.«

»Kleine Insel sagt er? Dass ich nicht lache!«, raunte Pierre Tinuha ins Ohr und kicherte tatsächlich. Deren Lippen versteiften sich.

Van Brest sah erstaunt auf.

»Wie meinen Sie?«

Der Tiger antwortete amüsiert: »Er meint, Sie wissen nicht, auf welcher Insel Sie sich befinden. Glauben Sie mir – so gering, wie Sie vielleicht vermuten, ist mein neues Mompracem nicht.« Als hätte er schon zu viel verraten, lenkte er ab: »Zur Frage der Erbschaft ...«, herzlich lächelnd deutete er auf Koah und Tinuha, »... diese beiden Geschwister sollten nun endlich ihre rechtmäßigen Titel wiedererhalten.« Sandokan erhob sich. Pierce und Pierre ebenfalls. Den Engländern blieb nichts anderes übrig.

»Ich möchte hiermit kundgeben – Prinz Koahmur und Prinzessin Tinawa Darma von Sarawak – die Nachkommen des großmächtigen Sultans Muda Hassin.«

Van Brest erholte sich erstaunlich schnell von seiner Verblüffung, während die anderen beiden Offiziere sich unbehagliche Blicke zuwarfen – wenn auch aus unterschiedlichen Gründen.

Der Gouverneur, wie auch sein Sekretär verbeugten sich tief vor Koahmur und Tinawa Darma.

»Hoheiten – es ist mir eine Ehre.«

Die Geschwister dankten dem Gouverneur mit ernstem Kopfnicken.

Da Sandokan sich wieder setzte, taten es auch die anderen – bis auf O'Brien. Dieser besaß noch immer die Stirn zu einer herablassenden Anfechtung:

»Bevor der Besitz an Sarawak zurückfällt, müsste erst die unterschriebene Verzichtserklärung seitens eines Verwandten der Familie McCleary vorliegen.«

Pierce fühlte ein gefährliches Prickeln in seinem Nacken und ballte bereits die Fäuste ..., da klang eine muntere, weibliche Stimme hinter ihm auf:

»Dies dürfte das kleinste Problem sein, meine Herren!«

Die Köpfe der Offiziere ruckten verdutzt herum! Wie ein Mann sprangen sie erneut auf die Füße, um dieser bezaubernden englischen Lady, welche sie am allerwenigsten an diesem Ort erwartet hätten, die Reverenz zu erweisen. John Hursts Stuhl kippte nach hinten und polterte laut über die Marmorfliesen!

Der Tiger und Pierce schauten überrascht, jedoch mit unverkennbarem Stolz Juliana entgegen, die strahlend und selbstbewusst die Arena betrat, als wohne sie einem formellen Empfang des Königshauses bei! Natürlich erhoben auch sie sich höflich.

Jana hatte sich größte Mühe gemacht, ihr Haar mit ungezählten Bürstenstrichen bearbeitet. Es glänzte nahezu goldfarben und war zu einem gesitteten Knoten geschlungen, was die Anmut ihrer Züge noch betonte.

Der Gouverneur ergriff mechanisch ihre dargebotene Hand und deutete, hin und her gerissen zwischen Verwirrung und Verzauberung, einen Handkuss an.

»My Lady –«, hauchte er überwältigt und fühlte sich mit einem Mal um dreißig Jahre jünger unter dem bewundernden Blick dieser entzückenden Dame.

John Hurst stand wie angewurzelt da, glotzte die unverhoffte, liebreizende Erscheinung gebannt und – zart besaitet, wie er war – verliebt auf den ersten Blick an.

Die Engländer, einschließlich William O'Brien, konnten nicht fassen, dass hier plötzlich eine echte Lady, von Kopf bis Fuß, auftauchte. Dass diese Lady nicht einmal ein Mieder oder gar Strümpfe trug, entging ihnen natürlich!

Jana nickte auch den beiden Leutnants zu und lachte kokett auf. »Aber nehmen Sie doch Platz, meine Herren!«, zwitscherte sie aufgekratzt. »Ich ahnte, meine Anwesenheit sei erforderlich, und eilte stehenden Fußes hierher.« Sie musterte die drei Männer geradezu flirtend und lachte dazu silberhell. »Hätte ich allerdings gewusst, welch eine ach so lange entbehrte Gesellschaft *echter* Gentlemen hier tagt, wäre ich bereits früher erschienen!« Dieser Seitenhieb traf.

Van Brest verbeugte sich noch einmal tief und sagte überwältigt: »Verzeihen Sie die Ungeschicklichkeit meines Sekretärs, doch Sie werden sicher gütigst verstehen, dass wir unmöglich den Anblick einer englischen Lady hier erwarten durften.« Er schob seinen Stuhl in ihre Richtung und bat: »Nehmen Sie doch Platz, und verraten Sie uns, wem wir dieses wundervolle Geschick Ihrer Anwesenheit zu verdanken haben.«

So recht behaglich fühlte Jana sich in ihrer vergnüglichen Rolle nun doch nicht mehr, und ihre Augen flogen, unmerklich für die Offiziere, fragend zu Sandokan hinüber. Der tat, als bemerke er ihre Hilfe suchenden Blicke nicht.

Jana biss sich nervös auf die Lippen, was sie jedoch wunderbar mit dem steten Lächeln verband. Ihre Gedanken überschlugen sich, um der Zwickmühle zu entweichen: Sie konnte nicht einfach den angebotenen Sitzplatz einnehmen, bevor sie offiziell vorgestellt wurde – wenn sie ihre Rolle als wohlerzogene junge Dame weiterspielen wollte!

Derweil angelte John Hurst peinlich berührt nach seinem eigenen Stuhl und richtete ihn wieder auf.

Endlich erbarmte sich ausgerechnet Pierce! Sarkastisch knirschte er durch die Zähne:

»Gestatten Sie, Ihnen meine Gemahlin, Juliana Sinclair D'Irristru, vorzustellen?«

Die Aussage brachte die Offiziere dazu, mit offenen Mündern, restlos erschlagen, auf ihre Sitze zurückzufallen!

Selbst William O'Brien gelang es, zu stammeln.

»Ihre ... Ihre Gattin?«

»Sie ... Sie meinen, diese Lady ist Ihre ... Angetraute?«, glückte es John Hurst, noch eine Nuance blöder dreinzuschauen! Sein zutiefst verletzter Blick raste zu Juliana hin, die ihm strahlend zunickte.

»Ganz recht. Wir sind rechtmäßig verheiratet. Seit fast vier Wochen.« Sie kicherte albern und schickte ein enthusiastisches Lächeln zu Pierce hinüber, welcher sich, wie sie erfreut feststellte, wieder in Yoritomo Shigehira zu verwandeln schien! »Wir befinden uns demnach noch in den Flitterwochen, nicht wahr, mein Liebling?«

Seine Hände griffen nach Janas Armen und zogen sie hoch. »Ganz richtig, mein kleiner Liebling«, sagte er und bohrte seine Augen in ihre, die ihm auswichen. »Hoffen wir, unsere Flitterwochen werden niemals enden!« Kurzerhand setzte er sich auf seinen Stuhl zurück und zog Jana auf seinen Schoß!

Damit hatte sie nun nicht im Entferntesten gerechnet! Sie biss die Zähne zusammen, damit niemand ihr Unbehagen – Unbehagen?! Mitnichten! Doch nicht dieses wunderbare Gefühl, endlich seine eisern umklammernden Arme wieder zu spüren? – bemerkte. Trotzdem wirkte ihr Lächeln irgendwie eingefroren, und sie wedelte nervös mit dem Fächer vor ihrem Gesicht herum – bis Pierce ihn ihr schließlich kurzerhand ein wenig heftig aus der Hand nahm und auf den Tisch legte. Dabei säuselte er aufmerksam: »Warum so aufgeregt, mein Liebes? Diese Herren wollen doch nichts weiter als eine kleine Unterschrift unter die Verzichtserklärung für Cleary.«

Jana strahlte ihn wütend an und rutschte unruhig auf seinen harten Schenkeln herum. Da sie keinerlei Unterwäsche trug, weil diese ihr nach den gewohnten Gewändern zu beengend war, fühlte sie jeden einzelnen seiner aufregenden Muskeln durch den dünnen Stoff – und kam sich plötzlich weitaus beengter vor, als ein Schnürmieder aus Fischbein dies je vollbracht hätte!

Allmählich – was selbstredend nur die vergnügten Eingeweihten merkten – erstarrte auch Pierce' Lächeln ins Maskenhafte!

Jana versuchte noch immer, sich auf seinem Schoß windend, in eine günstigere Position zu bringen.

Pierce Kiefermuskeln pressten sich zusammen!

Der Schweiß brach ihm aus!

Unter den äußerst konsternierten Blicken der Offiziere seiner Majestät, brach Pierre Evereux' verkrampfte Haltung letzten Endes zusammen, und er stieß ein völlig unmotiviertes, wieherndes Gelächter hervor!

Die Briten zuckten erschreckt zusammen!

Pierre rannte, sich vor Lachen krümmend, die Stufen hinunter und verschwand!

Auch die Prinzessin erhob sich und flüsterte unsicher, mit feuchtem Glanz in den Augen: »Sie entschuldigen ... mich ... bitte ...«, und sie lief dem Franzosen nach!

Nur der junge Prinz hielt würdevoll die Stellung, auch wenn seine Haltung ein wenig sehr steif wirkte.

Sandokan nahm die geballte Faust von den Lippen und äußerte, heimlich schluckend: »Kommen wir nun zu unserer Abmachung. Lady Juliana Sinclair ist die letzte Verwandte von

Edmond McCleary. Sie wird die Verzichtserklärung unterschreiben.«

Wortlos, nicht wenig verstört, schob der Gouverneur ihr Stift und Papier hinüber. Jana griff danach und brachte sich in eine bequemere Stellung – was ihrem Gatten weitere Schweißperlen auf die Stirn trieb – und wollte gerade schwungvoll ihren Namenszug darunter setzen, als ...

»Halt!« Die näselnde Stimme gehörte natürlich William O'Brien! »Was beweist uns eigentlich, ob diese junge Dame tatsächlich Miss Sinclair ist?«

»Mein Wort!«, grollte es aus tiefster Brust des Tigers, der allmählich an die Grenzen seiner Geduld kam.

»Halten Sie endlich den Mund, O'Brien!«, zürnte van Brest. William setzte sich endlich und lehnte sich beleidigt zurück. Aber er musterte Jana in unverschämt entblößender Weise, was sie selbst nicht wahrnahm, da sie aufmerksam den Vertrag studierte. Seine wasserhellen Augen glitten an ihrer Gestalt entlang, verharrten auf dem freizügigen Anblick der hübschen weißen Halbkugeln, streiften das sanfte Profil mit dem konzentrierten Ausdruck, glitten höher ...

... und wohl zum ersten Mal in seinem Leben beschlich Leutnant William O'Brien tiefstes, eisigstes Entsetzen!! Unwillkürlich griff er sich an die zu eng gewordene Kehle ..., angesichts der unverhüllten Todesbotschaft in den seltsamen Augen des Piraten, die ihn unverwandt über den blonden Schopf hinweg anfunkelten! Hastig, bleich zerrte er seinen Blick aus dieser lebensgefährlichen Zone. Doch kaum war er dieser entronnen, stieg Wut in ihm auf! Er würde sich doch nicht von einem schlitzäugigen Bastard und seinem englischen Flittchen einschüchtern lassen! Seine großmäuliger Dünkel ließ seinen Verstand endgültig dahingehen und trieb ihn zu den taktlosen Worten:

»Können Sie überhaupt lesen ... Miss –?«

Eher völlig verblüfft statt beleidigt sah Jana hoch. Im selben Augenblick spürte sie erschrocken, wie der harte Körper ihres Mannes sich anspannte, und legte rechtzeitig und geistesgegenwärtig eine Hand auf den Arm, der sie umklammerte! Wie eisenhart sich seine Muskeln unter ihren verkrampfenden Fingern anfühlten!

Koah sprang wütend auf!

Der Tiger erhob sich langsam! Die Ader an seiner Schläfe pochte! Ein untrügerisches Zeichen, dass seine Geduld erschöpft war! Trotzdem legte er sich Zurückhaltung auf und sagte gemessen, nur van Brest ansprechend:

»Die Gemahlin meines Freundes unterrichtet die Kinder der Insel im Lesen, Schreiben, Mathematik, Geographie und Politik. Ich denke, es wäre für alle Beteiligten das Beste, wir kämen zu einem raschen Abschluss – oder Sie schicken Ihren Adjutanten zu einem klärenden Spaziergang an den Strand.«

»Ich bitte um Entschuldigung für die Anmaßung des Leutnants«, bat der Gouverneur demütig. Dann drehte er sich aufgebracht zu O'Brien um und herrschte diesen an: »Sie haben den gütigen Vorschlag seiner Hoheit vernommen! Gehen Sie! Kühlen Sie sich ab! Wir werden uns später über Ihr impertinentes Verhalten unterhalten!«

O'Brien erhob sich, salutierte unverfroren knapp und schritt hölzern die Stufen hinunter. Einige der Zurückbleibenden hofften inbrünstig, er möge stolpern und die steilen Stufen hinunterrollen! Leider tat er ihnen den Gefallen nicht!

»Lassen Sie uns zur Unterzeichnung kommen«, meinte Sandokan ein wenig enttäuscht.

»Ja, Hoheit«, antwortete van Brest ein wenig enttäuscht.

John Hurst schob die Papiere über den Tisch Koah und Sandokan zu. Seine Augen und die des jungen Prinzen trafen sich ein wenig enttäuscht.

»Du hast dich benommen, wie eine ... eine ...!«, brüllte Pierce unbeherrscht! Er stand breitbeinig, die Hände empört auf die schmalen Hüften gestützt, mitten in dem gemütlichen Wohnraum und musterte entgeistert das Durcheinander von Schuhen, Strümpfen und Kleidern, das seine Gattin dort hinterlassen hatte.

»Wie eine *was*?«, erkundigte Jana sich, aufmerksames Interesse heuchelnd. Ebenfalls die Hände in die Taille gestemmt und den Kopf in den Nacken gelegt, sah sie herausfordernd zu ihm auf! Innerlich seufzte sie vergehend bei dem erregenden Anblick der spielenden Halsmuskeln, auf denen jetzt eine pochende Ader zum Vorschein kam. Er war wütend – und eifersüchtig –, wie sie voller Entzücken registrierte. Aber sein Griff, der plötzlich ihre Schultern umspannte, war ziemlich schmerzhaft! Zornig funkelte sie zurück und wand sich.

»Du bist meine Frau, verdammt!«, herrschte er sie aufgebracht an! Dann beugte er sich unvermittelt zu ihr hinab – und küsste sie leidenschaftlich, nahezu brutal und ungezähmt wild auf den Mund!

Jana spürte erbost, wie sie überaus bereitwillig nachgab – und stieß ihn so heftig zurück, dass er taumelte! Ehe er einen richtigen Wutanfall bekam, rannte sie zur Tür, riss sie auf.

»Verflucht! Wo willst du nun schon wieder hin, Weib?!«, schrie er zornig, machte aber keine Anstalten, ihr zu folgen. Jana blieb unter der Tür stehen, lächelte ihn lieb an und meinte sanftmütig: »Vielleicht sollten wir einen neuen Anfang versuchen ... BITTE.«

Pierce benötigte eine ganze Weile, bis ihm aufging, was sie da eben gesagt hatte! Auch sein Gesicht bedurfte eines Augenblickes bis zur Korrektur. Es galt, die zornigen, verständnislosen Züge zu glätten und sie erst in Verwirrung, dann in etwas Blödheit und zu guter Letzt in ein erlöstes, siegessicheres Grinsen zu verwandeln.

Ohne weiteren Zeitverlust setzten sich seine langen Beine von selbst in Bewegung!

Sandokan saß noch immer, indes nun alleine vor dem Haus. Der Gouverneur samt seinen Begleitern war vor wenigen Stunden, in verhältnismäßig gutem Einvernehmen, aufgebrochen, und die *Shimabara,* die sie durch die Passage gebracht hatte, lag mittlerweile wieder sanft schaukelnd am Steg. Er gab vor, die Unterlagen zu begutachten, als Pierce an ihm vorbeistürmte, die Stufen hinuntersprang, etwa in der Mitte stockte, sich umdrehte und schrie: »Wo ist sie hingelaufen?!«

Er sah erstaunt auf, als bemerke er ihn jetzt erst.

»Wenn du zufällig den lavendelfarbenen Blitz meinst?«, fragte er gedehnt.

»Wohin?!«, brüllte Pierce gereizt!

Der Tiger machte eine vage, gelangweilte Handbewegung zum Strand hinunter.

Sandokan beugte sich vor und rief ihm nach: »Nicht in diese Richtung!« Er lehnte sich zurück und murmelte amüsiert: »Er hört es nicht –«

Juliana erreichte atemlos den kleinen See mit dem Wasserfall und lehnte sich glücklich gegen den Stamm eines Kampferbaumes. War der Himmel nicht strahlender als sonst? Das Grün des Laubes nicht grüner? Die glitzernden Wassertröpfchen nicht funkelnder? Sie hatte instinktiv gefühlt, dass die Zeit gekommen war, diesen albernen Kleinkrieg zu beenden. Sie begehrte zu lieben und wieder geliebt zu werden, musste die harten Arme um sich spüren und verlangte unbändig danach, sich von ihrem Ehemann Pierce von Neuem in das unvergleichliche Universum der Lust entführen zu lassen! Selig erschauernd stieß sie sich ab und ging weiter hinunter, wo die kleinen Wellen sanft den Strand umspülten. Sie hockte sich hinunter, gleichgültig, ob der Saum des Kleides feucht wurde, und ließ den feinen Sand durch die Finger rieseln. Er würde sie hier finden, dessen war sie sich völlig sicher. Hier, wo alles angefangen hatte, würde auch alles enden und neu beginnen. Ihre Gedanken schweiften zurück, wie sie ihn in den letzten Wochen heimlich bei den Kampfübungen beobachtet hatte – wie seine Stimme zu ihr heraufschallte und ihr das Herz mehr als einmal stehen blieb, jedoch nicht nur von dem grandiosen Anblick seines schweißglänzenden, fast nackten Körpers ...

... Eines Tages sah und hörte sie Pierce zu den ernsthaft und exakt in Reihen auf der weiten Fläche sitzenden Kindern sprechen. Ihr erster, neidvoller Gedanke war, dass es ihr nur selten gelang, derartige Aufmerksamkeit seitens dieser kleinen Bengel dort unten während des Unterrichtes zu erlangen, doch dann zog seine klare Stimme sie in ihren Bann. Er erklärte gerade: »Es genügt nicht, die richtige Körperhaltung und die Übungen zu beherrschen. Ihr sollt lernen, in euch hineinzusehen, euren Geist nur auf die nächste Bewegung ausrichten und nicht auf den Sieg! Das Gewinnen ist nur wie ein Gewürz, das ein Gericht schmackhaft macht, versteht ihr das? Ich versuche während eines Kampfes über die Regeln und den Stil hinauszublicken, um den Geschmack des Gewinnens zu erforschen.«

»Habt Ihr ihn gekostet, Sensei?«, fragte Palu in der vordersten Reihe neugierig.

Pierce lächelte ihn an und antwortete: »Er kann bitter und süß zugleich sein – je nachdem, welchem Ziel dieser Kampf zugedacht ist.«

Ob die Kinder wohl schon verstanden, was der Krieger versuchte ihnen klarzumachen? Eine heiße Woge der Zärtlichkeit durchströmte die heimliche Spionin, wie er so bemüht war, sich den Kleinen mitzuteilen.

Ein anderes Mal trainierte er mit den erwachsenen, fortgeschrittenen Männern und Jugendlichen die Wurftechniken mit

Shaken, diesen mörderischen, rasiermesserscharfen, sternförmigen Scheiben. Jana nahm gerade ihren Aussichtsposten in Beschlag, als Pierce sich gelassen die Augen verbinden ließ und seine Schüler aufforderte, diese grausamen Instrumente auf ihn zu schleudern! Ihr war das Herz stehen geblieben, und sie konnte eben noch einen Aufschrei unterdrücken, welcher ihn abgelenkt und ihn womöglich das Leben gekostet hätte! Es war mucksmäuschenstill dort unten. Der Krieger stand reglos da und lauschte. Als der erste Shaken auf ihn zuflog, streifte dieser fast sein Ohr, doch er drehte den Kopf im letzten Moment zur Seite und der Stern klirrte gegen die schartige Mauer hinter ihm! Den zweiten und dritten wehrte er mit seinen Handgelenkschützern ab, die er sich wenigstens zugestanden hatte. Die nächsten Würfe bekam Jana nicht mehr mit, weil sie sich panikartig davonmachte. Seit diesem Tag waren ihre Besuche seltener geworden ...

... Der unmenschliche Aufschrei einer Frau riss sie jäh aus ihren romantischen Träumen und ließ sie herumfahren! Janas Augen weiteten sich in namenlosem Grauen! Ihr Mund öffnete sich zu einem stummen Gebet ...

Pierce rannte wie besessen an den Fischerbooten und aufgespannten Netzen vorbei. Er wollte zum Schulhaus, wo er seine Ehefrau vermutete. Eine Horde Kinder tobte kreischend im Wasser herum. Sie hielten inne, als er vorbeistürmte. »Habt ihr Miss Juliana gesehen?«

»Nein!«, rief ein Mädchen kess zurück. »Ist dir deine Frau wieder davongelaufen, Kobra?«

Die Kinder wollten sich schier ausschütten vor Lachen! Sie hatten längst keine Angst mehr vor dem ehemals so grimmigen Krieger, der seit einiger Zeit zurückhaltend ihre Bekanntschaft suchte und sie aufmerksam beachtete.

Pierce lachte am lautesten und lief schmunzelnd weiter.

Er überquerte den Strand in langen Sprüngen, nahm den Weg zum Schulhaus ... und stockte so abrupt mitten im Schritt, dass er, der Meister der Körperbeherrschung, sich fast überschlug! Er wurde bleich!! Yoritomo Shigehira existierte nicht mehr – wohl aber noch dessen Instinkte, die ihn vor einer drohenden Gefahr warnten! Plötzlich wusste Pierce, dass er Jana hier nicht finden würde! Der Gedanke war kaum zu Ende gedacht, da befand er sich schon, noch eiliger als zuvor, auf dem Rückweg!

Kein Muskel wollte gehorchen! Wie konnte ich nur Rajina vergessen?, flog es ihr bitterlich bereuend durch den Kopf! Genau diese schlich jetzt geduckt auf Juliana zu und bot einen furchtbaren Anblick:

Die einst schönen schwarzen Haare hingen in krausen Strähnen vor weit aufgerissenen Augen, aus denen der blanke Wahnsinn leuchtete! Das rote Kleid war an mehreren Stellen zerfetzt und bedeckte kaum eine der entblößten schmutzigen Stellen ihres Körpers.

Jana wich vollkommen entgeistert zurück, als diese elende, kaum noch menschenähnliche Kreatur mit klauenartig ausgestreckten Händen auf sie zuwankte und fassungslos, mit überschnappender Stimme kreischte:

»Welche Hölle hat dich wieder ausgespien ...?! Du kannst nicht hier sein! Nein!«

Jana überwand den Schock. Irgendwie begriff sie noch nicht so recht die schreckliche Gefahr, in der sie schwebte!

»Was willst du, Rajina?«, versuchte sie kühl zu wirken, doch sie erbebte innerlich vor dem grausamen Irrsinn, den sie sah. Warum ließ sie Rajina trotzdem näher kommen? Außer einem Sprung ins Wasser gab es keine Möglichkeit zur Flucht!

Schlagartig änderte sich das Verhalten der unberechenbaren

Furie. Sie begann zu winseln: »Du kannst ihn mir nicht wegnehmen«, sie schüttelte ungebärdig den Kopf, »nein ... nein ... nein ... er gehört mir, hörst du ... mir!«

Jana schwankte zwischen Mitleid und tiefstem Abscheu. Sie entschied sich für ihren Hass! Dieses Weib hätte beinahe den Tod des geliebten Mannes herbeigeführt und ihr Baby umgebracht! Auch wenn sie verrückt war, verdiente sie keine Anteilnahme! Die aufsteigende Wut ließ Jana einen tödlichen Fehler begehen, denn sie sagte spöttisch:

»Wen meinst du, Rajina? Doch nicht meinen Ehemann Pierce?«

Rajina machte einen weiteren Schritt auf sie zu. Jana wich nun – endlich angstvoll begreifend – zurück und stand bereits mit den Füßen im Wasser! Unwillkürlich umfasste sie ihren Leib, wie um das ungeborene Leben vor der Raserei, die sich auf den verzerrten Zügen der Irrsinnigen jetzt drastisch abzeichnete, zu verteidigen.

Rajinas Blick folgte Janas schützenden Händen! Ihr krankes Hirn erfasste sofort, was diese Geste zu bedeuten hatte! Sie stieß einen heiseren Wutschrei aus!

Zu Janas unsäglichem Schrecken hielt Rajina plötzlich einen gebogenen Dolch in der Hand. Sie hob noch abwehrend die Hände, da prallte die Furie schon gegen sie! Die Spitze durchdrang den Stoff des Kleides an der Schulter, ritzte die zarte Haut darunter blutig, während sie beide in das Wasser stürzten!

Keuchend und verbissen rangen sie miteinander! Rajina war wesentlich stärker in ihrem Wahnsinn, als Jana es jemals vermutet hätte, aber auch ihr verlieh die panische Angst ungeahnte Kräfte! Die schweren Röcke des englischen Kleides behinderten sie jedoch, als das Tuch sich vollsog, sich um ihre Beine wickelte und sie regelrecht gefangen nahm! Sie versuchte, Rajinas Gesicht unter Wasser zu drücken, doch es gelang ihr nicht, sie zu packen! Da zog Rajina von unten her den Dolch schräg nach oben und verfehlte nur um Haaresbreite ihre Brust! Unwillkürlich zuckte Jana zurück. Rajina ergriff sofort ihre Chance und warf sich herum! Jana fiel auf den Rücken! Im selben Moment kauerte Rajina schon auf ihr und stieß ein unheimliches Geheul aus! Ihre Finger krallten sich in die Kehle der verhassten Feindin und drückten unbarmherzig zu! Die andere Hand mit dem Dolch hob sich ... hob sich immer höher. Juliana erstarrte vor Grauen, war unfähig zur weiteren Gegenwehr und blickte wie hypnotisiert auf die todbringende, gekrümmte Klinge! Sie fühlte bereits, wie die eisige Kälte des Todes sie durchdrang ...

Rajina heulte noch einmal in entsetzlichem Triumph, stieß den Dolch wuchtig hernieder auf das missliebige Herz der »Rivalin« ... und flog, begleitet von ihrem eigenen, wutschnaubendem Kreischen, in die Höhe ... von einer brutal zupackenden Hand bei den Haaren ergriffen und zur Seite geschleudert! Aber sofort sprang sie behände wieder auf die Füße und stürzte sich rasend und geifernd auf Pierce, der sie mit leichenblassem Gesicht abfing und tatsächlich mit der Wahnsinnigen zu ringen begann!

Jana konnte sich einfach nicht rühren. Gleich einem grausigen Albtraum musste sie starr vor Entsetzen zusehen, wie der Dolch nun auf die bloße, schweißglänzende Brust ihres Gatten herabstieß, die Haut an der Stelle über dem Herzen aufriss ... und wie eben jene Hand, welche die Waffe führte, im allerletzten Augenblick abgefangen wurde und mit einem hässlichen Knirschen zerbrach! Pierce schmetterte die Tobende mit solcher Vehemenz beiseite, dass sie sich einige Male überschlug und schließlich mit verrenkten Gliedern und gebrochenen Augen im Sand liegen blieb!

Mit einem einzigen, gewaltigen Satz war er bei Jana, fiel vor ihr auf die Knie und riss sie in seine Arme! Fassungslos keuchte und stammelte er: »Liebes ... mein Liebes ..., ist dir etwas geschehen? Sag doch ... bitte ..., hat diese Hexe dir etwas angetan ...?«

Endlich löste sich die Erstarrung! Tränenüberströmt warf Jana sich an seine Brust und schluchzte außer sich: »Ich hatte ... solche Angst um dich ..., halt mich fest ..., lass mich nie wieder los.« Erschüttert hielt er ihren zarten Körper umschlungen, bis er heftig schluckend gestand: »Wenn dir etwas geschehen wäre ..., ich hätte nicht weiterleben wollen!« Er beugte sich zu ihr und suchte ihren bebenden Mund. Wie ein Verdurstender drängte er mit seiner weichen Zunge ihre Lippen auseinander ..., musste fühlen und schmecken, dass sie wahrhaftig lebendig war! Jana erwiderte diesen frenetischen Kuss mit der gleichen Hingabe – und sie klammerten sich aneinander, als wollten sie einander nie mehr loslassen!

»Ich liebe dich ...«, murmelte Pierce zwischen den Küssen rau, »... du ahnst nicht, wie sehr ich dich liebe, meine kleine Frau!«

»Warum bist du bloß jetzt erst gekommen?« Wie Espenlaub zitterte sie in seinen Armen. Aber auch seine Beine fühlten sich nicht allzu sicher an, als er jetzt aufstand und Jana aus dem Wasser zog. An seiner Stimme jedenfalls hörte man noch das grausame Entsetzen, welches wie eine eisige Kralle nach seinem Herzen gegriffen hatte, als er seine furchtbaren Ahnungen bestätigt sah! Er erinnerte sich nicht mehr an die nächsten Sekunden, dankte nur seiner übermenschlichen Körperbeherrschung, mit der er den Tod seiner einzigen Liebe verhindern konnte. Niemand außer ... Yoritomo Shigehira ... hätte das fertig gebracht! Er, Pierce D'Irristru war untrennbar mit seinem anderen Ich verbunden – er war machtlos dagegen!

»Ich liebe euch beide«, schluchzte Jana aufgelöst, als erriete sie seine bangen Gedanken und umschlang ihn fester.

»Was sagst du da?«, fragte er verständnislos.

»Ich liebe ... euch beide«, flüsterte sie, von fassungslosen Schluchzern unterbrochen, »Yoritomo und Pierce!«

Pierce barg das Gesicht in den nassen, zerzausten Locken und streichelte zärtlich darüber. Sein Herz drohte zu zerspringen, da er begriff, was Jana meinte: Yoritomo würde nie mehr zwischen ihnen stehen – sie akzeptierte ihn so, wie er war, und fürchtete weder die ungestüme Leidenschaft des einen noch die Grausamkeit des anderen. Er musste sich nicht ändern!

»Ich Narr rannte zum Schulhaus«, raunte er erstickt. »Auf halbem Wege überkam mich eine dunkle Ahnung, ein seltsames Gefühl. Und so kehrte ich um.«

»Was ist mit ihr?«, fragte Jana schaudernd und sah zu Rajina hin. »Ich dachte, sie befindet sich in Gewahrsam.«

»Sie muss in dem Durcheinander bei der Auflösung des Frauendorfes entkommen sein. Oder ein Komplize hat ihr geholfen. Wir haben denjenigen noch immer nicht gefunden, der in der Nacht damals die Wache betäubte. Wahrscheinlich hat sie es selbst getan.« Er sah schuldbewusst auf sie hinunter. »Ich befürchte, Yoritomo hat sie umgebracht.« Sein Blick wurde ernst und forschend. »Du fürchtest dich hoffentlich nicht wieder vor mir, wenn ich dir versichere, ich würde es noch einmal tun! Versuche mich zu verstehen, ich habe geglaubt, ich müsse selbst sterben, als ich sah, wie sie im Begriff stand, dich zu töten.«

Jana wischte sich die Tränen aus dem Gesicht. »Ich müsste mich eher vor mir selbst fürchten«, gestand sie leise, »denn ich empfinde nichts weiter als ungeheure Erleichterung, wenn sie nur tot ist.«

Und er bedeckte ihren willigen Mund wieder mit kleinen Küssen.

»Findest du nicht, wir sollten nach Hause gehen?«, erkundigte er sich wenig später.

Sie lächelte ihn unter neuerlichen Tränen an und nickte.

»Wir sollten keine Zeit mehr verschwenden. Fast hätte es nie mehr eine Zeit für uns gegeben.«

In einer plötzlichen Eingebung reckte Jana sich zu ihm hoch und flüsterte ihm etwas ins Ohr.

Zuerst war er verblüfft. Dann lachte er beglückt auf, nahm sie bei der Hand und zog sie mit sich.

»Wie du schon sagtest, wir wollen keine Zeit verschwenden. Um sie«, er nickte in die Richtung der Toten, »sollen sich andere kümmern.«

Jana nickte schuldbewusst, doch ebenso glücklich zu ihm auf.

»Und außerdem«, wisperte er jetzt an ihrem Ohr, »sei dein Wunsch mir absoluter Befehl, Prinzessin Otohime.«

Die Sonne schickte ihre letzten Strahlen in die Kajüte der *Shimabara,* als Pierce seine fügsame Gemahlin auf den Armen hereintrug.

Aufreizend langsam ließ er sie an seinem angespannten Körper heruntergleiten und nahm sofort wieder von ihren Lippen Besitz, die schon leicht anschwollen von den ungezählten Küssen, die sie sich auf dem Weg hierher geschenkt hatten. Es bedurfte keiner Worte, sich ihrer schrecklichen Sehnsucht nacheinander zu versichern – oder das unzähmbare, wilde Verlangen zu beschreiben, das sie beherrschte. Ungeduldig öffnete er die vielen winzigen Knöpfe des Kleides, und sie half ihm dabei, bis sie nackt vor ihm stand und ihm nun ohne Verlegenheit die Hosen herunterstreifte. Sie ließen sich dabei nicht aus den Augen, in denen sich unsägliches Glück widerspiegelte.

Endlich glitt Pierce' Blick genüsslich an ihrer makellosen Gestalt herab ... und heftete sich überrascht auf die sanfte Rundung ihrer sonst so zerbrechlichen Mitte. Auf seine stumme, beseligte Frage hin nahm Jana lächelnd seine Hand und legte sie auf ihren Bauch. Dann beobachtete sie entzückt den verklärten

Ausdruck auf dem schönen Gesicht ihres geliebten Kriegers ..., als er die federleichte Bewegung spürte!

»Ich liebe dich«, bestätigte er ihr zum unzähligsten Mal an diesem Tage, nahm sie wieder auf den Arm und trug sie zu seinem Bett hinüber.

Sie liebten sich zärtlich und behutsam. Sie steigerten sich gegenseitig in die höchsten Empfindungen der Sinne und kosteten nahezu verzweifelt jede Sekunde der köstlichen Zweisamkeit aus, in der sie miteinander verschmolzen. Bis sie schließlich beide erschöpft und trunken vom Liebesrausch, eng umschlungen zurücksanken.

Jana hörte Pierce plötzlich leise in sich hineinlachen.

»Was ist?«, wunderte sie sich und kuschelte sich an seine starke Brust.

»Ich dachte eben daran, wie die jungen Krieger von Seiken-ji schon frühzeitig in die Obhut erfahrener Frauen gegeben werden, um die Kunst der Liebe zu erlernen. Ich war übrigens ein guter Schüler.« Er verzog das Gesicht reuevoll, was Jana jedoch nicht sah, da ihre vorwitzige Hand begann, seinen herrlichen, perfekten Körper neugierig zu erforschen – was ihm ein unterdrücktes Stöhnen entlockte. »Und ausgerechnet bei dir, mein Liebes, vergaß ich mich und benahm mich wie ein Tier.«

Die tastenden kleinen Hände hielten inne, und Pierce atmete aus!

»Was ist Seiken-ji?«

»Ein Orden von Kriegermönchen, bei denen ich aufgewachsen bin.«

»Erzählst du mir darüber?«, bat sie unsicher.

Pierce zuckte die Schultern und sagte in gleichmütigem Ton: »Da gibt es nicht viel zu berichten. Mein Vater, Graf Guy D'Irristru strandete eines Tages an der Küste Japans mit seinem Handelsschiff. Er lernte Dame Akane, meine Mutter, kennen, und sie verliebten sich. Doch sie entstammte einer hohen, angesehenen Kaste und war bereits einem anderen versprochen. Sie trennte sich von ihrer eigenen Familie, doch die Familie des Mannes nahm diese Schmach nicht hin und verfolgte sie jahrelang. Schließlich wurden sie entdeckt und umgebracht.« Auf welche Weise, dass man beide auf grausamste Art kreuzigte, brauchte Jana nicht zu erfahren! »Mittlerweile gab es jedoch mich. Mich durften sie nicht töten, weil, trotz Vermischung, das Blut der hohen Familie Shigehira in mir floss. Sie brachten mich im Alter von neun Jahren in das Kloster, um aus mir einen ehrenvollen Krieger zu machen. Vorher lebte ich bei den Jesuiten.«

»Und wie bist du Sandokan begegnet?«, wisperte Jana erschüttert.

»Der Kaiser fürchtete die Engländer, da er nicht begriff, wie es einem solch kleinen Inselvolk gelang, sich ohne Anstrengung der fernsten Länder zu bemächtigen und sie zu unterwerfen. Um das Geheimnis zu erfahren, schickte er die besten Krieger des Landes aus, zu denen ich auch gehörte. Wir bekamen sehr schnell und schmerzhaft heraus, worin das Geheimnis bestand: In der Seefahrt. Japan war in Bezug auf Navigation noch immer ziemlich unerfahren. Kaum erreichten wir mühevoll die malaiischen Gewässer, wurden wir ohne Vorwarnung von einer englischen Korvette angegriffen und versenkt. Meine Brüder starben mit erhobenen Schwertern, die ihnen natürlich nichts nützten. Wir besaßen nicht einmal eine Kanone an Bord. Ich überlebte als Einziger, weil ich mich mit einem Sprung ins Wasser rettete. Sandokan fischte mich halb tot nach einigen Tagen auf. So blieb ich bei ihm, denn zurückkehren konnte ich aus verschiedenen Gründen nicht. Einer davon war, dass ich mein Gesicht – also meine Ehre – verlor in dem Moment, als ich meine toten Brüder verließ, um mich zu retten.« Pierce sah auf Jana hinab und bemerkte ihren bestürzten Ausdruck. Er rutschte ein wenig tiefer, nahm ihre Hand und legte sie auf die Stelle, bei der sie vorhin aufgehört hatte, ihn zu erforschen. Dabei grinste er diabolisch. »Ist deine Neugierde nun befriedigt?«, fragte er interessiert.

»Was Pierre und Tinuha jetzt wohl tun?«, meinte sie gedankenverloren und streichelte ihn unbewusst bei jener empfindlichen Stelle, die in ihm ein wohlig krampfhaftes Zucken auslöste. Sich nicht länger beherrschend, packte er sie plötzlich um die Taille, hob sie mühelos ein wenig hoch und schwang sie herum, bis sie überrascht auf seinen Schenkeln saß. Dann zog er sie spielerisch an den langen Locken zu sich herunter und flüsterte an ihrem Mund, bevor er sie von neuem leidenschaftlich küsste, reichlich spottend:

»Also darüber bin ich mir völlig sicher – die beiden haben ganz bestimmt nichts anderes im Sinn, als die Pläne für den Wiederaufbau des Palastes zu besprechen! Erinnerst du dich noch, was ich dir in der Hochzeitsnacht sagte, meine Liebste? Woraufhin du so hell empört den Krieg auslöstest, mein leidenschaftliches Weib?«, fragte er unvermittelt und schamlos lüstern.

Jana nickte. Ihre Wangen nahmen eine entzückende, purpurne Röte an.

Und Pierce sah ihr weiter in die glänzenden Augen und raunte: »Möchtest du gerne, dass ich das mit dir mache?«

Wieder nickte sie ... heftig ...!

Sandokan saß in völliger Finsternis auf der Terrasse und beobachtete melancholisch, wie in der Deckkajüte der *Shimabara* die Gaslaterne verlöschte.

»Giro Batol?«, fragte er in die Dunkelheit hinein.

»Ja, Tiger?«

»Erinnerst du dich daran, wie Yañez einmal gesagt hat: ›Ein Mann ist ein Narr. Ein verliebter Mann ist ein doppelter Narr.‹«

»Ja, Tiger. Daran erinnere ich mich gut. Das war kurz bevor er Lady Marianna auf eurer Flucht kennen lernte.«

Sandokan schwieg und hing weiter seinen Gedanken nach.

Nach einer langen Weile fragte er wieder:

»Giro Batol?«

Diesmal bekam er keine Antwort. Stattdessen schlangen sich von rückwärts zwei weiche Arme um ihn, und ein kehliges, leises Lachen erweckte seine Sinne. Behaglich ließ er das schwere Haupt zurücksinken an den festen, samtweichen Busen, der sich gegen seine Schultern drückte.

»Ob ich mich je wieder daran gewöhnen werde, dass eine Frau in meinem Haus lebt?«, fragte er zweifelnd und fühlte sich sehr wohl in den Armen.

»Ich hoffe es«, kicherte Rose leise und neigte sich zu ihm hinab ...